살인자의 동영상

IN THE
DARKNESS
살인자의
동영상

마이크 오머 장편소설

김지선 옮김

북로드

1

2016년 9월 2일 금요일, 텍사스 주 샌앤젤로

남자가 몸을 끌어올려 무덤에서 나올 때 모래 한 줌이 투두둑 아래로 떨어졌다. 자디잔 모래알들이 쉬익 소리를 내며 상자 뚜껑에 흩뿌려졌다. 그걸 보자 순간 짜증이 치밀었다. 위에서 봤을 때처럼 깨끗하길 바랐던 것이다. 하지만 이내 말이 안 된다는 것을 깨닫고 슬며시 웃음을 지었다. 산더미 같은 흙 밑에 상자를 파묻으려는 판국에 모래가 좀 떨어진다고 무슨 문제가 되겠는가.

잠시 짬을 내어 이 실험의 다른 참여자를 떠올렸다. 여자는 자기 위로 모래가 흩뿌려지는 소리를 들었을지도 모른다. 그뿐만이 아니라 어쩌면 그 의미까지 이해했을지도 모른다. 절대적 침묵이 장악한 그 협소한 공간 안에서 소리가 증폭되는 것을 상상하자 흥분으로 남자의 심장이 쿵쿵 뛰었다.

삽을 집어 들어 흙더미에 꽂은 후 그대로 멈췄다. **이런 바보. 이렇게 멍청한 짓을.** 실제 행위에 너무 들떠서 열중한 나머지 하마터면 중요한 부분을 깜빡할 뻔했다. 삽을 옆에 눕혀놓고 노트북을 돌아

5

보았다. 외부 배터리 충전기에 연결하고 충전기가 작동하는지 확인했다. 실험 도중에 배터리가 다 되기라도 하면 얼마나 성가시겠는가.

그때 등 뒤에서 요란한 트럭 엔진 소리가 들려오자, 남자는 잔뜩 긴장해 이를 악물었다. 선인장, 나무, 그리고 덤불로 시야가 가로막힌 이곳을 남자는 아주 주의 깊게 골랐다. 차도는 거의 버려지다시피 했지만 그래도 띄엄띄엄 차가 지나가긴 했다. 방해를 받으니 짜증이 났다. 이렇게 좋은 기회에. 온전히 여기에만 집중해야 하는데.

영상 화면을 켜고 세심하게 살폈다. 각도가 다소 높아 보였다. 카메라 앞으로 가서 삼각대 높이를 조절한 후 다시 확인했다. 완벽해. 거의 숨이 멎을 듯한 순간, 그 중요한 찰나의 순간, 남자는 잠시 망설였다. 그후 클릭해서 방송을 시작했다.

삽을 다시 집어 들고 모래와 돌멩이를 퍼서 상자 위에 뿌리기 시작했다. 자신을 지켜보는 카메라 렌즈의 존재를 의식하지 않기가 꽤나 힘들었다. **카메라를 보고 웃으렴.** 그렇게 말하는 엄마의 목소리가 귓가에 선했다. 남자가 어렸을 때, 엄마는 가족 앨범에 실을 사진을 찍으려고 아들을 끝도 없이 카메라 앞에 세웠다.

네 번째로 삽을 떴을 때 숨죽인 쿵쿵 소리가 시작됐다. 아마 요란한 트럭 엔진 소리에 깨어났는지, 이제 여자는 뚜껑을 두드리고 있었다. 밀어서 열려는 모양이었다. 비명을 질러댔다. 순간 갈망이 남자를 사로잡았다. 온몸으로 밀어닥친 열기에 남자는 하마터면 삽을 떨어뜨릴 뻔했다.

집중해. 그럴 시간은 나중에 얼마든지 있을 거야.

5분 후, 상자 뚜껑은 시야에서 사라졌다. 하지만 귀를 쫑긋 세우면 여전히 두드리는 소리와 비명이 어렴풋이 들렸다. 누군가가 벌써 방송을 보고 있을까? 그럴지도. 어차피 그게 목적이었다. 보면서 무슨 생각들을 할까? 핵심적인 장면이 언제 나오나 기다리며 멍하니 넋을 놓고 있을까? 그저 짓궂은 장난이라고 생각할까? 혹시 어쩌면 지금 이 순간 경찰에 전화해서 자기들이 뭘 봤는지 설명하려 애쓰고 있을까?

날것의 흥분이 남자의 정신과 육체를 집어삼켰다. 순간적인 카타르시스. 남자는 집중할 수 없었다. 치밀한 계획은 잠시 뒷전으로 밀려났다. 아주 잠깐만 쉬자. 이 뜨거운 김을 좀 방출해야 해.

삽을 땅에 꽂아 넣고 노트북을 챙겨 서둘러 승합차로 갔다. 볼일을 마치고 흔적을 깨끗이 닦아낸 후 도로 장갑을 끼고 승합차에서 내려 다시 삽질을 시작했다. 시청자들이 너무 오래 기다리진 않았어야 할 텐데.

어디선가 짧은 온라인 영상을 보는 사람들의 평균 집중 시간이 37초라고 들은 적이 있다. 술 취한 고양이, 영화 예고편, 그리고 포르노 영상이 남자의 경쟁자였다. 속도가 핵심이다. 그게 남자가 그 통들을 준비한 이유였다.

가장 오른쪽에 있는 커다란 통을 무덤 위로 기울이자 흙이 덩어리져 아래로 쏟아졌다. 남자는 그 광경에 매혹당했다. 통을 완전히 비운 후 삽을 이용해 바닥에 들러붙은 흙을 긁어냈다. 그후 각 통들을 차례로 똑같이 비웠다. 남자는 구덩이가 점차 메워지다 마침내 사라지는 광경을 넋 놓고 바라보았다. 마지막으로 무덤이 완전히 덮이도록 흙을 더 퍼 얹었다. 고함과 두드리는 소리는 이제 흙의 담요에 덮여 침묵을 강요당했다. 그럼에도, 집에 있는 시청자들은 여전히 그 소리를 아주 잘 들을 수 있었다. 남자는 그 부분에 꽤나 신경을 썼다.

잠시 짬을 내어 자신의 솜씨를 감상했다. 땅바닥은 거의 평평하게 다져졌다. 이곳은 그리 빨리 발견되지는 않을 것이다.

아픈 등을 펴고 기지개를 켜며 렌즈를 응시했다.

카메라를 보고 웃으렴.

그리고 비록 자신의 얼굴이 찍히지 않을 걸 알면서도 남자는 웃었다.

2

2016년 9월 5일 월요일, 버지니아 주 콴티코

조이 벤틀리는 사무실에 앉아 엄지와 검지로 사진 한 장을 쥐고 있었다. 중년 남자와 젊은 여자가 서로 거의 맞닿을 만큼 고개를 마주 기울인 채 카메라를 향해 웃고 있는 사진이었다. 별생각 없는 사람은 그냥 흔한 셀카이겠거니 하고 사진에 아무런 주의도 기울이지 않을 것이다. 하지만 조이는 그렇지 않다는 것을 드러내는 세세한 부분들을 포착할 수 있었다. 남자의 텅 빈 눈, 얄팍하고 적대적인 웃음. 그리고 여자의…… 무고하고 순진한, 아무것도 모르는 얼굴.

여자는 조이의 동생인 안드레아였다. 남자는 로드 글로버, 여러 여자들을 강간하고 목 졸라 살해한 남자였다.

로드 글로버가 데일 시티에 출현한 지 한 달이 지났다. 갑자기 나타나 소름 끼치는 사진 한 장만 남기고 마치 악령처럼 홀연히 사라져버렸다.

조이는 사진을 집어넣은 후 책상 서랍을 쾅 소리가 나도록 세게 닫았다. 하지만 자신의 의지와 달리, 나중에 다시 꺼내 보게 될 것이다. 연구소에서 사진을 돌려받은 이후로 이미 하루에도 몇 번씩 그러고 있었다.

조이는 어렸을 때 글로버와 서로 옆집에 살았다. 그리고 글로버의 범죄를 알아내고 경찰에 알렸다. 하지만 경찰이 조이의 말에 티끌만치라도 관심을 보였을 때, 불행히도 글로버는 이미 도망친 후였다. 그후로 놈은 조이를 잊지 않고 줄곧 연락을 유지했다. 회색 타이가 든 봉투를 우편으로 보냈는데, 그건 놈이 피해자들의 목을 조르는 데 쓰던 도구였다.

조이에 대한 놈의 집착이 더욱 강해진 건 지난여름이었다. 시카고에서 연쇄살인범을 수사하던 조이는 몰래 뒤를 밟던 글로버에게 불시에 기습을 당해 하마터면 목숨을 잃을 뻔했다. 그리고 그로부터 얼마 지나지 않아 놈은 조이에게 안드레아와 찍은 그 사진을 보내왔다. 길거리에서 안드레아에게 접근해 같이 사진을 찍자고 부탁했고, 글로버의 얼굴을 모르는 안드레아는 순순히 포즈를 취해주었다. 그 이후로 놈은 완전히 종적을 감췄다.

조이는 일어나서 FBI 행동분석팀에서 배정해준 자신의 좁은 사무실 안을 이리저리 서성였다. 머릿속이 윙윙 울려 생각에 집중하기가 어려웠다. 악몽과 수면 부족 탓도 있겠지만, 두개골 안에서 마구 소용돌이치는 불안 탓도 있었다.

도로. 책상 앞에 앉아 폭력 범죄 수사 프로그램, 즉 ViCAP에 로그인했다. ViCAP는 연쇄 범죄 관련 검색을 원활하게 할 수 있도록 강력 범죄를 등록하는 FBI의 데이터베이스명이었다. 지난 24시간 동안 강간과 교살에 관련된 모든 범죄를 검색했다. 검색 결과가 1건 나왔다. 결과를 읽는 조이의 맥박이 빨라졌다. 45세 여성이 뉴욕

시의 자택에서 강간당한 뒤 목 졸려 살해당했다. 이 범행은 글로버의 프로파일과 전혀 일치하지 않았다. 피해자의 나이가 너무 많았고 범인은 맨손으로 피해자의 목을 졸랐으며 지역도 너무 멀었다. 놈이 아니었다.

넌 어디 있지, 글로버?

할 수만 있다면 글로버가 잡힐 때까지 안드레아를 어디 가둬놓기라도 하고 싶었다. 어딘가 보안 장치가 잘 돼 있는 건물에. 하지만 어림없었다. 안드레아를 설득해 잠깐 동안 들어와서 살게 하는 데만도 몇 번이나 목소리를 높여 말다툼해야 했는지 모른다.

사건을 맡은 FBI 요원은 그 문제에 관해 조이와 의견이 달랐다. 경찰도 마찬가지였다. 그들은 글로버가 진즉 꽁무니를 뺐다고 믿었다. 벤틀리 자매와 가까이 머무는 건 놈이 감당하기엔 너무 큰 위험이라고. 하지만 그들이 틀렸다는 걸 조이는 **알았다**. 조이는 마지막으로 만났을 때 자신을 보던 놈의 눈빛을 보았다. 놈의 목소리를 들었다. 놈의 집착은 절대 멈추지 않을 터였다.

조이는 엄청난 공포에 사로잡혀 멍하니 허공을 응시했다. 책상 위에는 액자 하나, 장식품 하나 보이지 않았다. 화분을 두 번 가져다놨지만 처음 것은 이틀도 안 돼 죽었다. 그다음엔 선인장을 갖다놨는데 거의 한 달 가까이 살아남았지만 결국엔 굴복했다. 원인은 물과 일조량 부족이었지만, 동료이자 친구인 테이텀은 조이의 눈빛이 너무 무서워서 죽은 거라고 놀렸다. 이제 조이는 화분 대신 어수선함을 자기 책상의 인테리어 포인트로 삼기로 했다. 그거라면 넘치도록 있었으니까.

귀에 익은 빠른 발걸음 소리가 문 앞을 지나자 조이는 의자에서 벌떡 일어나 서둘러 복도로 나갔다. 조이에게 붙잡힌 건 팀장인 크리스틴 맨쿠소였다.

"팀장님, 잠깐 말씀 좀 나눌 수 있을까요?"

맨쿠소는 조이를 거들떠보지도, 걸음을 늦추지도 않았다. "짧게 해, 조이. 이제 겨우 주초인데 난 이미 가야 할 곳이 여섯 군데나 있다고." 맨쿠소는 주름 하나 없이 깨끗한 정장에 검은 머리카락을 뒤로 단정히 묶었다. 입술의 미인 점까지 포함해 모든 것이 권위와 능률을 말하고 있었다.

"콜드웰 요원이 맡은 글로버 사건 수사에 저도 참여하고 싶습니다." 댄 콜드웰은 조이와 마찬가지로 연쇄범죄자를 프로파일링하는 행동분석팀 소속이었다. 사건에 자기 대신 콜드웰이 배정됐을 때 조이는 맹렬히 화를 냈지만 맨쿠소는 딱 잘라 퇴짜를 놓았다.

"그 이야기라면 이미 끝났잖아. 안 돼."

"사건 당사자로서 제가 아는 것들은 범인의 프로파일을 작성하는 데 귀중한 자산이 될 겁니다. 가진 것을 총동원해야죠. 특히 지금처럼 놈이 다시 범행을 저지르는 건 시간문제라는 사실이 명확할 때는요."

맨쿠소는 종이를 연달아 뱉어내고 있는 커다란 프린터 옆에서 걸음을 멈추고 맨 위 페이지를 응시한 후 낙심한 듯 끙 소리를 냈다. 그리고 조이를 돌아보았다. "그래서 콜드웰 요원이 이틀에 걸쳐 자네를 신문한 거잖아. 자네가 글로버와의 과거사를 통해 알고 기억하는 모든 걸 넘겨받으려고 말이야."

"하지만 제 생각은 다른……. 저는 수사에 객관적으로 임할 수 있습……."

"없어." 맨쿠소의 어조는 가차 없었다.

"그럼 휴가를 좀 주세요."

"그자를 직접 추적이라도 하시게? 무슨 현상금 사냥꾼이야? 어림없어. 자넨 여기 있어야 해."

"왜죠?" 조이는 저도 모르게 큰 소리를 냈다. "제가 맡고 있는 사건들은 10년이나 15년은 된 것들이에요. 그게 뭐가 그렇게 시급하죠?"

맨쿠소는 "정신 차려, 벤틀리" 하고 쏘아붙인 후 다시 프린터를 돌아보고 인쇄물들을 후루룩 넘겨 훑어보더니 그중 몇 장을 집어 들고 돌아가기 시작했다. 조이가 따라오거나 말거나 관심도 없다는 태도였다.

조이는 황급히 쫓아갔다. 맨쿠소와 보조를 맞추려면 종종걸음을 해야 했다. "크리스틴…… 그자가 제 동생을 위협하고 있는 한 저는 업무에 집중할 수 없어요. 제 일을 할 수가 없다고요. 제발 며칠만 주세요. 그거면 돼요. 며칠이랑 범죄분석가 한 명이요."

맨쿠소는 속도를 늦췄다. 콴티코에서 일하기 시작한 후로 조이가 '크리스틴'이라는 이름으로 부른 건 이번이 처음이었다. 보스턴의 현장사무소에서 함께 일했던 과거 인연으로 인한 친분, 그게 조이가 맨쿠소에게 휘두를 수 있는 단 하나의 무기였다. 앞으로 당분간 그 무기는 다시 사용할 수 없을 것이다.

"있잖아……." 맨쿠소가 운을 뗐다. "자네가 살펴봐야 할 다른 사건이 있어. 그걸 마치고 나면 닷새를 줄게. 콜드웰 요원과 협력한다는 조건으로."

"좋아요." 조이는 믿기지 않는 행운에 재빨리 고개를 끄덕였다. "무슨 사건인데요?"

맨쿠소는 사무실 문 앞에서 걸음을 멈췄다. "메일 받은 걸 전달해줄게. 아직 사건 보고서는 없어. 오늘 아침에야 도착했거든."

"사건 보고서가 없다고요?" 조이가 놀라서 물었다. "그럼 뭐가 있는데요?"

"영상 링크. 어떤 놈이 여자를 생매장하는."

"이해가 안 가요. 연쇄살인범이라면 그 전에 다른 사건들이……."

"첫 사건이야."

조이가 눈을 깜빡였다. "하지만 우린 **연쇄**살인범을 다루잖아요."

"더 일어날 것 같거든."

"왜요?"

맨쿠소가 문손잡이를 움켜쥐었다. "왜냐하면 영상 제목이 '실험 1호'야."

3

크리스틴 맨쿠소는 테이텀 그레이의 사무실 문을 열고 안으로 들어간 후 조이가 따라 들어올 틈을 주지 않고 등 뒤로 문을 쾅 닫아버렸다. 평소 조이를 아끼긴 했지만, 요즘엔 조이 때문에 돌아버리기 직전이었다. 지난 한 달간 조이는 이메일, 전화, 그리고 직접 방문으로 맨쿠소에게 끝도 없는 공격을 퍼부었다. 모든 게 그 망할 놈의 연쇄살인범 때문이었다. 단 며칠만이라도 조이 벤틀리에게서 벗어날 수만 있다면 얼마나 좋을까.

문득 고개를 든 테이텀은 자기 사무실에 있는 맨쿠소를 발견하고 놀란 표정을 지었다. "좋은 아침입니다, 팀장님. 주말은 어떻게 보내셨어요?"

"보내기도 전에 가버리더군." 맨쿠소는 테이텀과 마주 앉았다.

맨쿠소가 들이닥쳤을 때 테이텀은 책상 위에 펼쳐져 있던 사건 파일을 읽는 중이었다. 행동분석팀에 합류한 지 얼마 안 된 테이텀은 아직 맨쿠소가 프로파일러들에게 기대하는 지식과 경험을 거의 갖추지 못했다. 하지만 테이텀의 예리한 본능은 그걸 적어도 일부나마 보완했고, 유감스럽게도 맨쿠소는 그 사실을 부정할 수 없었다. 심지어 더욱 좋은 점은 테이텀이 남들 조언에 실제로 **귀를 기울이는** 능력을 갖췄다는 거였다. 거의 듣도 보도 못한 능력이었다.

테이텀은 이미 한 달 전에 조이와 함께 시카고 살인 사건을 맡아 해결함으로써 자신의 능력을 입증했다. 비록 수사가 이루어진 방식은 맨쿠소의 마음에 썩 들지는 않았지만, 두 사람이 일가족 학살을 막아냈다는 사실은 부정할 수 없었다.

테이텀이 평소와는 달리 넉살 좋은 웃음을 띠고 있지 않아서 맨쿠소는 기분이 좋아졌다. 분명히 그 웃음에 매력을 느끼는 사람도 어딘가에 존재하겠지만, 맨쿠소가 보기에는 잘난 척하는 것 같고 철없어 보이는 웃음에 불과했다. 지금 이 순간, 테이텀은 맨쿠소에게 관심을 집중한 채 호기심 어린 표정을 짓고 있었다.

"글렌 웰스에 관해 뭔가 할 말이 있나?" 맨쿠소가 물었다.

테이텀은 어리둥절한 듯 눈을 깜빡이며 뒤로 몸을 기댔다. 넓은 어깨가 긴장으로 팽팽해졌다. 잠시 후 테이텀이 말했다. "웰스는 제가 로스앤젤레스에서 수사한 소아성애자입니다. 주로 등굣길의 어린 여학생들을 노렸습니다. 아이들을 추행하고 강간하고는 협박으로 입을 다물게 했죠. 사진까지 촬영했고요. 우린 놈의 노트북에서 서른 명도 넘는 여자애들의 사진을 찾아냈습니다. 그중 한 아이는 자살을 기도했죠."

맨쿠소는 그렇게 말하는 테이텀을 지켜보았다. 테이텀은 차분한 듯 말을 이어갔지만 입술이 일그러졌고 오른 주먹을 불끈 쥐고 있었다.

"실질적 증거를 확보하기가 쉽지 않았습니다. 다 정황증거뿐이었죠. 우린 꽤 오랫동안 미행하다가, 마침내 길거리에서 열세 살짜리 여자애를 추행하던 놈을 덮쳤습니다. 그 여자애를 끌고 가려는 놈에게 접근해 체포하려고 했죠."

"어떻게 됐지?"

"놈이 줄행랑을 놨죠. 저는 뒷골목으로 쫓아갔습니다. 놈이 중간쯤에서 멈춰서 절 돌아보더군요. 전 놈에게 총을 겨누고 양손을 머리 위로 올리라고 명령했죠. 놈은 대신 숄더백에 손을 집어넣더군요. 그래서 세 발을 쐈습니다."

"그리고 놈의 숄더백엔 뭐가 들어 있었지?"

"카메라 한 대요. 아마 체포당하기 전에 사진을 지우려고 했던 모양입니다."

"그리고 죽었지."

"전 수사를 받았고 풀려났습니다."

"재개될지도 몰라." 맨쿠소가 나지막이 말했다.

테이텀의 눈이 휘둥그레졌다. "왜요?"

"새로운 목격자가 있나 봐. 누군가가 총격을 목격했다고 주장하고 나섰어."

"왜 지금까지 기다렸답니까?"

맨쿠소가 어깨를 으쓱하며 되물었다. "그걸 누가 알겠어? 오늘 아침 IIS 소속 특수요원한테 전화가 왔어. 라슨이라는 친구더군. 혹시 자네도 아나?" IIS는 FBI의 내부 감사조직이다. 그 망할 놈의 전화는 맨쿠소의 기분을 더한층 잡쳐놓았다.

"네, 압니다." 테이텀이 이를 악물고 대답했다.

"자네한테 썩 호감이 있는 것 같진 않더라고. 그렇게 많은 사람들을 잘도 열받게 하는 자네의 재주에는 정말이지 감탄을 금할 수 없다니까."

"부단한 노력의 결과죠." 테이텀이 익살을 부렸다.

"음, 그 친구가 나한테 그 이야기를 하는데 고소해하는 티가 역력하더군. 자네가 곧 소환돼 신문을 당하게 될 거라고 하면서 아주 신이 났던걸."

"언제라고 말하던가요?"

"그렇게까지 자세한 이야기는 미처 하지 못했어. 난 자네가 촌각을 다투는 사건을 수사 중이라 며칠 여유가 필요하다고 했지."

"전 지금 맡고 있는 사건이 없는데요."

맨쿠소가 한숨을 푹 내쉬었다. "없긴 왜 없어. 내가 라슨한테 없는 소리를 했다는 거야?"

테이텀은 어리둥절한 눈치였다. "정확히 제가 뭘 하길 바라시는 거죠?"

"난 이 내부 감사 사건에 관해 좀 더 알아야겠어." 맨쿠소가 대꾸했다. "그리고 지금 알아보는 중이고. 하지만 시간이 필요해. 그러니 적어도 며칠 동안 자네가 좀 얌전히 있어줬으면 좋겠어. 내가이 일을 해결할 때까지."

테이텀은 고개를 끄덕였지만 맨쿠소는 테이텀이 양 주먹을 불끈 쥐고 있는 걸 알아차렸다. 짐작건대 테이텀은 하루도 안 가서 여기저기 전화를 걸어대며 이 난장판을 직접 해결하려 할 게 분명했다. 그리고 그건 상황을 더욱 악화시키기만 할 것이다.

4

내부 감사가 재개된다는 소식은 테이텀에게 씁쓸한 뒷맛을 남겼다. 완전히 정리된 줄로만 알았는데. 다시 그 일이 어두컴컴한 과거에서 도로 기어나오려 하고 있었다.

다 잊고 일에 집중하려고 한 시간 반 가까이 애쓰던 테이텀은 마침내 포기하고 뭔가 마음을 달랠 거리를 찾아 탕비실로 향했다. 하지만 탕비실에서 위안거리를 찾겠다는 건 헛된 바람이었다. 어디 먹을 테면 먹어보라는 듯 바짝 말라붙은 쿠키를 우적대며 사무실로 돌아가던 테이텀은 조이의 사무실 앞에서 걸음을 멈췄다. 친근한 얼굴을 보면 도움이 되지 않을까 싶어서였다.

테이텀은 문을 두드렸다. 문을 통해 마치 누군가 울고 있는 것 같은, 신경에 거슬리는 숨죽인 소리가 들려왔다.

"들어오세요." 조이의 목소리에 테이텀은 문을 열었다. 조이는 책상 앞에 앉아 얼어붙은 듯 노트북을 들여다보고 있었다.

조이는 테이텀보다, 아니, 바른말로 대다수의 여자들보다 훨씬 작았다. 얼굴에서 가장 두드러지는 부분은 눈동자로, 상대를 빨아들이는 듯한 녹색이었다. 테이텀은 전에 어떤 요원이 조이를 등 뒤에서 "독수리"라고 부르는 걸 들은 적이 있는데, 그럴 만도 하다고 생각했다. 조이의 눈빛은 맹수 같은 구석이 있었고, 마치 상대를 꿰뚫어보고 가장 깊숙이 숨겨놓은 생각까지 읽어낼 것만 같았다. 거기다 길고 새 부리처럼 살짝 굽은 코도 한몫했으리라.

테이텀이 들은 울음소리는 조이의 컴퓨터에서 나오는 거였다. 조이는 테이텀을 물끄러미 본 후 자판을 눌러 재생을 중단했다. 울음소리가 멈추자 테이텀의 굳었던 어깨가 풀렸다.

"미안해요. 나중에 다시 올게요." 테이텀이 말했다.

"그래요." 조이는 다시 화면을 돌아보았다.

테이텀은 한쪽 눈썹을 추켜 올렸다. 두 사람은 주말이 지나고 나서 처음 보는 거였다. 적어도 주말은 잘 보냈느냐고 가벼운 관심이라도 보여줬으면 좋았을 텐데. 테이텀은 그만 가려고 등을 돌렸다. 조이의 사무실은 친근한 얼굴을 찾기에 최적의 장소는 아닌 게 분명했다.

"잠깐만요, 테이텀."

"네?"

"이걸 누가 같이 봐줬으면 좋겠어요. 괜찮으면 한번 봐줄래요?"

"그럼요." 테이텀은 놀라서 눈을 껌뻑였다. 조이는 보통 혼자 일했다. 테이텀은 책상을 빙 돌아가 화면을 들여다보았다. 영상은 43분 32초에 정지해 있었다. 총 길이는 한 시간이 조금 안 되었다. 정지 화면은 공포로 얼굴이 일그러진 채 비좁고 어두운 장소에 누워 있는 젊은 여자를 보여주었다. 화면이 흑백인 것으로 미루어 열화상 카메라를 이용해 촬영한 듯했다. 조이는 다시 영상을 재생했다.

다시 재생된 화면은 두 부분으로 나뉘었다. 아래쪽 화면은 흑백으로, 어두운 공간에 누워 있는 동일한 여자를 보여주었지만, 이제 그 여자는 비명을 지르고 있었다. 위쪽 화면은 모래로 뒤덮인 땅이었는데, 아마도 사막인 듯했다. 땅에는 무덤처럼 보이는 직사각형 구덩이가 파여 있었고, 그 구덩이 주위를 왔다 갔다 하는 남자의 하반신이 보였다. 삽으로 구덩이 안에 모래를 퍼붓고 있었다.

여자의 비명은 견디기 힘들었다. 테이텀은 문득 사무실 문이 열려 있는 걸 깨닫고 급히 가서 문을 닫았다.

"음량 좀 낮춰줄래요, 제발?" 테이텀이 부탁했다.

조이는 고개를 끄덕이고 마우스를 클릭했다. 비명이 약간 작아졌다. 테이텀은 다시 화면을 보았다. 삽질을 하던 남자가 큰 통 쪽으로 갔다. 통을 발로 기울이자 그 안에 든 흙이 커다란 구덩이로 덩어리째 떨어졌다. 남자는 삽으로 통 안을 긁었다. 여자는 양 주먹으로 자기 몸 위에 있는 뭔가를 두들겼다.

위쪽 화면 속 남자의 냉정하고 침착한 움직임과 아래쪽 화면 속 여자의 히스테리 사이의 불협화음에 테이텀은 저도 모르게 몸서리를 쳤다. 조이 쪽으로 몸을 숙여 영상을 정지했다. 비명이 멈추자 테이텀은 안도감에 몸이 축 늘어졌다. "이게 뭐죠?"

"생매장당하는 여자의 영상이에요. 아니, 일단은 그런 것 같아 보여요."

"어디서 났어요?"

"맨쿠소가 받아서 나한테 보내줬어요. 텍사스 주 샌앤젤로 시의 경찰이 FBI에 보낸 거죠. 이걸 보고 내 의견을 말해달래요." 조이의 손이 다시 재생 버튼 쪽으로 움직였다.

"잠깐만요." 테이텀이 급히 만류했다.

마우스 위를 1초쯤 맴돌던 조이의 손이 결국 물러났다.

"우리가 아는 게 뭐죠?" 테이텀은 화면을 응시하며 물었다. 영상 아래쪽에는 '실험 1호'라는 자막이 떠 있었다. 그리고 자막 옆에 게시자의 이용자명이 회색으로 표기돼 있었다. '슈뢰딩거'였다. 영상이 게시된 시각은 '09/02/16 08:32'이었다. 영상 자체를 제외하면 화면에 표기된 정보는 그게 전부였다. 나머지 웹페이지는 공백이었다. 테이텀은 맨 위의 URL을 응시했다. 그냥 글자와 숫자가 무작위로 나열된 것처럼 보였다.

조이는 자신의 이메일 계정이 접속된 브라우저를 띄우고 재빨리 메일 내용을 훑었다. "샌앤젤로 경찰은 영상의 파묻힌 여성이 니콜 메디나라고 밝혔어요. 19세이고, 샌앤젤로에서 모친과 함께 살았고요. 사흘 전 모친이 딸의 실종을 신고했대요. 실종 신고를 하고 몇 시간 후, 블로거 8명 및 언론인 2명이 임시 이메일 계정으로부터 발신된 이 링크를 받았고요."

테이텀은 조이의 어깨너머로 이메일을 읽었다. "아직 여자를 찾아내지 못했군요."

"네, 못 찾았어요." 조이는 테이텀이 읽고 있던 곳에서 몇 줄 아래를 가리켰다. "피해자의 모친은 딸이 절대 그런 식으로 말도 없이 사라질 사람이 아니라고 했어요."

"뭔가 새로운 홍보 수법일지도 몰라요. 영상은 가짜로 찍은 거고요. 어머니란 사람도 한패일지 모르죠."

"그럴 수도 있겠죠."

"하지만 당신 생각은 다른 거죠?"

"아직 몰라요."

"나머지를 봅시다."

조이는 영상을 다시 재생했다. 다시금 방 안을 가득 채우는 니콜의 비명에 테이텀은 저절로 이가 갈렸다. 두려움에 일그러진 얼굴을 피해, 대신 무덤에 모래를 퍼붓고 있는 남자에게 초점을 맞췄다. 중요한 건 영상의 위쪽 절반이었다. 아무리 작은 실마리라도 그 영상이 찍힌 지역을 알아내는 데 도움이 될 수 있었다. 카메라가 놓인 위치상 두 사람은 땅바닥, 남자의 손발, 흙이 든 통들, 그리고 서서히 채워지는 무덤밖에 볼 수 없었다. 남자는 청바지와 긴소매 셔츠 차림에 양손에는 두꺼운 장갑까지 끼고 있어서 맨살이 조금도 드러나지 않았다. 영상의 음향은 여자 쪽 화면에서만 나왔다. 여자는 이제 비명을 멈추고 겁에 질려 흐느끼기 시작했다.

무덤의 뭔가가 테이텀의 눈길을 끌었다. "봐요." 테이텀은 무덤의 한쪽 구석을 가리켰다. 뭔가가 거기서 뱀처럼 꾸불꾸불하게 위로 튀어나와 있었다. "케이블이에요."

"그러네요. 혹시 공기 통로일까요?"

자세히 살펴보던 테이텀이 마침내 "아닌 것 같아요" 하고 말했다. "그보다는 전선 같아요. 매장된 여자의 영상이 그걸 통해 전송되고 있는 것 같고요. 만약 여자가 정말 저 안에 있다면요."

"왜 케이블을 쓰죠? 그냥 블루투스 같은 걸로 전송하지 않고?"

"흙 속에 깊이 묻혔다면 신호 전송이 원활하지 않을 테니까요."

"그렇군요." 조이가 화면에 집중한 채 고개를 끄덕였다.

남자는 7분에 걸쳐 흙이 든 통을 비우는 작업을 한 후 몇 분쯤 화면을 벗어났다. 그동안 위쪽 화면에서는 아무런 변화도 일어나지 않았지만 아래쪽 화면에서는 니콜이 다시 비명을 질렀다. 남자는 통에 든 흙을 무덤에 쏟아붓는 작업을 마치고 삽으로 땅을 고르게 다졌다. 거기 뭔가가 있었다는 흔적은 거의 찾아볼 수 없었다.

그후 남자는 동작을 멈추고 카메라를 돌아보았다.

"뭐 하는 거죠?" 테이텀이 물었다.

"그냥 쉬고 있는 것 같아요. 근데 잠깐만…… 봐요."

남자가 카메라로 가까이 오면서 주머니에서 뭔가를 꺼냈다. 휴대폰이었다. 남자는 카메라에 휴대폰 화면을 보여주었다. 테이텀은 얼굴을 찌푸렸다. 대통령이 연단에 서서 연설하는 영상이었다. 하지만 니콜 메디나의 지친 흐느낌 말고 다른 소리는 들리지 않았다.

"뭐…… 정치적 성명 같은 건가요?"

조이는 고개를 저었다. "영상은 금요일 오전에 게시됐어요." 조이는 '실험 1호' 영상에 표기된 시각을 가리켰다. "뉴스 영상은 실시간 생방송이었어요. 저 남자는 자신의 영상이 **실시간**이라는 걸 우리한테 보여주려는 거예요."

테이텀은 다시 날짜를 응시하면서 맥박이 고동치는 걸 느꼈다. 놈이 영상을 송출하는 동안 경찰이 놈의 위치를 찾아낼 수 있었다면, 이 모든 일은 시작도 되기 전에 끝났을 것이다.

화면 속 남자는 휴대폰을 주머니에 도로 집어넣었다. 그후 카메라를 향해 몸을 숙이자 위쪽 화면이 검게 변했다. 니콜의 울음소리는 더욱 커지고 더욱 날카로워졌다. 다시금 자기 몸 위에 있는 나무를 쾅쾅 두드렸다.

"1, 2분 후면 화면이 바뀌어서 여자를 전체 화면으로 보여줄 거예요." 조이가 말했다.

"끝까지 봤다고요?"

"네."

테이텀은 헛기침을 했다. "끝에 어떻게 되는데요?" 지금 상황에서 그 질문은 둔하고 멍청하게 들렸고, 테이텀은 그런 질문을 한 자신이 역겨웠다.

조이는 진행 표시줄 위로 커서를 움직여 오른쪽으로 끌어당겼다. 영상이 깜빡이며 앞으로 진행됐다. 57:07에서 커서를 놓자 니콜은 이따금씩 코를 훌쩍이는 걸 제외하면 거의 침묵에 잠겨 있었다. 10초 후 영상이 검게 변했다.

"그냥 이렇게 멈춰요." 조이가 말했다.

테이텀이 얼굴을 찌푸리며 말했다. "난 영상이 계속 켜져 있을 줄 알았어요. 질식사하는 과정을 우리한테 보여주려고요."

"어쩌면 질식사하지 않았는지도 모르죠."

"맞아요."

"그리고 어쩌면 니콜은 사실 그 무덤 안에 있지 않을지도 몰라요. 그리고 니콜이 한패가 아니라 해도, 이건 여전히 아주 역겨운 장난일 수도 있고요. 어딘가 다른 곳에 갇혀 있을 수도 있죠."

"어쩌면 니콜이 갇힌 영상은 생방송이 아닐지도 몰라요." 테이텀이 제시했다. "영상의 위쪽 절반만 라이브 뉴스 영상으로 보여준 거죠. 니콜을 보여주는 아래쪽 절반과 그게 연결돼 있다는 증거는 하나도 없잖아요."

"어쩌면 이 영상은 슈뢰딩거의 고양이와 뭔가 관련이 있을지도 몰라요." 조이가 게시자의 아이디 '슈뢰딩거'를 가리켰다. "자세히는 모르지만, 슈뢰딩거의 고양이는 상자에 고양이를 가두는 실험이니까요."

"그리고 고양이는 살아 있는지 죽었는지 모르고요. 그러니까 양쪽 다일 수 있죠."

"그리고 이 영상에서는 여자가 상자에 갇혀 있고, 우린 그 여자가 죽었는지 살았는지 추측만 해야 하는 처지고요." 조이가 의자에 등을 뒤로 기댔다. "그래서, 당신 생각은 어때요?"

"무슨 뜻이죠?"

"이 여자가 정말 생매장을 당한 걸까요? 영상 제목은 '실험 1호'예요. 더 있을 수도 있어요."

"진짜라고 치고 한번 생각해보죠……." 테이텀의 심장이 갑자기 덜컥 내려앉았다. "여자는 여전히 살아 있을 수도 있어요."

조이는 고개를 저었다. "실제로 저 안에 계속 있다면 그렇지 않죠. 그게 내가 맨 처음 확인한 거예요. 아까 라이어널한테 전화해서 한번 봐달라고 부탁했거든요."

테이텀이 고개를 끄덕였다. 라이어널은 행동분석팀과 함께 일하는 분석가 중 한 명이었다.

"그 친구가 무덤 크기를 남자의 다리와 비교하고 상자 높이를 니콜의 머리와 비교해서 근사치를 냈어요. 상자가 무덤 속을 꽉 채울 만큼 크다면 길이는 최대 약 20미터, 폭은 약 0.8미터, 높이는 약 0.6미터예요. 아마 관보다 조금 더 클 겁니다. 라이어널 말에 따르면, 니콜은 길어도 서른여섯 시간 내에 질식사했을 거예요. 심지어 그 친구의 계산에 큰 오류가 있다 쳐도요. 그리고 니콜이 처음에 심한 히스테리를 일으켰다는 사실을 감안하면 아마 필요한 정도를 훨씬 넘는 공기를 소비했을 거예요. 라이어널은 여자가 아마 열두 시간 후에 사망했을 거라고 추정했어요."

테이텀은 조이의 책상 한쪽 귀퉁이에 종이 몇 장을 깔고 걸터앉았다. "그러니까…… 맨쿠소는 이게 정신 나간 장난인지 아니면 살인 사건인지를 당신더러 판단해달라는 거죠?"

"둘 다 아닐 수도 있어요. 어쩌면 누군가 실제로 니콜을 납치했지만 죽이지는 않았을지도 몰라요. '실험 1호'라는 자막은 그냥 니콜이 등장할 여러 영상 중 첫 편이라는 뜻일 수도 있고요."

그건 왠지 지금까지 제시된 가능성 중 최악으로 느껴졌고, 테이텀은 저도 모르게 움찔했다. "그럼 당신은 그걸 어떻게 알아낼 생각이죠?"

조이가 막 대답하려는 참에 문이 열리더니 맨쿠소가 안으로 들어섰다.

"아, 잘됐네." 맨쿠소가 테이텀을 보고 말했다. "자네도 여기 있군. 안 그래도 이리로 부르려던 참이었는데. 영상은 봤나?"

"일부분만요." 테이텀이 대답했다.

맨쿠소가 흡족한 표정으로 고개를 끄덕이고 조이를 돌아보았다. "지금 단계에서 뭔가 짚이는 게 있나?"

"사건을 좀 더 상세하게 이해하려면 담당 형사와 이야기를 나눠봐야 해요. 니콜 메디나에 관해 더 많은 걸 알면 도움이 될 거예요. 그리고 영상에는 분명히 기술적 데이터가 있으니 우린 그걸……."

"그럼 자네는 우리가 이 사건을 좀 더 철저히 수사해야 한다고 보나?"

"설령 이게 단순한 장난이라 쳐도, 니콜은 그다지 자진해서 참여한 것처럼 안 보이거든요." 조이가 말했다. "적어도 이건 납치 사건이에요."

"좋아. 그렇다면 자네들 둘이 그쪽으로 갔으면 좋겠군." 맨쿠소가 말했다. "니콜 메디나가 아직 살아 있을지도 모르니까, 가능한 한 빨리. 난 샌앤젤로 경찰을 도울 수 있다면 최대한 돕고 싶어."

테이텀은 얼굴을 찌푸렸다. "팀장님, 전 우리가 이것 때문에 텍사스 주까지 날아가는 게 맞는지 잘 모르겠는데요. 전화 통화 몇 번으로도 충분히……."

"난 거기 두 사람을 직접 보내는 쪽으로 확실히 마음이 기울었어." 맨쿠소가 말을 싹둑 잘랐다. "내 직감이 말하기를, 이 사건은 보다 심각해질 가능성이 있어. 정말 그렇게 될지도 모르니, 미리 대비하고 싶어."

"하지만 팀장님." 조이의 얼굴에 놀라움과 우려가 동시에 깃들었다. "제 동생은……."

"자네 동생은 괜찮아, 벤틀리. 비행기 표를 사라고. 가능하면 오늘 밤에 떠나는 걸로." 말대꾸는 용납하지 않겠다는 듯, 맨쿠소의 어조는 단호했다. "자네들이 니콜 메디나 사건에 관여해줘야겠어."

몇 초간, 조이와 맨쿠소는 서로를 노려보았다. 두 사람 사이에 낀 테이텀은 몸을 뒤로 빼고 싶은 충동을 간신히 억눌렀다.

순간 머릿속이 정리되면서 테이텀은 팀장의 결정에 니콜 메디나의 안위에 대한 우려 말고 다른 뭔가가 더 있다는 사실을 깨달았다. 맨쿠소는 조이가 글로버 사건에서 발을 빼기를 바라는 것이다. 팀 사람들은 조이와 그 사건에 배정된 요원이 글로버의 프로파일과 관련해 줄기차게 언쟁을 벌이고 있다는 걸 훤히 알고 있었다……. 심지어 해당 요원이 조이 때문에 업무에 지장이 심하다고 투덜댈 정도였다.

그리고 당연하게도, 팀장은 테이텀 역시 잠깐 안 보이는 데로, 그리고 라슨과 내부 감사실의 손이 닿지 않는 곳으로 치워버리고 싶어 했다.

마침내, 먼저 시선을 피한 조이가 부루퉁하게 내뱉었다. "다른 하실 말씀이 있습니까, **팀장님**?"

"샌앤젤로 경찰에 연락해서 자네가 그쪽으로 갈 거라고 알려줘. 그리고 내게 지속적으로 상황을 보고하도록."

5

테이텀은 아파트 문을 열기 전부터 할아버지 마빈의 고함 소리를 들을 수 있었다. 노인네는 잔뜩 흥분한 듯했다. 또 누가 할아버지의 시리얼에 오줌이라도 쌌나 보군. 보통 범인은 테이텀의 고양이 프레클이었다. 프레클이 실제로 마빈의 시리얼에 오줌을 쌌다 해도 테이텀은 놀라지 않으리라. 테이텀은 집 안을 조심스레 엿보았다. 프레클은 요즘 들어 문 앞을 자신의 새로운 잠자리로 결정했다. 문을 너무 급하게 열었다간 프레클의 분노를 자극할 수도 있었다. 프레클이 분노한다 함은 곧 모든 관련된 인간의 종아리가 피칠갑을 당하게 될 거라는 뜻이었다. 하지만 오늘 그 작은 호랑이는 어딘가 다른 곳에서 어슬렁거리고 있는지, 문간에는 모습을 보이지 않았다.

고함이 들려오는 곳은 부엌이었다. 대화의, 아니 고함의 반쪽만 들리는 것으로 미루어 마빈은 아마도 전화 통화를 하고 있는 모양이었다.

"이봐요, 아가씨. 그냥 당신 윗사람을 좀 바꿔줘요. 아니면 누구든 좋으니 뇌세포가 두 개 이상인 사람으로. 내가 뭘 원하느냐고……? 음…… 나야 당연히 건강보험을 들고 싶지……. 그게 내가 전화한 이유니까. 알겠어요? 아니, 난 노인용 보험 이야기를 하는 게 아니라고, 젠장! 내가 물어본 건 정확히…… 여보세요? 이봐요, 여보세요!"

테이텀은 눈동자를 도르륵 굴리고 부엌으로 들어갔다. 마빈은 반쯤 빈 찻잔을 앞에 둔 채 식탁에 앉아 있었다. 날카로운 시선이 즉시 테이텀을 향했다.

"망할 보험설계사 놈들! 남의 고혈을 쪽쪽 빨아먹는 거머리들 같으니! 이것들은 돈이라면 환장하면서 실제로 **일을 하면** 죽기라도 하는 줄 알아. 망할. 한 번쯤은 자기들 머리를 써서 생각이란 걸 해 보라고!"

"그래도 할아버지가 마침내 보험 들 생각을 하셨다니 다행이네요." 테이텀이 자신이 마실 차를 한 잔 따르며 말했다. 마빈에게 의료보험에 가입하라고 몇 주 전부터 잔소리를 한 터였다.

"흠, 그래. 그런데 도무지 처리될 기미가 안 보이는구나!"

테이텀이 고개를 끄덕였다. 할아버지는 구식이었다. 온라인 양식을 작성하길 거부하고 모든 걸 직접 맞대면해서 처리하고 싶어 했다. 전화 통화가 5분만 넘어가면 대번에 짜증을 부렸다. 테이텀은 공감할 수 있었다. 요즘은 모든 게 마빈에겐 너무 빠르게 바뀌고 있었다. 테이텀은 할아버지의 컵에도 뜨거운 물을 채워준 후 맞은편에 가 앉았다.

"제가 대신 처리해드려요?" 테이텀이 물었다. "저는 이 사람들 사고방식을 알거든요."

마빈은 망설이는 표정으로 "그러냐?" 하고 대꾸하고는 마침내 꿍얼대듯 내뱉었다. "네가 해줄래?"

"그럴게요. 뭐가 필요하신데요?"

"스카이다이빙 강습을 위한 보험에 가입하려고."

테이텀은 사레가 들려 차를 내뿜었고, 마빈은 가슴 앞으로 팔짱을 낀 채 그런 손자를 노려보았다. 차가 코로 들어가는 것보다 더 불쾌한 건 없었다. 더군다나 아직 뜨거울 때는.

"스카이다이빙 강습이라고요?" 테이텀이 마침내 기침하는 사이사이로 말을 내뱉었다.

"사흘 후에 스카이다이빙 강습이 있다. 이미 돈까지 다 냈고. 그런데 이제 와서 내 나이가 마음에 안 든다는 거야. 자기네 보험으로는 처리가 안 된다고, 그러니 내가 꼭 그걸 하고 싶으면 별도로 보험을 들어야 한다지 뭐냐. 이런 배짱 장사가 말이나 되냐?"

"당연히 되죠." 테이텀은 키친타월로 입을 문질렀다. "할아버지는 그 강습 못 들으세요."

"젠장, 어째서?"

"왜냐하면 87세시니까요."

"그게 뭐? 내가 해야 할 건 비행기에서 뛰어내리는 것뿐인데. 나이 든 사람한테도 중력은 똑같이 작용한단다, 테이텀."

"누가 중력이 문제래요? 할아버지는 비행기에서 뛰어내린 지 5초 만에 심장마비를 일으킬 거라고요."

"내 심장은 황소만큼 튼튼하다. 헛소리하지 마라."

"할아버지는 전에도 심장마비를 **일으키셨잖아요!**"

"10년도 더 전이다, 테이텀. 날 죽이지 못하는 건 날 강하게 만들지. 내겐 남은 시간이 많지 않다. 길어야 30년이나 40년일 거야. 죽기 전에 비행기에서 뛰어내려보고 싶다. 내가 너무 많은 걸 바라는 거냐?"

"그냥 보통 할아버지처럼 브리지 게임을 하거나 낚시를 가실 순 없어요?"

"얘야, 날 도와주겠다고 했잖느냐. 전화를 할 거냐 말 거냐?"

"절대 어림도 없죠."

격분한 마빈은 식탁에서 일어나 쿵쿵 발을 구르며 걸어가 버렸다. 테이텀은 한숨을 쉬고 고개를 들어 천장을 바라보았다. 할머니가 저 위 하늘에서 두 사람을 내려다보며 배꼽을 잡고 웃고 있을 것만 같았다.

일어나서 찻잔을 들고 할아버지를 따라 거실로 갔다. 죽음의 오렌지색 고양이 프레클이 거기에 앉아 어항을 노려보며 꼬리를 살랑거리고 있었다. 유리 어항 안에 혼자 들어 있는 물고기는 앞뒤로 차분하게 헤엄쳐 다니면서 유일한 장식품 노릇을 하는 맥주병 주위를 맴돌았다. 티모시라는 이름의 그 물고기는 프레클과 지속적인 지능 전을 벌이고 있었다.

어떻게 된 경위인지 짐작조차 가지 않았지만, 몇 주 전 한밤중에 테이텀은 뭔가가 깨지는 요란한 소리 때문에 잠에서 깨어났다. 손에 총을 들고 거실로 달려갔을 때 눈에 띈 것은 물에 흠뻑 젖은 채 멍하게 있는 프레클과 엎어진 식물 화분이었다. 티모시는 물이 반쯤 빈 어항 속을 차분히 헤엄쳐 다니고 있었다. 그 이후로 프레클은 종종 어항 주위를 어슬렁거리면서 증오심 가득한 눈빛으로 티모시를 쏘아보았지만 티모시는…… 평범한 물고기처럼 행동했다.

마빈은 분노로 얼굴을 잔뜩 찌푸린 채 소파에 앉아 있었다. 테이텀은 이 문제를 당장 해결하지 않으면 할아버지가 스카이다이빙보다도 더한층 위험한 취미를 찾아낼 거라는 걸 알고 있었다. 곧 텍사스로 날아가야 하는데, 장례식을 치르러 돌아오고 싶지는 않았다. 할아버지를 바쁘게 만들 거리를 찾아야 했다.

"저기요." 테이텀이 할아버지 옆 소파에 털썩 주저앉았다. 차가 찻잔 안에서 위태롭게 출렁거렸지만 기적적으로 넘치지는 않았다. "저는 오늘 밤에 텍사스로 가야 해요. 부탁드릴 게 좀 있어요."

"아, 이젠 네가 부탁할 게 있다고? 음, 난 그리 너그러운 기분이 아니다, 테이텀."

"조이 벤틀리라고, 아시죠? 저랑 같이 일하는 여자?"

마빈의 얼굴을 보니 호기심이 동한 게 분명했다. "그래."

"그 사람을 공격한 남자를 아직 못 잡았어요. 아시죠? 그 연쇄살인범……."

"로드 글로버. 당연히 알지, 테이텀. 나 아직 노망 안 났다."

"그자가 그 사람 여동생을 위협하고 있어요. 어쩌면 스토킹하고 있을지도 몰라요. 그리고 조이는 동생을 혼자 두고 가야 해서 걱정하고 있어요. 혹시 할아버지가…… 그 집에 좀 들러봐 주실 수 있어요?"

"흐음. 경찰은 손 놓고 있다더냐?"

"음, 글로버는 한 달 전부터 종적을 감췄지만, 조이는 놈이 여전히 근처에 있을지도 모른다고 생각해요. 그냥 가끔 한 번씩만 들러주세요. 그러면 조이랑 동생이 훨씬 안심할 수 있을 거예요."

"그러마. 난 총도 있으니."

테이텀의 낯빛이 핼쑥해졌다. "음…… 그렇죠. 그건 필요 없어요. 총은 집에 두고 가시면 돼요."

"그리고 뭘 하라고, 테이텀? 연쇄살인범이 나타나면 내 지팡이로 머리통이라도 갈기랴?"

"할아버지는 지팡이가 없으시잖아요."

"망할, 당연히 없지! 나한테 **있는 게** 뭔지 아냐, 테이텀? 바로 총이다. 조이한테 내가 동생을 돌봐준다고 전해라. **네 녀석**이랑 달리 난 내 도움이 필요한 사람을 모른 척하는 인간이 아니니까."

6

조이는 침대에 누워 노트북으로 다시 생매장 영상을 보고 있었다. 니콜 메디나가 뚜껑을 두드리며 도와달라고 고함치는 아래쪽 화면은 무시했다. 아까 안드레아가 방에 들어와 그 끔찍한 소리는 대체 뭐냐고 따진 이후로 영상은 묵음 상태였다.

홀린 듯 온 신경을 남자에게 집중했다. 그 태연한…… 느긋하고 차분한 움직임이 조이를 매혹시켰다. 하지만 그건 겉모습일 뿐이었다. 자세히 살펴보니 남자가 무덤을 채울 때 점점 움직이는 속도가 빨라지면서 발걸음에 흥분이 묻어나는 걸 알 수 있었다. 발기로 인해 불편하고 힘들어하는 남자의 어색한 걸음걸이. 남자는 성적으로 흥분했다.

그걸 보자 이게 단순한 장난이 아니라는 조이의 확신이 더한층 굳어졌다. 이 남자는 판타지를 실행에 옮기고 있었다. 뭐가 남자에게 더 큰 흥분을 주었을까? 그걸 모두가 볼 수 있도록 촬영하고 있다는 사실? 아래에서 들려오는 비명과 쿵쿵 두드리는 소리? 무덤을 덮는 행위?

아직 판단하기엔 너무 일렀다.

안드레아가 방문을 두드렸다. "조이? 배 안 고파?"

실은 배고파 죽을 지경이었다. 영상을 멈추고 인상을 쓴 채 마지막으로 한 번 더 화면을 돌아보았다. 위쪽에 있는 남자는 무덤 위의 모래를 고르게 다지다 말고 멈춰 섰다. 아래에서 니콜은 입을 쩍 벌리고 공포에 질린 비명을 지르던 도중에 그대로 굳어버렸다.

조이는 노트북을 덮고 침대에서 일어나 방문을 열었다. 기름에 튀긴 음식 냄새에 위가 게걸스러운 꼬르륵 소리를 냈다. 안드레아는 방문 앞에서 막 다시 노크를 하려던 참이었다. 낯빛은 핼쑥하고 눈에서는 평소의 총기가 사라진 동생의 모습을 보자 조이는 가슴이 미어졌다. 동생의 이런 모습은 그동안 보지 못한 것이었다. 안드레아는 화려한 불꽃, 발랄하고 생명력으로 가득한 들꽃 같았다. 하지만 지속적인 공포를 맞닥뜨리자 그 꽃은 생명력을 잃고 시들어버렸다.

"우리 뭐 먹어?" 조이는 억지로 쾌활한 목소리를 냈다.

"슈니첼이랑 매시드 포테이토를 만들었어."

"슈니첼이라고? 유럽 음식 같은데?"

안드레아는 뒤돌아서 서둘러 부엌으로 향했다. "아마 오스트리아 음식일 거야."

조이도 안드레아를 따라 부엌으로 갔다. 붉은색과 흰색 체크무늬 식탁보 위에 김이 펄펄 나는 접시 두 개가 차려져 있었다. 각 접시 위에는 바삭한 갈색 빵가루로 뒤덮인 커다란 덩어리가 하나씩 놓여 있었는데, 아마도 닭고기인 듯했다. 그 옆에 곁들인 버터 같은 것은 사실 매시드 포테이토로, 위에 장식용 녹색 잎사귀가 얹혀 있었다. 그리고 레몬 한 쪽이 각 접시 가장자리를 장식했다. 모양새로 보나 냄새로 보나 맛있을 것 같았다.

조이가 자리에 앉자 안드레아가 냉장고에서 맥주 두 병을 꺼내 왔다. 조이의 입에 침이 고였다.

"레몬을 뿌려." 안드레아가 말했다.

조이는 시키는 대로 레몬을 짜서 슈니첼 위에 뿌렸다. 고기를 한 조각 잘라 입에 넣었다. 튀김옷은 후추와 밀가루와 위안의 맛이 났다. 고기는 닭고기가 맞았는데, 얇고 잘 익어서 이가 쑥 들어갔다. 레몬은 그 모두와 아주 잘 어울렸다. 조이는 천천히 고기를 씹으며 코로 숨을 들이켰다.

"어때, 맛있지?" 웃으며 묻는 안드레아는 잠시나마 예전의 열정적이고 행복한 동생으로 돌아온 것처럼 보였다.

조이는 "엄청" 하고 대답하고는 씹던 것을 삼켰다.

"너무 오버하진 마. 닭가슴살을 빵가루에 묻혀 튀긴 것뿐인걸. 미슐랭 별을 받을 정도는 아니지."

"음, 조이 별은 하나 줄게."

"그냥 배고파서 그런 거야." 안드레아는 살짝 상기된 얼굴로 자기 슈니첼을 잘랐다.

조이는 맥주를 홀짝이며 물었다. "왜 집에 있어? 오늘 밤에는 출근 안 해?"

안드레아는 접시로 눈을 내리깐 채 어깨를 으쓱했다. "잘렸어."

"뭐라고?"

"프랭크가 아까 전화했어. 후임자를 찾았대."

안드레아의 말투는 짐짓 태연한 듯했지만 목소리에는 눈물을 참을 때 나오는 걸걸한 느낌이 깃들어 있었다.

프랭크는 안드레아가 일하는 음식점 주인이었다. 그 소식을 듣고 조이가 제일 먼저 느낀 본능적 감정은 안도감이었다. 그동안 야근 문제로 두 사람 사이에는 계속 알력이 끊이지 않았다. 야근으로 인해 동생이 불필요한 위험에 처할 수도 있다는 조이의 생각 때문이었다. 글로버는 안드레아가 가게를 나와 뒤쪽 쓰레기장으로 갈 때만을 기다리고 있을지도 몰랐다. 퇴근하고 귀가하는 안드레아를 쫓아와 택시에서 내리는 순간 납치할 수도 있었다.

"널 해고하는 이유가 뭐래?" 마침내 조이가 물었다.

"뭐일 것 같아?" 안드레아가 씁쓸하게 내뱉었다. "일주일에 3회 야근을 거부하는 웨이트리스를 월급 주고 쓸 수는 없대."

"미안해, 난……."

안드레아의 포크가 식탁에 떨어져 쨍그랑 소리를 냈다. "더는 못 참겠어, 조이. 한 달이나 지났는데 놈을 봤다는 사람은 아무도 없어. 단 한 명도! 그리고 콜드웰 요원 말로는……."

"콜드웰 요원은 틀려. 놈을 완전히 잘못 파악했어." 조이가 울컥해서 내뱉었다. "그 사람은 이해를 못 해. 글로버가 얼마나……."

"그 사람은 글로버가 너무 경계심이 많다고 했어. 절대 직접 대면하는 위험을 무릅쓰지 않을 거래."

"그 사람은 틀렸어. 글로버의 판타지는……."

"난 놈의 판타지가 뭐든 관심 없어, 조이! 만약 놈이 정말로 가버린 거라면? 아니면 1년 더 숨어 있을 작정이라면? 아니면 2년? 아니면 5년? 난 계속 이렇게 살 수는 없어." 이제껏 간신히 억누른 눈물이 드디어 차올라, 슈니첼 위에 또르르 굴러떨어져 빵가루를 적셨다.

"안드레아." 조이는 동생의 손을 잡으려 했지만 안드레아는 손을 빼냈다.

"됐어." 안드레아가 내뱉었다. "어차피 일도 거지 같았어."

조이는 안드레아를 어떻게 달래줘야 할지 몰라 그냥 아무 말 없이 식사를 계속했다. 안드레아는 손으로 눈물을 훔치고는 다시 먹기 시작했다.

잠시 후 조이가 말했다. "테이텀이 아까 전화했어. 우리가 텍사스에 가 있는 동안 그 사람 할아버지가 가끔 여기 들르실 거래. 괜찮겠어? 연세가 아주 많으신데, 테이텀 말로는 여기서 많이 적적해하신대."

안드레아는 날카로운 표정으로 언니를 뚫어져라 보았다. 비록 엄마의 매부리코는 조이 혼자 물려받았지만 아버지의 강렬한 초록색 눈동자는 자매 둘 다 물려받았다. 안드레아와 조이는 1초쯤 그대로 침묵 속에서 눈싸움을 했다. 조이는 자신이 대충 둘러댄 말을 동생이 믿는지 어떤지 판단이 안 섰다.

"알겠어." 안드레아가 말했다. "믿을 만한 분인 거지?"

"그래, 그리고 여기 아는 사람이 많지 않대." 그건 새빨간 거짓말이었다. 6주 전 손자와 함께 데일 시티로 이사 온 후 마빈은 이미 몇몇 사람들과 안면을 텄는데, 그중 일부는 마빈에 비해 나이대가 한참 아래였다. 테이텀의 아파트에서는 두 번의 파티가 열렸고, 두 번 다 재산상의 손실과 인근 주민들의 소음 신고를 초래했다.

"지금 딱히 무슨 할 일이 있는 것도 아니고. 난 실직자인데다 집도 없는걸."

"일자리야 새로 구하면 되지."

"난 지쳤어, 조이. 무서워하는 것도 이젠 그만하고 싶어."

조이는 고개를 끄덕였다. 입에 든 맛있는 매시드 포테이토에서 갑자기 모든 맛이 사라졌다. 안드레아는 이런 일을 당할 이유가 없었다. 조이와 달리 안드레아는 자신의 삶에 폭력을 개입시키지 않으려고 최선을 다했다. 평소 텔레비전에서 누가 다치는 것만 봐도 채널을 돌리는 안드레아였다. 그런데 이제 이 뒤틀린 인간이 조이와의 접점 때문에 안드레아의 삶에 침범하다니.

"내가 돌아오면 이 일을 해결할게." 조이는 자신이 약속을 지킬 수 있길 바랐다. "사건에 접근하게 해주겠다고 맨쿠소한테 약속을 받아냈어. 난 글로버, 그 개자식을 잡아서 철창에 처넣을 거야."

"만약 못 하면?"

"우린 해결책을 찾을 거야."

7

2016년 9월 6일 화요일, 텍사스 주 샌앤젤로

뜨겁고 건조한 바람 한 줄기가 공항을 나서는 조이를 덮쳐 잠시
숨을 멎게 했다. 공항 내부의 에어컨 공기 때문에 바깥 기온을 심
각하게 착각하고 있었다. 피부의 수분이 순식간에 모조리 증발해
건조하고 쭈글쭈글한 양피지로 변해버린 것 같았다. 조이는 한 손
으로 눈 위에 손 그늘을 만들어 주위를 둘러보았다. 강렬한 햇빛에
눈이 멀 것만 같았다. 재빨리 검은 재킷을 벗어 개켜서 겨드랑이에
꼈다. 선글라스를 가져왔어야 했는데. 짐을 쌀 때는 밤늦은 시각이
라 햇빛 생각은 하지도 못했다. 새로 사든가, 아니면 샌앤젤로에 있
는 내내 인상을 쓰고 다녀야 할 것 같았다.

"우리 차는 저쪽에 있을 거예요." 테이텀이 손짓하며 말했다. 검
은색 정장, 커다란 검은색 선글라스, 반짝이는 구두가 FBI 요원의
완벽한 전형처럼 보였다. 열기 때문에 속으로는 짜증이 났을지 몰
라도 겉으로 봐서는 전혀 알 수 없었다. "은색 현대 엑센트예요. 주
차장 북쪽에 세워놨다고 했어요."

조이는 주차장을 바라보았다. 거리가 수십 미터는 돼 보였다. 도 저히 그렇게 멀리까지 갈 자신이 없었다.

"물 있어요?" 조이가 갈라지는 목소리로 물었다. 아까 공항 안에 서 테이텀이 물 사는 걸 얼핏 본 것 같았다.

테이텀은 고개를 끄덕이고 가방을 뒤져 물병을 꺼내 조이에게 건넸다. 플라스틱 물병에 맺힌 물방울 하나가 바닥으로 뚝 떨어졌다. 조이는 뚜껑을 돌려 딴 후 병을 입가로 들어 올리고 고개를 뒤로 젖혔다.

"마음껏……." 쉬지 않고 물을 벌컥대는 조이를 응시하던 테이텀이 말을 이었다. "다 마셔요."

"고마워요." 조이는 이제 살았다는 듯 입술을 핥았다.

태양은 차들 사이를 지나가는 조이의 뇌를 끓여서 수프로 만들 작정인 듯했다. 연쇄살인범에 대한 생각은 몽땅 증발하고 그 자리에 이 열기를 견디기 위해 사야 할 것들의 목록이 뒤죽박죽으로 자리 잡았다. 모자, 커다란 물병, 짧고 얇은 옷. 그리고 집을 대신할 휴대용 아이스박스.

"저기 있네요." 테이텀이 차의 잠금 장치를 풀었다. 조이는 서둘러 차에 올라탔다. 안으로 들어가면 안도감이 밀려올 줄 알았는데 열기가 밀어닥쳐 숨통을 막았다.

테이텀이 엔진을 켜자 에어컨에서 뜨거운 바람이 훅 쏟아졌다. 하지만 이내 얼음처럼 차가워진 공기가 조이를 천국으로 데려갔다. 조이는 통풍구를 곧장 자기 얼굴 쪽으로 돌려놓았다. 뇌가 서서히 재가동하는 게 느껴졌다. 이곳에서는 생각이란 걸 할 수 있으려면 에어컨이 나오는 실내에만 틀어박혀 있어야 할 모양이었다.

테이텀이 휴대폰으로 샌앤젤로 경찰서까지 가는 경로를 확인하는 동안 조이는 라디오를 켜고 테일러 스위프트의 〈비긴 어게인〉이 나오는 채널로 돌렸다. 그리고 상쾌한 기분으로 등을 뒤로 기대고 차가 출발하기를 기다렸다.

"자, 이제…… 음악을 좀 들어볼까요?" 테이텀이 휴대폰에서 시선을 들고 물었다.

"지금 듣고 있잖아요."

"그건 음악이 아니에요, 조이."

"아니긴 뭐가 아니에요. 자…… 출발해요."

"이렇게 하죠." 테이텀이 갑자기 밝은 목소리로 제의했다. "돌아가면서 정하는 거로, 어때요? 이번 드라이브에 들을 곡은 내가 고를게요. 다음번에는 당신이 고르고요."

"좋아요."

테이텀은 휴대폰을 카 스테레오와 연결하고 만지작거렸다. "좋아요, 우린 제네시스를 들을 겁니다."

"제네시스라면 나도 좋아해요." 조이는 음악 취향으로 잘난 척하려는 테이텀의 콧대를 꺾을 수 있어서 기분이 좋았다. "어렸을 때 〈인비지블 터치〉 카세트테이프가 있었어요."

"아무렴, 그러셨겠죠. 하지만 난 피터 가브리엘이 떠나고 모든 게 시궁창에 처박히기 전의 제네시스를 말하는 거예요. 이 〈셀링 잉글랜드 바이 더 파운드〉 앨범은 예술이에요."

테이텀이 재생 버튼을 누르고 차를 출발시키자 웅웅대는 차 엔진 소리가 가수의 애수에 찬 목소리와 뒤섞였다.

조이는 대충 귓등으로 음악을 들으며 창밖을 내다보았다. 조수석 쪽에는 평평한 밭이 끝도 없이 펼쳐져 있었고, 나무들이 드문드문 눈에 띄었다. 운전석 쪽은 야생으로 자란 비슷비슷한 나무들과 선인장들이 늘어서 시야를 가렸다.

조이의 생각이 다시 동생을 향했다. 안드레아는 지금쯤 뭘 하고 있을까? 아마 아직 자고 있겠지. 오늘부터 새 일자리를 찾아보겠다고 했는데. 안드레아가 혼자 차를 몰고 데일 시티를 돌아다니는 걸 생각하니 즉시 걱정이 날카롭게 가슴을 쿡 찔렀고, 조이는 생각을 딴 데로 돌리려고 안간힘을 썼다. 택시를 타거나 대중교통을 이용할 필요가 없도록 안드레아에게 차 열쇠를 주고 왔다. 그편이 동생을 더 안전하고 미행을 피할 수 있게 해줄 거라고 생각했다. 부디 그래야 할 텐데.

"당신은 이 더위가 견딜 만한가 봐요." 조이가 걱정을 잊으려고 테이텀을 보며 말했다.

"난 애리조나에서 자랐거든요."

조이가 고개를 끄덕이고 물었다. "거기는 좋았어요? 전에 당신이 자란 곳이……." 들은 것 같긴 한데 정확히 어디였더라? 갑자기 자신이 없어져 말끝을 흐렸다.

"위켄버그요? 네, 나쁘지 않았어요. 손바닥만 한 동네라 다들 서로 알고 지냈죠. 친구 세 명이랑 유치원부터 고등학교까지 그대로 쭉 같이 올라갔어요. 도시하고는 삶의 속도가 달랐죠. 친구들이랑 밖에 나가 몇 시간씩 공놀이를 하거나 그냥 수다를 떨면서 시간을 죽이면 그 꼴을 보다 못한 부모님이나 마빈이 그만들 좀 빈둥대라며 소리를 꽥 지르곤 했죠."

"마빈하고는 가까이 살았어요?" 조이가 물었다.

테이텀이 씩 웃으며 대답했다. "할머니가 돌아가시고 나서 우리 옆집으로 이사 오셨어요. 아버지랑 마빈은 창밖으로 고함을 쳐서 서로 대화를 하시곤 했죠. 그래도 두 집이 아주 딱 붙어 있는 건 아니라서 정말 큰 소리로 고함을 쳐야 했어요. 그래서 이웃 사람들을 돌아버리게 만들었죠." 테이텀은 굵은 목소리로 그 대화를 흉내 냈다. "어이, 마빈, 경기 보러 올래요? 당연하지, 톨리. 저녁은 뭐냐? 저녁은 이미 한 시간 전에 먹었어요, 마빈. 뭐라고? 그런데 나한테 전화도 안 했냐?" 테이텀이 코 먹는 소리를 냈다. "엄마가 참다못해 창문을 쾅 닫아버릴 때까지 계속 고함을 쳐댔죠."

"톨리요?" 조이가 물었다.

"우리 아버지, 톨리버요. 하지만 다들 그냥 톨리라고 불렀죠. 이거 들어봐요. 이게 이 노래에서 정말 끝내주는 부분이에요."

잔뜩 신이 난 테이텀과 달리, 조이는 '이 노래에서 정말 끝내주는 부분'에 별 감흥을 느끼지 못했다. 스타일이 계속 바뀌는, 정신 사납고 신경에 거슬리는 노래일 뿐이었다.

"우리 부모님은 큰 소리를 거의 안 내셨어요. 늘 이웃의 평판에 신경을 쓰셨죠." 조이가 말했다. "부부싸움이라도 할라치면 엄마는 온 집 안을 돌아다니며 창이 전부 닫혀 있는지 확인했어요. 아버지한테 소리를 지르는 와중에도요."

"하! 우리 부모님은 텔레비전에 볼 게 하나도 없다는 이유로도 서로 고함을 지르셨는데. 거의 가족의 여가활동 수준이었죠."

테이텀은 여전히 만면에 미소를 띤 채 노래에 맞춰 운전대를 두드렸다. "어렸을 때는 뭘 하고 놀았어요?" 그리고 곧 덧붙였다. "그러니까, 연쇄살인범을 추적하기 전에요."

"대체로 책을 읽었죠. 손 닿는 거면 뭐든 닥치는 대로요. 메이너드에는 꽤 좋은 도서관이 있어서, 일주일에도 몇 번씩 자전거를 타고 책을 빌리러 가곤 했죠."

"딱 봐도 책벌레였을 것 같아요."

"은둔자처럼 다락방에 혼자 숨어서 책을 읽거나 하지는 않았어요." 조이가 짜증 섞인 어투로 대꾸했다. "친구들…… 아니, 친구하고 어울려 놀기도 했어요."

"BFF요?"

"그게 뭔데요?"

테이텀이 놀란 얼굴로 조이를 바라보았다. "베스트 프렌드 포에버, 영원한 절친이요. 이건 누구나 아는 말이에요."

조이가 어깨를 으쓱했다. "뭐, 영원까지는 아니었죠……. 5년째 연락 한 번 없었으니까. 하지만 우린 무척 친했어요. 늘 자전거를 타고 서로의 집을 오갔죠. 지금 생각해보니 난 **어딜 가든** 자전거를 타고 다녔어요. 그런데 메이너드를 떠난 이후로는 자전거를 통 못 타봤네요."

"나도 어딜 가든 자전거를 타고 다녔죠." 테이텀이 말했다. "어린 시절을 떠올리면 곧장 더 빨리 가려고 전속력으로 페달을 밟던 게 생각나요. 매일 자전거로 등교했는데, 늘 시간을 재서 기록을 경신하려고 애썼었죠. 친구들이랑 같이 타기도 했고요. 길거리에서 경주를 벌이거나 서로 들이받거나 하면서 놀았죠. 터틀백 산에도 자주 갔는데……. 아마 진짜 산은 아니었던 것 같지만, 그래도 당시엔 엄청 커 보였어요. 정상까지 자전거로 올라가서 전속력으로 바다까지 질주했죠."

"살아서 어른이 된 게 기적이네요."

테이텀이 소리 내어 웃었다. "마빈과 같이 살게 된 이후로 관리 감독이 좀 해이해졌죠."

조이는 머릿속으로 10대인 테이텀의 모습을 그려보았다. 어쩐지 마음이 끌렸다. 어린 테이텀이 자신이 점점 알아가고 있는 이 남자로 성장해온 과정을 알고 싶었다.

"부모님은 어떻게 되신 거예요?" 조이가 물었다. 테이텀은 한 번도 그 이야기를 한 적이 없었다. 조이는 그냥 테이텀이 마빈 밑에서 자랐다는 것만 알았다.

"내가 열두 살 때 차 사고로 돌아가셨어요. 음주 운전자의 차에 치였죠."

"유감이네요."

"괜찮아요. 두 분을 죽인 운전자도 죽었는데, 내 생각엔 차라리 다행이었던 것 같아요. 그렇지 않으면 마빈이 그 인간을 찾아내서 죽였을 테니까요. 대신 마빈은 날 거둬서 꽤 잘 키워주셨죠."

"그냥 잘 키운 정도가 아닌 것 같은데요."

"음, 그 악명 높은 11학년 통금 전쟁을 당신이 못 봐서 그래요." 테이텀이 씩 웃으며 대꾸했다. 샌앤젤로 경찰서는 거대한 갈색의 저층 건물이었다. 테이텀은 주차장으로 들어가면서 차 속도를 늦췄다.

"그래서……." 테이텀은 엔진을 껐다. "이 앨범을 들어본 감상은 어때요?"

"코러스도 리듬도 없고 보컬의 목소리가 고음에서 살짝 거슬렸어요. 하지만 첫 곡의 연주 부분은 나쁘지 않았어요. 만약 전체 앨범이 그런 식이라면 들을 만했을 거예요."

테이텀이 입술을 일그러뜨렸다. "이건 제대로 감상하려면 몇 번은 더 들어봐야……."

"테이텀, 난 그 앨범을 다시 들을 생각이 없어요. 그리고 다음번엔 내가 고를 차례예요." 조이는 차에서 내려 등 뒤로 문을 닫았다.

8

샌앤젤로 경찰서의 형사부는 건물 1층에 있었다. 로비에서 뻗어 나온 긴 복도의 반대편 끝이었다. 개방된 공간은 베이지색 파티션으로 제각각 나뉘어 있었다. 파티션 높이는 테이텀이 그 위로 좁은 안쪽 공간을 넘겨다볼 수 있을 정도였다. 두 사람을 안으로 안내한 피터 젠슨 부서장은 잠시 걸음을 멈추고 주위를 둘러보았다. 마치 그 파티션들을 처음 보기라도 한 것 같았다.

"여기가 저희 형사들이 일하는 곳입니다." 키가 조이보다 아주 조금 큰 젠슨이 자못 위엄 넘치는 몸짓으로 자신의 왕국을 가리켰다. "이게 수사 상황을 기록하는 화이트보드입니다." 부서장은 커다란 화이트보드를 가리키며 말을 이었다. "우리가 다루는 가장 시급한 사건들로 채우고 있죠."

화이트보드는 한쪽 구석에 누군가 릴레이 빙고 게임을 하던 흔적과, 윗부분에 누군가 지울 수 없는 마커로 필기를 시작했다가 뒤늦게 아차 싶어 멈춘 곳을 제외하면 비어 있었다. Gib이라는 쓰다만 글자는 이제 영영 지워지지 않을 것이다. 젠슨은 시급한 사건을 보여주지 못해서 화가 난 듯, 낙심한 표정으로 화이트보드를 노려보았다.

"무척 흥미롭네요." 관광은 그쯤에서 끝내고 싶었던 테이텀이 말했다. "메디나 사건에 관해 하시고 싶은 말씀이 있나요?"

"제 사무실로 가시죠. 저쪽입니다."

젠슨은 파티션 가장자리에 있는 작은 문을 통과해 구석에 자리한 좁은 사무실로 일행을 인도했다. 커다란 책상 위는 완벽하게 깨끗했다. 문 반대편 벽에는 경찰의 노고를 치하하는 감사장이 든 액자 몇 점과 젠슨이 공인으로 보이는 남자와 함께 찍은 사진 액자 한 점이 걸려 있었다. 테이텀은 그 남자가 경찰서장일 거라고 짐작했다.

젠슨은 책상 앞에 앉아 손깍지를 꼈다. "다들 자리에 앉으시죠."

FBI 요원으로 일해 온 다년간의 경험을 바탕으로, 테이텀은 자신이 환영받는 상황인지 아닌지를 금세 파악할 수 있었다. 젠슨은 확실히 두 사람이 여기 온 게 달갑지 않은 눈치였다. '그만 가주시지'로 요약할 수 있는 장황한 연설을 입 안에 굴리고 있는 게 분명했다.

"FBI가 이 사건을 그리 심각하게 받아들였다니, 저는 정말이지 기쁩니다." 젠슨이 말했다. "터놓고 말씀드려서, 우린 만일의 경우 심각해질 수도 있는 상황이 존재한다는 걸 알려드리고 싶은 마음에서 그 영상에 관해 알려드린 겁니다."

테이텀은 젠슨의 문장을 머릿속에서 번역했다. **어떤 놈이 나한테 먼저 상의도 없이 대뜸 FBI에 알렸어.**

"그래서 저희가 여기 온 거죠." 테이텀은 짐짓 쾌활한 척 대꾸했다. "상황이 심각해지는 걸 막기 위해서요."

"당연하죠! 그리고 저희는 무척 기쁜 게…… 저희 샌앤젤로 경찰서는 부처 간의 협력을 매우 중시하고 있습니다."

우리 똥은 우리가 알아서 치울 테니, 당신들은 당신네 똥이나 닦으시지.

"그렇지만, FBI 팀을 파견하기엔 아직 다소 이른 감이 있지 않나 싶습니다."

우리 사건을 빼앗아갈 속셈이지. 내 눈에 흙이 들어가기 전엔 어림없어.

"아직 이르다고요?" 조이가 끼어들었다. "제가 보기엔 젊은 여자가 생매장당한 것 같은데요. 정말 그런 사건을 직접 처리할 전문성을 가지고 계신가요?"

"음…… 저희는 확실히 모든 각도에서 살펴보는 중입니다. 그 영상은 매우 우려가 됩니다. 하지만 그걸 꼭 전부 그대로 사실이라고 받아들일 필요는 없을 것 같은데요."

그 영상은 가짜야. 당신들 둘처럼.

"사실이요? 무슨 말씀을 하시는 겁니까?" 조이가 잔뜩 억누른 목소리로 따졌다. 테이텀은 중간에서 끼어들어야 할지 말아야 할지 고민했다. 만약 조이가 폭발하면 두 사람은 여기서 쫓겨나고 사건에서 손을 떼야 할지도 모른다. 만약 그러면 분명 재미있는 구경거리가 될 것이다. 어쩐다? 어쩌지?

"니콜 메디나의 아버지인 오스카 메디나는 판매 목적으로 마약을 소지한 혐의로 수감 중입니다. 멕시코 마피아와 분명 연관돼 있어요. 우리 측 정보원의 말에 따르면 지역 갱단이 대형 공급망을 어떻게 해보려는 중이라는데, 그 영상은 오스카 메디나를 겨냥한 위협일 가능성이 아주 높습니다."

"니콜을 생매장하고 그걸 촬영한 게 지역 갱단의 짓이라고 보신다고요……? 그리고 그 이유가 그 여자의 아버지를 위협하기 위해

서라고요?" 조이가 눈을 가늘게 떴다. "그다음은 뭐죠? 도로 여자를 파내나요?"

"저희는 모든 가능성을 검토할 필요가 있습니다. 물론 FBI가 어떻게 생각하는지도 듣고 싶고요." 테이텀의 개소리 번역기는 그 대목에서 과부하를 감당하지 못하고 뻗어버렸다. 조이는 깊은숨을 들이켜고 공격 태세를 갖췄다. 조이가 말로 부서장의 뼈를 바르는 걸 구경하면 재미있긴 하겠지만, 테이텀은 적어도 텍사스까지 출장 왔으니 본전은 뽑아야겠다고 결론 내리고 선수를 쳤다. "사건을 맡고 있는 형사가 누군가요?"

"저희 서에서 가장 노련한 형사입니다. 그러니 저희가 이 사건을 아주 심각하게 받아들이고 있다는 점은 믿으셔도 됩니다."

테이텀은 이 사건이 '가장 시급한 사건들'로 채우는 화이트보드에 올라가 있지 않다는 사실을 지적하고 싶었으나, 간신히 충동을 억눌렀다. "아무렴요. 그분 자리가 어딘지 알려주시겠습니까? 그분과 한번 얘기를 나눠보고, 우리의 시각이 서로 일치한다는 걸 확인하면 저희는 그만 저희 갈 길을 가보겠습니다."

젠슨은 비로소 굳었던 얼굴을 풀고 두꺼운 입술을 일그러뜨려 옅은 미소를 지어 보였다. '저희 갈 길을 가보겠다'는 말이 나오기만 이제나저제나 기다리고 있었던 게 분명했다.

9

새뮤얼 포스터 형사는 매끄러운 검은 피부에 군데군데 희끗희끗한 검은 턱수염을 덥수룩하게 기른 남자였다. 조이가 보기에 마흔 살쯤 되어 보였다. 아니, 이마에 주름이 잡히기 시작한 걸 보면 마흔이 조금 넘었을까. 조이는 어디선가 경찰은 일찍 늙는다는 말을 들은 적이 있었다. 비록 말도 안 되는 일반화라 해도, 거기 부합하는 사례들을 드물지 않게 보아왔다. 두 사람이 젠슨의 안내를 받아 자기 자리에 나타났을 때, 형사는 연필 끝을 질겅대며 모니터를 멍하니 응시하고 있었다. 화면 중간쯤에는 니콜 메디나의 생매장 영상이 보였다.

"포스터, 이쪽은 FBI에서 나온 그레이 요원과 벤틀리 요원이야." 젠슨의 말투는 사무적이었지만 조이가 듣기엔 어쩐지 씹어뱉는 것처럼 들렸다. 무슨 이유에선지 부서장은 이 상황이 꽤나 불쾌한 모양이었다. 조이는 자신을 정식 요원으로 생각하는 부서장의 오해를 바로잡아줄 마음이 전혀 들지 않았다.

포스터는 의자를 빙그르르 돌려 일행을 마주했다. 얼굴은 무표정하면서도 어딘가 교활해 보였다. 입에서 뺀 연필은 온통 잇자국으로 뒤덮여 있었다.

"FBI 요원이라고요?" 포스터가 말했다. "여긴 무슨 일로 오셨죠?"

"우리가 니콜 메디나 사건에 관해 알려드렸으니까."

"우리가 그랬나요?" 포스터의 눈이 휘둥그레졌다. "전 부서장님이 마음을 바꾸신 줄 알았는데요."

"그냥 조언 좀 해주려고 오신 거야." 그 말을 할 때 젠슨이 어찌나 이를 악물었는지, 무슨 말인지 알아들을 수 있다는 게 놀라울 정도였다. "자네가 이분들한테 지금까지 우리의 수사 상황을 요약해주면 고맙겠네."

"당연하죠, 부서장님."

젠슨은 퉁명스럽게 고개를 끄덕이더니 더는 한 마디도 없이 자리를 떴다.

형사가 갑자기 파안대소를 지었다. 무관심하고 불만에 찬 경찰의 모습은 온데간데없이 사라지고, 유쾌하고 친근하며 우호적인 사람으로 변했다. "와주셔서 감사합니다. 솔직히 FBI가 우리 사건에 이렇게 관심을 보여주니 한결 마음이 놓이네요."

"당신이 FBI에 알린 분인가요?" 테이텀이 물었다.

"제가요?" 포스터가 과장된 동작으로 한 손을 가슴에 얹었다. "그건 제가 내릴 수 있는 결정이 아닙니다. FBI에 알려야 한다고 제의하긴 했지만 결국 사건에 외부 개입이 필요한지 아닌지를 결정하는 건 **부서장님** 권한이죠."

"음, 어쨌든 누가 우리한테 알리기로 했으니 다행이네요." 조이는 얼른 일을 시작하고 싶어서 몸이 근질근질했다. "용의자 명단을 추리는 데 우리가 도움이 될 수 있으면 좋겠는데요."

포스터는 자기 옆의 남는 의자를 몸짓으로 가리켰다. "앉으세요. 저쪽 자리에서 의자 하나 더 가져오시고요. 오설리번은 휴가 중이라 괜찮을 겁니다."

테이텀이 의자를 가지러 옆자리로 간 사이 조이는 의자에 앉았다. 공간은 꽉 들어찼다. 두 사람이 앉기도 빠듯한 공간에 세 사람이 있으니 당연했다.

"영상은 보신 거죠?" 포스터가 이미 망가진 연필이 대여섯 자루는 들어 있는 작은 컵에 연필을 꽂으며 물었다.

"네." 조이가 말했다. "젠슨 부서장한테 듣기로는, 니콜 메디나의 아버지가 감옥엔가 갇혀 있고 그 영상이 그 아버지를 협박하려는 목적이라고 생각한다고……."

"무슨 황당무계한 가설을 내세우든 그건 부서장님 자유죠. 하지만 확실히 말씀드리는데, 그 가설은 제게서 나온 게 아닙니다." 포스터가 말했다.

조이는 테이텀과 눈빛을 교환했다. "부서장 말로는 어떤 정보원한테 그 이야기를 들었다던데요."

"루퍼스 '블래키' 앤더슨요. 블래키는 **늘** 제보를 하죠. 특히 우리가 제보 한 건당 40달러를 주기 시작한 이후로는요. 그 자식이 제보한 것 중에는 꽤 유용한 것도 얼마쯤 있었지만 나머지는 정말 재미있는 소설로 밝혀졌죠." 포스터가 고개를 저으며 말을 이었다. "저는 이게 마약이나 갱단과 관련된 사건이라고는 털끝만치도 믿지 않습니다. 이 모든 건 어떤 역겨운 개자식의 범행이에요."

"니콜 메디나의 실종에 관해 우리한테 뭔가 알려주실 만한 게 있나요?" 테이텀이 물었다.

"9월 2일 오전, 니콜의 어머니가 딸의 실종을 신고했어요." 포스터가 대답했다. "니콜은 전날 밤 파티에 가면서 자정까지는 돌아올 거라고 말했답니다. 그런데 아침에 딸이 돌아오지 않은 걸 어머니가 알고 우리한테 전화한 거죠. 우린 니콜의 친구들에게 전화를 돌렸는데, 차 한 대로 다 같이 타고 가서 집 앞에 내려줬다고 하더군요. 친구들의 설명은 일치했고, 차에 타고 있는 네 사람의 적외선 카메라 영상도 확보했어요. 뒷좌석에 니콜의 얼굴이 보입니다."

"영상에서 어때 보이던가요?" 조이가 물었다. "취했나요? 졸려 하던가요?"

"직접 보시죠." 포스터는 앞으로 몸을 숙여 마우스를 잡고 열려 있는 폴더의 사진 파일을 더블클릭했다. 거리를 달리는 도요타 사진이 화면에 떴다. 해상도는 형편없었지만 조이는 조수석 쪽 창밖을 내다보는 여자의 흐릿한 얼굴을 알아볼 수 있었다. 표정은 선명히 보이지 않았다.

"의식이 있어요. 그것만은 확실합니다." 포스터가 말했다. "그 외에는 별게 없죠. 캡처 말고 실제 영상은 나중에 보여드릴게요."

"그후에는요?" 테이텀이 물었다.

"친구들 말로는 집 앞에 내려주고 떠났답니다. 제가 운전한 남자랑 같이 메디나의 집에 가봤는데, 그 친구가 제게 차 세운 곳을 정확히 알려줬어요. 우린 인근 집들을 일일이 찾아다니며 탐문 수사를 했습니다. 메디나가 차에서 내리는 걸 봤다는 사람은 아무도 없지만, 이미 말씀드렸듯 친구들의 설명은 일치했고 착한 아이들인 것 같더군요. 현관 앞까지 자갈길이 깔려 있는데 길이 어둡습니다."

조이가 얼굴을 찌푸렸다. "누군가가 거기 숨어 있다가 납치했다고 보세요?"

"길에 몸싸움을 짐작게 하는 긁힌 흔적 같은 게 좀 있었습니다." 포스터가 어깨를 으쓱하며 말을 이었다. "결정적인 건 아니고요. 혈흔 같은 건 현장에 전혀 없었으니까요. 사실 니콜의 어머니는 딸이 귀가하지 **않았다는** 걸 확언하지 못했습니다. 니콜이 집에 와서 잔 후 아침이 되어 어머니가 깨기도 전에 도로 나갔을 가능성도 있긴 합니다. 다소 희박한 가능성이지만요. 우리가 확인한 바로 니콜이 파티가 끝난 후 집에 왔었다는 걸 입증해주는 증거는 전혀 없었습니다."

조이는 상황을 상상해보았다. 범인은 니콜의 집 현관에서 몇 걸음 떨어지지 않은 곳에서 니콜을 납치했다. 그건 매우 대담한 수법이었지만, 거기에 따르는 이점도 있었다. 니콜은 이미 안전한 곳에 다 왔다고 느끼고 경계심을 풀었을 것이다. 조이는 현장을 직접 눈으로 봐야겠다고 마음먹었다.

포스터가 한숨을 내쉬고 말을 이었다. "부서장님은 다소 황당한 가설을 내세우고 있지만, 그래도 이 사건을 심각하게 받아들이고 있는 건 확실합니다. 서장님도 그렇고요. 우린 모든 사람을 신문했고, 인근 지역에 걸쳐 광범위한 수색을 실시했습니다. 그런데 저녁 때 로니 크로닌이라는 이 동네 남자애가 이 영상 링크를 가져온 거죠." 포스터는 지친 표정으로 모니터를 향해 몸짓을 했다. "이걸 몇 번이나 봤습니다. 밤에 잠이 안 와요."

그의 하소연에 조이는 충분히 공감했다. 심지어 화면이 정지돼 있고 화질이 흐릿한 데도 영상은 여전히 불쾌했다. 패닉에 사로잡혀 휘둥그레 뜬 눈. 비명을 지르는 중 얼어붙은 쩍 벌린 입. 폐소공포증을 불러일으키는 비좁은 공간에 갇혀 있는 젊은 여자. "그 동네 남자애는 이 영상 링크를 어떻게 접했답니까?" 조이가 물었다.

"이메일로 받았다더군요. 유튜브를 하는데 그 채널이……." 포스터가 눈동자를 도르륵 굴렸다. "솔직히 뭐 하는 채널인지 전혀 모르겠습니다만……. 그애의 영상 몇 개를 보긴 했는데, 무슨 소리를 하는 건지 반도 못 알아듣겠더군요. 어쨌든, 누군가가 그애를 포함해서 몇몇 사람들한테 이걸 보냈답니다. 그 이메일을 제게 전달한 거고요. 발신 이메일주소는 임시적인 거였고, 이 영상 링크만 달랑 있었죠. 링크를 받은 사람은 총 열 명인데, 그중 크로닌을 포함해 여덟 명은 샌앤젤로와 인근 도시 몇 곳에서 나름 유명한 유튜버들입니다. 나머지 두 사람은 지역 기자들이고요. 그중 몇 명하고 이야기를 나눠봤는데, 대체로 다들 비슷한 말을 하더군요. 영상을 몇 초쯤 보다가 역겨운 장난 같아서 꺼버렸다고요."

"크로닌의 알리바이는 확인하셨나요?" 조이가 물었다.

"친구 몇 명이랑 같이 밤새 비디오 게임 하는 영상을 라이브로 방송했다더군요. 확인해봤는데 전혀 빈틈이 없었고요."

"뭔가 다른 실마리는요?" 테이텀이 물었다.

"니콜의 어머니한테 연락처를 몇 개 받았는데 대부분 메디나의 친구였습니다. 교도소에 찾아가서 아버지와도 이야기를 나눠봤는데, 무척 걱정하는 눈치였어요. 이게 갱단과 관련됐을 리는 절대 없다고 하더군요. 수사해야 할 건 너무 많은데 시간이 점차 흘러가고 있어요."

포스터가 깊은 회한에 잠긴 듯 멍한 표정으로 말을 이었다. "그때 바로 FBI에 협조를 요청하자고 더 강하게 주장했어야 했어요. 하지만 우린 곧 뭔가를 밝혀낼 거라고 생각했죠……. 음, 지금도 노력 중이고요. 하지만 수사가 잘못된 방향으로 진행되고 있어요. 만약 그 여자가 계속 갇혀 있었다면 지금은 아마도 죽었을 가능성이 높겠죠."

"그러니까…… 당신은 우리가 그 여자를 찾아줬으면 하는 거군요?" 조이는 비로소 깨달았다. "그게 애초에 당신이 FBI에 협조를 요청한 이유고요."

"당연하죠. 당신들은 영상을 추적할 방법이 있잖아요. 그걸 누가 올렸는지 밝혀주세요. 우리 사이버 수사대는 아무것도 알아내지 못했지만, FBI라면 식은 죽 먹기 아닙니까."

조이는 좌절감에 이를 갈았다. 포스터와 달리 조이는 FBI의 사이버 수사 능력을 크게 신뢰하지 않았다. 더욱 나쁜 건 포스터의 협조 요청이 엉뚱한 곳에 전달됐다는 사실이었다. 포스터에게 필요한 건 샌앤젤로 주재 FBI 현장사무소의 누군가가 이 사건을 살펴보는 거였다. 그런데 어찌 된 일인지 형사의 요청이 행동분석팀에 전달되는 바람에 결국 엉뚱한 사람이 출동해 귀중한 시간을 낭비하는 결과를 초래했다. FBI의 누군가가 이 영상의 출처를 확인해보려고 본격적으로 시도해보기나 했을까?

포스터의 시선이 두 사람 사이를 번갈아 오갔다. "자, 두 분이 분석가들하고 이야기를 나눠보실 수도 있겠죠? FBI만의 마법도 좀 부리시고?"

조이는 고개를 저었다. "우리가 온 이유는 그게 아니……."

"우린 할 수 있는 일은 다 할 겁니다." 테이텀이 말했다.

*

10

적어도 테이텀이 생각하기에, FBI 전체에서 기술분석가는 단 한 명뿐이었다. LA 현장사무소 소속의 세라 리. '분석가'라는 직함을 달고 다니는 다른 사람들도 어렴풋이 몇 명쯤 알긴 했는데, 그럴 수밖에 없었다. 어차피 세라 혼자서 모든 일을 처리할 수는 없는 노릇이라, 과도한 업무량을 감당하려면 다른 사람의 도움이 필요했다. 하지만 테이텀은 **뭔가** 필요한 게 있을 경우 세라에게 연락했다. 폭발물에 관해 물어볼 게 있으면 세라한테 연락했다. 범죄 현장의 범행도구 흔적이 뭔지 잘 모르겠으면? 가장 먼저 세라에게 전화했다. 마빈이 집의 인터넷 라우터를 잘못 건드렸는데 고치는 법을 모르겠다? 얼른 세라한테 전화해야지.

테이텀은 포스터 맞은편의 빈자리에 앉아 굳이 사무실 내선을 거치지 않고 세라의 개인 번호를 눌렀다.

"테이텀?" 세라는 반가움과 놀라움이 반씩 섞인 듯한 목소리로 테이텀의 전화를 받았다.

"세라!" 테이텀은 세라의 목소리에 씩 웃음을 지었다. "어떻게 지내요?"

"잘 있어요. 오랜만에 목소리 들으니 좋네요. 행동분석팀 일은 좀 어때요?"

"아직 배우는 중이에요." 테이텀은 의무적인 인사치레에 제 몫을 충실히 이행했다. "그레이스는 잘 있어요?" 그레이스는 세라의 개 이름인데, 세라는 테이텀에게 그레이스에 관한 온갖 시시콜콜한 수다를 끝도 없이 늘어놓곤 했다.

"잘 있어요. 어제 고양이 똥을 주워 먹긴 했지만."

"잘됐네요. 있죠, 세라, 부탁할 게 있어요."

"테이텀, 나한테 자꾸 그렇게 부탁하면 곤란해요."

"정말 급한 일이에요."

"콴티코에는 당신을 도와줄 사람이 없어요?"

"여긴 얼간이들뿐이에요. 그리고 뭘 좀 도와달라고 부탁할라치면 서류를 작성하라고 해요."

"세상에나, 그런 청천벽력 같은 일이." 세라는 건조하게 대꾸했다. "서류 작성이라고요? FBI가 어떻게 되려고 그러죠?"

"이건 212B 양식, 저건 42A 양식……"

"그건 진짜 양식 번호가 아니잖아요. 검사 신청 양식을 **한 번이라도** 작성해보긴 했어요?"

"그걸 뭐 하러 해요. 그 모든 걸 초월하는 당신이 있는데."

"내가 뭘 초월해요. 당신 편하자고 그러는 거지."

"난 제임스 본드이고, 당신은 온갖 마법 같은 기술로 무장한 나의 Q예요."

"아마 제임스 본드라도 가끔은 신청서 양식을 채워야 할걸요?"

"당신은 내게 있어 전지전능한 오라클이에요."

"알았어요, 알았어. 그만 해요. 필요한 게 뭐죠?"

테이텀은 상황을 자세히 설명하면서 동시에 노트북으로 세라에게 영상 링크가 담긴 이메일을 전송했다. 수화기에서 세라가 자판 두드리는 소리에 이어 니콜 메디나의 희미한 비명이 들려왔다. 세라의 호흡이 가빠졌다.

"내가 뭘 해줘야 하는 거죠?" 세라가 말했다. 비명이 멈췄다. 소리를 죽였거나 영상을 정지한 모양이었다.

"그 영상을 추적해줘요."

"알아볼 수는 있는데 시간이 걸려요. 그리고 별로 기대하지 않는 편이 좋을 거예요." 맹렬한 타자 소리가 이어졌다. "그리고 그 도메인의 소유주가 누군지도 알아볼 거예요……. 어쩌면 그걸 통해서 뭔가 알아낼 수 있을지도 모르죠."

테이텀은 조바심에 책상을 두드렸다. "영상의 지역을 알아낼 수 있는 방법은 없을까요? 항공사진을 이용해서 수색한다거나……?"

세라가 코웃음 치며 되물었다. "뭐로 찾으라고요? 텍사스 어딘가에서 선인장, 자갈, 그리고 모래를 찾으라고요? 그걸 가지고 수색범위를 좁힐 수 있다고 생각해요?"

"그럼 어쩌면 내 생각엔……."

"그냥 내가 알아서 하게 가만 놔두는 게 최선일 것 같은데요. 당신이 여기서 일하던 시절의 악몽이 다시 떠오르려고 해요. 내 어깨너머를 맴돌면서 끝도 없는 제안으로 성가시게 굴었잖아요."

테이텀은 입을 다물고 자판 치는 소리를 들으며 기다렸다.

"앞으로 빨리 감기를 해봤는데요." 세라가 말했다. "이 대통령 영상은 뭐예요?"

"이건 대통령하고는 상관없어요. 놈은 그냥 CNN 생중계를 이용해서……."

"CNN 영상이 생중계예요?"

"네."

"뭔가 알아내면 연락할게요. 됐죠?" 세라의 목소리에서 갑자기 흥분의 기미가 느껴졌다.

"고마워요, 세라. 정말 고마워요. 당신은 내……."

"알아요. 난 당신의 오라클, 당신의 Q, 당신의 컴퓨터 마법사죠. 알겠어요. 전화할게요." 세라가 전화를 끊었다.

테이텀은 신이 나서 포스터와 조이를 돌아보았다. 두 사람은 포스터 자리에서 사건의 타임라인을 다시 확인하고 있었다.

"니콜 메디나의 어머니와 이야기를 나눠보고 싶어요." 조이가 테이텀에게 말했다. "그리고 납치 장소로 추정되는 곳을 직접 봐야겠어요."

11

테이텀은 포스터의 낡아빠진 은색 쉐보레의 꽁무니를 따라 니콜 메디나의 집으로 향했다. 직접 운전해가며 샌앤젤로라는 도시를 느껴보고 싶었기에, 태워주겠다는 포스터의 제의를 거절했다.

조이가 음악을 고를 차례만 아니었다면 이 드라이브를 여유롭게 즐길 수도 있었을 것이다. 조이는 테일러 스위프트의 〈레드〉 앨범을 테이텀에게 억지로 떠먹였고, 중간중간 몇몇 곡들을 건너뛰고 가장 좋은 곡만 골라서 들려주겠다며 생색을 냈다. 하지만 테이텀이 듣기엔 그게 그거였다.

마침내 포스터의 차가 길가에 멈춰 섰다. 테이텀은 속도를 늦추고 나란히 차를 댔다. 차도 가장자리는 바로 잔디밭과 흙밭이었고, 인도 같은 건 보이지 않았다. 오른편으로는 야생 덤불과 나뭇잎이 거대한 군락을 이루었고, 그 너머로 자갈 깔린 길이 하나 있었다.

테이텀은 엔진을 끄고 차에서 내렸다.

포스터는 엉덩이에 손을 얹은 채 두 사람이 다가오기를 기다렸다. "저 집입니다." 자갈길을 가리키며 말하는 포스터의 눈 밑으로 검은 그림자가 드리웠다.

테이텀은 집을 바라보았다. 큰 집은 아니었지만 관리가 잘 된 듯 보였다. 앞뜰의 잔디는 깎은 지 얼마 안 됐고 그 주위로 꽃들이 무리 지어 피어 있었다. 스프링클러가 돌아가면서 공기를 안개 같은 빛으로 채색했다. 테이텀은 근심으로 속이 말이 아닐 니콜의 어머니, 소피아 메디나를 떠올렸다.

"가로등이 없네요." 옆쪽에서 조이의 목소리가 들렸다.

"그리고 집은 길에서 15미터 좀 안 되게 떨어져 있죠." 테이텀이 지적했다. "옆집이라고 해봐야 꽤 멀리 있고."

"놈은 여기 쉽게 숨을 수 있었어요." 조이가 수목을 가리킨 후 자신들이 온 길을 향해 몸짓했다. "차는 저기에 세워두고요. 바로 몇 미터 거리에. 아무도 알아차리지 못할 만한 장소가 저기 있네요."

조이의 뺨과 이마가 달아오르고 있었지만 본인은 전혀 뜨거운 햇볕을 의식하지 못하는 듯했다. 태양이 떠 있다는 걸 알고나 있을까? 아니면 나흘 전 저녁, 니콜 메디나가 납치된 그때의 광경을 보고 있을까? 조이는 울창한 수목을 향해 몇 걸음 다가가 키 작은 나무와 덤불 사이에 웅크렸다. 테이텀은 조이가 간 곳을 눈여겨보았다. 조이의 말이 맞았다. 납치 현장이 저곳이라면 범인은 어둠 속에서 실제로 투명인간이나 다름없었을 것이다.

그때 니콜 메디나의 집 문이 갑자기 벌컥 열리더니, 한 여자가 종종걸음으로 일행에게 다가왔다. 여자의 온몸은 긴장으로 잔뜩 굳어 있었다.

"형사님, 혹시 뭔가 소식이 있었나요?" 여자가 말했다.

"아뇨, 메디나 부인. 죄송합니다." 포스터가 나지막이 대답했다.

여자는 몸을 축 늘어뜨리고 테이텀을 돌아보았다.

"이쪽은 그레이 요원입니다." 포스터가 몸짓으로 가리켰다. "FBI 소속이고요. 저희를 도와 따님의 사건을 해결하기 위해 파견됐습니다."

테이텀은 FBI 요원이 자기네 인생에 개입했다는 것을 깨달은 사람들의 얼굴에 떠오르는 다채로운 감정 변화에 익숙해 있었다. 하지만 소피아 메디나가 보여준 유일한 반응은 약간의 안도감이 전부였다.

"감사합니다." 소피아가 말했다. "그애가 실종된 지 나흘째예요."

"어떤 심정이실지 압니다." 테이텀이 말했다. "저희가 형사님께 듣기로는……."

"그애는 친구들하고 파티에 갔었어요. 친구들이 여기 내려줬죠." 소피아는 정신없이 급하게 말을 쏟아냈다. "다들 착한 애들이에요. 저도 다 아는 애들이고요. 지나는 니콜이랑 제일 친한 친구인데, 사실 저희 집에서 자란 거나 다름없어요. 그리고 그애들이 니콜을 여기 내려줬어요. 니콜은 바로 여기 있었죠. 하지만 그애가 집에 들어온 것 같진 않아요. 칫솔을 쓴 흔적도 없고 세탁실에 옷을 벗어 놓지도 않았어요. 잠자리에 들기 전에 반드시 옷을 갈아입고 칫솔질을 하는 아이인데. 친구들 연락처는 제가 전부 드릴 수 있어요. 그리고 학교 선생님들도요. 선생님들은 다들 니콜을 예뻐하셨어요……. 그분들이랑 말씀을 나눠보시면……."

테이텀이 그만 안심해도 된다는 듯 손바닥을 들어 올리자, 소피아는 급류처럼 쏟아내던 말을 멈추고 애원하는 눈길로 테이텀을 보았다.

그때 덤불이 부스럭거렸고, 소피아의 눈이 덤불에서 나오는 조이에게 옮겨갔다.

"이쪽은 제 파트너인 조이 벤틀리입니다." 테이텀은 의도적으로 조이의 직함을 생략했다. 소피아에게 왜 범죄심리학자가 니콜의 사건을 수사하고 있는지 설명하는 일만은 정말이지 피하고 싶었다.

"댁에 좀 들어가봐도 될까요?" 포스터가 물었다.

소피아는 고개를 끄덕이고 스프링클러의 시원한 안개를 지나쳐 일행을 안으로 안내했다. 블라인드를 대부분 내려놓고 불도 켜지 않아서 집 안은 어두웠다. 길거리를 향한 창 하나만이 열려 있었고 그 옆에 의자 하나가 놓여 있었다. 의자 옆 바닥에 흩어져 있는 재떨이 하나와 빈 커피잔 몇 개가 눈에 띄었다. 소피아의 경비 초소인 듯했다. 아마도 여기 앉아서 경찰이 나타나기만 기다렸으리라. 어쩌면 니콜이 어슬렁거리며 자갈길을 걸어와 집으로 돌아올지도 모른다는 희망을 품고 있었을까.

"따님 방을 좀 봐도 될까요?" 조이가 가라앉은 목소리로 요청했다. 조용하고 어두운 집은 애도의 장소처럼 보였다. 이곳에 큰 목소리는 어울리지 않았다.

"니콜의 방은 이쪽이에요." 소피아는 일행을 작은 방으로 안내했다. 방 벽은 부드러운 노란색으로 칠해져 있었고 침대에는 발랄한 꽃무늬 시트가 씌워져 있었다. 작은 창가에는 부드러운 원목 책상이 놓여 있었고, 그 위에 노트 몇 권, 작은 책상 등 하나, 그리고 향초 하나가 있었다.

"따님이 실종된 후 방을 치우셨습니까?" 조이가 물었다.

"아니요." 소피아가 대답했다. "니콜은 원래 깨끗한 방을 좋아했어요."

테이텀은 반대편 벽으로 다가갔다. 거북이 인형들이 잔뜩 놓인 작은 선반 하나가 벽에 매달려 있었다. 인형들은 모양과 크기가 제각각이었고 재질도 나무, 유리, 플라스틱, 천 등으로 다양했다. 테이텀은 그중 하나를 집어 들었다. 손으로 만든 점토 거북이었다.

"니콜의 수집품이에요." 소피아가 설명했다. "열두 살 때부터 모으기 시작했죠."

"니콜에게 남자친구가 있나요?" 조이가 물었다.

"아뇨. 6개월 전에 헤어졌어요." 소피아가 대답했다.

"그 남자가 누구였죠?"

"같은 학교 남자애요."

"우린 그 남학생과도 이야기를 해봤습니다." 포스터가 말했다. "니콜을 본 지 좀 됐다더군요."

조이는 포스터를 바라보며 미심쩍은 표정으로 눈썹을 치켜올렸다. "다른 남자들은요? 다른 애들과는 데이트를 안 했나요? 단 한 번도요?"

"네. 누가 있다면 저한테 말했을 거예요." 소피아가 대답했다.

"최근에 누구 새로 만난 사람도 없어요?"

"친구야 늘 많았지만 제가 생각하기에 최근 새로 만난 사람은 없었어요. 그애는 종일 휴대폰으로 문자질을 해요. 계속 핑핑거려서 절 돌아버리게 하죠……." 소피아의 목소리가 갈라졌다. 테이텀은 방금 그 핑핑대는 문자음의 부재가 소피아의 마음을 아프게 찔렀으리라 확신했다.

"인기가 많은가요?" 조이가 물었다.

"네. 무척 친근하고 다정한 애거든요. 친구를 만드는 데 소질이 있죠."

조이는 니콜의 습관에 관해 꼬치꼬치 캐물었다. 낮에는 뭘 하는

지, 누구와 어울리는지, 밤늦게 귀가할 때가 많은지. 테이텀은 소피아의 대답을 한쪽 귀로 들으며 방 안 곳곳을 훑었다. 실종된 여자의 존재감이 구석구석에서 느껴졌다. 서랍장 위에 놓인 니콜의 사진, 손잡이에 머리끈 한 뭉치가 감긴 채 선반에 나뒹구는 머리빗, 그리고 방 한쪽 구석에 놓인 분홍색 슬리퍼 한 켤레. 얼마 후 조이는 질문을 멈추고 그냥 소피아가 들려주는 니콜에 관한 시시콜콜한 이야기에 귀를 기울였다. 니콜은 수영을 좋아했어요. 여섯 살 때까지 침대 밑 괴물을 무서워했어요. 한번은 용돈을 한 푼도 안 쓰고 전부 모아서 내 생일 선물을 사줬지 뭐예요.

마침내 소피아는 동력이 바닥난 모양이었다. 뺨에 눈물이 흐르고 두려움과 걱정에 목소리가 잠겼다.

포스터의 감사하다는 인사를 마지막으로 일행은 집을 나와 등 뒤로 문을 닫았다.

"긁힌 흔적은 어디에 있었죠?" 조이가 물었다.

포스터는 길 가장자리로 걸음을 옮겼다. "여기요." 그리고 쪼그리고 앉아 말했다. "지금은 잘 안 보이는데, 사진을 찍어뒀어요."

테이텀의 전화기가 울렸다. 화면에 세라 리의 이름이 떴다. 테이텀은 포스터가 조이에게 계속 설명할 수 있도록 옆으로 물러나 전화를 받았다.

"뭐 좀 알아냈어요?"

"그 CNN 영상이 라이브 맞죠? 그래서 영상이 찍힌 시간을 아는 거고요."

"맞아요." 테이텀은 자리에서 일어나는 포스터와 조이를 바라보며 대답했다. 포스터는 길을 손가락질하며 뭐라고 말하고 있었다.

"그 지역을 담당하는 휴대폰 통신사에 연락했어요." 세라가 말했다. "그리고 그 시간대에 CNN 생중계 페이지에 접속한 CDRs 사용자 목록을 요청했죠."

테이텀은 그 설명을 이해하려 했다. CDR이 무엇의 약자인지 잠시 후에야 떠올랐다. 발신자 다이얼 기록(Call Dial Records). 범인이 CNN에 접속했을 때 그 활동은 통신사에 자동으로 기록 보관됐는데, 거기에는 그 요청에 대응한 휴대폰 기지국만이 아니라 도메인 명도 포함되었다. 그걸 바탕으로 하면 대략적인 위치 파악이 가능했다. 다행히도 이 정보는 4조 수정 조항의 보호를 받지 않아서 세라가 영장 없이도 접근할 수 있었다.

"분명 목록이 엄청나게 방대할 텐데요."

"맞아요." 세라가 으스대는 투로 대답했다. "그래서 범위를 좁혔죠. 샌앤젤로 주변만으로. 해당 CNN 영상의 정확한 방송 시간대를 확보해서 그 시간대에서 5분 이내에 그 생중계를 보기 시작한 사용자들의 CDRs로만 한정했죠. 그랬더니 목록이 아주 짧아졌어요."

"얼마나 짧아졌는데요?" 테이텀이 긴장한 목소리로 물었다.

"샌앤젤로 또는 그 인근 전화번호 열여덟 개로요. 그리고 그 열여덟 개 중 열일곱 개는 샌앤젤로 한복판에 있었으니 우리가 찾는 남자가 아닌 게 분명해요. 그렇죠? 우리가 찾는 남자는 허허벌판에 있었으니까요."

"세라……." 테이텀의 심장이 마구 뛰었다. "그 위치 좀 알려줄 수 있어요?"

"GPS 좌표를 보낼게요. 그리고 위성 이미지도 확인해봤어요, 테이텀. 위치는 정확히 알 수 없지만, 그 주변이 영상과 완벽하게 부합해요."

12

조이는 자갈길과 그 주변을 둘러보며 그날 밤을 그려보려 했다. 가로등이 없으니 칠흑 같은 어둠이 이곳을 뒤덮고 있었으리라. 친구들은 이곳에서 니콜을 내려준다. 니콜이 손을 흔들어 작별 인사를 한 후 친구들은 차를 몰아 떠난다. 어둠 속에 혼자 남은 니콜은 앞문을 향해 걸음을 재촉한다. 납치범은 뜰 가장자리의 덤불에 숨어 있다. 조이는 거의 100퍼센트 그렇게 확신했다. 그곳이 가장 그럴싸한 장소였다. 놈이 우연히 그곳에서 어정거리고 있었을 확률은 제로였다. 이건 명백한 계획범죄였다.

"지역을 확보했어요!" 테이텀의 흥분한 목소리에 조이는 퍼뜩 정신이 들었다. 테이텀은 자기 휴대폰을 힘주어 가리켰다. 포스터는 어느새 테이텀 옆으로 다가가 있었다. 조이도 서둘러 두 남자에게 합류했다.

"어디예요?" 포스터가 숨찬 목소리로 물었다.

"스필웨이 로드요." 테이텀이 휴대폰 화면의 지도를 가리키며 대답했다. "이건 근사치이고, 여기서 150미터 이내예요." 테이텀은 위성 이미지로 넘어갔다. 휴대폰 연결이 느려서 이미지를 내려받기까지 몇 초쯤 기다려야 했다. 대부분 선인장과 덤불을 비롯한 수목으로 뒤덮인 지역이었다.

포스터는 휴대폰 화면을 보았다. "그렇다면 샬리마 로드일 수도 있어요."

"그건 말이 안 돼요." 조이가 끼어들었다. "이 농장이랑 너무 가깝잖아요." 조이가 농장을 가리키며 말했다.

"여기 스필웨이 로드에서 150미터 이내요?" 포스터가 손끝으로 위성 이미지를 훑으며 물었다. "북쪽은 절대 아닐 거예요……. 거긴 수목이 너무 울창하거든요. 놈은 니콜을 분명히 흙밭에 묻었어요. 이 근처 어딘가여야 해요." 포스터는 지도상에서 직경 15미터쯤 되는 작은 구역을 가리키며 말을 맺었다.

"당신 말이 맞는 것 같아요." 테이텀이 동의했다.

"지금 당장 거기로 순찰차를 보낼게요. 만약 거기 있다면 찾아낼 겁니다."

"안 돼, 기다려요!" 조이가 불쑥 내뱉었다. "그 지역에서 작업하려면 전문 감식반을 대동해야 해요."

"농담이시겠죠?" 포스터가 믿을 수 없다는 표정으로 조이를 뚫어져라 쳐다보며 말했다. "니콜은 지금 이 순간에도 그 상자 안에서 숨이 막혀 죽어가고 있을지 몰라요. 한순간도 낭비할 수……."

"니콜이 거기 있다면 이미 사흘 전에 죽었을 거예요." 조이가 딱 잘라 말했다. "시신을 꺼내려고 서두르는 건 우리가 이 짓을 저지른 자를 잡는 데 방해만 될 뿐이에요."

포스터는 마치 니콜의 어머니가 이 대화를 듣고 있기라도 할까 봐 걱정되는 듯 집 쪽을 바라보며 낮은 목소리로 속삭였다. "그건 모르는 거잖아요."

"난 알아요. 우리 분석가가 추정한 바에 따르면 최대 서른여섯 시간이었어요."

"그냥 추측일 뿐이잖아요."

"보통은 수학이라고 하죠."

포스터는 숨을 내쉬고 고개를 저었다. "난 가능한 한 빨리 니콜을 파낼 겁니다." 그리고 성큼성큼 그 자리를 떴다.

"그 부서장을 부르죠." 조이가 조바심을 내며 테이텀에게 말했다. "우린 범죄 현장을 보존해야만 해요."

테이텀은 미간에 주름을 잡으며 조이를 응시했다. "이건 우리 사건이 아니잖아요." 조이에게 그 사실을 깨우쳐줄 필요가 있었다. "우린 그냥 자문 역할로 왔어요. 그러니 형사에게 밉보여서 좋을 게 없죠."

"하지만 저 사람들이 순찰차나 중장비를 몰고 그 무덤이 있는 곳에 들이닥쳐, 우리한테 도움이 될 만한 증거 같은 걸 전부 깔아뭉개면 어쩌려고요."

"이건 우리가 결정할 문제가 아니에요."

13

테이텀이 어딘가에서 길을 잘못 드는 바람에 스필웨이 로드까지 가는 데는 30분이 걸렸다. 현장에 도착했을 즈음 경찰이 정확한 지역을 찾아냈음을 금세 확인할 수 있었다. 이미 순찰차 두 대가 서 있었다. 조이는 테이텀 옆 조수석에서 순찰차를 보고 끙 소리를 냈다. 경관 네 명이 이미 작업을 시작해 땅을 파헤치는 중이었다. 세 명은 삽을 이용하고 삽이 없는 한 명은 맨손으로 구덩이에서 한 주먹씩 흙을 파내고 있었다.

차가 빙그르르 방향을 틀자 타이어가 자갈을 긁었다. 테이텀은 차에서 내려 네 경관을 향해 서둘러 다가갔다. 더 가까이 가자 한 경관이 뒤돌아 테이텀을 마주 보았다. 아마도 현장에 접근하지 말라고 경고할 생각이었으리라.

"FBI 소속 그레이 요원입니다." 테이텀이 배지를 보여주고는 말했다. "그냥 도우려고 온 겁니다."

경관은 잠시 어리둥절한 표정이더니 이내 어깨를 으쓱하고 점점 커져가는 구덩이를 다시 돌아보았다. 남자들은 미친 듯 빠른 속도로 구덩이를 파헤쳤다. 테이텀은 그들의 흥분을 느낄 수 있었다. 하지만 아마 조이 말이 맞을 거라고 속으로는 생각했다. 니콜이 정말이 깊은 모래 속에 파묻혀 있었다면 이미 오래전에 가버렸을 것이다. 유일한 희망은 니콜이 애초에 그 안에 없었을 가능성뿐이었다. 영상이 가짜였거나, 남자가 니콜을 묻고 나서 영상을 중단시킨 후 도로 파냈거나. 뭔가 숨길 의도가 아니었다면 왜 영상을 중간에 끊었겠는가? 테이텀은 다른 이유를 떠올릴 수 없었다.

다음 순간, 테이텀은 이미 구덩이로 뛰어내려 다른 경관과 함께 양손으로 흙을 퍼내고 있었다. 땅이 무른 편이라 그리 힘든 작업은 아니었다. 영상의 남자가 무덤 위에 흙을 쏟은 지 며칠밖에 지나지 않아 땅이 굳기엔 아직 시간이 부족했던 것이다.

맨손으로 구덩이에서 몇 차례 흙을 퍼낸 후, 무덤의 깊이가 어느 정도였는지 떠올려보았다. 얼마나 더 파야 하지? 깊어야 1미터 안팎일 텐데. 지금 속도로 계속 파면 10분 후면 도달할 수 있을 것이다.

한 경관이 고통의 비명을 지르자 모두 동작을 멈췄다. 맨손으로 흙을 퍼내던 경관이 삽에 손을 맞은 모양이었다.

"조심해, 라미레스!" 손을 맞은 경관이 옆에 있는 남자에게 쏘아붙였다.

"미안해!" 라미레스는 옆으로 한 걸음 물러나면서 사과했다.

"하마터면 손가락이 잘릴 뻔했잖아." 다친 경관은 그렇게 투덜거렸지만 손바닥의 붉은 핏줄기에도 아랑곳하지 않고 이미 다시 모래를 퍼내고 있었다.

몇 분 후 다른 차가 나타났다. 고개를 든 테이텀의 눈에 삽 한 더미를 들고 차에서 내리는 포스터 형사가 들어왔다. 구덩이로 서둘러 다가온 형사는 테이텀이 그 안에 있는 걸 보고 잠시 멈칫하더니 이내 무뚝뚝하게 고개를 끄덕이고 삽을 건넸다.

몇 초 후, 삽이 나무에 부딪혀 커다란 쿵 소리를 냈다.

"부딪혔어!" 라미레스가 고함쳤다. "여기 있어."

삽을 받은 테이텀은 더욱 속도를 높여 흙을 파냈고, 옆에 있는 사람들도 마찬가지였다. 흥분으로 주변 공기가 윙윙 울렸다. 곧 나무판자가 눈에 들어왔다. 지저분하고 광택이 흐릿했다. 삽이 계속 판자에 부딪히는 게 거추장스럽게 느껴졌다. 테이텀은 삽을 구덩이 밖으로 던져버리고 다시 손으로 흙을 퍼내기 시작했다. 다른 경관들도 모두 따라 했다.

퍼내고, 허리 펴고, 내던지고, 웅크리고, 퍼내고, 허리 펴고, 내던지고……. 테이텀은 나중에 등이 아파 죽지 않으면 다행일 거라고 생각했다.

"좋아요!" 포스터가 외쳤다. "이 정도면 충분해요. 다들 구덩이에서 나가요."

상자 뚜껑은 이제 거의 다 드러나 있었다. 몇 군데만 작은 모래 더미로 덮여 있을 뿐이었다. 이제 상자를 열지 못하게 막는 건 그 위에 서 있는 네 남자뿐이었다. 테이텀이 맨 먼저 구덩이를 기어 나오자 나머지 경관들도 따라 나왔다. 그중 큰 키에 어깨가 떡 벌어진 대머리 경관이 구덩이 안으로 몸을 숙여 가장자리를 잡고 상자 뚜껑을 들어 올렸다. 하지만 그 위에 아직 덮여 있는 모래의 무게 때문에 뚜껑은 꿈쩍도 하지 않았다. 그것도 잠시, 남자가 끙 하고 힘을 주자 삐걱 소리와 함께 뚜껑이 번쩍 들렸다.

그 순간 코를 찌르는 냄새에 테이텀은 알아야 할 모든 것을 알았다. 주위에서 신음 소리가 터져 나오고, 한 경찰은 속을 게워내려고 덤불로 달려갔다. 관 안을 들여다본 테이텀의 눈에 들어온 것은 변색되고 부풀어 오른 시신이었다.

니콜 메디나는 결국 그 안에 있었다. 이미 오래전에 죽은 채로.

14

조이는 둔하고 눈치 없다는 말을 평생 들으면서 살았다. 그럼에도 무덤터에 도착한 후 처음 테이텀과 눈이 마주친 순간, 지금은 자신이 입을 다물어야 한다는 것을 알아차렸다. 평소엔 주름 하나, 티끌 하나 찾아보기 힘든 테이텀의 정장이 지금은 흙투성이에 잔뜩 구겨지고 얼룩진 데다 흰 셔츠는 버튼 하나가 열려 있었다. 머리카락은 헝클어졌고 얼굴은 피로와 슬픔으로 가득 차 있었다. 조이는 다가가서 안아주고 싶은 마음을 간신히 억눌렀다.

테이텀이 조이 옆으로 와서 말했다. "죽은 지 적어도 이틀은 지났어요."

조이는 짧게 고개를 끄덕였다. 몇 미터 앞에서 현장 지휘를 맡은 포스터 형사가 경관들에게 물러서라고 말하고 있었다. 범죄 현장 주변에 경계선을 치기 위해서였다. 여긴 이제 범죄 현장이었다. 그것도 살인 사건 현장.

조이는 무덤으로 다가갔다. 그 안에 든 시신을 살펴보았다. 니콜은 아마도 파티에 갈 때 입었던 옷차림 그대로인 듯했다. 조이는 그게 맞는지 니콜의 친구들에게 확인해봐야겠다고 생각했다. 셔츠는 헝클어진 걸 제외하면 멀쩡했다. 눈은 감겨 있었다. 아마도 공기가 완전히 바닥나기 한참 전에 의식을 잃었으리라. 자비롭게도. 검게 변색된 혈관과 동맥이 핼쑥한 살갗 위에 지그재그로 두드러져 보였다. 얼굴에 파리 한 마리가 내려앉았지만, 시신 근처에 곤충은 전혀 보이지 않았다. 아마도 너무 깊이 묻혀 있었거나 어쩌면 곤충이 살기엔 토양이 너무 건조했으리라.

상자 안, 시신의 머리 바로 옆에 조그만 장비가 심어져 있었다. 카메라였다. 조이는 좀 더 자세히 보려고 몸을 웅크렸다. 거기서 뻗어 나온 구불구불한 전선이 상자 속의 구덩이를 통과해 밖으로 이어졌다. 구덩이의 고르지 않은 부분을 살펴보니 이전에 전선이 일부 가려져 있던 곳이 두 군데 눈에 띄었다. 전선 끝이 땅 위의 어디로 나와 있을지 궁금했다.

얼굴을 잔뜩 찌푸린 채 상자와 시신을 돌아다보았다. 상자는 시신에 비해 길이는 조금 더 긴 정도였지만 폭은 꽤 넓었다. 어쩌면 이게 표준 규격인지도 모른다. 나중에 확인해봐야 할 것이다. 하지만 조이가 느끼기에 상자는 왠지 필요 이상으로 크게 만들어진 것 같았다.

살인자가 상자를 제작할 당시 니콜을 염두에 두고 있었을까? 아니면 누가 들어가기에도 무리가 없도록 만든 걸까?

"요원님, 여기에 서명 좀 해주시겠습니까?" 포스터가 어느새 옆에 와서 클립보드와 펜을 내밀었다.

조이는 서류를 응시했다. 사건 현장 일지였다. "네." 조이는 형사의 손에서 펜을 뽑아 들고 테이텀의 이름 밑에 서명을 휘갈겨 썼다. "전 요원이 아니에요, 포스터 형사님. 민간 자문이에요."

포스터는 그런 사소한 구분 따윈 아무래도 좋다는 듯 건성으로 고개를 끄덕였다. 그리고 무덤을 내려다보며 물었다. "저런 짓거리를 하는 건 도대체 어떻게 생겨먹은 괴물일까요?"

"괴물이 아니에요." 조이는 자동반사적으로 대답했다. 그리고 포스터가 눈을 가늘게 뜨는 걸 보고 이렇게 덧붙였다. "우리가 맞서고 있는 건 인간 남자입니다. 괴물이 아니고요. 우린 그 남자를 연구하고 이해할 수 있어요. 우린 놈을 잡을 수 있습니다."

"더 있을 거라고 보세요? 연쇄살인일까요?"

조이는 생각에 잠겼다. "그걸 말할 수 있으려면 먼저 범죄 현장에 대한 철저한 수사가 선행되어야 할 것 같네요."

포스터는 고개를 들어 하늘과 저물어가는 석양을 바라보았다. "그건 내일이나 돼야 가능하겠네요. 스포트라이트를 켜고 어둠 속에서 할 수 있는 데까지는 하겠지만, 아침에 한 번 더 살펴봐야죠." 포스터는 휴대폰이 울리자 한쪽 옆으로 물러나서 전화를 받았다.

흙을 파내느라 제복이 온통 흙투성이가 된 경관이 무덤을 둘러싼 낮은 덤불 주변에 범죄 현장 테이프를 둘러쳤다. 조이는 뒤로 물러나 주변 지역을 훑어보았다. 나무들이 벽을 이루어 무덤이 길에서 보이지 않도록 가려주었다. 가지들은 마구 뒤엉킨 데다 가시투성이 쐐기풀로 뒤덮여 있었다. 그리고 나무들 사이로 선인장이 자라 보호벽을 한 겹 더 제공했다. 그 두꺼운 녹색 팔들 사이로 이 안쪽을 들여다보는 건 거의 불가능했다. 한편 차도는 좁고 지나가는 차가 거의 없었으며 모든 게 베이지색이나 회색 또는 탁한 녹색이었다. 어디로도 이어지지 않을 것 같았다.

시체를 묻기에…… 아니, 살아 있는 피해자를 묻기에 완벽한 장소였다.

조이는 몸을 틀어 뒤쪽을 바라보았다. 선인장과 나무로 이루어진 벽에 폭이 약 180센티미터쯤 되는 통로가 뻥 뚫려 있는 게 보였다. 그 앞뒤로 순찰차 두 대가 세워져 있었다. 조이는 한숨을 푹 내쉬었다. 살인범은 그곳을 통해 차로 드나든 게 분명했다. 타이어 자국이 혹여 남아 있었다 해도 이제는 다 지워져버렸을 것이다. 조이는 그 통로 가운데에 웅크리고 앉아 얼굴을 찌푸렸다.

"뭐예요?" 테이텀이 뒤에서 물었다.

"여기도 원래는 벽이었어요." 조이는 땅에서 삐죽 솟아 나온 나뭇가지 하나를 가리켰다. "누군가가 베어낸 거죠."

"범인이 그런 것 같아요?"

조이는 몸을 일으켰다. "아마도요. 길이 무덤터로 곧장 이어지는 게 보여요? 놈은 진입로를 만들어놨어요."

"놈은 무덤터를 미리 준비해놨죠." 테이텀은 그렇게 말하고 잠시 후 덧붙였다. "어쩌면 피해자를 납치하기도 전에 무덤부터 팠을지 몰라요."

"하지만 왜 여기죠?" 조이가 물었다. "여긴 사막 한복판이잖아요. 누군가를 묻을 만한 장소는 아마 수백만 군데는 될 텐데. 왜 이렇게 품이 드는 장소를 선택했을까요?"

테이텀은 그 질문에 대답하지 않고 바짝 깎인 나뭇가지를 살펴보았다. 그리고 마침내 몸을 일으켜서 조이를 돌아보며 말했다. "방금 맨쿠소에게 현재까지의 상황을 전달했어요. 피해자가 더 있을 것 같은지 우리 의견을 묻던데요?"

"아직은 말하기 이르죠."

"하지만 뭔가 감이 오는 건 맞죠? 당신은 몰라도 **난** 확실히 감이 오는데요."

"우린 감으로 행동할 수 없어요."

테이텀이 한숨을 내쉬며 물었다. "당신 감은 뭐라고 말하는데요, 조이?"

조이는 입술을 깨물었다. "더 있을 거라고요. 놈의 목표는 니콜 메디나를 죽이는 게 아니었어요. 누군가를 생매장하는 거였지. 이건 판타지예요."

"내 생각도 같아요." 테이텀이 말했다. "그리고 범인이 이걸 실험 1호라고 부른다면……."

"이미 놈이 실험 2호를 계획하고 있을 가능성이 꽤 높죠."

15

남자는 인터넷에 실망했다. 비록 자신의 영상이 곧장 입소문을 타고 대성공을 거둘 거라고 생각한 건 아니었지만, 한 여자가 생매장당하는 영상인데 1,903회라는 보잘것없는 조회 수는 좀 어이가 없었다.

맨 처음 그 영상을 받은 블로거와 기자 열 명 중 홍보를 해준 사람은 아무도 없었다. 트래픽은 대부분 사람들이 다치거나 죽어가는 영상을 다루는 웹사이트에서 왔고, 심지어 거기서조차 남자의 영상은 인기가 한참 낮았다. 한 이용자는 여자가 질식해 죽어가는 걸 안 보여줘서 지루하다고 했다. 딱 봐도 각본 있는 연극인데 배우가 둘 다 연기를 더럽게 못한다며 욕하는 댓글도 있었다.

상관없었다. 다음 영상은 안 보고는 못 배길 테니까.

남자는 인스타그램 페이지를 열고 타깃들의 새로 올라온 게시물들을 훑어보기 시작했다. 이젠 더 이상 그들을 개인적으로 팔로잉하지 않았다. 여자들이 그렇게 자진해서 이쪽 수고를 덜어주는데,

굳이 붙잡힐 위험을 감수할 필요가 있겠는가? 남자는 새로 올라온 셀카들과 포즈들, 그리고 도발적인 글들을 눈으로 흡수했다. 새로 연애를 시작한 여자들과 '마침내 자유의 몸이 돼서' 파티에 간 여자들을 메모해두었다.

그게 남자가 선호하는 타깃이었다. 남자친구가 있으면 상황이 더 복잡해졌다.

남자는 글로리아 킹의 프로필에서 잠시 눈길을 멈췄다. 글로리아는 방금 친구들과 찍은 밤 외출 사진에 자신을 태그했다. 셀카 속에서 세 여자는 맥주병을 손에 든 채 카메라를 향해 웃고 있었다. 글로리아의 소매 없는 분홍 셔츠 아래로 황금빛 피부가 반짝였다. 겨우 20분 전에 올라온, 아주 따끈따끈한 사진이었다.

밤 외출, 술자리. 글로리아는 분명 취해서 자정이 한참 넘은 시각에 귀가할 테고, 양친은 이미 오래전에 잠들어 있을 것이다. 남자는 글로리아가 어디 사는지 당연히 알았다. 집에는 개가 있었지만 앞문 근처에 매여 있었다. 그리고 집으로 이어지는 통로는 길고 어두웠으며, 이웃집들은 너무 멀리 떨어져 있어서 신경 쓸 필요조차 없었다.

이건 기회야. 남자는 잠시 고민했다. 글로리아 킹의 운명은 가느다란 실에 매달려 있었다.

너무 일러. 급할 건 없다. 시간이라면 넘치도록 있으니까.

브라우저를 최소화하고 바탕화면 아이콘을 더블클릭해 영상을 열었다. 서서히 잠에서 깨어나는 젊은 여자의 얼굴이 화면에 떴다. 여자가 첫 비명을 내지르는 순간, 남자는 이미 자기 안에서 흥분이 깨어나는 걸 느낄 수 있었다. 남자는 이 영상을 너무 많이 보지 않으려고 참아왔다. 뭐든 너무 자주 보면 식상해지는 법이니까. 심지어 이런 영상조차 예외는 아니었다. 하지만 아직까지는 그 현장에 있었을 때와 똑같은 짜릿함을 느낄 수 있었다.

전체 영상을 처음부터 끝까지 다 본 건 딱 한 번뿐이었다. 총 길이는 열네 시간이었다. 심지어 '감독판'도 아니었다. 그저 원료에 불과했고, 변변찮은 부분도 있었다. 7:08:00부터 11:32:00까지는 그냥 여자가 눈을 감은 채 움직이지 않고 누워 있는 게 전부였다. 그리고 12:35:23부터 여자는 완전히 움직임을 멈췄다.

하지만 전체적으로 말하자면 좋은 결과물을 낼 수 있는 원료인 건 분명했다. 남자는 자신의 개인적 편집본 길이가 약 세 시간 정도 될 거라고 예상했다.

그리고 지금처럼 하루의 피로를 씻어내고 싶을 때 보기 좋은 대목이 어디인지는 이미 알고 있었다. 3:42:00부터 시작하면 된다.

니콜 메디나가 뚜껑을 쿵쿵 두들기고 다시 비명을 지르기 시작하는 걸 보자 남자는 호흡이 거칠어졌다. 책상 위의 갑 티슈를 움켜쥐었다.

16

해리 배리는 책상에 앉아 허공을 멍하니 응시했다. 『시카고 데일리 가제트』의 끊임없는 소음이 해리의 상념에 배경음악 노릇을 했지만, 막상 본인은 그걸 알아차리지도 못할 만큼 깊이 생각에 잠겨 있었다. 종이를 뱉어내는 프린터 소리, 동료들이 끝없이 자판을 두드리는 소리, 하루도 빠짐없이 남편과 통화하는 론다의 수다스런 목소리. 지난 6년간 늘 동일했다. 하루하루가 똑같은 6년. 담당 편집자는 흥미로운 인간사라고 부르지만 해리 자신은 중독성 쓰레기라고 부르는 글을 쓰느라 보낸 6년. 유명인사의 새 소식과 섹스 스캔들. 때로는 그걸 뒤섞어 유명인사 스캔들과 섹스의 새 소식을 쓰기도 했다.

전에는 그게 좋았다. 그리고 잘했다.

하지만 이제 조금 다른 것을 맛보고 나니 일상이 무미건조하게 변해버렸다. 미트로프를 좋아하고 날마다 먹던 사람이 어느 날 육즙 넘치는 스테이크를 처음 접한 격이었다.

해리는 한 시간 전에 한 짧은 전화 통화를 떠올리며 생각에 잠겼다. 실마리가 하나 있었다. 좋은 기사가 되어줄 것 같은 감질나는 실마리였다. 해리는 지금까지 그걸 한 달 넘게 붙들고 있었다. 그리고 그 이야기의 다음 챕터가 전개될 곳은 해리의 직장이 있는 이곳 시카고가 아니었다.

샌앤젤로였다.

문제는 무슨 수로 거기에 가느냐 하는 거였다.

휴가를 내고 출장비를 직접 부담하는 건 썩 내키는 해결책이 아니었다. 그보다는 상사에게 출장비와 소요 비용을 떠넘기는 편이 훨씬 구미가 당겼다. 거기다 귀중한 휴가를 쓰지 않는다면 금상첨화일 것이다. 무슨 수로 편집자를 설득할까. 그게 해리가 지금 머릿속으로 고민하는 문제였다. 이 난제를 해결할 방법이 도무지 보이지 않았다. 그래서 심기가 몹시 불편했다.

가장 최근에 자신이 올린 온라인 기사를 찾아보았다. 유명한 지역 대학의 풋볼 하프백이 치어리더와 바람피운 걸 폭로하는 기사였다. 기사 제목은 '한번 선수는 영원한 선수.' 다시 봐도 너무 기발한 것 같아서 자랑스러웠다. 이제껏 '흥미로운 인간사'를 다룰 때면 늘 그랬듯 이 기사에서도 해리는 유쾌한 문체를 사용했다. 그리고 늘 그렇듯 작성자명을 H. 배리로 적었다. 해리 배리는 기자로서 용인될 수 있는 이름이 아니기 때문이었다. 사실 그건 뭘 하기에도 용인될 만한 이름이 아니었다. 부모의 게으름을 그대로 보여주는 이름이었다. 마치 어머니가 '이름을 완전히 새로 지어내는 건 너무 힘들잖아. 그냥 성에서 한 글자만 바꾸지 뭐'라고 생각한 것 같았다.

이제 해리는 재미있는 기분 전환거리가 필요할 때마다 늘 그러듯 댓글을 아래로 스크롤했다. 악플러들, 화난 독자들, 그리고 댓글에 전반적으로 퍼져 있는 고독한 기운……. 다 좋았지만 해리가 가장 사랑하는 건 격분한 독자들이었다. 기사를 처음부터 끝까지 허겁지겁 읽은 뒤 댓글 난으로 달려가 다들 섹스와 폭력에 미쳐버렸고 미국적 가치가 쇠퇴하고 있다며 투덜대는 독자보다 더 만족스러운 건 없었다.

특히 **걱정하는시민13**이 올린 댓글이 해리의 눈길을 사로잡았다. **쓰레기. 이 기사를 쓴 '기자'는 부끄러운 줄 알아라.**

해리의 눈길을 강력하게 잡아끈 첫 번째 이유는 우선 오타가 없고 문장부호도 제대로 쓴 댓글이 그거 하나였기 때문이다. 하지만 더 중요한 건 거기 담긴 정서였다.

해리가 부끄러운 줄 알아야 한다는.

해리는 얼굴에 만족스러운 웃음을 띤 채 그 댓글을 오랫동안 뚫어져라 응시했다. 부끄러움이라. 그래, 이거지.

시간을 확인했다. 새 기사의 초고를 10분 전에 편집자에게 보냈어야 했다. 그건 편집자가 곧 들이닥칠 거라는…….

"해리, 초고는 어디 있지?" 대니얼 맥그래스가 해리 자리에 와서 섰다.

해리는 아무 대답 없이 멍하니 화면을 바라보았다.

"어이, 해리!"

해리는 눈을 깜빡이고 오랫동안 함께 일해온 편집자를 응시했다. "아, 대니얼, 못 들었어요."

"망할 놈의 기사 어디 있느냐고. 오늘 쌈박한 게 있다고 했잖아. 파파라치가 찍은 러셀이란 여자의 누드 사진 말이야."

"파파라치. 맞아요." 해리는 긴 한숨을 내쉬었다.

"그래서? 어디 있는데?"

"대니얼, 한 번쯤 멈춰서 우리가 하는 일에 관해 생각해본 적 있어요?"

편집자는 놀라서 눈을 깜빡였다. "우리 회사에서 파파라치를 직접 고용하지 않는 것 때문에 그러는 거야? 말했잖아, 이러는 편이 훨씬 비용 절감이 된다고⋯⋯."

"아뇨, 내 말은⋯⋯." 해리가 서글프게 화면을 향해 몸짓했다. "전부 다요."

"신문?"

"내가 쓴 기사들요. 사람들. 여기 앉아서 기사를 쓰는데, 갑자기 그런 생각이 드는 거예요. 캐시 러셀한테도 부모가 있다고."

"그 여자는⋯⋯ 음, 그게 무슨 차이가⋯⋯."

"그 여자에게도 어머니와 아버지가 있어요."

"그래, 그게 부모잖아."

"일요일 아침에 신문을 펼쳤는데 자기 딸의 맨 가슴이 신문 1면에 떡하니 나와 있는 게 상상이 가요?"

"1면은 무슨, 오버하지 마. 이건 8면으로 갈 거야, 해리."

"어떤 심정일까요. 무릎에 고이 안고 오냐오냐 키웠던 딸이⋯⋯."

"가슴에 모자이크 처리도 할 거야. 자네도 알잖아."

"잠자리에 뉘이고 동화책을 읽어줬던 딸이⋯⋯."

"도대체 무슨 말이 하고 싶은 거야?"

"아버지는 가슴이 얼마나 미어질까요. 딸이 그런 식으로 착취당하는 걸 보면."

"착취를 당해? 난⋯⋯. 애초에 그 파파라치를 부른 게 **그 여자였다고** 자네가 말하지 않았어?"

"대니얼은 어렸을 때 실수를 저지른 적 없어요? 우린 하이에나나 다름없어요. 그 여자가 망가지기만 기다렸죠. 그래서, 그 여자가 파파라치를 불렀으면 뭐요? 그 여자는 아직 어려요."

"그 여자는 스물여섯 살이야."

"고작 스물여섯 살이죠." 해리가 고개를 저으며 눈을 감았다. "스물여섯."

대니얼은 더 가까이 비집고 들어와 낮은 목소리로 물었다. "해리, 자네 왜 그래?"

"우린 세상을 보다 나은 곳으로 만들고 있지 않아요."

"보다 나은 곳? 무슨 소릴 하는 거야? 우린 오락거리를 제공하고 있어. 기사로 사람들을 즐겁게 해준다고."

"우린 스스로에게 보다 높은 기준을 부과할 필요가 있어요." 해리는 이제 이 연극을 즐기기 시작했다. "내 잘못이에요. 관심에 중독돼버린 탓이죠. 하지만 이제 우리에겐 강력한 플랫폼이 있으니, 그걸 **이용할** 수 있어요. 난 흥미로운 인간사를 기사로 쓰잖아요, 그렇죠? 우리 그걸 가지고 중요한 일을 해봐요."

"중요한 일을 해?"

"그 이메일 기억하죠? 암에 걸린 노숙자를 보살핀 간호사에 관한 거요. 우리 그 사람에 관한 기사를 쓰자고요."

"자네 이 기사를 쓰기 싫어서 지금 이러는 건가? 그럼 다른 기자한테 주면 돼. 난 그 러셀이란 여자의 가슴에 관한 기사를 쓰고 싶어 안달이 난 보조 기자들을 열댓 명쯤 알고 있어."

"**캐시** 러셀이에요. 그 여자에겐 이름이 있어요. 그 여자도 인간이에요, 대니얼. 감정이 있는 인간이라고요." 해리가 방금 한 말은 자신의 기사에 달린 실제 댓글을 인용한 거였다.

"그 여자는 수백만 달러를 횡령한 범죄자의 아내이고, 이제 스스로 가슴을 노출했어. 관심을 받고 싶어서 말이야."

"불법 이민자들에게 영어를 가르친 교사에 관해 기사를 쓰는 건 어떨까요?"

"그런 걸 누가 읽어!"

"**읽어야죠**! 난 내 직업에 부끄러움을 느끼고 싶지 않아요." 해리는 이 대목에서 가슴을 쿵쿵 때릴까도 생각했지만 그건 너무 간 것 같았다. "난 흥미로운 인간사에 관한 좋은 기사를 써야겠어요. 착취는 이제 끝이에요."

대니얼의 동공이 지진을 일으켰다. 표정에는 불안감이 역력했다. 해리는 현재 이 신문사에서 가장 인기 있는 기자였다. 그것도 기삿감이 좋아서가 아니라 어디까지나 필력이 좋아서였다. 해리가 자기 일을 **부끄러워** 하게 되는 건 최악의 상황이었다.

"들어봐, 해리. 자네가 심경 변화를 겪고 있다는 건 이해해. 그래서 말인데…… 자네에겐 휴식이 필요한 것 같아."

"아뇨. 난 기사를 쓰고 싶어요." 해리는 책상 위의 신문들을 뒤적였다. "여기 뭐가 하나 있었는데……. 발이 하나 없는 개를 입양한 수의사 이야기예요. 대니얼도 보면 정말 마음에 들 거예요."

"내 말 좀 들어봐." 대니얼이 불쑥 내뱉었다. "그 프로파일러의 후속기사는 어때? 벤틀리였나? 자네가 그걸 쓰게 해달라고 날 들볶은 지 꽤 됐잖아."

"벤틀리요?" 해리가 눈썹을 움찔했다. "지난달에 말했던 그 FBI 프로파일러요?"

"그래, 그때 자네가 그 사람에 관한 기사를 쓰고 싶다고 했잖아."

"범죄에 관해 쓰라고요? 연쇄살인범에 관해서? 글쎄요……."

"한번 해봐. 자네라면 그걸 긍정적인 기사로 만들 수 있을 거야.

차이를 만들려고 노력하는 젊은 프로파일러. 좋은 기삿감 맞지?"

"그 사람이 인터뷰를 해줄 여유가 있으려나 모르겠네요. 방금 사건을 수사하러 샌앤젤로로 갔거든요."

"음…… 그거 잘됐군!" 대니얼의 안색이 확 밝아졌다. "얼른 비행기를 잡아. 그 사람이 뭘 하는지 취재하고 그걸 기사로 써. 그건 착취가 아니잖아, 그렇지? 그리고 어쩌면 환경 변화가 자네한테 도움이 될지도 몰라. 상황을 더 긍정적으로 보게 해줄 거야."

해리는 어깨를 축 늘어뜨리고 다시 무겁게 한숨을 내쉬었다. 하지만 머릿속으로는 승리의 공중제비를 넘고 있었다. 군중은 거칠게 환호했다.

17

조이는 모텔 침대에 누워 있었다. 방금 샤워하고 나온 터라 머리카락은 아직 젖어 있었고, 속옷 위에 긴 박스티 한 장만 걸친 채였다. 누군지 모르는 인디밴드 로고가 박힌 티셔츠는 안드레아 거였는데, 아마 보스턴 시절의 남자친구 중 하나가 입던 거였을 것이다.

하지만 티는 편했고, 지금 조이에게는 편안함이 필요했다.

조이와 테이텀은 감식반원들이 현장에 출동하는 것을 보고 곧 그곳을 떠났다. 조이는 지치고 넋이 나간 듯 보이는 테이텀 대신 자신이 운전대를 잡겠다고 제의했지만 테이텀은 말을 들으려 하지 않았다. 조이도 굳이 더는 고집하지 않았다. 테이텀은 경찰서와 그리 멀지 않은 모텔로 차를 몰았다. 가는 길 내내 둘 다 한 마디도 하지 않았다. 조이가 모텔 방 안으로 들어와 등 뒤로 방문을 닫은 순간, 이미지와 감각이 머릿속으로 침투하기 시작했다. 그것들은 조이가 자신을 보호하기 위해 쳐놓은 방어벽을 밀어붙이고 있었다. 그리고 그 벽은 늘 조이가 혼자가 되는 즉시 종잇장처럼 얇아졌다.

모텔을 나가 뭔가 기분 전환을 할 만한 거리를 찾아볼 수도 있겠지만 그래 봤자 끔찍한 악몽을 불러올 뿐이라는 걸 조이는 경험을 통해 알고 있었다. 그건 어떤 식으로든 반드시 터져 나오게 돼 있었고, 조이의 머리는 배출구가 필요했다. 지금, 정신적으로 준비가 돼 있을 때 처리하는 게 최선이었다.

자극 요인은 시신이었다. 시신을 보기 전까지는 상황을 추측하는 수많은 이론들을 세울 수 있었다. 하지만 일단 시신을 발견하고 나자, 그 끔찍한 광경을 눈으로 확인하자, 다양한 현실이 하나로 통합되었다. 니콜 메디나는 납치되어 상자에 갇힌 후 산 채로 매장되었다.

조이에겐 특별한 재주가 있었다. 살인범의 머릿속으로 침투해 살인범의 시각을 통해 사고하고, 때론 범인이 앞으로 무슨 짓을 저지를지 예측할 수도 있었다. 하지만 그 재주는 공짜가 아니었다. 때로는 살인범이 아니라 피해자의 머릿속에 갇히기도 했다. 피해자들의 마지막 순간을 보고, 마치 자신이 피해자가 된 양 그들의 감정을 느꼈다.

그리고 니콜의 경우에는 굳이 상상력을 발휘하려고 애쓸 필요조차 없었다. 이번에는 피해자의 고통을 눈으로 직접 **보았으니까**. 그 악몽의 순간 니콜 메디나의 머릿속으로 침투하는 건 숨 쉬는 것만큼이나 자연스러웠다.

상자 속은 칠흑처럼 어두웠을 것이다. 니콜은 등을 대고 누워 있었고, 조금만 움직여도 몸이 주위 벽에 닿았다. 공기는 먼지투성이에 퀴퀴했을 테고, 시간이 지날수록 숨쉬기가 힘들어졌을 것이다. 니콜은 패닉에 사로잡혔을 것이다.

주위 벽들이 조여들면서 자신이 벗어날 수 없는 곳에 영영 갇혔다는 끔찍한 깨달음이 내려앉았을 것이다.

조이는 어렸을 때 가족과 함께 로럴 동굴로 관광을 간 적 있었다. 사람들이 아주 많았고, 조이는 들뜬 마음에 온 사방을 플래시로 비췄다. 그후 좁은 터널을 기어서 통과하는 관광 코스 도중에 조이 앞에 가던 여자가 그만 끼어버리고 말았다. 그리고 조이 뒤에서는 앞길이 막힌 걸 알지 못하는 다른 사람들이 계속 밀어닥쳤다. 다가오는 사람들의 무게감이 조이를 압박했다. 주위를 둘러싼 벽들, 진퇴양난으로 막힌 길……. 갑자기 숨쉬기가 힘들어졌다. 바로 뒤에 있던 안드레아가 멈춰 있는 언니를 앞으로 민 순간, 조이는 그만 모든 자제력을 잃고 뒷발질하고 말았다.

조이는 그날 이후로 늘 동굴과 터널을 멀리했다. 그리고 좁은 엘리베이터에 타면 불안감에 시달렸다.

조이는 침대에 누워 그 좁은 공간에 갇힌 기분을 상상했다. 그리고 주변에 산처럼 쌓인 흙더미를. 심장 박동이 귓가에서 쿵쿵 울렸다. 숨이 가빠오고 머릿속이 하얘졌다.

18

테이텀은 샤워기 아래에 서 있었다. 등이 욱신거렸고, 열 군데도 넘게 멍이 들고 긁힌 손바닥은 타는 것만 같았다. 손톱 하나는 부러져서 그 밑으로 얇은 핏줄이 드러났다. 테이텀은 그대로 선 채 뜨거운 물이 몸을 쓸어내리게 했다. 머릿속으로는 상자 안에 누워 있던 니콜 메디나를 생각했다. 영상에서 들은 비명이 아직도 귓가에 생생했다.

발 주위에 고이는 물웅덩이를 내려다보았다. 흙먼지 때문에 갈 회색이었다. 한숨을 푹 내쉬고는 모텔에서 기본으로 제공하는 비누를 뜯어 몸에다 문지르기 시작했다.

샤워를 마친 후 욕실을 나와 타월로 몸을 닦았다. 쪽모이세공 바닥에 젖은 발자국이 찍혔다. 블라인드를 닫고 타월을 그대로 바닥에 떨군 후 무슨 옷을 입을지 고민했다. 선택의 폭은 그리 넓지 않았다.

시간은 거의 저녁에 가까웠지만 살인 현장은 식욕 증진에 그다지 도움이 안 되는 법이라 아직 저녁 생각은 들지 않았다. 텔레비전이나 좀 틀어볼까. 하지만 좁은 방 안에 갇혀 있다는 생각 역시 딱히 끌리지 않기는 마찬가지였다.

그때 모텔에 작은 수영장이 딸려 있는 게 생각났다. 잠깐 수영을 하면 아픈 등과 식욕에도 도움이 되지 않을까. 수영복을 챙겨오지 않은 터라 대신 속옷 중에서 입을 만한 걸 찾아보기로 했다. 흰 사각팬티는 말할 것도 없이 열외였다. 검은색은 너무 달라붙었고, 수영장 안에만 있으면 문제가 안 되겠지만 물 밖으로 나오면 샌드위치를 싸는 비닐 랩처럼 국부에 쫙 들러붙을 게 분명했다. 파란색은 그럭저럭 괜찮을 것 같았다. 그걸 입고 어깨에 타월을 걸친 후 방에서 나와 등 뒤로 문을 잠갔다. 머릿속에서는 팬티 바람으로 바깥에 나왔다는 경보음이 마구 울려댔지만 무시했다. 사실이 아니야. 난 수영복을 입고 있다고.

수영장은 어떤 기준으로 봐도 크다고는 할 수 없었다. 저물어가는 햇빛을 받아 반짝이는 잔잔한 수면이 제발 다이빙을 하라고 애걸하는 것만 같았다. 하지만 생각보다 깊이가 너무 얕았다. 머리부터 다이빙한 테이텀은 하마터면 뇌진탕을 일으킬 뻔했다. 잠영으로 수영장 반대편 끝까지 간 후 수면으로 나와 길게 숨을 들이켰다.

몇 바퀴쯤 계속 돌았다. 수영장이 워낙 작아서 욕조에서 헤엄치는 기분이었지만 오로지 자신의 수중 움직임과 호흡, 그리고 수영장 가장자리에 닿을 때마다 몸을 밀어내는 것에만 집중했다.

몇십 바퀴쯤 돌고 난 후, 누군가 지켜보는 시선이 느껴졌다. 동작을 멈추고 고개를 들었다. 조이였다. 사람을 꿰뚫어보는 듯한, 저녁거리로 물고기를 노리는 맹금의 눈으로 테이텀을 응시하고 있었다.

테이텀은 쾌활하게 손을 흔들었다. "들어와서 같이 수영할래요?"

조이는 코에 주름을 잡으며 대꾸했다. "난 수영 안 좋아해요."

"물이 시원해서 정말 좋은데요." 하늘이 이미 검푸른 빛으로 어두워지고 있는데도 공기는 여전히 숨 막힐 듯 더웠다. "발이라도 담가보지 그래요."

놀랍게도 조이는 순순히 수영장 가장자리에 앉아서 신을 벗었다. 한쪽 발을 물에 넣고 이어 다른 발도 넣었다. 그후 긴 한숨을 내쉬었다.

테이텀은 조이 옆으로 헤엄쳐갔다. 조이는 얼굴에 근심이 가득한 채 멍하니 있었다. 테이텀은 물이라도 튀겨볼까 생각했다. 대학 시절에 자주 치던 장난이었다. 그러면 여자애들은 어김없이 새된 웃음을 터뜨리며 장난스럽게 "그만해!" 하고 소리를 지르곤 했다.

하지만 조이의 얼굴을 본 테이텀은 생각을 고쳐먹었다. 조이는 새된 웃음소리를 낼 것 같지 않았다. 아마도 그냥 지친, 쌀쌀한 눈초리를 흘끗 던지고 말 것이다. 아니, 어쩌면 날 죽이려 할지도.

"괜찮아요?"

"네." 조이는 살짝 몸서리를 쳤다. "그냥 바깥 공기를 쐬고 싶었어요. 니콜 메디나 생각이 자꾸 나서요."

테이텀은 고개를 끄덕이고 잠시 후 이렇게 물었다. "수영은 왜 안 좋아해요?"

조이는 가늠하는 듯한 눈길로 테이텀을 보았다. "〈오즈의 마법사〉안 봤어요? 물이 닿으면 난 녹아 없어진다고요."

테이텀이 씩 웃음을 짓자 조이도 마주 웃었다.

"그냥 안 좋아해요." 조이가 말했다. "물이 차가운 것도 싫고, 수영하고 나면 머리카락이 다 뒤엉켜버려요. 수영장 물의 염소 성분 때문에 살갗이 근질거리고요."

"알겠어요. 수영이 잘못했네요."

"안드레아는 고등학교 때 수영부 소속이었어요." 조이가 덧붙였다. "걔는 하루 종일 수영장에서 살라고 하면 아주 좋아할 거예요." 조이는 주머니를 뒤져 휴대폰을 꺼내더니 입술을 오므린 채 휴대폰 화면을 두드렸다. 이윽고 휴대폰을 옆에 내려놓고 수면을 응시했다.

"안드레아는 별일 없대요?" 휴대폰을 확인하는 조이를 지켜보던 테이텀이 물었다.

"나야 모르죠." 대답하는 조이의 말투에 짜증이 묻어났다. "문자를 보냈는데 답신이 없어요."

"아직 못 봤나 보죠."

"흠…… 글쎄요. 난 걔가 문자 무시하는 걸 많이 봤거든요. 못 본 척하려고 아예 안 열어본다니까요. 아주 약아서."

"분명 별일 없을 거예요." 하지만 테이텀은 자신이 그렇게 말해 봤자 별 효과가 없으리라는 걸 알고 있었다. 안드레아와 함께 찍은 사진이 동봉된 로드 글로버의 최근 편지에 관해 조이가 보고할 때 테이텀도 함께 있었으니까. 하지만 그날 이후 글로버를 봤거나 글로버에게 뭔가 연락을 받은 사람은 아무도 없었다. 혹여 조이하고는 뭔가 있었을지 모르지만 조이는 아무 말도 하지 않았다.

"안드레아는 똑똑하잖아요." 테이텀은 다시 휴대폰 화면을 들여다보는 조이를 위로했다. "절대 아무……."

"안드레아는 글로버 같은 인간이 무슨 짓을 저지를 수 있는지 몰라요. 만약 안다면 집 밖으로 한 발짝도 나가려 하지 않을 거예요. 하지만 **난** 알죠. 당신도 마찬가지고요. 놈들은 정교한 판타지를 구축하고 거기에 집착해요. 갈수록 더 정교하게, 더 **생생하게** 만들죠.

더는 충동에 저항하는 게 불가능해질 때까지요. 그러고 나서 행동에 나서죠."

"맞아요. 하지만 로드 글로버는 한 번도 어떤 특정한 여자를 정해놓고 범행을 저지른 적이 없어요. 다름 아닌 **당신이** 나한테 한 말이잖아요. 놈은 늘 기회주의적으로 행동한다고. 혼자 있는 여자들을 노린다고. 놈은 **누군가**를 스토킹하지 않았어요."

"하지만 날 스토킹했죠." 조이가 지적했다.

한 달 전 시카고에서 일어난 목 조르는 장의사 사건 당시 글로버는 조이를 미행했다. 그리고 혼자 있는 틈을 노려 덮쳤다. 다행히도 조이는 싸워서 놈을 물리칠 수 있었다. 테이텀은 자신이 조이의 입장이라 해도 절대 진정할 수 없을 거라고 생각했다. 그들이 늘 프로파일링하는 부류의 인간들 중 누군가가 내 가족을 노리고 있을지 모른다는 걸 안다면…… 속이 뒤집힐 것만 같았다. 종양 전문의가 자기 자식에게서 뇌종양의 징후를 발견한다면 그런 기분일까. 그 증상들이 잠재적으로 어떤 의미일지 너무 잘 아는 심정. 때로 무지는 진정한 축복이었다.

문득 고개를 든 테이텀은 조이의 눈꺼풀이 빠르게 깜빡이고 입술이 떨리는 걸 알아챘다. 수영장 가장자리에 걸터앉아 물속에 발을 담그고 있는 조이는 갑자기 부모를 잃은 미아처럼 보였다.

"내가 맡았던 사건의 내부 감사가 있을 거래요." 뭔가 다른 이야깃거리를 찾아 궁리하던 테이텀이 불쑥 내뱉었다. 화제를 돌릴 수만 있다면 뭐든 상관없었다.

그리고 효과가 있었다. 조이가 눈을 휘둥그레 뜬 채 테이텀을 쳐다봤다. "무슨 사건요?"

"아동성폭력 용의자를 실수로 쏜 거요."

"아." 조이가 고개를 끄덕였다. "기억나요……. 당신이 말했었죠. 그 남자는 카메라를 꺼내려고 한 건데 당신이 쐈다고, 맞죠?"

"놈은 **가방**에 손을 넣었고 난 놈을 쐈어요. 카메라를 꺼내려 했다는 건 나중에야 안 거고. 놈의 가방 안엔 무기가 없었으니까."

조이는 그 말을 듣고 생각에 잠긴 듯 보였다. 가벼운 한기를 느낀 테이텀은 수영장 반대편으로 헤엄쳐갔다가 다시 돌아왔다.

"왜 그 사건을 다시 수사하는 거죠?" 조이가 물었다.

"새로운 목격자가 나타났다나 봐요."

"그 목격자가 뭔가 당신한테 불리하게 작용할 만한 걸 봤을 수도 있나요?"

"아뇨." 테이텀이 심드렁하게 대꾸했다. "내가 말한 것 말고 다른 건 아무것도 없었어요. 놈이 꺼내려던 게 총이 아니었다는 걸 내가 무슨 수로 알았겠어요."

"총을 쏘기 전에 혹시 무슨 말 했어요?"

"그냥 손을 들라고 했죠."

"이름을 불렀어요?"

"뭐라고요?"

"그 남자 이름을 불렀어요, 아니면 그냥 손을 들라고만 했어요?"

"그게 무슨 차이가 있는데요?"

"그건 다르게 인지돼요. 어느 쪽이었는데요?"

테이텀은 수영장 가장자리를 짚고 몸을 끌어올렸다. 흰 돌 위에 물이 뚝뚝 떨어졌다. 근처 플라스틱 의자에 놓아둔 타월을 집어 들고 몸을 닦으면서 임시 조달한 수영복에 별문제가 없는지 확인했다. 그리고 천이 몸에 너무 들러붙지 않게 슬쩍 잡아당긴 후 조이 옆에 앉아 어깨에 수건을 걸쳤다. "놈의 성을 불렀던 것 같아요. 웰스였으니까, 뭐 이런 식으로 말했겠죠. '웰스, 손 들어.'"

"그냥 성만요? 다른 말은 안 했어요? 분명하게 말했어요?"

"그건 중요하지 않아요, 조이. 누군가 그냥 괜히 한번 털어보는 거예요. 걱정 말아요."

"사건이 재수사된다면 분명 이유가 있을 거예요. 그게 **중요해요**."

"무슨 압박 같은 건 없었어요." 테이텀이 짜증스럽게 반박했다. 그 화제를 괜히 꺼냈다는 생각이 들었다.

"당신은 범인을 쫓아갔죠, 그렇죠?"

"맞아요. 놈은 우리가 보는 앞에서 어린 여자애를 성추행했어요."

"얼마나 오랫동안 쫓아갔죠?"

"모르겠어요. 한두 블록쯤? 놈이 딱히 운동선수 체질은 아니었거든요."

그때 삑삑 하는 알림음이 들렸다. 조이는 재빨리 바닥에 놓인 휴대폰을 낚아챘다. 화면에 불이 들어와 조이의 얼굴에 반사됐다. 이윽고 어깨를 축 늘어뜨리며 옅은 미소를 지었다.

"안드레아예요?"

"네. 별일 없대요. 당신 할아버지가 오늘 들르셨다네요."

"그래요?" 테이텀이 한쪽 눈썹을 치켜올렸다. "그런데도 안드레아에게 별일 없다고요?"

"안드레아 말로는 마음씨 좋은 할아버지 같대요."

"아마 다른 사람 할아버지랑 착각했나 보네요. 우리 할아버지는 아닌 게 분명해요."

조이는 갑자기 놀랍도록 행복한 웃음소리를 터뜨렸다. 테이텀은 그게 자신의 뛰어난 유머감각 때문이라고 착각할 만큼 멍청하지 않았다. 그건 순수한 안도감에서 나온 웃음이었다. 테이텀은 조이에게 온화한 웃음을 지어 보였다.

"간단하게 뭐 좀 먹을래요?" 테이텀이 물었다. "난 허기져서 죽을 것 같아요." 그건 사실이었다. 먹는 이야기가 나오자 위가 환호라도 하듯 갑자기 꼬르륵거렸다.

"좋아요." 조이가 일어서자 물이 다리를 타고 떨어졌다. 땅에 놓인 샌들을 집어 들고 테이텀에게 물었다. "정말 걱정 안 돼요? 내부 감사 말이에요."

"전혀요. 금방 지나갈 텐데요. 그냥 잠음 같은 거에 불과해요." 테이텀도 일어나 계단을 향해 몸을 돌렸다.

"정말 총이라고 생각했어요?"

급작스러운 질문에 테이텀의 몸은 그 자리에 꼿꼿이 얼어붙었다. 조이를 돌아보았다. 조이는 평온한 표정을 짓고 있었지만 눈은 한 번 깜빡이지도 않고 테이텀의 눈을 뚫어져라 응시했다.

"당연하죠." 테이텀이 대꾸했다. "그래서 놈을 쐈고요."

"그리고 놈은 아동 성범죄자였죠. 당신은 놈을 오랫동안 쫓고 있었고요. 쉽지 않은 사건이었어요. 아동을 노리는 성범죄자."

"그래요." 테이텀은 말끝을 잡아 늘였다. 뭉근히 분노가 끓어올라서 몸이 빳빳이 굳었다. 억누르려고 노력했다. 조이는 그냥 물어본 것뿐이니까. "그리고 난 놈을 정말 잡고 싶었어요. 놈이 체포되는 걸 보고 싶었죠."

"아동 성범죄자는 재범인 경우가 많죠. 어차피 교도소에 가봤자 몇 년 후면 나올 테고, 자유의 몸이 되어 다시 아동을 대상으로 성범죄를 저지르겠죠. 당신은 그걸 알았어요. 그런데 놈을 독 안에 몰아넣을 기회가 온 거예요. 그리고 놈은 자신이 가진 증거를 인멸하려 했죠."

"난 몰랐다고 말했……."

"심지어 그 순간에, 놈을 추격하느라 아드레날린이 혈관으로 밀어닥치는 상황에서 당신은 놈을 성으로 불렀죠. 놈은 단순히 위험한 존재가 아니었어요. 대단히 **구체적으로** 위험한 존재였죠."

"조이, 그만둬요."

"당신은 확신이 있었어요." 조이가 말했다. "당신은 차이를 만들고 싶었죠. 순간적인 결정을 내려야 하는 상황에서, 당신은 경솔한 행동을 저질렀을 수도 있어요. 어쩌면 자기 자신까지 속였을……."

"당신 지금…… 날 프로파일링하는 거예요?" 테이텀이 믿기지 않는다는 투로 물었다. 좀 전까지만 해도 테이텀은 그 사건을 다른 사람들이 어떻게 볼지에 관해 조이가 얘기하고 있다고 생각했다. 하지만 아니었다. 조이는 실제로 **테이텀**을 분석하고 있었다.

"그건 전적으로 이해할 만해요. 당신이 놈을 막아야만 한다고 **생각했다면**……."

"놈은 총을 꺼내려 하고 있었어요."

"카메라였죠."

"난 총인 줄 알았다고요!" 모텔 벽에 부딪혀서 되돌아온 자기 말의 메아리를 들은 후에야 테이텀은 자신이 고함을 쳤다는 걸 깨달았다.

조이는 놀라움에 입을 쩍 벌린 채 테이텀을 응시했다. "왜 화를 내요? 내 말뜻은 그런 게……."

테이텀은 더는 말하지 말라는 뜻으로 분노로 덜덜 떨리는 한 손을 들어 올렸다. "절대 날 프로파일링하지 말아요. 알았어요? 난 당신 연구대상이 아니에요."

"그냥 내부 감사에 앞서 당신을 대비시켜주고 싶어서 그런 거예요. 만약 그쪽에서 당신한테 까다로운 질문을 하면…….”

“까다로운 질문은 없어요, 벤틀리. 왜냐하면 내가 한 건 정당방위였거든요. 상대가 총을 가졌다고 생각해서요. 무기가 없었다는 걸 알았다면 난 그자를 **절대** 쏘지 않았을 거예요. 당신은 그걸 알아야 해요.”

“내 말뜻은 당신이 잘못했다는 게 절대 아니에요. 그냥, 당신이 필요 이상으로 공격적으로 반응했다는 지적을 당할 수도 있다고 알려주는 것뿐이에요.”

“다른 사람 핑계 대지 말아요. **당신이** 그렇게 생각하는 거잖아요.”

“난 거기 없었는데요.”

“바로 그거예요. 당신은 거기 없었죠. 그러니 거기서 무슨 일이 있었는지에 관해서는 내 말을 믿어요. 그게 힘들면 노력이라도 해요.” 테이텀은 이를 갈며 조이 옆을 지나쳤다. 식욕은 사라졌고, 방금 수영을 했는데도 온몸에서 열기가 끓어올랐다.

19

1986년 5월 9일 금요일, 텍사스 주 샌앤젤로

남자아이는 방 안에 숨어 있었다. 최고의 은신처라고 할 수는 없지만, 겁이 나면 안전한 장소를 찾게 되는 법이다. 아이에게 있어 이곳은 말하자면 거북이 등 껍데기, 벙커, 안식처였다. ET 인형을 꼭 쥐고 이곳에 웅크리고 있으면 침대 위 포스터 안에서 보초를 서고 있는 슈퍼맨이 안전하게 지켜줄 것만 같았다.

들켰을까?

아이는 늘 아버지의 쌍안경에 넋을 빼앗겼다. 단순하게 생겼지만 놀랍도록 무거운 그 물체에. 그걸 눈에 갖다 대면 마법이 일어났다. 도로 위를 달리는 차의 번호판이 선명하게 보였다. 거리 끝의 미용실에 들어가는 사람들의 얼굴도 보였다. 아빠의 쌍안경이 있으면 아이에겐 초능력이 생겼다. 초인적인 시력이.

물론 규칙이 있었다. 절대 혼자 보면 안 되고 늘 아빠랑 같이 보아야 했다. 하지만 어떤 초능력자 영웅이 항상 아빠를 달고 다닌단 말인가?

게다가 아빠는 이웃집을 들여다보는 건 절대 안 된다고 했다. 아이가 초인적인 시력을 가장 써먹고 싶어 하는 게 바로 이웃집인데도. 바로 길 건너편 집에는 파머 부인이 살았는데, 아이는 그 쌍안경으로 부인의 침실을 구석구석 들여다볼 수 있었다. 부인이 거기 있든 없든 그걸 생각하면 짜릿함이 느껴졌다.

아이는 규율을 어겼다. 그리고 어기면 어길수록 더욱더 충동을 억누를 수 없었다. 늘 부모님이 주위에 없는지 확인했다. 부모님과 파머 부인이 늦잠을 자는 주말 아침이 가장 좋은 기회였다. 아이는 누구의 방해도 받지 않고 부인을 지켜볼 수 있었다.

하지만 그날 아침, 침대에서 일어나 막 옷을 입으려던 파머 부인은 문득 창 쪽을 돌아보더니 그대로 얼어붙었다. 잠시 그 자리에 선 채 아이를 똑바로 바라보았다. 아이는 도망치고 싶었지만 꼼짝도 할 수 없었다.

그리고 부인은 창을 향해 몸을 날려 황급히 커튼을 닫았다. 아이는 딱 걸렸다는 걸 알았다.

머릿속이 하얗게 변해 자기 방으로 쏜살같이 뛰어갔다. 낮은 목소리로 기도를 중얼거리며 만약 파머 부인이 부모님께 전화해 일러바치지 않게만 해주면 절대 두 번 다시는 몰래 훔쳐보지 않겠다고 신께 약속했다. 쌍안경 근처에는 얼씬도 하지 않겠다고.

쌍안경. 그건 여전히 아이의 손에 들려 있었다. 부모님이 깨기 전에 도로 제자리에 갖다놔야…….

그때 전화벨이 울렸다. 날카롭고 요란한 소음이 거실에서부터 쩌렁쩌렁 울려퍼졌다. 얼른 뛰어가서 부모님보다 먼저 받으면 된다. 잘못 걸었다고 말하는 거다. 새를 보고 있었다고 핑계를 대면 어쩌면 믿어줄지도 모른다.

하지만 그 대신 아이는 몸을 더 바짝 웅크리고 구석으로 꽁꽁 숨었다. 아이의 침대 옆에는 녹색 책상이 놓여 있어서, 무릎을 가슴까지 올리고 앉으면 문간에서는 보이지 않았다. 부모님이 방 안으로 들어와도 아이를 보지 못할 것이다.

아이가 가진 또 다른 초능력. 투명인간.

아이의 어머니가 전화를 받았다. 어머니의 잠이 덜 깬 목소리가 들렸다. 대화가 이어지면서 어조가 날카롭고 경계하는 투로 바뀌는 게 느껴졌다.

아이는 뭔가 수를 내려고 머리를 쥐어짰지만, 어머니의 발걸음과 화난 목소리는 이제 너무 늦었음을 명확히 알려주었다.

어머니가 날카롭고 화난 목소리로 아이의 이름을 불렀다. 폭풍이 다가오는 소리. 두려움의 눈물로 목이 멨다.

문이 벌컥 열렸다. 잠시 어머니는 문간에 선 채 혼잣말하듯 웅얼거렸다. "이 녀석이 어디 **갔지**." 투명인간. 최고의 초능력.

하지만 다음 순간 어머니가 방 안으로 들어서자 주문은 깨지고 말았다. 어머니의 얼굴은 분노로 붉으락푸르락했다. 다시금 악을 쓰듯 아이의 이름을 불렀다. 파머 부인이 어쩌고, 쌍안경이 어쩌고 하며 고함을 쳤다.

아이에게 남은 방법은 하나뿐이었다. 부정. 파머 부인이 왜요? 저는 새를 보고 있었는데요. "이젠 나한테 **거짓말**까지 해?" 어머니는 믿을 수 없다는 투로 고함을 쳤다.

어머니는 아이의 팔을 움켜쥐고 방 밖으로 끌어냈다. 잠시 아이는 발을 끌면서 저항하려 했다.

하지만 초인적인 완력은 아이가 가진 초능력이 **아니었다.** 아이는 죄송하다며 울부짖고 애원했다. 그건 마법의 말이어야만 했다. 죄송하다고? 아이는 죄송했다. 너무나도 죄송했다.

어머니는 아이를 아래층 지하실로 끌고 갔다. 아이가 벌을 받아야 한다면서. 뭘 잘못했는지 **생각할** 시간이 필요하다면서. 이미 20분째 쉬지 않고 그 생각만 했지만 그거로는 부족한 모양이었다.

아이의 친구들은 잘못을 저지르면 부모님에게 맞았다. 아이는 그걸 알았다. 같은 반의 로비는 아빠한테 엉덩이를 **백 대**나 맞은 적이 있다고 했다.

하지만 아이의 부모님은 자식을 때리지 않았다. 매질은 잘못이니까. 아이의 부모님은 처벌이 교육적이어야 한다고 믿었다.

아이의 어머니는 늘 아이가 자신의 잘못에 관해 **생각할** 시간이 필요하다고 말했다.

지하실에는 청소용품 벽장이 도사리고 있었다. 어두운 곳 안의 더 어두운 곳.

제발요, 엄마……. 죄송해요. 정말 죄송해요. 다시는 그런 짓을 하지 않을게요. 이제 잘못을 깨달았어요. 파머 부인에게 사과드릴게요. 잘못했어요.

어머니는 아이를 청소용품 벽장에 밀어 넣고 문을 쾅 닫은 후 빗장까지 질렀다. 성큼성큼 멀어지는 어머니의 발걸음 소리가 들렸다. 계단을 밟는 소리에 이어 지하실 문 닫는 소리. 아이 위의 좁은 공간은 청소용품, 먼지, 곰팡이, 그리고 악몽의 냄새로 가득했다.

아이는 흐느껴 울고 문을 쿵쿵 두드리고 죄송하다고 비명을 질렀다.

빗자루 벽장 안은 어두웠다. 너무나 어두워서 장님이 된 것만 같았다.

아이가 여기 갇힌 건 이번이 처음이 아니었다. 아이에겐 종종 생각할 시간이 필요했다. 여긴 늘 같은 냄새가 났다. 어둠이 주위를 조여올 때 아이는 늘 같은 공포가 자신의 목을 조여오는 걸 느꼈다.

파머 부인은 엄마한테 꼭 전화를 해야만 했을까? 아이는 누구에게도 해를 끼치지 않았다. 부인은 그냥 블라인드를 내리기만 하면 됐을 것이다. 아니면 그냥 아이한테 직접 그러지 말라고 말할 수도 있었을 것이다. 그러면 아이는 그 말을 들었을 것이다. 아이가 여기 갇힌 건 **부인** 탓이었다. **부인이** 아이한테 이 짓을 했다.

어둠 속에서 아이가 할 수 있는 것은 귀를 쫑긋 세우고 머리 위 어딘가에서 들려오는 어머니의 발걸음에 귀를 기울이는 것뿐이었다. 전화벨 소리. 어딘가 먼 곳에서 들려오는 라디오 소리. 뒤섞인 잡음과 음악.

셋째 초능력. 초인적인 청력. 아이에겐 손에 넣을 수 있는 모든 초능력이 필요했다.

왜냐하면 어둠 속에서는 괴물이 나왔으니까.

20

2016년 9월 7일 수요일, 텍사스 주 샌앤젤로

조이는 피곤했다. 전날 밤 테이텀이 난데없이 화를 내며 가버리 자 혼자 저녁을 먹고 잠을 청하려 했지만 도무지 잠이 오지 않았 다. 테이텀과의 대화를 곱씹으며 왜 그렇게 난리를 쳤는지 추리해 보았다. 마침내 나온 결론은 테이텀이 멍청하다는 거였다. 아니, FBI 남자 요원들 전부가. 아니, 사실 온 세상 남자들 전부가. 간신 히 잠들긴 했지만 안드레아가 나오는 악몽에 시달리다 날이 밝기 도 전에 잠에서 깨고 말았다. 다행히도 모텔 바로 건너편에 스타벅 스가 있었다. 아메리카노 그란데 사이즈를 사서 마시고 있는데 테 이텀이 와서 경찰서까지 태워다주겠다고 했다. 부루퉁한 태도였다.

경찰서까지 가는 길은 짧았지만 긴장감으로 가득했다. 테이텀 은 내내 냉랭하고 무표정했다. 조이는 샌앤젤로 경찰과 협력할 때 어떤 전략을 취해야 할지에 관해 몇 번쯤 운을 떼어보았다. 하지만 테이텀의 반응이 어찌나 야멸차고 기분 나쁜지, 마침내 두 손 들고 남은 출장 기간 내내 우버를 이용하겠다고 결심했다. 맨쿠소 팀장이 추가 비용에 관해 뭐라고 트집을 잡으면 팀장님이 한번 테이텀과 같이 차를 타고 다녀보라고 쏘아붙일 작정이었다.

젠슨 부서장이 서로 들어서는 두 사람을 가로막았다. 방금 새로 맞춘 듯한 정장과 번쩍번쩍 광을 낸 구두에 머리는 매끈하게 빗어 넘긴 모습이었다. "요원님들, 여기서 뵈니 반갑네요. 막 특수수사팀 회의를 시작하려는 참이었습니다."

"무슨 특수수사팀요?" 테이텀이 낮은 소리로 으르렁거렸다.

"서장님이 메디나 살인 사건을 담당할 특수수사팀을 꾸리라고 지시하셨습니다." 부서장이 설명했다. "두 분도 부디 거기 합류하셔서 앞으로 어떻게 진행할지에 관해 의견을 제공해주셨으면 합니다."

"그렇군요." 테이텀이 건조하게 대꾸했다. "저희의 의견을 원하신다는 거죠……."

"이쪽입니다, 요원님들." 젠슨이 앞장서서 복도를 걸어갔다.

"전 요원이 아니에요." 조이가 뒤를 따라가며 말했다. "FBI 자문입니다."

"호오?" 젠슨은 무심하게 감탄사를 내뱉었다. 부서장은 빠른 속도로 성큼성큼 걸었지만 워낙 다리가 짧아서 조이는 별 어려움 없이 그를 따라잡을 수 있었다. 테이텀은 두 사람 뒤에서 발을 쿵쿵 구르며 따라왔다. 불만의 검은 연기가 모락모락 피어오르는 듯했다.

"저는 민간 자문……."

젠슨이 조이의 말을 끊고 "여깁니다" 하고 말하며 넓은 방 안으로 들어섰다. 대부분의 공간은 흰색이었지만 누렇게 변한 대형 직사각형 테이블과 두 줄로 놓인 의자들이 차지하고 있었다. 커다란 화이트보드에 누군가 '니콜 메디나, 9월 2일'이라고 써놓았다. 탁자에는 세 사람이 앉아 있었다. 중앙에는 포스터 형사, 그 왼쪽에는 빨간 머리를 포니테일로 묶은 여자, 그리고 오른쪽에는 대머리 남자가 앉아 있었다. 대머리 남자의 송충이 같은 눈썹은 서로 붙어 완벽한 일자를 이뤘는데, 마치 비행 중인 새를 연상케 했다. 조이의 눈길을 감지한 남자가 아주 희미하게 눈썹을 치켜올리자 새가 털투성이 날개를 파닥거렸다. 눈길을 확 잡아끄는 광경이었다.

젠슨이 회의실 문을 닫고 양 손바닥을 한데 마주쳤다. "좋습니다." 공식 선언이라도 하는 듯한 말투였다. "이제 모두 한자리에 모였으니 회의를 시작할 수 있겠군요. 우선 소개부터 하죠. 포스터 형사하고는 이미 만나셨죠. 이쪽은 캐럴 라이언스 형사이고……."

라이언스 형사가 조이와 테이텀에게 고개를 끄덕였다.

"셸턴 요원은 이미 구면이실지 모르겠네요." 젠슨이 새 같은 눈썹을 한 남자를 몸으로 가리키며 말했다. 아무래도 FBI 요원끼리는 모두 서로 알고 지낸다고 생각하는 모양이었다.

"아뇨, 우린 초면입니다." 남자가 말했다. "샌안토니오 현장사무소 소속 브라이언 셸턴입니다."

"호오?" 젠슨이 말했다. 조이가 보기에 '호오'는 뭔가가 대본과 어긋날 때 부서장이 자동으로 보이는 반응인 듯 싶었다. "그렇군요. 자, 그럼 이쪽은 그레이 요원과 벤틀리 요원입니다. 아니, 그러니까 그레이 요원과 음……." 젠슨은 갑자기 입이 붙어버린 듯했다.

"벤틀리 박사입니다." 조이가 싸늘하게 말했다.

"이제 다들 서로 알게 됐군요." 젠슨이 다시 두 손바닥을 마주치며 말했다.

조이는 셸턴 요원 옆에 앉았다. 테이텀은 라이언스 형사 옆에 앉았다. 조이와 눈길이 마주치자 테이텀은 고개를 돌리고 이를 악물었다.

"우리 사건의 세부 사항을 훑어봅시다." 젠슨이 말했다. "포스터 형사?"

포스터는 헛기침을 한 후 사건의 개요를 설명하기 시작해, 전날 니콜 메디나의 시신을 발견한 것으로 말을 맺었다. 그리고 앞에 놓인 문서를 참고해 최초 발견 당시의 세부 사항을 설명하기 시작했다.

"검시관에 따르면, 사망 원인은 산소 부족으로 인한 질식사입니다." 포스터가 말했다. "사망 시각은 9월 3일 오전 2시에서 8시 사이로 추정하고 있습니다. 하지만 부검이 끝나면 더 많은 것을 알 수 있겠죠. 피해자는 나무로 만든 관 속에 매장됐습니다. 영상 촬영을 목적으로 한 소형 적외선 카메라와 마이크가 상자 안쪽에 설치돼 있었습니다. 연결된 케이블이 무덤 밖으로 빠져나와 있었고요. 케이블의 다른 끝은 절단됐고 흙에 덮여 있었는데, 아마도 범인이 영상 녹화를 마친 후 흔적을 감추려고 그런 것 같습니다. 상자 내부에서 지문을 다수 발견해 지금 피해자의 지문과 대조 중입니다. 카메라나 상자 외관, 케이블에는 지문이 전혀 없었습니다. 관 내부에서 일부 DNA 표본도 수집됐는데 대부분은 머리카락과 부러진 손톱, 그리고 소량의 혈흔으로……." 형사는 말끝을 흐리며 셸턴 요원을 응시했다.

"우리 실험실에서 곧 이 표본들을 분석해 피해자의 DNA와 대조하고 CODIS에 확인할 예정입니다." 셸턴이 말했다.

"현장에서 타이어 자국이 발견됐습니다만……." 찰나의 순간, 포스터의 시선이 조이를 향했다. "대부분은 우리가 피해자를 구조하려고 애쓰던 중에 훼손됐습니다."

조이는 무표정을 유지했고, 자기가 전날 그 점을 미리 지적했다는 사실을 군이 들추지 않았다. '내가 뭐랬어'라고 말하기를 좋아하는 사람들도 있지만, 조이는 늘 그런 사람들을 이해하지 못했다. 그건 자신의 설득력이 부족했다는 사실을 남들 앞에서 자랑하는 거나 다름없다고 생각했다.

"오늘 오전, 2차로 현장 확인 중인 감식반이 땅에 남은 신발 자국을 확보하고 있습니다만, 표토는 얇은 흙먼지 층이고 이틀 전에 강풍이 불었죠. 게다가 무덤을 파헤쳤던 사람들을 더하면, 전망은 그리 낙관적이지 않습니다."

젠슨이 헛기침을 했다. "우리가 가장 우선시한 것은, 물론 가능하다면 메디나의 목숨을 살리는 것이었습니다." 전문가로서 무능하다는 비난을 피하려는 핑계임이 분명했다.

조이는 전날 테이텀이 우스꽝스럽게 눈동자를 굴렸던 걸 떠올리고 테이텀과 눈을 맞추려 했다. 하지만 테이텀은 조이를 무시하고 포스터에게만 집중했다.

"오후에 부검 일정이 잡혀 있습니다." 포스터가 말했다. "우리 감식반은 현재 상자를 조사하면서 가능한 한 많은 정보를 파악하려 애쓰고 있습니다."

형사는 앞에 놓인 종이를 내려다보며 말을 이었다. "범인이 사용한 휴대폰은 현재 전원이 꺼져 있어서 추적이 불가능합니다. 무덤터에서 처음 켜진 모양이라, 현재로서는 그걸 이용해 매장 **이전** 놈의 행보를 분석할 수도 없고요." 포스터는 테이블에 놓인 종이들을 톡톡 두드리며 모서리를 가지런히 했다. "현재까지 우리가 가진 건 그게 전부입니다."

"알겠네. 방금 내용을 요약해서 이 회의의 모든 참가자에게 메일로 보내주게." 젠슨이 말했다.

"네, 알겠습니다."

"제가 생각하기에, 이 사건에서 가장 중요한 문제는 자명한 것 같습니다. 놈이 연쇄살인범인가 하는 거죠." 젠슨은 테이텀과 조이에게 차례로 기대하는 눈빛을 보냈다.

"연쇄살인범의 정의는 적어도 두 사람 이상을 각기 별도의 상황에서 죽인 살인범입니다." 테이텀이 대꾸했다. "그리고 현재로선, 놈이 그렇다는 증거가 없고요."

"연쇄살인범이라 부르려면, 피해자가 적어도 **세 명** 필요하지 않나요?" 젠슨이 물었다.

"아뇨." 테이텀과 셸턴 요원이 동시에 대답했지만 조이가 그들보다 몇 분의 1초쯤 빨랐다. 조이는 몸을 앞으로 당기고 덧붙였다. "2005년에 바뀌었어요. 연쇄살인범의 정의는 **두** 명 이상의 사람을 별도의 상황에서 살해한 범죄자입니다."

"놈이 퍼뜨린 영상의 제목은 '실험 1호'였습니다." 젠슨이 지적했다. "앞으로 다른 피해자가 나타날 걸 예상해야 할까요?"

"아직 그걸 알 수 있는 방법은 전혀 없습니다." 조이가 말했다. "조사가 더 필요해요. 연쇄살인범일 가능성이 존재한다는 것만은 분명합니다."

"기자회견이……." 젠슨은 손목시계를 확인하고 말을 이었다. "32분 후로 잡혀 있습니다. 뭐라고 말해야 할까요?"

"아무 말도 하지 마세요. 기자회견은 취소하시고요."

"그건 불가능해요. 언론은 이미 시신이 발견된 걸 알고 있습니다. 누군가 그걸 영상과 연결 지을 겁니다. 우리가 상황에 대한 주도권을 쥐고 있어야 해요."

"전적으로 동의해요." 조이는 젠슨이 왜 그렇게 한껏 차려입었는지를 비로소 깨닫고 탁자 밑에서 주먹을 불끈 쥐었다. "그렇기 때문에 가능한 한 오랫동안 언론의 개입을 **피해야만** 합니다. 적어도 우리가 더 많은 걸 알아내기 전까지는요."

"이미 말씀드렸듯 그건 불가능합니다." 젠슨이 마치 다른 진단을 기다리는 환자처럼 테이텀을 돌아보았다. "우리는 사람들 사이에서 헛소문과 공황 상태가 퍼지는 걸 최대한 막아야 합니다."

"이게 **실제로** 연쇄살인이라면……." 테이텀이 심각한 얼굴로 말했다. "놈은 언론이 자신에게 관심을 가지는 데 반응할 수도 있습니다. 그래서 자극을 받아 다시 살인을 저지를지도 모르고요. 저는 벤틀리 박사와 같은 의견입니다."

"호오?"

조이가 보기에 젠슨은 누가 뭐래도 기자회견을 취소하지 않을 것 같았다. "언론에는 가장 기본적인 사실만 알려주세요. 달리 해석할 여지가 전혀 없는 것들만요. 패닉을 막고 싶다면 **연쇄살인범**이라는 용어는 삼가는 게 좋을 겁니다."

"그렇군요." 젠슨은 다시 양 손바닥을 마주쳤다. "그럼 결론은 났군요. 자, 이제 다음 순서로, 제 생각엔 우리에게 꽤 그럴싸한 실마리가 있는 것 같습니다. 하나는 멕시코 마피아죠. 우리는 메디나의 부친과 대화를 해야……."

"제가 한 말씀 드려도 될까요?" 라이언스 형사가 끼어들었다. "제가 생각하는 다른 수사 각도가 있습니다."

"호오?" 젠슨이 깜짝 놀란 듯 눈을 깜빡였다.

"우린 현재 메디나가 친구들 차에서 내린 직후, 집으로 들어가기 전에 납치됐다고 가정하고 수사를 진행하고 있습니다. 이 가정이 사실인지 확인해야 합니다. 친구들을 전부 재신문하고, 사건 시간대를 최대한 정확하게 파악해야 합니다. 또한 피해자가 **실제로** 그 때 납치됐다면, 살인범은 집 옆에서 피해자를 기다렸거나 파티에서부터 따라왔을 겁니다. 친구들 차 뒤를 따라붙었던 차량이 있었는지 여부를 교통카메라 영상으로 확인해야 합니다."

포스터는 입가에 옅은 미소를 띤 채 라이언스를 바라보고 있었다. 조이는 두 형사가 미리 짜고 부서장을 꼭두각시처럼 가지고 놀고 있다고 확신했다. 라이언스가 발언을 맡은 이유는 젠슨이 라이언스의 말을 더 잘 받아들일 걸 알기 때문이었을 것이다.

"또한 감식반에서 수사를 마치고 나면······." 라이언스가 말을 이었다. "상자의 제조자에 대한 실마리가 나올 가능성이 높습니다. 만약 범인이 직접 제작한 게 아니라면, 우린 그 단서를 추적해볼 수 있겠죠. 그리고 물론 범인 전화번호도 추적해볼 수 있을 거고요."

젠슨은 눈을 깜빡이고 헛기침을 했다. "당연하지. 합리적인 행보인 것 같군."

"우린 범인이 남긴 디지털 흔적들을 포착하려고 노력 중입니다." 셸턴 요원이 말했다. "뭔가 윤곽이 잡히는 대로 말씀드리겠습니다. 그리고 최초 업로드 지점의 문제가 있습니다."

"그렇죠." 젠슨이 멍한 표정을 지었다. "최초 업로드 지점."

"영상은 범행 현장에서 업로드됐습니다." 셸턴이 이마에 주름을 잡자 눈썹이 막 땅으로 내려앉으려는 듯 날개를 접었다. "범인은 무선 통신 모뎀을 사용한 게 분명합니다."

"휴대폰을 핫스팟으로 이용했을 수도 있어요." 포스터가 지적했다.

"우린 이미 그 휴대폰의 모든 활동을 확인했습니다." 셸턴이 말했다. "오로지 CNN 영상을 스트리밍하는 데만 이용됐습니다. 근처 휴대폰 기지국으로부터 데이터도 전부 확보했습니다. 범죄 현장은 외딴 지역이라 목록이 그리 길지는 않을 겁니다. 놈이 현장에서 영상을 올렸다면 그 기록을 찾아낼 수 있을 테고, 범인을 추적하는 데 그걸 이용할 수 있을지도 모릅니다."

셸턴이 설명하는 내내 고개를 주억거리고 있던 젠슨이 이윽고 흡족한 표정으로 테이텀을 보며 물었다. "요원님, 더 하실 말씀 있습니까?"

"벤틀리 박사와 저는 초기 프로파일을 작성해보죠." 테이텀이 대답했다. "사진을 포함해 범죄 현장에서 수집한 모든 증거를 자유롭게 이용하도록 해주시면 감사하겠습니다."

"당연하죠." 젠슨이 우아한 몸짓과 함께 대답했다. 왕이 대신들의 청을 허가하는 상황이라면 그럴싸해 보였겠지만 지금 상황에서는 좀 터무니없어 보였다. "그럼 수사를 시작하죠."

21

테이텀이 거의 문 앞까지 갔을 때 조이가 팔을 붙잡았다.

"잠깐 얘기 좀 할 수 있어요?" 조이가 물었다.

그 손길에 테이텀은 몸이 꼿꼿이 굳었다. "당연하죠."

두 사람은 다른 회의 참가자들이 모두 회의실에서 나갈 때까지 문 옆에 그대로 서 있었다. 셸턴 요원이 마지막으로 나가면서 두 사람에게 캐묻는 표정을 지어 보였다. 테이텀은 정중한 미소를 지으며 고개를 한 번 끄덕였다. 셸턴은 어깨를 으쓱하고 회의실을 나섰다.

"우린 이 사건에 어떻게 접근할지 결정해야 해요." 조이가 말했다. "할 일이 아주 많아요."

조이가 전날 밤 이야기를 하려는 게 아니리라는 건 테이텀도 이미 짐작한 바였다. 물론 사과 같은 건 애초에 기대하지도 않았다. 그럼에도 테이텀은 잠시 분노와 실망의 아픔을 느꼈다. 배출구가 **필요했다.** 만약 조이가 어린애처럼 굴지 말라고 했다면, 적어도 그건 되받아칠 좋은 기회가 됐을 것이다. 테이텀은 태연자약하게 자신을 살인범으로 몰아가는 조이에게 자신이 뭐라고 대꾸했어야 옳았을지를 궁리하느라 전날 밤을 거의 뜬눈으로 지새웠다. 하지만 지금 그 말을 하는 건 무의미할 것이다. 받아칠 수 있는 유효기간은 아주 짧았다.

"당연하죠." 테이텀이 말했다. "먼저 이 지역에서 이전에 접수된 범죄신고 내역을 살펴봐야 해요. 범인의 판타지에 밀실 공포와 관련된 요소가 있다면, 협소한 공간에 사람들을 가두는 것과 관련된 범죄를 전부 확인해봐야죠."

"혹시 성매매 여성이 그런 비슷한 상황을 신고한 적은 없는지도 알아보죠. 성 매수자가 그들을 닫힌 상자나 차 트렁크 안에 오랫동안 누워 있게 만들었다거나."

"좋아요. 이 지역의 이전 사건들은 내가 살펴볼게요."

"난 ViCAP를 확인하죠." 조이가 한숨을 내쉬었다.

테이텀은 그 한숨의 의미를 알았다. ViCAP, 즉 FBI의 폭력범죄수사프로그램은 바로 이런 유형의 수사를 위한 것이었다. 전국의 모든 강력범죄를 아우르는 데이터베이스가 구축되어 있었다. 만약 범인이 전에 다른 주에서 강력범죄를 저질렀다면 그 기록이 남아 있어야 했다. 이론적으로, 조이가 해야 할 일은 그저 생매장당한 다른 사람들은 없는지 검색해보는 것뿐이었다. 그러면 비슷한 사건들 목록이 짠 하고 나오는 것이다.

다만 몇 가지 곤란한 문제가 있었다. 가장 큰 문제는 강력범죄들 중 ViCAP 데이터베이스에 등록되어 있는 건 채 1퍼센트도 안 된다는 거였다. 둘째 문제는 ViCAP의 검색 항목에 '생매장'이라는 값은 없다는 거였다. 그러나 현재 테이텀은 공감 능력이 바닥난 상태라 조이의 업무 부담을 덜어주겠다고 제의할 마음이 전혀 들지 않았다.

"업로더의 닉네임이 슈뢰딩거인 건 아마도 우연이 아닐 거예요. 우린 슈뢰딩거에 관해서도 알아봐야 해요." 조이가 말했다. "놈이 실제로 슈뢰딩거의 고양이를 염두에 두고 지은 이름이라면, 우린 그 실험에 대해서도 더 자세히 알아야 해요."

"복잡한 실험은 아니에요. 고양이를 상자에 넣고 상자를 닫는 데…… 고양이는 어떤 이유로 인해 도중에 죽을 수도 있어요. 그래서 고양이는 살아 있지만…… 동시에 죽어 있다는 거죠."

"왜 살아 있는 동시에 죽어 있죠? 살아 있거나 죽어 있거나 둘 중 하나여야죠."

"내 말은…… 우린 알 수가 없으니까요. 아마 물리학 분야일 거예요."

잠시 침묵이 흘렀다.

"우린 슈뢰딩거에 관해서도 알아봐야 해요." 조이가 되풀이하여 말했다.

22

조이는 무릎에 노트북을 올려놓은 채 회의실에 혼자 앉아 있었다. 탁자 위에는 종이와 인쇄된 사진들이 아무렇게나 흩어져 있었다. 회의실을 작업실로 이용해도 되느냐는 조이의 요청에 젠슨은 수많은 머뭇거림과 회피 끝에 마지못해 동의했다. 테이텀은 형사과에서 휴가 간 형사 자리에 앉아 있었다. 조이는 다행이라고 생각했다. 테이텀의 현재 태도를 참아주기가 무척 힘들었던 것이다.

노트북 화면에는 ViCAP 검색 창이 떠 있었다. 아침에만 여덟 건의 검색을 해보았는데, 메디나 사건과 관련됐을 수 있는 사건이 200개 이상 검색됐다. 그것들을 걸러내는 건 고된 동시에 비생산적인 작업이었다.

조이에게는 답을 찾아야 할 질문들이 있었다. 피해자는 어떻게 납치됐는가? 독물학 검사 결과는 어떻게 나왔는가? 상자는 어디서 왔는가? 때가 되면 답이 나올 질문들이었지만, 조이는 평소 일차적 질문들의 답이 나오고 더 이상의 진전이 없는 상태에서 프로파일링을 작성하는 데 익숙했다. FBI 행동분석팀에서 숱하게 들은 말 중 하나는 "우리를 더 일찍 부르기만 했더라면"이었다. 마치 프로파일러들이 단 한 건의 범죄사건 이후 짠 하고 나타나서 범인을 지목하고 그 뒤에 벌어질 모든 다른 범죄를 예방할 수 있는 에르퀼 푸아로 탐정급의 능력자이기라도 한 것처럼 말이다. 하지만 조이는 이 사건에 꽤나 빨리 등장했음에도 나머지 사람들과 다를 바 없이 오리무중이었다.

조이는 답답함에 이마를 문질렀다. 지금은 능력을 온전히 발휘할 수 있는 상황이 아니었다. 화난 테이텀과 혼자 있을 안드레아 때문에 자꾸만 신경이 쓰였다. 동생을 생각하자 즉시 아무 경계심 없이 주차장으로 가는 모습이 떠올랐다. 회색 타이를 주먹에 단단히 감아쥔 채 차 옆에서 기다리는 어두운 형체를 알아차리지 못하고.

조이는 이를 악물고 휴대폰을 움켜쥐었다. 재빨리 화면을 두드려 안드레아에게 문자를 보냈다. **잘 잤니? 별일 없지?**

문자 창을 보니 안드레아가 문자를 바로 확인한 모양이었다. 살다 보니 별일도 다 있네. 엄청나게 놀랍고 반가운 변화였다.

좋아. 사건은 어때?

조이는 한숨을 쉬고 답신을 보냈다. **좀 엉망이야. 테이텀이 나한테 화났어.**

뭔 짓을 했길래?

하긴 뭘 해. 테이텀이 괜히 어린애처럼 구는 거야.

안드레아는 눈썹을 치켜올린 이모티콘을 보냈고, 그 미심쩍어하는 표정을 보자 조이는 짜증이 확 치밀었다. **또 일하러 가야겠어.** 조이는 화면을 두드렸다. **나중에 얘기할까?**

그래.

한층 마음이 놓였다. 자리에서 일어나 방 안을 서성였다. 방침을 바꿔서 다시 시작해야 할 때였다. 아직 뭔가 결정적인 걸 알아내지는 못했지만, 이론은 세울 수 있었다. 니콜은 십중팔구 낯선 이에게 살해당했을 것이다. 만약 흔한 살인 동기, 말하자면 탐욕이나 질투 같은 것 때문에 아는 사람에게 살해당한 거라면, 범인은 니콜을 생매장하고 그걸 촬영하고 온라인에 올리기까지 하지는 않았을 것이다. 아니, 여기서 살인범을 자극한 욕구는 그런 게 아니었다.

화이트보드 옆에 마커 두어 개가 놓여 있었다. 하나를 집어 들고 생각나는 것들을 적었다.

생매장. 외딴 지역. 온라인 영상.

생매장에 동그라미를 친 후 거기서 선을 하나 긋고 그 끝에 **밀실 공포증**이라는 단어를 적었다. 인터넷에 검색해보니 생매장당하는 공포증을 말하는 용어가 있어서 그 단어도 적었다. **생매장 공포증.** 범인이 성적 자극을 느낀다는 신호들은 이미 드러났다. 이제 조이는 노트북을 들고 앉아 영상 파일을 클릭하고 범인의 행적을 따라갔다.

영상 도중 무덤에 흙을 퍼붓던 범인은 두 차례 작업을 멈추고 화면에서 사라졌다. 두 번째에 놈이 돌아오기까지는 3분이 걸렸다. 세 번째로 영상을 보았을 때 조이는 확신했다. 화면을 벗어날 때 놈은 몸이 굳어 있었고 서두르는 눈치였다. 하지만 돌아왔을 때는 느긋하고 차분해져 있었다.

놈은 자위를 하려고 화면에서 빠져나간 것이다.

자신감이 불끈 솟았다. 조이는 그 다이어그램에 단어 두 개를 더 연결했다. **지배**와 **통제**였다. 이 두 충동은 성적인 연쇄살인범이 흔히 보여주는 거였고, 확실히 이 사건에도 해당됐다.

다음은 **외딴 지역**으로 옮겨갔다. 거기서 새로 선을 긋고 그 끝에 **계획**과 **승합차**라는 단어를 썼다. 이젠 셋째 단어를 살펴볼 때였다. **온라인 영상.**

이게 조이가 가장 우려하는 부분이었고, 경찰이 가능한 한 오랫동안 언론을 따돌리기를 바란 주된 이유였다. 조이는 놈이 영상을 올린 이유를 하나밖에 떠올릴 수 없었다. 그걸 적고 그 밑에 세 차례 밑줄을 그었다. **명성.**

어떤 연쇄살인범들은 단순히 판타지에만 이끌리지 않는다. 명성을 향한 욕구에 이끌리기도 한다. 샘의 아들과 BTK(둘 다 미국의 연쇄살인범—옮긴이)가 대표적인 사례였다. 그들은 언론에 편지를 보내 자신들이 저지른 짓거리를 공공연히 자랑했다. 그리고 인터넷이 널리 보급된 현대에는 살인범이 심지어 언론에 연락을 취할 필요도 없었다.

하지만 온갖 것들이 사람들의 관심을 놓고 경쟁하는 이 '세 줄 요약'의 시대에, 놈은 그냥 샘의 아들이 그랬듯 밑도 끝도 없이 횡설수설하는 긴 편지를 보낼 수는 없었다. 그런 걸 읽어줄 사람은 아무도 없으니까. 놈은 시대의 변화에 발을 맞춰야 했다. 그래서 영상을 올렸다.

이건 놈의 범행 속도에 중차대한 영향을 미칠 수 있었다. 판타지를 바탕으로 범행을 저지르는 연쇄살인범의 경우, 각 범행 사이에는 흔히 긴 시간 간격이 존재했다. 살인의 기억과 머릿속에서 이루어지는 재연이 적어도 얼마 동안은 다시금 범행을 저지르려는 강박을 억누르기에 충분했기 때문이다.

하지만 관심을 끌고 싶어서 범행을 저지르는 살인범의 경우, 놈은 대중의 관심이 자신에게서 떠나가고 있다고 느낄 때면 언제든 재범을 저지를 가능성이 있었다. 그리고 새로운 뉴스가 금세 옛날이야기가 돼버리는 요즘 같은 시대에, 그건 놈이 그 좌절감을 아주 금세 느끼기 시작할 수 있다는 뜻이었다.

그때 회의실 문이 열리는 바람에 조이는 깜짝 놀라 생각의 흐름을 놓쳤다. 포스터와 라이언스가 방으로 들어왔다.

"벤틀리, 여기 있었군요." 포스터가 말했다. "부검은……." 화이트보드를 살펴보던 형사는 말끝을 흐렸다. "이게 프로파일링인가요?"

조이는 고개를 저었다. "아뇨. 그냥 생각나는 것들을 적은 거예요. 뭔가 확실한 게 나오려면 내일까지는 기다려야 할 거예요."

"생매장 공포증이 뭐죠?" 포스터가 물었다.

"생매장당하는 것에 대한 공포증이죠." 조이가 대꾸했다.

"별게 다 있네요." 라이언스가 눈썹을 움찔거리며 말했다.

"범인한테 생매장 공포증이 있다고 생각하시는 건가요?" 포스터가 물었다.

"모르죠. 하지만 놈은 여자를 생매장하는 행위에서 성적 자극을 느껴요. 공포와 성적 자극이 연관되는 일은 아주 흔하죠. 난 놈이 영상 도중 한 지점에서 자위를 했다고 거의 확신해요……. 물론 카

126

메라 바깥에서요."

"정말요?" 라이언스가 역겨움에 입술을 일그러뜨렸다.

"자외선 카메라로 범죄 현장을 확인해야 해요. 정액 흔적을 찾아 보죠. 어쩌면 운이 따라줄지도 모르니까."

"운이라……." 포스터가 별 감흥 없는 투로 그렇게 내뱉고는 라이언스와 눈길을 주고받았다.

조이는 그 반응을 모른 척했다. 두 형사를 어르고 달래며 끌고 갈 인내심은 없었다. "이건 처음부터 끝까지 성적인 살인이에요." 조이는 화이트보드를 향해 얼굴을 찌푸리고 **계획**이라는 단어에 집중했다. "다만…… 뭔가 좀 어긋나는 게 있어요."

"그게 뭐죠?" 라이언스가 물었다.

"연쇄살인범들은 보통 뭔가 스트레스를 주는 사건이 일어날 때까지 자신들의 성적 판타지를 일종의 구상 단계에 숨겨둬요. 우린 그걸 스트레스 요인이라고 부르죠. 누군가와 헤어졌을 수도 있고, 직장에서 잘렸을 수도 있고…… 뭔가 그들에게 압박감을 주는 사건이요. 스트레스가 일정 한도를 넘는 순간, 자제력을 잃고 살인을 저지름으로써 기존에 가지고 있던 판타지를 충족시키는 거죠. 일단 그 장벽을 넘으면, 최초의 살인을 저지르고 나면, 그다음부터는 쉬워져요. 더 빈틈없이 계획을 세우고, 수법을 완벽하게 가다듬기 위해 할 수 있는 모든 것들을 생각하죠. 하지만 최초의 살인은 대부분 충동적으로 이루어져요."

"계획이 아니라는 거군요." 포스터가 화이트보드를 응시하며 말했다.

"맞아요. 반면 **이** 살인은 치밀하게 계획됐어요. 놈은 상자를 직접 만들거나 주문하고, 매장할 위치를 선정하고, 웹사이트를 준비해야 했어요. 대포폰을 이용하는 데도 무척 조심했고, 범행의 뒤처리도 아주 깨끗하게 해치웠어요. 이건 충동적인 행위가 아니에요. 놈이 살인을 위해 조사를 하고 계획을 세우는 데만 한두 달은 걸렸을 거예요."

"어쩌면…… 이 살인범은 다를지도 모르잖아요." 라이언스가 제의했다.

"그럴 수도 있죠." 조이가 어깨를 으쓱하며 대꾸했다. "하지만 더 간단한 설명이 있긴 하죠. 뭔가가 놈에게 스트레스를 줬어요. 놈은 자제력을 잃고 아마도 일주일 이내에 살인을 저질렀어요. 그로부터 얼마 후 다음 살인을 계획했고요."

"그럼…… 당신 말은……."

"우리가 아직 발견하지 못한 피해자가 적어도 한 명 이상 있다는 거죠." 조이가 말을 맺었다.

"하지만…… 놈은 이걸 '실험 1호'라고 칭했는데요." 라이언스가 소심하게 지적했다.

"나라면 그걸 너무 믿지는 않겠어요. 놈이 그렇게 한 이유는 끝도 없이 댈 수 있으니까요. 난 놈이 과거 어느 시점에 다른 여자를 생매장했을 가능성이 높다고 봐요. 그리 오래전은 아니고요. 한 몇 달쯤 전에?"

라이언스의 낯빛이 파리해졌다. 그러더니 나직이 "잠깐만요" 하고는 자리를 떴다.

조이는 무슨 영문인지 포스터에게 물어볼까 생각했지만 이내 그건 자기가 알 바 아니라고 판단했다. 만약 라이언스 형사가 누군가 죽었다는 말을 들을 때마다 기절하는 버릇이 있다면 아마도 다른 직업을 알아보는 편이 좋지 않을까.

"실은 부검이 끝났다고 알려드리러 온 거예요." 포스터가 말했다. "가서 검시관하고 얘기를 나눠볼 건데, 같이 가실래요?"

"전 조금 있다 갈게요." 조이는 화이트보드를 바라보았다. 아이디 어가 이제 막 떠올랐는데, 끝까지 추적해보고 싶었다.

23

테이텀은 포스터 형사를 따라 부검실로 들어섰다. 텍사스 주에 도착한 이후로 이렇게 한기를 느끼는 건 이번이 처음이었다. 얇은 흰 셔츠 차림이라 재킷을 챙겨오지 않은 걸 즉시 후회했다.

하지만 그때 냄새가 덮쳐오면서 추위로 인한 불쾌감은 뒷자리로 물러났다. 포르말린, 소독약, 살과 피가 몽땅 뒤섞인 냄새는 견디기 힘들었고, 테이텀은 입으로 얕은 숨을 내쉬었다. 절대 이 냄새엔 익숙해지지 않았다. 포스터는 문 바로 옆의 번쩍이는 철제 캐비닛 위에 놓인 마스크 상자에서 재빨리 마스크 두 장을 꺼내어 그중 하나를 테이텀에게 건넸다.

니콜 메디나의 시신은 방 한가운데의 철제 침대에 벌거벗은 채 누워 있었다. 부검으로 인한 Y자 흉터가 몸통을 뒤덮고 있었다. 가혹한 조명 때문에 시신의 피부는 잿빛을 띠었지만, 그럼에도 테이텀은 영상에서 본 그 여자임을 쉽게 알아볼 수 있었다.

검시관은 입과 코를 마스크로 가린 채 몸을 구부려 현미경을 들여다보고 있었다. 입고 있는 흰 작업복은 곳곳에 갈색 얼룩이 묻어 있었다. 대머리에 흰 형광등 빛이 반사돼 두피가 실제보다도 더 창백해 보였다. 테이텀과 포스터가 가까이 다가가자 검시관은 허리를 펴고 고개를 들어 두꺼운 안경 렌즈 너머로 두 사람을 쳐다보았다.

"여기 있다간 얼어 죽겠어, 컬리." 포스터가 양손을 한데 비볐다. "어떻게 이런 데서 일을 하지?"

"난 따뜻한 양말을 신거든." 검시관이 대꾸했다. 남자의 눈가에 생기는 주름으로 미루어 테이텀은 검시관이 마스크 속에서 웃고 있다고 짐작했다.

그때 부검실 문이 열리고 조이가 성큼성큼 안으로 들어섰다. 그러나 아마 냄새를 맡았는지 두 걸음 만에 멈춰 섰다. 얼굴에 살짝 역겨운 표정이 떠올랐다. 테이텀은 조이가 대다수 사람보다 약간 더 긴 코 때문에 주변 냄새에 한층 민감하지 않을까 하는 생각이 잠깐 들었다.

테이텀은 자신이 조이한테 화내는 중이라는 걸 깜빡 잊고 문간의 상자를 향해 몸짓했다. "저기 마스크 있어요."

조이는 뒤돌아 재빨리 마스크를 꺼냈다.

포스터가 테이텀을 몸짓으로 가리키며 말했다. "컬리, 이쪽은 그레이 요원과 벤틀리 박사님이셔. 메디나 사건 자문을 맡고 계시지. 그리고 이쪽은……." 검시관을 가리키며 말을 이었다. "검시관 컬리입니다."

검시관은 눈동자를 도르륵 굴린 후 테이텀을 돌아보았다. "컬리는 학교 때 별명이고, 저는 클라이드 프레스콧 박사입니다. 만나서 반갑습니다."

포스터는 조이를 돌아보았다. "컬리가 이제 검시 결과를 알려줄 겁니다."

컬리는 카운터에 놓인 클립보드를 집어 들고 훑어보았다. "니콜 메디나, 나이 19세. 사망 원인은 환경적 요인으로 인한 질식임이 거의 확실함⋯⋯."

"거의 확실하다고?" 포스터가 물었다.

"몸에 심각한 외상의 증거는 전혀 없고, 시신이 발견된 위치를 감안하면 환경적 요인으로 인한 질식사라는 게 합리적인 결론이 야. 하지만 확실하게 하려면 독물학 검사 결과를 기다려봐야겠지."

검시관은 시신의 둔부를 가리켰는데, 그곳이 검녹빛을 띠고 있 었다. 테이텀은 그걸 잠시 본 후 재빨리 시선을 돌렸다. "초기 부패 는 엉덩뼈오목에서 시작됐습니다. 그 사실과 유리액의 칼륨 농도 를 바탕으로 저는 피해자가 발견되기 대략 여든 시간 전에 사망한 걸로 추정하고 있습니다."

"대략이라면?" 포스터가 물었다.

"피해자는 젊고 건강했고 비교적 깨끗한 환경에서 보존돼서 곤 충과 열의 영향을 받지 않았어. 그러니 오차 범위는 확실히 네 시 간을 넘지 않을 거야."

이건 사실 테이텀이 예상한 것보다 훨씬 정확한 근사치였다. 재빨리 암산을 해보았다. "9월 3일 오전 6시에서 오후 2시 사이겠 군요."

"맞아요. 시신 뒤편에 있는 납빛 흔적은 망자가 등을 대고 누운 채 사망했고, 시신이 그 상태 그대로 움직임이 없었다는 증거입니다."

검시관은 검시 테이블을 빙 돌아가 메디나의 시신을 내려다보았 다. "무릎, 손바닥, 팔꿈치, 그리고 발에 다수의 찰과상과 멍이 있는 데 모두 딱딱한 목제 상자 뚜껑을 때리고 발로 차느라 생긴 상처인 것 같습니다. 골절 흔적이 세 군데 있는데, 아마도 어릴 때 생긴 것으로 보입니다. 왼 다리에 둘, 오른 손목에 하나 있습니다. 세 곳 모두 잘 치료됐습니다. 당연하다면 당연하겠지만 위는 비어 있었는데, 삶의 마지막 열두 시간 동안 아무런 음식도 접하지 못했을 가능성이 높습니다."

"성적 접촉의 흔적은 없나요? 강제에 의한 것과 합의에 의한 것을 포함해서?" 조이가 물었다.

"입과 질과 항문을 면봉으로 긁어 외부 요인을 검사했지만 전혀 없었습니다. 피해자의 바지에 커다란 자국이 있지만 정액이 아니라 소변입니다."

검시관이 시신의 목을 가리키자 테이텀은 목을 앞으로 쭉 뺐다. 피부에 가늘고 길게 긁힌 자국이 남아 있었다.

"이 흔적은 꽤 최근에 생긴 겁니다." 컬리가 말했다. "자세히 보면 날카롭고 부드러운 물체에 의해 피부를 베인 것 같습니다. 깊지는 않아요."

"누군가가 칼날로 벤 건가요?" 테이텀이 물었다.

"네, 하지만 죽이려는 의도는 아니었던 것으로 보입니다. 제 짐작엔, 누군가가 칼을 목에다 갖다 댄 것 같군요. 각도 보이세요? 아마 피해자의 뒤에 서 있었을 겁니다. 왼팔을 보면 멍이 보이죠. 범인은 거길 붙잡았습니다."

테이텀은 머릿속으로 그려보았다. 니콜이 자기 집 진입로에서 내린다. 거리는 어둡다. 현관을 향해 걸어가기 시작하는데 누군가가 거칠게 왼팔을 움켜잡고 목에 칼을 들이댄다.

"이 짓을 저지른 자는 오른손잡이였어요." 포스터의 말은 테이텀의 머릿속 생각과 일치했다. 그리 놀라운 일은 아니었다. 영상 속 남자도 오른손잡이였으니까. "저항한 흔적은요?"

"외관상으로는 없습니다. 피해자의 손톱을 깎아서 보다 자세한 검사를 위해 보냈습니다."

"묶여 있던 흔적은요?"

"없습니다."

테이텀은 그 사실들을 잠시 머릿속으로 정리한 후 말했다. "독물학 검사에서 강간 약물이 사용되었는지도 꼭 확인해주세요. 남자가 피해자를 상자에 가뒀는데 피해자가 그 과정에서 저항한 흔적이 없는 건 그것 때문일지도 모릅니다." 비용 문제로 강간 약물 검사는 표준 독물학 검사에 반드시 포함되지는 않았다. 하지만 확인하는 게 최선이었다.

컬리가 받아 적었다. "제가 책임지고 검사가 이루어지게 하겠습니다. 케타민과 플루나이트라제팜이 사용됐다면 확실히 두발 표본을 통해 알 수 있을 겁니다."

테이텀은 얼른 부검실을 떠나고 싶어 못 견딜 지경이었지만 간신히 참고 피해자를 마지막으로 한 번 훑어보았다. 니콜 메다나는 평온한 표정으로 눈을 감고 있었다. 아마도 죽기 전에 의식을 잃었으리라.

하지만 니콜이 그 어둠 속에서 비좁은 공간에 갇혀 느꼈을 공포에 관해서는 의문의 여지가 없었다. 분명 자신이 아무리 비명을 질러도 아무도 듣지 못할 거라고 느꼈을 것이다. 하지만 역설적이게도, 사실상 수많은 사람들이 그 비명을 들었다. 그리고 그중 누구도 너무 늦기 전에 니콜을 구하지 못했다.

24

"커피를 어떻게 드시는지 몰라서요."

조이는 노트북에서 고개를 들어 목소리의 주인을 바라보았다. 라이언스 형사였다. 한 손에는 커피 컵 두 개를, 다른 손에는 분홍색 도넛 상자를 아주 쉽고 안정적으로 들고 있었다. 조이는 자신이 이런 묘기를 부리려 했다가는 사타구니에 커다란 커피 얼룩이 지고 바닥에 도넛이 떨어져 온 사방에 나뒹굴 거라고 생각했다.

라이언스는 회의실 안으로 들어와 커피와 도넛 상자를 테이블 위에 내려놓았다. 그후 커피 컵 하나를 들어 마셨다. "설탕은 안 넣었어요."

"괜찮아요. 고마워요." 조이는 다른 컵을 받아 들었다. 한 모금 마신 후 애써 무표정함을 유지했다. 커피가 하도 연해서 거의 미지근한 맹물을 마시는 기분이었다.

라이언스가 상자를 열었다. 안에 도넛 네 개가 들어 있었는데, 둘은 초콜릿 코팅이 돼 있었고 둘은 바닐라 코팅에 스프링클이 뿌려져 있었다. 라이언스는 초콜릿을 하나 집어 들고 조이에게 먹으라는 몸짓을 했다.

"고마워요." 조이는 바닐라를 집어 들며 다시 말했다.

"6주 전에 샌앤젤로에서 젊은 여자가 실종됐어요." 라이언스가 말했다. "이름은……."

"마리벨 하위, 22세."

"그걸 어떻게……."

조이는 라이언스가 화면을 볼 수 있도록 노트북을 돌렸다. 화면에는 전국의 실종자와 소재 불명자를 등록하는 데이터베이스 NamUs가 떠 있었다. "텍사스 주의 실종자들을 찾아 몇몇 데이터베이스들을 살펴봤어요." 조이가 설명했다. "지난 6개월간 샌앤젤로에서 실종 신고된 사람들 중에서 아직도 실종 상태인 건 단 한 명, 마리벨 하위뿐이었죠."

"제가 하위 사건을 맡고 있어요." 라이언스가 말했다. "비록 초반막다른 길에 봉착했지만요. 하위는 토요일 저녁에 친구들이랑 같이 영화를 보러 갔어요……. 초콜릿 도넛 하나 안 드실래요?"

"괜찮아요."

"전 초콜릿 도넛 중독이에요. 정말이지 끊어야 하는데, 한번 생각나면 도저히 참을 수가 없다니까요. 경찰과 도넛, 아시죠?"

"맞아요." 조이는 같이 일한 경찰들 중에 도넛을 즐겨 먹던 사람이 단 한 명도 떠오르지 않았다. 하지만 애초에 누군가가 있었으니 그런 속설이 생겼겠지.

"어쨌거나요." 라이언스는 도넛을 두 개째 집어 들며 말을 이었다. "하위도 비슷한 방식으로 실종됐어요. 친구랑 영화를 보러 갔죠. 우버를 같이 타고 귀가했고요. 둘 다 같은 블록에, 겨우 몇 집

건너에 살았거든요. 하위는 자기 집에서 30미터쯤 떨어진 친구의 집 앞에서 같이 내렸어요. 친구에게 작별인사를 하고 자기 집으로 걸어갔죠. 그리고 이튿날 아침 직장에 출근하지 않았어요. 상사가 전화를 몇 차례 걸었다가 안 받으니까 걱정돼서 확인하려고 동료 한 명을 집으로 보냈는데, 아무도 없었어요. 그래서 몇 시간 동안 계속 전화를 돌려보다가 마침내 경찰에 신고했죠."

"니콜 메디나처럼 집 근처에서 납치된 것 같아요?"

라이언스가 어깨를 으쓱했다. "마리벨 하위는 니콜 메디나와는 달랐어요. 스물두 살이고 혼자 살았죠. 친구들 말로는 이 도시를 싫어하고 직장도 싫어했고, 떠나고 싶다는 말을 늘 입에 달고 살았대요. 부모와도 사이가 좋지 않아서 열여덟 살 때 집을 나왔죠. 그리고 실종 시점이 마침 우리 서의 형사 두 명이 은퇴한 직후라 인력이 심각하게 모자랐어요. 수색을 중단했다는 말은 아니지만 제가 동시에 처리해야 할 사건이 여섯 건은 있었고, 더 이상은 도무지 진척이 없어서 그냥 이 도시를 떠났다고 생각하는 편이 쉬웠죠."

라이언스는 반쯤 남은 도넛을 도로 상자에 내려놓았다. "전 하위의 인스타그램 페이지를 이따금 확인했어요." 잠시 후 가라앉은 목소리로 말을 이었다. "원래 하위는 **늘** 업데이트를 하곤 했죠. 하루에도 몇 장씩 사진을 올렸어요. 하지만 실종된 이후로는 아무것도 올라오지 않더군요." 라이언스는 폰을 꺼내어 몇 번 두드리고 조이에게 건넸다.

화면에는 마리벨의 인스타그램 계정이 떠 있었고, 마지막으로 사진이 올라온 날짜는 7월 29일이었다. 마리벨과 한 여자가 서로를 향해 고개를 살짝 기울인 채 카메라를 향해 웃고 있었다. 그 밑에는 이렇게 씌어 있었다. **알렉산더 스카스가드, 기다려줘요.**

조이가 라이언스를 보고 물었다. "알렉산더가 누구……."

"섹시한 영화배우예요."

마리벨은 아름다웠다. 화장을 진해 보이지 않으면서 완벽하게 할 줄 아는, 그런 여자였다. 입술은 붉고 반짝였고 길고 풍성한 속눈썹은 거의 진짜 같아 보였으며 짧게 자른 검은 머리카락이 마치 요정 같은 인상을 풍겼다. 끈 없는 녹색 탑을 입고 짓궂은 미소를 짓고 있었는데, 마치 알렉산더가 자기를 만나기만 하면 할리우드 따윈 잊고 샌앤젤로로 이사 올 거라고 자신하는 것 같았다.

"하위의 어머니는 아직도 매주 저한테 전화하세요." 라이언스가 말했다. "새로운 소식이 없는지 물으시죠. 그리고 전 아무 할 말이 없어요. 하지만 지금 내가 무슨 생각을 하는지 알아요?"

조이는 대답하지 않았다.

라이언스의 눈에 물기가 어렸다. "내 생각에 하위는 여기 어딘가에 묻혀 있는 것 같아요."

25

딜리아 하위는 부엌 싱크대에서 접시를 박박 문질러 닦고 있었다. 날마다 똑같이 되풀이되는 노동이었다. 프랭크의 그 빌어먹을 베이컨과 달걀. 딜리아는 밥을 다 먹으면 접시를 바로 헹구라고 매번 남편에게 말했다. 무슨 어려운 과학 실험도 아니지 않은가. 흐르는 수돗물 아래 접시를 0.5초만 놔두면 되는데. 하지만 다 먹은 접시를 싱크대에 담가놓기라도 하면 다행이었다. 딜리아가 설거지를 할 때쯤 남은 달걀은 단단히 굳어 보기 싫은 노란색 얼룩이 되었고, 그걸 접시에서 떼어내려면 끝도 없이 문질러야 했다. 내일은 남편에게 지저분한 접시로 밥을 먹게 할 작정이었다. 혹시 아나, 그러면 드디어 말귀를 알아먹을지.

그래도 모를 가능성이 더 높지만. 딜리아는 고개를 젓고 입술을 일직선이 되게 굳게 다물었다.

마리벨이 사라진 이후 프랭크는 딜리아에게 거의 말도 걸지 않았다. 마치 그 모든 게 아내 탓인 것처럼 굴었다. 마리벨이 집을 나간 것도 아내 탓. 마리벨이 몸조심하지 않은 것도 아내 탓. 또…….

닦고 있던 접시가 딜리아의 분노에 찬 손아귀 힘을 이기지 못하고 개수대 가장자리에 세게 부딪혔다. 접시는 세 조각으로 쪼개졌다. 딜리아는 그중 한 조각을 아직 쥐고 있는 손에 힘을 주고 그 파이 모양의 삼각형 조각을 잠시 멍하니 응시했다.

잠시 후 손바닥에서 피가 흐르는 걸 알아차렸다. 비누 거품과 물이 뒤섞여 분홍색으로 변한 핏방울이 개수대에 뚝뚝 떨어졌다.

접시를 놓고 근처 타월을 집어 손을 감싸자 타월이 금세 새빨갛게 물들었다. 찌릿하는 아픔이 손바닥을 찔러왔지만 상관없었다. 요 몇 주 사이 고통은 딜리아의 친구가 되었다. 고통은 공허감을 잊게 해주었다.

그때 누군가가 앞문을 두드렸다. 딜리아는 터덜터덜 걸어가 문을 열었다. 라이언스 형사가 현관 매트 위에 서 있었다. 심각한 표정이었다. 그 옆에 서 있는 사람은 처음 보는 여자였다. 같은 형사인가? 딜리아는 처음에 자기 딸의 실종 사건을 맡은 형사가 여자임을 알고 속으로 낙심했다. 확실히 여자들은 굉장한 존재이고, 평등과 그 모든 걸 누릴 자격이 있다. 하지만 진화상으로 어쩔 수 없는 차이가 있지 않나? 남자들은 사냥꾼이고 여자들은 채집가니까. 딜리아는 사냥꾼이 자기 딸을 찾기를 바랐다.

그런데 이제 여자가 한 명 더 늘었다. 끝내주네.

"라이언스 형사님." 딜리아는 건조한 말투로 형사를 맞았다. "깜짝 놀랐어요."

딜리아는 말투로 숨은 뜻을 전달하는 재주가 있었다. 지금 상황에서 '깜짝 놀랐어요'는 경찰이 자기 딸의 실종을 심각하게 받아들이지 않는다는 걸 안다는 뜻을 담고 있었다. 경찰이 이전에 한 질문들의 핵심은 마리벨이 어머니한테 아무 말도 없이 이곳을 떠날 만한 이유가 있었느냐는 거였다. 마치 마리벨이 그냥 사라지기라도 한 것처럼.

"마리벨에 관해 뭔가 새로운 소식이라도 있나요?" 딜리아는 잠시 후 말했다. 도저히 묻지 않을 수 없었다. 비록 몇 주나 지났지만, 비록 헛된 희망과 깊은 실망을 겪었지만, 그럼에도 차마 믿음을 저버릴 수 없었다.

2주 전, 사촌이 전화를 걸어와 뉴욕에서 마리벨을 보았다고 했다. 근처 슈퍼마켓에서 점원으로 일하고 있다고. 딜리아는 심지어 사촌에게 다시 한 번 확인해보라거나 사진을 보내달라고도 하지 않았다. 당장 비행기 표를 사서 출발하려고 하는데 사촌에게서 다시 전화가 걸려왔다. 미안하다고, 정말 마리벨이라고 굳게 확신했는데 조명 때문에 착각한 거였다고 했다.

딜리아는 비행기 표를 환불받지 못했다. 프랭크는 아마도 비행기 푯값에 격분했겠지만 겉으로는 아무 말도 하지 않았다.

"아뇨." 라이언스가 말했다. "아직은 없어요. 죄송합니다. 하위 부인, 이쪽은 FBI에서 나온 조이 벤틀리 씨입니다."

딜리아는 눈을 깜빡이고 벤틀리를 살펴보았다. FBI라고? 여자는 아무리 봐도 그렇게 보이지 않았다. 작고 마른 몸에 핏기없는 얼굴. 목은 또 어찌나 가는지 한 번만 잡고 비틀면 뚝 부러질 것 같았다.

하지만 눈은……. 딜리아는 자신이 그 여자의 눈을 들여다보고 있다는 걸 깨달았다. 고개를 돌렸다. 심장이 쿵쿵 뛰었다. FBI가 도대체 여기엔 무슨 일이지? 설마 마리벨 일로 온 건가?

"하위 부인, 저희가 들어가도……. 괜찮으세요? 피가 나요!"

잠시 딜리아는 자기 셔츠를 내려다보았다. 무지근한 가슴앓이가 마침내 피 흐르는 상처로 발전하기라도 한 걸까? 하지만 아니었다. 형사는 손 이야기를 하고 있었다. "아, 괜찮아요." 딜리아는 한 발을 뒤로 빼고 두 사람에게 안으로 들어오라는 몸짓을 하면서 말했다. "접시가 깨지는 바람에 손을 베였어요."

"좀 보여주세요." FBI 여자는 그렇게 말하고 딜리아가 미처 반응할 틈도 없이 손을 잡고 타월을 벗겼다. 딜리아는 길고 쩍 벌어진 상처를 멍하니 응시했다. 그리고 바로 옆에 화상 자국이 있는 걸 뒤늦게 의식하고 재빨리 손을 도로 빼냈다.

"별거 아니에요." 여자가 그 상처를 봤을까?

"소독약을 바르셔야 해요." 조이가 말했다.

"마리벨 일로 여기 오신 건가요?" 딜리아는 손을 등 뒤로 감추고 싶은 충동을 억누르며 물었다.

"네." 조이가 대답했다. "따님에 관해 몇 가지 여쭤보고 싶은 게 있어요."

라이언스는 등 뒤로 문을 닫고 딜리아를 앞질러 거실로 갔다. 딜리아는 자기 집에서 손님이 된 듯한 심정으로 그 뒤를 따라갔다. 왠지 억울한 마음에 음료수 같은 건 절대 대접하지 않겠다고 다짐했다. 라이언스가 안락의자에 앉자 벤틀리는 소파 한쪽에 자리를 잡았다. 이제 딜리아가 앉을 자리는 벤틀리의 옆자리뿐이었다. 어쩔 수 없이 거기 앉긴 했지만 FBI 요원이 바로 옆에 있다고 생각하니 마음이 몹시 불편했다.

"알고 싶으신 게 뭐죠?" 딜리아가 물었다.

"따님 외출이 잦았나요?"

"나갈 때도 있고 그랬죠." 딜리아는 방어적으로 대답했다. "날라리는 아니었어요. 혹시 그런 뜻으로 물어보시는 거라면."

"제 질문에 다른 뜻은 전혀 없습니다, 하위 부인. 따님은 친구들하고 나갔나요? 저녁때?"

"그런 것 같아요. 그애는 이제 여기 살지 않거든요. 자기 집이 따로 있죠."

"이유가 뭔가요?"

"애가 고집불통이라서요. 다시 집으로 들어오라고 제가 몇 번이나 말했는지 몰라요. 애초에 집을 나가는 것도 반대했지만."

"왜 집을 나갔나요?"

"우린 많이 싸웠어요. 그애 말로는 우리…… 아니, **나** 때문에 돌아버릴 것 같다나요. 저는 그냥 엄마 노릇을 한 것뿐이었는데." 그 말다툼들이 갑자기 떠올랐다. 요즘 자주 드는 생각이었다. 딜리아와 마리벨은 서로 의견이 맞는 게 **하나도** 없는 것 같았다. 마리벨이 옷 입는 방식, 만나는 사람들, 집에 늦게 들어오는 것. 두 사람은 먹는 것 때문에도 자주 다퉜다. 딜리아는 마리벨에게 천천히 먹으라고, 너무 많이 먹지 말라고, 몸매에 신경 쓰라고 말하곤 했고, 마리벨은 갑자기 분통을 터뜨리곤 했다. 한번은 재키네 딸이 정말 날씬하다는 말을 아주 온화하게 했을 뿐인데 마리벨이 발칵 뒤집어진 적도 있었다. 마치 무슨 다른 뜻이라도 있어서 한 말인 것처럼. 마리벨이 귀담아듣기만 했더라면, 온갖 사소한 것들에 관해 그렇게 뾰족하게 굴지만 않았더라면…….

"……이야기 같은 걸 혹시 하지 않던가요?" 벤틀리가 뭐라고 말하고 있었다.

"뭐라고 하셨죠?"

"따님이 거리에서 낯선 사람을 만났다거나, 혹은 최근에 어떤 남자를 만났다는 이야기 같은 걸 하지 않던가요?"

"아뇨. 왜요?"

"따님이 자주 가는 장소가 있었습니까?"

"다니던 직장이 있었죠. 집 근처 슈퍼마켓에서 일했어요."

여자는 계속 질문을 해댔다. 질문들만 끝없이 쏟아지고 답은 없었다. 벤틀리의 모든 질문이 마치 딜리아를 평가하고 탓하는 것처럼 느껴졌다. 마침내 딜리아는 평정심을 잃었다.

"도대체 나한테 원하는 게 뭐죠? 난 마리벨에 관해 아무것도 몰라요. 그애는 열여덟 살이 되자마자 그냥 훌쩍 떠나버렸어요. 키워줘서 고맙다는 말 한 마디 없이! 우린 서로 입만 열었다 하면 싸웠어요. 그 말을 듣고 싶은 건가요? 네, 싸웠어요. 그애는 내가 하는 말을 죽어도 안 들으려 했죠. 내가 엄마인데, 내 말은 귓등으로도 안 들었어요. 난 그냥 그애가 철들게 도와주고 싶었을 뿐인데…… 그게 전부였는데! 그애를 찾아내면 그 얘기 좀 해주실래요? 난 그냥 도와주고 싶었을 뿐이라고 제발 좀 말해주시겠어요?"

목소리가 이상하게 나왔고 시야가 눈물로 흐려졌다. 이 두 사람이 왜 여기 왔는지, 자신에게 도대체 뭘 바라는지 알 수가 없었다. 가스레인지 생각이 간절했다. 저도 모르게 부엌 쪽과 벤틀리를 번갈아 바라보았다. 이 여자가 날 보는 눈길은……. 이 여자는 알고 있어. 어떻게 알았는지는 몰라도 알고 있는 게 분명해. 딜리아는 타월로 감싼 손을 단단히 쥐었다.

"감사합니다, 하위 부인." 조이가 보다 부드러운 목소리로 그렇게 말하고 명함을 꺼내 내밀었다. "혹시라도 따님에 관해 뭔가 더 생각나는 게 있으면 전화 부탁드립니다."

두 사람은 마침내 떠났다. 딜리아는 문을 잠그고 곧장 부엌으로 가서 가스 불을 켰다. 파란색 불꽃이 일렁였다. 손목을 불에 갖다 댔다. 겨우 2초, 어쩌면 그보다 짧았을까. 날카로운 통증이 쏜살같이 온몸으로 치닫자 딜리아는 신음하고 비틀대며 뒷걸음쳤다. 공허함과 죄의식은 통증의 담요 밑에서 잠잠해졌다.

26

조이는 모텔 침대에 앉아 커다란 베개로 등을 받친 채 무릎에 노트북을 올려놓고 있었다.

슈뢰딩거의 이론을 어떻게든 이해해보려고 지난 두어 시간 동안 논문 몇 편을 읽어보고 심지어 온라인 강의까지 시청했다. 비록 기본적인 사항은 이해했지만 자세한 부분으로 들어가자 금세 모든 게 뒤죽박죽됐다. 온 세상의 모든 물리학 및 물리학자에 대한 불합리한 분노와 증오가 조이를 집어삼켰다.

이윽고 배가 꼬르륵거렸다. 아무래도 분노는 대체로 배고픔 때문인 듯했다. 조이는, 안드레아가 즐겨 말했듯, 배고프면 화가 나는 사람이었다.

잠깐 나가서 뭐라도 사 먹을까? 하지만 전날 저녁처럼 기름진 중국 음식을 포장해다 먹을 생각을 하니 기분이 우울해졌다. 다른 식당에서, 다른 걸 먹고 싶었다. 그리고 누군가랑 같이 먹고 싶었다.

동반자가 되어줄 사람은 바로 옆방에 있었다. 하지만 테이텀은 여전히 부루퉁한 상태였다.

인정하고 싶지 않지만 그 사실은 꽤나 조이를 괴롭혔다. 테이텀은 보통 같이 있으면 편하고 유쾌했다. 확실히 두 사람 사이에는 때때로 의견 충돌이 있었고 테이텀 때문에 짜증이 날 때도 있었다. 하지만 테이텀이 조이에게 진심으로 화를 낸 적은 기억하는 바론 한 번도 없었다.

이제 대화를 나눠봐야 할 때였다. 비록 왜 그렇게 발작을 일으킨 건지는 잘 모르겠지만 전날 밤 일에 대해 두루뭉술하게나마 사과해야겠지. 대신 저녁을 사겠다고 제의해야지. 조이가 사과하는 일이 거의 없다는 걸 알고 있는 테이텀은 그만큼 그 사과의 진정성을 알아줄 것이다. 조이는 일어나서 가방을 뒤져 흰색 반소매 티셔츠와 찢어진 청바지를 꺼냈다. 옷을 갈아입고 거울에 비춰보았다. 어깨까지 오는 머리를 풀어 늘어뜨렸다. 건조하고 더운 날씨에도 뭔가 좋은 점이 있다면 머리가 훨씬 나아 보인다는 거였다. 평소 같으면 제멋대로 돌돌 말린 고수머리와 보기 싫은 까치집, 그리고 전반적인 부스스함 때문에 애를 먹곤 했다. 하지만 이곳 샌앤젤로에서는 머리카락이 샴푸 모델처럼 부드럽게 일자로 뻗었다. 조이는 거울에 비친 자신을 향해 웃음을 지었다. 썩 나쁘지 않은걸.

지갑과 열쇠를 챙긴 후 방을 나와 테이텀의 방문 앞으로 갔다. 노크를 했다. 속이 꾸르륵거렸다. 다시 노크했다.

방문을 연 테이텀의 얼굴에는 지치고 짜증스러운 기색이 역력했다. 파란색 티셔츠와 반바지 차림의 테이텀은 조이의 모습과 옷차림을 보더니 그만 눈이 휘둥그레졌다. 하지만 이내 이를 악물고 얼굴을 찌푸렸다.

"안녕." 조이는 말투가 자연스럽게 나오도록 애썼다.

"막 전화하려던 참이었어요." 테이텀이 말했다.

"그래요?" 그 말에 용기를 얻은 조이가 물었다.

"우리 사건과 관계있을지도 모르는 8개월 전의 미제 살인 사건을 찾아냈어요. 22세의 창녀였던 라번 윗필드의 시신이 샌앤젤로에서 북쪽으로 몇 킬로미터쯤 떨어진 곳에서 파묻힌 채 발견됐어요. 양팔이 전깃줄로 묶여 있었고 자상이 여러 곳 있었어요."

"시신은 어떻게 발견한 거죠?"

"야생동물들이 파냈어요."

"용의자는요?"

"한 명이요. 그 여자의 예전 포주였는데 이름이 알폰소……였던가." 테이텀이 이마에 주름을 잡으며 말을 이었다. "사건 파일을 보내줄게요. 정확한 세부 사항은 직접 확인해요. 단독 사건인 것처럼 보였지만 법정에 갔을 때 변호인 측에서 수사의 문제점들이 지적됐어요. 핵심 목격자를 놓쳤고 알고 보니 사망 시각에 오류가 있는데다 용의자는 미란다 원칙을 제대로 고지받지 못했어요. 많은 증거가 채택되지 못했죠. 용의자는 법정을 걸어 나갔고요."

"당신 생각엔 그게 관련 있는 것 같아요?" 조이가 물었다.

테이텀이 어깨를 으쓱했다. "피해자는 매장됐어요. 하지만 시신을 숨길 목적이었던 게 분명하고, 현재 살인범의 경우엔 들어맞지 않죠. 자상도 이 범인의 작업방식과 안 맞고요."

"그리고 야생동물들에 의해 발견됐다는 건 피해자가 깊이 묻히지 않았다는 뜻이죠."

"맞아요. 난 범인이 동일 인물이라고는 생각지 않지만, 그렇다고 배제하긴 이른 것 같아요."

조이가 동의의 뜻으로 고개를 끄덕였다. "내가 온 건 다른 이야기를 하고 싶어서예요. 어젯밤 일에 관해서요."

테이텀의 얼굴에는 아무런 표정도 떠오르지 않았다.

"내 말을 당신이 기분 나쁘게 받아들였다면 정말 미안해요. 난 도와주려고 한 말이었지만, 당신이 내 말을 비판으로 받아들였다 해도 충분히 이해할 수 있어요. 난 가끔 좀 너무 직설적일 때가 있어요." 조이의 기대와 달리 테이텀의 단단히 굳은 표정은 전혀 누그러질 기미가 없었다. 하도 이를 악물고 인상을 쓰고 있어서 얼굴이 우락부락해 보였다. "로스앤젤레스의 그 사건은 이미 오래전 일이고, 당신이 그 이야기를 하고 싶지 않은 것도 당연해요. 당신이 준비되기 전까지는 그 이야기를 다시 꺼내지 않겠다고 약속할게요."

테이텀은 어쩐지 더 이를 악문 것처럼 보였다. 혹시 처음에 미안하다고 말한 부분을 못 들었나?

"그래서 어쨌든, 미안하다고요. 난 뭐라도 먹으러 가려던 참이었어요. 같이 갈래요? 내가 쏠게요."

"당신 말을 **내가** 기분 나쁘게 받아들여서 미안하다고요?" 테이텀이 건조하게 말했다.

아, 그 부분을 못 들은 게 아니었구나. "맞아요."

"당신이 너무 직설적이었을 수도 있겠다 싶었고요?"

어쩌 사과가 의도와는 달리 흘러가는 것 같아서 조이는 슬슬 조바심이 났다. "정말로 미안해요." 이제 그 말을 한 게 **세 번째**였다. "그래서 나랑 같이 갈래요? 내 생각엔 식당이 하나 있었던⋯⋯."

"난 배 안 고파요. 잘 자요." 문이 쾅 닫혔다.

조이는 닫힌 문을 믿을 수 없다는 눈빛으로 응시했다. 이윽고 문을 걷어차고 싶은 욕구를 간신히 억누르고 발을 쿵쿵 구르며 혼자 저녁을 먹으러 갔다.

27

해리는 모텔 라운지에 앉아 있었다. 오늘은 공쳤다 싶어 잠복근무를 접으려는 순간, 조이가 바깥으로 나온 게 눈에 띄었다. 씩씩하게 거리를 걸어가고 있었다. 티셔츠와 청바지 차림이 시카고에서 바지정장을 입고 있을 때와 너무 달라 보여서 하마터면 못 알아보고 놓칠 뻔했다. 하지만 그때 조이가 고개를 돌렸고, 그 얼굴은 절대 몰라볼 수 없었다.

해리는 소파에서 벌떡 일어나 바깥으로 뛰쳐나갔다. "벤틀리 박사님!"

조이는 걸음을 멈추고 몸을 돌려 멍한 눈빛으로 해리를 보았다.

"여기서 박사님을 뵈니 정말 반갑네요." 해리는 순진함과 놀라움을 가장해 그렇게 말하며 태연한 척 조이에게 다가갔다.

조이의 시선에 초점이 돌아오는 걸 보고 해리는 살짝 불안감을 느끼며 그 자리에 멈춰 섰다. 어렸을 때 사람들이 자신의 머릿속을 읽을 수 있을까 봐 두려워한 적이 종종 있었다. 자기 영혼의 어두운 구석을 훤히 들여다볼까 봐. 조이의 시선이 그 두려움을 다시 일깨우는 것만 같았다.

"당신……." 조이가 이를 드러내고 따졌다. "여기서 대체 뭐 하는 거죠?"

"아, 그냥 일 때문에 출장 왔어요." 해리가 대꾸했다. "저는 이 모텔에 묵고 있어요. 박사님은요?"

조이는 눈을 깜빡였다. 그리고 비로소 상대가 자신과 같은 장소에 묵고 있다는 사실을 제대로 이해한 듯 경악한 표정을 지었다. 이제 조이의 강렬한 시선으로 인한 불안감이 가라앉자, 해리는 조이에게서 매력적인 부분을 찾을 수 있었다. 가느다란 목과 풍성한 갈색 머리카락은 어쩌면 살짝 백설공주 같은 분위기조차 풍겼다. 하지만 묘한 느낌의 눈과 매부리코가 그 섬세한 분위기를 산산이 깨뜨렸다. '귀엽다'기보다는 '홀릴 듯한' 외모였다. 해리는 자신의 인터뷰에 꼭 그 말을 넣어야겠다고 다짐했다. 그리고 다른 써먹을 만한 형용사들을 머릿속으로 떠올렸다. **마음을 사로잡는, 놔주지 않는, 주문을 거는 듯한…… 아니, 주문 운운하면 우스꽝스럽게 들릴 거야.**

"내가 여기 온 건……." 망설이던 조이가 마침내 불쑥 말을 내뱉었다. "개인적인 용무 때문이에요."

"개인적인 용무로 샌앤젤로에 오셨다고요? 그럼 테이텀 요원도 개인적인 용무로 온 거겠네요?"

조이는 꼬박 1초간 해리를 노려보았다. "난 당신한테 아무 할 말이 없어요." 그리고 등을 돌려 서둘러 걸음을 옮겼다.

해리는 황급히 뒤쫓아갔다. "괜찮아요." 숨이 가빴다. 젠장, 무슨 여자가 걸음이 이렇게 빨라. "내일 제가 신문에 낼 기사에 대해 혹시 간단하게나마 한 마디 해주실 수 있을까요? 머리기사를 생각 중인데요. '젊은 여성의 미심쩍은 죽음 이후 연쇄살인 전문가가 샌앤젤로 지역 경찰에 자문 중.'" 해리는 쌕쌕 소리를 내며 숨을 몰아쉬었다. 예기치 못한 갑작스러운 운동에 심장과 폐가 비명을 질렀다. 이렇게 빨리 움직인 건 몇 년 만에 처음이었다.

"기사 앞머리에서는 우선 분위기를 조성할 겁니다." 해리가 교통 소음 위로 목소리를 높였다. 조이는 거리를 더 벌렸고, 해리는 걸음을 재촉하며 단어들을 내뱉는 사이사이에 공기를 허겁지겁 들이켰다. "시카고의 목 조르는 장의사와 악명 높은 조반 스토크스를 붙잡아 명성을 떨친 벤틀리 박사가 최근 파트너인 테이텀 그레이 특수요원과 함께 샌앤젤로로 날아왔다. 비록 두 사람이 이곳에 온 이유에 관해서는 아무런 언급도 없지만, 19세 여성 니콜 메디나의 죽음과 관련 있을 가능성이 있다……."

조이의 걸음이 점차 느려지다 끝내 멈췄다. 해리도 따라 멈췄다. 숨이 가빴다. 심장마비라도 걸릴 것 같았다.

"니콜은…… 시…… 외곽에서 발견됐다." 망할 놈의 담배. 언젠가 난 이것 때문에 끝장나고 말 거야. "실종 신고가 된…… 이후에……."

"그만." 조이는 빙그르르 몸을 돌려 해리를 향해 행군했다. 당장 목이라도 조를 기세였다. "거기에 대해선 한 글자도 쓰면 안 돼요. 그건 그냥 도발이고 오보일 뿐이에요."

"오보라고요?" 해리는 상처받은 표정으로 조이를 보았다. "당신이 테이텀 그레이 요원과 함께 샌앤젤로에 왔다는 게요? 아니면 니콜 메디나가 시신으로 발견됐다는 게요? 오늘 자 신문에 변사체로 발견됐다고 나와 있던데요. 아! 알겠어요. 당신은 **연쇄살인범 전문가**라는 직함이 마음에 안 드는 거로군요. 이해합니다. **저명한 프로파일**

러는 어때요?"

"배리 씨, 당신이 그 기사를 내보냈다간 무슨 일이 벌어질지⋯⋯ 당신은 절대⋯⋯." 조이는 무력하게 양손을 내저었다. 정신이 딴 데가 있는, 얼이 빠진 듯한 몸짓이었다.

"말로 해주세요, 벤틀리 박사님. 저는 수화를 모릅니다." 심장 박동은 느려졌지만 이제 해리의 온몸은 땀에 흠뻑 젖어 있었다. 어쩌면 담배를 정말 끊어야 할까. "무슨 일이요?"

"제발 뭔가 내보내기 전에 하루만 더 기다려요." 조이는 부탁하는 데 익숙지 않았다. 말투로만 보자면 부탁이 아니라 고압적인 명령에 더 가까웠다.

"그랬다간 지역 신문들이 죄다 저를 앞질러 기사를 내라고요? 그건 아닌 것 같아요, 박사님. 제게 해주실 말씀이 있나요, 없나요?"

조이는 해리를 노려보았다. 해리는 겉으로는 침착하게 그 눈길을 받아냈지만 속으로는 메두사와 눈싸움을 하는 심정이었다. 결국 먼저 눈길을 돌리고 말았다.

"당신에게 해줄 수 있는 이야기가 있어요." 조이가 마침내 말했다. "하지만 지금 그걸 내 이름과, 내 이른바 혁혁한 업적들과 함께 공개하면, 맹세하는데 당신은 나한테서 절대 **아무 말도** 못 들을 거예요."

해리는 어깨를 으쓱하고 대꾸했다. "이러나저러나 박사님은 저한테 아무 말도 안 해주실 거잖아요."

"다른 누구보다 당신한테 먼저 전체 이야기를 공개할게요. 약속해요."

"그러다 다른 언론사한테 빼앗기기라도 하면요?"

"당신은 샌앤젤로의 죽은 여자에 관해 글을 쓰고 싶은 게 아니에요. 시카고의 당신 독자들은 그 여자한테 털끝만치도 관심이 없을 테니까. 당신이 원하는 건 그 사건을 보는 내 시각이죠."

"저를 펼쳐놓은 책처럼 훤히 읽고 계시네요." 해리가 조이를 보고 씩 웃었다.

"기사 쓰는 건 기다려줘요. 하루 이틀쯤 있다 전화할게요."

해리가 고개를 끄덕였다. "전화 기다릴게요. 너무 오래 기다리게만 하지 말아줘요."

조이는 긴 한숨을 내쉬었다. "그럼 그만 가보세요."

"저녁 드셨어요? 같이 식사나 하시죠."

"차라리 방울뱀이랑 같이 먹겠어요, 해리 배리."

해리는 약삭빠른 미소를 지으며 조이가 멀어지는 모습을 지켜보았다. 그후 주머니를 뒤져 구겨진 담뱃갑을 꺼냈다. 톡톡 두들겨 한 개비를 꺼내 입에 물고 불을 붙였다. 연기를 빨아들이고 환희에 지그시 눈을 감았다. 금연은 무슨 얼어죽을. 좋은 기삿감을 낚아챈 직후 담배 한 모금 빠는 것보다 더 나은 건 이 세상에 없었다.

28

남자는 여자의 비명을 배경음악 삼아 지역 뉴스의 웹사이트를
둘러보았다. 여자는 제발 누구든 와서 자기를 좀 꺼내달라고 애원
하고 있었다. 남자는 잠시 귀를 기울이면서 이 여자를 니콜 메디나
와 비교했다. 어느 쪽이 더 매력적인지 도저히 고를 수 없었다.

고개를 저으며 웹사이트를 다시 훑어보았다.

지금쯤은 누군가가 머리를 써서 죽은 여자가 자기가 온라인에
올린 영상의 주인공과 동일 인물임을 알아챘기를 바랐다. 하지만
모든 기사는 그저 기본적 사실관계만 다루고 있었다. 죽은 피해자
의 이름과 나이. 피해자가 2주 전 클럽에서 인스타그램에 올린 셀
카. 아직 수사 중이라는 경찰 진술. 연쇄살인범에 관한 이야기, 온
라인 영상에 관한 이야기. 슈뢰딩거에 관한 이야기는 한 마디도 없
었다. 단편적이고 무미건조한 정보들이 차례차례 제시될 뿐이었다.

남자는 갑자기 분통이 터져 주먹으로 탁자를 갈겼다. 다들 장님
인가? 그만큼 뚜렷한 흔적을 남겼으면 됐지. 하나하나 붙잡고 떠먹

여주기라도 해야 하나?

남자는 샌앤젤로 라이브 웹사이트의 '기사 제보' 링크를 클릭했다. 맹렬하게 자판을 두들겨 피해자의 죽음과 영상의 관계를 적어 내려갔다. 영상의 **제목**을 지적하면서 피해자가 더 있을 거라고 썼다. 남자 앞에서 경찰은 속수무책이고 FBI도 다를 바 없었다. 피해자들은 더 늘어날 테고, 모두가 위험에 처해 있었다. 누구도 남자의 레이더망을 벗어나지 못했다. 점점 더 늘어가기만 할 것이다. 수십명. 남자는 글쓰기를 마친 후 '전송' 버튼 위에서 깜빡이는 커서를 바라보았다.

자신이 쓴 걸 처음부터 끝까지 다시 읽었다. 염병하게 길어서 **스크롤**을 몇 번이나 내려야 했다. 전체 단어들 중 거의 절반이 강조를 위해 대문자로 되어 있었다. 정신 나간 사람이 쓴 것 같았다. 오자가 열세 개도 넘었다. 느낌표 개수는 놀라 자빠질 정도였다. 중간에는 심지어 **수십!!!!!!**처럼 쓴 곳도 있었는데 '수십'은 대문자였다.

느낌표 여섯 개에 대문자 글자라. 마치 게거품을 물고 떠드는 미친놈 같잖아.

아무리 화가 났어도, 남자는 사람들한테 이런 모습으로 비치고 싶지 않았다.

자리에서 일어나 지하실 안을 서성이며 심호흡을 했다. 공간은 전에 비해 훨씬 비좁았다. 한쪽 구석에 천장 높이까지 쌓아둔 상자들 때문이었다. 모두 동일한 크기에, 안에 구덩이가 뚫려 있었다. 피실험자 한 명당 상자 하나. 한 번의 실험. 상자들을 보기만 해도 마음이 진정되고 웃음이 나왔다.

그 옆에는 흙을 가득 채운 통들이 늘어서 있었다. 5회분의 실험에 충분할 정도였고, 각 통은 다른 지역의 토양을 담고 있었다. 남자는 바로 **이런** 사람이었다. 준비된 남자. 허술한 구석은 털끝만치도 없는 남자. 뭐든 운에 맡기고 대충 넘기는 일이 절대로 없는 남자.

남자는 원래 계획을 고수하기로 했다. 언론이야 좀 느리면 어떤가. 모두가 곧 남자에 관해 알게 될 텐데. 그리고 다음 순서가 누군지 궁금해하게 될 것이다.

여자는 그저 사람들에게 남자의 존재를 알리는 데 그치지 않을 것이다. 한두 명을 끝으로 멈추지 않으리라는 사실을 명확하게 보여줄 거니까.

여자의 목소리가 다시 지하실에 울려 퍼졌다. 엄마를 찾으며 비명을 지르고 있었다.

그 덕분에 아이디어 하나가 떠올랐다.

진즉 생각했어야 했다. 요즘엔 아무도 지금 이 순간 일어나는 일에는 관심이 없다.

다들 앞으로 일어날 일에 관해서만 이야기한다. 미개봉 영화의 예고편, 티저 광고, 출연진과 제작진의 스포일러와 힌트에 관한 잡소리들을 끝도 없이 늘어놓는다. 그리고 막상 영화가 개봉하면, 거기에 관해서는 **아무도** 이야기하지 않는다. 그저 별로였다는 데 동의하고 넘어갈 뿐.

티저 광고와 예고편. 흥분을 불러일으키는 것. 흥분이 실제 산물보다 더 중요했다. **그로써** 남자는 대중의 관심을 한 몸에 받게 될 것이다.

연쇄살인범에게 유능한 마케팅 부서가 필요한 시대가 올 줄 누가 짐작이나 했을까?

남자는 지하실을 나서며 씩 웃었다. 아이디어가 머릿속에서 윤곽을 잡아가고 있었다.

29

조이는 무릎 위로 양 주먹을 불끈 쥔 채 바에 앉아 있었다. 오늘 저녁이 어쩌다 이렇게 엉망진창이 된 건지 도무지 모를 노릇이었다. 처음엔 테이텀이 열받게 굴질 않나, 나중엔 그 시카고 출신의 뻔뻔한 기자가 무슨 재주를 부렸는지 여기까지 따라와서는 사람 팔을 비틀어 거지 같은 인터뷰 약속을 따내질 않나. 빌어먹을.

도대체 무슨 수로 날 찾아낸 거지? 해리는 샌앤젤로로 날아왔고, 그건 그 작자에게 믿을 만한 소식통이 있다는 뜻이었다. 분명히 행동분석팀의 누군가일 것이다. 나중에 맨쿠소한테 이 이야기를 꼭 해야지. 누군가가 언론에 정보를 흘려보내고 있다고 말이다.

"식사 나왔습니다, 손님." 여자 바텐더가 조이 앞에 접시 세 개를 내려놓았다. 첫 접시는 팬에 구운 두껍고 커다란 스테이크 요리로, 육즙이 풍부해 보였다. 한쪽 구석에 깜빡 잊을 뻔했다는 듯, 작은 브로콜리 조각 하나가 얌전히 놓여 있었다. 다른 접시들은 사이드 디시들이었다. 사우어크림 한 덩이를 얹은, 초록색과 붉은색의 신선해 보이는 샐러드와 채 썬 골파를 얹은 구운 감자 하나.

적어도 오늘 밤 조이를 실망시키지 않은 게 한 가지는 있었다. 음식이 보이는 것의 절반만큼만 맛있어도 정말 만족스러운 식사가 될 것이다.

스테이크 한 조각을 썰었다. 안은 바랐던 대로 선홍색이었다. 입에 넣고 살며시 눈을 감았다.

어쩌면 이 세상은 아직 살 만한 곳일지도 몰라.

조이는 육즙을 만끽하며 연한 고기를 꼭꼭 씹어 넘긴 후 감자 한 조각을 포크로 떴다. 물론 그 전에 사우어크림과 파 한 쪽을 올리는 것도 잊지 않았다. 한입에 쏙 넣었다. 감자가 혀를 델 듯 뜨거웠던 건 계산 착오였지만 맛만큼은 완벽했다.

"음식은 괜찮으세요?" 바텐더가 물방울이 잔뜩 맺힌 물잔을 한쪽 구석에 내려놓으며 정중하게 물었다.

"네, 맛있네요." 조이는 콧소리로 대답했다.

바텐더는 기분 좋은 웃음을 지어 보이고 자리를 떴다. 조이는 스테이크를 한 입 더 잘라 먹었다. 오늘 밤 사건들이 머릿속에서 다르게 변했다. 해리 배리는 아마 파렴치한 인간이겠지만 그래도 직업정신만큼은 투철했다. 조이는 자기 직업에 헌신적인 점은 인정해줘야 한다고 생각했다. 그리고 테이텀은…… 음, 싸운 생각을 하면 여전히 열받았지만 그래도 심성이 나쁜 사람은 아니었다. 같이 오지 않은 게 유감이었다. 이렇게 맛있는 음식을 같이 먹었다면 더 좋았을 텐데.

그때 사건 생각 때문에 정신이 없어서 오늘 아침 이후로 안드레아를 확인 못 했다는 사실이 불현듯 떠올랐다. 죄의식과 공포가 아프게 찔러왔다. 꼬박 하루를 까맣게 잊고 있었다니.

조이는 휴대폰을 꺼내 자판을 두드렸다. **괜찮니?**

몇 초 후 답신이 왔다. **그래, 그만 좀 귀찮게 굴어. 저녁 먹는 중이야.**

조이는 안도감에 한숨을 내쉬고 '**나도.**'라는 문자와 함께 자신의 음식 사진을 찍어 보냈다. 잠시 후 동생은 답장을 보냈다. **맛있는 거 먹는다고 자랑하는 거야? 그래 봤자 나한텐 못 이길걸.** 문자에 딸려온 것은 처량해 보이는 라면 사진이었다. 조이는 코웃음을 치고 눈물을 흘리며 웃는 이모티콘을 보냈다. 이 이모티콘은 아주 제격일 때가 있단 말이야.

스테이크의 절반이 조이의 배 속으로 사라진 후, 바텐더가 바에 포도주병과 잔 하나를 올려놓았다.

"저쪽 남자분이 보내셨어요." 바텐더는 바 끝 쪽을 향해 고개를 끄덕이며 그렇게 말하고는 포도주 잔을 조이 앞으로 밀어 보냈다.

"음……." 조이가 말했다. "난 별로 생각 없는……."

"정말 좋은 포도주예요." 바텐더가 눈썹을 치켜올리며 말했다.

남자가 바에서 작업을 걸어온 게 얼마 만이더라. 조이는 웃음이 새어나오는 걸 억누를 수 없었다. "알겠어요. 고마워요."

포도주의 향을 맡은 후 맛을 보았다. 실제로 나쁘지 않았다. 자신에게 포도주를 보낸 남자를 흘끗 보았다. 고수머리에 숱 많은 갈색 턱수염을 길렀고 파란색 체크무늬 셔츠를 입었는데, 보통 남자들이 입었으면 영 별로였을 테지만 이 남자는 그렇지 않았다. 남자는 전체적으로 속속들이 나무꾼 분위기를 풍기고 있었다. 목에 있는 작은 타투가 눈에 들어왔다. 이니셜인 것 같았지만 거리가 좀 떨어져 있어서 뭐라고 쓰여 있는지는 보이지 않았다. 남자가 맥주잔을 들어 올려 건배를 청했다. 조이도 자기 잔을 들었다.

남자는 그걸 초대로 해석한 듯했고, 조이도 굳이 거부할 마음이 없었다. 자리에서 일어난 남자의 키는 바 손님들 대부분보다 훨씬 컸다. 남자는 느긋하게 걸어와 조이 옆자리에 앉았다.

"식사를 맛있게 즐기는 아가씨를 보면 기분이 좋아져서요." 남자가 웃음을 지었다.

"아가씨라고 불리긴 좀 그렇죠. 서른세 살이거든요." 조이가 잔을 내려놓으며 대꾸했다. "포도주 고마워요."

"조지프라고 합니다."

조이는 한 손을 내밀며 말했다. "조이예요."

조이는 남자가 자기 손에 입이라도 맞출까 봐 순간 긴장했지만, 남자는 그냥 힘주어 잡았다가 놓았다.

"여기 분이 아니시군요." 남자가 말했다. "보스턴에서 오셨나요?"

조이는 놀라서 눈을 깜빡였다. "제 억양이 그렇게 티가 나나요?"

남자가 너털웃음을 터뜨리며 대답했다. "보스턴에서 몇 년 동안 살아서 그곳 억양은 딱 들으면 압니다. 티가 많이 나는 건 아닌데 살짝 나긴 해요. 예컨대 아까 **서른세** 살이라고 했을 때처럼." 남자는 짓궂은 미소를 띠며 터무니없이 과장된 보스턴 억양으로 조이의 말을 따라 했다.

조이도 웃음으로 답했다. "음, 이젠 거기 살지 않아요." 불현듯 고향에 대한 알 수 없는 그리움이 솟구쳤다. 포도주를 한 모금 더 홀짝였다.

"샌앤젤로에서 무슨 일을 하세요? 아주 살러 오신 건가요?"

"아뇨, 일 때문에 왔어요."

"어떤 일인데요?"

문제의 질문이 나왔다. '**범죄심리학**'은 확실히 저주받은 단어였다. 그걸 들으면 사람들은 대개 불편해하거나 강렬한 호기심을 느꼈다. 때로는 양쪽 반응을 동시에 보이기도 했다. 그래서 조이가 직업을 말하면 대화는 늘 시들시들해지거나 아니면 방향을 틀어 살인과 강간을 둘러싸고 공전했다.

조이는 스테이크를 한 입 먹은 뒤 잠시 고민에 잠겼다. 어느 쪽도 그리 바람직한 결말은 아니었다. 맛있는 저녁 식사와 아직까지는 유쾌한 동반자 때문에 모처럼 기분이 좋아졌는데 연쇄살인 이야기로 분위기를 깨뜨리고 싶지 않았다. "자문 일요."

"뭘 자문하시는데요?" 남자가 맥주를 길게 한 모금 들이켰다.

"아…… 주로 인간 행동에 관해서요." 조이는 그렇게 얼버무리고 어깨를 으쓱했다. "전 어제 여기로 날아왔어요. 며칠 더 있을 예정이에요. 그쪽은요?"

"전 여기 사람이에요." 남자가 씩 웃어 보이며 대답했다. "샌드 앤드 젤로에서 태어나고 자랐죠."

조이는 남자가 샌앤젤로라는 도시 이름을 가지고 말장난했다는 걸 잠시 후에야 이해했다. 아무 말 없이 웃어 보인 뒤 크림을 얹은 감자를 한 입 먹었다.

"전 전기기사 겸 에어컨 기사예요. 인기 있는 직업이죠." 남자가 조이에게 더 가까이 몸을 기울였다. "혹시 아직 깨닫지 못하셨을 수도 있지만, 이 동네는 날이 더울 때가 가끔 있거든요."

조이는 웃음을 터뜨렸지만 그 바람에 감자가 기도로 잘못 들어가서 발작 같은 기침을 터뜨리고 말았다. 놀라서 입을 쩍 벌리고 보던 조지프가 다급히 물잔을 건넸다. 조이는 눈에 눈물까지 맺힌 채 여전히 기침을 하면서 잔을 받아 들고 물을 약간 마셨다. 마침내 호흡이 진정됐다. 잘했어, 조이. 아주 잘했어.

"괜찮아요?"

"네." 조이는 숨을 쌕쌕대며 물잔의 반을 비웠다. "갑자기 훅 들어오시네요."

"미안해요. 앞으로는 당신이 뭔가 먹고 있을 때 웃기지 않도록 노력할게요."

"다시 본론으로 돌아가, 에어컨 기술자가 여기서 그렇게 수요가 많다면 보스턴에는 무슨 일로 가신 거죠?"

"거기 사는 여자를 쫓아갔죠, 뭐……. 거기 있는 동안 조명 사업에 손을 대봤어요. 실제로 2년 정도는 시장이 성황인 것 같았죠. 하지만 얼마 안 가더라고요." 남자는 잔 받침을 집어 들고 갈기갈기 뜯어 종잇조각들을 바 위에 흩뿌렸다. "그 여자하고 깨져서 고향으로 돌아왔어요. 이제 와서 생각해보면 애초에 도대체 무슨 생각으로 여길 떠났는지 모르겠어요."

조이는 스테이크를 한 조각 썰어서 씹었다. 배고픔은 가셨고, 이제는 그냥 맛있어서 먹고 있었다. 남자의 목에 새겨진 타투를 가리키며 물었다. "H. R.이 누구예요?"

남자는 타투 위를 살짝 쓰다듬으며 대답했다. "헨리에타 로스요. 보스턴 여자의 이름이었어요. 좀 바보 같죠? 사랑에 빠지면 그렇게 바보가 되더라고요. 이건 이제 지워지지도 않아서, 다들 나한테 누구냐고 물어요." 남자는 자기가 찢어발긴 잔 받침을 보며 얼굴을 찌푸렸다.

조이는 안드레아가 여기 있었다면 뭔가 재치 있는 말을 해서 화제를 다른 쪽으로 돌렸을 거라고 생각했다. 뭔가 할 말을 떠올리려 머리를 쥐어짰다. 이렇게 말해보면 어떨까. **그냥 인사팀의 약자라고 해도 되잖아요.** 하지만 그건 세상에서 제일 썰렁한 농담일 게 분명했다. 아니면 이런 말을 해볼까. **에이, 그래도 그 여자의 이니셜이 H.**

R.이라서 다행이네요. 만약……. 하지만 그 뒤에 말할 만한 불행한 이니셜이 도무지 떠오르지 않았다.

아마 뭔가 재미있는 말이 언젠가 떠오르긴 할 것이다. 지금으로부터 사흘쯤 뒤에, 침대에 누워 막 잠이 들려고 할 때.

"난 바보 같다고 생각하지 않는데요." 조이는 결국 패배감을 느끼며 그렇게 말했다. "그만큼 누군가를 사랑했다는 뜻이잖아요. 좋은 거죠."

남자가 눈을 깜빡였다. "고마워요, 조이. 그런 말을 해주다니 다정하네요."

어쩌면 유머감각은 생각만큼 그리 중요한 게 아닐지도 모른다.

두 사람 사이에 침묵이 내려앉았다. 서로를 잘 아는 사람들 사이의 편안한 침묵이 아니라 긴장된 침묵. 불꽃 튀고 날카로운, 거의 손에 잡힐 듯 견고한 침묵이었다. 마치 두 사람이 보이지 않는 대화의 공을 주거니 받거니 하다 방금 한 사람이 실수로 공을 떨어뜨린 것 같았다.

남자가 헛기침을 하고 물었다. "그래서, 당신 인생에서 가장 중요한 사람은 누군가요?"

이전 대화와 전혀 이어지지 않는 생뚱맞은 질문이었다. 하지만 조이는 이해할 수 있었다. 대화에 다시 숨을 불어넣고 제 궤도에 올려놓으려고 한 말이었다. 나쁘지 않았다. "여동생이 하나 있어요. 나랑 같이 살아요."

"정말요? 자매가 같이 사는 건 쉽지 않을 텐데요?"

"어쩌면 그애한테는 그럴지도 몰라요." 조이가 가볍게 대꾸했다. "난 그애랑 붙어 있는 게 좋지만요."

"부모님은요?"

"아버지는 몇 년 전에 돌아가셨어요. 그리고 어머니는 대하기가 아주 편한 분은 아니고요." 늘 이래라저래라 참견하고 은근히 공격적인 조이의 어머니는 지난 몇 년 사이 거의 참기가 힘들 지경이 되었다. "그쪽은 어때요?"

"전 외동아들인데, 아버지가 몇 년 전 텍사스를 떠나셔서 이젠 어머니와 둘이서만 살고 있어요. 하지만 우린 무척 가까워요."

"당신이 돌아와서 어머니가 무척 좋아하셨겠어요."

"좋아서 어쩔 줄 모르셨죠." 남자가 말했다. "애초에 내가 떠나는 걸 원하지 않으셨어요."

두 사람은 보스턴 이야기를 잠깐 했다. 그후 대화는 이리저리 방향을 틀었다. 운전대는 조지프가 맡았고, 조이는 기꺼이 조수석을 차지했다. 남자는 고가구를 복원하는 게 취미라면서 낡은 서랍장을 복원하는 법에 대한 설명을 늘어놓았고, 조이는 감탄하는 척하려 최선을 다했다. 자신도 가구를 만들어본 적이 있다는 이야기는 굳이 하지 않았다. 그래 봤자 이케아에서 산 의자 세 개를 조립한 게 전부였지만. 그후 두 사람은 각자 자신이 가장 좋아하는 영화 이야기를 했다. 조지프는 바텐더에게 포도주잔을 달라고 했다. 얼마 후, 조이는 자신이 상대에 대한 경계를 내려놨음을 깨달았다. 말이 좀 더 술술 흘러나왔다. 말이 통하는 누군가와 마주 앉아 온갖 시시콜콜한 것들을 놓고 즐겁게 수다를 떤 게 마지막으로 언제인지 까마득했다.

거의 빈 접시들을 바텐더가 치워가고 포도주병도 완전히 비어버린 지 한참 후, 조지프가 물었다. "오늘 밤에 무슨 계획 있어요?"

조이는 긴장했다. 거의 자정에 가까운 시각이었다. 조지프와 함께 있으니 즐겁긴 했지만 이 시간을 더는 이어갈 마음이 없었다.

키가 아주 크고 꽤 매력적인 남자라는 사실을 제외하면 상대에 관해 아직 모르는 게 너무 많았다. 그리고 조이는 매력적인 남자들을 여럿 알고 있었다. 테드 번디, 찰스 맨슨, 리처드 라미레스(모두 유명한 연쇄살인범 이름—옮긴이), 로드 글로버……. 명단이 꽤나 길었다. 조이처럼 하루 종일 사이코패스를 다루는 사람에게, 매력은 곧 위험한 가면에 불과했다.

"그만 자러 가야 할 것 같아요." 조이가 대답했다. "내일 중요한 일정이 있어서요."

"그 자문 일 말하는 거죠?"

"맞아요." 조이는 웃음을 지으려 했지만 어쩐지 자연스럽지 못하게 느껴졌다.

"운전할 수 있겠어요?" 조지프가 조이의 포도주잔을 건너다보며 물었다.

조이는 근처 모텔에 묵고 있다는 사실을 군이 이 남자에게 알려 줄 필요가 없다고 판단했다. "택시를 잡으려고요."

조지프가 주머니에서 명함을 꺼내 조이에게 건넸다. "오늘 저녁 즐거웠어요. 혹시 내일도 시간 괜찮으면 전화 줘요."

조이는 고맙다고 했다. 남자는 약간 어색한 미소를 남기고 마침내 자리를 떴다.

"계산서 주시겠어요?" 조이가 바텐더에게 물었다.

"남자분이 이미 다 지불하셨어요. 손님이 화장실 간 사이에요." 바텐더가 말했다. "진짜 신사죠."

"네." 조이가 되풀이해 말했다. "진짜 신사네요."

30

2016년 9월 8일 목요일, 텍사스 주 샌앤젤로

딜리아가 빨래를 개고 양말 짝을 맞추고 있는데 집 전화가 울렸다. 프랭크의 양말은 몽땅 회색 아니면 검은색이라 짝을 제대로 맞추려면 길이와 재질을 일일이 비교해야 했다. 때로는 에라 모르겠다, 하고 긴 양말과 짧은 양말을 짝짓고, 울 양말과 종이처럼 얇은 양말을 짝짓기도 했다. 하지만 그랬다간 프랭크가 끝도 없이 투덜대기 일쑤였다. 그래서 이번엔 제대로 해보려는데, 도무지 자신이 들고 있는 양말의 맞는 짝이 눈에 띄지 않았다.

전화벨 소리에 딜리아는 깜짝 놀라 펄쩍 튀어 올랐다. 궁지에 몰린 사냥감처럼 좌우로 고개를 두리번거렸다. 단순히 생각에 깊이 잠겨 있었기 때문만은 아니었다. 집 전화는 거의 울리는 법이 없었던 것이다. 딜리아와 프랭크는 둘 다 휴대폰이 있었고, 두 사람한테 용건이 있는 사람들은 누구나 휴대폰으로 연락했다. 사실 오래전에 전화선을 끊었어야 했지만 그러지 않은 가장 큰 이유는 프랭크의 어머니인 거타가 늘 그 번호로 전화를 걸기 때문이었다. 프랭크는 나이 때문에 갈수록 기억력이 흐려지는 어머니가 휴대폰 번호로 전화를 걸게 하려다가 결국 체념하고 말았다. 대통령은 빨간색 전화기로 러시아와 통화했고, 하위 가족은 베이지색 전화기로 거타와 통화했다.

하지만 거타는 7개월 전에 세상을 떠났다. 딜리아는 아픈 손을 감싸 쥐었다. 통증 때문에 머릿속이 흐릿했다. 아마도 잘못 걸려온 전화거나 설문조사, 그도 아니면 놓치면 너무 아까운 혜택을 알려주려고 전화한 텔레마케터겠지. 그렇게 생각했지만 불안은 진정되지 않았다. 딜리아는 무시하기로 마음먹고 벨 소리가 멈출 때까지 기다렸다.

전화벨은 멈추지 않았다. 미칠 정도로 요란하게, 계속 울리고 또 울렸다. 구식 전화기는 집 안 어디에 있어도 못 듣는 일이 없도록 최대 음량으로 설정돼 있었다.

마침내, 계속되는 소음에 인내심을 잃은 딜리아가 일어나서 전화기를 집어 들었다.

"여보세요?" 쓸데없이 시간을 낭비하게 만들 작정이면 가만두지 않겠다는 뜻이 명확히 전달되도록, 딜리아는 최대한 날카롭고 화난 목소리를 냈다.

잠시 침묵이 흐른 후, 이윽고 수화기 저편에서 부드럽고 낮은 숨소리가 들렸다.

아니, 숨소리가 아니었다. 흐느낌이었다.

"여보세요?" 갑자기 스며든 두려움에 저절로 목소리가 가라앉았다. 그후 딜리아는 너무나 가냘프게 내뱉었다. "마리벨?"

잠시 전화기 저편에서는 흐느끼는 소리밖에 들리지 않았다. 하지만 이윽고 갈라지고 겁에 질린 여자의 외마디 소리가 들렸다.

"엄마······."

"마리벨? 너 어디 있니? 괜찮니? 여보세요?" 딜리아는 각 질문 사이에 딸이 대답할 수 있도록 잠시 틈을 두었지만 마리벨은 아무 대답 없이 더 큰 소리로 울기만 했다. 대답할 수 없는 상황인 게 분명했다. "마리벨!"

"엄마!"

"너 어디 있니? 엄마가 데리러 갈게······. 어디 있는지만 말해."

"여기서 꺼내줘요!" 마리벨이 비명을 질렀다. "제발!"

"어디서? 너 어딘데?"

전화가 끊겼다.

딜리아는 믿기지 않는 심정으로 수화기를 응시했다. 그후 수화기를 손에서 그대로 놓아버리고 휴대폰을 찾아 달려갔다. 휴대폰엔 라이언스 형사의 번호가 저장돼 있었다.

31

테이텀은 아침 회의에 조금 늦는 바람에 젠슨에게서 나무라는 눈빛을 받았지만, 그쯤은 다년간의 경험으로 태연하게 무시할 수 있었다.

"좋아요." 젠슨이 양 손바닥을 마주쳤다. "라이언스는 어디 있지? 이제 시작했으면 싶은데."

"아마 금방 올 겁니다." 포스터가 말했다.

"음, 기다릴 시간이 없어. 사건은 어디까지 진행됐지, 포스터 형사?"

포스터가 노트를 팔락팔락 넘기며 입을 열었다. "메디나가 실종된 날 밤 같이 있던 친구들을 전원 만나봤습니다. 친구들 증언과 교통카메라 감지기 영상을 바탕으로 메디나가 새벽 1시 15분에 집 앞에서 내렸다고 봐도 무리 없을 것 같습니다. 이웃은 전부 잠들어 있었습니다. 모친은 6시 30분에 일어나 니콜이 귀가하지 않은 걸 알고 생각나는 모든 사람들에게 전화한 후 7시 35분에 실종 신고를 했습니다. 파티의 목격자들 및 니콜의 다른 친구들 몇 명과도 만나봤지만 특기할 만한 점은 전혀 없었습니다."

"그렇군." 젠슨이 다시 양 손바닥을 마주쳤다. "그럼 아마……."

"라이언스가 교통 감시 카메라 영상을 살펴보았습니다." 포스터의 설명이 이어졌다. "니콜이 타고 있던 차 뒤로 차 세 대가 찍혀 있었습니다. 그중 두 대는 같은 파티에서 돌아오던 10대들이 탄 차였습니다. 셋째는 와이엇 틸러라는 47세 남자가 모는 트럭이었습니다. 그쪽을 조사 중인데, 제 생각에 우리가 찾는 인물은 아닌 것 같습니다."

포스터는 노트 한 장을 더 넘기며 말을 이었다. "친구들 몇 명이 니콜의 집 근처 길가에 작은 추모 사당을 만들었습니다. 별로 해로울 건 없어 보입니다. 언론이 뭔가 감을 잡고 날뛸 만한 거리는 전혀 없으니까요."

"사당 방문객들을 감시할 수 있나요?" 테이텀이 물었다. "범인이 거길 찾아올지도 모릅니다."

포스터는 잠시 생각한 후 대답했다. "인력을 배치하긴 어렵지만, 소형 감시 카메라를 설치할 수는 있을 것 같습니다."

"범죄 현장은요?" 조이가 포스터에게 물었다. "자외선으로 조사해봤나요?"

테이텀은 조이가 **자신이** 모르는 수사 실마리를 가지고 있다고 생각하자 살짝 짜증이 났다.

"감식반원들이 자외선을 비춰봤는데 어떤 외부 액체의 흔적도 찾아내지 못했습니다." 포스터는 잠시 뜸을 들인 후 말을 이었다. "상자로 말하자면, 목수에게 문의해봤는데 전문가가 만든 것 같다고 하더군요. 만약 우리가 찾는 범인이 목수가 아니라면 어딘가에서 주문했을 겁니다. 그쪽을 추적해보고 싶지만, 솔직히 더 많은 인력이 필요합니다."

젠슨이 "흠" 소리를 냈다.

테이텀은 한숨을 쉬었다. **이제 인력 분배 전쟁이 시작되겠군.**

짧은 실랑이 후에 결국 타협이 이루어졌다. 테이텀은 어떤 기준으로 결정된 건지 잘 알 수 없었지만 포스터와 젠슨 둘 다 그 타협안이 마음에 안 드는 듯 만족스럽지 못한 눈치였다.

다음은 셸턴 요원의 발언 순서였고, 셸턴은 범인이 올린 온라인 영상을 통해 어떻게 범인을 추적하고 있는지 간략하게 설명했다. 전망이 썩 좋아 보이지는 않았다. 홈페이지 개설 및 운영 비용은 비트코인으로 지급됐다. 도메인은 무료이고 등록된 계정은 임시 이메일 계정이었다.

"미확인범은 제2의 대포폰을 핫스팟으로 이용해 영상을 온라인에 올렸고, 그 휴대폰은 현장에서 켜졌다가 다시 꺼졌습니다." 셸턴은 신원미상 용의자를 미확인범이라는 약어로 지칭했다. "그중 하나가 다시 켜질 경우를 대비해 두 번호를 모두 감시 중입니다."

요원은 앞에 놓인 노트북 화면을 내려다보며 말을 이었다. "실험실 결과에 따르면 상자에서 수집된 모든 DNA 표본은 피해자의 것입니다."

젠슨은 지친 기색으로 테이텀을 돌아보았다. "그쪽은 어떻습니까? 범인 프로파일링에 진척이 좀 있나요?"

"비슷한 유형의 범죄들을 조사 중입니다." 테이텀이 말했다. "아직까지는 아무것도 발견되지 않았습니다. 벤틀리 박사의 의견에 따르면, 우리가 슈뢰딩거에 관해 알아보고 그 이론을 이해해야 할 거라는군요. 그게 어쩌면 범인에 대해 약간이나마 실마리를 제공

할지도 모릅니다."

"그거 좋은 생각이네요." 젠슨의 안색이 확 밝아지는 걸 보자 테이텀은 즉시 찜찜한 기분이 들었다.

"음…… 네. 오늘 그걸 살펴볼 겁니다."

"샌앤젤로 주립대학교에 있는, 샌앤젤로에서 제일가는 물리학 박사가 제 친구입니다." 젠슨이 말했다. "저랑 대학 때부터 알고 지냈죠. 자리를 마련해보겠습니다."

"저도 몇 마디 보태고 싶은데요." 조이가 끼어들었다.

"호오?" 젠슨이 조이를 돌아보았다. "뭔가 알아내신 게 있나요, 벤틀리 요원님…… 아니, 박사님?"

"우리가 범인에 관해 알고 있는 것을 바탕으로 기본적인 프로파일을 작성했어요." 조이가 대답했다. "물론 확정적인 것은 아니지만, 제가 생각하기에 전반적인 특성 몇 가지는 짚어낸 것 같습니다."

젠슨은 못 미덥다는 듯 입술을 오므렸지만 두 형사는 조이에게 관심을 집중했다.

"범인이 보기 드물게 경계심이 높고 뒤에 아무런 흔적도 남기지 않은 걸 보면 나이가 적어도 서른이나 그 이상일 가능성이 높아 보입니다. 더 젊은 살인범들은 보통 충동적으로 행동하거든요. 하지만 놈은 힘이 있어요. 영상에 보이는 통들은 무겁고, 무덤을 파는 건 힘든 일이죠. 영상 속에서 놈은 그 고된 노동을 하면서도 전혀 힘들어하는 기색을 보이지 않았어요. 그걸 바탕으로 저는 범인이 45세는 넘지 않았다고 추정합니다."

"제 삼촌은 나이 예순에도 마라톤을 뛰십니다." 젠슨이 말했다.

테이텀이 헛기침을 했다. "그래서 벤틀리 박사님이 **전반적인** 특성이라고 말한 겁니다. 20대 남자는 모두 무시하라는 말이 아닙니다.

수사의 우선순위를 정할 때 우리의 권고를 염두에 둬달라는 거지요." 잠시 테이텀의 눈이 조이와 마주쳤다.

조이는 짧고 퉁명스럽게 고개를 한 번 끄덕인 후 다시 입을 열었다. "미확인범은 영상에서 긴 장갑을 끼고 긴 부츠를 신고 긴 소매 셔츠를 입음으로써 자신의 피부색을 주의 깊게 감췄습니다. 아마 우리가 자신의 인종을 추측하지 못하게 하기 위해서였을 겁니다. 하지만 영상은 편집 없는 생중계라 놈은 틀림없이 고된 노동 도중에 실수로 맨살이 조금 드러날 수도 있는 상황을 미리 예상했을 겁니다. 따라서 저는 놈이 그 부분에 대해 크게 개의치 않았을 거라고 생각합니다. 드러난다 해도 용의자 범위를 많이 좁혀주지는 않을 거라고 믿었겠지요. 샌앤젤로의 인구는 대부분 백인으로 이루어져 있으니까요. 즉, 놈은 백인일 가능성이 높습니다."

포스터는 노트에 뭐라고 맹렬하게 끄적였다.

"범죄 현장이 말끔히 치워진 점, 그리고 상당히 치밀한 범행 수법을 바탕으로, 범인은 강박적인 성격을 가졌다고 말할 수 있습니다. 놈은 아주 세세한 부분까지, 종종 지나칠 정도로 세심하게 주의를 기울입니다. 만약 놈에게 직업이 있다면 그건 속도보다 꼼꼼함이 중시되는 일일 겁니다. 그러니 서비스업 종사자나 잡역부는 해당되지 않겠죠. 범인은 지능이 높고 그걸 과시하길 좋아할 겁니다. 그 이유는 특유의 낮은 자존감 때문임이 거의 확실하고요. 제 생각에, 범인은 어렸을 때 부모에게 업신여김을 당하거나 괴롭힘을 당한 경험이 있었을 겁니다. 어렸을 때 일종의 학대 같은 걸 겪었을 가능성이 높습니다."

그때 문이 열리고 라이언스가 유령이라도 본 듯한 표정으로 들어섰다. 형사는 한 마디도 없이 테이블 끝에 앉았다.

조이가 다시 말을 이었다. "놈은 승합차를 가지고 있고, 그건 아마도 이 지역에서 가장 흔히 타고 다니는 차일 겁니다." 그리고 어깨를 으쓱하며 덧붙였다. "안타깝게도 저는 차에 관해서는 잘 모릅니다."

젠슨이 눈을 깜빡였다. "무척이나…… 상세한 내용이네요, 요원님. 아니, 박사님."

조이는 젠슨의 말을 못 들은 척했다. 아니, 실제로 못 들었을 수도 있었다. "범인은 몇 달쯤 전에 크게 스트레스를 받는 사건을 겪었고, 그것 때문에 자신이 무시당했다고 느끼고 분노했을 겁니다. 어쩌면 직장에서 해고됐다거나 하는 이유로 자존감이 떨어지고, 좌천됐다고 느꼈을 수도 있습니다. 우린 이 방아쇠를 스트레스 요인이라고 부릅니다."

"어쩌면 스트레스 요인은 가까운 사람과 헤어진 것일지도 모릅니다." 테이텀이 지적했다. "반드시 직업과 관계된 건 아닐 수도 있어요."

"맞아요." 조이가 수긍했다. "하지만 난 영상이 자신의 감정을 보상하기 위한 퍼포먼스였다고 생각해요. 범인은 모두가 볼 수 있도록 영상을 온라인에 올렸어요. 대중의 인정을 갈구하는 거죠. 범인이 영상에 '실험'이라는 제목을 붙인 것, 그리고 자신을 '슈뢰딩거'라고 자칭한 걸 보면 자신의 노련함과 영리함을 과시하고 싶었던 것 같아요. 윗사람과 동료들에게 인정받을 자격이 있는 사람으로 보이려 했던 거죠."

테이텀은 조이의 추측이 확 와닿는 건 아니었지만 굳이 반박하고 나서지 않았다.

"또한, 난 니콜 메디나가 놈의 최초 피해자가 아닐 가능성이 매우 높다고 생각해요. 범죄 현장은 충동에 의한 첫 살인을 저질렀다는 상황에 들어맞지 않아요. 이전에 살인을 저지른 적이 있는 자가 냉정하게 계획한 것처럼 보여요. 6주 전, 마리벨 하위라는 22세 여성이 실종됐더군요. 사건은 아직 해결되지 않았고요. 어제 라이언스 형사와 함께 마리벨의 모친을 찾아가 이야기를 나눠봤는데, 난 마리벨이 또 다른 피해자일 가능성이 있다고 생각해요."

젠슨이 라이언스를 응시했다. "호오?"

라이언스가 헛기침을 하고 입을 열었다. "거기에 관해 새로운 소식이 있습니다." 넋 나간 듯한 목소리였다. "방금 그분 모친과 통화를 했습니다. 마리벨한테 전화를 받았다더군요. 자세한 얘기는 아직 못 들었지만 히스테리 상태인 것 같았어요. 우선 지령요원한테 그리로 순찰차를 보내라고 지시했습니다. 조금 있다가 제가 직접 가서 진술을 받을 생각입니다."

"좋아요." 젠슨이 양 손바닥을 마주쳤다. "그동안 벤틀리 박사님과 그레이 요원님은 저랑 같이 가서 제 물리학자 친구의 의견을 들어보도록 하죠."

테이텀은 갑자기 부서장에게 슈뢰딩거 이야기를 꺼낸 게 후회됐다. 그보다는 마리벨 하위 쪽 일이 더 궁금했다. 그리고 젠슨과 함께 있으면 왠지 살갗이 근질거리는 게 두드러기라도 날 것 같았다.

32

테이텀은 젠슨의 차를 따라가는 내내 잔뜩 인상을 쓰고 있었다. 조이가 자진해서 부서장의 차를 타겠다고 한 건 두 사람 사이가 최악으로 치달았다는 증거였다. 테이텀은 미움을 품고 있는 기분이 너무 끔찍했다. 어떤 사람들은 거기에 전혀 어려움을 느끼지 않고 오히려 취미로 삼기까지 하는데. 테이텀의 이모는 8학년 때 앙숙이었던 친구가 한 말을 마치 바로 어젯밤 일처럼 생생히 기억했다. 하지만 테이텀은 그러려면 지속적으로 노력해야 했고, 그러다 보면 진이 빠졌다.

젠슨은 대학 주차장에 차를 세웠고, 테이텀도 멀지 않은 곳에서 빈자리를 찾았다. 세 사람은 물리학과까지 나란히 걸어갔다. 가는 도중에 젠슨이 휴대폰 메시지를 확인하더니 욕설을 내뱉었다. "언론이 마리벨 하위의 전화에 관해 알았답니다."

"그렇게 빨리요?" 조이가 물었다.

"아마 모친이 곧장 전화를 했나 봅니다."

"그럴 사람으로는 안 보이던데요." 조이가 말했다.

젠슨은 듣고 있는 것 같지 않다. "몇몇 언론에서 하위와 메디나를 연결 짓고 있어요. 이건 우리한테 재앙이 될 겁니다. 내 생각대로 기자회견 때 언론에 더 많은 걸 줬어야 했어요." 젠슨의 말투는 비난조였다.

조이는 입술을 오므렸다. 부서장과 말다툼해봤자 무의미하다는 사실을 잘 알고 있는 테이텀은 굳이 끼어들지 않기로 했다. 젠슨은 자신에게 비난의 손가락질이 향할 경우를 대비해 이미 희생양을 찾기 시작한 게 분명했다.

콥 박사의 사무실은 3층에 있었다. 문이 이미 열려 있는데도 젠슨은 노크를 하면서 입으로 "똑똑" 하고 소리를 냈다. 나름의 애교인 모양이었다.

테이텀은 방 안을 들여다보았다. 콥 박사는 테이텀이 예상한 물리학자와는 전혀 달랐다. 검은 머리에 마른 몸매의 여성으로, 흰색 버튼 셔츠와 청바지를 입고 있었다. 그리고 안경을 쓰고 있긴 했지만 두껍고 동그란 안경이 아니라 날렵한 사각형 안경이었다. 박사가 바른 새빨간 립스틱을 보자 테이텀은 왠지 처음 고등학교에 들어갔을 때 좋아했던 여자애 생각이 났다.

"아." 박사가 냉랭한 목소리로 말했다. "전화로는 이렇게 빨리 온다고 말 안 했잖아. 그 전에 할 일을 좀 해둘까 했는데." 그 목소리와 태도로 미루어보면 젠슨이 박사를 친구라고 부른 데엔 과장이 좀 섞인 듯했다.

"잘 있었어, 헬렌?" 젠슨은 얼굴을 환히 빛내며 그렇게 묻고는 방 안에 들어섰다. 박사에게 다가가는 모습이 포옹이라도 하려는 것 같았다.

박사가 그 행보를 예상한 듯 선수 쳐서 손을 내밀자 젠슨은 잠시 멈칫한 후 악수를 나눴다. 조이와 테이텀은 방 안에 들어섰다. 테이텀은 문을 닫고 빈 의자를 찾아 앉았다.

"헬렌, 이쪽은 FBI에서 오신 벤틀리 박사님과 그레이 요원님이야." 젠슨은 그렇게 말한 후 테이텀을 바라보며 박사를 몸짓으로 가리켰다. "**이쪽**은 헬렌 콥 박사입니다."

콥 박사는 두 사람에게 고개를 끄덕여 인사했다. "만나서 반가워요. 제가 듣기로는 제 도움이 필요하다고요. 사건에 관한 건가요?"

"슈뢰딩거에 관심이 있는 듯한 살인범이 있습니다." 테이텀이 말했다. "저희는 그 고양이 실험에 대한 특강이 필요합니다."

콥이 한숨을 푹 내쉬었다. "음, 그건 사고 실험에 더 가까워요. 슈뢰딩거는 절대 그 어떤 고양이도 실제로 고문하지는 않았어요. 제가 알기로는요. 그 실험의 목적은 이중 양자 상태에서의 문제를 보여주려는 거였어요. 양자물리학의 이론에 따르면, 양자 하나가 동시에 서로 다른 두 가지 상태에 있을 수 있거든요. 우린 그걸 중첩이라고 부르죠."

테이텀은 이미 머릿속에 온갖 잡생각이 떠오르면서 정신이 산만해지는 걸 느낄 수 있었다. 마치 다시 학생 시절로 돌아간 것 같았다. 드론처럼 웅웅거리는 교사의 목소리를 배경음악 삼아 앞자리에 앉은 여자애에 관해, 오후에 뭘 하고 놀지에 관해, 개구리에 관해, 사실상 수업만 제외한 온 세상 모든 것에 관해 공상을 펼치던 그 시절로.

"슈뢰딩거는 중첩에 본질적인 문제가 있다는 걸 입증할 생각이었어요." 콥의 설명이 이어졌다. "그래서 이 사고 실험을 떠올렸죠. 상자에 고양이를 넣어요. 그 상자 안에는 가이거 계수기와 방사성 물질이 든 장치가 들어 있고 장치에는 청산가리가 든 플라스크가 연결돼 있죠. 한 시간 후 방사성 물질의 원자 중 하나가 붕괴할 확률은 50퍼센트예요. 만약 그게 붕괴하면 고양이는 청산가리를 마시고 죽게 되죠. 그렇지 않으면 청산가리는 그대로 플라스크 안에 남아 있고요. 여기까지 이해되세요?"

테이텀은 그렇다고 대답할 수 없었다. 아무리 집중하려고 해도 자꾸 콥의 입술에 정신을 빼앗겼다. 도대체 콥의 제자들은 어떻게 수업에 집중할 수가 있지? 테이텀은 다시 정신을 집중하려고 노력했다. 고양이와 청산가리가 뭐라고 했는데. 맞아.

"장비에 든 물질은 중첩입니다. 그건 붕괴하는 동시에 붕괴하지 않죠. 동시에 두 가지 상태에 있는 거예요. 고양이는 청산가리에 노출되거나 노출되지 않죠. 그건 고양이가 죽어 있는 동시에 살아 있다는 뜻이에요. 고양이는 중첩이죠."

"하지만 고양이는 죽어 있든가 살아 있든가 둘 중 하나죠. 둘 다일 수는 없어요." 조이의 목소리에 짜증이 묻어났다. 테이텀은 조이가 왜 그렇게 불쾌해하는지 궁금했다. 어쩌면 아무리 상상이라고 해도 고양이를 학대하는 게 싫은 걸까.

"음, 사고 실험에서 고양이가 중첩 상태라고 하는 이유는 고양이가 중첩 상태에 있는 닫힌, 관찰되지 않는 장비 안에 있기 때문이에요. 그러니 고양이와 장비는 동일한 상태에 있죠."

"'관찰되지 않는'다는 게 무슨 뜻이죠?" 조이가 물었다.

"중첩은 오로지 물질이 관찰되지 않을 때만 존재할 수 있어요. 일단 관찰되면 그건 동시에 여러 상태에 있을 수 없죠."

"만약 우리가 영상을 통해 고양이를 보면요?"

"그럼 그건 관찰되지 않는 게 아니겠죠. 그러니 고양이는 중첩 상태가 아니에요."

"우리가 영상을 통해 고양이를 보고 있다가 도중에 그 영상이 중단되면요?" 테이텀이 갑자기 긴장감을 느끼며 물었다. "그리고 그때 실험이 관찰하는 사람 없이 진행되면요?"

콥이 망설임 끝에 대답했다. "얼마 후 고양이는 중첩 상태에 있겠죠. 살아 있는 동시에 죽어 있는."

그게 그 살인범이 영상을 중단해 그들을 불확실성 속에 남겨둔 이유일까? 그것도 실험의 일부였을까? 테이텀은 이를 악물었다. 놈이 다른 실험들도 시도할까?

"만약 상자 안에 청산가리가 없으면요?" 조이가 가방 속을 뒤지며 물었다.

"그럼 고양이는 살아 있는 상태를 유지하겠죠." 콥이 이마에 주름을 잡으며 대꾸했다.

"하지만 고양이가 산소 부족으로 죽을 수도 있잖아요." 조이가 사건 파일을 꺼내어 손에 펜을 쥐고 뒤적였다. 한 페이지 위에 뭐라고 짧게 끄적였다.

"그래요. 하지만 그건 양자 장비 때문이 아니니 고양이는 중첩 상태에 있는 게 아니죠. 죽어 있거나 살아 있거나 둘 중 하나예요."

"하지만 우리는 어느 쪽인지 모르잖아요. 그럼 중첩 상태라는 뜻 아닌가요?"

"아니요." 콥이 어깨를 으쓱하고는 말을 이었다. "제 남편은 지금 집에 있어요. 밥을 먹고 있을 수도 있고, 샤워를 하거나 책을 읽고 있을 수도 있겠죠. 저는 어느 쪽인지 전혀 모르고요. 하지만 그이가 중첩 상태에 있다고 말할 수는 없죠. 왜냐하면 그이의 상태는 입자에 연결돼 있지 않으니까요. 그리고 확실히, **그이**는 입자가 아니고요. 그이는 내 남편이죠. 그것 또한 그 실험의 문제점 중 하나예요. 고양이가 중첩 상태일 **수 없다는** 게 이미 입증됐거든요."

"왜죠?"

"왜냐하면 너무 크니까요. 큰 것들은 중첩 상태일 수 없어요. 고양이가 폭발할지 안 할지가 중요한 게 아니에요. 고양이는 너무 크기 때문에 절대 중첩 상태에 있을 수 없어요."

"무슨 폭발요?" 조이가 물었다. "아까는 청산가리로 죽는다고 했잖아요."

"음, 아인슈타인의 실험에서는 폭발해요. 아인슈타인은 청산가리 대신 폭발물을 사용했거든요. 하지만 그건 사실 중요한 부분이 아니에요. 요점은 그게 고양이를 죽일 수 있다는 거죠."

확실히 물리학자들은 다양한 방법으로 상상 속의 고양이를 학대하는 게 취미인 모양이군. 프레클과의 오랜 투쟁을 감안하면 어쩌면 마빈은 이 이론에 매력을 느낄지도 모른다. "그렇다면 인간들 역시 중첩 상태에 있을 수 없겠군요?" 테이텀이 물었다.

"당연하죠. 인간은 고양이보다 크잖아요."

"콥 박사님……" 조이가 말했다. "실험이 실제로 수행된 적이 있나요?"

"맙소사, 그랬다간 큰일 나게요?" 콥이 몸서리를 쳤다. "무슨 의미가 있죠? 이 실험은 그저 역설을 입증하기 위한 거예요. 그걸 목적으로 고양이를 죽음의 기계에 가둘 필요는 전혀 없어요."

하지만 실험의 목적이 그게 아니라면? 그리고 전혀 과학적인 게 아니라면?

33

안드레아는 보스턴이 그리웠다.

체육관에서 트레드밀이나 뛰고 있자니 그동안 못 느꼈던 그리움이 새삼 사무쳤다. 보스턴 커먼 공원을 조깅하던 게 그리웠다. 이 무렵이면 그곳 나무들은 노란색, 빨간색, 그리고 분홍색으로 옷을 갈아입었을 테고 그 폭발하는 듯한 색들의 축제 속을 달리면…….

"끄응." 뒤쪽에서 커다란 신음이 터져 나왔다.

이것보다야 훨씬 낫겠지. 저 남자는 30분 전부터 이런저런 웨이트 리프팅 기계들을 오가며 간헐적으로 끙끙 앓는 소리를 내고 있었다. 보스턴 커먼 공원을 조깅할 때는 사방에서 끙끙 앓는 소리를 내는 남자들이 없었는데.

데일 시티로 처음 이사 왔을 때 안드레아는 드디어 보스턴을 벗어났다는 생각에 잔뜩 들떠 있었다. 하지만 사실 벗어나고 싶었던 건 보스턴이 아니었다. 보험금 청구 담당 직원이라는 영혼을 짓밟는 직업으로부터, 데렉과의 갈팡질팡하는 관계로부터, 그리고 어머니로부터 벗어나고 싶은 거였다. 차로 한 시간도 안 되는 거리에 사는 어머니는 끊임없이 결혼하라고 잔소리를 해댔다. 아버지가 세상을 떠난 이후로 열 배는 더 심해진 것 같았다.

그래서 조이가 보스턴을 떠나 버지니아 주로 간다는 말을 들었을 때 안드레아는 자신도 떠나고 싶은 생각뿐이었다. 벤틀리 자매가 데일 시티를 함께 휩쓸고 다니는 원대하고 낭만적인 꿈을 꾸었다.

"끄응!" 또 다른 앓는 소리가 허공을 갈랐다. 안드레아는 눈동자를 굴리고 이어폰을 집에 두고 온 걸 후회하며 조깅 속도를 높였다.

현실은 그리 오래지 않아 안드레아의 뒤통수를 때렸다. 조이는 일로 바빠서 콴티코에서 살다시피 했다. 안드레아가 할 줄 아는 일은 전부 두 번 다시 하지 않겠다고 맹세한 일뿐이었다. 그래서 결국 평범한 음식점의 웨이트리스가 되고 말았다.

데일 시티의 연애 전망도 썩 밝지 않았다. 그러다 어느 처량한 저녁, 안드레아는 급기야 데렉에게 안부 전화를 걸고 말았다. 평생. 최악의. 전화 통화. 데렉은 실연의 아픔에 잠겨 안드레아를 그리워하고 있지 않았다. 아니, 아주 **멀쩡했다.** 알고 보니 새 여자친구가 생겼다. 살도 빠졌다.

그리고 이제 안드레아는 일자리마저 잃었다. 저축 계좌가 비어가는 속도는 우려스러울 정도였다. 확실히 언니라면 기꺼이 돈을 빌려줄 것이다. 아니, 빌려주는 게 다 뭐야. 그냥 **가지라고** 하겠지, 젠장. 실제로 돈을 주겠다고 한 적도 있었다. 하지만 안드레아는 아직 그렇게까지 바닥을 친 건 아니었다.

"으악!" 이번에 앓는 소리를 낸 건 여자였다. 도대체 왜들 이러는 걸까?

한 달 전, 로드 글로버에 관해 알게 됐을 때 안드레아는 겁에 질렸다. 어릴 적 이후로 글로버의 얼굴을 까맣게 잊고 있었다. 길거리에서 다가온 남자는 선량하고 약간 괴짜 같아 보였다. 사진을 찍을 때 안드레아의 팔을 잡았고, 정중하게 고맙다고 인사하고는 떠났다. 물론 안드레아는 어렸을 적 그 사건을 **알고 있었다.** 방문을 부수고 들어오려 하는 로드 글로버를 피해 언니와 함께 방 안에 숨어 있던 그 끔찍한 밤을. 조이한테서 한두 번 들은 게 아니었다. 하지만 그 일에 대한 기억은 없었다.

어쩌면 작은 파편 하나를 제외하면. 침대에 앉아 있는데 바깥에 뭔가 무서운 게 있었던 기억. 그리고 언니가 자신을 껴안고 속삭였던 기억. "걱정 마, 레이레이. 저 사람은 우릴 해칠 수 없어."

이제는 알았다. 길거리의 그 남자는 메이너드에서 여자애 세 명, 그리고 시카고에서 적어도 두 명을 더 죽인 바로 그 괴물이었다. 놈은 시카고에서도 조이를 덮쳐 강간하고 살해하려 했다. 이게 안드레아에게 같이 사진을 찍자며 포즈를 잡고 '웃으라'고 말한 남자였다.

이따금씩 놈의 손가락이 닿았던 팔 윗부분이 마치 작디작은 곤충들 수백 마리가 기어가는 것처럼 근질거렸다. 안드레아는 그 감각을 지우기 위해 수시로 샤워를 해야 했다.

"끄응!"

"으아악!"

이제는 앓는 소리로 아주 합창을 하고 있었다. 마치 지구상에서 가장 불편하고 불쾌한 성행위에 몰두한 커플 같았다. 안드레아 옆에서 뛰고 있던 여자가 달리기를 멈추고 역겨운 표정을 지으며 트레드밀을 내려갔다.

처음에 안드레아는 잠을 설쳤다. 악몽에 시달리다 잠에서 깨면 건물에서 나는 온갖 작은 소음 하나하나가 신경을 곤두서게 했다. 삐걱 소리, 이웃의 발걸음 소리, 귀에 익지 않은 모든 소리가 **놈의** 소리 같았다. 예전에 다른 여자애들한테 그랬듯이 강간하고 목을 조르려고 안드레아를 노리는. 안드레아는 언니가 놈에 관해 적은 메모를 발견해 그 일부를 읽었고 범죄 현장의 사진들도 보았다. 그것들은 머릿속에 화인처럼 찍혀 도저히 지워낼 수 없었다. 안드레아는 겁에 질렸다.

하지만 그날 이후로 아무도 놈을 보지 못했다. 안드레아는 서서히 놈이 떠났다고 확신하게 됐다. 안드레아와 조이에게 겁을 주려는 목적을 달성한 후 이제 멀리 떠나버렸다고. 조이의 동료인 콜드웰 요원은 로드 글로버가 기회주의적인 범죄자라고 설명했다. 놈은 우연히 기회가 찾아오면 범행을 저질렀다. 어떤 여자를 정해놓고 노리지 않았다. 그리고 잡히고 싶어 하지 않았다. 놈이 아직 근처에 있다고 믿어야 할 이유는 없었다.

공포는 점차 사그라졌다. 하지만 여전히 불안감을 떨치지 못한 언니가 자꾸 성가시게 하는 바람에 안드레아는 숨이 막힐 것 같았다. 차츰 언니가 미워졌고, 이제는 보스턴이 간절히 그리웠다.

이곳에서 안드레아는 엑스트라에 불과했다. 이 트레드밀의 좁은 발판 위를 달리는 게 데일 시티에서 안드레아의 삶을 완벽히 보여주는 것만 같았다.

또 다른 쿵 소리가 뒤에서 들려왔는데, 이번엔 정말 말도 안 되게 커서 안드레아는 뒤돌아서 사나운 눈길을 보냈다. 그때 얼핏 보인 뭔가가 안드레아의 주의를 확 낚아챘다. 안드레아는 다시 고개를 앞으로 돌리고 방금 본 걸 천천히 머릿속으로 처리했다.

한 남자가 체육관 구석에서 안드레아를 바라보고 있었다. 남자는 운동기기에 몸 일부가 가려져 있었다. 중년이었고 머리카락은 축 늘어져 있었으며 기묘한 웃음을 띠고 있었다.

안드레아는 사진을 볼 만큼 보았고, 그 남자가 누군지 바로 알아보았다.

로드 글로버.

놈이 바로 여기서 안드레아를 지켜보고 있었다.

미친 듯이 뛰는 심장을 진정시키려 애쓰며 똑바로 앞만 보고 계속 달렸다. 갑자기 끙끙대는 남자와 여자를 비롯해 주변에 있는 모든 사람들에게 고마움이 치솟았다. 안드레아를 위험으로부터 지켜주는 사람들이었다.

범죄 현장 사진들이 머릿속에 떠오르면서 공포의 눈물이 눈에 가득 차올랐다. 벌거벗은 채 땅바닥에 죽어 쓰러져 있는 여자들. 놈이, 그 짓을 저지른 괴물이 여기 있었다. 그것도 바로 뒤에. 내가 봤다는 걸 놈이 알아챘을까? 혹시 지금 이 순간 나를 향해 걸어오고 있을까? 그 역겨운 미소를 띠고 칼을 휘두르면서? 안드레아는 감히 돌아볼 엄두가 나지 않았다.

발이 멈추지 않고 계속 움직였다. 매번 똑같이 꾸는 악몽 속으로 돌아간 것 같았다. 괴물에게서 도망치려 하지만 땅에 발이 붙어버린 듯 꼼짝도 할 수 없는 악몽 속으로.

조이는 혹시 글로버를 만날 경우 취해야 할 행동을 명확히 알려주었다. 비명을 지르고 도망치되, 다른 방법이 없고 불가피할 경우 맞서 싸우라고. 하지만 지금 비명을 지르면 자신이 놈을 알아차린 걸 들키고 말 것이다. 그리고 그후엔 어쩌지? 일단 비명을 지르려 했지만 목이 막혔다. 공기가 전부 빠져나갔다.

놈에게서 도망쳐야 했다. 손을 뻗어 트레드밀을 멈췄다. 속도가 느려지자 발판에서 내려와 태연한 척하려고 안간힘을 쓰며 걸음을 떼놓았다. 놈이 보이지 않을까 해서 있는 힘껏 가자미눈을 떴다. 날 쫓아오고 있나? 알 수 없었다.

서둘러 로커 룸으로 향했다. 로커 룸에 휴대폰이 있었다. 경찰이나 FBI나 조이에게 전화를 걸어야 해. 벽에 붙은 거울을 들여다봤지만 놈은 보이지 않았다. 몸이 떨렸다. 입술이 달달 떨렸다. 주위에 있는 사람들을 생각하며 진정하려 애썼다. 글로버는 혼자 있는 여자들을 덮쳤다. 놈은 잡힐 위험이 있는 짓은 절대 하지 않았다. 안드레아는 생각했다. 얼른 경찰에 신고해서 이곳을 포위하게 해야지. 놈은 붙잡힐 거야. 난 무사할 거야.

로커 룸으로 뛰어 들어가 자신의 로커로 향했다. 잠깐 헷갈렸다. 어느 게 내 거였지? 이윽고 자신의 로커를 찾아 번호자물쇠를 쥐고 떨리는 손가락으로 씨름했다.

그때 갑자기 로커 룸이 비어 있는 걸 깨달았다. 여긴 문이 하나밖에 없는 빈 공간이었다. 스스로 갇힌 거나 다름없었다.

그 순간 안드레아는 즉시 그곳을 뛰쳐나갈 뻔했다. 가방과 휴대폰을 몽땅 내버려두고. 하지만 갑자기 글로버가 문 밖에서 기다리고 있을지도 모른다는 생각이 들었다. 놈이 한 짓이 그거 아니었나? 몸을 숨긴 채 피해자들이 눈앞을 지나가기를 기다리는 거?

자물쇠가 찰칵 소리를 내며 열리자 안드레아는 문짝을 거칠게 잡아당겼다. 허둥대며 가방을 뒤져 휴대폰을 찾아 911을 눌렀다.

"911입니다. 어떤 상황이신가요?"

"저는…… 로드 글로버요. 연쇄살인범이 있어요. 절 쫓아와요. 지금 체육관에 있어요."

"선생님, 진정하세요. 체육관에 계시다고요? 주변에 다른 사람들이 있나요?"

"지금은 없어요." 목소리가 쩍쩍 갈라지고 머릿속이 하얘졌다. "저는 로커 룸에 있어요. 여긴 아무도 없어요. 그리고 살인범이 절 스토킹하고 있어요."

"공공장소로 가실 수 있겠습니까, 선생님?"

안드레아는 아무 말도 하지 못하고 귀에 휴대폰을 바짝 갖다 댔다. 로커 룸 문에는 불투명한 유리창이 있었는데, 그림자 같은 형체가 그 안에 비쳤다. 흐릿한 형체는 점점 더 가까이 다가왔다. 안드레아는 재빨리 로커 룸 가장 안쪽에 있는, 가장 구석에 박힌 샤워 부스로 들어갔다.

"선생님?"

"제발 경찰을 보내주세요." 안드레아는 낮은 목소리로 애원했다.

"주소를 알려주시겠습니까?"

안드레아는 이곳 주소를 전혀 알지 못했다. "저는 체육관에 있어요. 음…… 체셔 역 근처요."

"알겠습니다, 선생님. 순찰차를 보내겠습니다. 도착할 때까지 어디 공공장소에 가 계실 수 있을까요?"

그림자가 여전히 문간에 있나? 안드레아는 감히 확인할 엄두도 내지 못했다. "전 무서워요." 속삭이는 목소리로 간신히 내뱉었다.

"알겠습니다." 교환원의 차분하고 통제된 목소리를 듣자 조이가 떠올랐다. 맙소사, 언니가 지금 여기 있으면 얼마나 좋을까. "하지만 선생님은 체육관에 계시고, 거긴 사람들이 많으니 안전할 겁니다. 그냥 로비에서 경찰을 기다리세요. 아시겠죠? 이대로 통화하면서 로비로 걸어가세요."

"알겠어요."

안드레아는 살금살금 로커 룸 문을 향해갔다. 숨이 가빴고 심장은 마치 얼음물에 잠긴 것 같았다. 물기 어린 바닥을 조심스럽게 한 발 한 발 디디며 눈에서 공포의 눈물을 닦아냈다.

발걸음 소리. 성에 낀 유리창에 비치는 움직임. 누군가가 다가오고 있었다.

"놈이 저를 잡으러 오고 있어요. 도와줘요. 도와줘요." 안드레아는 비명을 질렀다. 얼어붙은 손가락에서 전화기가 떨어졌다.

비명을 지르고 도망쳐. 도망칠 수 없으면 맞서 싸워. 조이는 그렇게 말했다. 안드레아는 비틀비틀 뒷걸음질 치며 있는 대로 목청을 쥐어짜 비명을 질렀다. 맞서 싸우는 건 절대 불가능하다고 생각했다. 남은 건 비명뿐이었다. 또다시 비명을 질렀다. 누구든 늦기 전에 그 소리를 듣고 자신을 구하러 오도록.

땀에 흠뻑 젖은 채 로커 룸 문을 열고 들어선 뚱뚱한 여자는 어리둥절하고 걱정스러운 표정으로 안드레아를 바라보았다. 안드레아는 바닥에 쓰러져 통곡했다. 바닥에 나뒹구는 전화기에서 교환원 목소리가 안드레아를 부르고 있었다.

34

조이는 한숨을 쉬고 의자에 등을 기댔다. 늦은 오후의 햇살이 회의실 창으로 비스듬히 들어와 눈을 멀게 했다. 테이블을 돌아 햇살이 성가시게 굴거나 노트북 화면에 반사되지 않는 위치에 다시 자리를 잡았다.

마리벨 하위로부터 걸려온 전화 통화에서는 알아낼 수 있는 게 많지 않았다. 조이는 좌절감을 느꼈다.

하위의 집 전화에 수신 기록이 하나 있는 건 맞았다. 거기까지는 사실이었다. 하지만 그게 누구였는지 알아낼 방법이 없었다. 딜리아 하위는 전화를 건 사람이 마리벨이었다고 거듭 주장했지만 사실 구체적으로 무슨 말을 들은 건 아니라고 덧붙였다. 그저 자신을 엄마라고 불렀다고. 하지만 마리벨은 어린 시절 이후 엄마를 그렇게 부른 적이 없었다. 그건 딜리아 자신도 인정한 바였다. 어쩌면 단순한 장난 전화였을 가능성도 있었다.

발신에 이용된 전화기는 아직 켜져 있었지만 정확한 위치를 파악하는 건 거의 불가능했다. 샌앤젤로 남부의 어딘가라는 게 전부였고, 그곳 주민은 700가구도 넘었다. 경찰들이 집집마다 찾아다니며 탐문을 하고는 있었지만 700가구에 대한 수색영장을 받아내는 건 불가능했고, 그중에는 집주인이 출근해서 비어 있는 집들도 많았다. 그리고 **그걸** 처리하는 동안 다른 수사는 전부 일시 중단돼야 했다.

한편 포스터는 독물학 검사 결과가 들어왔다고 알려주었다. 피해자는 체내에 플루나이트라제팜의 흔적이 있었다. 로히프놀(수면제—옮긴이). 그게 범인이 여자를 손쉽게 납치하고 저항 없이 상자에 가두는 데 이용한 수법이었다.

조이는 앞에 놓인 종이에 멍하니 손 가는 대로 끄적이면서 그 생각을 하고 있었다. 딜리아 하위에게 전화해 몇 가지 사실관계를 확인하려는 참에 테이텀이 회의실에 들어섰다.

"이봐요." 테이텀이 말했다. "할 이야기가 있어요."

"뭐죠?" 조이는 물었다. 자신의 목소리에 반가움이 묻어나서 스스로도 놀랐다.

"사건 관련해서 떠오른 게 하나 있는데, 당신 생각은 어떤지 궁금해요."

"말해봐요."

"당신은 이 연쇄살인범이 명성에 집착하는 부류라고 생각하는 거 맞죠?"

"그건 확실히 놈의 동기 중 하나죠."

"놈이 경찰과 두뇌 싸움을 하고 있을 수도 있을까요?" 테이텀이 물었다. "자신의 우월성을 확인받으려는 방법으로?"

조이는 잠시 생각에 잠겼다. "어쩌면 놈은 자신의 우월성을 **공개**

적으로 확인받으려는 건지도 몰라요. 단순히 경찰에 대한 우월성을 입증하려는 거라면 경찰한테 바로 영상을 보냈을 테고, 그편이 훨씬 안전했을 거예요."

"그건 수사에 끼어들고 싶어 하는 유형의 살인자 프로파일에 부합하지 않나요?"

수많은 연쇄살인범이 경찰 수사에 불나방처럼 이끌린다. 수사에 개입하고 싶어 하는 것이다. 실제로 범인이 시신을 '발견하고', 그 존재를 경찰에 알리는 경우도 아주 많다. 또는 사건에 관해 유용한 정보를 가진 척하기도 한다. 그건 정보를 빼내는 한 가지 방법이고, 개중에는 그렇게 함으로써 의심의 눈초리를 피할 수 있다고 믿는 자도 있다. 잘못된 믿음이긴 하지만. 그런 유형의 행동은 확실히 우월감과 어느 정도 관련이 있다.

"당신 말이 맞는 것 같아요." 조이가 말했다.

"그럼 우리가 한발 앞서 선수를 치죠. 제보자 핫라인을 개설하는 거예요. 예컨대 니콜 메디나 사건에 관해 도움이 될 만한 제보를 받는다고 하면서요. 그런 다음 제보 내용만이 아니라 제보자도 확인하는 거죠. 어쩌면 범인이 전화를 걸어올지도 몰라요."

조이는 잠시 생각해보았다. "좋은 생각인 것 같아요. 한번 건의해봐요."

다시 침묵이 내려앉았다. 잠깐이나마 두 사람은 예전의 친근했던 관계로 돌아간 것 같았다. 하지만 대화가 끝나자 다시 긴장이 자리 잡았다.

"마리벨 하위의 어머니에게 전화 좀 해봐야겠어요." 조이가 가방을 뒤져 휴대폰을 찾으면서 웅얼거렸다. "확인해야 할 게 있어서……." 그때 휴대폰 화면을 본 조이는 말끝을 흐리며 입을 쩍 벌렸다.

아까 콤 박사를 만나러 갈 때 전화기를 묵음으로 해놓고는 깜박 잊었던 것이다. 부재중 전화가 해리 배리에게서 두 통, 안드레아에게서 세 통, 그리고 맨쿠소에게서 한 통 와 있었다. 또한 안드레아가 보낸 문자도 있었는데, 당장 전화해달라는 내용이었다. 조이는 안드레아에게 전화를 걸었다. 벨 소리를 들으며 제발 얼른 받으라고 속으로 빌었다. 머릿속이 핑핑 돌았다.

마침내 안드레아가 전화를 받았다. "여보세요."

동생의 목소리를 듣자 심장이 쿵 내려앉았다. 울고 있었던 게 분명했다. 숨소리는 무겁고 두려움으로 떨리고 있었다.

"레이레이, 무슨 일이야?"

"글로버를 봤어."

"너 괜찮아? 그놈이……."

"날 건드리진 못했어. 체육관에 있었는데 놈이 거기 숨어서 날 지켜보고 있었어. **놈**이었어, 조이……. 확실하다고."

"당연하지. 네 말이 맞아. 지금 어디야?"

"집이야. 문은 잠갔어." 안드레아가 딸꾹질을 했다. "순찰 경관이 집까지 데려다주고 침입자가 없는지 확인한 후에 떠났어."

"콜드웰 요원한테는 알렸어?"

"응, 전화했어."

"뭐래?"

"경찰이 체육관 보안 카메라를 확인할 거래."

"혹시 지금 같이 있어줄 만한 사람이 있어?"

"난…… 모르겠어. 없는 것 같아."

조이는 무력감과 자기 자신에 대한 분노를 느끼며 벽에 기대어 몸을 늘어뜨렸다. 어쩌자고 안드레아를 떠나 이리도 먼 곳에 와 있는 걸까? 동생에겐 지금 내가 필요한데. "있잖아, 가능한 한 빨리 집으로 돌아갈게. 첫 비행기를 탈 거야, 알겠지? 우선 지금은 맨쿠소한테 전화해서 집을 지켜봐줄 사람을 보내달라고 할게. 문에 안전걸이는 했지?"

"응."

"창문도 확인했고? 걱정할 건 아무것도 없어, 레이레이. 놈은 네 근처에 얼씬도 못 할 거야. 무슨 일이 있었던 건지 정확히 말해줄 수 있어?"

조이는 테이텀의 걱정스러운 눈길을 무시하고 전화기를 귀에 갖다 댄 채 앞뒤로 서성였다. 머릿속에서는 아수라장이 펼쳐지고 있었다. 글로버가 안드레아를 지켜보고 있었다. 스토킹하고 있는 게 분명했다. 줄곧 그랬던 걸까? 놈이 내 동생을 해칠 작정일까, 아니면 그냥 관음증을 만족시키고 있는 걸까? 멍청한 질문이다. 글로버는 관음증 단계는 예전에 지났다. 놈이 여자를 스토킹한다면 그건 그 여자를 공격할 판타지를 품고 있다는 뜻이다. 그리고 글로버는 판타지를 실행에 옮길 것이다. 조이는 안드레아를 위험에서 구해야만 한다. 어쩌면 안가를 마련해서 그리로 거처를 옮기게 할 수도 있을 것이다. 아니면 조이가 글로버를 잡아서 눈알을 뽑고 불알을 뜯어 놈의 목구멍에 쑤셔 넣기 전까지 몇 달쯤 외국에 나가 있으라고 하거나…….

"여보세요? 조이? 듣고 있어?"

"응응. 듣고 있어. 레이레이, 집 안에만 있어. 창이랑 문은 전부 다 잠그고. 난 바로 맨쿠소한테 전화해서 비행기를 탈 테니까."

"알았어. 그리고 나 언니 식칼 좀 빌렸어."

조이는 동생이 무슨 말을 하는 건지 바로 알아듣지 못했다. "아, 그래."

"혹시 모르니까 잘 때 옆에 두려고."

"안 다치게 조심만 해."

"베개 밑에 놔둘 거야."

"잠버릇이 그렇게 사나우면서? 그러다 네가 찔리면 어쩌려고."

안드레아는 떨리는 웃음소리를 냈다.

"조금만 기다려. 다시 전화할 테니까, 알았지?" 조이는 전화를 끊었다.

테이텀이 입을 열었다. "조이, 무슨……."

"잠깐만요." 조이는 맨쿠소의 번호를 눌렀다.

벨 소리 두 번 만에 팀장이 전화를 받았다. "조이."

"글로버가 안드레아를 스토킹하고 있었어요. 놈이 제 동생과 같은 **공간**에 있었어요."

"우리도 지금 확인 중이야. 진정해. 콜드웰이 지금 거기서 보안 카메라 영상을 훑고 있어."

"누구든 보내서 안드레아 좀 지켜봐주세요. 지금 아파트에 혼자 있다고요. 혼자! 놈이 당장에라도 들이닥칠지 몰라요, 맨쿠소. 그리고 그애는……."

"벤틀리, 정신 차려!"

조이는 뜨끔해서 입을 다물었다.

"지금 순찰차가 자네 건물 입구를 지켜보고 있어. 경관이 이미 자네 아파트를 철저히 수색했고. 안드레아에게 아무 일도 일어나지 않게 할 거야, 됐지?"

"그애는 전혀 모르고 있던데요." 조이가 풀죽은 목소리로 웅얼거렸다.

"그야 지금 겁에 질려서 제정신이 아니니까 그렇지. 콜드웰이 전화로 한 말을 반이나 들었는지 모르겠네. 자네 동생은 전문가가 아니고, 그러니 이런 상황에서 멀쩡하게 행동한다면 그게 더 이상한 거야. 자네와는 달라."

조이는 그 말을 무시하고 자판을 두드려 비행기 표를 검색했다. "전 바로 돌아갈 거예요." 딱 잘라 말했다. "내일 아침 비행기를 탈 수 있어요."

조이는 실랑이가 벌어질 거라고 예상했지만 맨쿠소는 그냥 한숨만 쉬었다. "알겠어. 어차피 자네가 샌앤젤로에서 할 일도 별로 안 남은 것 같아. 그레이가 하루 더 남아서 그곳 경찰을 도와주면 되겠지."

"감사합니다."

"안드레아는 괜찮을 거야, 조이."

조이는 대답하지 않았다. 맨쿠소는 작별인사를 하고 전화를 끊었다. 조이는 휴대폰을 내려놓았다.

"무슨 일이에요?" 테이텀이 물었다.

"안드레아가 글로버를 봤어요. 놈이 그애를 스토킹하고 있었어요." 조이는 항공편 예매를 위해 자신의 개인정보를 입력하기 시작했다.

"별일 없는 거죠?"

"네. 겁을 잔뜩 먹긴 했지만요."

"혼자 있으면 무서울 테니 마빈더러 가보라고 할게요."

"고마워요. 난 아침 해가 뜨자마자 돌아갈 거예요. 맨쿠소가 당신이 하루 더 남아 이곳 일을 마무리하면 될 거라고 했어요."

"알겠어요." 잠시 뜸을 들인 후 테이텀이 제의했다. "모텔까지 태워다줄까요?"

"괜찮아요. 우버를 타면 돼요. 포스터한테 핫라인 이야기는 꼭 해요. 좋은 생각이니까."

테이텀은 헛기침을 하고 말했다. "안드레아는 괜찮을 거예요."

조이는 노트북 화면을 덮고 일어섰다. "맨쿠소도 나한테 같은 말을 했어요. 두 사람이 뭘 믿고 그렇게 말하는지 나도 좀 알았으면 좋겠네요."

35

테이텀이 포스터에게 최근 진척 상황에 관해 알려주고 핫라인 이야기를 꺼낼 때쯤 조이는 이미 가고 없었다. 테이텀은 조이에게 전화해 안드레아는 어떤지 물어볼까 했지만 괜히 성가시게 생각할까 봐 그만뒀다. 그 대신 경찰서를 나와 마빈에게 전화를 걸었다.

"내가 오늘 뭘 했는지 맞혀봐라, 테이텀." 할아버지는 인사말 따위는 생략하고 대뜸 내뱉었다.

테이텀은 수많은 가능성을 떠올릴 수 있었지만 그중 썩 마음에 드는 건 하나도 없었다. "뭔데요?"

"스카이다이빙."

테이텀은 끙 소리를 냈다. "보험은 어쩌고요?"

"날 보험에 가입시켜주겠다는 회사를 찾아냈지. 팔과 다리를 한 짝씩 떼어줘야 했지만 말이다. 내 유산이 없어도 넌 괜찮겠지, 응?"

"얼어죽을, 유산 따윈 관심 없어요. 제가 바라는 건 그저 할아버지가 좀 더 오래 사셨으면 하는……."

"보험료는 네 신용카드로 냈다, 테이텀. 내 거는 어째 안 돼서 말이다."

테이텀은 눈을 질끈 감고 온갖 폭력적인 생각을 떠올렸다.

"나중에 다 갚을 거다……. 걱정 마라." 마빈이 말했다. "다음번에는 할인도 해준다더구나."

"다음번요……? 마빈, 다음번은 무슨……."

"난 중독됐다, 테이텀. 얼마나 끝내주는지 넌 말해도 절대 못 믿을 거다. 코카인보다 더 낫다. 섹스보다도 낫다니까. 유일한 문제는 시간이 너무 짧다는 거야. 자유낙하는 1분도 안 걸리거든. 자유낙하. 우리 점퍼들은 점프한 후 낙하산이 펴지기까지의 시간을 그렇게 부른다. 조제트 말로는 내가 아주 타고났다더구나."

"조제트는 또 누군데요?"

"강사. 나랑 같이 뛰었어. 너도 그 여자를 봐야 해, 테이텀. 아주 끝내준다니까. 내가 40년만 더 젊었어도……."

"마빈, 들어봐요. 안드레아가 방금 로드 글로버를 봤대요. 스토킹 당하고 있어요."

"아, 젠장. 무슨 짓을 한 거냐?"

"아뇨, 하지만 위험한 상황이었어요. 좀 들러서 안드레아가 어쩌고 있는지 봐주실 수 있어요?"

"당연하지, 테이텀. 당장 가보마. 딱한 것…… 얼마나 겁에 질렸을꼬. 조이는 어쩌고 있냐?"

"놀랐죠. 걱정하고요. 모텔로 갔어요. 내일 돌아갈 거예요."

"넌 어디 있는데?"

"저는 경찰서에 있어요. 마무리할 일이 좀 있어서요."

"넌 왜 그 모양이냐, 테이텀? 가서 파트너 좀 도와주렴. 조이에겐 옆에 있어줄 사람이 필요해. 아마 걱정돼서 속이 다 문드러졌을 게다."

"고맙지만 신경 안 쓰셔도 돼요. 그냥 안드레아한테나 한번 들러주세요."

"테이텀, 내 말 들어라. 조이랑 같이 있어줘. 네가 아무리 신경 안 써도 된다고 해도 그건 네 생각이고, 내 생각은 달라. 내 말 믿어라. 절대 괜찮을 리 없으니까."

"할아버지는 조이를 모르시잖아요. 조이는 제가 아는 가장 강인한 사람이고……."

"내가 맹세하는데 네 아비는 정말 괜찮은 녀석이었지만 널 제대로 키우는 방법을 전혀 몰랐어. 가서 네 망할 파트너 옆에 있어주라니까!"

테이텀은 눈동자를 굴렸다. 마빈 때문에 돌아버리기 직전이었다. "저기요, 조이는 제가 옆에 없는 편이 차라리 더 나아요. 우린 며칠 전에 말다툼을 했고 지금 상황이 좀 복잡해요. 그래서 할아버지 충고는 감사하지만……."

"무슨 말다툼?"

"그게 문제가 아니고요."

"무슨 말다툼이냐고 물었다, 테이텀."

"그냥 조이가 멍청한 소리를 좀 했어요. 제가 로스앤젤레스의 그 사건 이야기를 했거든요. 아동 성범죄자를 쏜 거요."

"아, 그래. 기억난다."

"내부 감사가 재개됐어요. 새로운 목격자가 나타났다나 봐요."

"누가 들으면 아동 성범죄자를 쏘는 게 법에 어긋나기라도 하는 줄 알겠구나."

"법에 어긋나는 건 **맞아요**. 어쨌든 조이는 제가 정당방위로 쏜 게 아닐 수도 있다고 했어요. 그게 정의라고 생각했기 때문에 쏜 걸지도 모른다고요."

"그래. 그래서 뭐 때문에 싸운 거냐?"

테이텀은 얼굴을 찌푸렸다. "방금 말씀드렸잖아요."

"아, 알겠다." 마빈이 마침내 말했다. "그래서 네 마음이 상한 게로구나."

"어…… 네."

"조이가 생각했던 것만큼 널 이해하지 못한다고 느낀 게지. 네 심정은 이해한다. 조이가 널 어떻게 생각할지에 신경이 쓰이는 게구나."

"그야 당연하죠." 테이텀의 발부리에 채인 작은 돌멩이가 날아가 경찰서 건물 벽에 부딪혔다. "어쨌든, 조이는 혼자 두는 게 맞을 거같아요. 지금 조이한테는 제가 필요 없어요."

"으흠. 하지만 들어보렴, 테이텀."

"네?"

"넌 남자냐 쪼다냐?"

"뭐라고요?"

"넌 근성도 없냐? 망할, 쪼다냐고? 그 여자 때문에 네 눈송이처럼 섬약한 감정에 상처가 났다 이거지? 지금 그게 문제냐? 내가 거기 없는 걸 다행으로 여겨라, 테이텀. 아니면 네 아버지가 하지 못한 일을 내가 대신 해줬을 테니까. 네 궁둥이를 걷어차주는 것 말이다!"

"저기요, 마빈……."

"넌 불알도 없냐, 테이텀?" 마빈이 고함을 쳤다. "수의사가 프레클을 중성화할 때 실수로 네 것까지 떼어가기라도 했냐? 내가 수의사한테 전화해서 돌려달라고 부탁해주랴? 그러면 네가 정신 차리고 남자답게 구는 데 도움이 되겠냐? 넌 도대체 왜 그 모양이냐? 젠장, 척추랑 불알 두 쪽 찾아 달고 얼른 가서 네 파트너 옆에 있어줘라. 조이에겐 네 지지가 필요하니까, 염병할!"

"할아버지, 그만 좀 하세요!" 테이텀도 맞받아 고함쳤다. "저는 이게 옳다고 생각해서 이러는 거예요. 할아버지는 조이를 저처럼 잘 알지 못하시니까……. 그리고……."

"옳긴 개뿔이 옳아? 얼른 친구한테 달려가서 위로해줘라, 알겠냐? 그럼 난 이만 조이의 동생을 보러 가야겠다. 넌 몰라도, 적어도 난 남자다운 게 뭔지 아직 잊지 않았으니까!" 마빈이 거칠게 전화를 끊었다.

테이텀은 하마터면 휴대폰을 땅바닥에 내동댕이칠 뻔했다. 분노로 온몸이 덜덜 떨렸다. 고집쟁이 영감탱이가 남의 말은 듣지도 않고 케케묵은 충고나 하다니. 젠장, 자기가 뭘 얼마나 안다고? 아무것도 모르면서. 고함치고 큰소리치는 건 쉽겠지. 노인네는 조이를 알지도 못하니까. 마빈은 조이가 어떤 사람인지 모른다. 조이는 혼자만의 시간이 필요한 유형의 사람이다. 테이텀은 그걸 알았다. 마빈은 테이텀이 파트너에 대해 알고 있는 걸 존중해야 했다.

하지만 아무리 조이라도 밥은 먹어야 할 것이다. 테이크아웃 음식이나 사다 줘볼까. 그냥 슬쩍 건네주는 거다. 그 김에 혹시 더 필요한 건 없는지 물어보고. 물어봐서 해될 것은 없겠지.

테이텀은 분노에 차서 차를 몰았다. 입은 꾹 다물고 있었지만 머릿속으로는 다음에 마빈을 만나면 해줄 말들을 고래고래 소리치고 있었다. 괜찮아 보이는 테이크아웃 음식점을 찾아 헤맨 끝에 조이에게 줄 맛있는 햄버거와 프렌치프라이를 샀다. 근처 잡화점에 가서 맥주도 몇 병 챙겼다. 조이는 아마 지금쯤 술 생각이 간절할 테고, 술친구가 필요하면 같이 마셔주면 되니까. 아닐 수도 있지만, 그래도 혹시 모르니까 사둬서 나쁠 건 없겠지.

모텔에 도착했을 즈음 태양은 지평선 위에 낮게 걸려 있었다. 계단을 올라 조이의 방문 앞으로 갔다. 노크를 한 후 반응이 없어 한 번 더 했다. 창문으로 들여다보았다. 방 안은 어두웠다.

"방금 나가셨는데요."

뒤돌아보니 한 남자가 입에 담배를 물고 테이텀을 향해 걸어오고 있었다.

"뭐라고요?" 테이텀이 물었다.

"조이 찾는 거 맞죠? 방금 저녁 먹으러 나가는 걸 봤어요. 어떤 남자랑 같이 있던데요. 진짜 거인이더라고요. 키가 2미터는 넘어 보였어요."

"댁은 도대체 뭡니까?"

"해리 배리라고 합니다. 만나서 반가워요, 그레이 요원님."

36

데일 시티에 있는 조이의 아파트는 방이 두 개였고, 두 방 모두 창을 통해 건물 입구로 이어지는 통로와 단지 내 맞은편 건물을 내려다볼 수 있었다.

안드레아는 창과 문을 꽁꽁 닫아걸고 거실 소파를 현관과 거실 창이 동시에 보이는 장소로 옮겼다. 그리고 소파에 앉아 텔레비전에 집중하려고 안간힘을 썼다. 손에는 부엌에서 가져온 조이의 커다란 칼을 단단히 움켜쥔 채였다. 이따금씩 그걸 내려다보면 그 번뜩이는 칼날이 용기를 주는 것 같았다.

갑작스런 노크 소리에 심장이 목구멍까지 튀어 올랐다. 시간을 보았다. 10시 15분이었다.

문에 사슬이 걸려 있는지 확인했다. 이미 여섯 번쯤 확인했지만 말이다. 손에 칼을 쥔 채 자리에서 일어나 살금살금 문 앞으로 갔다. 누구든 상관없으니 제발 그냥 좀 가버리라고 속으로 주문을 외우면서.

다시 노크 소리가 들렸다. 이번엔 더 큰 소리였다. 안드레아는 몸을 움찔하며 큰 소리를 내려 했지만 목에 걸려 작게 속삭이는 소리밖에 나오지 않았다.

"실례합니다만, 선생님." 문 밖에서 단호한 목소리가 들렸다. "무슨 일이신가요?"

아마도 건물 입구를 감시 중인 경찰관일 것이다. 콜드웰 요원이 아까 전화해서 감시 카메라 영상을 확인해봤는데 누군가가 확실히 안드레아를 지켜보고 있었다고 알려주었다. 하지만 얼굴은 식별하지 못했다고 했다. 요원은 경관이 밤새 집 앞을 지키고 있을 거라고 몇 번이나 강조해서 말했다.

"선생님?" 다시 경관의 목소리가 들렸다. "문 앞에서 물러나주시겠습니까?"

"난 여기 안드레아 벤틀리를 만나러 왔어." 그렇게 대꾸하는 목소리에는 짜증이 잔뜩 묻어났다. "좀 진정하시지. 난 망할 연쇄살인범이 아니니까."

"선생님, 제발 문에서 물러나주시죠."

"들어보게, 젊은이. 자네가 자기 일에 열심인 건 알겠는데……. 무슨 짓이야? 그거 내려놔……. 서툰 짓 하지 말고."

안드레아는 안전걸이를 풀고 잠금장치를 해제한 후 문을 당겨 열었다. 문간에 등을 돌린 채 서 있는 남자는 테이텀의 할아버지였다. 한쪽 어깨에는 가방을, 다른 쪽 어깨에는 어항을 걸머지고 있었다. 그리고 손에 총을 들고 난처한 표정을 한 제복 경관이 마빈을 마주 보고 있었다.

"괜찮아요." 안드레아가 서둘러 끼어들었다. "아는 분이에요."

"내가 뭘 할 거라고 생각했는데?" 마빈이 큰 소리로 따졌다. "금붕어로 이 아가씨를 공격이라도 할 줄 알았나?"

"죄송합니다, 선생님." 경관이 사과했다. "수상쩍은 물건을 들고 건물로 들어오는 남자가 보여서……."

"수상쩍다고? 이건 어항이야!" 마빈이 고개를 절레절레 저었다. "물고기를 체포하기라도 할 셈인가?"

"고마워요, 경관님." 안드레아는 웃음을 지어 보이고 문을 더 넓게 열었다. "들어오세요, 마빈."

마빈이 발을 끌며 안으로 들어오자 안드레아는 노인의 등 뒤로 문을 닫았다.

"미안해요." 마빈은 어리둥절한 표정의 물고기가 든 어항을 탁자에 내려놓았다. "전화했는데 안 받길래."

안드레아는 멍하니 고개를 끄덕였다. 마빈이 전화했을 때 안드레아는 히스테리에 빠져 꺼이꺼이 우느라 전화 받을 상태가 아니었다.

"내 손자가 아가씨를 봐달라고 부탁해서 말이지." 마빈이 말했다. "그리고 여기 문제가 좀 생겼다고 해서 이렇게 찾아왔어요."

"고마워요. 굳이 그러지 않으셔도……. 그런데 어항은 왜 가져오셨어요?"

"그야 내가 여기서 밤을 지새울 거면 집에 물고기를 고양이와 단둘이 남겨둘 수 없으니까. 둘 중 하나는 비극을 맞을 게 분명하거든. 그러니 물고기를 데려오든가 고양이를 데려오든가 양자택일을 해야 했지요. 그리고 저항이 적은 쪽이 물고기였고." 마빈은 팔을 들어 올려 손목에 난 세 개의 붉은 발톱 자국을 보여주었다. 그후 미심쩍은 눈길로 방 안을 둘러보았다. "혹시 여기에도 고양이가 있나요?"

"아뇨." 안드레아는 힘없이 대답했다.

"좋아요." 노인은 그 말과 함께 재킷 지퍼를 내려 커다란 총을 꺼냈고, 그걸 본 안드레아는 공포에 질렸다.

"저 경관이 이걸 못 봐서 다행이지." 마빈은 그렇게 웅얼거리며 어항 옆 탁자에 총을 내려놓았다. "자, 난 이제 따끈따끈한 차를 한 잔 마셔야겠는데 부엌이 어딘가? 그리고 아가씨도 그러는 게 좋겠어요. 낯빛이 침대보마냥 창백하니까."

"음, 정말이지 여기서 밤을 지새우실 필요는 없어요." 안드레아는 마빈을 따라 부엌으로 갔다. "경찰이 아파트를 지켜보고 있고……."

"말도 안 되는 소리." 마빈은 손을 내저었다. "아가씨는 지금 혼자 있으면 안 돼요. 걱정 말아요. 나야 소파에서 자면 되니까……. 언니가 차를 어디에다 두시나?"

"언니가 차를 **마시긴 했는지** 모르겠네요. 조이는 커피를 좋아하거든요."

"커피가 필요할 때가 있고 차가 필요할 때가 있지." 마빈은 더 아래쪽 찬장을 뒤적거렸다. "아, 여기 있네. 차는 어떻게 드시나?"

"저는…… 음……."

"이게 무슨 어려운 문제라고. 설탕을 안 넣거나 한두 스푼 넣거나. 뭘 좀 안다면 세 스푼이지만."

"반 스푼요."

"흐으음. 잘난 척을 좀 하시겠다 이거지?" 마빈은 차를 타면서 고개를 저었다.

안드레아는 뒤를 돌아보았다. 물고기가 어쩐지 총을 곁눈질하는 것 같았다. 마치 확 낚아채버릴까 고민이라도 하는 것처럼. 어항 중앙에 세워진 맥주병 주위를 두 바퀴 돈 물고기는 다시 총 앞에 와 멈췄다.

"금붕어가 아니네요." 안드레아가 말했다.

"음?" 마빈이 김이 오르는 찻잔 두 개를 들고 발을 끌며 안드레아에게 다가갔다.

"아까 금붕어라고 하셨잖아요. 아니에요. 얘는 구라미예요."

"금색이잖아요. 아닌가?" 마빈은 식탁에 앉아 잔 두 개 중 하나를 맞은편으로 밀었다. "앉아요. 차 좀 드시고. 얼마나 놀랐을꼬."

안드레아는 자리에 앉아 차를 홀짝였다. 마빈이 옳았다. 이게 필요했다. 그리고 동반자가. 눈에 물기가 차오르는 게 느껴졌다.

"차 어때요?"

"맛있네요." 안드레아는 목멘 소리로 대답했다.

"설탕을 두 스푼 넣었거든." 마빈이 덥수룩한 눈썹을 움찔거렸다.

안드레아는 웃다가 킁 소리를 내고는 훌쩍였다.

노인은 어색한 동작으로 안드레아의 손을 다독였다. "괜찮아요, 괜찮아. 장담하는데 내가 여기 있는 한, 그 개자식은 아가씨 근처에 얼씬도 못 할 테니까. 알았죠?"

"알았어요." 안드레아는 손등으로 눈물을 훔치며 대답했다.

"내가 오늘 뭘 했는지 아시나? 스카이다이빙을 했거든. 엄청난 경험이었지! 다음번에 같이 가도 돼요. 뚜껑이 펴지기 전까지 그 찰나의 자유낙하는…… 우리 점퍼들은 낙하산을 **뚜껑**이라고 부르거든. 어쨌든, 생각만큼 그렇게 무섭지 않아요. 그냥 아주 짜릿하지. 조제트가 그러는데 난 타고난……."

안드레아는 마빈의 말에 애써 웃으며 고개를 주억거렸다. 그날 처음으로 긴장이 좀 풀리는 것 같았다. 불합리하지만, 이 괴팍한 노인네야말로 안드레아가 두려움을 아주 조금이라도 내려놓는 데 필요한 바로 그 사람이었다. 그리고 비록 아까 거실에서 자고 가겠다는 마빈을 만류하긴 했지만, 안드레아는 마빈이 여기 있으면 자신도 오늘 밤 어쩌면 잠들 수 있을지도 모르겠다는 생각을 했다.

37

"아이스크림이 마음에 안 들어요?"

그 질문이 조이의 머릿속 소용돌이를 꿰뚫었다. 조이는 눈을 깜빡이더니 앞에 놓인 플라스틱 컵을 응시했다. 거기엔 아이스크림이, 아니면 적어도 한때는 아이스크림이었던 액체가 들어 있었다. 조이는 아직 컵을 건드리지도 않았는데, 더위로 인해 아이스크림은 찐득찐득한 액체로 녹아버렸다. 분홍색 빙하 한 조각이 오렌지색 바다 위를 떠다니고 있었다. 조이는 자신이 무슨 맛을 주문했는지도 기억이 가물가물했다. 딸기 맛이랑…… 레몬 맛이었나? 스푼을 들고 잠깐 깨작거리다 고개를 들자 조지프와 눈이 마주쳤다.

"배가 안 고파요."

"아이스크림이 배고픈 거랑 무슨 상관이죠?" 조지프가 씩 웃으며 말했다. 남자의 아이스크림 컵은 훨씬 더 컸고 깨끗이 비어 있었다.

먼저 만나자고 한 건 조이 쪽이었다. 생각을 다른 데로 돌릴 필요가 있었다. 걱정과 죄의식의 끝없는 소용돌이에 갇혀 모텔 방 안을 이리저리 서성이던 조이는 마침내 조지프에게 전화를 걸었다. 남자는 15분 이내에 나타났다. 두 사람은 우선 레몬그라스에서 팟타이를 먹은 후 길 건너편의 아이스크림을 먹으러 갔다.

뭘 먹어도 담뱃재를 씹는 느낌이었고, 조이는 오늘 데이트하는 내내 자신이 한 문장이라도 제대로 말했는지 기억나지 않았다. 머릿속에는 온통 집 안에 혼자 있을 안드레아와 그 근처를 어슬렁거리는 글로버 생각뿐이었다.

조이는 두려움에 낯설지 않았다. 하지만 자신에 대한 두려움과 동생에 대한 두려움은 왠지 모르게 달랐다. 자신의 목숨이 위험에 처했을 때, 그 두려움은 조이를 앞으로 움직이게 했다. 투쟁 또는 회피의 생존 본능이 스스로를 구하도록 조이를 밀어붙였다. 하지만 동생에 대한 두려움은 달랐다. 그건 마치 꽁꽁 얼어붙은 당밀 속으로 몸이 가라앉는 것 같았다. 속도가 점점 느려지고, 생각이 뒤엉키고, 온몸에 끊임없이 오한이 들었다. 그건 조이를 무력하게 했다.

조이는 문득 자신을 살펴보는 조지프의 시선을 느꼈다. "난 당신을 잘 모르지만, 오늘 밤엔 뭔가 억눌려 있는 것처럼 보이네요. 무슨 문제라도 있나요?"

조이는 시선을 떨구고 스푼으로 아이스크림을 휘저어 분홍색과 노란색의 소용돌이를 만들었다. 평소에는 자기 삶의 통제권을 쥐고 싶었다. 다른 누군가가 대신 결정을 내려주는 게 싫었다. 하지만 지금은 자신의 판단을 믿을 수 없었다. 한 번쯤은 다른 누군가에게 운전대를 맡겼으면 싶었다.

"강간살인범이 내 동생을 스토킹하고 있어요." 말이 마치 끈끈하게 입 안에 달라붙은 것처럼 잘 나오지 않았다. "놈은 내게 집착하다가 이제 그애를 노리고 있어요."

조지프가 눈을 깜빡였다. 남자가 예상한 것은 전혀 다른 대답이었으리라. 직장에서 일진이 안 좋았다거나, 친척 중에 아픈 사람이 있다거나, 또는 슈퍼마켓에서 진상을 만났다거나. 통계적인 수치는 잘 모르지만, 조이는 이성과의 데이트에서 연쇄살인범과의 개인적 인연이 화두로 등장하는 경우는 극히 적을 거라고 확신했다.

조지프는 농담 아니냐고 되묻지도, 벌떡 일어나 뛰쳐나가지도, 불안한 너털웃음을 터뜨리지도 않았다. 조이는 살짝 감탄했다. 조지프는 골똘히 생각에 잠긴 것처럼 보였다. 이런 상황에서 다른 사람들은 어떤 반응을 보일지 궁리하는 것일까. 흔한 잡담 규약에 그런 건 나와 있지 않았다.

조지프가 눈썹을 한데 모으며 물었다. "놈이 당신을 어떻게 아는데요?"

"내가 어렸을 때 이웃에 살았거든요." 조이는 얼음 같은 차분함이 서서히 자리 잡는 걸 느꼈다. 자신이 다룰 수 있는 사실들. 그건 과거의 이야기였지, 미래에 도사리고 있을지 모를 공포가 아니었다. "놈은 내가 살던 동네의 여자애 세 명을 강간, 살해했어요. 놈을 경찰에 신고한 게 나였죠."

"당신이 몇 살 때요?"

"열네 살요."

남자는 조이와 눈을 마주친 채 한 손으로 턱수염을 쓸었다.

"그리고 이제 그건 내 직업이 됐어요." 조이는 말을 이었다. 가진 패를 전부 까놓는다는 데에 약간의 카타르시스마저 느껴졌다. "난 FBI를 위해 일해요. 행동분석팀에서. 범죄심리학자로. 프로파일러죠."

"〈크리미널 마인드〉에 나오는 것처럼요?"

조이는 한숨을 쉬었다. "네. 하지만 진짜로요. 텔레비전 드라마는 그리 정확하지 않아요." 예전에 한때 조이도 〈크리미널 마인드〉를 즐겨 보았다. 정확히 말하면, 드라마를 보다 말도 안 되는 부분을 지적하는 것을 즐겼다.

"여기엔 출장 오셨다고 했죠?" 조지프가 잠시 후 말했다.

"지역 경찰에 자문을 제공하고 있어요."

"뭐에 관해서요?"

"살인 사건에 관해서요."

"매장된 채 발견된 여자요? 잭슨 농장 근처에서?"

"난 잭슨 농장이 어딘지 몰라요."

남자는 믿어지지 않는다는 표정으로 고개를 저었다. "당신이 말한 남자요. 그 남자가 당신 동생을 스토킹하고 있다고요?"

"네."

"그런데 경찰이 못 막아요?"

"그애를 지켜봐줄 순 있겠죠." 조이가 말했다. "집 앞에 지금 순찰차가 서 있어요. 하지만 언제까지나 거기 있을 순 없어요. 조만간 감시를 빼겠죠. 한 달 후든, 일 년 후든. 그리고 놈은 그때를 기다리고 있겠죠. 놈은 인내심이 강해요. 무려 20년 동안 경찰을 피해 다녔을 정도니까."

"그럼 경찰은 어떡할 거래요?"

"뭘 어떡하든 그거로는 안 돼요. 내가 직접 해야 해요. 내 손으로 놈을 잡아야 해요." 조이는 한숨을 쉬며 부탁했다. "미안하지만 모텔까지 좀 데려다줄 수 있어요?"

차 안에는 정적이 흘렀다. 모텔은 충분히 걸어갈 만큼 가까웠지만 그러려면 어느 정도의 집중력과 방향감각이 필요했다. 그리고 오늘 밤 조이에겐 도저히 무리였다. 남자는 주차장에 차를 세우고 운전석 문을 열었다.

"그럴 필요 없……."

"당신 방문 앞까지 바래다줄게요." 조지프가 단호하게 말했다.

조이는 어깨를 으쓱하고 차에서 내려 앞장섰다. 발밑에 온 신경을 집중하며 매 순간 덮쳐오려 하는 무서운 생각을 밀어내려 애썼다. 손에 열쇠를 꽉 쥔 채 주차장을 지나고 계단을 올라 방문 앞에 다다랐다.

"고마워요. 그리고 미안해요. 내가 너무……." 조이는 모호한 몸짓을 하며 말끝을 흐렸다. 내가 너무 나여서 미안해요.

조지프는 양손을 주머니에 찔러 넣고, 어쩐지 소심해 보이는 표정을 지었다. "사과할 필요 없어요."

조이는 잠긴 문을 열고 안으로 발을 들여놓았다. 문을 닫기 직전, 작별인사를 하려고 다시 조지프를 돌아보았다.

하지만 문을 닫는 즉시 온갖 생각이 떼 지어 몰려와 두개골 속에서 웅웅대고 달그락거릴 게 분명했다. 가게에서 컵에 담겨 있던 아이스크림처럼 끈적끈적한 수프가 돼버릴 것이다. 무력감, 불안, 그리고 끔찍한 상상이 모두 한데 뒤엉켜 머릿속에서 끝도 없이 소용돌이치겠지. 잠드는 건 글렀어.

"들어올래요?" 조이가 물었다. 목소리에 애원이 깔려 있었다. 그러고 싶지 않았지만 어쩔 수 없었다. 혼자 있기 싫었다.

조지프는 이마에 고랑을 지었다. 이 재앙 같던 데이트가 결국 초대로 마무리되는 영문 모를 전개에 다시금 놀란 듯했다. 조이는 방 안으로 들어서는 남자의 등 뒤로 문을 닫았다.

난감한 순간이 흐르고, 조이는 조지프가 뭔가 말할 거라고 생각했다. 하지만 그때 조지프가 조이의 등에 팔을 둘러 가까이 끌어당겼다. 조이가 발끝으로 디디고 서자 두 사람의 가슴이 서로 맞닿았다. 조이는 조지프의 목에 양팔을 감았다.

남자는 바로 키스하지 않고 조이의 눈을 들여다보기만 했다. 두 사람이 그렇게 아무 말 없이 서 있는 동안, 조이의 뇌는 늘 그렇듯 온갖 생각들을 떠올렸다. 글로버가 안드레아에게서 얼마나 멀리 있을지 가늠해보려 했다. 아마도 5킬로미터 이내겠지. 때가 오기를, 모두가 다시 경계를 내려놓을 그 순간을 기다리고 있겠지. 치명적인 악성 종양 같은, 안드레아를 망가뜨릴 때만 노리는 시한폭탄 같은 자식. 그걸 찾아내서 제거할 방법이 도무지 보이지 않았다.

조이가 그 생각에 몸서리를 치자 조지프는 조이를 더욱 세게 끌어안으며 이마에 깊은 고랑을 지었다.

조이는 남자에게 집중하는 동안만큼은 자신의 공포를 잠재울 수 있었다. 조지프의 얼굴을 가까이서 구석구석 살펴보았다. 말끔하게 손질된 턱수염, 짙은 눈썹, 밤색 눈동자. 속눈썹은 끝부분이 금색이었고, 이렇게 가까이서 보니 비로소 얼마나 긴지 알 수 있었다.

조이가 조지프의 얼굴을 아래로 끌어당기자 조지프는 조이에게 입을 맞췄다. 처음엔 서로를 시험하는 듯한 키스였다. 아직 둘 다 상대가 어떤 마음일지 확신이 없는 것 같았다. 남자는 조이가 자신을 원하는지 확실히 알기 전까지 스스로를 억제했고, 그러자 조이는 더한층 확신이 들었다. 조이는 남자의 아랫입술을 살짝 물고 잠깐 빨았다 놓아주었다. 조이의 허리를 감아쥔 조지프의 손에 더욱 힘이 들어갔다.

가까이 있으니 조지프에게서 좋은 냄새가 났다. 대팻밥과 광택제 냄새였다. 조이는 입술을 벌리고 혀로 남자의 혀를 쓸면서 깊은 키스를 나눴다. 남자가 조이를 깃털처럼 가볍게 안아 올리자 조이는 남자의 몸을 허벅지로 감았다. 남자는 세 걸음 만에 침대에 도달했다. 모텔 방은 이런 상황에 효율적이었다. 침대는 절대 문에서 멀리 있지 않았다.

두 사람이 침대 위로 쓰러지자 침대가 그 무게로 삐걱거렸다. 조지프가 조이를 무릎 위로 끌어당기자 조이는 조지프의 몸 위에 올라탔다. 남자의 몸은 폭풍 같은 생각들로부터 벗어날 수 있는 피난처였다. 조이는 이 순간 자신을 잊었다.

그리고 지금, 자신을 잊는 건 세상에서 가장 좋은 생각처럼 느껴졌다.

38

1990년 11월 10일 토요일, 텍사스 주 샌앤젤로

메인은 침대에 앉아 바닥을 내려다보고 땅이 꺼져라 한숨을 쉬었다. 남자아이는 그런 여자애를 보면서 그 아이가 사라지기를 속으로 빌었다. 하지만 당장 그런 일이 일어날 것 같지는 않았다.

"내 레고 좀 갖고 놀래?" 아이는 물었다. 사실 여자애와 놀고 싶은 마음은 조금도 없었다. 하지만 경험으로 미루어 엄마는 분명 나중에 뭘 하고 놀았느냐고 물어볼 것이다. 자기가 이런저런 놀이를 하자고 했지만 메인이 전혀 관심을 보이지 않았다는 걸 엄마한테 보여줘야 했다. 손님을 초대했으면 즐겁게 해주려고 노력하는 자세가 중요하다고, 엄마는 **매번** 아이에게 말했다.

물론 아이는 손님을 초대한 게 아니라 손님을 맞도록 **강요당한** 상황이었지만 굳이 그걸 지적하지는 않았다.

메인이 눈동자를 도르륵 굴렸다. 레고를 같이 하자는 말을 들은 것만으로도 지루하다는 표정이었다.

메인의 진짜 이름은 샤메인이었지만 아이는 그 이름을 딱 한 번

밖에 듣지 못했다. 메인의 어머니가 그애한테 진짜 화를 냈을 때. 그때를 제외하면 그애는 메인이었다. 아이의 엄마와 메인의 어머니인 루스는 고등학교 시절부터 친구였다. 적어도 한 달에 한 번 이상 만났고, 루스는 매번 메인을 데려왔다. 엄마들은 금방 아이들끼리 가서 놀라고 했고, 두 아이는 남자애의 방으로 가거나 밖으로 나갔다. 남자애는 그게 너무 싫었다. 그리고 메인도 그걸 싫어한다는 걸 알았다. 몇 번이나 그렇게 말했으니까. 남자애는 루스 아줌마가 왜 메인을 데려오는지 도무지 이해할 수 없었다.

남자애가 보기엔 심지어 자신의 엄마도 그걸 별로 안 좋아하는 것 같았다. 루스 아줌마의 방문을 앞두고 있을 때면 엄마는 늘 아버지에게 루스가 이번엔 또 무슨 말로 자신을 깔보고 트집 잡을지 모르겠다며 투덜거리곤 했다. 그리고 손님들이 가고 나면 종종 다시는 루스를 초대하지 않겠다고 푸념하곤 했다.

엄마가 그 말을 할 때마다 남자애의 가슴속에는 가냘픈 희망이 피어오르곤 했다. 하지만 이젠 아니었다. 루스와 메인은 남자애의 인생에 완전히 뿌리를 내렸다. 마치 치과에 가거나 일요일 아침에 교회에 가거나 체벌로 지하실 벽장에 갇히는 것처럼.

"아니면 모노폴리를 해도 돼." 남자애는 건성으로 말했다.

메인은 코웃음 쳤다. "그건 어린애들이나 하는 거야."

메인은 남자애보다 한 살 더 많았다. 하지만 키는 거의 30센티미터쯤 더 컸고, 그 사실을 남자애 앞에서 자주 들먹였다. 남자애의 정수리가 자신의 턱 밑에도 안 온다고. 메인이 그걸 확인하는 동안 남자애는 꼼짝도 않고 그대로 선 채 메인의 셔츠 밑으로 살짝 봉긋한 가슴을 뚫어져라 보았다.

남자애는 그만하면 자기 몫은 다했다고 믿었다. 엄마와의 대화를 머릿속으로 상상했다.

"메인이랑 뭐 하고 놀았니?" 엄마는 '절친' 루스 아줌마를 만나고 나면 늘 그렇듯 살짝 긴장한 목소리로 그렇게 물을 것이다.

"아무것도요." 남자애는 메인이 퇴짜를 놓았다는 사실을 영리하게 생략하고 그렇게만 말할 것이다. 메인이 아무 놀이도 하고 싶어 하지 않았다는 말로 시작하면 변명처럼 들릴 게 분명했다.

"네가 **먼저** 놀자고 했어야지." 엄마는 그렇게 말할 것이다. "좋은 주인은 늘 손님들을 즐겁게 해준단다."

"전 먼저 놀자고 했어요." 아이는 말할 것이다.

"뭘 하자고 했는데?"

"모노폴리랑 레고요."

체크메이트. 어머니는 더 이상 토를 달 수 없을 것이다.

메인이 다시 한숨을 푹 내쉬었다. 좋은 향수 냄새가 났다. 지난번에 왔을 때와 같은 냄새였다. 냄새는 메인이 떠난 후에도 남아 있었고, 그걸 생각하면 그들 방문이 꼭 나쁜 것만은 아니었다. 남자애는 침대에 누워 메인이 자기 옆에 서서 이렇게 말하는 상상을 하곤 했다. "봐봐! 네 정수리는 내 턱까지도 안 와. 내가 아는 남자애들 중에서 네가 제일 작아!"

남자애는 꼼짝도 않고 서서 메인의 셔츠 밑 봉긋한 가슴을 바라보고 있었다.

남자애는 고개를 돌리고 책상 위의 성냥갑을 정리하기 시작했다. 열다섯 개의 성냥갑. 자랑스러운 수집품. 남자애는 그걸 가지고 노는 걸 좋아했다. 그 안에 든 것들을 생각하면 늘 매혹되곤 했다. 아이의 조그만 애완동물들.

딱정벌레, 거미, 그리고 바퀴벌레도 있었지만 대부분은 파리였다. 남자애는 그것들을 산 채로 잡아다 성냥갑에 넣었다. 한 성냥갑에 몇 마리를 같이 집어넣곤 했다. 요령은 상자를 아주 조금만 열어서 새 포로를 안에 조심스럽게 넣은 뒤 바로 다시 닫아버리는 거였다. 이따금씩은 서로 다른 종류를 한 곳에 섞기도 했다. 거미 한 마리와 파리 세 마리, 바퀴벌레 한 마리와 딱정벌레 한 마리 하는 식으로.

이따금씩 남자애는 상자를 귓가로 들어 올려 흔들어보았다. 아무 소리도 나지 않으면 남자애는 휴지를 작게 뜯어 그 위에 내용물을 비웠다. 결국 남자애는 작은 곤충 사체들로 이루어진 작은 더미를 만들고 그냥 바라만 보았다. 그들이 상자 안에 갇힌 채 빠져나갈 길을 계속해서 찾는 게 어떤 기분이었을지 궁금해하면서.

"그게 뭐야?" 갑작스러운 목소리에 남자애는 화들짝 놀랐다. 메인이 뒤로 다가와 어깨너머로 들여다보고 있었다. 향수 냄새가 코를 간지럽혔다.

"그냥 내 수집품이야. 성냥갑." 남자애는 열다섯 개의 상자를 세로로 차곡차곡 쌓았다. 죄수들의 탑.

"너무 작잖아." 메인이 코웃음 쳤다. "그리고 전부 같은 종류고. 수집품은 보통 각기 다른 종류의 것들을 모으는 거 아니야?"

"모르겠는데."

"넌 내가 뭘 좋아하는지 알아?" 여자애가 말했다. "난 성냥을 켜서 태우는 게 좋아. 불길이 손가락에 닿기 전에 얼른 반대편을 잡고 끝까지 다 타도록 튕겨버리는 거야."

남자애는 입술을 핥으며 말했다. "그렇구나."

메인은 여전히 남자애의 어깨너머로 들여다보고 있었다. 하늘거리는 셔츠가 남자애의 목에 닿았다.

"자, 내가 보여줄게." 메인은 제일 위의 상자를 집어 들었다.

그 순간, 남자애는 완전히 마비되어 아무 말도 할 수 없었다. 메인은 허리를 펴고 상자를 열었다. 파리 두 마리가 도망쳐 나와 천장을 날아다니자 메인의 눈이 휘둥그레졌다. 바퀴벌레의 검은 다리가 꿈틀대며 틈새를 비집고 나왔다.

메인은 비명을 질렀고 바퀴벌레는 상자를 벗어나 메인의 손을 타고 올라갔다. 메인은 손을 마구 털고 휘청거리다 넘어지면서 성냥갑 탑을 바닥으로 쓰러뜨렸다. 허둥대며 방문을 열고 밖으로 뛰쳐나갈 때까지 찢어지는 비명을 멈추지 않았다.

남자애는 숨 쉬는 것조차 잊은 채 그 자리에 서 있었다. 수십 마리의 죄수들이 남자애 주변을 기어다니고 날아다녔다. 다리와 날개로 감방의 종이 벽을 긁어댔다.

39

2016년 9월 9일 금요일, 텍사스 주 샌앤젤로

잠든 지 몇 초쯤 지났을까. 테이텀은 알람 소리에 잠에서 깼다. 적어도 느끼기엔 그랬다. 멍한 정신으로 침대 옆 협탁 위에 놓인 휴대폰을 더듬어 찾았지만 잘못 건드리는 바람에 그만 휴대폰이 떨어져 침대 밑으로 들어가고 말았다.

알람 소리가 더한층 커졌다. 얼마 전 아침에 잘 못 일어나는 사람들을 위해 만들었다는 알람 앱을 내려받은 게 화근이었다. 스누즈 기능이 없고, 멈추려면 여섯 자리 암호를 입력해야 했다. 음량이 몇 초 단위로 더 커졌다. 이런 악독한 물건을 어쩌자고 자기 삶에 들여놓았는지 후회가 막심했다.

침대에서 일어나 휴대폰을 꺼내려고 바닥에 엎드렸다. 휴대폰은 침대 밑 공간의 정중앙에 잘도 자리 잡고 있었다. 어느 쪽으로 팔을 집어넣어도 절대 닿지 않는 위치였다. 팔을 길게 늘이려고 있는 힘껏 힘을 주던 테이텀은 하마터면 어깨 관절이 나갈 뻔했다. 이제는 알람 소리가 어찌나 커졌는지 같은 층 사람들은 다 깨우고도 남을 것 같았다.

드디어 휴대폰이 손가락에 걸렸다. 테이텀은 끙 소리와 함께 휴대폰을 꺼냈다. 여섯 자리 암호를 입력하자 그 악독한 것이 마침내 조용해졌다. 테이텀은 휴대폰을 쥔 채 잠시 그대로 바닥에 앉아 알람의 트라우마를 극복해보려 애썼다.

조이에게 짧은 메시지를 보냈다. **공항까지 태워다줄까요?**

휴대폰을 옆에 내려놓고 옷을 입기 시작했다. 양말을 신다 말고 반대쪽 양말을 손에 든 채 멈췄다.

조이는 아직 답신이 없었다. 전날 밤, 테이텀은 밤새 잠을 이루지 못하고 침대에 누워 마빈의 나무람을 생각했다. 결국 그 상황에서 파트너를 도와주지 않은 죄의식이 테이텀을 점령했다. 휴대폰을 확인하니 조이는 아직 메시지를 읽지도 않은 모양이었다.

좀 이상했다. 조이는 깨어 있을 게 분명했다. 그리고 평소에도 메시지를 강박적으로 확인했지만 안드레아가 위험에 처한 지금은 더욱 그럴 것이다.

그 짜증 나는 기자가 어젯밤 테이텀에게 조이가 키 큰 남자와 저녁을 먹으러 갔다고 말했다. 그때 테이텀은 조이가 어떤 이유에서인지 포스터 형사와 함께 갔을지도 모른다고 생각했다. 하지만 지금은 의문이 들었다.

그때 옆방 문이 열리는 소리를 들은 테이텀은 서둘러 방을 나섰다. 조이가 나가기 전에 붙잡아야 한다는 생각에 마음이 급했다. 눈부신 햇살에 눈을 찡그리며 조이의 방을 향해 몸을 틀었다.

때마침 한 남자가 조이의 방에서 나와 등 뒤로 방문을 닫는 게 보였다.

키 큰 남자라는 말은 정말 정확한 수식어였다. 남자는 테이텀보다도 더 컸다. 턱수염을 긁적이며 떠나려고 돌아선 남자는 테이텀을 보고 멈칫했다. 남자의 시선이 한쪽 양말만 신고 있는 테이텀의 발로 내려갔다 다시 올라왔다. 그후 남자는 정중하게 고개를 끄덕이고 테이텀을 지나쳐 가버렸다.

테이텀은 손에 든 휴대폰을 확인했다. 조이는 아직도 메시지를 읽지 않았다. 갑자기 걱정이 가슴을 쿡 찔렀다. 방금 조이의 방에서 나온 남자는 도대체 **누구지?**

더 가까이 가보니 조이의 방문은 걸쇠가 끼는 바람에 제대로 닫혀 있지 않았다. 테이텀은 노크를 하며 불러보았다. "조이? 거기 있어요?"

기다리다 다시 한 번 노크를 했지만 여전히 아무 대답도 없었다. 테이텀은 망설이다 결국 문을 밀어 열었다.

방 안에는 아무도 없었지만 조이의 여행가방이 바닥에 놓여 있는 게 눈에 띄었다. 침대보는 격렬한 싸움이라도 벌인 듯 마구 뒤엉켜 있었다. 그때 욕실에서 수돗물 흐르는 소리가 들렸다.

"조이?" 대답은 없었다. 테이텀은 잠시 기다렸다가 목청을 높여 다시 불렀다. "조이? 괜찮아요?"

물소리가 멈췄다. "테이텀?" 문 안쪽에서 조이의 목소리가 들려왔다.

테이텀은 그 즉시 한숨을 돌렸다. 그때 머릿속에서 모든 게 정리됐다. 뒤엉킨 침대보, 방 안의 사향 냄새, 아까 나간 남자……. 테이텀은 그 자리에 얼어붙었다. 진즉 맞췄어야 할 단순한 지그소 퍼즐이 이제야 머릿속에서 제자리에 맞아떨어졌다.

"테이텀, 당신이에요?" 조이가 욕실에서 다시 외쳤다.

"어, 네, 미안해요. 그냥 공항까지 태워다줄까 하고 물어보러 왔어요." 테이텀은 어색함에 어쩔 줄 몰라하며 발을 이리저리 옮겨놓았다. "미안해요. 당신이 전화를 안 받길래 혹시나……." 테이텀은 말끝을 흐렸다. 내가 무슨 생각을 **한 거지?** 왜 조이가 잠깐 다른 볼일을 보고 있었을 거라는 간단한 설명을 떠올리지 못했지?

"태워다 주면 나야 고맙죠." 조이가 대답했다. "금방 나갈게요."

막 방을 나서려던 테이텀의 눈길을 조이의 핸드백이 붙잡았다. 열린 가방 밖으로 회색 서류철이 삐죽 나와 있었다. 테이텀은 서류철을 가방에서 꺼내 펼쳐보았다. 니콜 메디나의 사건 파일이었는데, 조이가 그 안에 뭐라고 적어놓은 게 보였다. 테이텀은 페이지를 휘리릭 넘기며 익숙한 범죄 현장 사진들을 보았다.

등 뒤에서 욕실 문이 열렸다. "나가요, 준비 다 됐어요." 조이가 말했다.

테이텀은 돌아보았다. 조이의 머리는 젖어 있었고 얼굴은 평소보다 창백했다. 물 한 방울이 목을 따라 떨어지고 있었다. 테이텀의 눈길이 저절로 그쪽으로 향했다.

"아, 맞다." 조이가 말했다. "사건 파일을 경찰서로 도로 갖다놔 줄래요? 떠나기 전에 반납하는 걸 깜빡했어요."

"그럼요. 오늘 아침에 안드레아하고는 통화했어요?"

"훨씬 나아졌던데요." 조이는 몸을 웅크리고 여행가방을 집어 들었다. "당신 할아버지가 거기서 밤을 보내셨다나 봐요."

"뭐라고요? 당신 아파트에서요?"

"그분 덕분에 안전해진 기분이었대요." 조이는 테이텀에게 옅은 미소를 지어 보였다. "아주 살가운 분이신가 봐요."

"마빈이 원래 그래요." 테이텀이 웅얼거렸다. "아주 최고죠."

조이는 가방을 뒤로 끌면서 걸어가기 시작했다.

"이리 줘요." 테이텀이 말했다.

"괜찮아요." 조이는 핸드백을 어깨에 걸치고 테이텀의 발을 내려다보았다. "양말을 마저 신는 게 좋을 것 같은데요."

테이텀은 양말을 신다 만 자신의 발을 멍청하게 응시했다. "그래야죠. 금방 따라갈게요."

조이가 테이텀 옆으로 지나가는데 호텔 샴푸 냄새가 훅 풍겼다. 테이텀은 서둘러 자기 방으로 돌아가 양말과 신을 마저 신은 후 조이를 쫓아갔다. 잠에서 깬 후로 씻지도, 이를 닦지도 못했지만 기다리게 하고 싶지 않았다. 다시 모텔 방으로 돌아올 때까지 사람들과 대화하는 걸 피해야 할 것이다.

"이렇게 서둘러 떠나는 건 내키지 않지만, 우리가 여기서 할 수 있는 게 많지 않아요." 모텔 계단을 내려가는 도중에 조이가 말했다. "당신은 언론을 다루고 핫라인을 개통하는 걸 도와줄 수 있을 거예요. 메디나의 장례식을 꼭 철저히 감시하라고 하고요. 장례식은 며칠 후로 잡혀 있어요."

"맞아요." 연쇄살인범들은 더러 피해자의 장례식에 나타나곤 했다. 문상객들의 사진을 찍어두는 건 좋은 방법이었다.

"오늘 밤에 통화해요. 진척 상황이 있으면 알려줘요."

"그냥 지금은 동생 챙기는 데만 집중해요." 테이텀은 조이에게서 가방을 건네받아 트렁크에 실었다. 이윽고 두 사람 다 차에 올랐다.

엔진 시동을 걸었다. "어제 당신의 그 기자 친구를 만났어요."

"해리 배리요?" 조이의 얼굴에 경계하는 빛이 떠올랐다. "안드레아 이야기는 안 했죠?"

"아무 얘기도 안 했어요." 테이텀이 대꾸했다. 샌앤젤로의 거리들이 차창 밖으로 지나갔다. 거리는 서서히 잠에서 깨어나고 있었다.

테이텀은 자기가 음악을 고를 차례라고 말할까 생각했지만 어쩐지 입이 떨어지지 않았다. 마치 조이와 자신을 이어주던 선이 뚝 끊어져서 서로 모르는 타인이 되고 만 것 같았다. 어쩌면 두 사람은 어차피 낯선 사람**일지도** 모른다. 우리가 안 지 얼마나 됐지? 한 달? 그게 누군가를 알기에 정말 충분한 시간이었나?

휴대폰이 울렸다. 테이텀은 한 손을 운전대에 얹은 채 전화를 받았다. "그레이입니다."

"그레이 요원님." 포스터 형사였다. "살인범이 새 영상을 스트리밍하고 있어요. 실험 2호요. 마리벨 하위예요."

"빌어먹을."

"링크를 보낼게요. 이리로 와주세요."

테이텀은 전화를 끊고 조이를 응시했다. "우버를 잡아야겠어요."

"무슨 일이죠?"

"실험 2호요." 테이텀의 휴대폰이 삑삑거렸다. 갓길에 차를 세우고 메시지를 확인했다. 포스터가 보낸 거였고 링크가 하나 있었다. 테이텀은 링크를 클릭했다. 브라우저 창이 느릿느릿 열렸다. 웹사이트는 처음 것과 비슷했다. 슈뢰딩거가 '실험 2호'라는 제목으로 올린 영상이 있었다. 두 사람은 느린 휴대폰 인터넷이 스트리밍에 접속하기를 기다리며 검은 영상 화면을 응시했다. 그때 갑자기 어둠 속에 누워 있는 한 여자의 얼굴이 화면에 나타났다. 역시 적외선 카메라로 촬영한 흑백 영상이었다. 여자는 비명을 지르며 위에 있는 뭔가를 두들기고 있었다. 그 비명은 휴대폰의 스피커 때문에 왜곡되어 걸걸하고 이상하게 들렸다.

"마리벨 하위예요." 조이가 말했다. "사진으로 봤어요."

"난 경찰서로 가봐야겠어요. 여행가방을 꺼내줄게요. 그리고……."

"아니요." 조이가 화면을 응시했다. "나도 같이 가요."

40

전화로 들은 딸의 목소리는 딜리아의 삶을 다시 움직이게 했다. 사실 그 전화를 받기 전까지는 멈췄는지조차 모르고 있었다. 딸이 돌아오기만 기다리던 그 몇 주 동안, 시간은 꼼짝도 않고 그 자리에 멈춰 서 있었다. 프랭크의 대화 역시 멈췄다. 딜리아는 거의 문밖을 나서지 않았고, 일상이라고 부를 만한 건 몽땅 놓아버렸다. 오로지 자해로 인한 통증만이 시간의 법칙에 순응한 듯 갈수록 희미해졌다.

하지만 딸의 구해달라는 비명을 듣고 나자 딜리아는 딸에게 **지금 당장** 자신이 필요하다는 걸 깨달았다.

전날 밤, 딜리아와 프랭크는 6주 만에 처음으로 대화를 시도했다. 침묵과 끝맺지 못한 문장으로 이루어진 덜컹거리는 대화였다. 마치 소통하는 능력을 너무 오래 묵혀둔 탓에 유통기한이 지나버린 것 같았다. 단서 조항들이 잔뜩 달린 공문서 같은 대화. 어떤 가능성이 있지? 우리가 마리벨을 구하기 위해 뭘 할 수 있을까? 행동력이 있는 프랭크는 사설탐정을 고용하고, 소설 미디어 캠페인을 시작하고, 지역 텔레비전에 연락해 인터뷰를 하자는 의견을 냈다.

딜리아는 프랭크의 모든 제안에 동의하고, 자신은 경찰서로 찾아가 더 이상 딸의 실종 사건을 미루지 못하게 하겠다고 호언장담했다. 거기에는 일종의 쓸쓸한 아이러니가 존재했다. 마리벨은 예전에 사람을 들들 볶는 딜리아의 재주는 아무도 못 따라갈 거라고 몇 번인가 말한 적이 있었다. 그리고 이제 딸을 구하기 위한 마리벨의 작전은 기본적으로 경찰을 들들 볶아서 할 일을 하게 만드는 거였다.

딜리아는 창문을 열고 담배 연기를 밖으로 내뿜으며 경찰서를 향해 차를 몰았다. 딸에게 전화를 받은 이후로 거의 두 갑을 연달아 피웠다. 담배를 쥔 오른손으로 기어를 바꾸려다 그만 온 사방에 재를 떨어뜨리고 말았다.

주머니에서 휴대폰이 삑삑 소리를 냈다. 아마 또 기자겠지. 기자들의 극성은 말도 아니었다. 딸에게 전화가 온 걸 도대체 무슨 수로 알아낸 걸까. 딜리아는 짐작도 가지 않았다. 경찰의 누군가가 흘렸나? 프랭크는 괜찮다고, 어차피 대중의 관심이 필요하다고 말했다. 그들에 대한 대중의 관심은 확실히 아직까지 식지 않았다. 『샌 앤젤로 스탠더드-타임스』는 3면에 마리벨의 기사를 실었다. 기본적인 사실들을 다룬 기사였다. 전화 통화, 실종된 젊은 여성, 순수하고 아름다운 모습으로 웃고 있는 마리벨의 사진. 기사는 피해자가 처음 실종됐을 때 바로 대응하지 못한 경찰을 비난했다.

마리벨이 열여덟 살 때 집을 나간 이유를 사람들이 궁금해하기까지 얼마나 걸릴까? 경찰에게서 부모에게로 비난의 손가락질이 옮겨가기까지 얼마나 걸릴까?

딜리아는 험악한 얼굴로 연기를 들이마시며 서에 도착하면 무슨 말을 할지 생각했다. 진지하게 상대해주기 전에는 서에서 한 발짝도 움직이지 않을 것이다. 굳은 의지를 보여주고야 말 것이다. 이제는 딸을 되찾아와야 할 때였다.

41

형사과는 온통 아수라장이었다. 마리벨 하위의 영상이 컴퓨터 화면과 휴대폰 여기저기에서 재생되고 있어, 온 사방에서 터져 나오는 비명이 소름 끼치는 고통의 불협화음을 연주했다. 테이텀은 그 소음에 마비된 듯 부서 입구에서 우뚝 멈춰 섰다. 하지만 조이는 그 옆을 지나쳐 포스터 자리로 향했다. 테이텀도 엄마를 부르며 제발 꺼내달라고 애원하는 여자의 목쉰 비명을 최대한 외면하려 하며 서둘러 뒤따라갔다.

포스터는 전화에 대고 뭐라고 고함치는 중이었다. 형사의 컴퓨터 화면에서도 영상이 재생되고 있었다. 두 사람이 다가오는 것을 본 포스터가 전화를 끊었다.

"영상이 온라인에 뜬 게 언제죠?" 조이가 따지듯 물었다.

포스터가 조이를 쳐다보며 대답했다. "25분 전이요. 그리고 곧 사람들한테 링크가 든 이메일이 발송됐죠. 이번에는 전보다 훨씬 더 많은 사람들한테 보냈어요. 신고전화가 엄청나게 쇄도하고 있

233

어요."

"셸턴하고는 통화했어요?" 테이텀이 물었다. "영상 출처를 추적하라고 했나요?"

"라이언스가 지금 통화 중이에요." 포스터가 말했다. "그리고 니콜 메디나의 무덤터 근처를 수색하려고 순찰차 세 대를 보냈어요. 혹시 놈이 마리벨을 근처에 묻었을지도 모르니까요. 어쩌면 삽질하고 있는 놈을 현장에서 덮칠 수 있을지도 모르죠."

"놈은 이번에 자신을 촬영하지 않았어요." 조이가 인상을 찌푸리며 반박했다. "어쩌면 이번 매장지는 쉽게 알아볼 수 있는 곳이라서, 그걸 들키지 않으려고 그랬을지도 몰라요."

"그럼 쉽게 알아볼 수 있을 만한 지역의 후보들을 추려보죠." 포스터가 제의했다. "친숙한 지형지물 같은 게 있으면 확실한 실마리가 되겠죠? 당장 그쪽에 사람을 배정할게요." 포스터가 전화기를 집어 들었다.

"포스터!" 라이언스가 큰 소리로 외치며 자리에서 벌떡 일어났다. "놈은 이전에 사용한 휴대폰 중 하나를 사용하고 있어!" 형사의 목소리는 마리벨의 비명에 거의 삼켜졌다.

"뭐라고?"

"놈이 사용한 폰은……."

테이텀은 손을 들어 라이언스가 입을 다물게 한 후 목청껏 소리쳤다. "다들 망할 놈의 영상 좀 묶음으로 해요. 당장!"

순간 아무도 반응하지 않았다. 하지만 이내 비명이 차례차례 멈추고, 결국 방 안은 상당히 조용해졌다. 테이텀은 안도감에 눈을 감고 주먹을 불끈 쥐었다.

"방금 셸턴하고 통화했어요." 라이언스가 눈을 빛내며 말했다.

"살인범은 지난번하고 동일한 휴대폰을 이용해 이 영상을 스트리밍하고 있어요. 대략적인 위치도 파악했어요. 67번 국도 근처예요. 트윈 부츠 저수지 바로 북쪽이요. 거기 트레일러 파크가 있는데, 그 근처예요." 라이언스는 포스터의 키보드 위로 몸을 숙여 화면에 지도를 띄웠다.

"잡았다, 이 망할 자식." 포스터가 내뱉으며 휴대폰으로 전화를 걸었다. "지령요원, 67번 국도에 순찰차를 파견해요. 그리고 바리케이드가 두…… 아니, 세 군데 필요해요. 하나는 윌레커 핏 로드로 나가는 길에. 또 하나는 사우스 제임슨 로드로 나가는 길에, 그리고 마지막 하나는 트윈 부츠 저수지로 나가는 길에, 67번 국도 바로 밖에…… 네, 거기요. 내가 다른 지침을 내릴 때까지는 **어떤** 차도 지나가게 해선 안 돼요, 알겠죠? 경찰서장이라도 안 됩니다. 전 지역 봉쇄예요."

포스터는 전화를 끊고 테이텀에게 물었다. "놈이 궁지에 몰리면 위험할까요?" 형사의 이마에 깊은 고랑이 졌다. "우리가 염려해야 할 정도로?"

"놈은 궁지에 몰리면 도주하려 할 거예요." 테이텀이 말했다. "하지만 목숨을 걸면서까지 그러지는 않을 겁니다. 그보다는 속임수로 빠져나가려 할 가능성이 높아요. 자기는 아무것도 모른다, 뭐 그런 소리를 하겠죠."

테이텀은 자기 말이 맞는지 확인해달라는 듯 조이를 쳐다보았다. 조이는 정신이 딴 데 가 있는 듯 멍하니 고개를 끄덕였다. "우리가 지금까지 알아낸 바로는, 놈은 약자만 노리는 살인범이에요. 칼을 사용해 니콜 메디나를 위협한 걸 보면 총도 가지고 있지 않을 거예요."

라이언스의 책상 전화가 울리기 시작했다. 형사는 전화를 받으러 갔다.

"난 수색을 감독하러 갈게요." 포스터가 말했다. "두 분 중 한 분이 같이 가주시면 좋겠는데요."

"내가 갈게요." 테이텀이 말했다. "가서……."

그때 라이언스가 전화를 거칠게 내려놓고는 당황한 얼굴로 알렸다. "딜리아 하위가 아래층에 와 있대요."

"딜리아 하위요?" 조이가 물었다. "혹시 영상에 관해 알아요?"

"그런 것 같지는 않아요. 그냥 이야기하러 온 것 같아요."

테이텀은 주위를 둘러보았다. 사방의 화면에서 어둠 속에 갇힌 여자가 몸부림치고 있었고, 형사들은 그 여자를 찾으려고 미친 듯이 바삐 움직이고 있었다. "절대 여기엔 못 들어오게 해요."

42

조이와 라이언스는 경찰서의 광적인 분위기를 들키지 않고 딜리 아 하위를 간신히 빈 회의실로 데려갈 수 있었다.

전날 마리벨한테서 온 전화에 관해 상세한 이야기를 나눴다. 조 이는 정확한 상황이 잘 이해되지 않았고, 뭐든 좋으니 그 상황을 보다 잘 이해할 수 있도록 정보가 더 있었으면 했다. 신문이 진행 될수록 가슴속에서는 좌절감이 더 커졌다. 모든 게 잘못된 기분이 었다.

라이언스는 딜리아가 하는 말을 그대로 노트에 받아 적었다. 딜 리아는 같은 이야기를 하고 또 하는 데 인내심이 바닥난 것 같았다.

"그 이야기는 이미 했잖아요." 딜리아가 갑자기 쏘아붙였다. "그 애가 왜 전화를 끊었는지 나도 몰라요. 어쩌면 누가 오는 소리가 들렸나 보죠. 어쩌면 누가 전화기를 빼앗았을지도 모르고요. 그나 저나 댁들은 어쩔 생각이죠? 지금 그애를 찾고 있긴 해요?"

조이와 라이언스는 아주 잠깐 눈길을 교환했다. 딜리아는 그걸 놓치지 않았다. 딜리아의 얼굴에 긴장감이 어렸다.

"하위 부인, 저희는 따님을 찾으려고 최선을 다하고 있습니다." 라이언스가 말했다.

"당신 말 안 믿어요! 다른 사람하고 이야기할래요. 책임자를 불러줘요." 딜리아가 무심결에 손목을 문지르자, 조이의 눈길이 그리로 향했다. 딜리아의 피부에 새로운 화상 자국이 나 있었다. 지난번보다 더 컸다. 하지만 손목 주위에 멍 자국은 전혀 눈에 띄지 않는 걸 보면 누군가 억지로 딜리아의 손을 잡아 불에 갖다 댄 것은 아닌 게 분명했다. 라이언스가 딜리아를 진정시키려 하는 동안, 조이는 머릿속으로 사건들의 진행 순서를 다시 맞춰보려고 했다. 6주 전인 7월 29일, 마리벨 하위는 아마도 미확인범에게 납치당해 실종됐다. 그리고 나서 9월 8일, 마리벨은 어머니에게 전화를 걸었다. 그 하루 후인 오늘, 미확인범은 마리벨을 생매장하고 영상을 공개했다. 그동안 마리벨을 계속 가둬둔 걸까?

"당장 다른 사람을 불러달라고요!" 딜리아 하위가 테이블을 내리치며 고함을 질렀다.

막 뭔가가 윤곽이 잡히려던 찰나, 도로 흩어져버렸다. 집중이 필요한데, 여기서는 도저히 불가능했다. "실례할게요." 조이는 방에서 나와 등 뒤로 문을 쾅 닫았다. 생각에 깊이 파묻혀 복도 벽에 등을 기댔다.

마리벨이 한 달 이상 어딘가에 갇혀 있었다고 치자. 그후 어찌어찌 도망쳐서 어머니한테 전화를 했다. 그리고 놈은 그 보복으로 마리벨을 생매장했다. 그 설명은 말이 안 되는 건 아니었지만 완벽하게 아귀가 맞지 않았다. 놈은 왜 니콜 메디나를 납치한 직후 파묻었으면서 마리벨을 계속 가둬놨을까?

어쩌면 마리벨은 납치당하지 않았는지도 모른다. 자의로 여길 떠나 어딘가에서 살고 있었는데, 그러다 최근 범인한테 납치당했는지도 모른다. 하지만 그것도 너무 억측인 것 같았다. 갑자기 모든 걸 내려놓고 훌쩍 떠날 이유가 뭐가 있겠는가?

마리벨의 전화도 이상했다. 딜리아 하위는 자신은 언론에 제보한 적이 없다는 주장을 고수했다. 어쩌면 남편 짓이거나, 심지어 경찰에서 새어나갔을지도 모른다. 하지만 신문 기사에 실린 내용은 너무 상세했다. 직접 전화를 받은 딜리아가 아니면 알 수 없는 내용이었다.

범인이 일부러 흘렸을 가능성도 있지만 그렇다 해도 역시 어딘가가 어긋났다. 놈이 감히 자신의 감시를 벗어나 어머니에게 전화를 한 데 대한 보복으로 마리벨을 생매장한 거라고 치자. 굳이 자신이 저지른 실수를 널리 알리고 싶겠는가.

라이언스가 회의실에서 나와 조이에게 다가갔다. "왜 그래요?"

"뭔가 이상해요. 마리벨이 그동안 내내 범인에게 갇혀 있었다고 생각해요?"

"그렇겠죠. 그게 가장 타당한 설명이니까요."

"그렇다면 이유가 뭘까요?"

"아직은 모르죠. 마리벨의 몸 때문이었을 수도 있고, 말이 잘 통했을 수도 있고, 어쩌면 요리 솜씨가 마음에 들었을 수도 있죠. 마리벨을 찾아내면 물어보도록 하죠."

"왜 니콜 메디나는 가둬두지 않았을까요? 왜 갑자기 패턴을 바꿨을까요? 어차피 생매장할 거면서 마리벨은 왜 그렇게 오랫동안 가둬뒀을까요?"

"어쩌면 놈이 사디스트 사이코패스여서 그랬을 수도 있죠." 라이언스가 대꾸했다.

"그런 식으로 돌아가는 게 아니에요." 조이가 천천히 말했다. "미확인범은 단순히 남을 괴롭힐 목적으로 그런 짓을 하는 게 아니에요. 악령이 들린 게 아니라고요. 놈이 하는 모든 일은 욕망 때문이에요. 성적 욕망도 그중 하나죠. 놈의 머릿속에는 정교한 성적 판타지가 있고, 이 짓거리, 여자를 생매장하는 행위는 그 판타지의 결과예요. 그리고 놈은 관심을 갈구해요. 언론과 경찰의 관심을요. 명성을 원하죠." 영상에서 뭔가 신경 쓰이는 부분이 하나 있었는데 그게 뭔지 콕 집어 말할 수 없었다. 마치 눈가를 얼핏 스쳐간 그림자처럼, 제대로 보려고 고개를 돌리자마자 사라져버렸다.

"그건 나중에 차차 알아내면 되고요." 라이언스가 말했다. "지금 우리가 해야 하는 건 이 신문을 마치는……." 그때 회의실 쪽을 돌아본 라이언스는 더 이상 말을 잇지 못했다.

조이는 라이언스의 시선을 따라갔다. 문이 살짝 열려 있고 방 안은 비어 있었다. 두 사람이 이야기하는 동안 딜리아가 몰래 빠져나간 것이다.

조이와 라이언스는 급히 뛰어가는 딜리아를 뒤쫓았다. 딜리아는 경찰 두 명을 지나친 후 오른쪽으로 쏜살같이 달려 곧장 '형사과'라는 명판이 붙은 방 안으로 들어섰다.

조이와 라이언스도 곧장 딜리아를 따라잡았다. 딜리아는 형사과 입구에 우뚝 서서 자기 딸의 우는 얼굴이 떠 있는 수많은 화면들을 멍하니 응시하고 있었다. 영상은 묵음이었지만 화면만으로도 그 효과는 충분히 전달됐다.

딜리아의 눈이 휘둥그레지고 입술이 떨렸다. "저건…… 마리벨이잖아요."

라이언스가 딜리아의 팔을 부드럽게 잡았다. "하위 부인, 제발 이쪽으로 오세요."

딜리아는 화면에 그대로 눈길을 꽂은 채 팔을 거칠게 빼냈다. "어떻게 된 거죠?"

라이언스가 뭐라고 대답했지만 옆에 있는 조이의 귀에는 들리지 않았다. 딜리아를 쫓아와 화면을 본 조이는 드디어 그 영상에서 신경 쓰였던 부분이 뭔지를 깨달았다.

마리벨의 얼굴은 마스카라로 얼룩져 있었다. 하지만 6주 전에 납치당했다면 마리벨이 화장을 하고 있을 이유가 없었다. 만약 범인이 그걸 강요한 게 아니라면 말이다.

그리고 마리벨이 입고 있는 끈 없는 녹색 탑을 보면서 조이는 한 가지 이유를 떠올릴 수 있었다.

43

텍사스에 도착한 이후 테이텀이 더위를 느낀 건 이번이 처음이었다. 구슬 같은 땀방울이 이마를 타고 오른쪽 눈으로 들어가 눈이 따끔거렸다. 포스터가 다가와 커다란 물병을 건넸다. 테이텀은 단숨에 받아 들어 한 모금에 반을 비웠다.

"시간이 얼마나 있을 것 같습니까?" 포스터가 눈을 번뜩이며 물었다.

테이텀은 어깨를 으쓱했다. 지난 한 시간 동안 비슷한 대화를 이미 세 번이나 반복한 터였다. 알 방법은 없었다. 심지어 마리벨이 상자에 갇혀 있었던 정확한 시간을 안다 해도 달라질 건 없었다. 영상으로 판단하건대, 마리벨은 실제로 생존 확률을 높일 수 있는 한 가지 행동을 하고 있었다. 꼼짝 않고 가만히 누워 있음으로써 매우 제한된 산소의 소비량을 줄이는 거였다.

포스터의 휴대폰이 삑삑 울렸다. "이런, 망할!" 포스터가 욕설을 내뱉었다. "언론에 새어나갔어요."

포스터는 테이텀에게 화면을 보여주었다. 기사 제목은 '경찰, 생매장된 여성을 수색 중'이었다. 머리기사 바로 밑에 영상의 이미지가 실려 있었다. 스트리밍 도중에 포착된 마리벨 하위의 얼굴이었다. "곧 니콜 메디나 사건과의 연관성을 발견할 테고, 그러면 우린 대중의 패닉에 대처해야 할 겁니다."

테이텀은 아직 영상이 재생되고 있는 자신의 휴대폰을 들여다보았다. "놈은 아직 영상을 중지하지 않았어요." 테이텀이 말했다. "거의 두 시간째예요."

"무슨 의미일까요?"

"난들 압니까, 망할." 테이텀이 지친 듯 말했다. "조이라면 놈의 판타지가 진화하고 있다고 말하겠죠."

멀리서 계속 울려대는 경적 소리에 이가 부득부득 갈렸다. 67번 국도는 여기서 몇십 미터쯤 떨어져 있었는데, 경찰 바리케이드 때문에 차들이 양방향으로 오도 가도 못하고 늘어서 있었다. 차를 통과시키긴 했지만 차 번호판을 일일이 적느라 속도가 느렸다.

늘어서 있는 차들을 응시했다. 태양이 앞 차창에 반사되어 반짝였다. 뒤돌아서서 전체 수색 반경을 훑어보았다. 모래와 자갈로 뒤덮인 땅에 메마른 관목과 헐벗은 나무가 드문드문 있는 고원이었다. 길가에 트레일러 파크가 하나 있었는데, 경찰 수색에 호기심이 동한 그곳 주민들이 구경하러 어슬렁어슬렁 모여들고 있었다. 그너머로 주유소 하나가 얼핏 보였다. 긴 철도가 차도와 몇 미터 거리를 두고 평행으로 놓여 있었다. 지도를 살펴본 테이텀은 이 철도와 도로가 쭉 평행으로 이어진다는 걸 알았다.

순찰 경관 몇 명이 금속 탐지기로 땅 위를 샅샅이 훑고 있었지만 현재까지 발견한 건 맥주 캔 몇 개가 고작이었다. 자신을 존스라고 밝힌 K-9(경찰견을 일컫는 명칭—옮긴이) 핸들러가 경찰견 버스터와 함께 트레일러 파크를 수색 중이었다. 반경의 다른 쪽에서는 감식반원 하나가 자갈밭 위로 지하 투과 레이더를 밀고 있었다. 복잡한 첨단기술처럼 보이지는 않았다. 언뜻 보면 잔디깎이처럼 보이기도 했다. 레이더 기술자는 돌멩이와 관목과 선인장 때문에 끝도 없이 난관을 겪고 있는 듯했다. 테이텀이 지켜보는 사이 남자는 작업을 멈추고 고개를 절레절레 젓더니 기계에서 한 걸음 떨어져 섰다. 그리고 어깨를 축 늘어뜨린 채 다가왔다.

"뭡니까?" 포스터가 불만스러운 듯 끙 소리를 냈다.

"레이더는 이 땅을 깊이 투과하지 못해요." 남자가 말했다. "토양에 점토가 너무 많아요."

"무슨 변명이 그래요?" 포스터가 따졌다.

"점토가 레이더의 효율을 방해하거든요."

"아까는 당신 애마가 50미터 깊이까지 꿰뚫어볼 수 있다면서요. 그럼 지금은 얼마나 볼 수 있는데요? 설마 4, 5미터요? 3미터? 1.5미터?"

"30센티미터요."

"30센티미터라고요?" 포스터가 충격받은 말투로 물었다.

"점토가 너무 많아요." 기술자가 되풀이했다. "죄송합니다."

"개들을 더 많이 데려와야겠어요." 포스터가 테이텀에게 말했다. "금속탐지기도 더 가져오고요. 그리고……."

테이텀의 휴대폰에서 이상한 잡음이 새어나왔다. 햇빛이 반사되지 않게 화면을 가리고 휴대폰을 들여다본 테이텀은 "빌어먹을, 뭐지?" 하고 말했다. 영상에서 무슨 일인가 일어나고 있었다.

마리벨을 에워싼 벽이 진동하고 있었다. 주위에서 뭔가가 쿵쾅거렸다. 모래가 틈새로 쏟아져 들어왔다. 마리벨은 통제할 수 없이 비명을 질렀다.

순간 물리학자의 말이 떠오르면서 테이텀의 가슴이 덜컥 내려앉았다. **아인슈타인의 실험에선 폭발물을 이용했죠.**

테이텀의 어깨너머로 들여다보던 기술자가 욕설을 내뱉었다. 벽이 계속 진동하고 있었다. 이건 폭발물이 아니었다. 뭔가 다른 거였다.

"뭡니까?" 포스터가 물었다. "지진이라도 일어난 것 같잖아요. **어디 있는 거죠?**"

테이텀은 눈을 들어 주위를 둘러보았다. 그 정도의 소음과 진동을 일으킬 만한 건 전혀 눈에 띄지 않았지만 마리벨의 주위 환경은 확실히 끔찍했다. 혹시 우리가 엉뚱한 곳에 와 있는 것일까?

그때 철도가 눈에 들어왔다.

테이텀은 속이 철렁 내려앉는 걸 느끼며 화면을 응시했다. 마리벨이 납치된 이후 벌써 몇 주나 지났는데, 셔츠는 비록 좀 구겨지긴 했어도 며칠 이상 입은 것처럼 보이지 않았다. 눈가에 얼룩이 져 있었는데, 그게 뭔지 테이텀은 이제야 깨달았다. 화장이었다.

그들은 자신들이 보고 있는 영상이 줄곧 라이브라고 가정했다. 니콜 메다나 때처럼. 하지만 그건 사실이 아니었다.

"기차예요." 테이텀이 멍한 말투로 말했다. "마리벨 위로 기차가 달리고 있어요. 철도 근처예요."

"하지만 기차는 없는데요."

"영상이 찍힐 때는 있었어요." 테이텀의 심장이 쿵쿵 뛰었다. "마리벨이 매장될 당시에는요. 당신은 여기 잘못된 K-9 핸들러를 데려왔어요, 형사님. 우린 사체 탐지견이 필요해요."

44

남자는 의자에 등을 기댄 채 만면에 미소를 띠고 있었다. 브라우 저에는 남자에 관한 첫 기사가 떠 있었다. 이미 남자의 정체에 대한 질문들이 떠오르고 있었다. 슈뢰딩거가 누구지? 이 '실험'이 뭐지? 기사는 희망적인 어조를 유지했다. 경찰 소식통의 인용에 따르면, 경찰은 여자의 위치를 대략적으로 파악하고 있다고 했다.

기자는 영상 속 여성이 슈뢰딩거의 정체에 대한 정보를 알려줄 수 있을지도 모른다고 추측했다.

영상 속 여자는 그들에게 아무것도 제공하지 못할 것이다. 그걸 알아낸 사람이 아직 아무도 없단 말인가?

어쩌면 조이 벤틀리라면 알아냈을지도.

남자는 다른 탭에 띄워놓은, 조이가 목 조르는 장의사를 어떻게 잡았는지를 다룬 기사를 다시 읽었다. 기사에 따르면, 조이는 노련하고 영리하며 용의주도했다.

그리고 조이는 남자를 잡기 위해 파견됐다. 남자는 짜릿한 전율을 느꼈다. 그들은 이미 남자가 특별한 존재임을 알고 있는 것이다.

지역 신문 사이트 몇 곳을 더 열고 페이지를 새로고침하면서 새로운 기사가 뜨기를 기다렸다. 브라우저에 열린 탭이 거의 스무 개에 가까워지고 있었다. 그중 한 탭에서 신경에 거슬리는 광고음악이 나오기 시작했다. 젠장맞을, 그 수많은 것들 중 어디서 나오는 건지 짐작도 가지 않았다. 남자는 결국 음량을 줄였다.

다른 신문에 또 다른 기사가 떴다. 일부분은 확실히 처음 뜬 기사를 복사해서 붙여넣기한 게 분명했다. 부끄러움도 모르는 것들. 직업정신도 없는 놈들. 남자가 평소 가장 경멸하는 게 아마추어였다.

니콜 메디나는 어떻게 됐지? 언론에서 아직 아무도 그 관계를 알아내지 못한 건가? 기사에는 아무것도 없었다. 어쩌면 독자들 중 누군가가 알아낼지도. 지금은 정보를 크라우드 소싱하는 시대니까. 댓글을 훑어본 남자는 즉시 후회하고 말았다. 한 독자는 이 모든 일이 중동에서 벌어지는 사건들로부터 대중의 관심을 돌리려고 언론이 조작한 거라고 주장했다. '끔찍하다'거나 '지독하다'거나 '악마의 소행'이라는 식으로 반응하는 댓글들도 많았다. '실험 1호'가 있었느냐고 누군가가 묻긴 했지만, 니콜 메디나 이야기는 전혀 나오지 않았다.

한숨이 절로 나왔다. 어떤 모험 정신을 가진 기자가 연관성을 알아차릴 때까지 인내심 있게 기다려야 할 모양이었다. 하지만 남자는 오래 기다리지 않아도 될 거라고 확신했다. 어쩌면 경찰 내 소식통이 입을 놀리거나, 기자 하나가 사건을 철저히 조사하거나 하겠지.

내일쯤이면 다들 샌앤젤로에 연쇄살인범이 돌아다닌다는 사실을 알게 될 것이다.

남자는 다시 웹사이트를 둘러본 후 새로고침을 누르고 기다렸다. 조바심을 치며 화면을 훑었다. 아무것도 없었다. 곧 출근해야 할 시각이었다.

인내심을 가져야 할 것이다.

인스타그램 탭으로 옮겨서 포스팅들을 훑었다. 남자의 눈길을 끌려고 자신을 드러내는 여자들이 줄을 서 있었다. 이따금씩 남자는 스크롤을 멈추고 여자들의 사진을 살피며 고민했다. 이 여자가 다음 차례가 될까?

그때 한 여자가 남자의 눈길을 끌었다. 침대에 누워 이불로 몸을 덮은 채 카메라를 향해 웃음을 짓는 모습. 줄리엣 비치였다. 남자가 가장 좋아하는 여자들 중 하나였다.

열여덟 살의 마지막 아침. 줄리엣은 그렇게 썼다. 남자는 줄리엣의 페이스북 프로필로 넘어가서 생일을 확인했다. 9월 10일. 내일이었다.

줄리엣이 내일 밤 파티를 하게 될까? 당연하지. 실험 3호.

45

빅터 핀켈스타인 경관은 길가에 SUV를 세우고 다리 네 개짜리 파트너인 셸리를 위해 뒷문을 열어주었다. 셸리는 차에서 뛰어내려 꼬리를 흔들었다. 커다란 입을 쩍 벌려 혀를 축 늘어뜨린 채 헥헥거렸다.

빅터는 차에서 셸리의 물그릇을 꺼내어 앞에 놓아주고 작은 쿨러 속을 뒤적여 얼음처럼 차가운 물병을 찾았다.

"여기서 뵈니 반갑네요, 핀켈스타인." 등 뒤에서 누군가의 목소리가 들렸다. 남자는 핀켈스타인을 **프랑켄슈타인**에 가깝게 발음했는데, 이제 빅터는 거기에 익숙했다. 샌앤젤로 경찰서에서는 일종의 유명한 농담 같은 것으로, 빅터의 이름이 소설 속 19세기 과학자와 비슷하다는 데 착안한 유머였다. 빅터의 직업도 그 농담에 한몫했는데, 사실 빅터가 자기 개한테 셸리라는 이름을 붙여준 이유이기도 했다. '다들 무슨 말인지 알지, 찡긋' 하는 식으로. 사실 아무도 알아주는 사람은 없었지만.

어깨너머를 돌아보았다. 포스터 형사가 옆에 다른 남자 하나를 달고 다가왔다. 둘 다 땀에 절고 시무룩하고 다소 지친 기색이었다.

"안녕하세요, 형사님." 빅터가 말했다.

"철로로 좀 와주셔야겠어요." 포스터가 말했다.

"잠깐만요, 형사님. 셸리한테 물부터 좀 먹이고요."

포스터는 마치 불합리한 요구라도 받은 양 못마땅한 얼굴로 고개를 끄덕였다. 개들과 함께 일하지 않는 사람은 도무지 뭘 모른다. 셸리는 빅터의 애완동물이 아니고, 망할 놈의 노예도 아니었다. **파트너**였다. 그리고 빅터는 늘 셸리를 거기에 맞춰 대우하려고 노력했다. 자신과 대등한 존재로. 빅터가 먼저 물 좀 마셔야겠다고 했어도 포스터가 그렇게 안달을 부렸을까? 당연히 아니겠지.

빅터는 물병을 찾아냈다. 물 위에 작은 얼음 조각이 아직 떠 있었다. 물그릇에 병의 절반을 부어주자 셸리는 힘차게 물을 할짝거렸다. 빅터 역시 병에 남은 물을 한 모금 마신 후 뚜껑을 닫아 도로 쿨러에 넣었다. 차 뒷문을 닫고 등을 기대어 팔짱을 꼈다. 셸리는 여전히 물을 할짝이고 있었다.

포스터가 휴대폰을 보고는 헛기침을 했다. "혹시 괜찮다면……."

"잠시만요, 형사님." 빅터는 흔들림 없는 목소리로 말했다. "급할 것 없잖습니까. **우리**를 불렀다면요."

형사가 옆에 있는 남자와 눈길을 교환했다.

"저는 핀켈스타인 경관입니다." 빅터가 남자에게 손을 내밀었다.

"그레이 요원입니다." 자신을 그렇게 소개한 남자는 한 걸음 다가와 악수를 나눴다. 손아귀 힘이 세고 정중하고 선량한 미소를 띠고 있었다.

"FBI라고요?"

셸리가 물그릇에서 고개를 들고 빅터를 쳐다보았다. 꼬리를 가볍게 살랑거리고 있었다.

"자, 형사님, 앞장서시죠."

두 남자는 앞장서서 모래밭을 지났다. 그러다 존스를 보고 빅터는 놀라고 말았다. 두 핸들러는 함께 일하는 일이 거의 없었기 때문이다. 존스와 버스터가 호출되는 건 **살아 있는** 사람들을 돕기 위해서였다.

빅터에게 사소한 흠이 있다면 종종 자신과 셸리의 일이 다른 팀들 일과는 달리 인정받지 못한다고 느끼는 거였다. 예컨대 존스가 그랬다. 존스는 지역 신문과 적어도 대여섯 번은 인터뷰를 했다. 사람들은 그런 이야기를 좋아했다. '인간의 가장 좋은 친구가 협곡에서 길 잃은 두 도보 여행자를 구하다' 또는 '경찰과 경찰견이 길 잃은 여자아이를 찾아내다.' 생존자들과 함께 찍은 사진, 꽃, 초콜릿, 그리고 매년 받는 크리스마스 카드. 그리고 탐지견들은 또 어떤가. 매년 코로 찾아낸 코카인 밀수품 옆에서 기념사진을 찍는 영광을 누렸다.

하지만 빅터와 셸리에 관한 기사나 사진은 결코 신문에 실리지 않았다. '인간의 가장 좋은 친구가 썩어가는 시신을 찾아내다' 같은 기사는 없었다. 경찰서장이나 시장과의 악수 따위는 결코 없었다.

뭐, 좋다. 빅터는 자기가 하는 일의 가치를 알았다. 빅터와 셸리가 얼마나 많은 아이들 부모에게 마침표를 찍어주었는가? 도합 다리 여섯 개와 꼬리 하나를 가진 두 파트너가 찾아낸 증거 덕분에 얼마나 많은 살인범들이 철창에 갇혔는가?

일행이 다가가자 버스터가 한 차례 짖었다. 셸리는 꼬리를 흔들었다. 정말이지 짖는 일이 거의 없는 개였다. 빅터처럼 조용하고 온화했다.

"그럼 여기 어딘가에 시신이 묻혀 있다고 생각하시는 건가요?"
빅터가 물었다.

"그레이 요원은 그렇게 생각합니다." 포스터가 신중하게 대답했다.

"네, 저는 그 여자가 철도 근처 어딘가에 묻혀 있다고 생각합니다." 요원이 말했다. "정확히 얼마나 오래됐는지는 모르고요."

빅터가 고개를 끄덕였다. "들었지, 셸리? 우리 찾아내자."

셸리는 빅터를 쳐다보고는 귀를 바짝 세우고 한 다리를 허공에 들어 올렸다. 그후 시험하듯 코를 땅에 대고 조심스럽게 킁킁거리기 시작했다.

"어느 쪽이죠?" 빅터가 포스터에게 물었다.

"아마도 서쪽요." 그레이 요원이 가리켰다.

빅터는 셸리를 이끌고 가기 시작했다. 냄새를 맡을 수 있도록 이따금씩 걸음을 멈췄다. 셸리는 한 선인장 근처에 멈추어 오줌을 누고는 계속 앞으로 갔다. 그러다 어느 순간부터 빅터에게 끌려가는 게 아니라 빅터를 끌고 가기 시작했다. 끈이 팽팽하게 당겨졌다. 셸리는 근육을 잔뜩 긴장시키고 코를 땅에 바짝 갖다 댔다. 이윽고 철도에서 4, 5미터쯤 떨어진 작은 둔덕 뒤로 빅터를 끌고 가더니 거기 멈춰 서서 열심히 코를 킁킁거렸다. 땅을 두어 번 긁고는 낮게 낑낑거렸다.

포스터와 그레이 요원도 뒤따라 그곳에 도착했다.

"여기 뭔가가 있어요." 빅터가 말했다.

"시신인가요?" 포스터가 물었다.

빅터가 어깨를 으쓱했다. "사체요. 죽은 하이에나나 염소일 수도 있어요. 두 분이 찾는 여자일 수도 있고요."

포스터가 무겁게 한숨을 내쉬었다. "자, 파봅시다."

빅터는 자신의 임무가 실패하기를 두 사람이 그 순간까지 바라고 있었음을 깨달았다. 찾는 여자가 아직 살아 있기를 바랐던 것이다.

빅터는 셸리 옆에 쪼그려 앉아 개의 목덜미와 왼쪽 귀 뒤를 긁어 주었다. "착하지. 넌 착한 아이야."

셸리는 입을 쩍 벌려 웃음을 지으며 혀를 축 늘어뜨렸다. 가끔은 빅터에게도 누군가 귀 뒤를 긁어주고 좋은 경찰이라고 말해주는 사람이 있으면 좋을 텐데.

46

딜리아는 경찰서 책상 옆에 앉아서 화면을 응시하고 있었다. 딜리아가 한 형사의 눈알을 뽑아낼 뻔한 후로, 경찰은 딜리아를 서에서 내보내려는 노력을 포기했다. 그 대신 앉을 자리를 내주고 책상에 물잔을 놔주었다. 영상은 묵음이었고, 딜리아는 소리를 켜려고 하지 않았다. 그냥 딸의 얼굴을 바라보기만 했다.

경찰은 딜리아에게 마리벨을 수색하고 있다고만 할 뿐, 다른 건 아무것도 알려주지 않았다. 벤틀리라는 여자는 라이언스 형사와 뭐라고 귓속말로 속닥거렸지만 둘 다 딜리아에게는 아무것도 말해주지 않았다.

딜리아는 그렇게 겁에 질린 딸을 보는 건 평생 처음이었다. 마리벨은 심지어 쪼그만 걸음마쟁이일 때부터 줄곧 사나운 아이였다. 무슨 일을 할 때 결코 뒷일을 걱정하는 법이 없었다. 평소 딜리아가 생각하는 마리벨의 문제점 가운데 하나였다. 처벌이니 하는 것에 관해 걱정하는 건 한 번도 본 적이 없었다. 어린 시절 내내 아버지가 화라도 낼까 봐 두려움에 떨며 살았던 딜리아로서는 도저히 이해할 수 없는 점이었다.

하지만 마리벨은 이제 겁에 질려 있었다. 그걸 보니 딜리아는 가슴이 미어졌다.

뒤쪽에서 전화벨 소리가 들렸다.

"어이, 테이텀." 조이 벤틀리가 말했다. "무슨 소식 있어요?"

딜리아는 뒤돌아 조이를 보았다. 조이는 표정과 자세 모두 잔뜩 집중한 채 굳어 있었다. 딜리아는 여자의 얼굴을 읽으려 했다. 하지만 대리석 석상을 해석하려 하는 격이었다. 조이는 통화에 열중하며 드문드문 모호한 단어들을 툭툭 내뱉었다. "그렇군요." "네." "알겠어요." "아하." 그리고 마지막으로, "내가 말할게요." 조이의 시선이 딜리아와 마주쳤다. 조이는 전화를 끊고 헛기침을 했다.

"하위 부인, 죄송합니다. 방금 따님의 시신이 발견됐습니다."

딜리아는 어리둥절해 입을 쩍 벌린 채 조이를 보다가 다시 화면으로 눈길을 돌렸다. 마리벨은 여전히 거기서 어둠 속에 누워 있었다. 입술이 달싹거리며 눈을 깜빡이고 있었다. "하지만…… 이 영상은……."

"이 영상은 오늘 게 아닙니다." 조이의 목소리에서는 전혀 부드러움을 느낄 수 없었다. "언제 찍었는지는 아직 알 수 없지만, 따님이 실종된 직후일 가능성이 높습니다."

딜리아는 이 여자를 좀 알아듣게 설득해달라는 듯한 표정으로 라이언스에게 시선을 돌렸다. 하지만 형사는 그냥 입을 살짝 벌린 채 조이를 보고만 있었다.

"확실해요?" 딜리아가 물었다. "마리벨의 학교에 그애랑 정말 닮은 애가 있었어요. 어쩌면 그애일지도 몰라요……. 그냥 그렇게 수색을 중단할 수는 없어요……."

"시신의 옷이 영상 속의 옷과 일치하고, 실종된 날 입고 있던 옷입니다." 조이가 말했다. "나중에 부인께 신원 확인을 부탁드리겠지만, 따님이 맞습니다."

조이는 딜리아의 머리 위로 몸을 숙여 화면을 껐다. 딜리아는 헉 숨을 들이켜고 화면을 도로 켜려고 손을 뻗었다. 하지만 뜻밖에도 조이에게 팔을 붙잡히고 말았다. 가녀린 몸매에 비해 손힘이 억셌다.

딜리아는 손목을 비틀어 빼내고 충격에 빠져 흐느꼈다. 조이는 뒤로 물러서 팔짱을 낀 채 딜리아에게 시선을 고정했다.

"마리벨은 떠났습니다." 조이가 다시 말했다. "따님이 고통받는 영상을 보신다고 해서 따님이 다시 살아 돌아오지는 않습니다. 그래 봤자 부인만 더 고통스러워질 뿐이에요. 가스레인지에 손목을 그을리는 것처럼요."

"그애가 떠나지 않았다면…… 그애가 내가 시키는 대로 여기 남아 있었다면 이런 일은 없었을 거예요." 딜리아가 고개를 돌린 채 웅얼거렸다.

"따님은 집을 나가서 죽은 것도, 말을 듣지 않아서 죽은 것도 아닙니다. 또한 **부인이** 한 그 어떤 일 때문에 죽은 것도 아니고요."

딜리아는 움찔하며 속으로 이 여자가 제발 자길 가만 놔두기를 빌었다. 제발 날 좀 가만 놔둬.

"따님이 죽은 건 누군가가 따님을 살해했기 때문입니다. 부인이나 따님에게 관심이 없는 한 남자가요. 이해하시겠어요?" 조이는 딜리아 옆에 무릎을 꿇고 말을 이었다. "따님 얼굴이 보고 싶으시면 사진을 보세요. 따님을 살해한 범인이 찍은 영상을 보지 마시고요."

딜리아는 그 말을 무시하고 눈을 질끈 감았다. 조이는 뭐라고 더 말을 했다. 그후 라이언스가 뭐라고 말했다. 얼마 후 두 사람은 딜리아를 부축해 일으켰다. 딜리아는 저항하지 않았다. 누군가 같이 있어줄 사람이 있느냐는, 집까지 태워다 주길 바라느냐는 질문에 딜리아는 괜찮다고, 차를 가져왔다고 웅얼거렸다. 혼자 집에 갈 수 있었다. 그들은 딜리아를 보내주었다.

부엌의 가스레인지까지는 차로 금방이었다.

47

1994년 3월 24일 목요일, 텍사스 주 샌앤젤로

학교 식당에서 남자가 가장 좋아하는 자리는 가장 구석진 곳에 있는 테이블이었다. 거기에 있으면 완벽한 시야 확보가 가능했다.

손에 스케치북을 든 채 언제나처럼 혼자 앉아 재빠르게 손을 놀렸다. 그림에만 정신이 팔려 쟁반 위의 아직 건드리지도 않은 테이터 토츠, 우유, 치킨너깃, 녹색 젤로는 까맣게 잊고 있었다.

남자의 눈에는 오직 데브라 밀러밖에 보이지 않았다.

데브라는 항상 앉는 테이블에 친구들과 함께 앉아 있었다. 남자가 이름을 모르는, 들어도 금방 까먹는 다섯 명의 여자애들과 함께. 지금 데브라는 입을 손으로 가린 채 깔깔 웃고 있었다. 반짝이는 눈동자와 어깨에서 통통 튀는 금발 고수머리가 마치 최면을 거는 듯했다. 헐렁한 셔츠 바깥으로 한쪽 어깨가 살짝 삐져나왔다. 남자는 그 셔츠에, 그 어깨에, 그리고 그 아름다운 목에 아주 익숙했다. 수학 시간마다 데브라의 뒷자리에 앉아 데브라의 모든 움직임 하나하나에 넋이 나가 수업 시간 전체를 흘려보내곤 했으니까.

연필을 슥슥 움직이며 데브라의 머리카락을, 그 끝도 없는 고수 머리의 파도를 그렸다. 자신의 손으로 그걸 쓰다듬는 상상을 했다. 이젠 심지어 눈으로 보지 않고도 쉽게 그릴 수 있었다. 나중에 집에 가서 수정을 좀 가한 뒤 색을 입힐 것이다. 아침에 눈 떴을 때부터 잠드는 순간까지 데브라는 남자의 머릿속에 있었다.

그리고 종종 꿈에도 나타났다.

남자는 주위의 소음을 거의 알아차리지 못했다. 남학생 세 명이 왁자지껄하게 웃으며 테이블 사이로 추격전을 벌이고 있었다. 그중 하나, 앨런이라는 남학생이 남자의 테이블 바로 옆에서 빙글 돌다가 부딪히는 바람에 남자의 손에서 스케치북이 떨어지고 말았다.

"미안해." 앨런이 숨 가쁜 목소리로 사과했다. "못 봤어."

남자는 앨런의 발치에 떨어진 스케치북에 눈길을 꽂은 채 아무 말도 하지 않았다.

앨런은 쪼그려 앉아 스케치북을 집어 들고는 거기 그려진 그림을 자세히 들여다보았다. "이런, 정말 잘 그렸다. 네가 그린 거야?"

남자는 헛기침을 하고 스케치북을 받으려고 한 손을 내밀었다. "응." 목소리는 거의 속삭임에 가까웠다.

"넌 여자애들을 그려?" 앨런이 짓궂은 투로 물으며 지저분한 손으로 페이지를 넘겼다. "넌……."

점차 그림들의 의미가 명확해지면서 앨런의 목소리가 잦아들었다. 한 페이지를 넘겼다. 다음 페이지, 그리고 또 다음 페이지. 유쾌한 미소가 일그러졌다. 눈동자의 광채가 흐려졌다. 얼굴 전체에 역겨움과 공포가 자리 잡았다. 마치 스케치북을 들여다봄으로써 뭔가에 노출되어 다시는 예전으로 돌아갈 수 없게 된 것 같았다.

앨런은 스케치북을 바닥에 내던지고 남자를 향해 허리를 숙였다.

"내 말 들어, 이 변태 새끼야." 앨런의 목소리가 떨렸다. "네가 우리 학교 여자애들한테 집적대다 나한테 들키면…… 네가 우연이라도 누구랑 마주치기라도 하면, 똥을 지릴 때까지 걷어차주겠어. 알아들어?"

남자는 숨도 쉬지 못하고 고개를 끄덕였다. 맥박이 빨라졌다.

"네가 또 뭔가를 **그리는** 게 내 눈에 띄면, 똥을 지릴 만큼 걷어차줄 거야. 알아들어?"

다시 끄덕임.

앨런은 뒤돌아 어깨를 축 늘어뜨린 채 멀어졌다. 걸음이 살짝 휘청거렸다.

남자는 스케치북을 집어 들어 휘리릭 넘겼다. 자신이 그린 스케치들이 눈길을 사로잡았다. 알몸으로 우리에 갇힌 데브라가 아름다운 눈을 공포로 휘둥그레 뜬 채 흙을 억지로 삼키고 있었다. 모래 늪에서 빠져나오려 애쓰는 데브라의 아름다운 맨 어깨가 땅에 튀어나와 있었다.

48

조이는 범죄 현장에 접근하는 라이언스의 차 조수석에서 바깥을 응시했다. 지역은 첫 매장지와는 달리 조용하지도 않고 사생활이 보장되지도 않았다. 고속도로가 바로 근처에 있어서 차들이 끊임없이 지나다녔다. 트레일러 파크 하나, 주유소 하나, 그리고 창고들이 근처에 있어서 호기심이 동한 관람객이 몰려왔다. 언론이 영상 링크를 입수했고, 기자 정신이 넘치는 언론인 하나가 그걸 마리벨에게서 걸려왔다는 전화, 딜리아, 그리고 니콜 메디나의 살인과 연결한 것 역시 거기에 한몫했다. 조이가 세어보니 각기 다른 언론사 다섯 곳의 승합차가 이미 현장에 와 있었고, 라이언스가 차를 세울 때 또 한 대가 와서 섰다.

아침 내내 마리벨 하위를 수색했던 경관들은 이제 범죄 현장 테이프를 수 미터 길이에 걸쳐 둘러서 군중의 접근을 막으려 하고 있었다. 엿보는 눈과 카메라 렌즈로부터 무덤 부지를 가리기 위해 근처에 커다란 방수포 천막이 설치됐지만, 조이는 이 현장의 촬영 사진들이 바로 그날 저녁 온라인에 도배될 걸 이미 알고 있었다. 그리고 살인범의 웹사이트에도 링크되겠지. 불길한 '실험 1호'와 '실험 2호' 영상에 관한 끝도 없는 논쟁이 벌어지고 실험 3호에 관한 가설이 제기될 것이다. 사람들은 두 슈뢰딩거에 관해 이야기할 것이다. 하나는 과학자, 다른 하나는 살인범.

범인은 자신이 원하던 걸 얻었다. 바로 명성을.

지난 한 시간 동안 해리 배리가 세 차례 전화를 걸어왔지만 조이는 무시했다. 아마도 큰 건을 놓친 데 분개해 있겠지만 조이는 털끝만치도 관심이 없었다. 동생이 살인범한테 스토킹당하는 와중에 여기서는 또 다른 살인범이 미쳐 날뛰고 있었다. 당장 여길 떠나 데일 시티로 돌아가야 할까? 아니면 여기 남아 있어야 할까? 두 선택지 다 똑같이 불가능해 보였다.

차에서 내려 불타는 정오의 태양 아래로 발을 내디뎠다. 더위를 애써 무시하며 군중을 향해, 클립보드를 든 경관을 향해 걸어가는 라이언스를 따라갔다. 현장 일지에 이름을 적고 범죄 현장에 들어섰다.

테이텀은 리드 줄을 한 개와 함께 있는 경관과 이야기 중이었다. 조이는 그리로 가서 태양을 피해 고개를 숙였다.

테이텀이 다가오는 조이를 향해 돌아섰다. "모친은 어때요?"

조이는 고개를 저었다. "좋지 않아요. 라이언스가 지역 피해자 지원팀에 전화했어요. 여전히 딸이 어제 자기한테 전화를 했다고 주장하고 있어요."

"범인은 영상의 오디오를 편집해 어머니를 찾으며 도와달라고 울부짖는 딸의 목소리 파일을 만들었을 겁니다." 테이텀이 무겁게 말했다.

"그 전화의 발신 지점에 대한 지역 수색은 중단해도 돼요. 범인은 그걸 노린 거니까요. 아마도 놈은 우리를 현장에서 떨어뜨리려고 일부러 먼 곳에서 전화했을 거예요."

"포스터도 이미 거기까지는 파악했어요."

"현재까지 우리가 가지고 있는 게 뭐죠? 영상은 아직 스트리밍 중이에요."

"셸턴하고 통화해봤어요." 테이텀이 말했다. "웹사이트를 봉쇄하려 하는데 쉽지 않대요. 호스트와 도메인이 체코의 공급자를 통해 등록돼 있답니다."

"영상을 올리는 휴대폰은요? 그건 여기 어딘가에 있는 거 맞죠?"

"경관들한테 말해 금속 탐지기로 이곳 전역을 조사하게 했는데 별 소득이 없었어요. 지금으로서는 근처 트레일러 파크를 수색하는 게 좋을 듯한데, 일부 주민들이 비협조적으로 나오고 있어요. 포스터가 수색영장을 신청 중입니다. 하지만 그 망할 놈의 절차 때문에……."

개가 시험하듯 조이의 손을 킁킁거렸다. 조이는 짜증스럽게 손을 뺐다.

"이쪽은 빅터, 시신을 발견한 K-9 경관입니다." 테이텀이 말했다.

"시신을 발견한 건 셸리였어요." 빅터가 말했다. "전 그냥 따라갔을 뿐입니다."

조이는 경관에게 퉁명스럽게 고개를 끄덕여 보인 후 다시 테이텀을 돌아보았다. "사망시각이 나왔나요?"

"검시관이 아직 저기 있어요." 테이텀이 천막을 가리켰다. "가서 얼마든지 물어봐요. 난 볼 만큼 봤으니까."

조이는 천막으로 가서 덮개를 들어 올렸다. 그 순간 코를 찌르는 냄새에 하마터면 곧장 돌아서서 나와버릴 뻔했다. 천막 안은 숨 막히게 덥고 악취가 너무 짙고 공격적으로 코를 찔러왔다.

커다란 직사각형 구덩이가 한복판에 파여 있었고, 스포트라이트가 거길 비추고 있었다. 조이는 세 걸음 앞으로 다가가, 시신 옆에 웅크린 의사의 대머리를 내려다보았다. 시신은 끔찍하게 썩고 붓고 일그러져 있었다. 피부는 검은색과 회색 점들로 얼룩덜룩했다. 한 번만 봐도 충분했다. 조이는 더는 시신을 보지 않으려고 한 걸음 뒤로 물러섰다.

검시관의 이름을 부르려 했지만 우스꽝스러운 별명밖에 떠오르지 않았다.

"음…… 박사님? 컬리?" 조이가 말했다.

고개를 든 검시관은 마스크로 코와 입을 가리고 있었다. "벤틀리 요원님."

"사망시각이 나왔나요?"

"판정하기가 정말 어렵네요. 체액이 몸에서 빠져나갔고, 보시다시피 가스가 차서……."

"무슨 말씀인지 알겠어요."

"시신은 아주 건조한 토양에 깊이 파묻혀 있었어요. 곤충들이 닿지 못할 만큼요. 그래서 부패가 덜 심해요. 내장의 부패 단계를 확인한 후에야 보다 확실한 추정치를 드릴 수 있을 겁니다. 하지만 그러려면 완전한 해부가 필요하죠. 지금으로서는 피해자가 적어도 2주 전에 사망했고, 8주 이상 지나지는 않았다고 추정할 수 있습니다."

"감사합니다, 박사님." 조이는 그렇게 말하고 재빨리 자리를 떠나 천막 입구로 향했다. 바깥으로 나오자마자 깊은숨을 들이쉬었는데,

알고 보니 판단 착오였다. 닫힌 천막 안에 두고 온 줄 알았던 악취는 여전히 꽤 강렬하게 남아 있었고, 조이는 그걸 폐 속 깊숙이 들이켜고 말았다. 거의 토하기 직전이었지만, 사람들 눈을 의식해 비틀비틀 몇 걸음 떼놓은 후 속이 진정될 때까지 코로 얕은 숨을 몇 번 들이켰다.

휴대폰을 꺼내 안드레아에게 짧은 메시지를 썼다. **별일 없지?**

세 개의 점이 한참을 깜빡이다 마침내 답신이 왔다. **나아졌어. 언니네 팀장님이 오늘 집에 들렀어. 좋은 분이더라. 그리고 마빈이 그 유명한 햄버거를 만들어줬어.**

조이는 망설이다 화면을 두드렸다. **난 비행기를 놓쳤어. 살인 사건이 또 일어났어.**

아 맙소사. 끔찍하다.

다음 비행기를 탈게. 여긴 나 없이도 괜찮을 거야.

세 개의 점이 오랫동안 깜빡였다. 조이는 긴 성명서를 받게 될 거라고 생각했지만, 결국 안드레아는 이렇게만 보내왔다. **하루 이틀 더 있다 와도 돼.**

조이는 동생이 진짜 자기가 원하는 게 뭔지 판단하려 애쓰면서 답을 쓰고, 지우고, 새로 쓰고, 다시 지우는 모습을 상상했다. 입술을 굳게 다물고 이렇게 썼다. **나중에 얘기하자.**

휴대폰을 도로 주머니에 집어넣은 후 지역을 상세히 살피면서 왜 살인범이 이곳을 골랐을지 추론하려 했다. 이곳은 첫 장소처럼 고립된 곳이 아니었다. 90미터 내에 수많은 잠재적인 목격자가 존재했다. 하지만 다시 생각해보면 무덤 자체는 작은 둔덕과 나무들에 의해 그럭저럭 잘 가려져 있었다. 비록 고속도로와 가깝긴 했지만 어느 정도 거리가 있었고, 고속도로에서 갈라져 나온 차도가 있어서 승합차로 여기까지 들어올 수 있었다. 이만하면 괜찮다 싶었지만…… 충분히 좋은 건 아니었다. 조이는 여기서 뭔가 중요한 것을 놓치고 있었다. 그것 때문에 가슴이 답답했다.

몇 미터 떨어진 곳에서 라이언스가 한 남자 경관과 이야기하는 소리가 들렸다. 형사의 얼굴에 생기가 도는 듯했다. 남자 경관은 안에 금속성의 뭔가가 든 증거 봉투를 들고 있었다. 라이언스가 경관에게서 그걸 건네받았다.

조이가 서둘러 다가가 물었다. "뭐죠?"

"영상을 스트리밍하고 있던 휴대폰을 찾아냈어요. 아무것에도 연결돼 있지 않았어요. 영상은 폰에 저장돼 있었고요. 망할 놈의 영상이 **여전히** 스트리밍 중이에요."

"어디서 찾았죠?"

"트레일러 파크에 있었대요. 쓰레기 더미에."

"트레일러 파크에 담장이 쳐져 있는 게 맞죠?" 조이가 흥분이 치솟는 걸 느끼며 물었다. "혹시 모르는 사람이 차를 몰고 들어오는 걸 본 사람이……."

"그런 일은 없었대요." 라이언스가 말을 잘랐다. "바로 입구 옆의 트레일러에 사는 노부인이 있어요. 그분은 누가 들어가고 나가는지 자기가 다 본다고 했어요. 그리고 믿을 만해요. 지난 한 주 동안 이웃들의 모든 행적을 줄줄 읊더라고요. 거의 일지를 쓰나 싶을 정도로 상세하게요. 그분은 지난 24시간 동안 트레일러 파크에 들어오는 낯선 사람을 전혀 못 봤대요. 범인이 여기 살 수도 있을 것 같아요?"

조이가 고개를 저었다. "범인은 경계심이 많아요. 절대 우리를 자기 문간으로 끌어들이지 않았을 거예요. 어쩌면 다른 누군가한테 줘서 거기 심게 했을지도 모르죠."

"아니면 그냥 담장 너머로 던졌거나요. 쓰레기 더미는 트레일러 파크 가장자리에서 몇 미터 안 떨어진 곳에 있어요."

"이게 범인이 애초에 노린 거예요." 조이가 말했다.

"무슨 말이에요?"

"놈은 이 영상을 어디서든 스트리밍할 수 있었어요. 하지만 그걸 여기 갖다놓았을 뿐만 아니라 자기가 이전 범행에서 이용한 휴대폰을 다시 이용했어요. 첫 범행 이후로 그걸 절대 켜지 않았으면서도요. 왜냐하면 놈은 우리가 그걸 모니터링하고 있고, 폰이 켜지면 즉시 나타날 걸 알았거든요. 놈은 우리가 시신을 발견하길 **원했기** 때문에 여기로 이끈 거예요."

"왜죠?"

"왜냐하면 그게 실험 2호의 핵심이니까요. 놈의 실험 대상은 마리벨 하위가 아니에요. 우리죠. 놈은 우리가 첫 영상처럼 그게 라이브라고 가정하면 어떤 식으로 반응할지 보고 싶었던 겁니다. 우리를 갖고 논 거예요."

49

테이텀은 포스터가 트레일러 파크의 또 다른 목격자를 신문하는 걸 지켜보았다. 목격자들은 대부분 흑인 형사가 자신들을 취조한다는 데 모욕감을 드러냈다. 그중 하나는 혀가 잔뜩 꼬여 앞뒤가 안 맞는 말을 횡설수설할 정도로 만취 상태였고, 섬뜩한 분홍색의 곧 무너질 듯한 트레일러에 사는 한 여자는 밖으로 나오지 않고 문을 닫은 채 질문에 대답하겠다고 했다. 이상적인 상황은 아니었다.

주민들의 전반적인 여론은 지난 24시간 동안 낯선 사람이 트레일러 파크에 들어오는 것은 전혀 보지 못했고, 그 기분 나쁜 휴대폰이 어디서 왔는지도 전혀 몰랐다. 누군가가 구덩이를 파거나 그 안에 관 크기의 상자를 넣는 것을 본 사람도 없었다. 사실 불법적인 행위까지 갈 것도 없이, 그들 중 세상에 태어난 이후로 뭔가 조금이라도 흥미로운 행위를 본 사람이 과연 있는지조차 알 수 없었다. 운 좋은 사람들이었다.

사실상 주민들 중 두 명이 트레일러 파크 안에 수상쩍은 인물이 있다고 말하긴 했다. **바로 그들 가운데에.** 그 남자가 바로 그 불길한 살인범일지도 모른다고.

그 두 주민의 이름은 하워드와 토미였다. 그리고 그들이 지목한 수상쩍은 인물의 이름은 각각 토미와 하워드였다. 더 자세한 신문 결과, 두 사람 중 한쪽이 상대에게 드릴을 빌려갔다가 끝내 돌려주지 않은 데서 두 사람 사이의 오랜 반목이 시작됐다는 사실이 밝혀졌다. 그리고 그 이후로 아무도, 두 사람 자신조차 기억 못 하는 보복 행위들이 벌어졌다.

테이텀은 끙 소리를 내고 양손을 주머니에 찔러 넣었다. 이건 아무래도 무의미한 시간 낭비 같았다. 주유소 직원과 얘기 중인 경관들이나 보러 가볼까.

"포스터 형사님." 여자 경관 하나가 손짓하며 불렀다. "얘기 좀 들으셔야 할 것 같아요."

포스터가 다가갔다. "뭐지, 윌슨?"

테이텀도 얘기를 들으려고 가까이 다가갔다. 경관은 10대 중반, 아마도 열여섯쯤 되어 보이는 아이와 이야기하고 있었다. 아이는 여자 경관의 가슴에 대고 이야기하고 있었지만 경관은 별로 개의치 않는 듯했다. 테이텀은 경관의 눈에 어린 열정을 알아차렸다. 뭔가 좋은 것을 포착한 것이다.

"좋아, 폴. 방금 내게 한 얘기를 포스터 경관님께 다시 들려드려." 경관이 아이에게 말했다.

뒤돌아본 아이는 자기가 이제 가슴도 없는 중년 남자 경관에게 이야기해야 한다는 사실에 분개한 눈치였다. "음, 아까도 말했지만, 저랑 제프랑, 제프는 엄마 아빠가 이혼하는 바람에 자기 엄마랑 같이 여길 떠나 남쪽의 그애 할아버지 할머니 집에 살러 가서 이젠 여기 안 사는데요, 우리가 얼마 전에 여길 돌아다니고 있었는데, 제 생각엔 1년 반 전이었던 것 같은데, 맞다, 확실히 1년 반 전이었는데, 왜냐하면 제프는 지난여름에 이사 갔는데 바로 그 직전이었거든요. 그애가 자기 부모님이 이혼할 거라고 말했는데, 왜냐하면 늘 싸웠거든요. 그때 우리가 그 남자를 봤어요."

"어떤 남자?" 포스터가 물었다.

"저기 천막을 세운 곳에 있던 남자요. 구덩이를 팠는데, 삽이랑 온갖 도구들이 잔뜩 있었어요. 그리고 작업복 비슷한 걸 입었는데 우린 그 남자가 하는 게 개뿔 관리 작업이 아니라는 걸 딱 알아봤어요. 왜냐하면 파이프나 와이어나 그런 게 하나도 없었거든요. 제프네 아빠는 맨날 술을 마셔서 잘리긴 했지만 원래는 시 소속 배관공이었어요. 그래서 제프는 거기 아무것도 없다는 걸 눈치챘어요. 그리고 이 남자는 배관공처럼도 안 보였어요."

"그럼 어떻게 보였는데?"

"모르겠어요, 젠장. 백인인 건 확실했는데 거리가 너무 먼 데다 그 남자한테 들키고 싶지 않아서 가까이 안 가봤거든요."

"왜?"

이 대화의 리듬은 마치 최면을 거는 듯했다. 포스터는 빠르고 짧게 질문들을 던졌고 남자애는 마치 미로를 연상시키는 길고 구불구불한 문장들로 대답했다. 테이텀은 마치 무대 연극을 보고 있는 기분이었다. 한쪽 구석에서 연주자 하나가 기타를 튕기면 딱일 것 같았다.

"왜냐하면 제프는 그 남자가 마피아일 거라고, 마약이나 돈이나 시체를 묻으려고 구덩이를 파는 거라고 했는데 그런 남자한테 우리 존재를 들키고 싶지 않았거든요. 우린 그렇게 멍청하지 않거든요. 그래서 멀찌감치 떨어져 있었지만 아주아주 조심해서 그 남자가 정확히 뭘 하는지 계속 지켜봤어요. 그랬더니 이 남자는 **하루 종일** 거길 팠어요. 쉬지 않고요."

"부모님한테는 말씀드렸니? 아니면 누구한테라도?"

폴은 잠시 망설이는 눈치더니 입술을 깨물고 자기 신발을 내려다보았다.

"그러고 싶지 않았구나." 테이텀이 말했다. "그 남자가 묻은 게 돈이었으면 해서."

"말을 안 하는 게 불법은 아니잖아요." 폴이 웅얼거렸다.

"그래서 이 남자는 구덩이를 팠다……." 포스터의 목소리에 좌절감이 배어들었다. "그러고는?"

"그러고는 가버렸죠. 그래서 우린 어두워질 때까지 기다렸다가 거길 가봤어요. 어쩌면 남자가 거기에다 돈을 묻었을지도 모른다고 생각해서요. 그래서 좀 꺼내갈까 하고요. 그게, 너무 많이는 말고요, 제프는 정말 돈이 필요했는데 왜냐하면 걔 아빠가 백수라서 자기가 좀 도움이 되면 좋잖아요. 그리고 저도 돈이 필요했는데 왜냐하면……." 아이는 말을 멈췄다. 아마도 자신의 동기는 제프만큼 순수하지 못해서였으리라.

"왜냐하면 돈은 있으면 좋으니까." 테이텀이 말했다. "계속하렴."

"그래서 우린 거길 가봤는데 이상하게 처음엔 구덩이가 안 보이더라고요. 젠장. 그냥 도로 메울 거면 구덩이를 왜 파느냐고요. 그렇잖아요? 하지만 얼마 후에 이상한 소음이 들렸고, 땅이 흔들리는 게 보이더라고요. 알고 보니까 이 남자가 자기가 판 구덩이를 판자 몇 개로 덮어놓은 다음에 그 위에 모래를 덮어서, 어딜 찾아봐야 할지 모르면 안 보이게 만들어놨더라고요. 우린 판자를 들어냈지만 현금이고 마약이고 아무것도 못 찾았어요. 그래서 제가 그 랬죠. 아니, 제프가 그랬나? 아니, 확실히 저였어요. 제가 그랬어요. '어쩌면 이 남자는 나중에 쓰려고 미리 구덩이를 파놓은 걸지도 몰라.' 숨을 장소 같은 걸로요. 그래서 우린 이 구덩이를 계속 감시하자고 생각하고 있었어요. 만약 그 남자가 다시 오면, 그래서 거기다 뭘 숨기면, 그걸 파내서, 혹시 현금이면 좀 가져갈 수도 있고, 마약이면 음…… 경찰한테 말하려고요."

테이텀이 눈동자를 도르륵 굴리며 속으로 생각했다. **아니면 빼돌려서 팔든가.**

"하지만 이 남자는 다시 안 돌아왔고, 저는 이 망할 놈의 구덩이를 매일 밤 확인했어요. 그러니까…… 1년 동안요. 남자가 거기 아무것도 넣으러 안 오길래 전 남자가 구덩이를 어디다 팠는지 까먹었나 보다 했고 제프는 이사를 가버렸고 저는 뭐랄까 매일 밤 구덩이를 확인하는 데도 지쳤고 그러다 한 번은 전갈한테 물릴 뻔했어요……. 밤에 여길 돌아다니는 건 별로 유쾌한 일이 아니거든요."

"그리고 그 남자를 다시는 못 봤다?" 포스터가 물었다.

"네, 한 번도요. 제 말은, 그러니까, 저는 그 남자 얼굴을 제대로 본 게 아니거든요. 그래서 길거리나 공원에서 마주치거나 영화관에서 뒷자리에 앉는다고 해도 모를 거예요. 하지만 그 남자가 자기가 판 구덩이로 돌아오는 건 한 번도 못 봤어요. 아무도 다시는 그 구덩이를 찾아오지 않았어요. 경찰들이 오기 전까지는요."

"그 남자와 관련된 걸 본 건 없고? 전혀 아무것도?"

"남자는 흰색 승합차를 몰았어요. 번호판 같은 건 못 봤지만 흰색이었고 좀 거지 같아 보였어요."

테이텀과 포스터는 눈길을 교환했다. 마침내 뭔가가 나왔다.

"혹시 내가 제프와 연락할 방법은 없을까?" 포스터가 물었다.

"아뇨, 젠장. 걔는 샌안토니오 근처로 이사 갔어요. 제가 알기로는요."

"우리가 알아서 찾아볼게. 혹시 그 차에 관해 또 말해줄 수 있는 건 없니? 제조사라든가? 뭔가 특이한 점이라든가?"

"흰색이었어요." 폴이 사과 조로 말했다. "전 구덩이에만 신경을 써서요."

"고맙다, 폴. 많은 도움이 됐어." 포스터가 말했다.

아이는 고개를 끄덕이고는 아마도 윌슨 경관과 다시 이야기하고 싶은지 주변을 어슬렁거렸다. 하지만 얼마 후 그럴 가망성이 없다는 걸 깨달았는지 발을 질질 끌며 떠났다.

"범인이 1년 반 전부터 이 일을 계획했을 수도 있을까요?" 포스터가 낮은 목소리로 테이텀에게 물었다.

양옆을 둘러보는 테이텀의 눈에 다가오는 조이가 보였다.

"뭐예요?" 조이가 물었다.

"어떤 남자가 구덩이 파는 걸 봤다는 목격자가 있어요." 테이텀이 말했다. "1년 반 전에요."

조이는 경악한 얼굴로 우뚝 멈춰 섰다. "1년 반 전이라고요?"

"확실히 당신 생각보다 훨씬 오래전부터 이 일을 계획하고 있었네요." 포스터가 말했다. "당신이 틀렸어요."

테이텀은 조이가 되받아칠 거라고 생각했다. **당신이 틀렸어요**는 절대 조이가 듣기 좋아하는 말이 아니었다. 하지만 조이는 아무 말 없이 그저 앞쪽을 응시할 뿐이었다. 테이텀은 그 표정을 알았다. 머릿속에서 생각이 형태를 갖추고 있는 거였다.

50

조이는 경찰서 회의실을 이리저리 서성였다. 머릿속이 마구 소용돌이치고 있었다. 테이텀은 테이블 앞에 앉아 피자 한 조각을 우적우적 씹고 있었다. 오는 길에 점심과 저녁을 한꺼번에 때울 목적으로 사온 피자였다.

"앉아요." 테이텀이 말했다. "그리고 좀 먹어요. 빈속으로 무슨 브레인스토밍이 되겠어요."

조이는 앉았다가 자기가 왜 앉았는지 잊고 다시 일어섰다. 다시 앉았다. 피자 한 조각을 집었다. 토핑은 그릴드 햄과 파인애플이었다. 파인애플 토핑을 놓고 동생과 격론을 벌이곤 하던 조이는 테이텀이 파인애플에 안드레아만큼 거부감을 느끼지 않는다는 걸 알고 기뻤다. 두 사람은 파인애플과 햄 토핑, 그리고 페퍼로니와 핫 페퍼 토핑으로 반반씩 주문했다. 조이는 햄과 파인애플이 모두 얹혀 있는 쪽을 베어 물고 눈을 감았다.

딱 적당히 구워진 햄과 바삭한 크러스트, 달콤한 파인애플, 두툼

하게 한 겹 얹은 모차렐라, 그리고 마늘 맛 나는 피자 소스의 조화가 한순간이나마 다른 모든 걸 머리에서 몰아내주어 조이는 천상의 행복감을 느꼈다. 피자와 한 몸이 되어 황홀경에 빠져들었다. 주의 깊게 씹어 삼킨 후 눈을 떴을 때 테이텀이 입가에 살짝 웃음기를 머금은 채 조이를 보고 있었다.

"뭐예요?" 조이가 방어 조로 내뱉었다.

"당신이 뭔가를 즐기는 걸 보니까 좋네요. 자주 있는 일은 아니잖아요."

조이는 헛기침을 했다. "예전에는 더 자주 그랬어요……." **글로버가 내 인생에 다시 들어오기 전까지는.** "상황이 그렇게 엉망진창이 되기 전에는."

"그래요."

조이는 한숨을 쉬고 휴대폰을 확인했다. 30분 전에 통화했을 때 동생은 괜찮아 보였다. 마빈이 곁을 지켜주고 있었다. 경찰이 집 앞에서 경비를 섰고, 동생은 안전하다고 느꼈다. 그럼에도 조이는 거기 있고 싶었다. 안드레아를 껴안고, 너한테는 아무 일도 안 일어날 거라고, 언니가 네 옆에서 지켜주겠다고 말하고 싶었다.

"우리 슈뢰딩거의 살인범 이야기를 해보죠." 테이텀이 말했다.

조이는 눈동자를 도르륵 굴렸다. 언론이 범인에게 붙인 그 별명이 그대로 확정될 모양이었다. 조이는 그 별명이 싫었다. 범인이 스스로 선택한 별명이기 때문이었다. 놈은 자신에게 슈뢰딩거라는 세례명을 주었다. 그게 자기 별명이 될 걸 알고서.

"우리의 첫 이론이 잘못된 것 같아요." 테이텀이 말했다. "우린 놈이 이 범행을 몇 달 전 자신의 판타지에 처음 굴복한 이후 계획했었다고 가정했어요. 하지만 이제 와서 보니 놈은 몇 년 전부터 이

걸 계획한 것 같아요. 무덤을 파고, 웹사이트를 만들고, 잠재적인 피해자들을 스토킹하고……."

"아니에요." 조이가 말을 잘랐다. "내 처음 생각에는 변함이 없어요. 놈은 이 슈뢰딩거 짓거리와 괴상한 실험을 몇 달 전부터 계획하기 시작했어요. 첫 살인을 저지른 이후로요."

"놈이 1년도 더 전에 무덤 파는 걸 본 사람이 있잖아요."

"이 남자의 성적 판타지의 핵심은 여자를 생매장하는 거예요. 하지만 몇 년 동안 그걸 실행에 옮기지 않았어요. 그 대신 판타지를 품었죠. 그리고 놈의 판타지의 일부는 그 구덩이들을 파는 거였어요. 놈은 아마도 자기가 그걸 사용할 **수 있을** 거라고 상상하면서 팠을 거예요. 난 놈이 이따금씩 그 구덩이들 근처에서 자위를 했을 거라고 믿어요. 언젠가 그걸 사용할 날이 있을 거라고 생각하며 구덩이를 덮어놓았을 거예요. 그 생각을 하면서 흥분을 느꼈을 거예요."

"그럼 당신 말은 놈이 1년 반 전에 그 구덩이를 팠을 때는 그걸 실제로 사용할 계획은 없었다는 거군요."

"내 말은, 놈이 그 생각을 하면서 즐거워하긴 했지만 그건 어디까지나 판타지였다는 거예요. 그러고 나서 1년이 지나 놈은 홱 돌아버렸어요. 첫 피해자를 묻기로 결정했고, 구덩이는 이미 온 사방에 준비돼 있었죠. 놈이 할 일은 그냥 그중 하나를 고르는 것뿐이었어요."

테이텀이 페퍼로니 피자 한 조각을 집었다. "그리고 이게 우리한테 어떤 도움이 될 수 있을까요?"

조이는 피자 상자를 눈여겨보았다. 자신은 아직 한 조각도 다 먹지 못했는데 테이텀은 페퍼로니 피자만 공격할 생각인 듯 그쪽 절반은 한 조각밖에 안 남아 있었다. 조이는 사건에 집중해야 한다고 생각하며 자기 피자를 크게 한 입 베어 물었다. "처음에⋯⋯." 조이는 입을 가득 채운 채로 말했다. "우린 놈이 구덩이를 파고 피해자를 납치한 후 구덩이에 묻었다고 생각했어요, 그렇죠? 하지만 그건 사실이 아니었어요. 놈은 이미 구덩이를 준비해놓은 상태였어요. 아마도 수십 개나. 그렇다면 우린 그걸 찾아내야죠."

피자를 입으로 가져가던 테이텀이 도중에 멈췄다. "그리고 거기서 놈을 기다리고요. 잠복."

"맞아요."

"하지만 이 망할 구덩이가 온 사방에 널려 있을지도 모르잖아요."

"온 사방은 아니죠." 자리에서 일어난 조이는 벽의 지도 앞으로 가서 마리벨 하위를 찾은 지점에 빨간색으로 작게 가위표를 쳤다. "여기가 마리벨이 매장된 곳이에요. 그리고 **여긴**⋯⋯." 조이는 이미 지도에 있던 다른 가위표를 가리켰다. "니콜이 묻힌 곳이에요. 둘 다 샌앤젤로에서 6에서 8킬로미터쯤 떨어져 있죠. 우리가 찾고 있는 남자는 충동을 느끼면 차를 타고 도시에서 몇 킬로미터쯤 떨어진 곳으로 가서 땅을 파요. 따라서 구덩이들은 도시에서 몇 킬로미터쯤 떨어진 차도 근처에 있을 거예요. 하지만 누군가의 방해를 받지 않도록 시야가 잘 가려져 있어야 하죠."

"그래도 다뤄야 할 지역이 빌어먹게 많잖아요."

"어쩌면 이 구덩이들을 효과적으로 찾아낼 방법이 있을지도 몰라요. 전문가와 상의한다면 말이에요. 그러니까⋯⋯ 흙 전문가요."

"지질학자를 말하는 거죠?" 테이텀이 짓궂은 미소를 지으며 말했다.

"뭐든요." 조이가 남은 피자를 한입에 욱여넣고 마지막 페퍼로니 피자를 테이텀이 손대기 전에 얼른 낚아챘다. 테이텀의 얼굴에서 짓궂은 미소가 사라졌다.

"좋아요." 테이텀이 파인애플 피자 한 조각을 집어 들며 말했다. "포스터가 오늘 아침에 시작한 핫라인에 이어 이것까지, 우리가 두 수를 먼저 두는 거네요. 마음에 들어요."

"우린 범인에 관해 다른 것도 알아요." 조이는 핫 페퍼 때문에 혀가 따가운 것을 참으며 입을 열었다. "놈은 피해자를 스토킹해요. 거의 확실해요. 니콜과 마리벨 둘 다 늦은 밤 귀갓길에 납치당했어요. 범인은 거기서 피해자들을 **기다렸어요.** 아마도 집 앞에서 기회가 오기만 기다리며 며칠 동안 잠복했을 거예요."

"그럼 놈은 쉽게 눈에 띄지 않는 모습이겠군요. 그 트레일러 파크의 아이가 말한 것처럼 관리인복 같은 걸 입었다거나."

"그게 가장 합리적인 결론일 것 같아요." 조이가 동의했다.

"포스터한테 이야기해보죠. 순찰 경관들을 시켜서 혼자 일하는 관리인들을 확인하고, 실제로 일하는지 알아보고, 명단을 만들게 하라고요. 어떤 승합차를 모는지도 확인하고요. 우리 프로파일에 들어맞는 사람들을 살펴보죠."

"좋은 생각이에요. 그리고 넷째." 조이가 네 손가락을 펴면서 그렇게 말했다. 그리고 잠시 불타는 혀를 진정시키려고 헉헉거리며 공기를 들이마신 후 덧붙였다. "난 범인과의 소통망을 만들고 싶어요."

"신문에 공개서한 같은 걸 내보내서요? 샘의 아들 때 이미 그걸 시도했지만 효과가 없었잖아요."

"샘의 아들은 **이미** 그들에게 이야기하고 있었어요. 괴상한 시적 편지를 써서요. 그리고 놈은 곧장 대답할 만큼 멍청하지 않았어요. 그냥 자신에게 쏟아지는 관심을 즐겼을 뿐이죠. 만약 우리가 이 범인에게 공개서한을 발표한다면……"

"슈뢰딩거의 살인범이라고 불러도 돼요. 뭐라고 하지 않을게요."

"우리 역시 비슷한 결과를 얻을 거예요. 놈은 절대 우리한테 대답하지 않을 거예요. 놈은 최소한으로만 소통하니까."

"놈은 우리와 전혀 소통하고 있지 않은데요."

"놈은 자신에게 슈뢰딩거라는 이름을 붙였어요. 자신의 범행이 실험이라고 우리에게 말하고 있는 거죠. **그리고** 놈은 우리에게 영상을 보내요. 이것들은 모두 소통의 형태지만 놈은 아주 용의주도하게, 최소한도로만 제한했죠. 경계심이 많은 놈이에요. 우린 놈의 허를 찌를 수 있는 소통 방식을 확립해야 해요. 놈이 충동적으로 대답하도록 몰아가는 거죠."

테이텀이 얼굴을 찌푸리며 물었다. "무슨 생각을 하는 거죠?"

"놈의 심기를 건드릴 기사를 내보내자고요."

"온라인 매체에서는 이미 놈을 미친놈이자 괴물이라고 부르고 있어요."

"그건 범인도 이미 예상했을 거예요. 그 정도로는 놈을 화나게 할 수 없어요." 조이가 고개를 저으며 반박했다. "난 놈을 어설픈 멍청이처럼 보이게 만들 거예요. 어쩌면 놈이 그 기사에 댓글을 달게 만들 수 있을지도 몰라요."

"그건…… 좀 위태롭게 들리네요. 놈이 다른 피해자를 죽이는 방식으로 대응할 수도 있지 않아요? 우리한테 자신의 능력을 보여주려고 말이에요."

"어차피 놈은 곧 다른 여자를 살해할 계획을 세웠어요. 자신의 실험을 통해 이미 그렇게 말한 거나 다름없죠." 조이는 확신에 찬 어조로 말했다. "그리고 놈의 범행은 치밀하게 계산됐고 계획됐어요. 우리가 놈을 찾아내면 확인할 수 있겠지만 내 생각에 놈은 아마도 잠재적 피해자 명단을 가지고 있을 거예요. 어쩌면 심지어 일정까지 적어놨을지도 몰라요. 놈은 우리 때문에 자기 계획을 바꾸지 않을 거예요. 하지만 약간의 운만 따라준다면, 우린 놈에게서 본능적 반응을 끌어낼 수 있을지도 몰라요."

"그 해리 배리라는 남자를 이용할 생각이군요, 그렇죠?"

조이는 코카콜라 캔을 들어 한 모금 마시면서 고개를 끄덕였다. 하지만 콜라는 매운맛의 통증을 중화시키는 데 가장 도움이 안 되는 음료였다.

테이텀은 의자 등받이에 몸을 기댔다. "어쩐 내일 아침에 집으로 돌아갈 생각이 없어 보이네요."

조이는 입술을 깨물었다. 아직 결정하지 못했지만 테이텀의 말이 맞았다. 자신의 생각과 말은 모두 이곳에 남는다는 걸 가정한 것 같았다. 적어도 하루 이틀은 더. 죄의식이 아프게 찔러왔다. 지금은 동생과 같이 있어줘야 할 때가 아닐까?

"어제 글로버가 나타났다고 해서 달라진 건 없어요." 조이가 말했다. "지난 한 달간 난 말벌과 같은 방 안에 있는 기분이었어요. 말벌은 눈에 보이지 않지만 분명 거기 있었죠."

테이텀이 아무 말도 없이 조이를 빤히 보았다.

"글로버가 그 말벌이에요." 조이가 설명했다.

"알아요."

"이젠 놈이 어디 있는지 **알잖아요**. 그리고 다른 사람들도 다들 알고요. 난 맨쿠소와 콜드웰이 이 위협을 심각하게 받아들일 수 있게 노력했어요. 이제는 다들 내가 옳았다는 걸 알았죠. 그리고 그 사람들이 안드레아를 지켜봐주고 있어요. 글로버는 지금 당장은 덮치지 않을 거예요. 우리가 감시하는 걸 알고 있으니까요. 기다릴 거예요. 놈은 늘 경계심과 인내심이 강했어요.”

테이텀이 동의한다는 뜻으로 고개를 끄덕였다.

“가능한 한 빨리 돌아가긴 해야죠.” 조이가 말을 이었다. “하지만 아직은 때가 아니에요. 샌앤젤로 경찰은 이 살인범을 다루기엔 아직 부족해요. 하루 이틀 더 남아서 수사가 올바른 방향으로 진행되도록 해야죠. 그러고 나서 비행기를 타고 동생 곁으로 날아가면 돼요.”

“좋아요. 다만 당신이 미처 생각지 못한 게 하나 있어요.”

조이가 긴장했다. “뭐죠?”

“안드레아가 마빈과 함께 있다는 거요. 그게 진짜 위험해요. 당신이 돌아갔을 때쯤 안드레아는 마빈 때문에 돌아버렸을 거예요.”

51

줄리엣 비치는 부모 집에 들르자마자 부모가 핵전쟁을 벌이고 있는 것을 보았다. 어느 한쪽이 죽어야만 끝날 것 같은 무시무시한 말다툼이었다. 남동생 토미는 방에, 말 그대로 담요 밑에 숨어 있었다. 줄리엣은 동생의 방문을 닫아 어머니의 신경질적인 독백을 차단했다.

"이런." 줄리엣이 말했다. "토미가 여기 있는 줄 알았는데 딴 데 갔나 보네."

불룩하게 부풀어 오른 담요가 움직였다.

"아이고, 이걸 어쩌나." 줄리엣이 한숨을 폭 내쉬었다. "난 정말 아이스크림을 먹으러 가고 싶었는데."

담요 밑에서 날카롭게 숨 들이켜는 소리가 났다. 엄마가 아빠더러 쓸모없는 개자식이라고 부르는 소리도 멀리서 들려왔다. 줄리엣이 집을 나온 가장 큰 이유는 부모의 싸움 때문이었다. 하지만 이상하게도 두 사람은 싸우지 않을 때는 확실히 서로에게 홀딱 반해 있었다.

"잠깐만 쉬었다가 나갈까." 줄리엣이 말했다.

담요 밑에서 작게 킥킥대는 소리가 들렸다.

줄리엣은 침대에 앉아 불룩한 부분을 등으로 깔아뭉개며 "아이고, 왜 이러지?" 하고 앓는 소리를 냈다. "침대가 너무 불편하잖아!" 담요 여기저기를 쿡쿡 찌르자 다시 킥킥대는 소리가 났다.

문밖에서는 아빠가 엄마를 거머리라고 부르는 소리가 들렸다. 잉꼬부부가 따로 없지. 줄리엣은 여기서 나가야 했지만 절대 토미를 남겨두고 갈 수는 없었다.

"침대를 좀 간지럽혀야겠어." 줄리엣은 그렇게 말하고 담요의 불룩한 곳을 향해 손가락을 천천히 움직였다. 3초 후, 토미가 비명 같은 웃음을 터뜨리며 이불 밖으로 머리를 삐죽 내밀었다. 금발 고수머리는 까치집이 됐고 눈가에는 웃음으로 잔뜩 주름이 잡혀 있었다.

"난 계속 여기 있었어! 숨어 있었어!" 누나를 속였다는 생각에 신이 난 토미가 얼굴을 환히 빛내며 말했다.

"**그랬어?**" 줄리엣은 깜짝 놀란 척하며 말했다. "난 널 보지도 못했는데."

줄리엣은 웃었다. 자신을 보는 남동생의 단추 같은 코에 입이라도 맞추고 싶었다. 대신 동생을 꽉 끌어안으며 말했다. "아이스크림 먹으러 갈래?"

"나 이번에는 **세 가지 맛** 먹어도 돼?"

"아이스크림 아저씨한테 물어보고 그래도 된다고 하면."

"알았어." 토미는 침대에서 뛰어내렸다. 신발은 이미 신은 채였다. "테드 데려가도 돼?"

테드는 토미의 다스베이더 인형이었다. 줄리엣은 그걸 '테드베이더'라고 불렀고, 토미는 테드가 그 인형의 이름인 줄 알고 테드라 불렀다.

"당연하지. 하지만 걔는 아이스크림 못 먹어."

"알았어."

문 너머에서는 엄마가 뭔가 알아들을 수 없는 소리를 지르고 있었다. 토미는 겁을 먹고 그 자리에 얼어붙었다.

"나갔다 돌아오면 싸움이 끝났을 거야." 줄리엣이 말했다.

"누나가 어떻게 알아?"

어떻게 아느냐고? 19년간의 경험을 통해서. 빠르고 격렬한 이 싸움은 늘 엄마의 눈물과 아빠의 사과로 끝났다. "그냥 알아."

"약속해?"

"약속해. 이제 테드 데려와. 난 아이스크림을 먹고 싶어."

토미는 테드를 침대에서 집어 들고 문을 막 열려고 했다.

"잠깐." 줄리엣은 휴대폰을 꺼내 들고 토미 옆에 무릎을 꿇었다. "아이스크림 해봐." 그리고 둘 다 화면 안에 들어가도록 휴대폰을 들어 올렸다.

"아이스크리이임."

52

해리는 바에 앉아서 밀러를 두 잔째 마시며 농락당했다는 기분을 곱씹고 있었다.

난 너무 감상적이야. 그게 문제였다. 조이 벤틀리를 무르게 대했다. 절대 약속을 어기지 않을 줄 알았다. 뭘 몰라도 한참 몰랐지. 말은 그냥 말일 뿐이고, 쉽게 깨지게 마련이었다. 해리 역시 자신이 한 약속을 셀 수도 없이 여러 번 깼으니까.

그리고 이제 이 나라의 모든 기자들이 기삿감을 손에 넣었다. 젠장. 샌앤젤로의 연쇄살인범. 내일이면 모두 이 사건에 FBI 요원이 개입했다는 기사를 써댈 것이고, 해리는 이대로 공치고 말 것이다.

조이가 30분 전에 만나자는 문자를 보냈다. 장소를 이곳으로 정한 건 해리였다. 조이를 취하게 하면 뭔가 짭짤한 걸 건질 수도 있지 않을까 하는 바람에서였다. 하지만 약속 시각이 지나도록 조이는 나타나지 않았다. 이대로 바람맞고 마는 걸까.

뭐, 확실히 해리는 이미 조이 벤틀리와 테이텀 그레이 요원 양측의 실명을 거론한 기사를 썼다. 어린 시절 조이가 연쇄살인범과 맞닥뜨린 것과 더불어 목 조르는 장의사 사건을 언급했다. 하지만 그거로는 부족했다. 기사가 입소문을 타려면 추가로 조미료를 칠 필요가 있었다.

바 안을 훑어보았다. 금요일 밤인데도 영 한산해 보였다. 연쇄살인범에 관한 기사들이 빠르게 퍼지고 있었다. 사람들은 겁을 먹었다.

바의 옆 스툴에 한 여자가 미끄러지듯 앉았다. 조이였다. 조이는 한 손을 들어 바텐더를 불렀다. "기네스 한 잔 주세요."

바텐더는 조이에게 웃어 보였다. "여자분이 드시기엔 좀 묵직한 술이네요."

"그래요?" 조이는 바텐더를 1초쯤 빤히 쳐다보았다.

바텐더의 얼굴에서 웃음이 흐려지고 어쩔 줄 모르는, 약간 소심한 표정이 자리 잡았다. 바텐더가 헛기침을 하고는 대답했다. "그럼요, 금방 드릴게요."

해리는 자기 잔을 비웠다. "그리고 난 밀러 한 잔 더요."

바텐더가 술을 따르는 동안 두 사람 다 한 마디도 하지 않았다. 마침내 해리가 말했다. "엿은 잘 먹었습니다."

"그런 거 아니니까 진정해요."

"내게 줄 게 있다고 했잖아요. 근데 이제 다들 그걸 손에 넣었죠."

"그 사람들이 가진 건 멍청한 별명과 어림짐작이 전부예요."

"내일이면 더 가지게 될 테죠. 이곳 기자들은 경찰에 연줄이 있어요. 반면에 나한테는 뭐가 있죠? 아무것도 없어요."

바텐더는 조이의 시선을 피하며 두 사람 앞에 술을 놓았다. 해리는 어쩐지 즐거운 기분이었다.

조이는 잔을 들어 한 모금 길게 마신 후 눈을 감고 코로 숨을 들이켰다. "맙소사, 정말 이게 필요했어요." 이윽고 낮게 내뱉었다. "정말 긴 하루였어요."

"나한테 동정표라도 얻으려는 겁니까?"

"그냥 지랄 좀 그만하라고요. 잠깐만이라도." 조이는 날카롭게 쏘아붙였다. "누가 보면 내가 당신 여자친구라도 되는 줄 알겠네요. 말해두는데, 우리 둘 중 상대한테 매달리는 쪽은 기자인 **당신**이라고요."

해리는 씩 웃어 보였다. 짜증이 묻어나는 조이의 말투에 도리어 기분이 좋아졌다. "난 당신한테 **매달리고** 있지 않아요. 난…… 충분한 거리를 두고 당신을 따라다니고 있죠."

"당신은 내 모텔에 방을 잡았잖아요!"

"거긴 좋은 모텔이에요. 좋은 수영장이 있죠."

"어휴, 적당히 좀 해요!" 조이는 해리에게 사나운 눈길을 보냈다.

해리는 건배하듯 잔을 들어 올렸다. "이제 지랄하는 게 누구죠?"

조이는 눈을 깜빡이고 맥주를 한 모금 더 마셨다. "들어봐요. 당신과 인터뷰를 할게요. 하지만 당신은 그걸 내일 아침에 내보내야 해요."

"내일 기사는 이미 써놨어요. 내 담당 편집자가 지금 그걸 손보고 있어요."

"버리라고 해요. 우린 새 기사가 필요하니까."

"**우리라고요?**"

"매일 인터뷰를 한 번씩 해줄게요. 사건의 최신 상황에 대해서. 다른 기자한테는 말 안 할 거예요."

해리는 미심쩍은 시선으로 조이를 흘끗 보았다. "왜요?"

"난 범인의 허를 찌르고 싶어요."

"슈뢰딩거의 살인범을 말하는 거예요?"

"그건 멍청하기 짝이 없는 별명이고요."

"다들 그렇게 부르잖아요." 해리가 가슴속에서 치미는 흥분을 느끼며 대꾸했다. "그래서…… 정확히 당신이 하고 싶은 게 뭐죠?"

조이는 생각에 잠겨 해리를 보았다. "행동분석팀에 있는 당신 연줄이 누구죠?"

해리는 어리둥절해 몸을 뒤로 젖혔다. "무슨 연줄요?"

"누군가가 내가 사건 때문에 여기로 온다고 당신한테 알려줬어요. 누구죠?"

해리가 씩 웃었다. "잊어버려요. 그건 절대 말 못 하니까. 좀 이해해줘요. 소스를 부는 기자를 어디다 쓰라고."

"그게 누군지 반드시 찾아낼 거예요."

"분명 그러시겠죠. 당신은 머리가 좋으니까. 자…… 나한테 매일 해준다던 인터뷰 이야기로 돌아가죠."

조이는 맥주를 한 모금 더 마시고 윗입술에 묻은 거품을 핥았다. "난 이 살인범을 무능해 보이게 하고 싶어요. 놈을 자극해서 섣부른 짓을 하게 만드는 거죠. 어쩌면 놈은 기사에 댓글을 달지도 몰라요. 당신네 회사는 기사에 댓글을 다는 사람들에 대한 데이터를 수집하나요? IP 주소 같은 것들요?"

해리는 자신들의 데이터가 얼마나 치밀한지 정확히 알고 있었다. 자신의 기사에 댓글을 단 사람들의 신상을 털어본 적이 한 번 이상 있었기 때문이다. 정보를 확보하는 건 중요한 일이었다. "당연하죠. 우린 댓글 하나에서 많은 걸 얻어낼 수 있어요."

"아주 좋아요." 이제는 조이가 흥분할 차례였다. 조이의 반짝이는 눈동자가 해리에게 무척이나 매력적으로 보였다. "범인이 댓글을 달면 우린 놈을 추적할 수 있을지도 몰라요."

"왜 범인이 기사에 반응할 거라고 생각하죠?"

"놈은 자신을 과대평가하거든요. 그러니 난 당신과의 인터뷰에서 놈이 계속 실수를 저지른다고 하면서 자세한 내용을 살짝 흘릴 거예요. 우리가 놈을 곧 잡을 거라고요."

해리가 눈동자를 도르륵 굴리며 물었다. "그러면 놈이 분노해서 반응을 보일 거다?"

"내가 그런 식으로 자기를 깔아뭉개면 놈은 비위가 상하겠죠."

"기분 나쁘게 듣지는 말아요." 해리가 말했다. "하지만 사람들 비위를 건드린다는 측면으로 보자면, 당신은 여섯 살짜리 여자애보다 나을 게 없어요. 머리끄덩이를 잡아당기는 남자애한테 냄새난다고 소리 지르는 수준이죠."

조이는 성질이 나서 이마에 고랑을 지었다. "내 일은 내가 제일 잘 알아요."

"당신은 연쇄살인범의 머릿속에 들어가서 뭐가 놈을 움직이는지 이해하는 데 능숙하죠. 그건 의심할 여지가 없어요." 해리가 씩 웃으며 말을 이었다. "하지만 사람을 짜증나게 하는 건 나한테 운전대를 넘겨야 할 것 같은데요."

"그 말은 반박하기 힘드네요."

"당신이 해야 할 일은 놈을 다른 사람들과 비교하는 거예요. 사람들은, 특히 남자는 경쟁심이 강하죠."

"연쇄살인범은 자신들 범행에 관해 말할 때 종종 다른 연쇄살인범을 거론하죠." 조이가 말을 보탰다. "데니스 레이더, BTK는 자신을 샘의 아들, 그린 리버 살인범과 견주어 말하곤 했어요."

"봤죠? 당신이 아무리 놈이 거지 같다고 세상에 떠들어봤자 놈은 눈 하나 깜짝 안 할 거예요. 하지만 넌 맨슨에 비하면 어릿광대에 불과하다고 말해봐요. 그럼 이 자식은 뚜껑이 열릴 겁니다."

"그…… 그 생각은 괜찮은 것 같네요. 그럼 우리 인터뷰에서 놈을 다른 연쇄살인범과 비교하도록 하죠. 그러면 놈은 한참 모자란 것처럼 보일 테고, 그건 놈을 열받게 할 거예요."

"하지만 그건 기사 본문 중에 들어가겠죠? 우린 제목이 필요해요. 기사의 분위기를 결정하는 제목요. '샌앤젤로 살인범은 테드 번디보다 못하다'는 제목이 될 수 없어요."

"음…… 맞아요. 하지만 그냥 제목만으로는 놈을 열받게 할 수 없을 것 같은데요."

"정말 그렇게 생각해요?" 해리가 눈썹을 추켜세웠다. "놈은 자신한테 이름을 붙였잖아요, 그렇죠? 슈뢰딩거라고 붙인 거 맞죠?"

"네. 그리고 언론은 놈을 슈뢰딩거의 살인범이라고 부르죠."

해리는 팔짱을 끼고 짓궂게 웃었다. "『시카고 데일리 가제트』는 아마 놈을 다르게 부를 것 같은데요."

53

2016년 9월 10일 토요일, 텍사스 주 샌앤젤로

'삽질 살인마, 샌앤젤로를 두 번 덮치다!'

남자는 자신의 눈을 의심하며 기사를 노려보았다. 불끈 쥔 양 주먹이 덜덜 떨렸다. 기사를 읽는 내내 심장이 쿵쿵 뛰었다. 그날 아침에 뜬 기사들 중에서 가장 상세한 축에 속하는 이 기사는 남자를 두 피해자 모두와 연결 짓고 심지어 영상의 선명한 이미지도 싣고 있었지만, 몇몇 문장은 남자의 망막을 불로 지져대는 것 같았다.

프로파일러 조이 벤틀리 박사는 삽질 살인마가 무능하기 짝이 없다고 진술했다…….

범인은 자신에게 슈뢰딩거라는 이름을 붙였지만 이름의 스펠링조차 잘못 썼다. 원래 슈뢰딩거의 이름에 있던 움라우트(ö, 독일어에서 변모음의 한 종류에 붙이는 기호—옮긴이)를 누락한 것이다…….

'삽질 살인마'가 제2의 테드 번디냐는 질문에, 벤틀리 박사는 '어림도 없죠'라고 답했다.

더 나빴다. 이건 조이 벤틀리가 인터뷰에 동의한 유일한 기사였다. 그 결과 여러 **다양한** 기자들이 이 기사를 인용했고, 남자는 '삽질 살인마, 다른 말로 슈뢰딩거의 살인범' 같은 구절을 끝도 없이 봐야 했다. 새로운 별명은 그대로 자리 잡을 것 같았다. 도저히 이해할 수 없었다.

눈물이 차올랐다. 입술을 질끈 깨물자 혀끝에서 피 맛이 느껴졌다. 자신도 모르는 사이, 이미 타자를 맹렬히 두드리고 있었다. 기사 밑의 댓글 난이 점점 길어지고 있었다. 부정확한 사실들을 바로잡고, 슈뢰딩거는 움라우트 없이 써도 전혀 문제가 되지 않는다고, 자신이 일을 마쳤을 즈음엔 테드 번디의 시체 수 따위는 하찮아 보일 거라고 주저리주저리 늘어놓고 있는데 스크롤바가 눈에 들어왔다.

남자는 멈추고 의자를 뒤로 밀어 컴퓨터에서 떨어졌다. 댓글 난과 그 안의 댓글 장벽을 자세히 들여다보다 고개를 저었다. 젠장, 난 왜 이 모양이지?

긴 숨을 한번 들이켠 후 줄리엣 비치의 인스타그램으로 돌아갔다. 자신이 너무 잘 아는 그 사진들을 스크롤하고, 남동생과 함께 찍은 새 사진을 자세히 살펴보았다. 그후 댓글 난에 새로 뜬 생일 축하 메시지 몇 개를 읽었다. 다가오는 자신의 만찬을 상상하니 가슴에 흥분이 차오르는 게 느껴졌다. 좌절감과 분노가 서서히 흩어지고 있었다.

시간을 보니 간신히 기사의 작성자에게 짧은 이메일을 쓸 시간이 남아 있을 것 같았다. 기자의 이름은 H. 배리였다. 못 쓴 기사는 아니었다. 기자는 조사를 했고, 모든 사실을 제대로 적었으며, 좋은 인터뷰를 따내는 데 성공했다. 자기 일에 자부심을 느끼는 남자임이 분명했다.

남자는 거기에 공감할 수 있었다.

H. 배리의 이메일을 찾아 기사에 대한 응답을 보냈다. 짧고 간략하게 쓰라고 자신에게 계속 상기시켰다. 이걸 제대로 바로잡는 건 중요했다. 어쩌면 기자가 이 이메일을 발표할지도 모른다. 충분히 가능성 있는 일이다. 실제 자기 모습을 보여줘야 했다.

테드 번디라고?

남자가 일을 마친 후에, 사람들은 심지어 그게 누군지도 기억하지 못할 것이다.

54

토요일에는 아침 회의가 없다는 것을 알고 조이는 안도했다. 부서장은 아직 나타나지 않았고, 그 짜증나는 남자한테 자기들이 뭘 하는지 일일이 설명할 필요가 없으면 다들 더 효율적으로 일할 수 있을 것이다.

포스터는 연쇄살인범 관련 소식이 대중에게 새어나간 이후 핫라인에 끝도 없는 제보가 쇄도하고 있다고 조이에게 알려주었다. 포스터와 라이언스, 두 형사는 통화 기록을 확인하면서 관련 있어 보이는 것들을 추려내고 있었다. 포스터는 또한 마리벨 하위의 친구와 친척을 포함해 인터뷰할 필요가 있는 사람들의 긴 명단을 작성했다. 그리고 조이와 그레이가 자문을 구할 수 있는 지질학자를 가능한 한 빨리 알아보겠다고 약속했다.

비록 포스터는 조이가 그동안 만난 형사들 중 가장 에너지가 넘치는 축에 속했지만, 이제는 연료가 떨어져가는 기색이 역력했다. 눈은 충혈됐고 셔츠는 구깃구깃했다. 조이는 형사가 과연 밥은 먹고 잠은 자는지 궁금했다.

다시 노트북을 열어 해리의 기사를 읽었다. 약 스무 개 정도의 댓글이 달려 있었다. 재빨리 읽어 내려갔다. 관련 있어 보이는 건 하나도 없었다.

이제는 일을 시작해야 할 때였다. 방문을 닫고 음악 라이브러리를 훑다가 마침내 케이티 페리의 〈원 오브 더 보이스〉를 배경음악으로 결정했다. 재빨리 기분을 확 끌어올릴 수 있는 게 필요했다. 도입부의 느린 연주 따위는 필요 없었다. 케이티는 때로 그냥 질주해야 한다는 걸 아는 것이다.

범죄 현장 보고서를 전부 인쇄해서 책상 위에 쫙 펼쳐놓았다. 박자에 맞춰 머리를 까딱거리며 입으로는 코러스에 맞춰 조용히 허밍을 했다.

"뚜두두 지문 없음 상자 밖에 DNA 없음."

"뚜두두두두 상자 안에 적외선 카메라, 처음과 동일하게 설치됨."

"뚜두두 상자 크기는 첫 상자와 동일함."

"뚜두두두두두 사용된 휴대폰엔 지문이 없음. 화면은 아마도 던져서 깨졌음."

케이티가 한 여자에게 키스하는 동안 이미지들을 정리했다. 마음에 들었다.

조이는 범죄 현장의 파노라마 뷰를 엄지와 검지로 잡은 채 얼굴을 찌푸렸다. "왜 여길 팠을까?" 나지막이 웅얼거렸다. "이곳의 뭐가 놈을 자극했을까?"

첫 범죄 현장의 사진들을 들여다보았다. 비슷해 보였다. 바위가 많고 식물들은 시든, 고르지 않은 땅.

회의실 문이 열렸다. 포스터가 문간에 서서 음악 소리에 얼굴을 찌푸리고 있었다. 조이는 어디 뭐라고 하기만 해보라는 표정으로 형사를 노려보았다.

"지질학자가 자기 집으로 오라네요." 포스터가 말했다. "30분 후에 갈 건데, 같이 가시렵니까?"

"좋아요. 고마워요."

포스터는 문을 닫고 나가려 했다.

"포스터……." 조이가 불렀다. "잠깐만요."

"네?"

"이걸 한번 보세요." 조이는 사진을 들어 올렸다. "뭐가 보여요?"

형사는 방 안으로 들어와 사진을 보았다. "범죄 현장요."

조이는 눈동자를 굴렸다. "이 지역을 차로 지나간다고 상상해봐요. 이게 범죄 현장인 줄 모르고요. 무슨 생각이 들 것 같아요?"

포스터가 어깨를 으쓱했다. "아무것도요. 이 근처는 다 똑같아 보여요. 건조하고. 덥고."

"하지만 정확히 똑같지는 않아요." 조이가 구글 맵을 열며 말했다. "여길 보세요."

지도의 한 지점을 클릭했다. 그 지역의 이미지가 화면에 떴다. 완전히 평평한, 모래로 뒤덮인 토양. 식물이나 바위 따위는 눈에 띄지 않았다.

"흠……." 형사가 말했다. "무슨 말을 하려는 건지 모르겠어요. 여긴 범죄 현장이 아니잖아요."

"샌앤젤로를 차로 돌아다닐 때, 이런 곳들을 보면 무슨 생각을 해요?"

"몰라요. 별로 관심이 없어서요. 난 여기서 자랐어요."

"하지만 범인은 관심이 **많아요**. 당신은 놈이 주위를 둘러볼 때 뭘 생각하는지 알아요?"

"아뇨."

"놈은 이렇게 생각해요. '여긴 내 다음번 피해자를 묻기 좋은 곳 같아.' 아니면 이렇게 생각하겠죠. '이곳은 나한테는 별 필요가 없어. 영 재미가 없거든.' 놈은 무덤을 팔 장소를 고르면서 **흥분을 느껴요**. 이건 놈의 포르노예요."

포스터의 얼굴에 살짝 불편한 기색이 떠올랐다. 조이는 그런 반응에 익숙했다.

"왜 여기가⋯⋯." 조이는 식물이 자란 바위투성이 지형을 가리키며 입을 연 후 모래투성이 지형으로 옮겨갔다. "여기보다 더 흥분될까요? 모래밭이 파기엔 더 재미있지 않나요?"

"나야 모르죠, 벤틀리." 포스터가 한숨을 쉬며 대답했다. "정확한 사망시각이 나왔는데, 혹시 봤어요?"

"정말요?" 조이가 확 관심을 나타냈다.

"네. 컬리의 추정에 따르면 7월 30일에서 31일 사이랍니다."

"와, 놀랍도록 정확한데요."

"확실히 우리 살인범이 피해자를 산 채로 묻는 데는 이점이 있어요. 놈은 피해자를 깊이 묻기 때문에 벌레들이 침투하지 못하고, 열에 노출되지도 않죠. 그래서 컬리는 사망 시각을 비교적 정확하게 추정할 수 있어요. 그냥 내장의 부패 정도만 확인하면 되니까요. 그리고 이번엔 평소보다도 더 잘 해냈죠."

"그럼 피해자는 실종된 지 하루 이틀 내에 죽었군요. 메디나와 동일한 패턴이에요. 놈은 시간을 조금도 낭비하지 않아요. 여자를 납치해서 거의 그 직후에 생매장하죠."

포스터가 고개를 끄덕이고는 물었다. "다른 건요?"

"우린 놈이 여자를 생매장하는 판타지를 꽤 오랫동안 품고 있었다는 걸 알아요. 놈은 자신의 명성에 집착해요. 적어도 세 명 이상의 피해자를 죽였고요……."

"세 명이요?" 포스터가 조이를 응시했다. "우리가 아는 피해자는 두 명이잖아요. 심지어 그들에게 실험 1호와 2호라고 이름을 붙였고요."

"아뇨. 말했잖아요. 적외선 카메라와 영상을 온라인에 올리는 이 짓거리는 놈이 첫 피해자를 죽인 후에 계획한 거예요. 원래 판타지는 그냥 피해자를 생매장하는 거였어요. 오랫동안 그건 그냥 판타지에 머물렀어요. 아마도 절대 자기가 그걸 실현할 거라고는 생각지 않았을 거예요. 놈은 그냥 판타지를 충족시키려고 구덩이를 몇 개 팠던 거예요. 어쩌면 동물 몇 마리를 산 채로 묻었을 수도 있겠죠. 그후 뭔가 스트레스 요인이 발생했고, 놈이 홱 돌아버리게 되죠. 놈은 첫 피해자를 죽여 자기 충동을 실행에 옮겼어요. 그때 가서야 놈은 자신이 상자 안의 피해자를 촬영할 수 있다는 걸 알아냈어요. 그들이 어떻게 발버둥 치고 죽는지를 보는 거죠."

"그걸 당신이 어떻게 알죠?"

"왜냐하면 그게 내가 하는 일이니까요. 이자들은 전부 이런 식이에요. 원래 판타지는 절대 그렇게 정교하지 않아요. 절대 명성 같은 외적 요인의 영향을 받지 않죠. 또 다른 피해자가 있어요, 포스터. 필요하다면 피해자 0호라고 부르죠. 그 여자는 촬영되지 않았어요. 그리고 우리가 그 피해자를 찾아내면, 범인의 지문이나 DNA를 확보할 수 있을지도 몰라요. 놈은 아마도 첫 피해자한테는 조심성이 덜했을 테니까요."

포스터는 미심쩍은 시선으로 조이를 보았다. "당신은 마치 이 남자에 관해 전부 아는 것처럼 말하네요."

"전부는 아니죠. 난 아직 놈이 왜 이런 곳들을 고르는지 모르니까요."

55

안드레이 예르밀로프 박사의 홈 오피스는 살풍경했고 아무런 특징도 없었다. 책상은 어질러진 것 하나 없이 깨끗했고 벽은 지도나 토양층의 다이어그램으로 꾸며져 있었다. 조이는 포스터와 테이텀의 왼쪽으로, 부엌에서 가져온 의자에 앉았다. 포스터가 그들이 찾아온 이유를 설명하는 동안 안드레이는 계속 서글픈 얼굴로 주변을 둘러보았다. 마치 자기가 어쩌다 이런 상황에 처하게 된 건지 영문을 몰라하는 것 같았다.

"그래서……." 안드레이는 강한 외국어 억양으로 말했다. "여러분은 숨겨진 구덩이를 찾는 거군요."

"판자와 모래로 덮여 있을 가능성이 높죠." 포스터가 대답했다.

안드레이는 한숨을 내쉬고는 다시 주위를 둘러보았다. 갈피를 잡지 못하던 시선이 벽에 붙은 다이어그램 중 하나에 머물렀다.

"왜……." 박사는 모호하게 손을 내저으며 말했다. "레이더를 이용하시지 않는 거죠?"

"레이더도 시도해봤지만 소용이 없었습니다." 포스터가 대답했다. "기술자가 땅에 점토가 너무 많다고 하더군요."

"점토가 너무 많아요?" 안드레이는 당황한 표정으로 물었다. "구덩이에는 점토가 없을 텐데요. 구덩이만 있죠."

이 심오한 철학적 명제에 다들 잠시 생각에 잠겼다.

"그러니까 박사님 말씀은……." 테이텀이 말했다. "우리가 찾는 구덩이가 실제로 존재한다면 레이더로 그걸 찾는 데 아무런 문제가 없을 거라는 말씀이시군요."

"당연하죠!"

"우리가 지난번에 땅 속 깊이 묻혀 있던 상자를 찾을 때는……." 테이텀이 조이에게 말했다. "그러니까 짐작건대, 토양에는 점토가 많았죠. 하지만 구덩이가 그냥 몇 센티미터의 모래로 덮여 있다면……."

"고맙지만 이미 알아들었어요." 조이가 짜증스럽게 대꾸했다. "맨스플레인은 사양할게요."

"하지만 속도가 너무 느릴 겁니다." 포스터가 말했다. "제 말은, 레이더를 미는 남자는 죽어라 느렸어요."

"미는 남자요?" 안드레이의 눈이 휘둥그레졌다. "왜 차를 이용하지 않죠?"

"어…… 무슨 말씀이신지?"

"레이더를 차에 연결해죠. 그리고 차를 운전하고요." 박사는 양손을 움직여 운전하는 흉내를 냈다. "레이더가 구덩이를 찾아요. 그건 쉽죠. 우리가 매일 하는 일인걸요."

"정확히 어떻게 하는지 보여주실 수 있나요?" 테이텀이 물었다.

안드레이는 다시 한숨을 내쉬고는 자판을 두드리면서 짧은 문장들을 짜증스럽게 토해냈다. 조이는 귀담아듣지 않았다. 이미 이 문제에 접근할 최상의 방법을 생각해내려 애쓰는 중이었다. 살인범이 팠을 가능성이 가장 큰 지역들에 초점을 맞춰야 할 것이다. 하지만 그냥 무작위로 샌앤젤로 주변의 특정 지역들을 수색하려면 몇 주는 걸릴 것이다. 범위를 좁힐 방법을 찾아야 했다.

조이의 관심이 다시 안드레이에게 쏠렸다. 박사는 레이더 이야기를 멈추고 이제는 뭔가 일반적인 걸 설명하고 있는 듯했다.

"아주 어려워요. 도구가 매일 부서지거든요. 정말 절망스럽죠. 연구는 지연되고요. 자금은 거의 바닥났죠." 박사는 지형학 지도 중 하나를 노려보며 끙 소리를 냈다. "다음 주가 제 생일이에요."

"이런, 생일 축하합니다." 테이텀이 박사의 비위를 맞추려는 듯 말했다.

"축하할 일 아니에요."

"맞아요." 포스터는 이 상황에서 도망치고 싶은 듯 문 쪽으로 의자를 움직였다. "앤젤로 기반암층에 대한 조사가 그렇게 힘들다니 유감입니다……."

"힘들다고요? 하! 그건 재앙이에요. 표본 채집은 끔찍해요. 지난주에 드릴 세 개가 부서졌어요."

"왜요?" 조이가 물었다.

포스터는 조이에게 입 다물라는 강한 몸짓을 해보였지만 조이는 무시했다.

"박사님은 앤젤로석을 연구하고 있다고 하셨죠? 그 이름은 샌앤젤로에서 온 건가요?"

"당연하죠. 여기 다른 앤젤로도 있습니까?"

"그리고 땅은…… 뭐죠? 단단한가요?"

"단단하냐고요? 강철이에요! 난 값비싼 착공 장비가 필요해요. 싸구려 드릴은 못 쓰죠. 이건 〈마인크래프트〉가 아니라고요."

"〈마인크래프트〉가 뭐죠?" 조이가 물었다.

모두가 놀라움에 조이를 응시했다.

"심지어 **나도** 〈마인크래프트〉는 알아요." 테이텀이 말했다. "난 아이도 없는데."

"〈마인크래프트〉가 뭔데요?" 조이가 자신의 무지함에 짜증이 나서 다시 물었다.

"멍청한 비디오 게임이죠!" 안드레이가 고함쳤다. "끔찍해요! 내 아들이 하루 종일 그걸 붙들고 있어요. 그애는 세상에 돌이 열 종류가 전부인 줄 알아요. 열 종류! 난 그애한테 현실은 훨씬 더 복잡하다고 말하지만, 그애는 모래와 돌과 자갈과 석탄이 전부라고 말하죠. 그걸 파려면, 그애는 그냥 바닥만 때리면 돼요!"

"사실은 곡괭이가 필요해요." 포스터가 말했다. "곡괭이는 종류가 다양한데……."

"곡괭이로 그렇게 빨리 파는 건 불가능해요!" 안드레이는 분노로 졸도하기 직전이었다. "그애는 용암에 도달할 때까지 파요. 말도 안 돼! 그리고 이제 그애는 네더에 도달해야 하니까 나더러 도와달래요. 파는 건 내 전문 아니냐면서. 그애는 내가 자기 취미를 깔본다고 투덜거려요. 〈마인크래프트〉가 무슨 취미라고! 취미는 우표 수집 같은 거죠. 피아노 연주 같은 거요. 우린 어제저녁 내내 싸웠어요." 박사는 러시아어로 바꾸어 신세한탄을 계속했다. 입에서 침이 튀어나왔다.

이건 전부 당신 잘못이에요. 테이텀이 입 모양으로 조이에게 말했다.

안드레이가 숨을 쉬려고 말을 멈추자 조이는 재빨리 끼어들었다. "그럼 이곳 주변 땅은 파기가 어렵겠군요, 그렇죠?"

"앤젤로 암석층은 그렇죠."

"하지만 우리가 찾는 남자는 구덩이를 파는데요." 조이가 말했다.

"앤젤로 암석층에 파는 건 아니겠죠." 안드레이가 낮고 절망에 찬 웃음소리를 냈다. "내 말 믿어요."

"하지만 놈은 팠어요."

"어디에요? 지도를 보여주세요." 박사는 벽의 지형학 지도를 몸으로 가리키며 말했다.

조이는 일어나서 범죄 현장들의 위치를 가리켰다. "여기요. 그리고 여기도요."

"거긴 앤젤로 암석층이 아니에요. 툴리아 토양이죠. 파기가 훨씬 편해요. 봐요." 박사는 컴퓨터를 향해 몸을 돌리고 브라우저를 열었다. 다양한 색의 여러 층으로 된 다이어그램이 화면을 가득 채웠다. "이건 툴리아예요. 다섯 층이죠, 그렇죠? 일부는 단단하지만 최악은 아니에요. 점토가 많죠. 짜증이 나겠지만 팔 수는 있어요. 그리고……." 박사는 다른 창을 열었다. "**이게 바로** 앤젤로 암석층이에요. 30센티미터쯤 파면 이 층에 도달하죠." 박사는 손가락으로 사납게 화면을 찔렀다. "내 인생의 골칫거리예요. **수카 블리얏**(러시아 욕설—옮긴이)! 두텁고 단단하죠. 장비가 늘 부서져요."

"그게 범인이 이곳을 선택한 이유군요." 조이가 흥분해서 내뱉었다. "놈은 자기가 팔 수 있는 곳을 파는 거예요!"

안드레이는 다시금 분노 섞인 웃음소리를 짧게 토했다. "나도 그렇게 운이 좋을 수만 있다면."

"이 앤젤로 암석층은…… 어디 있죠?"

"온 사방에요. 지도에서 그쪽 거의 전부요." 박사는 샌앤젤로 동쪽 지역을 향해 몸짓했다.

"그리고 나머지는요? 그건 툴리아인가요?"

"많은 곳이 그렇죠. 단단한 곳도 있고, 아닌 곳도 있고."

"하지만 이 둘은 툴리아 맞죠?" 조이는 두 범죄 현장 부근을 가리키며 말했다.

"맞아요. 확실히 툴리아예요."

"그 외에 툴리아인 지역을 더 알려주실 수 있나요? 그리고 더 파기 쉬운 다른 토양이 있다면 그것도요?" 테이텀이 물었다.

"그러려면 몇 시간은 걸려요. 안 돼요."

"예르밀로프 박사님." 포스터가 말했다. "그래 주시면 무고한 생명을 살리는 데 도움이 될 겁니다."

안드레이가 한숨을 쉬었다. "좋아요. 어차피 연구는 거지 같으니까. 가서 커피를 타오죠. 이 일은 무척 길어질 거고…… 미국에선 뭐라고 하죠? 따분할 거예요."

그 말이 맞았다. 박사는 지도상의 각 지역을 하나하나 짚으면서 다양한 층들과 거기 필요한 도구들에 관해 수고스럽게 설명했고, 포스터는 목록을 작성했다. 조이는 모든 걸 흡수하려 애쓰면서 귀를 기울였다. 너무 지루했지만, 조이는 살인범이 이 조건에 집착하리라 확신했다. 파기 좋은 곳들을 연구하는 것은 놈에게 있어 전희나 다름없었다.

휴대폰 알림이 울려 조이의 주의를 끌었다. 해리가 보낸 이메일이었다. 쿵쿵 뛰는 심장으로 재빨리 훑어보았다.

당신 생각이 맞았어요. 우리의 비웃는 기사가 삽질 살인범의 비위를 건드렸어요. 하지만 놈은 사이트에 댓글을 달지 않았어요. 나한테 이메일을 보냈어요. 전달할게요. h.

H. 배리 씨에게,

난 부모님이 헨리 리 루카스의 자백에 관해 이야기하던 걸 아직 기억합니다. 당시엔 다들 배심원단에 친구나 식구가 한 명쯤 있었죠. 우리 시에는 손님이 하나 있었어요. 바로 우리의 연쇄살인범요. 하지만 그 사람은 그냥 지나가는 길이었습니다. 이번에는 진짜입니다.

당시 그 사람은 수천 명을 죽였다고 주장했고, 기자들은 그걸 덥석 받아들였죠. 센세이션을 일으키기 위해 직업정신 따윈 갖다버린 거죠. 루카스와 달리, 난 아무런 거짓 주장도 하지 않을 겁니다. 하지만 사실과 다른 건 용납할 수 없습니다.

1. 내 방식에서 효율적이지 않은 건 하나도 없었습니다. 당신이 잘못 안 겁니다. 내가 취한 모든 행보는 필수적이었고 불가피했습니다.

2. 난 내 실험대상의 고통을 즐기지 않습니다. 내가 해야 하는 일을 할 뿐입니다. 이 모든 일에는 이유가 있습니다.

3. 내 일을 다른 누구의 일에 비교하는 것은 불합리합니다. 당신이 아인슈타인의 「아누스 미라빌리스」(1905년 발표된, 현대 물리학의 기초를 확립하는 데 큰 기여를 한 네 편의 논문 제목—옮긴이)의 한 페이지를 가지고 있다면, 그걸 다른 과학자의 업적과 비교할 수 있겠습니까? 당신이 모든 걸 알게 될 때까지 기다리시죠.

그리고 한 가지 더요. 삽질 살인마라고요? 난 그게 당신의 최선이라고 생각지 않습니다.

슈뢰딩거

단 몇 문장만으로 살인범은 자신의 심리에 끝없는 조명을 비췄다. 다정하고 온화한 척하려 했으나, 그 아래에선 분노가 부글부글 끓고 있었다. 그들은 놈을 흔들어놓는 데 성공했다. 이제 그들은 소통을 확보했다.

56

1999년 9월 15일 금요일, 메릴랜드 주 볼티모어

"그 여자가 남자의 결혼반지를 떨어뜨렸을 때 난 비명을 지를 뻔했어." 기숙사 방까지 데려다주는 남자에게 엘리스가 말했다.

그랬다면 엘리스가 영화를 보면서 지른 네 번째 비명이 되었을 것이다. 남자는 수를 세고 있었다. 엘리스의 비명은 남자로 하여금 어머니가 커다란 바퀴벌레를 맞닥뜨리던 기억을 떠올리게 했다. 그건 남자의 신경에 거슬렸다. 어쩌면 〈식스 센스〉는 데이트 영화로 적합한 선택이 아니었을지도 모른다.

하지만 매번 비명을 지른 후 엘리스는 남자의 가슴에 얼굴을 파묻고 그 어린 남자애가 자기에게 말을 걸어오는 죽은 사람들을 마주하는 걸 보지 않으려 했다. 남자의 품 안에서 벌벌 떨기만 했다. 그건 남자를 기분 좋게 했다. 남자다워진 기분이었다.

이번이 두 번째 데이트였다. 어색한 침묵의 순간순간을 잡담으로 이어가던 첫 데이트와는 달리 비교적 순조롭게 진행되었다. 남자는 룸메이트의 조언에 따라 엘리스를 영화관에 데려갔다. 영화를 보면 말할 필요가 없다는 이유에서였다. 그리고 그 조언은 옳았다. 영화가 대화의 내용물을 제공해주었다. 영화를 보기까지는 거쳐야 할 과정이 있었다. **어떤 영화를 볼까? 팝콘 먹을래? 앞쪽에 앉을래, 뒤쪽에 앉을래?** 영화가 끝난 후, 두 사람은 영화와 그 놀랍기 짝이 없는 반전에 관해 이야기할 수 있었다. 남자는 사실 그 반전을 오래전부터 예견할 수 있었다. 지난 일주일 동안 사람들은 온통 '그 놀랍고 엄청난 반전'에 대해서만 이야기했다. 그건 그 반전이 별로 놀랍지도, 굉장하지도 않다는 반증이나 다름없었다.

"넌 어떤 부분이 가장 마음에 들었어?" 엘리스가 물었다.

남자는 잠시 뜸을 들였다. 가장 마음에 들었던 부분이 뭔지 몰라서가 아니라 대안을 찾아야 했기 때문이다. "마지막 부분." 남자는 그렇게 대답했다. "반전."

사실 가장 좋았던 부분은 아이를 좁고 어두운 방에 가두는 장면이었다. 남자의 심장을 쿵쿵 뛰게 했다. 하지만 엘리스는 아마 이해하지 못할 것이다.

기숙사 앞까지 오자 엘리스는 남자에게 안으로 들어와 잠깐 뭐라도 마시고 가라고 했다. 남자는 잔뜩 긴장한 채 방으로 따라갔다. 남자와 달리 엘리스는 방 한 칸을 혼자 썼다. 기숙사는 방 다섯 개짜리 아파트로, 공용 욕실과 공용 부엌이 하나씩 딸려 있었다. 일주일 내내 룸메이트의 양말 냄새를 맡아야 했던 남자에게 이곳은 낙원이나 다름없었다.

엘리스는 싸구려 포도주 한 병과 커다란 잔 두 개를 가져와 잔을 가득 채웠다. 포도주는 남자의 입 안에 불쾌한 맛을 남겼고, 남자는 곧 어지러움을 느꼈다. 평소에는 술을 거의 마시지 않는데, 그 뒤에 따라오는 감각이 혐오스러워서였다. 하지만 남자의 룸메이트는 긴장을 푸는 데 술이 도움이 될 거라고, 언제나처럼 묻지도 않은 충고를 했다.

먼저 긴장을 풀고 키스를 시도한 건 엘리스였다. 엘리스는 굶주린 듯 공격적으로 남자를 밀어붙였다. 남자의 등을 할퀴고 셔츠를 벗겼다. 남자는 좀 더 적극적으로 반응하려고 노력했다. 키스에 호응하고, 애무하고, 리드하려고 했다. 하지만 남자의 손이 허리에 닿자 엘리스는 그 손을 잡아 자기 허벅지에 얹었다. 남자가 목에 키스하자 엘리스는 자기를 물라고 속삭였다. 남자가 브라를 벗기는 데 애를 먹자 엘리스는 인내심을 잃고 자기가 스스로 벗었다.

끝도 없는 지시와 교정. 통제권은 엘리스의 손에 있었다. 그리고 영화를 보며 좋아졌던 기분, 남자다워진 기분은 사라지고 말았다. 남자는 다시 어린아이로 돌아가 예의 바르게 먹는 법, 옷 입는 법, 옆에 있는 사람과 대화하는 법, 착한 아이가 되는 법에 관해 가르침을 받고 있었다.

평소 한 시간마다 원치 않는 발기로 망신당할 두려움에 시달려왔음에도, 지금 남자는 아무것도 느낄 수 없었다. 남자의 주머니와 엘리스의 지갑에는 각각 콘돔이 들어 있었지만 둘 다 쓸모가 없었다.

엘리스는 남자를 도와주려고 했지만 상황은 더 나빠지기만 했다. 남자는 점차 솟구치는 분노를 느꼈다. 그건 남자가 아니라 **엘리스**의 잘못이었다. 엘리스가 그렇게 들들 볶아대며 방해만 하지 않았다면 밤새껏 얼마든지 할 수도 있었으리라.

남자는 엘리스의 손목을 꽉 잡아 자기 몸에서 떼어냈다.

"야, 아프잖아!" 엘리스가 식식거렸다.

남자는 이를 악문 채 손을 놓아주지 않았다. 심장이 쿵쿵 뛰었다. 손을 확 잡아당겨 비틀자 엘리스가 침대에서 굴러떨어졌다.

"망할, 도대체 왜 이러는데?" 엘리스가 남자에게 꽥 소리를 질렀다. 남자가 익히 아는 어조였다. 어머니가 소리를 지르고 싶지만 남들이 들을까 봐 신경 쓰일 때 자주 이용하던 어조. 물론 여긴 다른 방이 네 개 더 있고 벽이 종잇장처럼 얇은 기숙사 방이었다.

남자는 대답하지 않고 그냥 노려보기만 했다.

엘리스의 눈에 눈물이 차올랐다. 타월로 몸을 감싸고 남자에게 말했다. "난 씻으러 갈래. 너도 그만 가보는 게 좋겠어."

엘리스는 비틀대며 방을 나갔다. 남자가 발가벗고 있는데도 문을 닫지 않았다. 남자는 욕실 문 닫히는 소리를 들을 수 있었다.

남자는 옷을 입었다. 귀에서 끊임없이 웅웅대는 소리가 들렸다. 머릿속은 폭력적인 이미지들로 가득찼다. 엘리스를 욕실로 쫓아가서 머리끄덩이를 잡아 벽에 처박아야지. 그후 내게 아무 문제도 없다는 걸 보여줘야지. 콘돔 **두 개를 다** 써버려야지.

하지만 남자는 동시에 자신이 그러지 않으리라는 걸 알았다. 절대로. 그냥 여길 나가 집으로 돌아갈 것이다.

그리고 룸메이트가 데이트는 어땠느냐고 물으면 그냥 **신사는 말하지 않는 법이야** 하고 대꾸할 것이다. 하하. 그리고 어쩌면, 아주 조심하면, 대학을 졸업할 때까지 엘리스나 그 친구 누구와도 마주치지 않고 피해 다닐 수 있을 것이다.

방에서 나와 등 뒤로 문을 닫았다. 기숙사를 나가려던 순간 욕실 문에 시선이 꽂혔다. 안에서 물소리가 났다.

공용 부엌에 놓여 있던 의자들 중 하나를 가져와 욕실 문손잡이 밑에 끼워 넣었다. 손잡이를 조심스럽게 돌려 움직이지 않는 걸 확인했다.

그후 욕실 불을 꺼버렸다.

"어이." 엘리스가 안에서 말했다. "나 안에 있거든. 이봐!"

물소리가 멈췄다. 남자는 문에 귀를 바짝 갖다 댔다. 쿵 소리와 뭔가에 부딪힌 듯 고통스러운 끙 소리가 들렸다. 이어 문손잡이가 돌아가는 달그락 소리.

"어이? 문이 안 열려. 어이?"

엘리스는 낮은 목소리로 말했다. 다른 네 개의 방. 거기 있는 사람들을 몽땅 깨우고 싶지는 않을 것이다. 벌거벗은 채 욕실에 갇혀 있는 걸 들키고 싶지 않을 것이다. 그건 좀 민망하지 않겠는가.

다시 문손잡이가 돌아가는 소리가 들렸을 때 남자의 분노는 사라졌다. 엘리스는 어두운 곳에 갇혔다. 생각하기 좋은 곳. 자신의 행동을 돌이켜보기 좋은 곳.

"어이? 문 열어줘!" 이제 엘리스의 목소리는 날이 서 있었다.

엘리스는 문을 세게 때리고 목소리를 높여 다시 도움을 청했다. 그리고 곧 비명을 지르기 시작했다. 이제 그 비명은 더 이상 남자의 신경을 긁지 않았다.

남자는 단단해졌다.

57

일행은 경찰서에 도착하자 곧장 상황실로 향했다. 포스터는 벽의 지도를 보았다. 샌앤젤로와 그 주변 지역의 대축척 지도로, 각 방향으로 약 15킬로미터까지 뻗어 있었다.

"좋아요." 포스터는 조이와 테이텀에게 파란색 마커를 건넸다. "예르밀로프가 파기 쉽다고 말했던 지역들을 표시해봅시다."

"툴리아 토양은 다른 색으로 표시해야 해요." 조이가 말했다. "현재까지 살인범은 늘 툴리아 토양에 집중했어요."

"다른 색……." 포스터가 웅얼거렸다. "당신네 연방 요원들은 도대체 무슨 생각을 하고 사는지 모르겠어요." 방을 나갔던 포스터는 잠시 후 손에 마커를 한 묶음 쥐고 돌아왔다. "여기요." 녹색 마커를 조이에게 던지며 말했다.

왼손으로 마커를 받은 조이는 이상하게 으쓱해졌다. 하지만 늘 사람들이 던지는 걸 잘 받아내는 것처럼 별일 아닌 척, 태연한 척 했다.

"좋아요." 포스터가 말했다. "목록 있어요?"

"나한테 있어요." 테이텀이 접힌 종이를 펼쳤다. 예르밀로프의 가르침에 따라 작성한 지역들 목록이었다.

테이텀은 근처 복사기에서 그걸 두 장 복사해 한 장은 조이에게, 한 장은 포스터에게 건넸다. 조이는 툴리아 지역을 표시했다. 좌표 한 쌍과 반경들. 그것들을 녹색 마커로 지도에 표시했다. 니콜 메디나가 묻힌 곳의 인근 지역, 마리벨 하위가 묻힌 곳의 인근 지역. 그후 지도의 서쪽 전체에 걸친 지역들을 추가로 표시했다.

포스터와 테이텀도 함께 옆에서 부대끼며 자신들이 맡은 지역을 표시했다. 곧 지도 전체가 녹색과 파란색 동그라미로 가득 찼다.

"범위를 더 좁힐 수 있을 거예요. 적어도 지금은요." 조이가 말했다. "두 피해자 모두 샌앤젤로에서 10킬로미터 미만인 곳에 묻혔어요. 첫 수색 범위를 10킬로미터 반경으로 제한해도 될 거예요. 나중에 다시 넓히면 되니까."

포스터는 범죄 현장 테이프 한쪽을 컴퍼스처럼 이용해서 지도에 삐뚤삐뚤한 원을 그렸다. 샌앤젤로로부터 10킬로미터 반경을 나타냈다.

"범인이 판 구덩이는 도로 근처겠지만 아마도 샛길일 겁니다." 테이텀이 말했다. "또한, 놈은 인구 밀도가 높은 지역은 무조건 피할 겁니다. 그러니 그레이프 크리크 주변 지역은 무시해도 돼요. 그리고 오로지 파기 쉬운 토양으로 된 도로들만 표시해야 하고요."

그들은 해당 도로들을 인내심 있게 차례차례 표시했다. 여전히 조이가 원했던 것보다 훨씬 많았지만, 이제 레이더로 수색하는 건 가능할 것 같았다. 족히 며칠은 걸리겠지만.

마침내 모든 도로에 표시를 완료했다. 세 사람은 뒤로 물러서서

지도를 응시했다.

"젠슨한테 가서 말할게요." 포스터가 말했다. "적어도 레이더 한 대분의 예산은 먹살잡이를 해서라도 얻어내야죠. 가능한 한 빨리 작업을 시작해야 해요."

"어쩌면 FBI 현장사무소에서 도움을 줄 수 있을지도 몰라요." 테이텀이 말했다. "내가 알아볼게요."

"난 해리랑 통화할게요." 조이가 말했다. 차를 타고 오는 동안 두 사람에게 범인이 보낸 이메일에 관해 알려주었다. "다른 기사를 내보낼 준비를 해야 해요."

"그리고 난 그 이메일 주소로 뭔가 알아낼 수 있을지 셸턴한테 물어볼게요." 테이텀이 말했다.

조이는 건성으로 고개를 끄덕였다. "그건 임시 이메일 주소예요. 범인이 과연 그걸 다시 사용할지 모르겠지만, 시도해볼 가치는 있겠죠."

포스터와 테이텀은 전화 통화를 하러 가고 조이 혼자 방 안에 남았다. 피곤했다. 노트북을 열고 범인이 보낸 이메일을 몇 번 더 읽었다. 그후 자리에서 일어나 화이트보드에 세 구절을 썼다.

내가 취한 모든 행보는 필수적이었고 불가피했습니다.

이 모든 일에는 이유가 있습니다.

모든 걸 알게 될 때까지 기다리시죠.

입술을 톡톡 두드리며 그 문장의 의미가 뭘까 생각했다. 그후 해리에게 전화했다.

"막 전화하려던 참이었어요." 해리가 말했다. "읽었어요?"

"네." 조이가 말했다. "몇 가지 생각난 게 있어요."

"난 놈이 말한 헨리 리 루카스란 자가 누군지 찾아봤어요. 아마도 당신은 이미 알고 있겠죠."

"연쇄살인범이었어요. 놈이 얼마나 많은 사람들을 죽였는지 정확히 아는 사람은 없지만 꽤 활동적이었죠. 자신이 3천 명을 죽였다고 주장한 적도 있고요. 미확인범은 그 이야기를 하는 거예요."

"네, 하지만 놈이 어디서 재판받았는지 알아요?"

조이가 얼굴을 찌푸렸다. "텍사스 주 어딘가에서요. 내가 제대로 아는 거라면 텍사스 레인저에게 붙잡혔거든요."

"놈은 원래 오스틴에서 재판을 받기로 되어 있었는데 그 전에 언론이 배심원에게 미칠 영향을 고려해서 샌앤젤로로 옮겨졌어요."

조이는 숨을 내쉬고 이메일을 다시 읽었다. "당시엔 다들 배심원단에 친구나 식구가 한 명쯤 있었죠." 범인의 말을 되풀이했다.

"당신의 연쇄살인범은 샌앤젤로에서 자랐어요." 해리의 어조에는 자부심이 묻어났다. "놈은 이곳 토박이예요."

"놈은 부모님이 그 이야기를 했다고 했어요." 조이가 말했다. "재판이 언제였죠?"

"음…… 1984년요."

"당시 놈이 다섯 살에서 열 살 사이였다고 가정하면 지금은 대략 40세, 어쩌면 그보다 몇 살 더 먹었다는 뜻이에요."

"왜 놈이 다섯 살에서 열 살이었다고 가정하는 거죠? 열세 살일 수도 있잖아요?"

"그럼 놈은 부모님이 그 이야기를 했다고 말하지 않았겠죠. 자기 반 아이들이 그 이야기를 하던 게 기억난다고 말했을 거예요." 조이는 10대 때 자신의 경험을 돌이켜보며 그렇게 반박했다. 학교 아이들이 온통 메이너드 연쇄살인범 이야기만 하던 게 떠올랐다.

"좋은 지적이네요."

"그리고 난 이제 놈에게 어떻게 말을 걸지 알겠네요." 조이가 말했다. "이 남자는 자신의 소명에 관한 이야기를 몽땅 지어냈어요. 자신의 일을 아인슈타인의 「아누스 미라빌리스」에 비유했죠? 그건 놈에게 장대한 계획이 있다고 말하는 거예요. 소명의식. 놈의 이메일은 그 말로 가득해요. 이게 놈이 우리에게 말하고 싶었던 거예요."

"그리고 놈의 소명의식이 당신한테 뭘 말해주죠?" 해리가 물었다. "그게 프로파일링에 어떻게 도움이 되죠?"

조이가 코웃음 쳤다. "난 놈의 소명의식 따위엔 털끝만치도 관심 없어요. 놈은 그냥 그런 말로 자신을 속이고 있을 뿐이에요. 하지만 그렇게 떠들다 보면 실수로 우리한테 진짜 실마리를 주게 될지도 모르죠. 우리가 써먹을 수 있을 만한 걸요."

"무슨 뜻이에요? 놈이 자신을 속이고 있을 뿐이라니."

"사람들은 항상 자기 자신에게 거짓말을 해요, 해리. 다른 사람이라면 몰라도 당신은 아주 잘 알 텐데요. 그리고 이 남자는 아주 단순한 진실을 보지 않으려고 자신에게 크고 정교한 거짓말을 하고 있어요."

"무슨 진실요?"

"놈이 여자를 생매장하면서 성적으로 흥분한다는 거요."

58

조이가 『미국 범죄심리학 저널』에 실린 헨리 리 루카스에 관한 보고서를 읽고 있는데 상황실 문이 벌컥 열렸다. 라이언스가 상기된 얼굴로 문간에 서 있었다.

"용의자가 있어요." 라이언스가 숨 가쁘게 내뱉었다.

라이언스의 흥분은 마치 공기로 매개되는 바이러스처럼 엄청난 전염성을 발휘해 곧장 조이에게 옮겨갔다. "누군데요?" 조이가 물었다.

"이름은 앨프리드 셰퍼드. 핫라인에 전화했어요."

"언제요?"

"오늘 아침요." 상황실을 앞뒤로 서성이며 그렇게 대답하는 라이언스의 얼굴에 생기가 돌았다. "셰퍼드라는 남자가 한 시간 반 전에 전화해서는 마리벨 하위처럼 보이는 여자가 지역 펍에 어떤 남자와 있는 걸 본 기억이 난다고 알렸어요."

조이는 넋이 빠진 표정으로 고개를 끄덕였다.

"셰퍼드의 인적사항을 좀 알아봤는데, 어제 승합차를 타고 67번 국도의 바리케이드를 지나갔더군요. 흰색 포드 트랜짓이요. 더 자세히 조사해볼 필요가 있을 것 같아요. 그리고 맞혀볼래요?"

"그냥 말해요."

"셰퍼드는 메디나의 매장지에 **두 번** 모습을 드러냈어요. 우리가 거기서 촬영한 사람들 중에 셰퍼드가 있었어요."

나왔다. 무시하기엔 너무 많은 우연들. 조이는 더는 가만히 앉아 있을 수 없어 자리에서 일어났다. "혹시 니콜의 부모님이 아는 남자인가요?"

"이름만 들어서는 모르더군요. 그쪽으로 셰퍼드의 사진을 보냈어요. 이 남자가 혹시 아는 얼굴인지 확인하려고요."

"셰퍼드의 제보는 확인 중인가요?"

"마리벨 하위는 그 펍에서 한 친구와 셀카를 찍고 위치를 태그해 인스타그램 프로필에 올렸어요. 그 사진은 실종 사흘 전에 올라왔고요. 일치하긴 하지만, 그건 누구라도 할 수 있는 이야기죠."

조이는 고개를 끄덕이고 물었다. "수색영장을 받아내기에 충분한가요?"

"알아보는 중이에요."

"내 전문가적 의견이 판사의 판단에 영향을 미치는 데 도움이 될 수도 있겠죠."

"나쁠 것 없죠."

"셰퍼드는 지금 어디 있어요?"

"서에 와서 마리벨 하위와 같이 있던 남자에 관해 진술해달라는 요청을 받고 1번 신문실에서 대기 중이에요. 자기가 우릴 돕기 위해 여기 온 걸로 알고 있어요."

"누가 같이 있어요?"

"아뇨. 내가 간단한 진술을 받은 후 기다려달라고 했어요. 온 지이제 15분쯤 지났을 거예요. 포스터가 신문실에 들어가려고 했는데, 어떻게 진행할지 당신과 먼저 이야기해보는 게 좋을 것 같았어요. 모니터실에서 신문을 볼 수 있어요. 이쪽으로 오세요."

조이는 라이언스를 따라 경찰서 안쪽으로 이동했다. 신문실은서에서 거의 가장 안쪽에 있었는데, 이건 우연이 아니었다. 누구든그리로 가게 되면 다양한 부서들과 제복 입은 경관들, 형사들, 피구류자들을 지나쳐야 한다. 그리고 '강력형사팀'과 '증거보관실', '무기실' 같은 명판들이 달린 닫힌 문들도 지나야 한다. 경찰서의 광경에 익숙지 않은 민간인들은 그 모든 것들을 보며 즉각 불안감을 느끼게 되어 있다. 그리고 불안한 사람들은 실수를 저지르는 법이다.

모니터실은 작고 조명이 흐릿했다. 왼쪽과 오른쪽 벽에 각각 대형 일방향 거울이 있어 옆의 신문실을 들여다볼 수 있었다. 포스터형사, 젠슨 부서장, 그리고 테이텀이 이미 와서 왼쪽 거울로 1호 신문실에 있는 남자를 들여다보고 있었다.

남자는 대머리에, 흰 셔츠와 낡고 얼룩진 청바지 차림이었다. 가슴 앞에 팔짱을 낀 채 오른발로 바닥을 빠르게 두드리고 있었다. 남자는 거울을 흘끗 본 후 재빨리 고개를 돌렸다.

"여기까지는 어떻게 왔죠?" 조이는 서두 없이 곧장 질문을 던졌다. "누가 데려왔나요, 아니면 직접 운전해서 왔나요?"

"직접 운전해서 왔어요. 승합차를 주차장에 세워놨어요." 포스터가 말했다. "사람을 시켜서 차를 확인하는 중이에요."

"외부에서만 확인했으면 좋겠는데." 젠슨이 말했다. "우린 그럴 핑계가 없……."

"그냥 차창으로 안을 들여다보고 사진을 찍고 있어요." 포스터가 딱딱하게 대답했다. 마음이 급해서 평소처럼 젠슨의 비위를 맞춰 줄 여유가 없는 듯했다.

"좋아." 젠슨이 무뚝뚝한 투로 대꾸했다. "미란다 원칙은 고지했 겠지?"

"아뇨. 체포 상태가 아니니까요." 포스터가 말했다.

"난 윗필드 사건 같은 난장판이 또다시 벌어지는 건 사양이야, 포스터. 자네가 저 친구한테 미란다 원칙을 고지하라고."

"미란다 원칙을 고지하면 저 사람은 한 마디도 안 할걸요." 조이 가 말했다. "우린 저 사람에게 자신이 의심 대상이라고 알려줄 수 없어요. 적어도 처음에는요. 그리고 체포 상태가 아니라면 아직 미 란다 원칙을 고지할 필요가 없어요."

젠슨은 고집스럽게 고개를 저었다. "우린 저 친구를 경찰서 안의 신문실로 데려왔고, 오랫동안 문이 닫힌 방 안에 놔뒀어요. 노련한 변호사라면 그게 감금이나 다름없다고 주장할 겁니다."

"저 사람은 자기 차로 왔어요." 포스터가 목소리를 높였다. "언제 든 원하면 여길 나갈 수 있고요! 저 사람이 뭔가를 말하면 그건 자 백에 해당될 겁니다."

"저 친구가 원하면 여길 그냥 나갈 수 있다는 걸 아나? 아니, 모 르지. 괜히 수선 피울 필요 없어. 그냥 이야기를 시작하기 전에 당 연히 해야 하는 일이라고 저 친구한테 말해. 라이언스 형사가 말하 라고 해. 그냥 관료주의적 요식행위처럼 들리게 하라고."

"이렇게 하죠." 마치 부서장에게 주먹을 날리려는 걸 말리려는 듯, 라이언스가 포스터의 어깨에 한 손을 얹었다. "우리 신문이 어 느 정도 깊이에 도달하면 그때 가서 미란다 원칙을 고지하는 거예요. 그리고 미란다 원칙을 고지하기 전에는 어떤 직접적인 혐의도 제기하지 않고요. 됐죠?"

잠시 망설이던 젠슨이 마침내 꿍얼거렸다. "그거라면 납득할 수 있어."

조이는 일방향 거울로 셰퍼드를 보았다. "우린 여기서 신중을 기해야 해요. 저 사람이 우리가 찾는 자라면, 웬만큼 예측 가능한 질문에는 철저히 준비가 돼 있을 겁니다. 우린 놈의 허를 찔러야 해요."

59

"기다리게 해서 죄송합니다, 셰퍼드 씨. 먼저 확인해야 할 게 몇 가지 있어서요." 제어판의 스피커를 통해 포스터의 목소리가 윙윙 울려 나왔다. 음향 시스템 때문에 약간 에코가 끼어들었는데, 테이텀의 신경을 거슬렸다. 테이텀은 앨프리드 셰퍼드 앞에 앉아 있는 포스터와 라이언스를 지켜보았다. 라이언스는 어깨에 노트북 가방을 메고 있었고, 두 형사 다 손에 두꺼운 서류철을 들고 있었다. 포스터의 서류철은 더 두꺼워 보이도록 종이들을 추가로 끼워 넣은 실제 범죄 파일이었다. 한편 라이언스의 서류철은 가짜였다.

"괜찮습니다. 분명 무척 바쁘실 테죠." 셰퍼드가 말했다. 목소리가 약간 걸걸해서 테이텀은 흡연자일 거라고 추측했다.

"이렇게 협조해주셔서 정말 감사합니다, 셰퍼드 씨." 라이언스가 말했다. "아마 뉴스에서 들으셨겠지만 조사에 확실한 실마리가 몇 가지 있는데, 선생님의 증언은 우리가 용의자 범위를 좁히는 데 큰 도움이 될 겁니다."

조이는 마이크를 향해 몸을 숙였다. "뉴스 이야기는 하지 마세요. 셰퍼드가 당신이 해주는 이야기가 기밀 정보라고 착각하게 만들 필요가 있어요. 셰퍼드는 이미 뉴스에 나온 건 알고 싶지 않을 겁니다."

라이언스는 알겠다는 표시로 눈을 한 차례 깜빡였다. 아니면 그냥 평범한 눈 깜빡임일지도 모른다. 그후 사건의 상세사항 일부를 간략하게 설명하기 시작했다. 라이언스는 대중적으로 알려지지 않은 건 아무것도 말하지 않으면서도 마치 처음 밝히는 사실인 양 들리게 말하는 재주가 있었다.

"잘하네요." 테이텀이 말했다.

"마리벨 하위를 본 날 밤에 관해 말씀해주실 수 있나요?" 포스터가 서류철을 살짝 쿵 소리가 나게 테이블에 내려놓고 셔츠 주머니에서 작은 노트와 펜을 꺼냈다.

"어, 그럼요. 그때가…… 몇 주 전이었어요. 7월 26일요. 전 친구들하고 모임이 있었어요. 한 친구가 생일을 앞두고 있었거든요. 그리고 그 여자를 봤는데……."

"마리벨 하위요." 포스터가 서류철에서 커다란 컬러 사진을 꺼내 테이블 위에 놓았다. 공원에서 찍은 마리벨 하위의 사진이었다. 배경에 강이 보였다. 마리벨은 바람에 머리카락을 흩날리며 카메라를 향해 웃음을 짓고 있었다. 아름다운 사진이었다. 마리벨의 인스타그램 계정에 있는 가장 좋은 사진들 중 하나였다.

"어, 네, 이 여자요. 어떤 남자랑 같이 있는 걸 봤어요. 키는 180 정도 됐고 검은 머리에 턱수염을 길렀어요. 제 눈에 띈 건 두 사람이 뭔가로 말다툼을 하고 있었고 여자가 속상해하는 것처럼 보였거든요. 저는 끼어들고 싶었는데 친구가 그러지 말라고 말렸어요."

"정말 많은 도움이 되네요, 셰퍼드 씨." 라이언스가 말했다. "저희는 잠재적 용의자 명단을 작성 중인데, 현재로서는 특히 몇 명에게 초점을 맞추고 있습니다. 선생님의 묘사는 확실히 주요 용의자 중 한 사람과 일치해요. 그건 저희가 혐의를 제기하는 데 매우 도움이 될 겁니다."

이건 새빨간 거짓말이었지만 그 효과는 즉시 나타났다. 셰퍼드가 긴장을 풀고 형사에게 웃음을 지어 보인 것이다. "제가 도움이 됐다니 정말 기쁘네요."

"그럼 이제 선생님이 보신 것을 선생님 자신의 말로 들려주세요." 포스터가 말했다.

"음, 그 두 사람은 부스에 앉아 있었는데 남자의 태도가 좀 공격적으로 보였어요. 남자가 뭐라고 하는지는 못 들었지만 그 여자…… 마리벨은 속상한 것처럼 보였어요."

"속상하다는 게 정확히 뭐죠?"

"저야 모르죠. 불행해 보였어요."

"두 사람이 말다툼을 하고 있었다는 다른 신호가 있었나요? 남자가 말하는 방식 말고요?"

"아뇨. 말씀드렸듯, 전 두 사람이 무슨 말을 하는지 못 들었어요. 그리고 두 사람은 그 직후 떠났고요."

"좀 더 미끼를 던져봐요." 조이가 마이크에 대고 말했다. "그 남자가 말을 바꾸게 만들 수 있는지 봅시다."

"남자가 어떤 식으로든 폭력적이었나요?" 포스터가 물었다.

"아뇨. 제 말은, 그 남자가 여자를 때렸다면 제가 끼어들었을 겁니다."

"그런데 그 남자는 육체적으로 아무런 위협적인 제스처를 취하지 않았다?"

"어…… 네, 그런 것 같아요."

"어쩌면 마리벨 옆으로 바짝 다가앉았다거나? 개인 공간을 침범했다거나?" 라이언스가 희망이 깃든 목소리로 운을 뗐다.

셰퍼드는 잠시 멈칫하는 듯 보였다. "그렇게 말씀하시니까, 네, 그 남자가 앞으로 몸을 기울이고 있었는데 **실제로** 좀 위협적으로 보이긴 했어요. 그것 때문에 개입하고 싶었었죠."

"마리벨은 그저 속상해하기만 했나요? 아니면 울었나요?" 라이언스가 물었다.

"모르죠. 제 생각에 아마 거길 나갈 때는 울고 있었던 것 같아요."

"저 남자는 확실히 사람들이 듣고 싶어 하는 말을 들려주는 것처럼 보이네요." 테이텀이 말했다.

"맞아요." 조이가 동의했다. "나중에 다른 누가 반박할 수 있을 만한 말은 절대 안 할 거예요. 하지만 상황에 맞게 기꺼이 자기 말을 바꾸려 할 거예요."

라이언스는 다시금 셰퍼드에게 정말 유용한 이야기를 해주셨다며 감사의 인사를 전했다. 그러면서 신문에 들어가기 전에 셰퍼드에게 알려주기로 합의한, 사건에 관한 단편적 사실들을 이따금씩 떨궜다. 셰퍼드는 완전히 몰입했다.

"선생님 도움 덕분에 저희가 삽질 살인마를 잡을 가능성이 분명히 높아진 것 같네요." 라이언스가 말했다.

"잘됐네요. 정말 기쁩니다." 셰퍼드가 말했다.

"그 별명에 움찔하지 않았어요." 테이텀이 말했다.

"어쩌면 익숙해졌나 보죠." 젠슨이 제의했다.

"어쩌면요." 조이가 내뱉었다. 포스터가 테이블에 사진들을 펼쳐놓는 동안 조이는 셰퍼드를 집중해서 살펴보고 있었다. "이 남자는 범죄 현장 사진들을 보고 동요하지 않아요."

"그게 무슨 의미죠?" 젠슨이 물었다.

"그건 자극에 둔감해졌다는 뜻이지만, 요즘에는 온라인상에서 흔히 폭력을 접하죠. 관심이 있는 사람이라면 누구나 엄청난 양의 폭력을 접할 수 있어요. 물론, 무작위적인 유혈 사진을 보는 것과 살아 있을 때 봤던 누군가의 부패한 시신 사진을 보는 건 전혀 다르죠."

"저 남자가 살인범인가요?"

"이 사건에 매혹되긴 했지만, 그렇다고 반드시 살인범이라는 뜻은 아니죠."

신문은 좀 더 진행되었다. 포스터는 삽질 살인마라는 별명을 몇 차례 더 입에 올렸다.

"이제 웃이요." 조이가 말했다.

젠슨은 고개를 끄덕이고는 테이블에 놓인 증거 봉투들을 손에 쥐고 모니터실을 나섰다. 잠시 후 신문실 문이 열리더니 젠슨이 성큼성큼 안으로 들어섰다.

"포스터 형사." 젠슨의 목소리는 헛웃음이 나올 만큼 기계적이었다. 마치 몇 시간 동안 연습한 대사를 내뱉는 것 같았다. "웃이야."

"저런 서툰 연기는 다섯 살짜리도 꿰뚫어보겠어요." 테이텀이 낙심해서 내뱉었다.

"그건 중요하지 않아요." 조이가 말했다. "셰퍼드를 봐요. 아직 알아차리지 못했어요."

조이가 옳았다. 셰퍼드는 그 반투명한 봉투를 열띤 눈초리로 응시하고 있었다. 그 안에는 마리벨 하위가 발견됐을 때 입고 있던 옷이 들어 있었다.

"혹시 이 옷을 어디서 본 것 같지 않나요?" 포스터가 봉투들을 신문실 테이블 위에 펼쳐놓으며 물었다. "이 중에 선생님이 마리벨을 보았을 때 입고 있던 옷이 있나요?"

"그…… 구두요, 그런 것 같아요."

젠슨은 마음을 정하지 못한 듯 어슬렁거렸다. 그러다 포스터의 의미심장한 눈짓을 받자 마침내 눈을 깜빡이고는 신문실에서 나왔다.

신문실 테이블 위에는 이제 사진들과 증거들이 용의주도하게 배치되어 있었고, 그것은 점차 셰퍼드에게 효과를 미치고 있는 듯했다. 남자의 오른 무릎이 전보다 더 불안하게 달달 떨렸다. 포스터와 라이언스는 셰퍼드의 증언을 처음부터 끝까지 재확인하고, 마리벨 하위에 관한 추가 질문들을 던졌다. 다른 친구들도 같이 있었는가? 실종된 날 밤 마리벨은 친구들 몇 명과 같이 있었다. 펍에서 혹시 그 친구들 중에 누굴 보았는가?

포스터는 그런 질문들을 하는 동안 자리에서 일어나 방 안을 서성였다. 그리고 다시 앉을 때는 셰퍼드의 오른편으로 의자를 끌고 갔다. 테이블이 반대편 벽에 붙어 있기 때문에 셰퍼드는 결과적으로 포위당한 형국이었다. 신문실을 나가고 싶다면 포스터에게 비켜달라고 부탁해야 했다.

"난 이게 마음에 안 들어요." 젠슨이 웅얼거렸다. "용의자가 감금된 것처럼 보이잖아요. 유능한 변호사라면 이 지점에서 용의자가 구금됐다고 느꼈다고 주장할 겁니다."

"이건 완전히 표준적인 신문 기법이에요." 테이텀이 태연하게 대꾸했다. "우리 FBI에서 늘 사용하는 방법이죠. 자, 포스터 형사가 사진들을 가리키고 있는 게 보입니까? 우린 그냥 증인에게 더 가까이 가기 위해 거기 앉은 거라고 하면 돼요."

젠슨은 아무 대답도 하지 않았지만 적어도 잠깐이나마 마음을 놓은 것 같았다.

"삽질 살인마의 영상에 나오는 부분들을 짧게 보여드리고 싶은데요." 라이언스가 노트북 가방의 지퍼를 열었다.

"좋아요." 셰퍼드가 말했다.

라이언스가 노트북을 펼쳐 첫 영상을 재생하기 시작할 때 테이텀은 열띤 눈길로 셰퍼드를 지켜보았다. 니콜 메디나가 도와달라고 비명을 지르고 있었다. 셰퍼드는 확실히 최면에 걸린 듯 보였다. 입을 쩍 벌린 채 화면을 응시했다.

"확실히 저 영상에 흥분한 것처럼 보이네요." 젠슨이 말했다.

그들은 영상이 몇 분간 재생되도록 놔뒀다. 셰퍼드의 눈은 화면에서 조금도 움직이지 않았다.

"누군지 아세요?" 라이언스가 물었다.

셰퍼드는 라이언스를 응시한 뒤 다시 화면을 보았다. "다른 피해자요."

"이 영상을 전에 보신 적이 있나요?"

"아뇨. 그냥 기사에 실린 사진으로만요."

라이언스는 니콜 메디나에 관한 질문을 계속했다. 대답은 짧고 모호했다. 셰퍼드는 순진한 척하거나 그게 누군지 모르는 척 연기하지 않았다. 눈이 계속 모니터로 돌아갔다.

"우리가 찾던 남자를 찾은 것 같아요." 테이텀이 말했다.

"난 잘 모르겠어요." 조이가 웅얼거렸다. "저 남자의 반응은 딱 들어맞는 것 같지 않아요."

"왜죠?" 테이텀이 물었다. "영상에 흥분한 것처럼 보이잖아요. 그게 당신이 기대하고 있던 거 아닌가요?"

"살인범은 집에 영상이 두 편이나 있어요. 아마도 완전한 영상이겠죠. 그자는 그 영상을 수십 번은 봤을 거예요. 아마 가장 좋아하는 부분도 있겠죠. 이 남자가 그 영상을 수십 번은 본 것처럼 보여요? 좀 봐요. 완전히 넋이 나갔잖아요."

"어쩌면 그냥 정말 좋아서 그럴 수도 있잖아요. 매번 볼 때마다 처음 보는 것처럼 짜릿함을 느끼는 거죠."

조이는 한쪽 눈썹을 치켜올리고 테이텀을 쳐다봤다. "그게 사실이라면 자꾸 여자들을 죽일 필요가 있겠어요? 이건 내가 살인범에게서 기대한 반응과 가장 거리가 멀어요. 난 범인이 끔찍해하는 척할 거라고 생각했어요. 혹은 어쩌면 냉정하고 무심한 태도로 몇 초쯤 시청할 거라고요. 하지만 이건……." 조이가 고개를 저었다. "난 모르겠네요."

얼마간 시간이 지나갔다. 라이언스는 영상을 계속 틀어놓았다. 거기서 흘러나오는 소리는 모니터실 음향 시스템의 약한 에코 효과와 더불어 테이텀의 신경을 건드렸다.

"좋아요. 내 차례인 것 같네요." 테이텀이 이어폰을 귀에 꽂았다.

모니터실에서 나온 테이텀은 갑작스럽게 맞닥뜨린 바깥의 가혹한 조명에 눈을 깜빡였다. 잠시나마 눈이 적응하기를 기다렸다. 폭풍 속의 개구리처럼 눈을 껌뻑이면서 신문실로 들이닥쳤다간 별로 위협적이지 않아 보일 것이다. 잠시 후, 테이텀은 신문실 문을 밀어젖혔다.

땀 냄새가 훅 풍겼다. 모니터실에서는 미처 생각 못 한 점이었다. 셰퍼드는 땀을 뻘뻘 흘리고 있었다. 방 안의 모든 눈이 테이텀에게 쏠렸다.

"셰퍼드 씨." 테이텀이 말했다. "저는 FBI에서 나온 그레이 요원입니다. 남은 세션 동안 동석하겠습니다."

"아…… 좋습니다. 얼마든지요."

테이텀은 벽에 등을 기대고 팔짱을 꼈다. 이게 여기서 테이텀의 역할이었다. 연방 요원으로서 문간을 지키고 서서 출입문을 막는 것.

압박을 더한층 강화하는 것.

포스터와 라이언스는 신문을 재개했다. 니콜 메디나를 전에 본 적이 있는가? 마리벨 하위와 같이 있던 남자와 니콜이 같이 있던 것도 본 적이 있는? 확실한가? 좀 전보다 더 많은 사진들이 펼쳐졌고 테이블 표면은 이제 거의 보이지 않았다. 포스터와 라이언스는 맡은 역할을 눈부시게 수행해내고 있었다.

"셰퍼드 씨." 포스터가 불쑥 말했다. "8월 12일 저녁 8시에 어디 계셨는지 말씀해주실 수 있나요?"

이것 역시 조이의 또 다른 제안이었다. 날짜는 중요하지 않았다. 이날은 여자들이 실종된 날이 아니었다. 그들이 아는 한, 그날에는 아무 일도 일어나지 않았다. 조이는 살인범이 범행 당일 밤에 대한 알리바이는 준비했겠지만 다른 날짜에 관한 질문을 받으면 허를 찔릴 거라는 이론을 세웠다. 놈은 경찰이 뭘 알고 묻는 건지 궁금해할 것이다. 놈은 균형을 잃고 허둥댈 것이다.

그리고 그건 사실이었다.

"어…… 뭐라고요? 언제요? 전 그게 무슨 상관이 있는지 모르겠는……."

"그건 선생님의 증언과 관련이 있습니다." 라이언스가 부드러운 어조로 말했다. "선생님이 보셨다는 이 남자와요. 그래서 선생님은 어디 계셨죠?"

"저…… 전 확인해봐야겠는데요. 어…… 제가 용의자인가요?" 셰퍼드는 두리번거리면서 테이텀을 본 후 다시 라이언스를 보았다.

"당연히 아니죠." 라이언스가 말했다. "선생님은 그냥 저희를 도와주러 여기 오신 거예요."

"맞아요."

"그날 밤 뭘 하셨는지 기억하세요?"

셰퍼드는 미친 듯 주위를 두리번거렸다.

"이 상황이 마음에 안 들어요." 젠슨의 목소리가 테이텀의 귓가에서 웅웅 울렸다. "자네는 그 사람한테 직접적인 질문을 하고 있어, 포스터. 미란다 원칙을 고지해줬으면 해. 윗필드 사건이 되풀이되는 것은 사양이야."

"그럴 필요 없어요." 배경에서 조이의 목소리가 들려왔다. "이건 무관한 날짜에 관한 질문이에요. 우리가 미리 동의한 사안이고요."

"전…… 집에 있었던 것 같은데요." 셰퍼드가 말했다.

"그걸 입증해줄 사람이 있나요?" 포스터가 물었다.

"노련한 변호사라면 이 신문 영상 전체가 증거로 인정받지 못하게 만들 수 있어요!" 젠슨이 신경질적으로 소리쳤다. "포스터, 미란다 원칙을 고지해, 당장!"

"멍청하게 굴지 좀 말아요!" 조이가 날카롭게 쏘아붙였다. "그렇게 반응할 필요가 전혀 없……."

전송은 거기서 끊겼다. 아마도 젠슨이 마이크 버튼에서 손가락을 뗀 모양이었다. 테이텀은 비로소 자신이 저지른 실수를 깨닫고 속으로 욕설을 내뱉었다. 테이텀이 신문실로 들어온 건 용의자에 대한 압박을 강화하기 위해서였다. 하지만 그럼으로써 젠슨을 조이와 단둘이 남겨두고 말았다. 그리고 조이가 죽어도 **못 하는** 게 하나 있다면, 그건 부서장 같은 사람을 다루는 거였다.

"어…… 제 생각엔 아마 혼자 있었던 것 같은데…… 아니, 잠깐만요." 셰퍼드가 입술을 핥았다. 화면 속에서 니콜 메디나가 길고 절망적인 신음을 내뱉었다. 잠시 화면으로 향했던 셰퍼드의 눈길이 테이텀에게 향했다. 마치 궁지에 몰린 짐승 같았다. 궁지에 몰려 막 실수를 저지르기 직전인 동물.

그때 신문실 문이 벌컥 열리더니 젠슨이 미란다 원칙 고지서를 휘두르며 성큼성큼 안으로 들어섰다.

"셰퍼드 씨." 젠슨이 새된 소리로 말했다. "더 진행하기 전에, 여기에 서명해주시겠습니까? 선생님이 본인의 권리를 안다는 걸 확인하는 건데, 그냥 형식적인 겁니다. 변호사를 선임할 권리가 있고 본인이 하는 모든 말이 법정에서 본인에게 불리하게 적용될 수 있다는 내용입니다. 아시죠, 영화에서 흔히 나오는 그런 거요."

젠슨은 테이블에 펼쳐진 마리벨 하위의 사진 위에 종이를 내려놓고 웃음을 지었다.

셰퍼드의 눈이 미란다 고지서에 놓였다. 이마에 주름이 잡혔다.

"제가 왜 여기 서명해야 하죠?" 셰퍼드가 물었다. "전 그냥 협조하러 온 건데요."

"이건 정말이지 단순한 절차일 뿐입니다." 젠슨이 웅얼거렸다.

그동안 신문실의 1분 1초는 섬세한 거미줄처럼 앨프리드 셰퍼드를 둘러싸고 더 단단히 조여들었다. 각각의 미묘한 움직임은 함정을 더 단단히 조여, 셰퍼드가 빠져나가는 걸 더 어렵게 만들었다. 그리고 젠슨은 이 조심스럽게 놓은 덫을 단 한 번의 서투른 손길로 무너뜨리고 말았다.

"제가 체포된 건가요?" 셰퍼드가 물었다.

포스터가 한숨을 쉬고는 대답했다. "아뇨, 셰퍼드 씨. 당신은 그 냥 협조하러 여기 온 겁니다."

"음, 그럼 제가 할 수 있는 협조는 다 한 것 같네요. 시간이 늦었 어요. 이만 집에 가봐야겠습니다."

60

"당신 전화를 받고 놀랐어요." 저녁을 주문한 후 조지프가 말했다. "지금쯤 동생을 만나러 집으로 돌아갔을 줄 알았어요."

두 사람은 처음 만난 식당에 앉아 있었다. 조이는 지난번과 같은 스테이크를 주문했다. 스테이크 생각을 하자 속에서 작게 꼬르륵하는 소리가 났다. "비행기가 연착됐어요. 아마 화요일에 돌아갈 거예요."

"동생은 괜찮아요?"

"안드레아는 잘 있어요." 조이는 웃으면서 머릿속으로 동생이 한 시간 전에 보낸 메시지를 떠올렸다. 마빈이 임시로 집에 들어온 이후 안드레아는 〈머핏 쇼〉에 나오는, 투덜대는 두 노인네들의 GIF 이미지를 끝도 없이 보내기 시작했다. 확실히는 알 수 없지만 아무래도 안드레아는 마빈과 함께 지내는 게 너무 좋은 모양이었다.

바텐더가 두 사람 앞에 술잔을 놓았다. 조이는 기네스를 주문했고 조지프는 샤이너(미국 텍사스 주의 지역 맥주 브랜드—옮긴이)를 주문했다.

조이는 기네스를 한 모금 마시고 윗입술의 거품을 핥으며 그 묵직하고 크리미한 맛을 즐겼다. 조지프가 와줘서 기뻤다. 테이텀은 포장 음식을 사다가 같이 먹으며 사건 이야기를 계속하고 싶어 했지만 조이에게는 휴식이 필요했다. 젠슨 때문에 신문이 엉망으로 돼버렸다는 쓸쓸함이 살인범의 동기를 파악하려는 지속적인 노력으로 인한 피로와 뒤섞였다. 더는 견디기 힘들었다. 조이는 사건과 무관한 사람과 대화를 나누고 싶었다.

"그래서, 금요일 저녁은 어떻게 보냈어요?" 조이가 물었다.

"친구들하고 영화를 보러 갔죠." 조지프가 어깨를 으쓱하며 대답했다. "꽤 웃겼어요."

조지프는 자기 앞에 앉아 있던 여자 이야기를 들려주었다. 영화의 장면장면에 대한 그 여자의 과도한 반응이 오히려 영화보다 흥미로웠다고 했다. 조이는 미소를 지으며 얘기를 들어주었지만 머릿속으로는 온갖 생각을 하고 있었다. 안드레아 생각, 슈뢰딩거 생각, 앨프리드 셰퍼드 생각. 셰퍼드는 그들이 찾는 남자가 아닌 게 거의 확실했다. 그저 자기 도시에 출몰하는 실제 살인범에게 반응하는, 즉 연쇄살인범에 집착하는 남자일 뿐이라고 조이는 생각했다. 만약 라이언스가 수색 영장을 얻어서 셰퍼드의 집을 수색하면 연쇄살인 관련 물건들이 끝도 없이 나올 거라는 데 돈을 걸 수도 있었다.

하지만 조이는 그 남자가 살인범이라고는 생각지 않았다.

혹시나 싶어 아직은 셰퍼드에게 감시를 붙여놓긴 했다. 젠슨이 그들의 노력을 얼마나 멋지게 박살냈는지를 생각하자 조이는 새로이 분노가 솟구쳤다.

"무슨 생각 해요?" 조지프가 물었다.

조이는 주위를 둘러보았다. 테이블 중 절반은 비어 있었고 분위기는 착 가라앉아 있었다. "오늘 밤에는 전에 비해 훨씬 사람이 없네요. 토요일에는 늘 이런가요?"

조지프는 한쪽 눈썹을 치켜올렸다. "혹시 들었는지 모르겠지만 연쇄살인범이 돌아다니고 있어서요."

"아. 맞다."

"진척은 좀 있고요?"

"아주 좋은 실마리가 있어요. 전망이 밝아 보여요."

"당신이 언론과 한 인터뷰를 읽었어요." 조지프가 말했다. "꽤 자신 있는 것처럼 보이던데요?"

"우린 이런 범인들을 찾아내는 데 경험이 많고, 특히 이 사건에선 좀 유리한 점이 있어요."

"어떤 유리한 점요?"

"그 이야기는 안 하는 게……."

때마침 휴대폰이 울렸다. 조이는 조지프에게 표정으로 양해를 구하고 휴대폰을 집어 들었다. 테이텀이었다.

"데이트를 방해할 생각은 없어요." 무슨 의도인지, 테이텀은 **데이트**라는 단어를 좀 이상한 방식으로 강조해서 말했다. "하지만 당신한테 알려줄 소식이 있어요."

"뭔데요?"

"셸턴이 차에 GPR을 달고 그곳을 돌아다니게 했는데……."

"GPR요?"

"지면 투과 레이더요. 그 남자가 판 구덩이가 하나를 찾았어요."

조이가 손바닥으로 바 위를 쾅 내려치자, 주위 사람들이 얼굴을 찌푸렸다. "어디서요?"

"북쪽이에요. 그레이프 크리크 북쪽 방면으로 800미터쯤 가서요. 툴리아 지대에 속하는 곳이에요."

"그레이프 크리크 북쪽요?" 조이는 조지프에게 입 모양으로 **금방 다시 올게요** 하고 말하고는 자리에서 일어섰다. "샌앤젤로에서 얼마나 멀어요?"

"9킬로미터요."

"우리가 수색하는 지역의 거의 가장자리네요." 조이는 문을 열고 밖으로 나섰다. 밤이라 어두운 데도 날은 건조하고 뜨거웠다. 하지만 기후에 서서히 적응해가는지 비행기에서 내린 첫날만큼 못 참을 정도는 아니었다. "수색 반경을 넓혀야 한다고 생각해요?"

"우린 아직 수색해야 할 땅이 많아요." 테이텀이 말했다. "밤이라 작업이 중단됐고, 또 이제 주말이라 월요일 이전에 GPR을 한 대 더 확보할 수 있을지 모르겠어요. 아직까지는 이대로 계속해도 될 것 같아요."

"어떻게 생겼어요?"

"깊이는 1.8미터, 직사각형 모양이고 커다란 판자 두 개로 가려 놓고, 그 위에 한 40센티미터 두께로 흙을 덮어놨어요. 차도에서 몇 미터쯤 떨어져 있고 시야도 가려져 있고요. 대충 예상했던 대로예요."

"포스터 형사가 거기 잠복을 붙였어요?"

"지금 그러려고 하는 중이에요. 이미 오늘 밤에 잠복을 하나 늘렸기 때문에 젠슨이 식식대고 있는 데다 주말이잖아요. 아마 잔업이 더 늘어서 그러겠죠. 어쨌든, 라이언스 형사 말로는 괜찮을 거래요. 자기들이 직접 거기 가서 보초를 서는 한이 있더라도 잠복을 유지하겠다고요."

"환상적인 소식이네요, 테이텀."

"알아요." 테이텀의 목소리에 웃음기가 묻어났다. "이제 가서 저녁식사 마저 해도 돼요. 또 무슨 일 생기면 알려줄게요."

"고마워요."

조이는 전화를 끊고 빈 의자들을 지나쳐 바로 돌아갔다. 조지프가 음식을 앞에 놓고 기다리고 있었다.

"좋은 소식이에요?" 조지프가 물었다.

"사건에 진척이 좀 있었어요." 조이가 대답했다. "맙소사, 냄새가 끝내주네요. 배고파 죽을 것 같아요."

조이는 스테이크를 크게 한 조각 잘라 입에 넣고 순수한 즐거움으로 눈을 감았다. 씹어 삼킨 후 조지프를 향해 웃어 보였다. "안드레아한테는 절대 말 못 하겠지만 여기 스테이크는 그애가 만든 것과 비교도 안 될 만큼 맛있어요."

"여긴 텍사스 주니까요." 조지프가 웃음을 지어 보였다. "당신처럼 음식을 맛있게 먹는 여자는 처음 보는 것 같아요."

"어쩌면 그동안 잘못된 여자들을 만났나 보죠."

"올바른 여자를 만났다면 지금쯤 손가락에 반지를 끼고 있겠죠."

"결혼하고 싶어요?"

"당연하죠." 조지프가 무슨 말이냐는 듯한 표정을 지어 보였다. "하지만 겁먹진 말아요. 갑자기 반지를 들이대지는 않을 테니까."

조이가 컹 소리를 냈다. "음, 난 이틀 후면 떠나야 하니까 어차피 그런 일은 없을 것 같네요."

"날 얕잡아보지 말아요. 혹시 잊었나 싶어서 말해두는데 난 예전에 여자를 쫓아 이 나라의 절반을 건너가 봤어요." 조지프가 너털

웃음을 터뜨렸다. "그렇게 걱정스러운 표정은 짓지 말고요. 당신 집을 알아내서 스토킹하거나 하진 않을 테니까."

잠시 후 조지프는 자신의 농담이 좀 불쾌했을 수도 있다는 사실을 깨달은 듯, 태도가 꽤나 진지해졌다. "미안해요. 내 말뜻은……."

"신경 쓰지 말아요." 조이가 웃으며 고개를 저었다.

두 사람은 더는 아무 말 없이 식사를 계속했다. 가게 안은 **정말이지** 거의 비어 있었다. 살인범에게는 불리한 조건이었다. 조이는 범인이 지금쯤 뭘 하고 있을지 상상하려 했다. 마리벨과 니콜한테 그랬던 것처럼 자신이 고른 타깃의 집 앞에 숨어 여자가 곧 집을 나서기를 기다리고 있을까? 그 일이 일어나기까지는 길면 몇 주나 걸릴지도 모른다. 어쩌면 그들은 놈이 다시 범행을 저지르기 전에 타깃의 집을 감시하고 있는 놈을 붙잡을 수 있을지도 모른다. 아니면 어쩌면 놈은 이전에 파놓은 구덩이를 보러 왔다가 거기 잠복해 있는 경관에게 붙잡힐지도 모른다.

갑작스러운 밝은 빛에 조이는 퍼뜩 정신이 들었다. 한 무리의 젊은 남녀들이 즐거웠던 밤 외출을 기념하기 위해 머리를 맞대고 셀카를 찍고 있었다.

조이는 아랫입술을 깨물며 그들을 응시했다. 내가 틀렸으면 어쩌지? 살인범이 타깃의 집 근처에 숨어서 목표물이 집에서 나오기를 기다리고 있지 않으면 어쩌지?

"이런 젠장." 조이가 내뱉었다.

"왜 그래요?" 조지프가 물었다.

라이언스는 마리벨 하위에게 인스타그램 계정이 있었고 지속적으로 업데이트를 했다고 말했다. 니콜 메디나의 어머니는 딸이 친구들과 끊임없이 휴대폰 채팅을 했다고 말했다. 두 피해자 다 소셜 미디어를 활발하게 사용했다. 어떻게 내가 이걸 놓쳤을 수 있지?

가방을 뒤져 다시 휴대폰을 꺼냈다. 마리벨 하위의 인스타그램 계정을 열었다. 친구들의 애도 댓글들로 가득했다. 계정은 전체 공개였다. 니콜의 계정도 쉽게 찾을 수 있었다. 역시 전체 공개였다.

"내가 프로파일링에서 큰 걸 놓쳤어요." 조이가 말했다.

니콜 메디나는 그 파티에 간 날 자기 인스타그램 계정을 업데이트했다. 심지어 위치도 태그했다. 그걸 본 사람이라면 **누구든** 니콜이 친구들하고 같이 외출했음을 알았을 것이다. 범인이 해야 할 일은 그저 니콜의 집으로 차를 몰고 가서 귀가할 때까지 기다리는 것뿐이었다.

"뭘 놓쳤는데요?" 조지프가 물었다.

조이는 그 질문을 무시하고 마리벨 하위의 계정으로 돌아갔다. 그렇다, 거기 있었다. 마리벨은 영화관 앞에서 자신을 태그했다.

살인범은 소셜 미디어를 통해 피해자를 스토킹하며 그들이 외출하기를 기다렸다. 피해자들이 외출하고 나면 놈은 그들 집으로 차를 몰고 가서 그들이 돌아오기를 기다렸다. 시간이 늦었을 때. 근방에 사는 사람들이 이미 다 잠들었을 때. 집이 겨우 몇 걸음밖에 떨어져 있지 않아 경계를 내렸을 때.

거기 담긴 의미는 충격적이었다. 그건 범인이 노리는 타깃이 꼭 **한 명**이 아닐 수도 있다는 뜻이었다. 어쩌면 놈은 수십 개, 아니 수백 개의 계정을 보고 있을지도 모른다. 그리고 시간이 날 때 여유롭게 그들 집을 확인할 수 있을지도 모른다. 선택한 때가 오면 어디에 숨을지를 생각하면서.

심지어 모두가 겁에 질려 있는 지금도, 놈이 노리는 피해자들 중 몇몇은 분명 외출을 할 것이다.

조이는 즉시 수십 가지 생각을 떠올렸다. 작전 비슷한 걸 수행할 수도 있을 것이다. 놈이 주로 노리는 유형의 여자들로 위장한 계정을 만드는 거다. 조이는 전에 그와 비슷한 일을 해본 적이 있었다. 그리고 위험에 처한 여자들의 계정을 찾아내 경고하고 감시하는 것이다. 마리벨과 니콜의 계정을 방문한 계정들의 목록을 작성하고, 그들 중 다른 계정들을 다수 방문한 사람이 있는지 확인할 수도 있을 것이다.

"가봐야겠어요." 조이가 말했다. "미안해요."

"하지만 아직 스테이크가 남았잖아요." 조지프가 깜짝 놀란 표정을 지었다.

"어…… 맞아요." 조이는 바텐더를 향해 몸짓을 했다. "포장 좀 해주시겠어요?"

"오늘 밤에 만날 수 있어요? 난 아주 늦게 잘 생각인데요. 언제든 전화하고 싶으면 전화해요."

조이는 조지프를 멍하니 바라보았다. 유혹적인 제안이었다. "그래요." 조이가 마침내 말했다. "전화할게요."

61

이번은 줄리엣의 일생에서 가장 거지 같은 생일일 것이다. 몇 주 동안이나 악몽을 꾸게 만든 그 끔찍한 파티베어가 출동한 일곱 번째 생일과, 로저 '개자식' 해리스에게 차인 열네 번째 생일**까지** 포함해서 말이다. 줄리엣은 늘 자신에게 생일에 대한 기대치를 낮추라고 말해왔다. 기대치가 낮으면 실망도 적을 테니까. 하지만 심지어 가장 낮은 기대조차 **이 지경으로** 우울하진 않았다.

어제까지만 해도 재미있는 파티를 기대하고 있었다. 친구 아홉 명이 파티에 '온다'고 했고 다섯 명은 '아마도'라고 했다. 줄리엣은 가운데 앉은 자신을 둘러싼 사람들이 〈해피 버스 데이〉를 부르고 앞에 초콜릿 케이크와 작은 폭죽이 놓여 있는 광경을 상상하며 로니스의 긴 테이블을 예약했다.

기대치를 낮게 가지라고, 줄리엣. 기대치를 낮게.

확실히 샌앤젤로에는 연쇄살인범이 있었고, 그 자식은 줄리엣에게 한 마디 상의도 없이 **줄리엣의 빌어먹을 생일날** 자신의 존재를 알려왔다. 그러자 앞의 아홉 명은 갑자기 '온다'를 '아마도'로 바꿨고, 다섯 명은 '아마도'를 재빨리 '불참'으로 바꿨으며, 뒤이어 사과 메시지와 취소가 이어졌다.

최종 참석자 집계는?

두 명.

티파니와 티파니의 남자친구 루이스였다. 짚고 넘어가건대, 루이스는 줄리엣의 친구도 아니었다. 줄리엣은 루이스가 똥차라고 생각했다. 하지만 적어도 겁쟁이는 아닌 모양이었다.

다행히 거대한 테이블에 단 세 명이 앉아 있는 굴욕은 면할 수 있었다. 로니스가 거의 텅 비어 있어서 원하는 자리 아무 데나 앉을 수 있었던 것이다. 줄리엣은 몇 분마다 그 큰 테이블을 곁눈질했다. 그 징그러운 자식이 여자 두 명을 살해하기 전에 조금만 시간을 끌었다면 난 겁쟁이 친구들한테 둘러싸여 저기 앉아 있을 수도 있었을 텐데 하고 생각하면서.

줄리엣은 빌어먹을 초콜릿 케이크와 폭죽을 거부했다.

티파니는 명랑한 척하려고 애썼지만 끊임없이 덮쳐오는 히스테리에 목소리가 갈라졌고, 계속 시간을 확인하며 일찍 가야 할 것 같다고 되풀이했다. 연쇄살인범이 시간표에 맞춰 움직이기라도 하는 줄 아는 모양이었다. **아이고 이런, 시간 좀 봐. 살인해야 하는데 30분이나 늦었네.**

하지만 줄리엣은 별로 개의치 않았다. 어차피 이곳 전체가 과민 상태였다. 웨이트리스는 이미 손님들에게 일찍 문을 닫을 거라고 예고했다. 손님 몇 명은 아직 자기들 말고 다른 사람들이 남아 있는지 확인하려는 듯 주위를 계속 두리번거렸다. 머릿수가 많으면 안전하다. 그게 그날의 명언인 것 같았다. 그건 취소하는 친구들을 설득하려고 줄리엣이 몇 번이나 한 말이기도 했다.

유일하게 쾌활해 보이는 사람은 루이스였다. 그리고 루이스가 쾌활하다는 건, 완전히 발정 난 수캐처럼 군다는 거였다. 루이스는 테이블 위로 티파니를 계속 더듬었는데 테이블 아래로도 그런다는 걸 줄리엣은 금세 눈치챘다. 그리고 티파니를 건드리려다 실수로 **두 번쯤** 줄리엣의 다리를 발로 쓰다듬기도 했다. 아니, 어쩌면 실수가 아니었을지도. 누가 알겠는가. 테이블 밑의 보이지 않는 행각에 티파니가 갑자기 숨을 헉 들이켜자 줄리엣은 더는 견디지 못하고 계산서를 요청했다.

다 같이 루이스의 차를 타고 돌아가는 길에 루이스의 오른손은 티파니의 치마 밑을 몇 번이고 들락날락했다. 줄리엣은 역겨우면서도 눈길을 떼지 못했다. 얼른 집에 가서 잠자리에 눕고 싶은 마음뿐이었다.

집까지 절반쯤 갔을 때 루이스는 짐짓 농담조로 생일 기념 스리섬을 제의했다. 알아서 적당히 웃어넘겨야 하는 농담이었다.

우웩, 우웩, 우웩. 줄리엣은 이 드라이브가 제발, 어서 빨리 끝나기만을 빌었다.

집 앞까지 가서 차가 멈춰 서자 줄리엣은 조수석 문을 열었다.

"어이, 문까지 같이 걸어가줄까?" 루이스가 갑자기 진지한 어조로 물었다.

줄리엣은 거의 좋다고 대답할 뻔했다. 아무리 그래도 연쇄살인범의 소식에 아무렇지 않을 수는 없었던 것이다. 하지만 그렇게 물어보는 루이스의 손이 여전히 티파니의 치마 밑에 들어가 있는 걸 보자, 줄리엣은 갑자기 루이스가 문 앞까지 가서 다시금 스리섬 제의를 할 것 같은 생각이 들었다.

"아니, 정말이지 그럴 필요 없어." 줄리엣은 두 사람에게 웃음을 지어 보였다. 적어도 생일 파티에 와준 걸 생각해서 좋게 대하려고 애쓰는 중이었다. "와줘서 고마워."

"생일 축하해." 티파니가 말했다. "내일 전화할게."

"안에 들어갈 때까지 기다릴게." 루이스가 말했다.

어쩌면 루이스는 똥차가 아닐지도 모른다. 약간 발정이 나긴 했지만. 그래서 뭐?

줄리엣은 차에서 내려 등 뒤로 조수석 문을 닫았다. 주위를 둘러싼 어둠에 숨이 막힐 것 같았다. 갑자기 엄마가 집주인한테 부탁해서 바깥에 조명 좀 설치하라고 여러 번 말했던 게 떠올랐다. 엄마의 여느 잔소리들처럼 들을 때는 무시해버렸는데, 지금은 길에 조명이 있으면 얼마나 좋을까 하는 생각이 들었다.

문은 20미터도 떨어져 있지 않았다. 별일 아니었다.

줄리엣은 모래투성이 길을 따라 걸어갔다. 오른쪽 하이힐이 나무뿌리에 걸렸는지 비틀거렸다. 하이힐은 이 길에 걸맞은 신발이 아니었다. 몇 미터쯤 갔는데 덤불에서 부스럭대는 소리가 들렸다. 줄리엣은 그 자리에 얼어붙었다. 루이스의 차는 아직 등 뒤에 있었다. 엔진 소리가 들렸다. 하지만 이 어둠 속에서 과연 내가 보이기나 할까? 지금 당장에라도 누군가가 날 덮쳐서 어둠 속으로 끌고 가면 어떡하지? 루이스와 티파니가 뭘 할 수 있을까?

줄리엣은 달리기 시작했다. 온몸이 패닉에 사로잡혔고 맥박이 마구 뛰었다. 호흡은 짧고 밭았다. 떨리는 손으로 가방 속에 든 열쇠를 찾았다. 어디 있지? 어디 간 거야?

열쇠고리의 익숙한 돌고래 모양이 손에 만져졌다. 가방에서 꺼내자 금속이 달그락거리며 부딪혔다. 열쇠를 자물쇠 구멍에 넣고 돌리자 딸깍 소리가 났다.

가쁜 숨을 몰아쉬며 입구의 전등 스위치를 켰다. 거실 등과 문 위 등이 동시에 켜졌다. 숨을 들이켜고 떨리는 호흡을 진정시키려고 애썼다. 울고 싶었다.

집 안으로 들어가 뒤돌아보았다. 루이스와 티파니가 차에서 손을 흔들었다. 줄리엣도 억지로 웃으려고 애쓰며 손을 흔들었다.

차가 떠났다.

맙소사, 정말 거지 같은 밤이야. 얼른 가서 오줌을 누고 침대에 눕고 싶었다. 뒤돌아서 문을 한 번 걷어찼다.

쾅 하고 문 닫히는 소리가 날 줄 알았는데, 아무 소리도 들리지 않았다. 쾅 소리는커녕 가벼운 툭 소리도 없었다.

뒤돌아보려는 순간, 뭔가가 목을 누르면서 동시에 누군가의 손이 줄리엣의 오른팔을 움켜쥐었다.

"비명 지르면 찌른다. 알겠지?" 걸걸하고 화난 목소리였다.

줄리엣은 그대로 얼어붙어 꼼짝도 하지 못했다. 감히 숨도 쉴 수 없었다.

"알아들었으면 고개를 살짝만 끄덕여."

줄리엣은 작게 고개를 끄덕였다.

"이제 걸어. 곧장 부엌으로 가. 돌발 행동은 하지 말고."

줄리엣은 한 걸음 한 걸음 차례로 떼놓았다. 몸이 마치 젤로로 변해버린 것 같았다. 용기를 내서 저항해볼까. 놈의 배를 팔꿈치로 찌르고 도망치거나 칼을 쥔 손을 잡고 물어뜯을까. 아니, 불가능했다. 똑바로 서 있는 것조차 힘들었으니까.

놈은 결국 그림자 속에서 기다린 게 분명했다. 루이스가 차를 출발시킬 때까지 인내심 있게 기다렸으리라. 그후 움직여서, 문이 닫히기 직전에 문 앞까지 온 것이다.

"남자친구가 침실에 있어." 줄리엣이 쉰 목소리로 말했다. "곧 깨어날 거야."

"넌 남자친구가 없어. 4개월 전에 헤어졌잖아, 기억나? 넌 그것 때문에 정말 눈물겨운 포스팅을 했었지."

"날 어떻게 할 건데?" 부엌으로 들어서는 줄리엣의 시야가 눈물로 흐려졌다. 부엌 창이 바로 앞에 있어서, 줄리엣은 거기에 비친 자신과 뒤에 있는 남자의 모습을 볼 수 있었다. 재빨리 고개를 돌리고 두려움으로 신음했다.

"울지 마. 오늘은 네 생일이잖아, 그렇지?" 남자는 줄리엣을 부엌 테이블로 끌고 갔다. "앉아."

어둠 속에서 부엌 의자는 불길해 보였다. 의자에 앉으면 다시는 일어나지 못할 것 같았다. 서 있는 한, 아직 기회가 있으리라. 재빨리 움직여서 도망치는 것이다. 적어도 저항할 수 있을 것이다. 뭐든 손에 잡히는 거로 놈을 후려친 다음…….

목을 찌르는 갑작스러운 통증에 줄리엣은 눈앞이 캄캄해져 흑 숨을 들이켰다.

"살짝 금만 그은 거야." 남자가 속삭였다. "더 깊이 베이고 싶지는 않겠지."

줄리엣은 아주 느리고 정확한 움직임으로 의자에 앉았다. 딸꾹질 같은 흐느낌이 멈추지 않았다. 멈출 수 없었다. 끈끈한 피가 목을 타고 흘러내리는 게 느껴졌다.

"좀 진정해. 자, 이걸 마셔." 남자는 줄리엣의 팔을 놓아주고 식탁 위에 생수병을 내려놓았다.

"난…… 난 목마르지……."

"마셔." 남자의 손이 다시금 줄리엣을 아프게 움켜쥐었다.

줄리엣은 병뚜껑을 돌려 열고 몇 모금 마셨다. 그후 조금 더 마셨다. 병을 식탁 위에 내려놓았다.

"좀 나아?" 남자가 물었다.

"제발 날 해치지 말아요."

남자는 대답하지 않았다. 줄리엣은 남자가 뭔가 하기를 기다렸다. **뭐라도.** 하지만 남자는 그러지 않았다. 칼날은 그대로 목을 누르고 있었다. 남자의 손은 여전히 줄리엣의 팔을 단단히 움켜쥐고 있었다. 혹시 잠들었나? 줄리엣은 의자에서 재빨리 일어나 남자의 고환을 걷어차고 밖으로 뛰쳐나갈까 생각했다.

머리를 아주 살짝 움직여봤다.

"움직이지 마."

줄리엣은 얼어붙었다.

몇 초가 지나갔다. 무슨 일이 일어나고 있는지 알 수 없었다. 피가 셔츠로 배어들고 목깃을 타고 흘렀다. 정말 살짝 금만 그은 걸까? 아니면 난 이제 죽는 걸까?

가벼운 현기증이, 어지러움이 느껴졌다. 사지가 무겁고 움직일 수 없었다. 아마 출혈 때문이겠지. 다만 그다지 피가 많이 난 것 같지는 않았다.

아니, 출혈 때문이 아니었다. 놈이 물에 뭔가를 탄 것이다.

"뭐." 줄리엣은 둔한 혀로 말했다. "무슨."

남자는 앞으로 몸을 숙여 줄리엣의 귓가에 부드럽게 속삭였다. "생일 축하합니다, 생일 축하합니다, 생일 축하합니다, 사랑하는 줄리엣. 생일 축하……."

62

2016년 9월 11일 일요일, 텍사스 주 샌앤젤로

남자는 세 시간도 못 자고 동트기 전에 깨어났다. 두어 시간만 더 잤으면 더할 나위 없었겠지만 여자가 곧 깨어날 테고, 날이 밝기 전에 일을 해치우는 편이 더 안전했다. 다른 동료 시민들이 깨어나기 전에.

그럴 만한 가치는 있는 듯했다. 그냥 침묵의 소리를 듣는 것만으로도. 일요일 이른 아침. **모두**가 잠들어 있었다. 세상에 혼자 남은 것처럼 느껴졌다.

흙이 든 통과 여자가 있는 상자는 이미 승합차에 실려 있었다. 전날 밤 잠들기 전에 다 처리해놓았다. 이제 남은 일은 운전석에 앉아 차고 문을 열고 차를 몰아 나오는 것뿐이었다.

절반쯤 갔을 때 남자는 갑자기 필요한 걸 전부 챙겨왔나 하는 생각이 들었다. 길가에 차를 세우고 가방을 확인했다. 노트북, 대포폰, 케이블, 장갑. 땅 파는 도구는 뒤쪽 손가방에 들어 있었다.

선글라스 챙기는 걸 깜빡했다. 차를 몰고 돌아오는 길에 아주 짜증이 날 것이다. 다시 집에 가서 가져올까도 싶었지만 결국 그러지 않기로 했다. 선글라스 없이 운전해 돌아오려면 짜증이 나겠지만 덕분에 다음번에는 결코 잊지 않을 것이다.

하늘은 해 뜨기 직전의 검푸른 색조를 띠고 있었다. 유달리 밝은 별 몇 개가 간신히 보일락 말락 했다. 남자는 운전하는 동안 혼자 노래를 흥얼거렸다. 짜릿한 흥분이 점차 커져갔다.

목적지의 마지막 부분은 거친 길이었다. 승합차가 바위투성이인 땅에 계속 부딪쳤다. 이번 구덩이로 가는 길은 이전보다 훨씬 더 힘들었다. 바퀴가 돌멩이에 부딪히자 남자는 잠시 타이어에 구멍이라도 났을까 봐 걱정했다. 하지만 괜찮은 듯했다.

뒤에서 숨죽인 소음이 들렸다. 여자가 깨어난 것이다.

승합차를 세우고 문을 연 후 가방을 움켜쥐고 밖으로 펄쩍 뛰어내렸다. 구덩이는 물론 철저히 숨겨져 있었지만 남자는 그게 어딘지 머릿속으로 훤히 알고 있었다. 가방에서 삽을 꺼내 구덩이를 가려놓은 판자 위의 흙을 치웠다. 5분도 안 걸렸다. 남자가 가진 탁월한 재주를 하나 꼽으라면 그건 삽질이었다.

땅에 삽을 꽂아 넣고 왼쪽 판자를 들어 올리자…….

가슴이 덜컥 내려앉았다.

구덩이의 한쪽 측면이 무너져 흙이 바닥으로 쏟아지는 바람에 공간이 겨우 반 정도밖에 남아 있지 않았다. 거칠게 욕설을 내뱉었다. 언제 이렇게 된 거지? 겨우 보름 전에 확인했을 때는 괜찮았는데. 삽으로 이걸 몽땅 퍼내려면 두 시간은 족히 걸릴 것이다.

여자가 뒤편에서 비명을 질렀다.

남자는 갈등했다. 다른 곳으로 갈까? 몇 가지 선택지가 있었지만 남자는 마지막 순간에 계획을 변경하는 걸 싫어했다. 그리고 가장 가까운 지점은 이미 경찰에게 들키고 말았다.

아니, 이 정도로 수선을 피울 필요는 없다. 구덩이는 여전히 완벽하게 사용 가능했다. 그냥 이 상황을 받아들이고 여자를 1미터 깊이에 묻으면 그만이다. 어차피 묻는 건 똑같으니까. 정말이지 깊이에 관심 있는 사람은 남자 하나뿐이었다.

일단 결정을 내리고 나니 기분이 좋아졌다. 다시 흥분이 커지고 있었다. 승합차 뒤편을 열고 이전에 백만 번은 연습한 대로 상자를 끌고 나왔다. 이게 아마도 가장 까다로운 부분일 것이다. 안에 든 여자를 이리저리 부딪히지 않게 하면서 상자를 구덩이 안에 가지런히 놓는 것.

남자는 구덩이에 닿기 직전에 멈춰 서서 카메라에 전선을 연결했다. 마리벨 하위의 경우에는 상자를 구덩이에 넣기 전에 전선 연결하는 걸 깜빡해서, 나중에 **악몽** 같은 시간을 보내야 했다. 하지만 이제는 더 노련해졌다. 절차대로 완벽하게 해냈다.

상자를 구덩이에 놓는 동안 소리 한 번 내지 않았지만 여자는 여전히 숨죽인 비명을 질렀다. 남자는 그 소리를 무시하고 흙이 든 통을 하나씩 차례로 차에서 내렸다. 노트북에 선을 연결하고 켰다. 안에 든 여자의 이미지가 화면에 떴다. 남자는 열에 들뜬 한숨을 내쉬었다. 완벽해.

다시 삽을 집어 들고 상자 위에 첫 흙덩어리를 퍼 얹었다. 여자의 숨죽인 비명이 강렬해졌다.

63

조이가 보기에 제대로 잔 사람은 아무도 없는 것 같았다. 아침에 거울에서 본 다크서클이 테이텀, 라이언스, 포스터의 눈 밑에도 똑같이 자리 잡고 있었다. 일요일 아침인데도 네 사람 모두 9시도 안 되어 서에 나타났다. 다들 잠에서 깨 업무를 시작할 수 있도록 포스터가 진한 커피를 타주었다.

조이는 새벽 2시에 잠들었다. 혼자서였다. 테이텀과 사건에 대한 논의를 마치고 조지프에게 메시지를 보냈지만 답신이 없었다. 기다리다 결국 잠든 모양이었다.

네 사람은 슈뢰딩거 상황실에 앉아 있었다. 벽의 지도에는 이미 새로운 가위표가 그려져 있었다. 그레이프 크리크 북서부, 그들이 구덩이를 발견한 곳이었다.

"좋아요." 포스터가 이마를 문지르며 말했다. "그레이 요원이 **새벽 2시**에 보낸 이메일을 보니 뭔가 새로운 생각이 떠오른 것 같던데요."

"맞아요." 조이가 대꾸했다. "처음에 우린 살인범이 목표물을 정한 후 피해자의 집을 스토킹하면서 피해자가 외출하기를 기다린다고 가정했어요. 그러면 놈은 피해자가 밤늦게 귀가할 때 아무에게도 들키지 않고 덮칠 수 있으니까요."

"네."

"하지만 놈이 목표물을 정해놓고 스토킹하는 게 아니라면요? 놈이 소셜 미디어, 아마도 대부분 인스타그램을 통해 찾아낸 다수의 목표물이 있다면요? 놈은 그 여자들 프로필을 확인하고, 여자들이 온라인에 외출한다는 포스트를 올리거나 집 밖의 장소에서 자신을 태그하면, 놈에게 기회의 창이 열리는 거죠. 놈은 **그때** 피해자의 집에 가서 기다리는 겁니다."

"그게 마리벨 하위와 니콜 메디나의 프로파일과도 부합하나요?"

"네." 라이언스가 조이보다 한 발 앞서 대답했다. "마리벨은 영화를 보러 간다고 알렸고, 니콜은 파티에서 자신을 태그했어요."

"그리고 둘 다 전체 공개였죠." 조이가 말했다.

"흠. 원래 시나리오에서 저는 놈이 여자들을 집까지 따라갔다고 가정했어요. 그렇게 해서 주소를 알아냈다고요. 단순히 온라인에서 발견한 거라면 여자들이 어디 사는지 놈이 어떻게 알죠?"

"주소를 알아내는 방법은 수두룩해요." 테이텀이 대꾸했다. "니콜의 경우엔 사진을 올릴 때 자기 위치를 끊임없이 태그했어요. 그러니 놈은 그냥 니콜이 집에서 찍은 사진들 위치를 추적하기만 하면 됐죠."

"마리벨 하위의 경우는 좀 더 조심스러웠어요." 조이가 말했다. "한 번도 적극적으로 자기 위치를 노출하지 않았죠. 하지만 뮤지컬리(Musical.ly, 틱톡의 전신—옮긴이)를 사용했어요."

"저는 소셜 미디어 쪽을 잘 몰라서요." 포스터가 말했다. "그게 정확히 뭐죠?"

"사람들이 노래 부르는 모습을 찍어 올리는 소셜 미디어 앱이에요." 테이텀이 대꾸했다. "주로 10대들이 쓰지만 더 나이 든 사용자가 사용하기도 하죠. 그리고 뮤지컬리 포스트는 이용자 위치를 표시하는 게 기본 설정이에요. 이용자 대다수는 그런 게 있는지조차 모르지만요."

"마리벨의 뮤지컬리랑 인스타그램 프로파일은 연동돼 있어요." 조이가 말했다. "누구든 5분 안에 주소를 알아낼 수 있죠."

포스터가 무겁게 한숨을 내쉬었다. "확실히 그럴싸하게 들리네요. 그럼 이제 우린 어떻게 해야 하죠?"

조이의 휴대폰이 울렸다. 해리였다. 아마도 기사에 관해 이야기하고 싶은 거겠지. 조이는 5분 후 회신하기로 하고 수신 거부를 눌렀다.

"우선 이 지역의 소셜 미디어 이용자들을 조사하고 가능성이 있다 싶은 사람들에게 경고해야죠." 테이텀이 대답했다.

"미끼를 놓을 수도 있어요." 조이가 말했다.

"어젯밤에 둘이서 그 얘기를 해봤는데, 난 미끼 생각은 그다지 내키지 않아요." 테이텀이 말했다.

"난 전에 해본 적이 있어요."

"그 여자가 거의 살해당할 뻔했다면서요."

"그거야 감시하던 사람들이 무능해서 그런 거고요. 이 경우엔 통할 거예요."

포스터가 끼어들었다. "미끼 이야기를 좀 더 설명해주세요."

조이가 고개를 끄덕였다. "음, 우선……." 휴대폰이 다시 울렸다. 해리였다. 조이는 한숨을 내쉬고 "잠깐만요. 중요한 전화일 수도 있어요" 하고 말한 뒤 전화를 받았다. "해리? 일요일 아침인데 일찍 일어났⋯⋯."

"이메일이 또 왔어요." 해리의 목소리는 날이 서고 잔뜩 긴장돼 있었다. 조이가 아는 그 성가신 남자가 아닌 것 같았다.

조이는 얼굴을 찌푸렸다. "그게 무슨⋯⋯."

"그냥 이렇게만 적었어요. '어쩌면 이번에는 생각이 좀 달라질지 도 모르겠군요.' 그리고 링크가 하나 있어요. 세 번째 영상요."

그때 갑자기 포스터의 휴대폰이 울리는 바람에 조이는 깜짝 놀 라 펄쩍 뛰었다. 포스터가 전화를 받았다. "포스터입니다. 천천히 요. 뭐라고요?"

"무슨 영상요?" 조이는 해리에게 다급히 물었다.

"세 번째 피해자요. 지금 링크 보낼게요." 해리가 전화를 끊었다.

조이의 휴대폰이 삑삑 울렸다. 영상 링크를 클릭하자 화면에 눈 에 익은 웹페이지가 나타났다. 슈뢰딩거. '실험 3호.'

그리고 영상이 시작됐다. 비좁은 공간에서 입에 재갈이 물린 여 자가 날카로운 비명을 지르고 있었다.

"지령요원이 방금 줄리엣 비치라는 여자의 어머니에게서 전화를 받았답니다." 포스터가 말했다. "오늘 아침 딸과 통화가 안 돼서 집 으로 찾아갔는데 바닥에 핏자국이 있고⋯⋯." 포스터는 말을 멈추 고 손에 휴대폰을 쥔 조이를 응시했다.

조이는 휴대폰 화면을 형사에게 보여주었다. "방금 해리라는 기 자한테 받았어요."

라이언스는 이미 자기 휴대폰을 두드리고 있었다. 잠시 후 다른 사람들에게 화면을 보여주었다. 줄리엣 비치의 인스타그램 계정이 었다. "그 사람이에요. 어제저녁에 마지막 포스팅을 했어요. 생일 파티를 하러 외출한다고."

"그럼 이건 최근이겠네요." 포스터가 말했다. "어쩌면 살아 있을 지도 몰라요."

다들 조이 주위로 몰려들어 몇 초 동안 휴대폰 화면을 응시했다.

"왜 재갈이 물려 있죠?" 라이언스가 물었다. "처음 피해자는 안 그랬는데."

"왜냐하면 이제 살인범의 방법이 공개돼서 피해자들이 자기가 촬영되고 있다는 걸 아니까요. 피해자가 우리한테 실마리를 줄 뭔가를 발설하지 못하게 하려는 거죠." 조이가 대답했다.

"저기 구석에 있는 건 뭐죠?" 포스터가 물었다. "상자처럼 보이는데요."

조이는 포스터가 가리키는 것을 보았다. 작은 철제 상자에 녹색 경고문과 무척 친숙해 보이는 그림이 붙어 있었다.

독성 물질을 알리는 두개골과 뼈 그림이었다.

64

상황실 지도는 어마어마하게 커 보였고, 피해자가 있을 만한 곳은 끝도 없이 많은 것 같았다. 그걸 보고 있는 조이는 무력감을 느꼈다.

"GPR을 가능한 한 빨리 준비해야 해요." 포스터가 휴대폰에 대고 고함쳤다. "1분 1초가 급해요!"

GPR은 어차피 도움이 안 될 것이다. 이미 다들 알고 있었다. 피해자가 툴리아 토양에 묻혀 있다면 레이더가 작동하기엔 점토가 너무 많을 것이다.

포스터는 지역의 모든 K-9 경찰견을 확보하고 애빌린과 미들랜드의 경찰에게도 도움을 요청하도록 지령요원에게 지시했다.

"주 경찰도!" 포스터는 여전히 귀에서 휴대폰을 떼지 않은 채 말했다. "이곳의 모든 빌어먹을 개들이 그 여자를 찾아야 해요."

테이텀은 셸턴에게 전화해 해리가 보낸 이메일, 웹사이트, 영상 전송, 줄리엣의 인스타그램 방문객에 관해 간략히 설명했다. 이 수

많은 디지털 발자취들은 그들을 피해자에게 이끌어줄 수도 있지만, 반드시 그렇다는 보장은 없었다.

세 사람이 제각기 휴대폰을 붙들고 고함 지르기 시합을 해대는 통에 조이는 도저히 집중할 수가 없었다. 피해자가 있는 곳이 도대체 어디일까?

"여자 옆에 있는 상자요." 어느새 조이 옆으로 다가온 포스터가 나지막한 목소리로 말했다. "청산가리일 수도 있을까요? 그 물리학자가 말한 것처럼요. 청산가리를 쓰는 게 그놈 실험 3호의 핵심인 거죠."

조이는 아랫입술을 깨물었다. "그럴…… 수도 있겠죠. 하지만 난 그럴 가능성은 작다고 봐요."

"왜요?"

"왜냐하면 범인은 그런 데서 흥분을 느끼지 못하거든요. 놈은 확실히 여자를 생매장해서 질식해 죽어가게 만드는 걸 즐기고 있어요. 피해자를 청산가리에 노출시키는 건 놈의 취향과는 너무 거리가 멀어요. 그러려면 놈이 지금까지 보여준 것보다 더 높은 공학적 능력이 필요할 거예요."

"그렇다면…… 이건 뭐죠?"

"무대 소품이죠." 조이가 자신감을 가지려고 애쓰며 말했다. "소품일 뿐이에요."

"당신 말은……."

"영상이 중단됐어요." 테이텀이 갑자기 말했다. "여자가 사라졌어요."

"**벌써요?**" 포스터가 화면으로 달려갔다. "아직 15분도 안 지났는데요."

하지만 테이텀의 말이 맞았다. 여자는 사라지고 검은 화면으로 대체됐다.

***

땅 속에서 눈물범벅이 되어 몸부림치는 여자를 남자는 입가에 옅은 미소를 띤 채 지켜보았다. 현재까지 이 여자가 최고였다. 잘 골랐어. 피해자를 고를 때 미리 예측할 수 없는 한 가지가 있다면, 그건 그들이 상자 안에서 어떤 반응을 보이느냐 하는 거였다. 프로 필에 그런 걸 올리는 사람은 찾기 어려우니까. 하지만 이 여자는 완벽했다. 비명, 몸부림, 휘둥그레 뜬 무력한 눈.

재갈을 물리고 양손을 묶은 것 또한 이제 보니 훨씬 더 나은 선택이었다. 전에는 미처 생각 못 한 점이었는데, 확실히 몸부림을 더…… 절박하게 보이게 했다.

"넌 정말이지 생각할 시간이 좀 필요해." 화면의 여자를 향해 속삭였다.

영상 밑의 토글스위치는 오프라인으로 돼 있었다. 남자는 망설였다. 이만하면 충분히 길었나?

몇 초쯤 더 주지 뭐.

잔에 든 물을 마시고 며칠 전 라디오에서 들은 귀에 착 붙는 곡조를 흥얼거렸다.

좋아. 이만하면 충분히 길었어.

남자는 토글 스위치를 클릭했다. **온라인.**

"다시 켜졌어요!" 라이언스가 고함쳤다.

여자가 다시 화면에 나타났다.

"놈에게 기술적 문제가 있는 것 같아요." 포스터가 말했다. 다시 휴대폰을 붙들고 지령요원과 통화하면서 상황 파악을 위해 줄리엣과 줄리엣의 어머니 집, 그리고 전날 밤 만났던 친구들 집으로 순찰차들을 출동시키도록 지시하는 중이었다.

"내 생각엔 기술 문제가 아닌 것 같아요." 조이가 말했다. "영상의 재생시간 보여요? 그건 한 번도 멈추지 않았어요. 이건 의도적이에요. 놈은 우리에게 보여주는 영상을 켰다 껐다 하고 있어요."

"왜죠?"

"**그게** 실험 3호예요." 조이가 말했다. "청산가리가 아니고요. 놈은 다시 우리를 가지고 노는 중이에요. 그 물리학자가 했던 말 생각나요? 중첩 상태. 놈이 영상을 정지할 때마다 우린 줄리엣 비치가 살아 있는지 죽었는지 모르게 돼요. 동시에 두 상태에 있는 거죠. 청산가리 용기를 거기 놔둔 건 우리가 그게 언제 열릴지 모른다고 **생각하게** 만들려는 거예요. 우리의 불확실성을 높이려고, 피해자가 살았는지 죽었는지를 궁금해하게 하려고요."

"하지만 진짜일 수도 있잖아요."

"진짜가 아니에요."

"알았어요." 포스터가 내뱉었다. "이제 내가 뭘 할 수 있는지 알려줘요. 이 지도는 이렇게 큰데 지금 내가 가진 건 개 두 마리와 방금 망가진 조잡한 GPR 하나가 전부예요. 맨 처음으로 어딜 찾아봐야하죠?"

조이는 망설였다. "지리학 프로파일링 공식이 있어요. 범죄자가 다음번에 범행을 저지를 거리를 계산하는 건데, 전제는 범죄자들이 통계적으로 매번 자신의 집에서 더 먼 곳으로 간다는 거예요. 그건…… 지극히 부정확하고, 놈의 심리 상태에 해당하는 변수들을 내가 추측해서 입력해야 해요."

"뭐가 그렇게 복잡합니까. 우리에겐 시간이 없어요, 조이."

"복잡하지 않아요. 그냥 계산이에요." 조이는 자리에 앉아 그 공식을 기억에서 불러내어 노트북에 적기 시작했다. 그 방법을 전적으로 신뢰한 적은 한 번도 없었다. 그동안 그 공식이 예상하는 오차범위를 벗어나 범행을 저지르는 범죄자들을 한두 번 본 게 아니었다. 그리고 조이는 부정확성을 **증오했다.**

하지만 어딘가 시작 지점이 필요했다.

"됐나요?" 포스터가 조바심치며 물었다.

"잠깐만요." 조이는 성마르게 대꾸하고는 변수들을 한 번 더 검토한 뒤 이전 범죄들의 지리학에 부합하는지 보려 했다. 어느 정도는 그랬다. 30분만 더 있어도 보다 나은 추정치를 뽑아낼 수 있겠지만 지금으로서는…….

"놈의 집으로부터 10에서 12킬로미터 거리요." 조이가 말했다. "현재로서는 놈의 집을 샌앤젤로의 중심부로 봐도 될 거예요. 이전 범죄 현장들과도 부합하는 것 같아요."

라이언스는 이미 지도를 확인하며 포스터에게 지역들을 불러주고 있었고, 포스터는 지령요원에게 그 목록을 단숨에 읊으며 K-9 기동대를 거기로 파견하라고 명령하고 있었다.

***

줄리엣은 숨이 쉬어지지 않았다. 그게 첫 느낌이었고, 계속 그 상태였다. 어둠이 어찌나 견고한지 손으로 만질 수도 있을 것 같았다. 몸 위에 무게는 없지만 절대 벗어날 수 없는 장막이 드리워져 있는 느낌이었다.

비명을 하도 오랫동안 질렀더니 구토가 올라왔다. 토하기 직전에 간신히 멈출 수 있었다. 입에 재갈이 물린 채로 토했다간 질식해서 죽을 게 분명했다.

어차피 죽을 테지만.

등을 대고 꼼짝도 않고 누워 있으면 여기가 어둡고 넓은 방 안이라고 상상할 수도 있을 것 같았다. 하지만 조금만 몸을 뒤척여도 환상은 바로 깨졌다. 감옥의 벽들이 사방에서 줄리엣을 향해 조여들었다. 몸 위의 나무판자는 코에서 5센티미터도 떨어져 있지 않다. 발로 차봤자 무릎과 발목에 멍만 들 뿐이었다.

목이 칼칼하고 사타구니가 가렵고 축축했다. 아까 방광의 압박을 견디지 못하고 그만 오줌을 싸버렸다. 전날 밤의 기억은 토막토막 끊겨 있었다. 티파니와 루이스랑 같이 외출했고…… 차를 탄 건 기억하는데 그다음은……?

감각과 이미지의 파편들이 반딧불이처럼 깜빡거렸다. 목을 누른 칼날. 팔을 움켜쥔 손. 낯선 남자의 시큼한 땀 냄새.

다시금 비명을 질렀다. 그리고 울었다. 울음이 멈추자 침묵이 다시 스며들었다.

그리고 그후…… 또 다른 소리. 뭐지? 쿵 하는 소리? 꾸준한 쿵쿵거리는 소리? 너무 친숙한데 이 감옥에 갇혀 있으니 뭔지 정확히 감이 오지 않았다.

베이스. 음악의 리듬이었다. 어딘가, 그리 멀지 않은 곳에서 누군가가 큰 소리로 음악을 듣고 있었다.

줄리엣은 온 힘을 끌어모아 다시 비명을 질렀다. 목이 잠겼다.

음악 소리가 멀어졌다.

그러고 나서, 줄리엣은 결국 참지 못하고 구토를 했다. 입속을 가득 채운 토사물이 코로 밀려 올라와 콧구멍을 막았다. 공기가 사라졌다.

***

"방금 그 소리, 뭐였죠?" 테이텀이 물었다.

"무슨 소리요?" 조이가 인상을 쓰며 되물었다. 소리라면 수억 가지쯤 있었다. 포스터와 라이언스가 휴대폰으로 고함지르기 시합을 하고 있는 데다 포스터가 상황실로 가져온, 수색 채널과 연결된 경찰 무선기가 찌지직거리고 있었으니까. 영상은 이미 네 번이나 꺼졌다가 다시 켜졌다. 그리고 그때마다 영상이 다시 켜질지 안 켜질지를 놓고 방 안의 긴장감은 더한층 고조됐다.

"영상에서 소리가 들렸어요." 테이텀이 주위를 둘러보며 외쳤다. "포스터! 라이언스! 잠깐만 조용히 해봐요, 젠장."

두 형사 모두 입을 다물었고 포스터는 무전을 껐다. 남은 것은 영상에서 나오는 소리뿐이었다. 줄리엣이 낑낑대는 소리, 그리고 꾸준한 베이스 소리.

"음악이에요." 테이텀이 말했다.

"누군가가 근처에서 음악을 듣고 있는 건가요?" 포스터는 도저히 믿기지 않는다는 말투로 물었다. "혹시 이 여자가 묻혀 있는 게 아닐 수도 있나요?"

"아뇨, 들어봐요……. 멀어지고 있어요." 조이가 말했다.

그 순간, 줄리엣은 재갈이 물린 입으로 절박하게 비명을 지르기 시작했고, 베이스 소리는 더 이상 들리지 않았다.

"내 생각엔 근처를 지나가는 차가 요란한 음악을 틀고 있었던 것 같아요." 조이가 말했다. "피해자는 다른 피해자들보다 훨씬 얕게 묻혀 있어요."

"잘됐네요. 그럼 K-9 개들한테 도움이 되겠어요." 라이언스가 말했다.

"뭔가가 잘못됐어요." 테이텀이 긴장해서 화면 위로 몸을 숙였다. "좀 봐요."

줄리엣은 통제할 수 없이 몸부림을 치고 발버둥을 쳤다. 재갈 가장자리에서 거품이 일었다. 콧구멍 한쪽에서 액체 방울이 뿜어져 나왔다. 조이는 자신이 틀렸나 하는 생각에 철제 상자를 보았다. 결국 거기 독극물이 들어 있었던 걸까. 하지만 상자는 아직 닫혀 있었다. 그 순간, 조이는 어떻게 된 건지 깨달았다.

"방금 토를 했어요." 포스터가 억눌린 목소리로 내뱉었다. "숨이 막히고 있어요. 빌어먹을!"

무력감은 절망적이었다. 그들이 할 수 있는 일은 그저 여자가 눈을 휘둥그레 뜨고 목을 꿈틀거리며 몸부림치는 걸 지켜보는 것뿐이었다. 줄리엣은 도리질을 치고 상자 뚜껑을 머리로 들이받고 이마로 긁었다. 조이는 마치 여자의 끔찍한 상황에 동기화된 것처럼 숨을 참았다.

이윽고 줄리엣은 코에서 또 다른 액체 방울을 뿜어낸 후 몸부림을 멈췄다. 눈을 깜빡였다. 콧구멍이 수축했다가 팽창했다. 호흡 통로를 간신히 확보한 것이다. 비록 남은 공기가 많지는 않겠지만. 이마의 상처에서 피가 계속 새어 나왔지만 심각해 보이지는 않았다.

테이텀이 천천히 숨을 내쉬었다. "십년감수했네요."

"팔십 년은 감수했죠." 라이언스가 잔뜩 가라앉은 목소리로 말했다.

"그 음악……" 테이텀이 말했다. "어쩌면 그걸 튼 차를 찾을 방법이 있을지도 몰라요. 그 차의 경로를 역추적해서 줄리엣의 위치를 알아내는 거죠."

포스터는 멍하니 허공을 보고 있었다.

"포스터, 내 말 듣고 있어요? 순찰차들한테 아주 시끄러운 음악을 틀어놓고 달리는 차를 찾으라고 하면……."

"그딴 건 됐고요." 포스터는 이미 휴대폰을 만지작거리고 있었다. "우린 그것보다 훨씬 잘할 수 있어요." 형사는 귀에 휴대폰을 갖다 댔다. "저기요. 모든 순찰차한테 사이렌 스피커를 이용해서 음악을 아주 크게 틀라고 지시해주세요. 가능한 한 요란하게요. 알겠죠? 순찰차들이 피해자가 묻힌 곳을 지나가면 영상에서 그게 들릴 겁니다. 맞아요. 그리고 베이스를 쓴 노래를 고르라고 하세요. 가능한 한 베이스를 많이 쓴 노래로요. 그리고 차들이 같은 노래를 틀지 않도록 반드시 주의해주시고요."

포스터는 무전을 껐다. 이미 찌지직거리는 소음과 함께 포스터의 지침을 전달하는 지령요원의 목소리가 나오고 있었다. 포스터는 다른 사람들에게 씩 웃어 보였다.

"우린 줄리엣을 실제로 찾아낼지도 몰라요."

65.

줄리엣은 목에서 피가 날 것 같았다. 토사물의 역겨운 맛이 입 안에서 사라지지 않았다. 이젠 움직일 수도 없었다. 그럴 힘이 없었 다. 곧 공기가 다 바닥나서 죽게 되는 걸까.

머리가 욱신거렸다. 축축한 액체가 오른쪽 이마를 따라 방울져 서 흘러내리고 있었다. 피일 게 분명했다. 닦아낼 수 있다면 좋을 텐데.

어깨가 아팠다. 양손이 등 뒤로 묶인 채 몇 시간이나 누워 있었 으니 당연했다. 뭐로 묶었는지는 몰라도 손목을 너무 아프게 파고 들었다. 처음에는 손바닥에 피가 통하게 하려고 계속 손가락을 꼼 지락거렸다. 하지만 이제는 그런 데 신경 쓸 여력이 없었다. 어느 쪽이든 그냥 이 상황이 끝나기만 바랐다.

여기 얼마나 오래 누워 있었지? 틀림없이 며칠은 지났을 것이다. 쿵쿵대는 베이스 음악의 기억은 이제 흐릿했다. 어쩌면 그냥 내가 상상한 것일지도 몰라.

마치 음악을 머릿속으로 불러낸 것처럼, 그 소리가 다시 들려오기 시작했다. 그런데 아까와는 다른 소리 같았다. 끼익끼익 긁는 듯한, 불쾌한 소음 같은 소리. 눈을 질끈 감았다. 이제는 도저히 살려달라고 비명 지를 기운도 없었고, 또 토할까 봐 두려웠다.

***

음악 소리가 흐려졌다. 나도 곧 흐려지겠지.

"이렇게 몇 초에 한 번씩 영상이 꺼져서는 순찰차 사이렌 소리를 놓칠지도 몰라요." 포스터가 음울하게 내뱉었다.

영상이 꺼진 지 벌써 3.5초나 지났다. 현재까지 가장 긴 시간이었다. 만약 범인이 그대로 다시 켜지 않기로 마음먹는다면 줄리엣은 아마도 끝장일 것이다. 그리고 포스터가 이미 지적했듯, 심지어 놈이 다시 켠다 해도 그 직전에 순찰차가 지나갔다면 놓쳐버릴지도 모른다. 포스터는 수색 채널을 통해 순찰차들에게 영상이 정지될 때마다 그 자리에 멈춰 서라고 지시했다. 하지만 이젠 총 열네 대의 순찰차들이 굉음과 함께 거리를 달리는 상황이라 통제하기가 그리 쉽지 않았다.

설상가상으로 지령요원에게 불만 신고가 쇄도하고 있었다. 샌앤젤로 시민들은 시끄러운 음악을 최대 음량으로 튼 채 도로를 질주하는 순찰차들에 의해 일요일 아침의 평화와 고요가 깨져버린 상황에 불쾌해했다. 사람들은 911에 쉬지 않고 전화를 걸어댔고, 지령요원들은 불만 신고에 응대하는 동시에 우연히 줄리엣의 영상을 맞닥뜨린 사람들 전화, 수색 작전을 지휘 중인 사람들 전화에도 응답하느라 반응 속도가 상당히 느려지고 있었다. 한 시간 전에 경찰서에 나타난 젠슨 부서장은 그 문제를 해결하려 애쓰고 있었지만 조이가 보기엔 별 효과가 없어 보였다.

"다시 켜졌어요." 화면이 깜빡이다가 다시 줄리엣의 얼굴이 나타나자 조이는 안도감을 느끼며 말했다. 눈은 감겨 있었지만 가슴이 오르락내리락하는 게 보였다. 아주 미약한 움직임이었다.

"음악이 들려요." 포스터가 말했다. "들려요?"

점차 멀어지긴 했지만 그 말이 맞았다. 확실히 흐릿하지만 일정하고 느린 베이스 소리였다.

"이게 **무슨** 노래죠?" 테이텀이 물었다.

조이는 귀에 온 신경을 집중한 채 어떻게든 자기가 아는 노래들과 일치시키려 안간힘을 썼다. "이건…… 랩인가요?"

"잠깐만요." 포스터가 말했다. "지령요원한테 순찰차들이 틀고 있는 곡들 목록을 물어볼게요."

"〈스윙 마이 도어〉예요!" 라이언스가 고함쳤다.

다들 입을 쩍 벌리고 라이언스를 보았다.

"구찌가 부른 거요." 라이언스 형사는 사람들의 어리둥절한 눈길에 눈동자를 도르륵 굴렸다. "정말 몰라요? 다들 어디 동굴에서 살다가 나왔어요?"

포스터는 휴대용 무전 마이크를 잡았다. "지령요원, 여기는 5-15이다. 구찌를 틀고 있는 사람이 있나?"

잠시 침묵이 흘렀다. "5-13, 지령요원. 확실하다. 902호 차다."

"알겠다. 위치는 어딘가?"

무선기가 찌지직거리면서 다른 남자의 잡음 섞인 목소리가 들려왔다. "5-13, 여기는 902호다. 사우스 버마 로드에 있다. 곧 아든 로드에 도착한다."

"902호. 차를 세워라. 음…… 〈스윙 마이 도어〉를 틀고 있나?"

"5-13, 맞다."

"902호, 여기는 5-13이다. 유턴해라. 언제 차를 세워야 할지 알려주겠다."

"알겠다, 5-13. 지금 유턴한다."

포스터는 긴 한숨을 내쉬었다. "지령요원, 여기는 5-13이다."

"지시 기다린다."

"GPR과 K-9 기동대를 902호 지역으로 보내라."

"5-13, 알겠다."

지령요원이 K-9 기동대와 통화하는 동안 포스터는 무전기 음량을 낮췄다.

"좋아요." 포스터가 말했다. "어디 있는 거죠?"

"여기 이 도로야." 라이언스가 지도를 가리켰다. "그리고 근처에 툴리아 토양이 있고. 내 생각엔 가능성 높은 후보인 것 같아."

"아주 좋아." 포스터가 말했다. "음악이 들리면 이 친구가 있는 곳이……."

"방송이 다시 멈췄어요." 조이가 말했다.

화면이 나갔다.

***

남자는 심장이 거칠게 뛰기 시작하는 걸 느끼며 토글스위치를 **오프라인**으로 바꿨다. 방금 전에 문득 떠오른 무시무시한 생각에 머릿속이 펑펑 돌았다.

지나가는 차의 음악 소리를 처음 들었을 때, 남자는 다른 때와 달리 얕은 곳에 묻었기 때문이라는 걸 깨닫고 살짝 짜증이 났다. 여자를 충분히 깊이 묻기만 했다면 아무것도 이 실험을 방해하지 못했을 것이다. 여자의 울음소리를 제외하면 완전히 정적뿐이었을 것이다.

하지만 다음에 들려온 음악은 심지어 더 컸고, 신경을 긁는 듯 날카로웠다. 남자는 저도 모르게 이가 갈렸다. 누군가가 음악을 정말 크게 틀고 있었다. 그것도 아주 끔찍한 음향 시스템으로.

어딘가 익숙하게 들렸다. 그리고 그게 뭔지, 남자는 몇 분 후에야 깨달았다.

순찰차의 음향 시스템 소리. 보통 운전자들에게 차를 길가에 세우라고 명령할 때 쓰는 그것. 마치 누군가가 그거로 음악을 틀어놓은 것처럼 들렸다. 하지만 도대체 왜…….

바로 그때 문득 떠오르는 것이 있었다. 그 여자를 찾기 위해 그걸 이용하고 있는 것이다. 남자의 **빌어먹을 영상**에서 얻은 정보를 바탕으로 그 여자의 위치를 알아내려 하는 것이다.

남자는 방송을 끄고 벌벌 떨면서 이건 그저 상상에 불과하다고 자신을 달래려 했다. 그냥 거지 같은 음향 시스템과 형편없는 음악 취향을 소유한 10대 녀석이 폭주하고 있을 뿐이라고.

하지만 아닐지도 모른다는 불안감을 도저히 떨칠 수 없었다.

휴대폰 연락처 목록을 뒤져 리처드 루소 경관의 번호를 찾았다. 딕 루소는 친구였다. 두 남자는 함께 맥주를 마시며 어울리곤 했다. 전화를 걸었다.

벨 소리가 세 번 울린 후 딕이 전화를 받았다. 끔찍한 소음이 배경음을 가득 채웠다. 시끄러운 음악.

"딕!" 남자가 말했다. "뭐 해?"

"어이, 친구." 딕이 대답했다. "나중에 다시 전화할게……."

"있지." 남자는 딕의 말을 가로막았다. "어제 스테이크 두 조각하고 맥주를 사다 놨어. 점심때 혹시 올 수 있나 해서."

"안 돼." 음악 소리가 하도 시끄러워서 딕은 거의 고함을 지르고 있었다. "지금 근무 중이야. 다들 불려나왔어. 그 연쇄살인범이 또 한 명을 묻어서, 그 여자를 찾는 중이야."

"이런 젠장, 끔찍하네. 그 음악은 뭐야? 여자를 클럽에서 찾고 있는 거야?"

"아니. 지령요원이 우리한테 음악을 틀라고 했어. 난 잘 모르지만 그게 수색에 도움이 되나 봐."

"아." 남자는 다른 말을 하고 싶었지만 목구멍이 꽉 막혀 무슨 말을 해야 할지 알 수 없었다.

"스테이크는 다음에 먹자고, 친구."

"당연하지. 행운을 빌어, 딕." 남자는 전화를 끊었다.

완전히 좆됐다. 그들은 이미 영상을 통해 순찰차들 중 한 대의 무전을 들었다. 무덤 위치가 발각될 것이다. 남자는 전날 저녁의 상황을 돌이켜보았다. 여자가 내 얼굴을 봤던가? 그럴 수도 있고 아닐 수도 있었다. 여자는 공포에 빠져 있었고…….

노트북.

그건 아직 범죄 현장에 있었다. 방송용 카메라에 연결된 채. 노트북은 영상을 위해서만 이용됐으니, 노트북 자체에서 범죄 증거를 찾아내지는 못할 것이다. 하지만 자판에 지문이 묻어 있을지도 모른다. 그리고 컴퓨터 자판은 피부세포, 손톱, 먹다 흘린 빵부스러기 등 끝도 없는 증거물의 보고라는 사실을 남자는 누구보다도 잘 알았다. 그 모든 게 남자의 DNA를 담고 있었다.

남자의 첫 본능은 가방을 집어 들고 튀라고 말했다. 세 시간이면 국경에 도달해 멕시코로 건너갈 수 있을 것이다.

아냐. 침착해. 제대로 생각해. 경찰이 여자를 찾아내기까지는 아직 시간이 좀 있었다. 영상 송출에는 지연이 있으니, 경찰이 정확한 위치를 찾아내려면 시간이 좀 걸릴 것이다. 그들보다 먼저 거기에 도착할 수 있다. 가서 노트북을 가져오는 것이다.

남자는 문을 향해 달려갔다. 1분 1초가 급했다. 그리고 거기 도착하면 얕은 무덤을 도로 파헤쳐 여자의 목을 조를 수도 있겠지. 경찰이 도착했을 즈음, 남자와 연관된 증거는 하나도 남지 않을 것이다.

66

　시간이 지날수록 조이의 심장은 무너져내렸다. 영상이 시작된 지 여섯 시간이 지났고, 중단된 지는 37분이 지났다. 두 K-9팀이 현장에 도착해 수색 중이었지만 현재까지는 아무 성과도 없었다. 방송이 다시 시작될 거라는 희망은 완전히 사라졌다. 범인은 이만하면 충분히 보여줬다고 생각했는지, 줄리엣을 그들 머릿속에서 살아 있는 동시에 죽은 채로 남겨뒀다.

　"영상이 생방송이 아니었다고 가정해보죠." 조이의 속을 좀먹고 있는 우려를 간파하기라도 한 듯, 포스터가 말했다. "살짝 지연이 있지만, 몇 분 이상은 아닐 겁니다. 아니길 바라고요. 우린 902호의 경로상에서 가장 가능성이 큰 지역이 어디인지 판단해야 해요."

　포스터는 마커를 집어 들고 순찰차를 정지시킨 교차로 근처에 동그라미를 하나 그렸다. "지금 있는 곳은 여기입니다. 87번 국도에서 버마 로드를 따라 쭉 올라갔어요. 그전에는 피셔 레이크에서 87번 국도로 올라갔고요." 포스터는 그 경로를 따라 선을 그었다.

파기 좋은 곳으로 표시된 지역의 일부를 가로지르고 있었다.

"이 지역은 전부 무시해도 될 것 같아요." 테이텀이 그 경로의 북부를 가리키며 말했다. "그레이프 크리크하고 너무 가까워요. 인구 밀집지에서 그렇게 가까운 곳을 파지는 않았을 겁니다."

"내 생각도 그래요." 포스터가 말했다. "나머지는요?"

조이는 자신이 끄적인 종이들을 내려다보았다. 벌써 한 시간째 지리학적 프로파일링에 이용되는 로스모 공식의 변수를 깨작대는 중이었다. 니콜과 마리벨 양쪽에 다 잘 들어맞는 변수들을 간신히 파악할 수 있었다. 그리고 범인의 심리에 대한 자신의 추정을 기반으로 그 값을 살짝 조정했다.

놈은 자신의 세 번째 실험에 얼마나 자신감을 가지고 있을까?

조이는 해리의 이메일을 생각했다. 그 짧은 메시지에서, 이전 이메일에 담겨 있던 분노는 흔적조차 찾아볼 수 없었다. 거의 우쭐대는 듯한 투였다. 놈은 **대단히** 자신감이 있었다. 조이는 숫자 몇 개를 끄적였다.

"놈의 집으로부터 12에서 15킬로미터 사이에 해당되는 지역이 어디죠?" 조이가 물었다.

"아까는 10에서 12킬로미터라면서요." 포스터가 지적했다.

"정확한 건 아니라고 했잖아요." 조이가 짜증스럽게 받아쳤다.

"음…… 그러면 호숫가 도로는 완전히 배제되는데요. 그리고 사우스 버마 로드도요."

다들 지도를 자세히 들여다보았다.

"그럼 여기…… 아니면 여기." 라이언스는 노스 버마 로드의 파기 쉬운 지역 두 곳을 가리켰다.

"짐작 가는 데 있어요?" 포스터가 물었다.

"남쪽요." 조이가 대답했다. "여긴 툴리아가 아니에요. 예르밀로프가 팔 수는 있지만 이상적이지는 않다고 했던, 다른 종류의 토양이에요."

"그래서요?"

"놈은 다른 때와 달리 깊지 않은 곳에 피해자를 묻었어요. 어쩌면 그게 원인이었을지도 몰라요."

포스터는 휴대용 무전기의 마이크를 잡았다. 조이는 좌표를 알려주는 포스터의 목소리에 멍하니 귀를 기울이며 부디 자신이 옳았기를 간절히 빌었다.

***

남자는 가는 길에 순찰차 세 대를 지나쳤다. 매장 지점에 도착했을 때는 심장이 벌새처럼 파닥거리고 있었다. 차에서 내리면서 불안하게 주위를 둘러보았다. 지금 눈에 띄었다간 끝장이었다.

너무 불안하고 현기증이 나서 여자가 묻힌 정확한 위치를 찾는 데 몇 분쯤 걸렸다. 마침내 찾아냈을 때는 좌절감에 훌쩍이며 울고 있었다. 최악의 아이러니였다. 피해자를 못 찾는다고 경찰을 조롱할 때는 언제고 이제는 자신이 같은 난관에 처하게 되다니. 하지만 찾아냈다. 눈에 띄지 않는 그 흔적이 남자 눈에 들어왔다. 모래 위에 흩어진 자갈들의 배치. 살짝 기울어지고 고르지 못한 토양. 남자 외엔 누구도 찾아내지 못했을 것이다.

노트북과 대포폰은 구덩이 옆에 모래로 덮어놓은 가방 안에 들어 있었다. 노트북에 연결된 전선을 뽑고 대포폰을 끈 후 둘 다 승합차 뒤쪽에 던져 넣었다. 그러는 동안에 차츰 불안감이 가라앉았다.

이제는 여자 차례였다.

남자는 여기까지 오는 동안 여자가 자신을 보았을 거라는 확신을 굳혔다. 경찰이 발견하기 전에 없애야 했다.

승합차 뒤에서 삽을 꺼내 땅에 꽂았다. 무덤은 얕았다. 몇 분이면 상자까지 파내려갈 수 있을 것이다.

완전히 파낼 생각은 없었다. 그저 상자까지 통하는 좁은 굴만 파면 됐다.

한 삽 한 삽 뜰 때마다 땅 속 구덩이가 더욱 깊어졌다. 태양이 높이 떠올라 지옥 같은 열기를 쨍쨍 내리쬐였다. 남자는 땀에 흠뻑 젖었고 목덜미가 볕에 타서 따가웠다. 움직임은 공포와 분노를 연료 삼아 빠르고 덜컥거렸다.

삽이 나무 상자에 쿵 하고 부딪쳤다. 모래를 좀 더 파내고 구덩이를 넓히자 상자의 갈색 표면이 드러났다.

여자가 이미 죽었을지도 모른다는 실낱같은 희망은 여자가 입에 문 재갈 틈새로 내지른 비명과 함께 날아가버렸다.

남자는 승합차로 달려가 삽을 도로 집어넣고, 커다란 망치를 집어 들었다. 그걸 승합차에 둔 자신이 너무도 기특했다. 망치를 구덩이로 끌고 오는데 근육이 통증으로 비명을 질렀다.

상자 뚜껑을 두세 번 때리기만 하면 충분할 것이다. 여자의 머리는 뚜껑 바로 밑에 있으니까.

망치를 위로 들어 올려 휘둘렀다. 각도가 안 맞고 마지막 순간 손이 꺾이는 바람에 하마터면 어깨가 탈구될 뻔했다. 망치가 나무를 맥없이 모로 가격했다. 표면을 거의 스치지도 못했다.

다시 휘두른 망치는 이번엔 모래를 때렸고, 여자는 미친 듯이 비명을 질렀다. 빌어먹을! 제대로 휘두르기엔 구덩이가 너무 좁았다.

남자는 망치를 움직여 다른 전략을 시도했다. 있는 힘껏 수직으로 떨어뜨렸다.

쾅.

커다란 나무 조각이 튀어 올라 공중제비를 돌았다. 이편이 낫군. 이러면 되겠어.

쾅.

나무가 다시 파였다. 좋아.

남자는 땀범벅이 되어 양팔을 벌벌 떨고 있었다. 그냥 몇 번만 더 때리면 이제…….

그때 소리가 들렸다. 사이렌 소리가.

남자는 광적으로 망치질을 했다.

쾅. 쾅. 쾅.

하지만 목재는 너무 단단했다. 몇 분만 더 있어도 해낼 수 있을 것이다. 하지만 그들이 다가오고 있었다. 도망쳐야 했다.

다시금 흐느껴 울며 남자는 승합차로 달려가 문을 열고 안으로 뛰어들었다. 망치 손잡이가 가슴에 배겨 아팠다. 망치를 치우려고 낑낑대고 안간힘을 쓰며 간신히 엔진 시동을 걸었다.

왔던 길로 돌아갈 수는 없었다. 경찰차 사이렌 소리가 그쪽에서 들려왔으니까. 지금 이 순간 그들은 흙길을 돌진해 이쪽으로 곧장 달려오고 있었다. 따라서 남자는 차를 앞으로 전진시켰다. 차가 돌무더기 위로 요동쳤다. 액셀을 밟자 차체가 요란하게 끼익거렸다.

***

"5-13, 여기는 902호다. 들리나?"

순찰차 경관의 목소리는 마치 뛰고 있는 것처럼 웅웅 울렸다. 경관은 지령요원을 건너뛰고 포스터와 직접 교신했다. 이처럼 창자가 꼬일 듯한 압박하에서 원칙은 쉽게 굽어지고 깨지게 마련이었다. 방 안 모두가 침묵에 잠겼다. 조이는 무전에 대답하는 포스터를 뚫어져라 보았다.

"여기는 5-13이다. 말하라."

"난 킬로 22와 여기 같이 있다." 순찰 경관이 말했다. 킬로 22는 그들이 버마 로드의 북부로 파견한 K-9팀이었다. "개가 급히 잡아끌고 있고 땅 위에 새로 생긴 타이어 자국이 있다."

"902호, 5-13이다. 어느 쪽으로 가고 있나?"

"5-13, 902호다. 우린 서쪽으로 가고 있다. 난…… 잠깐." 잠시 침묵이 흘렀다. "앞에 구덩이가 있다. 누군가 여길 파헤친 흔적이 있다."

조이와 테이텀은 눈길을 교환했다.

"왜 안 덮여 있죠?" 조이가 내뱉었다. "마음에 안 들어요."

"902호, 조심해서 접근해라." 포스터가 말했다. "용의자가 근처에 있을 수도 있다."

"알겠다, 5-13. 우린 구덩이에 다가가고 있다. 개가 곧장 그리로 가고 있다."

그들은 기다렸다. 신경이 바짝 곤두선 채로 시간이 똑딱똑딱 지나갔다. 나머지 채널은 침묵에 잠겼다. 지령요원과 나머지 순찰차들은 모두 무전 통신을 멈춘 채 귀를 쫑긋 세우고 있었다.

"5-13, 902호다. 구덩이에 도착했다. 여기 뭔가 나무로 된 게 묻혀 있다."

"902호, 5-13이다. 여자 목소리가 들리나?"

"안 들린다. 파헤치는 중이다."

"공기가 다 빠져나갔을 수도 있어요." 테이텀이 말했다.

"아니면 그 안에 청산가리가 있었을 수도 있고요." 라이언스가 말했다.

"청산가리는 없어요." 조이는 이를 갈며 그렇게 말했지만, 속으로는 부디 자신의 생각이 맞기를 빌고 있었다. 청산가리로 타 죽은 시신을 맞닥뜨리면 얼마나 끔찍할까. 조이는 자신이 옳다는 믿음을 가지려 했지만 쉽지 않았다. 살인범의 머릿속에 실제로 무슨 생각이 들어 있을지 대체 누가 알겠는가.

"902호, 5-13이다." 포스터는 입을 열었지만 더는 아무 말도 하지 못했다.

당연하지. 무슨 말을 하겠는가? **더 빨리 파라고? 상황이 어떻게 됐는지 알려달라고?**

할 수 있는 건 그저 기다리는 것뿐이었다.

＊＊＊

온 세상이 흐릿했다. 줄리엣은 너무 어지럽고 피곤한 나머지 무의식의 벼랑 끝에 서 있었다. 온몸이 욱신거렸다. 위에서 뭔가 희미하게 소리가 나는 듯했다. 거기에 관심을 가져야만 했다. 중요한 문제니까. 하지만 아무 소리도 낼 수 없었고 심지어 꼼짝도 할 수 없었다. 어젯밤에 있었던 자신의 생일 파티를 돌이켜보았다.

케이크와 폭죽을 수락했어야 했다. 이제 와서 생각해보니 웨이터에게 그걸 가져오지 말라고 한 건 안타까운 실수 같았다. 얼마나 좋았을까. 달콤한 초콜릿, 반짝이는 불빛, 친구들이 불러주는 축하

노래. 그때로 시간을 되돌릴 수만 있다면 얼마나 좋을까. 티파니에게 생일을 축하하러 와줘서 정말 고맙다고 말하고 싶었다.

토미를 껴안고 그애의 코에 입을 맞추고 그애의 웃음소리를 듣고 싶었다.

뭔가가 몸 위의 목재를 긁었다. 뭐지?

그리고 그때, 빛이 비췄다. 말도 안 되게 밝은 빛이. 눈을 감고 고개를 모로 꺾자 놀라운 게 느껴졌다. 바람 한 줄기. 그리고 신선한 공기. 줄리엣은 깊은숨을 들이켜며…… 뭔가를 느꼈다. 너무도 어마어마해서 도저히 감당할 수 없는 뭔가를.

"어이, 괜찮아요? 움직일 수 있어요? 이런 세상에."

두 손이 얼굴에 닿아 그 끔찍한 재갈을 입에서 빼주었다. 줄리엣은 아무 말도 하지 못한 채 폐 속 가득 공기를 들이마셨다.

옆에서 목소리가 들렸다. "5-13, 902호다. 여자를 찾았다. 살아 있다."

67

줄리엣은 흰색 병원 침대 위에 누워 약간의 어지러움을 느끼고 있었다. 사지가 어찌나 무거운지 꼼짝도 할 수 없었다. 무엇이든 길게 초점을 맞추기가 어려웠다. 완전한 어둠 속에 갇혔던 터라 방 안의 색채와 조명이 좀 버거웠다. 쉬려고 눈을 감았다가 어쩌면 이 모든 게 다시 사라질지도 모른다는 두려움에 급히 눈을 뜨기를 반복했다. 등이 그 상자에 부딪힐까 봐 겁이 났다.

경찰은 줄리엣이 상자 안에 여덟 시간에서 열네 시간 동안 갇혀 있었다고 말했지만, 줄리엣은 말도 안 된다고 생각했다. 며칠은 지난 게 분명했다. 몇 번이나 그렇게 주장했다. 사실 여자 형사를 이해시키려고 손목을 세게 붙잡고 매달리기도 했다. 그러자 그들은 줄리엣에게 뭔가를 주사했다. 이제 아무것도 딱히 중요하거나 시급하게 느껴지지 않았다. 차가운 웅덩이에 이따금씩 발가락을 담그는 것처럼 정신이 번쩍 들었다 다시 나가곤 했다. 유일하게 예민해지는 건 간호사가 불을 껐을 때였다. 줄리엣이 멈추지 않고 비명을 지르자 그들은 불을 다시 켰다.

엄마가 두어 시간쯤 같이 있다 가면서 이튿날 토미를 데려오겠다고 약속했다. 엄마가 가자 줄리엣은 마음을 놓았다. 스트레스를 받으면 끝도 없이 주절대는 습관이 있는 엄마는 줄리엣을 피곤하게 했다.

이제 누군가가 다시 줄리엣의 방 안에 있었다. 이전에 대화했던 여자 형사랑 모르는 사람 두 명이 있었는데, 그레이 요원과 조이 벤틀리라고 했다. 조이 벤틀리라는 여자는 FBI인지 형사인지 말이 없었지만 그렇다고 대놓고 물어보면 좀 결례일 것 같았다.

"줄리엣." 조이가 말했다. "힘들겠지만 혹시 그때 상황에 관해 뭔가 기억을 떠올릴 게 있나요? 그걸 말해준다면 당신을 이렇게 만든 범인을 잡는 데 큰 도움이 될 거예요."

기억을 떠올려? 그건 줄리엣이 지금은 하고 싶지 않은 일이었다. "형사님께 말씀드렸어요⋯⋯. 전부 사라졌어요. 집에 온 건 기억하지만 그다음엔⋯⋯." 줄리엣은 힘없이 고개를 저었다.

"당신은 약에 취했었어요." 그레이 요원이 말했다. "범인이 당신에게 로히프놀을 먹였어요. 그 약물의 흔한 부작용이 단기 기억상실증이죠."

줄리엣은 눈을 깜빡였다. "루피스요? 그건 강간 약물 아니에요? 놈이⋯⋯."

"안 했어요." 조이가 재빨리 말했다.

어떻게 알았지? 내가 잠든 사이에 뭔가 검사라도 했나? 놈의 손길이 몸에 닿는다는 생각에 살갗이 근질거렸다. 눈물로 시야가 흐려졌다.

"전 아무것도 기억 안 나요. 무슨 이야기를 해야 할지 모르겠어요." 혀가 입 안에서 부풀어 오르는 것 같았다. 말하는 게 불가능할 정도로 힘들었다. 제발 적당히 하고 그만 가줬으면 좋겠는데.

"아무리 사소한 거라도 엄청나게 큰 도움이 될 수 있어요." 조이가 말했다. "집까지 차를 타고 간 건 기억하죠, 맞죠?"

루이스와 티파니는 앞 좌석에, 루이스의 손은 티파니의 치마 속에. "네."

"당신은 집에 갔어요. 그후엔 어떻게 됐죠?"

"전…… 문 앞으로 걸어갔어요."

"문을 연 건 기억해요?"

그랬나? 주먹이 불끈 쥐어졌다. "아뇨……. 아닌 것 같아요. 하지만 문이 열려 있던 건 기억나요. 티파니한테 잘 가라고 손을 흔들었어요."

"그다음엔 뭘 했죠?"

"부엌으로 갔어요."

"왜요?"

"목이 말랐던 것 같아요." 아니, 이건 틀렸다. 사실은 오줌을 누고 싶었다. 그리고 꽤 취해 있었다. "기억 안 나요. 아니면 욕실로 갔을 수도 있어요."

"아니에요." 조이가 날카롭게 반박했다. "당신은 부엌으로 갔어요. 왜죠?"

"전…… 기억이 안 나요." 눈물이 뺨을 타고 흘러내렸다. 입술이 떨리고 있었다.

"조이." 그레이 요원이 조이라는 여자에게 부드럽게 말했다. "기억이 안 나는 거예요. 로히프놀은……."

"눈으로 생각하지 말아요." 조이가 줄리엣에게 더 몸을 가까이

기울이고는 말했다. 너무나 강렬한 그 눈빛에 줄리엣은 도망치고
만 싶었다. "오감을 다 동원해서 생각해봐요. 무슨 냄새를 맡았죠?
뭘 느꼈죠? 무엇을 들었죠?"

"몰라요." 줄리엣의 목소리가 갈라졌다. "저는 아무것도 모른다
고요!"

"경찰이 당신 집에 갔을 때 문이 열려 있었어요. 당신은 문을 닫
았나요?"

"아마 그랬겠죠."

"닫은 게 기억나요?"

"난······."

"조이." 라이언스 형사가 단호한 어조로 말했다. "줄리엣은 많은
일을 겪었어요. 그리고······."

"당신 팔에 멍이 들어 있어요." 조이가 말했다. "누군가가 붙잡은
거죠."

구조된 이후 줄리엣이 만난 사람들은 다들 상냥했고 공감이 넘
쳤다. 하지만 이 여자는 짜증만 가득해 보였다.

"땀······." 줄리엣이 불쑥 내뱉었다. "땀 냄새가 기억나요. 낯선 남
자의 땀 냄새요."

조이가 뒤로 몸을 젖혔다.

"그리고 내 목에 칼을 갖다 댄 것도요. 아마 칼이었을 거예요. 놈
은······ 놈은 날 부엌으로 끌고 갔어요."

"놈의 얼굴을 봤어요?"

"아뇨. 내 뒤에 있었어요."

"당신이 부엌에 들어갔을 때 창은 바로 정면에 있었어요. 밤이었
고, 불이 켜져 있었으면 거기 비친 놈의 모습이 보였을 거예요. 그

걸 본 게 기억나요?"

줄리엣은 그날 밤을 기억해내려 애썼지만 기억은 마치 안개처럼 뿌옇기만 했다. "아뇨. 그냥 칼만 기억나요. 그리고 놈의 목소리. 저를 흉내내는 것처럼 들렸어요. 어떻게 설명해야 할지 모르겠는데…… 놈은……." 줄리엣은 적절한 말을 찾으려 안간힘을 썼다.

"으스대던가요?" 조이가 물었다.

"맞아요." 줄리엣이 숨을 내뱉었다. "으스댔어요."

"고마워요." 조이가 옅은 미소로 입술을 일그러뜨리며 줄리엣의 손을 꼭 쥐었다가 놓았다.

줄리엣은 손을 뺐다. 그날을 돌아보도록 자신을 억지로 몰아붙인 이 여자가 미웠다. 입을 꾹 다물고 사나운 눈초리로 조이를 노려보았다. 하지만 조이는 전혀 개의치 않는 눈치였다. 아마 지금 내가 어떤 심정인지도 전혀 개의치 않겠지.

68

조이가 아침 이후로 쫄쫄 굶은 거나 다름없다는 사실을 깨달았을 때는 이미 저녁 9시 반이 지나 있었다. 라이언스는 줄리엣이 산 채로 구조된 걸 축하하기 위해 모두에게 도넛을 한턱냈고, 조이도 하나 얻어먹었다. 그리고 병원을 나오는 길에 자판기에서 스니커즈를 하나 샀다.

모텔 방으로 돌아와 범죄 현장 사진들을 침대에 쫙 펼쳐놓고 손에 든 노트에 철저한 조사가 필요한 수십 가지 생각들을 끄적였다.

배가 요란하게 꼬르륵거렸다.

한숨을 쉬고 노트를 침대에 내려놓았다. 휴대폰의 최근 통화목록을 열고 조지프의 번호를 찾았다. 하지만 왠지 모를 망설임에 선뜻 발신 버튼을 누르지 못했다.

조지프는 괜찮은 남자였고, 조지프와의 데이트는 즐거웠다. 다시 하룻밤을 함께 보낼 생각을 하니 짜릿했다. 하지만 한때의 불장난에 불과하다는 사실을 너무 잘 알고 있었다.

당시 조이는 기분 전환거리가 필요했다. 안드레아 때문에 걱정돼서 병이 날 지경이었고, 로드 글로버가 동생을 스토킹한다는 생각을 잊게 해줄 뭔가가 필요했다. **뭐든** 상관없었다. 그리고 당시 여전히 조이한테 화가 나 있던 테이텀은 그 뭔가가 되어줄 수 없었다……. 도대체 무슨 이유로 화가 났는지는 몰라도. 하지만 이제 조지프와 만나는 건 단순히 시간을 보내는 여러 가지 방법 중 하나가 됐다.

한편 테이텀과 저녁식사를 하는 건 좀 달랐다. 딱 이거라고 정확한 이유를 말하기가 쉽지 않았다. 어쩌면 함께 일하는 동료 사이기 때문일까. 전에도 물론 파트너와 함께 일한 적이 있었지만, 그때도 이런 기분이었는지 알 수 없었다. 보통은 사람들이 자신을 어떻게 생각하든 개의치 않는데, 테이텀이 자신에게 화를 냈을 때는 마음이 불편했다.

두 사람은 그 말다툼에 관해 제대로 대화한 적이 사실상 한 번도 없었다. 슈뢰딩거 사건과 안드레아의 위급한 상황 때문에 그냥 그렇게 시간에 맡긴 채 흘려보내고 말았다. 그게 최선이었다.

어쩌면 그게 아니었나?

어쩌면 그 문제에 제대로 마침표를 찍는 편이 더 나을지도 모른다. 조이는 전에도 사과하려고 했지만, 그때 테이텀은 도리어 맹렬히 화를 냈다. 어쩌면 조이가 뭔가 또 실수를 저지른 거겠지. 이제는 다시 사과해야 할 때였다. 그러고 나서 두 사람은 함께 저녁식사를 할 것이다. 왜냐하면 지금은 **굶어 죽기** 직전이니까.

방을 나와 테이텀의 방문 앞으로 갔다. 문을 두드리자 잠시 후 졸음에 겨운 목소리가 대답했다. "잠깐만요."

기다리고 있는데 마지막 범죄 현장 생각이 떠올랐다. 이전 것들과는 확실히 달랐다. 여자가 든 상자는 왠지 몰라도 제대로 덮여 있지 않았다. 그리고 네트워크 케이블은 절단되어 있지 않았다. 단순히 연결만 끊겨 있었다. 범인이 왜 패턴을 바꿨을까?

물론 연쇄살인범들은 인장과 작업 방식을 늘 바꾼다. 그게 판타지 진화의 일부이다. 범행을 저지를 때마다, 과정을 반복할 때마다, 놈들은 자신의 경험과 필요에 맞춰 방법을 미세하게 조율했다. 그렇다면 이번에는 왜 관의 일부를 드러내놓았지? 조이는 얼굴을 찌푸렸다.

테이텀은 방문을 열고 문간에 선 채 졸린 눈을 껌뻑이며 조이를 응시했다. 셔츠가 살짝 구겨졌고 머리카락은 온 사방으로 뻗쳐 있었다.

"옷을 입은 채로 그냥 잠들었어요." 테이텀이 말했다. "아마 좀 피곤했나 봐요."

"그럴 만도 하죠." 조이가 웅얼거렸다. "있죠……. 난 그냥 생각이……."

카메라 연결이 왜 끊겼지? 확실히 살인범은 매장된 여자의 영상 일부가 아니라 전체 영상을 원했을 텐데.

"무슨 생각요?" 테이텀이 물었다.

조이는 머릿속이 핑핑 도는 걸 느끼며 테이텀을 보았다.

"범인요." 조이가 말했다. "놈은 우리가 여자를 찾아낼 걸 미리 알았어요. 그게 놈이 카메라 연결을 끊은 이유예요. 그리고…… 아! 놈은 여자를 도로 파내서 죽이려고 했어요. 우리한테 아무것도 발설하지 못하게요!"

"그럴 수도 있겠죠."

"난 확신해요!" 조이는 테이텀을 밀치고 방 안으로 들어가 흥분한 듯 앞뒤로 서성였다.

"안으로 좀 들어오지 그래요?" 테이텀은 한쪽 눈썹을 치켜올리며 익살을 부리고는 문을 닫았다.

"놈은 총이 없어요. 당신 말대로요." 조이가 말했다. "만약 있었다면 뚜껑 속으로 줄리엣을 쐈을 거예요." 가슴속에서 심장이 쿵쿵거렸다.

"그렇다면…… 놈은 왜 끝장을 내지 않았죠?"

"틀림없이 경찰이 오는 소릴 들었겠죠. 겁에 질려 도망친 거예요. 우린 몇 분 차이로 놈을 놓쳤어요."

"뭐 좀 먹을래요?" 테이텀이 제의했다. "난 배가 고픈데요."

조이가 테이텀을 응시했다. 맞아, 그게 여기 온 이유였지. 먹으려고. "좋은 생각이에요. 우리 피자나 뭐 그런 걸 주문해요. 난 이걸 제대로 생각해보고 싶어요."

69

남자는 몇 시간 동안 지하실에 앉아 기다렸다. 패닉에 사로잡힌 채 이런저런 계획과 행동과 생각을 끝도 없이 머릿속으로 떠올렸다. 그것들이 머릿속에서 계속 빙글빙글 돌아가는 바람에 몸이 마비되고 말 것 같았다. 당장 경찰들이 집으로 들이닥칠지도 모른다. 어쩌면 경찰이 나타나기 겨우 몇 분 전에 매장지를 벗어나는 남자의 승합차를 목격한 사람이 있을지도 모른다. 어쩌면 여자가 남자의 얼굴을 봤고, 아주 구석구석까지 상세하게 묘사했을 것이다. 아무리 실력이 형편없는 몽타주 화가라도 그럭저럭 알아볼 만한 초상화를 그려내고도 남을 정도로.

남자는 늘 자신에게 닥칠 수 있는 상황들을 알고 있었다. 결국 날 잡아보라고 외친 것이나 다름없으니까. 결국 실수를 저지르거나 뭔가를 놓칠 테고, 붙잡히고 말 것이다.

하지만 이렇게 빨리?

남자의 지하실 책상에는 목록이 있었다. 번호를 붙여 모든 실험

계획을 적어놓은 목록이었다. 번호가 커질수록 실험의 등급도 올라갔다. 실험을 하나 마칠 때마다 줄을 그어서 목록에서 지웠다. 항목은 총 스무 개였다.

남자는 **두** 개를 해냈다. 그리고 세 번째에 망쳐버렸다.

분노에 가득 차 목록을 움켜쥐고 갈기갈기 찢은 후 종잇조각들을 손아귀에 쥐고 구겨버렸다.

그리고 계속 기다렸다.

여자의 미완성 영상을 확인할까 생각했지만 마음이 동하지 않았다. 계속 위층에 거친 발소리가 들이닥치는 모습이 떠올랐다. SWAT팀이 바로 지하실 문 앞까지 와 있는 모습. 곧 그들은 문짝을 부수고 고함을 칠 것이다. **움직여, 움직여, 움직여.** 어쩌면 이곳으로 진입해 남자를 바닥에 쓰러뜨리고 등 뒤로 수갑을 채우기 전에 미리 혼을 빼놓으려고 섬광탄을 던질지도 모른다.

마침내, 더는 압박감을 견디지 못한 남자는 경찰인 친구 딕에게 전화를 걸었다.

전화벨이 울렸다. 딕이 지금 서에 있을까? 경찰 동료들에게 둘러싸여 입 모양으로 **놈이야,** 라고 말하고 있을까? 어쩌면 누군가에게 얼른 발신지를 추적하라고 다급하게 몸짓을 하고 있을지도. 심장이 목까지 올라오는 것 같았다. 하마터면 전화를 끊을 뻔했다.

"어이!" 마침내 전화를 받은 딕은 신이 난 목소리였다. **너무 신났는데.** 함정일지도 몰라. 놈들은 알고 있어.

"어이 좋아하네." 남자는 목소리를 떨지 않으려고 애쓰며 말했다. "오늘은 어때?"

"그 여자를 찾아냈어. **살아 있어!** 아직 충격에서 벗어나지 못했지만 다친 데는 없어."

"그거 놀랍네."

"누가 아니래! 난 분명 또 시신을 발견하게 될 줄만 알았지 뭐야. 오늘만 같으면 경찰인 것도 그리 나쁘지만은 않겠어."

"스테이크로 축하할래?" 남자는 혀끝까지 나온 질문을 간신히 도로 삼키며 물었다. **범인을 봤대?**

"아니, 안 돼. 난 완전 녹초가 됐어. 망할 놈의 현장을 보존하느라 하루 종일 굴렀거든. 다음 주는 어때?"

"좋지. 그럼 그 여자는 괜찮은 거지?"

"그래. 근데 아무것도 기억 안 난대. 내 생각엔 충격 때문인 것 같아. 의사들 말로는 나중에 기억이 돌아올 수도 있대."

남자는 눈을 질끈 감았다. 혹시 딕이 나를 떠보고 있는지도 **모른다.** 하지만 딕은 거짓말에 영 서툴렀다. 전에 딕의 아내에게 깜짝 생일파티를 해주기로 했을 때, 딕은 하루 종일 꼼지락거리고 아주 난리도 아니었다.

"그래야 할 텐데." 문득 침묵이 너무 길어진 걸 깨닫고 남자가 급히 내뱉었다.

"스테이크 약속은 아직 유효한 거지?"

"네가 맥주를 가져오면."

"내가 언제는 안 그랬나?" 딕이 웃었다. "나중에 봐, 친구."

"끊어."

휴대폰을 테이블에 내려놓는데 손바닥에 땀이 차서 축축했다. 정말 벗어난 건가?

지금으로선 확실히 그랬다.

하지만 시간문제일 뿐이다. 여자의 기억이 돌아올지도 모른다. 아니면 매장지의 타이어 자국을 바탕으로 남자의 승합차를 찾아낼

지도 모른다. 아니면 범인이 수색에 관해 알아챈 걸 파악하고 혹시 누구한테 말했느냐고 일일이 확인할지도 모른다. 그러면 딕은 이러겠지. "아무도요. 그런 이야길 누구한테 해요? 아, 맞다. 기억났어요……. 아마 별거 아니겠지만……."

남자는 왼 주먹을 펴서 아직 그 안에 있는 찢어지고 구겨진 실험 목록이 적힌 종잇조각을 보았다. 계속하고 싶었다. 잡히기 전까지 얼마나 많은 실험을 할 수 있을까? 두 번? 세 번? 다섯 번?

한 번?

그렇다면 이번 실험은 제대로 할 필요가 있었다.

목록의 20번은 남자의 역작이었다. 역사의 한 페이지에 남자를 확실히 자리매김해줄 터였다. 그 중간에 있는 몇 가지쯤은 그냥 뛰어넘어도 괜찮을 것이다. 그걸 실행에 옮기려면 신호 증폭기를 사야겠지만 그건 문제가 되지 않았다. 지금 주문하면 바로 내일 배송받을 수 있는 곳을 알아놨으니까.

그리고 어쩌면 이번에 납치할 여자는 정말 남자를 전설로 만들어줄 수 있을 것이다.

70

2016년 9월 12일 월요일, 텍사스 주 샌앤젤로

월요일 아침 경찰서의 지속적인 소음은 테이텀에게 화난 벌 떼를 연상시켰다. 커피를 연거푸 들이켜고 휴대폰에 대고 이래라저래라 고함을 치고, 바쁜 걸음으로 복도를 오가고, 혼잣말을 중얼거리는 벌 떼. 다들 반드시 해야 할 일이 있다는 확실한 목적의식에 사로잡혀 있었다. 할 일을 하든가, 할 일을 찾아내든가, 아니면 적어도 할 일을 하고 있는 것처럼 보이기라도 해야 했다. 빌어먹을.

테이텀이 보기에 이제 경찰서의 모든 인력이 슈뢰딩거의 살인범을 찾는 일에 배정된 듯했다. 좀도둑, 가정폭력범, 마약상, 음주운전자 등은 오늘 하루 경찰을 피해 마음껏 불법을 저지를 수 있을 것이다. 여자를 생매장하지 않는 한, 샌앤젤로 경찰은 그들에게 조금도 관심이 없으니까.

공식적으로는 아직 젠슨이 수사 책임자였지만 그 권력 구도에 변화가 일어나고 있었다. 텍사스 공공안전국이 서커스에 참여한 것이다. 텍사스 레인저가 경찰서 안을 어슬렁거렸고 그중 한 명, 잿

빛으로 센 머리에 다부진 체격의 남자가 서서히 수사의 통제권을 장악하고 있었다. 그 갑작스런 쿠데타 앞에 젠슨은 무력해 보였다. 테이텀이 보기에 공공안전국이 공식적으로 책임을 넘겨받기 전까지는 길어야 하루 이틀쯤 남은 것 같았다.

그전까지, 실질적인 결정을 내리는 일은 아직 포스터가 맡고 있었다. 포스터는 감시카메라 영상을 확인하고 파티 날 밤 줄리엣을 본 목격자들을 신문하고, 다음 피해자가 될 수 있는 여성들의 소셜 미디어 프로필을 훑어보는 것을 포함해 생각나는 모든 업무를 제각각 배정했다.

아침 회의는 사라졌다. **대화할** 시간 따위 없었다. 이야기하는 건 나중 일이고 지금은 **행동할** 때였다. 게다가 젠슨은 아침 9시로 잡힌 기자회견 때문에 정신이 하나도 없었다. 공공안전국의 국장도 기자회견에 함께하기로 했다. 샌앤젤로 주민들, 아니 사실상 모든 텍사스 주민들은 아름답고 영웅적인 줄리엣 비치의 목숨을 구한 경찰의 탁월한 구조작전에 관해 듣고 싶어 했다. 그게 테이텀이 그날 아침 라디오에서 들은 실제 단어였다. **아름답고 영웅적인.**

도무지 일에 집중하기가 어려웠다. 테이텀의 자리는 포스터의 맞은편이었는데, 몇 분마다 누군가가 새로 알아낸 사실을 보고하거나 질문을 하려고 포스터를 찾아왔다. 그리고 종종 포스터의 책상에 몸을 기댔는데, 그러면 엉덩이는 자연스럽게 테이텀 쪽을 향했다. 책상들 사이의 통로가 좁다 보니 문제의 엉덩이들은 종종 테이텀의 머리에서 10센티미터도 떨어져 있지 않았다. 테이텀은 그날 아침 온갖 종류와 모양의 수많은 엉덩이들을 보았다. 별로 유쾌한 구경은 아니었다.

또 다른 엉덩이가 자신을 가리키자 테이텀은 이를 갈았다. 이번

것은 사복 경관의 엉덩이로, 경관은 범죄 현장 보고서를 줄줄 읽고 있었다. 이번 현장에선 조사할 게 훨씬 많았다.

줄리엣 비치는 이전 상자들과 거의 똑같은 상자 안에 들어 있었다. 상자 한쪽 구석에는 두개골과 뼈들이 그려진 금속 기계가 놓여 있었다. 청산가리 용기처럼 보였지만 실제로 그 속은 비어 있었고 아무것에도 연결돼 있지 않았다. 조이가 직감한 대로 무대 장치였다. 테이텀은 거기서 범인의 왜곡된 심리를 느꼈다. 이른바 '실험'의 핵심은 영상을 지속적으로 켰다 껐다 하는 것으로, 영상이 꺼졌을 때 시청자들에게 서스펜스를 느끼게 하려는 목적이었다. 청산가리는 서스펜스가 더한층 강해지도록, 즉각적인 위협을 추가하기 위한 도구였다.

상자 나무 뚜껑에는 군데군데 움푹 파인 곳과 긁힌 곳이 있었다. 그중 하나는 깊이가 1.5센티미터쯤 됐는데, 모양으로 보아 모서리가 뭉툭하고 직사각형인 무거운 연장으로 내리친 듯했다. 그 흔적은 경찰이 상자를 파내는 데 이용한 삽과 일치하지 않았다. 그리고 그 연장은 두께가 2.5센티미터 이상인 뚜껑을 거의 뚫을 뻔했다.

테이텀은 그림자에 가려진 얼굴 없는 범인이 경찰에게 발각되기 전에 줄리엣 비치를 살해하려고 무거운 연장으로 뚜껑을 연달아 내리치는 광경을 상상했다.

이전 실험들에서와 마찬가지로, 상자 외부에서는 지문이나 체모, 섬유, 혹은 그 비슷한 것도 전혀 발견되지 않았다. 내부는 지문, 부러진 손톱, 혈액, 피부세포로 가득했지만 아마도 모두 피해자의 것으로 짐작됐다. 어쨌든 모두 연구소로 보내졌다.

모래 위에 남은 타이어 자국이 발견됐는데, 그중 일부는 꽤 최근 것이었다. 경찰은 그 흔적 중 일부가 니콜 메디나의 범죄 현장에서 발견된 타이어 흔적과 일치한다는 걸 밝혀냈다.

상자 안의 적외선 카메라와 연결된 케이블은 이번에는 절단되지 않았고, 모래 위로 튀어나와 있었다. 플라스틱 플러그에서 지문 하나가 발견됐다. 자동 지문 식별 시스템인 AFIS에 확인해봤지만 쪽지문이었고 번져 있어서 일치하는 결과를 찾지 못했다.

통상적으로 알려진 것과는 달리, 지문 식별은 신분을 확인하는 마법 같은 방법이 아니었다. 제대로 된 지문 한두 개를 넣고 두어 시간만 기다리면 일치하는 결과들의 기다란 목록을 받아볼 수 있다. 하지만 번진 지문으로 할 수 있는 일에는 분명 한계가 있었다. 데이터베이스가 너무 방대했다.

그래도 테이텀은 머릿속에 메모를 하나 했다. 나중에 확인하고 싶은 아이디어가 있었다.

상자는 땅 속 1미터 깊이에 묻혀 있었다. 그 밑에는 무너진 빈 공간이 있었다. 이게 범인이 줄리엣을 이전처럼 깊이 묻지 못한 이유였다. 그리고 이 뜻밖의 행운이 바로 줄리엣이 살아남은 단 하나의 이유였다.

범죄 현장 사진이 몇 장 있었다. 테이텀은 무덤을 판 사람들이 그 전에 사진을 미리 찍어두지 않은 게 한스러웠다. 물론 그들은 그보다는 다른 데 정신이 팔려 있었다. 심지어 조이조차 이번에는 그걸 가지고 꿍얼대지 않았다. 지역은 이전보다 약간 멀었다. 이번 장소는 사유지라 담장으로 둘러쳐진 넓은 벌판이었다. 범인은 아마도 차를 타고 지나가기 위해 담장 문에 걸린 자물쇠를 풀어야 했을 것이다. 문에 남은 지문 중 몇 개는 그걸 연 경관들 및 땅 주인과 일치했다. 범인의 타이어 자국은 담장의 다른 부분으로 이어졌는데, 담장은 펜치로 잘려 있었다. 지문은 아무 데도 없었다.

놈은 얼마나 아슬아슬하게 도망쳤을까?

테이텀은 이런 순간에 늘 따라붙는 '그럴 수도 있었는데'와 '그랬어야 했는데', 그리고 '만약 그러기만 했다면'을 도저히 머릿속에서 몰아낼 수 없었다. 한발 앞서 버마 로드에 바리케이드를 설치하고, 연쇄살인범을 체포하고, 샌앤젤로 시민들이 길거리 행진을 벌이는 백일몽에 한참을 잠겨 있었다…….

엉덩이가 어깨를 스쳤다.

"이런, 죄송합니다." 젊은 형사가 사과하고는 포스터의 책상으로 더 가까이 붙어섰다.

테이텀은 자리에서 일어나 바깥으로 성큼성큼 걸어 나갔다. 어째서인지, 지글지글 끓는 태양이 에어컨이 나오는 서 안의 아수라장보다 더 견딜 만했다.

휴대폰을 꺼내어 세상에서 하나뿐인 자신의 전담 분석가 세라리에게 전화를 걸었다.

"테이텀, 난 당신의 전담 분석가가 아니에요." 세라는 전화를 받자마자 쏘아붙였다. "난 사실 여기서 중요한 업무를 맡고 있어요."

"그래서 내가 세라를 존경하는 거잖아요……. 그 수많은 것들을 멀티태스킹할 수 있으니까요. **게다가** 개까지 보살피고요. 말 나온 김에, 그레이스는 **잘 있어요?**"

"그레이스는 잘 있어요, 테이텀." 세라는 목소리에서 웃음기를 감추려 했지만 뜻대로 되지 않는 모양이었다. "원하는 게 뭐예요?"

"지문이 하나 있어요."

"지문이 열 개 있다고 해야죠. 손가락이 열 개니까."

"범죄 현장에서 나온 거예요."

"AFIS에 돌려요. 그럼 순식간에 결과가 나올 거예요."

"거지 같은 지문이라, AFIS에는 일치하는 결과가 없어요."

"나한테 원하는 게 뭐예요?"

"로스앤젤레스 시절에 클라우스 사건 기억해요? 그게…… 한 3년 전이었죠."

세라는 잠시 기억을 떠올려보았다. "아, 그래요. 은행 강도 사건 이었죠?"

"맞아요. 쪽지문 두 개가 있었는데 당신이 마법 주문 같은 걸 걸 어서 유사한 범죄에서 일치하는 결과를 찾아냈죠."

"그건 마법 주문이 아니었어요."

"당신은 그걸 마녀의 냄비에 집어넣고……."

"테이텀."

"도롱뇽 눈알과 요정 가루를 넣은 후에 마법 주문서를 펼쳐 서……."

"그런 식으로 한 게 아니에요."

"마법의 주문을 외우자……."

"나는 그냥 훨씬 작은 데이터베이스에 그걸 돌렸을 뿐이에요."

"알았어요." 테이텀이 씩 웃었다. "나한텐 그게 마법처럼 느껴졌 거든요. 내 지문으로도 그렇게 해줄 수 있어요?"

세라가 한숨을 푹 내쉬고는 대답했다. "내가 그때 한 일은, 이전 석 달간 그 지역에서 발생한 다른 강도 범죄 현장에서 발견된 지문 들과 비교한 거였어요. 그리고 당신은 잊어버린 모양이지만 심지 어 그때도 수많은 잘못된 결과들이 나왔고요."

"그리고 맞는 결과도 하나 나왔죠." 테이텀이 지적했다.

"그래요, 맞아요."

"내 지문을 지난 10년간 텍사스의 범죄 현장에서 발견된 것들과 비교해줄 수 있어요?"

"그게 당신이 생각하는 '**작다**'의 기준이에요?" 세라가 되물었다.
"그렇게 해서는 절대 결과를 얻지 못할 거예요."

"좋아요." 테이텀이 망설이다 수긍했다. "지난 3년간으로 바꿀게
요. 그리고 그냥 샌앤젤로만으로요."

"흐음." 세라는 시큰둥한 목소리였다. "그러려면 일을 좀 해야 할
텐데, 당신도 알다시피 난 실제로 **맡고 있는** 업무들이 있어서······."

"하지만 그중에서 나만큼 매력 넘치는 사람은 없잖아요."

"그건 당신 생각이고요. 내가 뭘 할 수 있는지 알아볼게요."

"고마워요, 세라. 당신이 최고예요."

"그래요, 알았어요." 세라가 전화를 끊었다.

테이텀은 씩 웃으며 휴대폰을 도로 주머니에 집어넣었다. 얼른
안으로 들어가 번진 지문 이미지 파일을 세라에게 보냈다. 그후에
는, 엉덩이 퍼레이드를 더는 견디고 싶지 않아서 근처 어딘가에서
커피와 샌드위치를 먹어야겠다고 결심했다.

서의 주차장으로 다시 돌아왔을 때, 세라의 이메일이 받은편지
함에 도착했다. 에어컨 때문에 차 엔진을 끄지 않은 채 휴대폰으로
메일을 읽었다. 일치하는 범죄 기록이 일곱 건 있었다. 갱 관련 총
격전 세 건, 불법 침입 두 건, 자동차 절도 한 건, 그리고 강간 한 건.
파일에는 세부 내용은 전혀 나와 있지 않았다. 그저 이름과 지역
사건 파일 번호가 전부였다.

테이텀은 안으로 들어가 포스터의 책상 위로 몸을 숙였다. 이제
는 테이텀의 엉덩이가 테이텀의 빈 의자 등받이를 가렸다.

"그 지문과 일치하는 결과를 몇 개 찾았어요." 테이텀이 말했다.
"한 건은 강간이에요."

"정말이에요?" 포스터가 긴장했다. "이름 있어요?"

"데렉 우더드요."

포스터의 어깨가 축 처졌다. "아, 그 개자식요. 그놈은 지금 감옥에 있어요. 성폭행으로 우리가 잡아넣었거든요. 놈은 노인들을 노렸죠."

"망할." 테이텀은 실망의 아픔을 달래며 욕설을 내뱉었다. "음, 여기 다른 결과 여섯 건이 있어요."

"어디 봅시다."

두 사람은 목록을 훑어보며 사건 파일 번호들을 확인했다. 셋은 복역 중이었고, 하나는 죽었으며, 하나는 등에 총을 맞아 지금은 휠체어 신세였다.

남은 사건은 단 두 건, 자동차 절도와 불법 침입이었다. 자동차 절도 범죄에서는 아무도 체포되지 않았다. 범인은 셋이었고, 차창을 깨서 차를 훔친 후 타이어에 모두 구멍을 낸 상태로 샌앤젤로 외곽에 버려두고 도망쳤다. 9개월 전의 일이었고, 테이텀은 그들이 찾는 살인범과 이보다 무관해 보이는 사건은 찾기 힘들 거라고 생각했다.

테이텀이 불법 침입이라고 생각한 다른 한 건은 4개월 전에 일어난 지역 주유소의 침입 시도에 불과했다. 창을 깨뜨린 범인은 경보가 울리자 도망쳤다. 이것도 관련 있어 보이지는 않았지만, 사건 파일에는 신원이 밝혀지지 않은 누군가가 주유소에 침입하려다 보안 카메라에 잡혔다고 적혀 있었다. 녹화 영상은 사라졌다. AFIS에 지문을 확인했지만 일치하는 결과가 없다고 나왔다.

"가서 좀 보고 올게요." 테이텀이 말했다.

"누굴 보내면 되죠." 포스터가 대꾸했다. "뭐하러 힘들게 거기까지 가요?"

테이텀은 주위를 둘러보았다. 번잡하고 화난 듯 웅웅거리는 잡음이 거의 참을 수 없게 느껴졌다. "괜찮아요. 잠깐 머리도 식힐 겸 갔다 올게요."

71

주유소는 샌앤젤로 외곽에 있었고 테이텀의 차 말고 다른 차는 한 대뿐이었다. 한 여자가 차에 기름을 넣느라 펌프 옆에 서 있었고, 차 뒷좌석에는 세 아이가 기다리고 있었다. 진이 다 빠진 것처럼 보이는 여자는 뒤 차창으로 엄마를 향해 우스꽝스러운 얼굴을 지어 보이는 아이들을 무시했다. 테이텀은 여자에게 연민이 담긴 웃음을 지어 보이고는 주유소 상점으로 들어갔다.

마른 남자 하나가 카운터 뒤에 서 있다가 테이텀이 다가가자 딸꾹질을 했다.

테이텀은 배지를 꺼냈다. "FBI 소속, 그레이 요원입니다. 여쭤보고 싶은 게 있는데요……."

"딸꾹."

테이텀은 눈을 깜빡였다. 다소 난폭한 딸꾹질 소리에 생각의 흐름이 끊기고 말았다. "어…… 물어보고 싶은 건 불법 침입……."

"딸꾹."

"죄송합니다. 음. 물 한 잔 드릴까요?"

"아뇨." 남자가 말했다. "딸꾹."

"딸꾹질에 도움이 될 수도 있는데요."

"아니에요."

"그렇군요." 테이텀은 엄지를 벨트에 찔러 넣었다. "4개월 전에 일어난 침입 미수 사건에 대해 여쭤볼 게 있습니다. 당시 여기서 일하셨나요?"

"딸꾹. 네."

"침입하려 했던 남자가 카메라에 찍힌 걸로 알고 있는데요."

"네." 남자는 4등분 된 화면을 향해 몸짓했다. 보안 카메라들이 영상을 보여주고 있었다. 그중 두 화면은 상점 내부를 비췄고 하나는 앞문, 마지막 하나는 가스 펌프에 맞춰져 있었다. 바깥에 있는 여자가 화면에 보였다. 주유 탱크를 다 채운 여자는 허공을 응시하고 있었고, 아이들은 차례로 얼굴을 창문에 박아댔다.

"영상 좀 볼 수 있을까요?"

남자는 한쪽 눈썹을 치켜올렸다. "딸꾹. 너무 오래돼서요. 컴퓨터는 한 달 치밖에 보관하지 않아요. 딸꾹."

"영상의 복사본을 저장하지 않나요?" 테이텀이 믿기지 않는다는 투로 물었다.

"저장하지 않는데요. 왜…… 딸꾹…… 해야 하죠? 그 남자는 마스크를 썼는데요."

"어떤 마스크요?"

"스키 마스크요. 얼굴을 거의 다 가렸어요. 저쪽에 있는 창문을 깼어요." 남자는 문 근처의 창을 가리켰다. "그때 경보가 울려서 놈은 도망쳤어요. 그다지 대단한 활극은 아니었죠."

테이텀은 다음번 딸꾹질을 기다리며 가슴속에서 이상한 긴장감이 똬리를 트는 걸 느꼈다. 남자는 태연하게 테이텀과 눈을 맞췄다. 딸꾹질이 멈춘 게 분명했다.

"여쭤보고 싶은……."

"딸꾹."

"정말 물 한 잔 안 드셔도 괜찮겠어요? 딸꾹질에 정말 도움이 되거든요."

"저한테는 도움이 안 돼요."

"왜죠?"

"저는 이제…… 딸꾹…… 딸꾹질을 한 지 좀 됐거든요."

"물을 마시면 해결될 수도 있어요."

"딸꾹. 지난 4년간은 해결되지 않았어요."

"무슨…… 4년간 딸꾹질을 했다고요?"

"딸꾹. 그래요. 그리고 물 마시는 건 도움이 안 됐어요. 또 뭐가 도움이 안 됐는지 아세요? 숨을 참는 거요. 그리고…… 딸꾹…… 물잔을 몸 반대쪽으로 기울여서 물 마시는 거랑…… 갑자기 놀라게 하는 거랑…… 딸꾹…… 겁주는 것도요. 그리고 레몬을 먹는 것도. 그리고 FBI 요원이 주는…… 딸꾹…… 유용한 조언도요."

"유감이네요."

"저라고 딸꾹질이 좋아서 하겠습니까. 성생활에도 도움이 안 돼요. 자다가도…… 딸꾹…… 이것 때문에 깨죠. 그래서 피곤하니까 딸꾹질이 더 심해져요. 또 어떤 사람들은 이게 웃기다고 생각하죠. 딸꾹." 남자는 의심스러운 눈길로 테이텀을 보았다.

"전 그게 웃기다고 생각하지 않습니다." 테이텀이 약간 죄의식을 느끼며 대답했다.

"어쨌든, 영상은 없어요. 딸꾹. 하지만 전 그걸 몇 번이나 봤어요. 그냥 마스크를 쓰고 장갑을 낀 남자예요. 망치로 창을 깬 후 도망갔어요. 딸꾹."

"장갑이요?" 테이텀이 놀라서 물었다. "지문이 나온 걸로 아는데요."

"나왔어요." 남자가 창을 가리켰다. "라텍스 장갑을 꼈는데…… 딸꾹…… 그게 깨진 유리에 걸려 찢어진 거죠. 그래서 남자의 지문이 유리에 남았어요."

테이텀은 건성으로 고개를 끄덕였다. 그들이 찾는 남자가 아닌 것 같았다. "고맙습니다. 그리고 행운을 빕……."

"딸꾹."

"네."

테이텀은 가게를 나섰다. 지글지글 끓는 태양이 얼굴을 직격했다. 잠깐 눈이 바깥의 밝은 빛에 적응하는 동안, 테이텀은 자신이 사막 한가운데로 걸어 들어왔다고 상상했다. 길 건너편으로는 평평하게 펼쳐진 모래밭과 그 위에 점점이 찍힌 선인장, 그리고 수많은 바위 말고는 아무것도 눈에 들어오지 않았다.

얼굴을 잔뜩 찌푸리고 주위를 돌아보았다. 자동 유리문 위에 있는 감시 카메라는 쉽게 눈에 띄었다. 그리고 지금 서 있는 곳에서 보면 정확히 어느 쪽을 가리키고 있는지 보이지 않았다. 테이텀은 텅 빈 넓은 벌판으로 걸어가 카메라를 돌아보았다.

갑자기 정신 나간 생각이 떠올랐다. 휴대폰을 꺼내 조이에게 전화했다.

"지금 혹시 지도 앞에 있어요?"

"네."

"뭐 좀 확인해줄 수 있어요? 난 67번 국도에 있는 주유소에 있어요. 샌앤젤로 남부 외곽으로 1.5킬로미터쯤 떨어진 곳에요. 여기가 우리가 알아낸 파기 쉬운 지역에 속하는지 알아봐줄래요?"

"잠깐만요."

기다리는 동안 테이텀은 자신의 시간만으로도 모자라 조이의 시간까지 낭비하고 있는 게 아닐까 조바심이 났다.

"맞아요. 그 지역에 해당해요." 조이가 마침내 말했다. "왜요?"

"음…… 여기 주유소가 하나 있는데 4개월 전에 침입 시도가 있었어요. 범죄 현장에서 어제 발견한 지문이 여기 지문과 일치할 수도 있어요. 앞문 위 보안 카메라가 길 건너편 그 지역을 향하고 있는 것처럼 보여요."

잠시 후 조이는 그 정보를 완전히 처리했다. "미확인범이 보안 카메라 영상을 없애려고 그 주유소에 침입하려 했다고 생각해요?"

"추측이긴 해요. 내 말은…… 놈이 자신이 누굴 죽이는 게 카메라에 잡혔다고 생각했다면요. 어떻게 생각해요?"

"놈은 경계심이 아주 강해요. 하지만 그건 초기 범행이라 무척 동요된 상태였을 거예요. 그래서 성급한 반응을 보였을 수도 있어요……. 어제 줄리엣을 다시 파내서 죽이려고 한 것처럼요. 동일한 반응이에요. 갑작스러운 본능적 공포가 놈을 자극해 위험한 행동에 나서게 하는 거죠. 충분히 가능성이 있다고 봐요."

"그러니까요." 용기를 얻은 테이텀이 말했다. "그 사체 탐지견팀 남자가 바쁘지 않았으면 좋겠네요. 그 친구한테 시킬 일이 있을 것 같거든요."

72

사체탐지견 셸리가 들판 깊숙이에 있는 한 지점을 찾아내기까지
는 10분도 채 안 걸렸다. 도로에서 봤을 때 이곳은 마른 관목과 선
인장 때문에 반쯤 가려져 있었다. 문제의 지점에 도착하자 개는 걸
음을 멈추고 흙을 박박 긁으며 낑낑거렸다. 그러자 빅터는 테이텀
에게 말했다. "뭔가 찾아낸 게 분명해요."

이번에는 서두를 이유가 전혀 없기 때문에 작업을 제대로 했다.
감식반원들이 출동해 주위에 범죄 현장 테이프를 둘러치고 도로에
서 현장이 보이지 않도록 널찍한 장막으로 삼면을 가렸다. 호기심
이 발동한 행인이나 언론인이 근처에 오지 못하도록 경관 몇 명이
지키고 서 있었다. 그리고 무덤은 테이텀과 빅터가 지켜보는 앞에
서 조심스럽게 파헤쳤다. 이내 조이와 포스터도 합류했다. 범죄 현
장 곳곳에 경관들과 레인저들이 우글거렸고, 컬리 역시 발 빠르게
현장에 도착해 테이텀 옆에 서서 유해가 나오길 기다리고 있었다.

"닷새 만에 두 번째 시신이라니." 빅터가 서글프게 말했다.

"내게는 세 번째예요." 컬리가 말했다.

"예전에는 이 도시가 결코 이렇게 폭력적인 곳이 아니었는데." 빅터가 나지막이 웅얼거렸다.

"그래요. 끔찍한 일이죠."

테이텀은 자신의 신발을 킁킁대는 개를 내려다보았다. "당신 개…… 셸리는 일을 참 잘하는군요."

"아무렴요." 빅터가 콧방귀를 뀌고는 대답했다. "존스와 버스터가 그 줄리엣이라는 여자하고 같이 『샌앤젤로 스탠더드 타임스』 1면에 실린 걸 봤어요."

"존스와 버스터요?" 테이텀이 어리둥절해서 물었다. "아, 피해자를 찾아낸 개랑 훈련 경관요? 네, 사진이 멋지더군요."

"그랬죠."

경관이 한 명씩 차례로 구덩이에서 나온 후, 한 경관이 허리를 숙여 상자 뚜껑을 확 젖혔다. 다들 역겨움에 끙 소리를 내며 등을 돌렸다.

빅터는 다시 한숨을 쉬고 고개를 저었다. "이리 오렴, 셸리……. 우리 보고서를 쓰러 가자꾸나."

K-9 경관이 떠난 후 테이텀은 무덤으로 다가갔다. 조이는 이미 두 발 앞서 있었다.

이번 상황은 확실히 달랐다.

먼저, 이 유해는 훨씬 오래됐다. 곤충의 침입도 있었고, 부패도 상당히 진전됐다. 상자는 이전 것들처럼 잘 만들어지지 않았고 판자들 사이에 좁은 금들이 가 있어서 곤충들이 쉽사리 시신에 다가갈 수 있었다. 관은 직사각형이 아니라 정사각형으로, 궤짝 형태에 가까웠다. 백골이 된 시신은 배아 같은 자세로 몸을 웅크리고 있었다. 이 여자가 살아 있는 상태에서 이 자세로 묻혔다면 다른 피해자들보다 더 괴로운 죽음을 맞이했을 것이다. 몸이 상자 안에 들어맞도록 부자연스러운 자세를 취해야 했을 테니까.

테이텀은 속이 뒤집히는 걸 느끼며 돌아섰다. 배경에서 주위 사람들이 웅얼거리는 소리가 들렸다.

"카메라는 없네요." 조이가 건조하게 말했다.

그 순간 테이텀의 가슴속에 분노가 언뜻 스쳤다. 그 사실을 미처 깨닫지 못한 자신에 대한 분노인지, 아니면 그처럼 끔찍한 장면을 눈앞에 두고도 그런 세부사항을 놓치지 않는 조이의 능력에 대한 분노인지 스스로도 알 수 없었다. 테이텀은 억지로 유골을 다시 보았고, 조이 말이 맞음을 확인했다. 상자는 모든 면에서 평범했다. 어쩌면 원래 용도는 과일이나 채소를 담는 것이었을지도 모른다. 안에는 적외선 카메라도, 케이블을 끼워 넣을 수 있는 홈도 없었다.

"실례합니다." 컬리가 어깨로 밀치고 들어왔다.

"상자를 들어내야 해." 포스터가 말했다. "구덩이에 자네가 들어갈 틈이 없어."

"상자를 파내면서 그 안에 흙만 안 들어가게 해줘."

결국 다시 흙을 파헤쳐 상자를 완전히 들어내기 전에 뚜껑을 도로 덮어야 했다. 테이텀은 몇 걸음 옆으로 물러나 그 작업을 지켜보았다. 아주 가느다란 실마리를 쫓아왔을 뿐인데, 그 실마리가 결국 또 다른 죽은 여자에게로 그들을 이끌어주었다. 하지만 승리감은 털끝만치도 느껴지지 않았다.

"이게 놈의 첫 피해자예요." 조이가 옆에서 말했다.

"확실해요?"

조이가 어깨를 으쓱하며 대답했다. "확실한 건 아무것도 없죠. 하지만 그래 보여요. 여기서 보이는 건 그냥 여자를 생매장한다는 아주 단순한 판타지예요. 놈은 심지어 맞는 크기의 상자도 없었어요. 지역 선정도 완벽한 것과는 거리가 멀고요. 도시에 너무 가깝고, 너무 노출됐죠. 아무한테도 들키지 않은 건 요행이었어요."

"아마도 밤에 묻었겠죠. 칠흑같이 어두웠을 거예요."

"그래요. 하지만 그래도 온 사방에서 초보자의 흔적이 보여요. 그리고 일단 일을 마치고 성적 욕구를 해결하고 나자, 놈은 주유소를 포착할 만큼 침착해졌어요. 그리고 그때 그 생각이 난 거죠."

"보안 카메라 생각."

"놈은 카메라에 자기가 찍혔을까 봐 우려했어요. 스키 마스크와 장갑을 착용하고…… 내 생각엔 그 두 가지 다 미리 준비해뒀을 것 같아요. 그리고 그 영상을 삭제하려고 주유소에 침입을 시도했죠."

"카메라는 심지어 이곳을 겨냥하고 있지도 않았는데요." 테이텀이 말했다. "멍청한 놈 같으니."

"맞아요." 조이는 테이텀의 분노한 어조에 놀란 듯 눈썹을 치켜올렸다. "하지만 놈은 이제 멍청하지 않아요. 자신이 저지른 실수를 돌이켜보고 똑같은 실수를 되풀이하지 않을 시간이 충분했죠."

테이텀은 군이 반박하기엔 너무 기운이 없어서 고개를 끄덕였다. 살인범을 분석하고 놈의 머릿속으로 침투하려고 애쓰는 데 지쳐버렸다. 이번 한 번만은 그냥 놈을 괴물로, 삼지창과 횃불을 들고 사냥해서 도살해야 하는 악마 같은 존재로 생각하고 싶었다.

"놈은 이 피해자와 접점이 있었을지도 몰라요." 조이가 덧붙였다. "한동네 사람이었을 수도 있고, 어쩌면 지인이었을 수도 있어요. 그 접점을 찾아내면 놈을 잡을 수 있을지도 몰라요."

"어쩌면요." 테이텀이 끙 소리를 냈다.

테이텀의 기분을 감지한 것인지, 조이는 그 자리를 떴다. 아마도 범인이 그날 밤 뭘 봤는지 상상하려 애쓰고 있겠지. 내일쯤이면 조이는 그날 밤 사건이 어떻게 일어났는지에 대한 완벽한 그림을 그려낼 것이다.

경관들이 구덩이에서 간신히 상자를 들어내자 컬리는 그들에게 다가가 조심하라고 주의를 주었다. 장갑 낀 손으로 뚜껑을 열고 상자 속으로 몸을 숙여 시신을 점검했다. 테이텀은 컬리가 유골이 정말 사망했는지 확인하려고 맥박을 짚는 터무니없는 광경을 상상하고는 씁쓸한 미소를 떠올렸다.

컬리는 상자에서 작은 지갑을 꺼내어 아무 말 없이 포스터에게 건넸다. 테이텀은 호기심이 동해 앞으로 다가갔다.

포스터는 지갑을 열고 안을 들여다보았다. "돈이 좀 들어 있군, 40달러랑 잔돈. 구겨진 버스표……. 아, 운전면허증이……." 포스터가 입술을 일그러뜨리며 말끝을 흐렸다. 휘둥그레 뜬 눈에는 놀라움과 고통이 가득 찼다.

"뭡니까?" 테이텀이 물었다.

"이 사람을 알아요." 포스터가 목멘 소리로 내뱉었다. "이 사람은…… 우린 학교에 같이 다녔어요. 데브라 밀러. 아, 젠장."

"유감이네요."

"정말 귀여운 애였는데." 포스터가 말했다. "다들 데브라를 좋아했죠. 하지만 졸업하고 이곳을 떠났어요. 분명히 캘리포니아로 갔다고 들은 것 같은데."

테이텀은 시신을 점검하는 컬리를 아무 말 없이 지켜보았다. 캘리포니아로 갔다는 소문과는 달리, 이 여자는 상자에 갇힌 채 자기 고향 땅 밑에 묻혀 있었다.

73

조이는 데브라의 부모에게 죽음을 알리러 가는 라이언스와 동행
했다.

"왜 따라와요?" 가는 도중에 라이언스가 물었다. "이 일에서 가
족한테 죽음을 알리는 것보다 힘든 건 말 그대로 아무것도 없어요.
고통이 좋아요?"

조이는 자신이 고통받는 걸 좋아하냐는 것인지, 아니면 남들이
고통받는 걸 좋아하냐는 것인지 알 수 없었다. 하지만 어느 쪽이든
답은 동일했다. "아뇨, 안 좋아해요. 하지만 사람들은 방심했을 때
더 많은 걸 드러내죠."

"이건 정말이지 최악의 통보예요." 라이언스가 꿍얼거렸다.

"끔찍한 세부 사항까지는 말하지 않아도 돼요." 조이가 지적했다.
"가뜩이나 우리도 잘 모르는 상황에서는요."

"내 말뜻은 그게 아니에요. 그래요, 부모에게 자식의 폭력적 죽음
에 관해 알리는 건 확실히 끔찍한 일이죠. 하지만 더 끔찍한 일이

있다면 신원이 백 퍼센트 확실한 게 아닐 때일 거예요."

"아, 맞아요." 조이는 그제야 라이언스의 말뜻을 이해했다. 그들은 데브라의 부모에게 따님의 시신을 발견했다고 말할 것이다……. 그런 후에, 시신의 부패 상태 때문에 정말 따님이 맞는지 확인하는 데 도움이 될 만한 게 있는지 물어야 할 것이다. 그러고 나면, 아침에 해가 뜨는 것만큼이나 확실하게, 희망이 그 역겨운 고개를 들 것이다. 어쩌면 우리 딸이 아닐지도 몰라요. 부모는 그렇게 말할 것이다. 당신들이 뭔가 착각한 것일 수도 있어요. 갑자기 이 끔찍한 슬픔과 상실의 폭풍우 속에서 매달릴 수 있는 구명보트를 발견하는 것이다. 뻔한 사실을 무시하고, 아니, 딸의 지갑을 훔친 소매치기가 살해당한 게 틀림없다며 우겨댈 것이다. 하지만 실은 딸이 맞다는 게 밝혀진다.

결국 그들에게 있어서는 딸이 두 번 죽는 거나 다름없다. 처음은 시신이 발견됐을 때, 그다음은 신원이 확인됐을 때.

차는 예쁜 초록빛의 말뚝 울타리가 뜰을 에워싼, 밝은 흰색과 노란색으로 도색된 집 옆에 멈춰 섰다. 하지만 차에서 내려 앞문으로 걸어가는 동안 조이는 곳곳에서 보이는 방치의 흔적들을 알아차렸다. 정원의 꽃들은 잡초들에 포위된 채 시들어가고 있었다. 때가 낀 창문들. 벗겨진 페인트 칠. 주위에서 희미하게 파리들이 윙윙대는 소리.

라이언스는 노크를 하고 잠시 기다렸다가 다시 했다.

"잠깐만요." 안에서 남자 목소리가 들렸다.

잠깐이라기엔 좀 오랜 기다림 끝에, 라이언스가 막 다시 노크를 하려는 참에 문이 열렸다. 문을 연 남자는 대머리였고 주름진 얼굴에는 피로한 기색이 역력했다. 입고 있는 흰색 셔츠에는 얼룩이 묻

어 있었다. 첫눈에 조이는 남자의 나이를 80대로 짐작했지만, 그 후
그보다 젊다는 걸 깨달았다. 아마도 60살은 넘지 않았을 것이다.
하지만 남자는 삶에 지치고 찌든 사람처럼 보였다.

"밀러 씨?" 라이언스가 물었다.

"네."

"저는 라이언스 형사입니다. 들어가도 될까요?"

밀러의 어깨가 축 처졌다. "데브라 일인가요?"

"안에서 말씀 나누는 게 더 나을 것 같습니다."

밀러가 가슴 앞으로 팔짱을 끼고 따지듯이 물었다. "얼마나 곤란
한 상황에 처한 겁니까?"

라이언스는 망설였다. "선생님…… 앉아서 들으시는 게 좋을 것
같습니다."

밀러의 눈이 휘둥그레졌다. "그애가…… 다쳤나요?"

라이언스는 한숨을 쉬었다. 아무래도 집 안으로 초대받긴 그른
모양이었다. "밀러 씨, 유감스럽게도 따님이 사망한 것 같습니다."

"사망이라고요?" 밀러는 속삭이듯 낮은 목소리로 물었다.

"네, 그런 것 같습니다, 선생님."

"그런…… **것 같다고요?**" 자, 나왔다. 희망. "확실한 건 아니죠?"

"합리적인 추론입니다. 저희가 발견한 시신의 지갑에서 따님의
운전면허증이 나왔습니다."

"제 딸하고 닮았나요?"

라이언스는 침을 꿀꺽 삼켰다. "시신의 상태가 좋지 않습니다. 살
해당한 지 4개월쯤 지난 것 같습니다."

"4개월 지났다고요?" 희망이 증발하는 게 눈에 보였다. "추측이
꽤 정확하네요."

"마지막으로 따님을 보신 게 언제였죠?" 라이언스가 물었다.

밀러는 몸서리치듯 한숨을 쉬었다. "음…… 5월 초였어요."

조이와 라이언스는 눈길을 교환했다. 주유소 침입 사건이 발생한 날은 5월 6일이었다.

밀러는 문을 그대로 열어둔 채 뒤돌아서 발을 질질 끌며 안으로 들어갔다. 조이와 라이언스도 뒤따라 들어갔다.

집은 냉랭했고 버려진 느낌이었다. 곳곳이 먼지와 때로 뒤덮여 있었다. 조명은 대부분 꺼져 있고 커튼도 쳐놓아서, 실내는 간신히 여기저기 부딪히지 않고 돌아다닐 수 있을 정도였다. 밀러가 부엌으로 휘적휘적 걸어가 네온 등을 켜자 시끄러운 윙윙 소리와 함께 찌르는 듯한 백색 조명이 켜졌다. 밀러는 작고 겉면이 벗겨져 가는 목제 탁자 옆에 놓인 의자에 털썩 주저앉았다. 조이와 라이언스는 다른 의자 두 개에 차례로 자리를 잡았다.

"그애가 살해당했다고 하셨죠? 누구한테요? 어떻게요?" 밀러가 걸걸한 목소리로 물었다. 눈이 젖어 반짝이고 있었다.

"아직 자세한 건 저희도 모릅니다." 라이언스가 대답했다.

"아는 게 있긴 합니까?"

"4개월 전에 따님을 보셨고, 그후로는 통화도 안 하신 거죠?" 조이가 밀러의 질문을 무시하고 부드러운 어조로 물었다. "실종 신고는 왜 안 하셨나요?"

"우린 그애가 그냥 떠난 줄로만 알았어요." 밀러가 고개를 저으며 대답했다. "그애는 늘 사라졌다가 몇 달 만에 나타나곤 했거든요. 거지꼴이 되어서는 아무 연락도 없이 갑자기 나타났죠. 그애가 약물을 한다는 건 알고 있었어요. 때로는 눈에 멍이 들거나 입술이 부어 있었는데, 늘 괜찮다고만 했어요. 우리한테 사소한 거 하나도 말해주지 않았죠. 가끔은 구치소에서 전화를 했어요. 제가 세 번이나 보석으로 꺼내줬죠."

밀러는 절망에 찬 긴 신음을 내뱉었다. 눈물이 맺혀 뺨을 타고 흘러내렸다.

"학교 다닐 때는 그렇게 착하고 행복한 애가 없었어요. 인기도 어찌나 많았는지, 늘 친구들에게 에워싸여 있었죠. 그런데 학교를 졸업하더니 그냥…… 방황하기 시작했어요. 대학은 갈 생각 없다면서 근처 영화관에서 최저 임금을 받으며 일하기 시작했고, 그때부터 담배를 피웠죠. 우린 뭘 어찌해야 할지 몰랐어요. 그러다 캘리포니아로 가겠다고, 거기서 굉장한 일자리를 찾았다고 통보하더군요. 우린 얼마나 안심했는지 몰라요. 하지만 그로부터 얼마 되지 않아 연락이 끊겼고, 다음번에 나타났을 때는 그 굉장한 일자리라는 게 그애의 삶과 전혀 관계가 없다는 걸 금세 알아차릴 수 있었죠."

밀러는 텅 비고 떨리는 눈동자로 벽을 응시했다. 눈물이 쉬지 않고 흘러내렸다. 방울방울이 얼굴의 굴곡을 따라 꼬리에 꼬리를 물고 떨어졌다. "그애가 그렇게 망가진 건 그애가 만난 남자들 때문이에요……. 저는 그렇게 확신합니다. 딸은 아빠 같은 남자를 만난다는데, 저는 그애한테 한 번도 손을 댄 적이 없어요. 맹세합니다."

"부모와는 상관없이 그냥 잘못된 남자를 만나는 여자들도 있어요." 조이가 말했다. 딱히 위로하려고 한 말이 아니라 그저 일반화의 오류를 지적할 의도였지만, 밀러는 조이에게 서글픈 미소를 지어 보였다.

"범인이 그 남자들 중 하나였나요?" 밀러가 물었다.

"저희도 아직 모릅니다." 라이언스가 대답했다. "혹시 저희한테 그 남자들 이름을 알려주실 수 있나요?"

"아뇨. 그애는 늘 그 남자하고는 끝났다고 말했어요. 멍이 들거나 손가락이 부러진 걸 보고 누구 때문이냐고 물으면 그애는 알 거 없다고, 그 자식하고는 영영 끝났다고 말하곤 했죠. 매번 똑같은 놈한테 돌아간 건지, 아니면 매번 똑같이 나쁜 놈을 만난 건지는 모르겠어요."

"마지막으로 보셨을 때 상황은 어땠나요?" 라이언스가 물었다.

"그애는 바로 전날에 나타났어요. 전보다 더 심해 보였죠. 비쩍 말라서 꼴이 엉망이었죠. 두 분은 아이가 있습니까?"

둘 다 고개를 저었다.

"내 자식이 그런 꼴로 나타나는 걸 보면 어떤 심정인지 짐작도 못 하실 겁니다. 그리고 마사와 저는 이번만큼은 그애가 돈을 챙겨서 사라지지 못하게 하겠다고 결심했죠. 절대로. 우린 그애를 구하려고 했어요." 밀러는 끙 소리를 내고는 양 손바닥으로 얼굴을 가리고 몸을 떨었다.

부엌 벽에 매달린 시계가 똑딱 소리를 냈다. 조이는 초침이 점차 느려지고 있다고 확신했다. 1초 1초가 갈수록 더 길게 느껴졌다.

마침내 밀러가 양손을 떼고 엉망이 된 얼굴을 드러냈다. "우린 그애한테 집에 있어야 한다고 말했어요. 재활시설에 입원시켜주겠다고. 치료해주겠다고. 우린 그애가 나아지도록 도와줄 생각이었어요. 하지만 그애는 필요 없다고 했죠. 우리한테 고함을 치고, 우리 도움 따윈 필요 없다면서, 이번에 나가면 영영 안 돌아올 거라고 했어요. 전…… 저는 해서는 안 될 말을 했어요. 아 맙소사, 제가 그런 말을 하다니. 두 분에게 아이가 있다면, 절대 네가 이렇게 커서 실망했다는 말만은 하지 마세요."

조이는 테이텀이 여기 같이 있었으면 싶었다. 테이텀은 늘 말로

419

사람들 마음을 달래주는 법을 아는 것 같았다.

"그애는 떠났어요. 그리고 다시는 연락이 없었죠. 우린 그애가 늘 그랬던 것처럼 돌아올 거라고 생각했지만 그렇지 않았어요. 그리고 한 달 후에 마사가 죽었어요. 아내는 그냥…… 갔어요. 심장이 멈춰버렸죠. 터져버린 것 같아요, 내 생각엔."

밀러가 가슴 앞으로 팔짱을 끼고 말을 맺었다. "그게 답니다."

라이언스는 조금이라도 더 알아내려는 간절한 마음에 이런저런 질문을 던졌다. 딸이 어디로 갔는지, 연락을 주고받을 만한 친구들이 있었는지. 하지만 밀러의 대답은 갈수록 짧아지다가 나중에는 단음절이 되었고 잠시 후 그마저도 끊겨버렸다.

마침내, 뭔가 도와드릴 게 없느냐는 라이언스의 질문에 없다고 대답한 후, 밀러는 아마도 신원 확인에 도움이 될 딸의 치과 의사 이름을 알려주었다. 그런 후엔 마치 배터리가 다 된 장난감처럼 완전히 입을 다물어버렸다.

74

2016년 5월 5일 목요일, 텍사스 주 샌앤젤로

펍 문을 밀치고 들어간 남자는 바에 자리를 잡고 앉아 이를 악물고 분노를 삼켰다. 이게 남자가 하루를 마무리하는 방식이었다. 온몸이 마치 폭발하기 직전인 것처럼 팽팽하게 긴장했다. 맥주를 몇 잔 들이켜고 나면 간신히 버틸 수 있었다.

며칠 전부터 남자의 술 마시는 시간이 전보다 앞당겨졌다. 남자는 자기 업무를 제대로 처리했지만, 그건 조금도 중요하지 않았다. 비록 남자의 잘못이 아니더라도 실패는 여전히 실패였다.

바텐더는 이제 뭘 드시겠냐고 묻지도 않았다. 그냥 고개를 끄덕여 보이고 맥주를 잔에 따랐다. 남자는 단골이 되어가고 있었다.

"어이." 맥주를 벌컥벌컥 들이켜는데 웬 여자가 말을 걸어왔다. "혹시 나 몰라요?"

어깨를 으쓱하고 고개를 저으며 모른다고 대꾸하려던 남자는 여자의 얼굴을 보았다. 나오려던 말은 남자의 입 속에서 죽어버렸다.

"맞네, 나 너 알아." 여자가 쾌활하게 말했다. "너…… 나랑 같은 학교에 다니지 않았어?"

"데브라?" 남자는 자신의 눈을 의심하며 물었다.

정말 그때 그애라고? 그 길고 지루한 수업시간 내내 내가 판타지를 품었던 그 사랑스러운, 순수하던 여자애? 입술도 그대로, 코도 그대로였지만…… 그대로인 건 거기까지였다. 여자는 해골처럼 말라서 광대뼈가 뾰족하게 튀어나와 있었다. 한때는 폭포수처럼 찰랑대던 고수머리가 지금은 엉망으로 뒤엉켜서 떡이 져 있었다. 피부 톤은 어딘가 이상하고 개기름이 줄줄 흘렀다. 그리고 눈동자가 너무…… 텅 비어 있었다.

"맞아." 데브라는 남자가 자신을 알아본 게 기분 좋은 듯 웃음을 지었다. 아마도 드문 일인 모양이었다. "어떻게 지냈어?"

남자는 잠시 후 데브라가 자신의 이름을 모른다는 걸 깨달았다. 놀라운 일은 아니었다. 데브라에게 맥주 한 잔을 사주고 학교에서 멍청한 편지를 받았다는 이야기를 하면서 시침 뚝 떼고 자기 이름을 입에 올렸다. 그 순간 데브라의 퀭하니 죽은 눈동자에 안심의 빛이 떠오르는 것을 남자는 놓치지 않았다. 이름 부르는 걸 피하려고 **자기**니 **친구**니 운운할 필요가 없어졌으니까.

데브라가 남자의 직업을 듣고 감탄하는 표정을 짓자 남자는 으쓱해졌다. 캘리포니아로 갔다는 얘길 들었는데 무슨 일을 하느냐는 남자의 질문에 데브라는 고개를 돌렸다. 거기서 좋은 일자리를 찾았는데, 남자친구가 똥차였다는 이야기를 두루뭉술하게 얼버무렸다. 하지만 이제는 일자리도, 남자친구와도 다 끝난 게 분명했다. 그리고 캘리포니아도.

"나 사실 막 버스를 타려던 참이었어." 데브라가 말했다. "어쩌면 오늘 밤에."

"버스? 어디라도 가게?"

데브라가 어깨를 으쓱하며 대답했다. "모르지. 어딘가 먼 곳으로 가려고. 새 출발을 해야겠어. 백지상태에서 말이야. 알겠어?"

"그래."

"내게 정말 필요한 건……." 데브라가 말했다. "생각할 시간이야."

마치 배를 걷어차이기라도 한 듯, 남자의 몸이 단단히 경직됐다.

"무슨 말인지 정확히 알겠어." 남자는 갈라지는 목소리로 그렇게 대답하며 한 손을 주머니에 집어넣었다. 손에 닿은 비닐봉투가 뜨겁게 느껴졌다. 몇 달 전에 그걸 산 이후 그냥 판타지의 재료를 하나 더 늘렸다고 생각하면서 줄곧 몸에 지니고 다녔었다. 그걸 실제로 사용할 용기를 낼 수 있으리라고는 한 번도 생각지 못했다. 봉투를 벌려 둥근 알약 하나를 손에 쥐었다.

몇 분 후, 대화가 소강상태에 이르자 데브라는 화장실에 갔다. 그 사이에 남자는 주머니에서 손을 꺼냈다. 손바닥에 약을 보이지 않게 쥐고 있었다. 남자는 땀을 뻘뻘 흘리며 주위를 둘러보았다. 아무도 보고 있지 않았다. 단 한 번의 날쌘 동작으로 알약은 여자의 반쯤 빈 술잔에 들어갔다. 액체에 완전히 용해돼 사라지기를 기다리는 동안 영겁의 시간이 지난 듯했다. 순간순간 바텐더나 주위 사람들 중 누군가가 그 거품 나는 알약을 가리키며 뭐냐고 물을 것만 같았다.

하지만 그런 일은 없었다.

***

남자가 버스 정류장까지 태워다줄 무렵 데브라는 정신이 반쯤

나가 있었다. 버스 탈 돈이 없다는 말에 남자는 데브라의 손에 100달러 지폐를 쥐여주었다. 데브라는 사양하지 않고 선뜻 받아 주머니에 넣었다. 확실히 잘 모르는 남자한테 돈을 받는 데 익숙한 듯 보였다.

승합차에 탄 후 얼마 지나지 않아 데브라의 눈꺼풀이 게슴츠레해졌다. 심지어 뒷좌석에 있는 상자와 땅 파는 도구를 알아차리지도 못했다.

잠시 남자는 그냥 다 집어치울까 고민했다. 심장이 하도 거칠게 뛰어서 승합차의 스피커에서 심장 소리가 흘러나오는 것만 같았다. 하지만 남자의 마음은 그 행위를 상상하면서 이미 액셀을 밟고 있었다. 그리고 **그걸 원한 건 데브라였다.**

남자는 가장 가까운 지역으로 차를 몰아갔다. 주변은 당연히 어두웠지만 남자는 길을 훤히 알았다. 구덩이에서 몇 미터쯤 떨어진 곳에 차를 세웠다. 작은 LED 등과 삽을 들고 차에서 내려 구덩이로 가서 자신이 거기 남겨둔 흔적을 찾았다. 구덩이를 가려놓은 판자 위의 모래를 삽으로 치웠다. 입을 쩍 벌린 어두운 심연을 그저 한 번 보았을 뿐인데 온몸에 소름이 쫙 돋았다. 이건 실제 상황이었다.

승합차 뒷문을 열고 상자를 꺼내 모래 위로 질질 끌고 갔다. 차 꽁무니가 구덩이를 향하게 해서 더 가까이에 세워두지 않은 게 후회되려 했다.

다음번엔…… 그런 생각이 떠오르자 남자는 화들짝 놀랐다. **다음번은 없을 거야. 이건 한 번으로 끝이야.**

그후 승합차 앞쪽으로 가서 조수석 문을 열었다. 데브라의 안전벨트를 풀고 몸을 가까이 기울여 쿵쿵 냄새를 맡았다. 향수와 뭔가 썩는 듯한 냄새에 남자는 몸서리쳤다. 데브라를 부축해서 차에서 내리는데 그녀가 뭐라고 웅얼거렸다. 남자는 반은 달래고 반은 힘을 써서 데브라를 상자 안에 집어넣었다.

늘 엄청 커 보이던 상자였는데, 막상 데브라를 그 안에 밀어 넣어야 하는 상황이 오자 남자는 상자가 너무 작다는 걸 깨달았다. 왜 더 큰 걸 찾아보지 않았을까?

그거야, 이 일을 진짜로 하게 될 거라고는 한 번도 생각지 못했으니까.

남자는 데브라를 상자 안에 욱여넣기 시작했다. 데브라는 불만스러운 듯 끙얼거렸다. 남자는 더 세게 밀쳤다. 데브라는 저항하기 시작했지만 남자는 온 힘을 다하고 있었다. 데브라가 희미한 비명을 질렀지만 주위에 그걸 들을 수 있는 사람은 아무도 없었다. 데브라는 낑낑거리며 남자를 할퀴었고 남자는 마지막으로 한 번 데브라를 밀쳤다. 안으로 떨어져 머리를 부딪힌 데브라가 비명을 질렀다. 그리고 가장자리를 잡으려고 손을 뻗는 순간, 남자는 상자 뚜껑을 닫았다. 데브라는 다시 비명을 지르며 손가락을 뺐다. 남자는 상자 걸쇠를 잠갔다.

어둠 속에서 상자를 구덩이로 끌고 가는 건 평생 해본 일들 중 가장 힘들었고, 하마터면 자신이 그 안으로 추락할 뻔했다. 마침내 상자가 쿵 하고 떨어지는 순간 데브라의 숨 죽인 비명이 들렸다. 남자는 고된 노동과 흥분 때문에 숨을 몰아쉬고 있었다.

삽으로 흙을 퍼서 상자를 뒤덮기 시작했을 때 남자는 재빨리 문제를 깨달았다. 주위에 그걸 잘 덮어줄 토양이 충분치 않았다. 흙을 준비해왔어야 했다. 멍청해! 멍청해!

어쩔 수 없이 온 사방에서 흙을 퍼 날라 아침에 봤을 때 이상해 보이지 않도록 표면을 고르게 다지려 안간힘을 썼다. 주위에 널린 커다란 돌들을 이용해 빈 공간을 채웠다. 돌들이 쿵 소리와 함께 상자 위에 떨어지자 데브라가 다시 비명을 질렀다.

남자는 멈추는 게 무서워서 정신없이 삽질을 했다. 이내 데브라의 비명은 완전히 묻혀버렸고, 남자는 후회했다. 계속 들을 수 있으면 좋았을 텐데. 뚜껑을 두드리는 데브라의 겁에 질린 얼굴을 볼 수 있으면 얼마나 좋았을까. 하지만 당연하게도 그건 불가능했다.

마침내 무덤이 완전히 덮였다. 남자는 폭발하기 직전이었다. 방출해야 했다.

겨우 몇 초의 시간, 그리고 그 후에 느낀 감정. 그 완벽하고 경이로운 무아지경은 남자가 태어나서 처음 느껴본 최고의 감정이었다. 앞쪽의 어둡고 텅 빈 도로와 문 닫은 주유소의 윤곽, 그리고 별이 총총한 하늘을 바라보았다. 데브라가 자신만의 시간을 어떻게 보내고 있을지 궁금했다.

남자의 눈이 주유소에 머물렀다. 아까는 미처 그쪽에 신경을 쓰지 못했다. 주유소 문은 닫혀 있었다. 하지만 이제 비로소 그 생각이 떠올랐다. 저기 보안 카메라가 있으면 어쩌지?

카메라는 적외선 촬영이 가능할 것이다. 그리고 어쩌면 지금 남자가 있는 곳을 비추고 있을지도 몰랐다…….

남자는 침을 꼴깍 삼켰다. 어떻게 이 생각을 미처 못 했을 수가 있지?

그리고 답은 이번에도 동일했다. 왜냐하면 이 일을 실제로 하게 될 줄은 몰랐기 때문이다.

남자는 데브라를 다시 파낸 다음 그냥 장난이었다고 말할까 생각했다. 버스 정류장까지 데려다주고 뉴욕행 버스에 태울까. 어차피 마약중독자다. 데브라의 말 따윈 아무도 믿어주지 않을 것이다.

하지만 아닐 수도 있었다. 그리고 영상이 있다면…….

아, 맙소사.

영상을 없애버리면 된다.

주유소가 영상을 저장하기 위해 값비싼 클라우드 저장소 같은 걸 유료로 이용할 리는 없었다. 보안 카메라는 안에 있는 컴퓨터에 연결돼 있을 것이다. 그저 창을 깨고 안으로 들어가 영상을 삭제하기만 하면 그만이었다. 남자의 수많은 장비 중에는 스키 마스크도 있었다. 그리고 장갑도 늘 가지고 다녔다.

도구상자를 뒤졌다. 창을 깨고 안으로 들어가 영상을 삭제하면 돼. 2분밖에 안 걸릴 거야. 그러면 난 안전해.

75

2016년 9월 12일 월요일, 버지니아 주 데일 시티

안드레아는 화들짝 놀라 잠에서 깨어났다. 잠결에 무슨 소리가 들렸던 듯한데, 도대체 무슨 소리였지? 그때 그 소리가 다시 들렸다. 문 두드리는 소리였다. 안드레아는 시계를 확인하고 얼굴을 찌푸렸다. 밤 11시 반이었다. 젠장, 뭐야?

침대에서 일어나 맨발로 거실로 나갔다. 누군가가 다시 문을 두드렸다. 서두르는 기색이 없는 정중한 노크였다.

"누구세요?"

"선생님, 저는 아래층의 브라우닝 경관입니다." 남자는 공적인 말투로 이야기했다. "건물에 낯선 사람이 들어왔다는 신고를 받았습니다. 별일 없으십니까?"

"여긴 아무도 없어요. 문은 다 잠갔고요."

"확실합니까, 선생님? 이웃 여성분이 누군가 비상계단을 오르는 걸 봤다고 해서요. 제가 좀 들어가서 확인해도 될까요?"

안드레아의 심장이 얼어붙었다. 비상계단은 바로 침실 창밖에

있었다. 창은 분명히 잠갔을 테지만⋯⋯ 로드 글로버가 창으로 몰래 숨어 들어와 침대 밑에 누워 기다리는, 어린아이의 악몽 같은 끔찍한 상상이 떠올랐다. **침대 밑에 괴물이 있어요, 엄마.**

"어, 잠깐만요." 안드레아는 문을 열기 전에 로브를 걸칠까 잠시 고민했지만 로브는 침실에, 바로 창 옆에 놓여 있었다. 밖에 비상계단이 있는 창. 노브라에 탱크톱 차림이지만 그냥 이대로 맞이하는 수밖에. 안드레아는 휘적휘적 문 앞으로 가서 외시경으로 밖을 내다보았다. 제복 입은 경관이 문 옆에 서서 고개를 이리저리 돌리며 주위를 둘러보고 있었다.

안드레아는 안전 걸이와 자물쇠를 풀고 문을 당겨 열었다.

"들어오세요. 하지만⋯⋯."

남자가 고개를 돌려 안드레아를 본 순간 안드레아의 세상이 산산조각 났다. 이제 공포는 눈앞에 있었고 더는 상상이 아니었다.

남자가 재빨리 손을 뻗어 안드레아의 목을 움켜쥐고 졸랐다. 목까지 올라온 비명은 무력한 골골거림으로 바뀌었다. 글로버는 집 안으로 성큼 들어서서 뒷발질로 문을 닫았다. 경찰복을 입고 있었지만 그 얼굴에 떠오른 조소는 법 집행관의 표정과는 지극히 동떨어진 것이었다.

"안녕, 안드레아." 남자가 이를 드러냈다. 안드레아의 뺨에, 눈에서 바로 몇 센티미터 아래에 칼날을 들이댔다. 힘을 주자 칼끝이 가볍게 피부를 꿰뚫었다. "저항하지 마. 아니면 조이는 외눈박이 동생을 가지게 될 거야. 비명 지르지 마. 아무 짓도 하지 마. 알아들었어? 알아들었으면 눈을 깜빡여."

안드레아는 공포에 질려 눈을 깜빡였다. 숨을 쉬려고 했지만 폐가 경련을 일으켰다. 절박하게 입을 뻐끔거렸다.

"좋은 소식이 있어." 글로버가 말했다. "난 널 살려둘 생각이야. 조이가 돌아왔을 때 네 눈의 공포를 목격했으면 하거든. 널 이렇게 혼자 내버려두다니 자신이 얼마나 거지 같은 언니인지 자책해야지. 그러니 넌 그냥 가만히 있으면 돼. 순식간에 끝내줄 테니까. 알아들었지?"

안드레아는 다시금 눈을 깜빡이고 눈물 한 방울을 떨궜다. 저항하고 싶어도 할 수 없었다. 근육이 버터처럼 녹아내리는 것 같았다. 눈앞에서 별들이 춤추었고 폐가 공기를 찾아 불타고 있었다.

남자가 손아귀에서 힘을 빼자 안드레아는 간신히 밭은 숨을 한 차례 들이켰다.

"그럼 우리 침실로 갈까?" 글로버가 말했다.

안드레아는 천천히 걸음을 내디디는 글로버와 보조를 맞추기 위해 비틀대며 앞으로 걸어갔다. 그때 한 가지 의문이 떠올랐……. 글로버는 어디로 가야 하는지 알고 있었다. 차분하게 움직였고 오른쪽 문을 향해 눈을 깜빡거렸다. 마치 아파트의 배치를 외우고 있는 것 같았다. 안드레아는 흑 하고 흐느꼈다.

"쉬이잇."

놈은 한 손으로 안드레아의 목을, 다른 한 손으로 안드레아의 왼쪽 눈앞에서 춤추는 칼을 쥔 채로 한 걸음 한 걸음 내디뎠다. 칼끝이 닿을락 말락 할 만큼 가까워서 안드레아는 도저히 눈을 뜰 수 없었다.

"눈 떠. 걸어."

바로 그때, 그들이 손님방 앞을 지나가는 순간 방문이 열렸다. 오로지 목적지와 안드레아의 공포에 질린 얼굴에만 집중한 글로버는 눈치채지 못한 듯했다. 어리둥절한 표정으로 방에서 나온 마빈의 눈이 안드레아와 마주쳤다. 안드레아는 마빈의 눈이 번뜩이는 걸 보았다. 마빈이 몸을 움직이는 바로 그 순간, 글로버가 마치 뱀처럼 재빨리 휙 돌아보았다. 안드레아를 벽에다 거칠게 밀침과 동시에 칼을 쥔 손을 앞으로 날려 마빈의 가슴팍을 찔렀다. 마빈은 헉 소리를 내며 눈이 풀렸다. 글로버가 마빈의 얼굴을 주먹으로 갈기자 퍽 소리가 났다. 마빈은 휘청대다 넘어지며 머리를 문고리에 찧었다. 바닥 위로 축 늘어진 몸 옆에 거의 즉시 피가 고이기 시작했다.

"안 돼!" 안드레아는 비명을 내질렀지만 이미 칼이 다시 눈앞에 와 있었다.

"꽤 재미있는 보디가드를 불렀네." 글로버가 식식거렸다. 눈동자에 분노가 가득했다. "이런 깜짝쇼를 준비해주다니, 보답으로 볼일을 다 보고 나면 날 잊지 못할 선물을 줘야겠어."

글로버는 침실로 안드레아를 거칠게 밀쳤다. 놈의 움직임은 아까보다 더 거칠어졌고 얼굴은 잔뜩 화가 나 굳어 있었다. 짐승처럼 이를 드러내고 으르렁거렸다. 놈이 안드레아를 돌려세웠을 때는 놈의 얼굴을 보지 않게 돼서 거의 안도감이 들 정도였다. 글로버는 안드레아를 침대에 난폭하게 밀쳤다.

잠시 멍해져 있던 안드레아의 목에 천 하나가 단단히 감겼다. 조이에게 들은 말이 떠올랐다. 글로버는 피해자의 목을 조르는 데 집착했다.

난 살아남지 못할 거야.

비록 살려둘 생각이라는 게 진심이었다 해도, 글로버는 자신의 욕구를 통제하지 못할 것이다. 안드레아를 강간하고 목 졸라 죽일 것이다. 모든 피해자에게 그랬던 것처럼.

하지만 뭘 어떻게 하려 해도 지금은 너무 늦었다. 목을 벨 듯 파고든 천 때문에 아예 숨을 쉴 수 없었다. 글로버는 절박하게 올가미를 풀려고 애쓰는 안드레아의 바지를 잡아 찢으며 욕설을 내뱉고 으르렁거렸다. 그 소리는 인간보다 짐승에 더 가까웠다.

어린 시절의 기억 하나가 문득 머릿속에 떠올랐다. 방 안에 갇혀 있는데 밖에서 글로버가 문을 마구 두드리고, 조이가 자신을 껴안고 보호해주는 모습. 하지만 언니는 지금 수천 킬로미터나 떨어진 곳에 있었다.

안드레아는 무의식 속으로 빠져들었다. 눈앞이 캄캄해져서 다행이었다. 하지만 바로 그 순간 목을 감싼 천이 움직이더니 아주 약간 느슨해졌다. 재빨리 숨을 한 번 들이쉬었다. 그것 역시 글로버의 의도였다. 놈은 피해자를 끝까지 살려두고 의식을 유지하게 하는 법을 알았다.

안드레아는 놈의 냄새를 흡입했다. 뭔가가 썩는 냄새와 땀 냄새와 불결한 냄새. 그 냄새가 몸에 닿는 게 싫어 몸부림을 쳤다. 글로버는 킬킬 웃고는 안드레아의 얼굴을 매트리스에 더 세게 눌렀다. 놈의 손가락이 피부를 움켜쥐고 쿡쿡 찔렀다.

폭발이 일어났다.

귀가 윙윙 울렸고, 안드레아는 겁에 질려 비명을 질렀다. 목을 조르던 천이 사라져 이제는 마음껏 비명을 지를 수 있었다. 원하는 만큼 몇 번이고. 안드레아는 마구 비명을 질렀다. 몸을 뒤집자 손에 총을 든 채 방 벽에 기대서 있는 마빈이 흐릿하게 보였다.

글로버를 찾았다. 구석에 있는 놈이 언뜻 보였다. 놈은 잔뜩 일그러진 얼굴로 옆구리를 움켜쥐고 있었다. 마빈에게 고정된 포식자의 눈동자에 망설이는 빛이 떠올랐다.

마빈이 다시 방아쇠를 당기자 다시금 폭발이 일어났다. 창이 깨지면서 고막을 찢는 소리가 났고, 안드레아는 마빈이 빗맞혔음을 알았다. 마빈은 출혈 때문에 어지럽고 약해져 있었다. 글로버는 그 사실을 깨닫고 덤벼들 테고, 노인은 곧 죽고 말 것이다.

하지만 글로버는 그러지 않았다. 안드레아는 이제 놈의 눈에서 공포를 보았다. 만만한 먹잇감에 익숙한 괴물의 공포를. 놈은 고통에 익숙지 않았다. 이 전투는 놈의 허를 찔렀다. 글로버는 앞으로 몸을 날렸다. 마빈과 총을 향해서가 아니라 방문을 향해서. 마빈은 세 발째 발포를 하려 했지만 글로버는 이미 방을 빠져나간 후였다.

잠시 둘 다 그대로 얼어붙어 있었다. 이윽고 마빈은 총을 단단히 움켜쥔 채 휘청이다가 바닥에 쓰러졌다.

76

조이는 흩어진 종이들에 포위당한 채 침대에 앉아 있었다. 그중에는 범죄 현장 사진들도 있었고 데브라 밀러에 관해 얻어낸 정보를 간략히 적은 것들도 있었다. 데브라는 아무래도 다른 피해자들보다 범인에게 더 의미가 있었던 게 분명했다. 이 여자는 달랐다. 조이가 아는 한 데브라는 인스타그램이나 페이스북 계정이 없었고, 따라서 다른 사람들과 달리 범인에게 스토킹당하지 않았다. 그리고 물론, 다른 피해자들보다 나이도 더 많았다.

데브라의 어떤 점인가가 범인을 자극해 행동하게 만들었다. 그게 뭐였을까? 범인이 아는 누군가를 떠올리게 만들었을까? 어쩌면 어머니라든가? 아니면 범인이 끌릴 만한 뭔가가 외양에 있었나? 데브라의 아버지는 데브라가 평소보다도 더 엉망이었다고 말했다. 물론 당시의 데브라를 찍은 사진은 없었지만, 조이는 경험으로 미루어 짐작할 수 있었다. 아마도 비쩍 말랐을 것이다. 피부와 치아도 엉망이고. 손톱은 부러지고. 안절부절못하고. 어쩌면 이게 범인이 행동하게 만든 요인인지도 모른다.

조이는 데브라의 관점에서 생각하는 걸 애써 피하려고 최선을 다하고 있었다. 그 토끼 굴에는 정말이지 끌려 들어가고 싶지 않았다. 조이는 모든 피해자들 중 데브라가 가장 끔찍한 고통을 겪었을 거라고 짐작했다.

휴대폰이 울렸지만 조이는 잠시 그대로 놔뒀다. 생각이 딴 데 가 있었다. 이윽고 눈은 자신이 적어놓은 메모에 붙박인 채 손으로 더듬어 휴대폰을 찾았다.

"여보세요?"

아주 잠깐, 떨리는 숨소리밖에 들리지 않았다. 조이의 신경이 곤두섰다. "안드레아?"

"조이…… 나야……. 제발 집에 와줄 수 있어?"

"무슨 일이야?" 조이는 불안의 웅덩이 속으로 한없이 가라앉는 심정이었다. "무슨 일 있었어?"

"글로버가 집에 들어왔어. 날…… 덮쳤어."

"다쳤어?" 조이는 이미 침대에서 내려가 가방을 움켜쥐고 손에 잡히는 걸 전부 그 안에 던져 넣고 있었다. 도저히 납득이 안 갔다. 왜 놈이 지금 기습을 하지? 경계를 낮추기를 기다릴 거라고 그토록 확신했는데. 놈은 항상 그토록 인내심이 강했는데.

"그래……. 아니, 모르겠어. 구급 의료원이 와 있어. 마빈이 글로버를 쐈어."

"**마빈**이 글로버를 쐈다고? 경찰은 어디 있었어? 글로버는 죽었어?" 조이는 더 많은 정보가 필요했다. 망할 놈의 신발이 어디 있더라?

"제발 집에 와줘. 제발. 난 언니가 필요해, 조이. 제발 그냥 이리로 와줘. 난 언니가 당장 필요해. 집으로 와. 집으로 오라고!" 안드레아는 점점 목소리를 높이다가 급기야 비명을 질렀다. 그 뒤에서 누군가 진정제가 필요하다고 말하는 소리가 들렸다.

"안드레아, 지금 가는 중이야. 알았지? 지금 바로 갈게."

수화기 반대편에서 동생이 흐느꼈다. 딸꾹질을 하고 낑낑댔다. 그 소리에 조이의 마음은 마치 톱으로 썬 것처럼 갈기갈기 찢겼다. 그러고 나서 전화는 끊어졌다.

신발은 욕실에 있었다. 머릿속이 텅 빈 채 신발을 신었다. 모든 행위는 자동적으로 이루어졌다. 모든 움직임이 덜컥거리는 것 같았고 비현실적으로 느껴졌다. 방을 나가는 길에 가방을 집어 들었다. 미처 챙기지 못한 물건들이 뒤에 남아 있었지만 거의 의식하지 못했고 신경 쓸 여력도 없었다. 반은 걷고 반은 뛰어서 계단까지 가서야 뛰는 것만으로는 안드레아가 있는 집으로 돌아갈 수 없다는 사실을 깨달았다. 답을 찾아 머리를 핑핑 돌리다가 현 상황에서 가능한 최고의 해법을 떠올렸다. 그리고 뒤돌아서 테이텀의 방으로 가서 문을 쾅쾅 두드렸다.

"테이텀, 문 열어요!"

문을 연 테이텀은 어리둥절한 얼굴로 눈을 휘둥그레 뜨고 있었다. 마치 총격전이라도 예상한 듯 손에는 총을 쥔 채였다. 하긴 조이의 비명을 감안하면 무리도 아니었다. "무슨 일이에요?"

"글로버가 안드레아를 습격했어요. 난 돌아가야 해요. 차 열쇠를 줘요."

테이텀은 얼굴을 잔뜩 구겼고, 조이는 급한 마음에 하마터면 테이텀을 때릴 뻔했다. "차 열쇠요. 당장!"

"괜찮대요?" 테이텀은 자기 방 안으로 한 걸음 물러나며 물었다.

"살아 있어요. 다른 건 몰라요. 마빈이 글로버를 쐈대요."

"**뭐라고요? 마빈은 괜찮아요?**" 테이텀은 입에서 나오는 대로 몇 가지 질문을 던졌지만 조이는 그걸 머릿속에서 문장으로 연결할 수 없었다.

"**몰라요!**" 조이가 꽥 소리를 쳤다. "젠장, 열쇠 줘요!"

테이텀은 재킷 주머니에서 열쇠를 꺼냈다. 뭐라고 말했지만 조이는 알아듣지 못했다. 거기까지 어떻게 갈 생각인지를 묻는 말이었다.

"오스틴까지 차로 갈 거예요. 거긴 늘 비행기가 있어요." 조이는 테이텀의 손에서 열쇠를 낚아채며 말했다. 그리고 뒤돌아서 문을 향해 달려갔다. 등 뒤에서 테이텀이 뭐라고 소리쳤지만 조이는 돌아볼 수 없었다. 시간이 없었다. 여전히 귓전에서 찌렁찌렁 울리는 안드레아의 비명이 조이를 앞으로, 버지니아 주를 향해 끌어당기고 있었다.

77

어둠 속으로 사라지는 조이의 뒷모습을 바라보던 테이텀은 이윽고 뒤돌아 방 안으로 들어갔다. 아직 충격이 떨쳐지지 않았다. 조이의 이런 모습을 본 건 처음이었다. 안 그래도 날카롭고 예리한 조이의 눈이 절망적인 공포로 번뜩였다. 얼굴은 눈물로 젖어 있었지만 본인은 그 사실도 모르는 듯했다.

무기력함을 떨쳐내려고 몸을 힘차게 부르르 떤 후 급히 휴대폰을 집어 들고 전화를 걸었다. 벨 소리가 한 번, 두 번, 세 번 울리는 동안 가진 인내심을 모두 발휘해야 했다.

마빈이 전화를 받았다. "테이텀?"

"마빈, 괜찮아요?"

"내가 그다시글 쫘따, 테이텁. 그 개다시글 쫘떠. 사담 자못 거드려띠!"

"말하는 게 왜 그래요?"

"노미 내 코들 깨뜨뎌거든, 테이텁. 하디만 내가 그다시글 쫘찌."

438

뒤편에서 누군가가 말했다. "선생님, **제발** 그 총 내려놓으세요."

"덴당, 웃기시네!" 마빈이 고함쳤다. "노미 다시 오면 어쩌라고? 덴당, 두가 통을 쏠 건데? 댁이?"

"선생님, 총을 내려놓지 않으시면 저희도 어쩔 수 없이……."

"다한테더 떠더져!"

"마빈!" 테이텀이 휴대폰에 대고 고함쳤다. "무슨 일이에요?"

"다더러 통을 대도으다지 버냐, 테이텁. 난 안 대도을 거야."

"그거 이쪽으로 흔들지 마세요, 할아버지!" 누군가가 날카롭게 쏘아붙였다.

"마빈, 경찰한테 총을 주세요." 테이텀이 이를 갈았다.

"어딤없다, 테이텁. 그댔다간 누가 아드레아를 지켜두댜? 무꼬기가 지켜?"

테이텀은 이마를 문질렀다. 심장이 쿵쿵 뛰었다. "경관을 바꿔주세요."

"여기요. 대 손다가 할 말이 있답니다. FBI 소독이에요."

잠시 침묵이 흐른 후 다른 목소리가 전화를 받았다. "여보세요?"

"저는 특수요원 그레이입니다." 테이텀이 말했다. "누구시죠?"

"콜리어 경관입니다. 이분의 손자 되십니까?"

"네. 무슨 일입니까, 경관님?"

"저기요, 요원님. 제정신이 아니신 할아버님께 망할 놈의 총을 좀 내려놓으라고 제발 좀 말씀해주세요. 저희가 안으로 진입하다가 하마터면 총에 맞을 뻔했어요. 안정적인 상태가 아니신 것 같아요."

"걱정 마세요……. 아무도 안 쏠 겁니다." 테이텀은 자신의 말이 맞기를 간절히 희망했다. "안드레아는요? 아무 일 없나요?"

"아직 충격에서 벗어나지 못했지만 대체로 다친 곳은 없습니다.

구급의료원이 확인 중이에요. 하지만 할아버님이 총을 내려놓지 않으시면 출혈로 돌아가실 겁니다."

"출혈로 돌아가셔요?"

"칼에 찔리셨어요. 구급의료원들은 근처에 갈 엄두를 못 내고 있고요. 미치광이처럼 굴고 계세요. 아마 쇼크 상태이신 것 같아요."

"아뇨, 그게 원래 평소 상태예요." 테이텀이 대꾸했다. "스피커폰으로 돌려주세요."

"어, 알겠습니다. 잠깐만요."

잠시 후 지지직거리는 소리가 들렸는데 아마 스피커폰으로 바꾸는 소리인 듯했다.

"마빈?" 테이텀이 불렀다.

"그대, 테이텀, 어터케 댔냐?"

"경관한테 총을 주셔야 해요."

"난 아딘 거 가따, 테이텀. 난 이 총이 필요해. 그 개다식이 다티 오면 쏴야 하니까."

코가 깨지고 출혈로 죽기 직전인 와중에 도대체 어떻게 사람을 이렇게 열받게 할 수가 있지? 테이텀은 하마터면 빽 소리를 지를 뻔했다. 하지만 그랬다간 노인네의 쇠심줄 같은 고집이 오히려 더 질겨지기만 할 것이다. "좋아요, 있잖아요. 안드레아한테 총을 넘겨주실 수 있어요?"

"어쩌면." 마빈이 불만스럽게 꿍얼거렸다.

"그냥 그분들이 할아버지를 치료하는 동안만요."

"난 치뇨가 피료 없다. 도금 그킨 것뿐이야."

"저를 봐서 그렇게 해주세요, 네? 마빈. 안드레아한테 총을 주시고 한 번만 검진을 받아주세요."

"탐 사담 따등다게 하는구나, 테이텁."

테이텀은 마빈이 총을 넘겨주려고 안드레아를 부르는 걸 듣고 안도감에 한숨을 내쉬었다. 잠시 옥신각신하고 난 뒤 마침내 콜리어 경관이 다시 전화를 받았다.

"할아버님은 치료 중이세요." 경관이 말했다.

"감사합니다."

"물건이시네요."

"맞아요."

"하지만 우리가 알아낸 바로는 할아버님이 여자분의 목숨을 구하셨어요. 보통 강한 분이 아니세요."

"그것도 맞아요." 테이텀은 맥이 빠져 침대에 털썩 주저앉았다. "로드 글로버는요? 죽었나요?"

"도망쳤어요. 실종 상태예요."

"실종이라고요?" 테이텀은 이를 갈았다. "당신들이 그 망할 놈의 건물을 감시하기로 돼 있지 않았나요? 어떻게 실종될 수가 있죠?"

"아직 수색하는 중입니다. 걱정 마세요……. 몇 시간이면 찾아낼 겁니다. 멀리 가지 못할 거예요. 온 사방에 피를 흘렸으니까요."

"그렇군요." 테이텀은 끙 소리를 냈다. "그만 끊을게요, 경관님. 도와주셔서 감사합니다."

테이텀은 전화를 끊은 후 눈을 질끈 감고 조이를 걱정했다. 아까 떠났을 때 상태가 너무 엉망이었다. 그런 상태로 혼자 운전해가게 두는 게 아니었는데.

78

2016년 9월 13일 화요일, 텍사스 주 샌앤젤로

전날 밤의 아수라장에도 아랑곳없이 테이텀은 니콜 메디나의 장례식에 참석했다. 꽉 들어찬 교회 묘지에서 사제의 목소리가 웅웅 울리며 메아리쳤다. 사람들이 꾸준히 속살대는 소리가 배경음 역할을 했다. 테이텀은 주위 사람들을 살피며 니콜 메디나나 부모를 아는 사람은 아마도 열에 한 명 정도일 거라고 짐작했다. 대부분은 기자거나 그냥 호기심에 찾아온 구경꾼이었다.

테이텀은 잠이 모자라 예민한 상태였다. 전날 밤 맨쿠소, 로드 글로버의 수색을 맡은 경관들, 그리고 마빈과 안드레아를 보살피는 의료진과 몇 시간이나 통화를 했다. 그후 침대에 누워 잠을 청했다. 언제 잠들었는지는 모르지만 얼마 지나지 않아 알람이 울린 것 같았다.

차가 없다는 게 생각난 테이텀은 포스터에게 전화해 상황을 얘기하고 자기를 태워달라고 부탁했다. 포스터는 사건 조사 때문에 바빠서 자신은 갈 수 없지만 라이언스에게 말해놓겠다고 했다. 라이언스는 그로부터 15분 후에 나타났고, 테이텀은 조이가 떠난 이유를 형사에게도 알려주었다. 유쾌한 임무는 아니었다.

이제 그들은 나란히 앉아 군중을 살피며 범인을 찾고 있었다. 테이텀은 놈이 과연 거기 나타날지 의문이었지만 혹시 또 누가 알겠는가. 주위 얼굴들을 살피며 범인의 프로필에 부합할 만한 사람을 찾으려 했다. 그리고 거기 부합하는 사람은 한둘이 아니었다. 비록 테이텀과 조이는 살인범의 머릿속이 어떻게 작동하는지에 관해서는 꽤 많이 알았지만 살인범의 외양에 관해서는 그리 아는 게 많지 않았다. 한 40대쯤에 힘이 꽤 센 백인 남자. 또한 테이텀은 첫 영상을 바탕으로 범인의 체격에 대한 감을 아주 어렴풋하게 가지고 있었다.

친숙한 얼굴 하나가 눈길을 끌었다. 테이텀은 그게 누군지 떠올리려 애쓰느라 얼굴을 찌푸렸다. 이윽고 딩동 하고 종이 울렸다. 해리 배리였다. 기자는 뒤쪽 자리에 앉아 작은 노트에 뭐라고 끄적이고 있었다. 테이텀과 눈이 마주치자 고개를 끄덕여 인사했다.

경찰 소속 사진사도 와 있었다. 문상객들의 사진을 찍고 있었다. 포스터와 라이언스는 나중에 하루 날을 잡아 한바탕 사진 분류작업을 해야 할 것이다. 테이텀은 자신은 거기 한몫 끼지 않겠다고 이미 결심한 터였다. 장례식이 끝나면 대충 일을 마무리하고 집으로 돌아가야지. 마빈에게는 내가 필요하니까. 그리고 조이에게도.

"GPR팀들 중 하나가 살인범의 또 다른 구덩이를 찾아냈어요." 라이언스가 방금 받은 휴대폰 메시지 내용을 귓속말로 알려주었다.

"잘됐네요." 테이텀이 웅얼거렸다. 올가미가 조여들고 있었다. 앞으로 며칠이면 이 살인범이 잡힐 거라는 확신이 들었다. 이제 샌앤젤로 경찰은 FBI 요원을 필요로 하지 않았다.

그래도 테이텀은 주위 얼굴들을 면밀히 살피며 자신들이 지난 일주일 동안 뒤쫓은 자가 혹시 바로 눈앞에 있는 것은 아닐까 하는 생각을 했다.

다시 사제에게 초점을 맞췄다. 사제는 관을 굽어보고 있었는데, 슬슬 식을 마무리하려는 모양이었다. 식은 관을 닫아둔 채 치러졌다. 니콜의 시신이 장의사의 능력을 넘어서는 상태였기 때문이다.

휴대폰이 울려서 확인했지만 모르는 번호였다. 수신 거부를 하고 도로 주머니에 넣었다.

"이제 끝나려나 봐요." 테이텀이 말했다. "난 밖에 나가 있을게요. 떠나는 사람들을 지켜보려고요. 어쩌면 당신은 뒤에 남아 있어야 할지도 모르겠네요."

"알겠어요." 라이언스는 건성으로 대꾸했다. 휴대폰으로 들어온 또 다른 이메일에 정신이 팔려 있었다. 형사의 어깨너머로 화면을 들여다본 테이텀은 데브라 밀러의 무덤에 대한 조사 보고서임을 알았다. 실망스러울 정도로 짧았다. 시신과 그게 담긴 상자를 제외하면 범죄 현장에서는 아무것도 발견되지 않았다. 다른 범행들과 달리, 상자 안에는 아무것도 들어 있지 않았다. 카메라도, 전선도, 장치도. 그리고 시신에서는 지갑 말고 다른 건 전혀 발견되지 않았다. 라이언스는 화면을 눌러 부검 보고서를 읽기 시작했다.

테이텀은 조심스럽게 일어나서 밖으로 향했다. 여기 도착한 이후로 오늘이 가장 무더운 날이었고, 정장을 입고 있으니 더욱 견디기 힘들었다. 벌써부터 땀이 나고 있었다. 모텔로 돌아가면 수영을 해야겠다고 생각했다. 그런 다음 돌아갈 항공편을 확인해야지.

교회 문이 열리고 사람들이 바깥으로 쏟아져 나왔다. 열두어 명은 되는 사진기자들이 운구행렬을 촬영하려고 서둘러 다가갔다.

테이텀은 고개를 젓고는 나머지 군중에게 집중했다. 범인이 사진 기자로 위장하고 숨어 있을 수도 있을까? 그럴 것 같지는 않았다.

휴대폰이 다시 울렸다. 이전과 같은 번호였다.

테이텀은 휴대폰을 귀에 갖다 댔다. "여보세요?"

"어…… 테이텀이에요?" 여자의 가냘픈 목소리였다. 어쩐지 귀에 익었다.

"맞는데요. 누구시죠?"

"안드레아예요. 조이의 동생요."

"아, 그렇네요." 안드레아는 테이텀이 만났던, 그 기운 넘치는 여자가 아니었다. "좀 어때요?"

"나아졌어요. 멍해요. 계속 진정제를 놔주거든요. 저기, 혹시 조이가 어디 있는지 아세요? 휴대폰을 안 받아서요."

걱정이 칼날처럼 날카롭게 찔러왔다. "음, 오스틴에서 비행기를 탄다고 했으니까 아마 비행기에 있을 거예요. 그래서 못 받는 거겠죠."

"아, 그렇군요. 말이 되네요." 안드레아의 목소리는 안도한 듯 들렸지만 테이텀은 그렇지 못했다. "혹시 연락 닿으면 저한테 전화해 달라고, 언제 여기 도착하는지 알려달라고 전해주실래요?"

"그럼요."

"고마워요, 테이텀. 끊을게요."

전화가 끊겼다. 테이텀은 묘지로 나오는 운구 행렬을 둘러보았지만 생각은 다른 데 가 있었다. 행렬 맨 뒤에 선 라이언스와 눈을 맞춘 후 조금 있다 그리로 가겠다고 신호를 보냈다. 라이언스는 고개를 끄덕였다.

조이에게 전화를 걸었지만 곧장 음성 사서함으로 넘어갔다. 끊고 포스터에게 전화를 걸었다.

"여보세요?" 바쁜데 전화를 받아 못마땅한 듯한 말투였다.

"포스터, 테이텀이에요. 어…… 성가시게 해서 미안한데, 조이의 휴대폰이 꺼져 있어서요. 어쩌면 비행 중일 수도 있는데, 어젯밤에 꽤 엉망인 상태로 차를 몰고 갔거든요. 걱정이 돼서…… 혹시 무슨 일이 생긴 건 아닌가 해서요."

"어젯밤에 사건 신고 같은 게 들어오진 않았나 확인해달라는 거죠?"

"너무 바쁘지만 않으면요." 테이텀은 포스터가 먼저 제의해준 데 안도감을 느끼며 대답했다. "은색 현대 엑센트를 몰고 오스틴으로 갔어요."

"알겠어요. 금방 알아보고 전화할게요."

"고마워요, 포스터. 정말 고마워요."

테이텀은 전화를 끊고 행렬을 따라가 관을 무덤으로 내리는 광경을 지켜보았다. 니콜의 어머니는 몸부림치며 울고 있었다. 테이텀은 살인범 찾는 시늉을 잠시 접어두고 그냥 자신들이 구하지 못한 피해자에게 애도를 표하기로 마음먹었다.

그때 휴대폰이 울렸고, 테이텀은 군중에게서 떨어져서 전화를 받았다. 포스터였다.

"있죠, 테이텀, 조이의 인상착의와 일치하는 여성과 관련된 사고는 없었어요. 은색 현대 엑센트 사고가 두 건 있었지만, 둘 다 렌터카가 아니었고 사고 당사자도 조이가 아니었어요."

"그럼 비행 중인가 보네요." 테이텀은 안도의 한숨을 내쉬었다.

"지금 오스틴에서 버지니아로 날고 있는 비행기도 없어요."

테이텀은 얼굴을 찌푸리며 물었다. "어쩌면 비행기에서 내렸는데 휴대폰 켜는 걸 잊었을까요?"

"어쩌면요. 마지막 비행기는 두 시간 전에 도착했어요."

테이텀의 심장이 철렁 내려앉았다. 그렇다면 조이는 지금쯤 거의 확실히 안드레아에게 가 있어야 했다. "고마워요, 포스터."

"연락되면 나한테도 알려줘요."

"그럼요, 끊어요."

조이에게 다시 전화를 걸었지만 이번에도 음성사서함으로 넘어갔다. 두 번 더 걸었지만 마찬가지였다. 흐릿한 공포의 감각이 가슴 속에 번지기 시작했다.

79

테이텀의 머릿속 시계는 1분 1초를 계속 기록하고 있었다. 조이가 사라졌음을 안 순간부터 50분이 지났다.

모텔 방 안을 서성이며 오스틴 주 샌앤젤로와 콴티코 양쪽에서 도움이 될 법한, 조금이라도 정보를 줄 수 있을 법한 모든 사람들에게 전화를 걸었다. 횡설수설하며 멍한 눈으로 떠나던 조이의 모습이 쉴 새 없이 떠올랐다. 절대 그런 상태로 운전하게 놔두는 게 아니었다. 하지만 그때는 마빈이 걱정되어 순간적으로 판단력이 흐려졌다. 차가 어느 산골짜기 밑이나 도랑에 뒤집힌 채 처박혀 있는 광경이 계속 떠올랐다. 조이가 차 안에서 의식을 잃고 있는 모습, 혹은 피를 흘린 채 죽어 있는 모습이 머릿속을 계속 스쳤다.

휴대폰이 울렸다. 맨쿠소였다.

"어떤 비행기에도 조이가 체크인한 기록은 없어." 맨쿠소의 목소리는 긴장감으로 평소보다 높았다. "교통사고 소식은 아직 없어?"

"공공안전국에서 샌앤젤로와 오스틴 사이의 모든 대로에 순찰차를 파견해 수색 중이에요." 테이텀이 말했다. "하지만 조이는 71번 국도를 탔을 게 분명해요. 그 길이 좋거든요. 길을 잃었을 것 같지는 않아요. 그리고 만약 사고가 났다면 우린 이미……." 속이 가라앉았다. "알고 있겠죠. 이런, 젠장. 멘쿠소, 다시 전화할게요."

테이텀은 전화를 끊고 방을 뛰쳐나갔다.

조이는 그 어떤 비행기에도 타지 않았고 오스틴으로 가는 경로상에서도 발견되지 않았지만, 테이텀이 아직 한 번도 확인하지 않은 장소가 있었다. 미처 떠올리지도 못한 생각이었다.

모텔 뒤편 주차장.

렌터카는 여전히 거기 세워져 있었다. 조이는 그걸 타지도 않은 것이다.

운전할 수 없는 상태임을 자각하고 우버를 타기로 마음을 바꿨을까? 그건 아닐 것 같았다. 조이의 방을 확인해봐야겠다 싶어 모텔로 되돌아갔다.

가능한 한 태연한 표정을 지으려 애쓰며 로비 안을 둘러보았다. 카운터에 배지를 보여주면 조이의 방 열쇠를 줄지도 모르지만, 어쩌면 매니저를 부를지도 모른다. 그러면 수색영장이 필요해질 것이다……. 그럴 시간이 없었다. 카운터의 여자 직원은 테이텀과 조이가 함께 지나가는 걸 여러 차례 보았을 것이다.

"안녕하세요." 테이텀은 억지웃음을 지으며 말했다. "친구가 방문이 잠겼다네요. 혹시 보조열쇠 있으세요?"

직원은 고민하는 표정으로 테이텀을 보았다. 테이텀은 민망한 척 눈길을 피하고 헛기침을 했다. "친구가…… 음…… 제 방에서 기다리고 있어서요. 지금 자기 옷이 없어서."

직원은 얼굴을 붉히고 웃음을 억눌렀다. 보조열쇠를 찾아 테이텀에게 건넸다. 열쇠를 받아 든 테이텀은 방까지 뛰어가지 않으려고 가진 인내심을 모두 발휘해야 했다.

방문을 열었을 때는 심장이 목까지 올라와 있었다. 방 안은 아수라장이었다. 침대 위에 종이들이 마구 흩어져 있고 바닥에도 몇 장 떨어져 있었다. 테이텀은 재빨리 훑어보았다. 전부 슈뢰딩거 사건과 관련된 거였다. 침대 옆 구석에 나뒹구는 스타킹이 눈에 띄었다. 칫솔과 나머지 세면도구는 여전히 욕실에 있었는데, 서두르느라 챙기는 걸 깜빡한 모양이었다. 침대 옆 협탁에는 최근 범죄 현장 사진들이 있었고, 테이텀은 그걸 집어 들어 휘리릭 넘겨본 후 그 밑에 있던 명함을 발견했다.

조지프 도드슨. 에어컨 기사 겸 전기기사. 얼굴을 찌푸리고 의아해하던 테이텀은 이윽고 며칠 전 아침에 조이의 방을 나서던 남자를 떠올렸다.

덩치가 아주 큰 남자.

엄지와 검지로 명함을 쥐고 도대체 어찌 된 일일까 생각하는데 휴대폰이 울렸다. 모르는 번호였다. 하지만 테이텀은 지난 두어 시간 동안 온갖 군데에 다 전화를 돌려놓은 터였다.

"여보세요?" 테이텀은 전화를 받았다.

"그레이 요원님?" 전화를 건 남자는 무겁게 숨을 내쉬고는 떨리는 목소리로 말했다. "해리입니다. 기자요."

"지금은 좀 바빠서······."

"방금 슈뢰딩거에게서 또 메일이 왔어요. 영상요." 전에 이야기를 나눴을 때는 냉소주의자에 뺀질이처럼 보이던 기자가 지금은 마치 딴 사람으로 변해버린 듯했다. 금방이라도 히스테리를 일으킬 것 같았다. "링크를 보내드릴게요."

기자는 전화를 끊었다.

잠시 후, 휴대폰 메시지 수신음이 울렸다. 숫자와 알파벳이 무작위로 나열된 이전의 URL과는 달랐다. 이번엔 유튜브 영상 링크였다. 링크를 누르자 영상이 화면에 떴다.

테이텀은 무릎이 꺾여 침대에 무겁게 주저앉으며 조이의 얼굴을 응시했다.

80

어둠.

잠시 동안 조이는 아직 밤이라고, 블라인드가 내려져 있다고 생각했다. 입안이 바짝 마르고 털이라도 돋은 듯 텁텁했다. 휴대폰 시간을 확인할 생각으로 몸을 뒤척였다.

손이 움직여지지 않았다. 등 뒤로 묶여 있었다. 손목을 하나로 묶고 있는 뭔가가 살을 날카롭게 파고들었다. 입에는 재갈이 물려 있었다.

감각과 기억의 파편들이 뒤죽박죽으로 떠올랐다. 통증. 온몸이 욱신거렸다. 이전에 느낀 훨씬 큰 통증의 흔적이었다.

발길질을 하자 바로 위에 있는 뭔가에 세게 부딪혔다. 아무래도 꿈속인 모양이었다. 그런 일이 가끔 있었다. 사건에 너무 몰두하다 보니 거기에 관련된 악몽을 꾸는 것이다. 하지만 몸의 아픔, 손목의 쓰라림, 입안의 느낌. 모든 게 너무 현실적이었다.

그리고 어둠은 절대적이었다. 눈을 감으나 뜨나 전혀 차이가 없는, 그런 어둠이었다.

묶인 손을 빼내려고 애쓰며 몸을 비틀자 양편의 나무 벽에 닿았다. 공포에 사로잡혀 벌떡 일어나 앉으려 했지만 이마를 부딪히고 말았다.

비좁고 어두운 그곳은 조용하지 않았다. 나지막하지만 꾸준히 뭔가를 긁는 듯한 소리가 주위의 허공을 가득 채웠다. 그리고 그때, 타는 듯한 목의 통증과 함께 조이는 그게 자신이 공포에 넋이 나가 재갈 틈새로 지르는 비명 소리임을 깨달았다.

이성적인 공포가 아니었다. 어둠에 꼼짝없이 갇힌 채 사방의 벽이 좁혀오는 상황에서 느끼는 원시적이고 격심한 공포였다. 어느 쪽으로 움직이든 단단하고 난공불락인 벽에 부딪혔다. 그리고 그 너머에는 흙뿐이라는 사실을, 조이는 불현듯 깨달았다. 바위와 토양이 온 사방을 둘러싸고 있었다. 심지어 양손이 묶여 있지 않다 해도 좁디좁은 심연에 갇힌 것은 변함없었다.

이성이 육체에 통제권을 넘기면서 조이는 비명을 지르고 몸부림을 치고 도리질을 했다. 모든 합리적 사고는 머릿속으로 난폭하게 휘몰아친 공포의 허리케인에 날아가버렸다.

81

조이는 다시 비명을 질렀다. 테이텀은 얼어붙었다. 도저히 견딜 수가 없었다.

"염병할, 소리 좀 꺼요." 휴대폰으로 통화 중이던 포스터가 갈라지는 목소리로 말했다.

테이텀은 포스터와 라이언스와 함께 상황실에 앉아 있었다. 탁자 위에 놓인 노트북에서 영상이 계속 재생되고 있었다. 경찰서 곳곳에서 같은 영상이 재생되고 같은 비명이 울려 퍼지고 있을 터였다. 테이텀은 다시 시간을 확인했다. 상황실에 들어온 이후 벌써 열 번도 넘게 확인했다. 영상이 시작된 지 한 시간 20분이 지났다. 조이가 그 상자 안에 얼마나 오래 있었는지 아무도 몰랐다. 두 시간? 세 시간?

여덟 시간?

라이언스는 희망이 담긴 눈빛으로 컴퓨터 앞에 앉아 있었다. 음향을 끄지 않았는데, 다들 그 이유를 알고 있었다. 아무리 낮은 확률이라도, 줄리엣 비치에게 써먹은 수법이 다시 통할지도 모르니까. 포스터는 테이텀에게서 그 영상에 관해 듣자마자 순찰차들을 내보내 최고 음량으로 음악을 빵빵 틀고 돌아다니게 했다.

하지만 조이가 조용해져도 다른 소리는 전혀 들리지 않았다. 그리고 테이텀은 슈뢰딩거가 같은 실수를 두 번 저지르지 않을 걸 알았다. 어디인지는 몰라도 조이는 아주 깊이, 소리가 전혀 닿지 않는 곳에 묻혀 있었다.

"댓글이 또 달렸어요." 라이언스가 말했다. "'이건 조작이야.' **조작**을 '주작'이라고 썼네요."

이번 슈뢰딩거의 영상에는 처음으로 댓글들이 달렸다. 조회 수가 표시됐고 심지어 '좋아요, 싫어요' 버튼도 있었다. 슈뢰딩거는 본격적으로 유튜버가 되기로 마음먹은 듯, 슈뢰딩거라는 이름으로 자신의 채널을 만들었다. 영상 제목은 '실험 4호'였다. FBI와 공공 안전국의 사이버 대응팀이 영상 출처를 추적하려 애쓰고 있었지만 테이텀은 별 희망을 품지 않았다.

방 안을 서성이던 걸 멈추고 다시 화면을 보았다. 화면은 이전에 비해 어두웠다. 자세한 부분을 확인하기가 어려웠다. 조이는 입에 재갈이 물린 채 등을 대고 누워 있었다. 머리는 산발이었고 얼굴은 눈물로 젖어 있었다. 테이텀은 그 뒤편의 어두운 나무 벽을 간신히 알아볼 수 있었다.

독극물이나 폭발물임을 알리는 라벨이 붙은 철제 상자 같은 건 보이지 않았다. 영상은 끊기지 않고 계속 방송됐다. 변화는 없었다.

머릿속에 구름이 낀 듯한 패닉 속에서 테이텀은 잠시 동안 볼 수도, 생각할 수도 없었다. 조이가 죽을지도 모른다는 순수한 공포가 일으킨 거대한 파도 앞에 생각 따위는 말끔히 씻겨나갔다. 숨을 쉬라고, 합리적으로 추론하라고 자신을 닦달했다. 이래서는 조이한테 아무 도움도 안 될 것이다. 다시 시간을 확인했다. 방송이 시작된 지 한 시간 23분이 지났다.

GPR 운용팀 두 팀을 곧장 내보내 수색을 시작했다. 테이텀은 수색 범위를 더 넓히기 위해 조이의 공식을 이용했다. 일단은 거리에 초점을 맞췄지만, 조이의 무덤은 아마도 점토가 풍부한 토양으로 채워져 있을 게 분명했다. 그러니 그들이 바로 그 위에 서 있다 해도 그걸 알아낼 수 있을 확률은 제로에 가까웠다. K-9 역시 동일 지역을 수색 중이었다.

"셰퍼드는 아니에요." 포스터가 전화를 끊으며 말했다. "그 남자를 감시하고 있던 경관들과 방금 통화했어요. 셰퍼드는 조이를 납치했을 가능성이 없어요."

테이텀은 고개를 끄덕이며 말했다. "조이도 셰퍼드가 용의자에 부합하지 않는다고 했어요." 하지만 가슴이 답답해지는 건 어쩔 수 없었다. 셰퍼드는 그들이 가진 얼마 안 되는 실마리 중 하나였다.

"지금 우리에게 남은 유일한 용의자는 조지프 도드슨이라는 남자입니다." 포스터가 말했다. "곧 이리로 데려올 겁니다. 그 남자에 관해 당신은 어떻게 생각해요?"

생각이라······. 테이텀은 집중하라고, 냉정하게 생각하라고 자신을 닦달했다. "나이대가 얼추 맞아요. 힘이 세죠. 전기기사 겸 에어컨기사로 일해요. 그러니 아마도 업무용 승합차가 있을 겁니다. 자기가 묻은 여자들을 촬영하고 방송하는 데 필요한 기술적 지식을 가지고 있을 가능성도 높고요. 또한 가까운 사이인 조이로부터 조사에 관한 세부사항을 접했을 수도 있을 겁니다."

"아주 마음에 드는 친구네요." 포스터가 음침하게 말했다.

다들 침묵에 잠겼다. 컴퓨터에서 조이가 미친 듯이 나무를 두드리는 소리가 들렸고, 테이텀은 주먹을 불끈 쥐었다.

"왜 유튜브일까요?" 라이언스가 지난 한 시간 동안 이미 두 번이나 물은 질문을 다시 던졌다.

"아마도 댓글 때문이겠지." 포스터가 성마르게 대꾸했다. "놈은 시청자들의 충격 받고 공포에 질린 댓글을 보고 싶은 거야."

테이텀은 얼굴을 찌푸리고 생각에 잠겼다. "그건 프로파일에 들어맞지 않아요. 이 자는 관계 맺기를 원치 않아요. 사람들에게 자기가 영리하다는 걸 보여주고 싶어 할 뿐이에요. 댓글을 원했으면 이전 실험들에도 댓글을 달 수 있게 했을 겁니다. 내 짐작에 놈은 댓글에는 관심이 없어요. 댓글은 그저 무의미한 소음에 불과하죠."

"그럼 뭐죠?"

테이텀은 영상을 보았다. 유튜브가 시청자들에게 댓글 말고 뭘 제공하지? 그건 범인이 자기 웹사이트에서는 하지 못하는 것이어야만 했다. 떠오르는 거라곤 광고뿐이었지만, 살인범이 과연 광고 수익에 관심이 있을지는 의심스러웠다.

"트래픽요." 라이언스가 갑자기 조회 수를 가리켰다. 막 네 자릿수가 되었고 꾸준히 오르고 있었다.

"그거예요." 테이텀이 뱃속에 치미는 역겨움을 억누르려 애쓰며 동의했다. "줄리엣 비치의 경우 사람들은 이미 방송이 안 나온다고 신고했어요. 웹사이트가 트래픽을 감당하지 못했죠. 그리고 이번에 놈은 판을 크게 벌이고 싶었던 것 같아요. 모두에게 보여주고 싶었던 거죠. 그 귀중한 명성을 얻고 싶어서요."

"유튜브는 신고가 들어오면 영상을 삭제할 텐데요." 라이언스가 말했다. "그다음은 뭐죠?"

"그렇게 놔둘 순 없어요." 테이텀은 심장이 덜컥 내려앉는 걸 느끼며 말했다. "그건 내가 해결할게요." 맨쿠소에게 전화해서 지금 당장 유튜브에 연락해 상황을 설명하고 조이가 안전해질 때까지 영상을 내리지 못하게 하라고 말할 작정이었다. 하지만 그건 바로 살인범이 원하는 바이기도 했고, 그걸 아는 테이텀은 괴로웠다. 그 개자식의 일을 내가 대신 처리해주고 있다니.

포스터의 휴대폰이 울렸다. 형사는 "네. 안으로 들어와서 1번 신문실로 데려가세요" 하고는 전화를 끊었다.

"조지프 도드슨이야?" 라이언스가 물었다.

"응." 포스터가 말했다. "방금 데려왔어. 수색영장도 신청해뒀어."

"수색영장을 받기엔 부족할 수도 있어." 라이언스가 지적했다.

"뭐가 어떻게 됐든 집을 수색해야지." 포스터가 음울하게 말했다. "우린 조이를 찾아내는 데 필요한 일이라면 뭐든 다 할 거야."

82

조이는 지쳐서 가만히 누워 있었다. 깨어난 뒤로 시간이 얼마나 흘렀는지 짐작도 가지 않았다. 중간중간 의식을 잃은 것 같았지만 정말 그런 건지, 아니면 단순히 머리가 잠깐 몸과 단절된 사이 몸이 패닉에 사로잡혀 제멋대로 날뛴 건지 분간이 가지 않았다. 방광의 압박과 서서히 강해져가는, 도저히 견디기 힘든 갈증을 제외하면 시간이 얼마나 흘렀는지 측정할 방법은 전혀 없었다. 그 전날 하루를 돌아본 조이는 자신이 수분을 보충하는 데 인색했던 대가를 지금 비싸게 치르고 있다고 생각했다.

하지만 어차피 갈증으로 죽기 한참 전에 질식으로 죽고 말겠지.

깨어난 후 처음으로, 조이는 지쳐서 몸부림치던 걸 멈추고 천천히 자기 상황을 들여다보기 시작했다.

수사 초기에, 분석가는 니콜 메디나의 경우 공기가 열두 시간 만에 바닥났을 거라고 추정했다. 줄리엣 비치는 아홉 시간 가까이 생매장돼 있었고, 발견 당시 죽음 직전까지 간 상태였다. 조이가 들어 있는 상자 역시 동일한 크기인지는 모를 일이지만 거의 비슷하다고 생각하는 게 안전한 추측일 것이다. 조이는 평균보다 덩치가 작으니까 어쩌면 상자 안에 그만큼 더 공기가 있었을 것이다.

하지만 몸부림치고 비명 지르느라 상당한 양을 소모했을 것이다.

가진 시간을 극대화하기 위해 할 수 있는 가장 좋은 일은 잠을 잠으로써 호흡률을 떨어뜨리는 거였다. 하지만 그건 지금으로서는 가능한 선택지가 아니었다. 잠을 자기엔 몸이 너무 불편했다. 그렇다면 가만히 누운 채로 침착함을 유지해야 했다.

'침착함을 유지한다'는 건 조이에게 쉽지 않은 과제였다. 여전히 머릿속 가장자리에 입을 쩍 벌리고 있는 공포를 느낄 수 있었다. 그 공포는 조이가 벽을 건드리고, 공간이 다시 좁혀오는 걸 느끼고, 이 비좁고 제한된 공간을 내리누르고 있는 수 톤어치의 흙과 모래를 생각하기만 기다리고 있었다.

기초적인 긴장완화 기술 몇 가지를 시도해보았다. 몸에 집중하고, 근육의 긴장을 풀고, 꾸준히 호흡하고. 하지만 무서운 생각이 계속 덮쳐오는 바람에 제대로 집중할 수 없었다. 잠시 통제력을 잃고 주위를 둘러싼 벽을 걷어차고 말았다. 울음이 터져나왔다.

뭔가 다른 걸 시도해야 했다.

머릿속을 비움으로써 침착함을 유지할 수 없다면 반대로 머릿속을 채움으로써 침착함을 유지해보자. 조이에게는 이편이 훨씬 쉽게 느껴졌다. 사실 그게 조이의 기본 설정값이기도 했다.

안드레아 생각을 하려 했지만 그쪽 방면에는 불확실한 게 너무 많았다. 종류는 다르지만 그쪽 공포도 만만찮았다. 조이는 재빨리 그 생각들로부터 도망쳤다. 동생은 살아 있고, 지금으로서는 아마도 조이보다 훨씬 나은 상태에 있을 것이다.

이윽고 자신이 아마도 촬영되고 있을 거라는 생각이 떠올랐다. 자신이 처한 상황에 관해 뭔가 조금이라도 알아낼 수 있다면, 어쩌면 무슨 수를 써서든 영상을 보는 사람들에게 그것을 알려줄 수 있을지도 모른다. 어쩌면 자신을 구할 수도 있을 것이다. 자신을 이 상황에서 꺼낼 수 있다는 가능성을 떠올리자, 갇혀 있다는 공포가 조금은 가라앉았다.

몸을 살짝 꼼지락대자 상자 벽에 뺨이 닿았다. 나무인데 어쩐지 촉감이 부드러웠다. 다른 피해자가 갇혔던 상자들도 이렇게 부드러웠나? 이 상자는 좀 다른 건가? 냄새를 맡아보았다. 어쩌면 뭔가 도움이 될지도 모른다. 하지만 자신의 냄새 말고 다른 냄새는 전혀 없었다. 다음엔 뭔가 소리가 들릴까 해서 귀를 쫑긋 세우고 가만히 누워 있었다. 흘러가는 시간이 영겁처럼 느껴졌다.

아무것도 들리지 않았다.

다섯 가지 감각 중 미각과 시각은 지금 상황에서 논외였다. 그리고 촉각, 후각, 청각은 아직까지 아무런 성과도 보여주지 않았다.

전날 밤에 대한 기억을 떠올리려 했다. 기억이 뚝뚝 끊어져 있었는데 아마 그때는 제정신이 아니었기 때문일 것이다. 오스틴에서 비행기를 타려고 했던 걸 떠올렸다. 테이텀을 잠깐 만났는데…… 무슨 대화를 나눴는지 전혀 기억나지 않았다. 그후 주차장으로 걸어가던 도중에…….

통증. 온몸의 근육이 통증으로 뻣뻣하게 굳어 있었다. 꼼짝도 할 수 없었다.

놈은 테이저건을 썼다. 그후 뭔가 손을 써서 의식을 잃게 만들었다. 전략을 바꾼 것이다. 이전보다 자신감이 강해진 것일까. 아니면 더 절박해졌거나. 어쩌면 둘 다 얼마간 있었을지도.

조이는 뭔가 도움이 될 만한 걸 떠올리려고 머리를 쥐어짰다. 어둠 속에서 렌터카를 본 것 같은데 그때…….. 아무것도 떠오르지 않았다. 기억나는 건 통증이 전부였다.

순순히 희망을 놓아버릴 마음은 전혀 없었다. 조이는 기억이 어떤 방식으로 작동하는지 알았다. 때로 기억은 한발 늦게, 놀랍도록 선명하게 터져 나오곤 했다. 그때까지 기다려줘야 했다. 하지만 동시에 머릿속을 바쁘게 굴려야 했다. 눈을 감고 꼼짝도 하지 않는 동안은 자신이 어디 있는지를 거의 잊을 수도 있을 것이다.

사건에 생각을 집중했다. 그게 조이에게는 머릿속을 바쁘게 굴리는 최선의 방법이었다. 일을 할 때는 몇 시간이고 사건 생각에만 매달릴 수 있었다. 살인범의 머릿속에 들어가 놈의 동기와 충동, 놈을 움직이게 하는 것들을 알아내려 안간힘을 썼다. 그럴 때는 보통 온 사방에 범죄 현장과 피해자 사진을 늘어놓았지만 지금은 손에 쥔 패밖에 이용할 수 없었다.

어젯밤 안드레아가 전화하기 전에…….. 순간 조이는 머릿속에 떠오른 안드레아 생각을 억지로 밀어냈다. 어젯밤엔 데브라 밀러에 집중하고 있었다. 데브라 밀러는 첫 피해자, 살인범이 처음 범행을 시작한 계기였다.

범인이 데브라가 누군지 알았다면, 그리고 그곳을 떠날 생각인 걸 알았다면, 아무도 실종신고를 하지 않을 것도 알았을 것이다. 하지만 과연 그것뿐일까?

아니다. 없어져도 찾을 사람 하나 없는 노숙인 여성은 끝도 없이 많았다. 그리고 아마도 그편이 더 고르기 쉬웠을 것이다. 그들 중 대다수는 창녀니까. 하지만 이 살인범은 항상 집과 인생이 있는 여자들에 집중했다. 데브라는 비록 망가졌다 해도 자신을 사랑하는 가족이, 그리고 돌아갈 집이 있었다.

조이는 데브라와 나머지 피해자들 사이의 공통점을 찾아내려 했지만, 아무것도 떠오르지 않았다. 데브라는 나머지 피해자들보다 훨씬 나이가 많았다. 마약중독자였고 건강도 안 좋았다. 다른 세 명은 건강했다. 데브라는 현재의 삶에서 벗어날 길을 찾고 있었는데, 그건 마리벨 하위와 비슷할지 몰라도 줄리엣, 니콜과는 달랐다.

그 문제를 다른 각도에서 파고들어보기로 했다. 다른 세 피해자가 공통적으로 갖고 있는 걸 보고, 그게 데브라 밀러에게 어떻게 해당되는지를 생각해보는 거였다.

육체적으로, 세 여성은 죄다 다르게 생겼지만 모두 미인이었다. 줄리엣 비치는 사실 눈이 확 뜨일 정도였고, 다른 세 명도 모두 눈길을 끌기엔 충분했다. 살인범이 데브라를 미인으로 생각했을 수도 있나? 줄리엣과 니콜은 데브라처럼 말랐지만 마리벨은 굴곡이 있었고 뺨이 통통했다. 아무래도 단순히 외양이 답일 것 같지는 않았다.

놈은 소셜 미디어를 이용해 여자들을 스토킹했다. 조이는 세 명 모두의 계정을 두루두루 살펴보았다. 다들 포스팅을 자주 했다. 다들 행복해 보였다. 다만 소셜 미디어, 다른 말로 가짜 웃음의 대륙에서 그건 그다지 특이한 점이라고 할 수 없었다. 다들 다양한 남자들과 함께 사진을 찍었다. 어쩌면 그게 놈을 자극했을까. 어쩌면 데브라 밀러가 놈에게 어떤 식으로든 잠자리를 제의했고, 놈은 데브라가 다른 여자들과 마찬가지로 헤프다고 느꼈을지도 모른다.

하지만 그건 어쩐지 딱 와닿지 않았다. 적어도 조이가 보기에, 세 여자의 계정은 소셜 미디어 기준으로 볼 때 모두 꽤 순수한 편이었다. 자극적이거나, 비키니를 입거나 등판을 드러내고 찍은 사진은 한 장도 없었다. 심지어 키스하듯 입술을 쭉 내밀고 찍은 사진도 없었다. 그냥 인생을 즐기는, 친구들과 어울려 노는 여자들 사진이 었다.

친구들. 이 여자들은 인기가 많았다. 아니, 적어도 소셜 미디어를 기준으로 보자면 그랬다. 다양한 사람들과 함께 찍은 수많은 사진들과 수두룩한 팔로워들. 세 명 다 인스타그램 팔로워가 5백 명도 넘었다.

자, 정리하자면 세 명 모두 아름답고 인기가 있었던 반면 데브라는 외롭고 아파 보였다.

놈이 데브라와 정반대라는 점에서 그 여자들을 노렸을 수도 있을까? 아니면…….

데브라의 아버지가 말한 뭔가가 갑자기 생각을 확 낚아챘다. **학교 다닐 때는 그렇게 착하고 행복한 애가 또 없었어요. 인기도 어찌나 많았는지, 늘 친구들에게 에워싸여 있었죠.** 지금 갇혀 있는, 모든 감각을 박탈당한 공간 안에서, 그 남자의 말은 마치 바로 옆에서 속삭이는 듯 귓가에 쟁쟁 울렸다.

그애가 학교 다닐 때.

범인의 시각에서는 네 피해자들 모두 똑같았다. 아름다웠다. 인기가 많았다.

하지만 데브라는 학교를 졸업하자마자 불행해졌고 외로워졌다.

놈은 그곳에 살았다. 데브라와 같은 학교에 다녔다.

조이는 갑자기 그 생각에 전적인 확신이 생겼다. 놈은 데브라와 같은 학교에 다녔다. 데브라는 인기 많은 행복한 여자애. 놈은 친구 없는 괴짜. 수업시간이면 몇 시간이고 데브라에 관해 망상을 펼쳤을 것이다. 조이가 작성한 프로파일에 따르면, 놈은 확실히 집착

성향이 있었고, 어린 시절에도 그 성향은 동일했을 것이다. 그런 집착은 절대 완전히 사라지지 않는 법이다. 그리고 아주 오랜 세월이 지난 후 범인은 데브라를 만났다. 아마도 직장에 무슨 일이 있어서…… 어쩌면 잘렸거나, 승진에서 누락됐거나, 상사에게 밉보이거나 해서 스트레스를 받은 상태에서. 그리고 거기에 데브라가 있었다. 20년도 더 지나서 놈의 인생에 다시 나타난 것이다. 그건 판타지를 실현하려는 놈의 충동을 자극하기에 충분했을 것이다.

그거면 범인의 범위를 좁히기에 충분했다. 한 고등학교에 재학생이 얼마나 되지? 천 명? 조이의 프로파일로 그들을 교차검증하면? 혹은 어쩌면 그들의 지문을 경찰이 이미 확보한 쪽지문과 대조하면? 그거면 끝이었다.

불행히도 그건 조이가 지금 할 수 있는 일이 아니었다. 하지만 경찰은 할 수 있을 것이다. 그리고 테이텀도. 어떻게 해서든 이걸 알려야 했다.

83

제복 차림의 경관이 상황실 문을 열었다. "포스터, 조지프 도드슨이 도착했어요."

"알았어." 포스터가 대꾸했다. "금방 갈게."

경관이 문을 닫자 포스터는 테이텀과 라이언스를 돌아보았다.

"좋아요. 우린 이 시점부터 영리하게 굴어야 해요. 시간이 많지 않아요."

테이텀은 고개를 끄덕였다. 보통은 신문실에 들이닥쳐 좋은 경찰 나쁜 경찰 역할극을 하기 전에 용의자가 식은땀을 좀 빼게 놔뒀다. 하지만 용의자가 기다리는 1분 1초마다 조이의 공기는 떨어져 가고 있었다. 테이텀은 화면을 보았다. 조이는 아까부터 20분째 눈을 감은 채 꼼짝 않고 누워만 있었다. 어쩐지 아까 몸부림을 치고 비명을 지를 때보다 더 안 좋게 느껴졌다.

"작전을 어떤 식으로 짜야 할 것 같아요?" 테이텀이 물었다.

"당신이 먼저 들어가요." 포스터가 말했다. "그 남자는 이미 당신을 한 번 봤어요. **당신이** 자기가 누군지 안다는 걸 알고 있죠. 거기에 불안해할지도 몰라요. 어쩌면 지난번 셰퍼드 신문 때처럼 소도구가 필요할지도 몰라요. 범죄현장 사진, 두꺼운 서류철, 증거 봉투에 담긴 놈의 명함 같은. 통화 기록은 이미 확보했으니 그걸 가지고 사기를 좀 쳐서 우리가 실제보다 더 많은 걸 알고 있는 것처럼 착각하게 만드는 거예요. 그후 내가 들어가서, 조이가 지금 어디 있는지 우리한테 말하면 FBI는 빠지게 해주겠다고 말하는 거죠…….

뭐 그런 식으로?"

테이텀은 망설였다. 평범한 범죄자를 대하기에는 합리적인 전략 같았지만, 과연 이 연쇄살인범한테도 그럴까?

"가택 수색 영장은요?" 테이텀이 물었다. "우리한테 뭔가 확실한 게 있으면 놈을 취조하기가 훨씬 더 쉬울 텐데요."

포스터는 한숨을 푹 내쉬었다. "라이언스가 지금 노력 중이에요. 10분 안에 받지 못하면 우리가 그냥……." 포스터는 뻔한 결과를 굳이 말로 설명하고 싶지 않은 듯 애매하게 손을 휘저었다. 테이텀은 무슨 뜻인지 바로 파악했다. 불법이든 아니든 조지프의 집을 수색할 작정인 것이다. 고마웠다.

한편 테이텀이 머뭇대게 하는 다른 뭔가가 있었다.

조이는 확실히 이 남자와 잤다. 조이가 문제의 신호들을 파악하지 못할 만큼 그렇게 눈이 멀었을 수가 있을까? 조이는 어렸을 때 로드 글로버와 친하게 지냈고 여전히 마음의 상처를 지니고 있었다. 테이텀은 자신의 파트너가 살인범일 수도 있는 누군가와 섹스하는 일은 있을 리 없다고 믿고 싶었다.

물론, 어떤 사이코패스들은 **매우** 뛰어난 연기자였다.

이 조사는 몇 시간이나 걸릴 수도 있었다. 만약 조지프 도드슨에

467

대한 그들의 생각이 틀렸다면 조이의 실낱같은 희망은 아예 사라져버릴 것이다.

"이렇게 하죠." 테이텀이 마침내 입을 열었다. "당신이 먼저 들어가요. 도구랑 전부 가지고요. 그런 다음 30분쯤 후에 내가 합류해서 FBI를 운운하며 잔뜩 겁을 줄게요. 그러는 동안 부디 라이언스가 이 남자 집에서 필요한 걸 얻어내길 바라는 거죠."

"확실해요?" 포스터가 얼굴을 찌푸렸다.

"네. 난 좀 더 생각할 시간이 필요해요. 만반의 준비를 갖춰야죠."

포스터는 잠시 동안 노트북을 바라보다가 한숨을 내쉰 후 방에서 나가 등 뒤로 문을 닫았다.

테이텀은 다시 노트북을 보았다. 조이는 이제 눈을 떴지만 여전히 꼼짝 않고 누워 있었다. 아직 살아 있다는 걸 알려주는 유일한 증거는 이따금씩 눈을 깜빡이는 것뿐이었다. 조회 수는 이제 여섯 자리로 올라갔다. 모든 대형 뉴스 채널에서 이 소식을 접했고, 영상 링크는 입소문을 탔다. 살인범은 원하던 걸 손에 넣었다. 온 세계가 지켜보고 있었다.

"당신이 여기 있었으면 뭐라고 했을까요?" 테이텀은 화면을 향해 물었다. 일어나서 방 안을 앞뒤로 서성였다. 심지어 조지프를 의심한 게 오해라 해도, 달리 뭘 할 수 있을까? 조이라면 뭘 할까?

조이라면 이미 알고 있는 걸 분석할 것이다. 그게 무슨 의미인지 추정할 것이다. 새로운 결론을 내리려고 애쓸 것이다.

조이가 재갈 사이로 다시 비명을 지르고 양옆으로 몸부림을 쳤다. 테이텀은 노트북으로 세 걸음 다가가 음량을 죽였다. 이 빌어먹을 영상을 보고 있는 사람은 충분히 많았다. 뭔가 들어야 할 게 있다면 그 사람들이 알려주겠지.

테이텀은 테이블에 앉아서 노트를 펼쳤다. 아랫입술을 깨물고는 이렇게 적었다. **미확인범은 주차장에서 조이를 습격했다.**

확실한 건 그게 거의 전부였다. 주차장은 어두웠고, 조이가 열쇠를 받은 다음 다른 곳으로 갔을 것 같지는 않았다. 테이텀은 책장을 펜으로 두드리다 이렇게 적었다. **놈은 조이를 스토킹하면서 때가 오기를 기다리고 있었다.**

그렇다면 살인범은 전략을 변경했다. 조이를 목표물로 정하고 적극적으로 스토킹했다. 왜? 명성 때문에? 아니면 자신을 그렇게 턱끝까지 추격한 사람을 공격한다는 사실에 흥분을 느꼈을까? 조이는 그 기사에서 놈에게 공개적으로 망신을 주었다. 어쩌면 그게 놈을 자극해 범행을 저지르게 했을지도 모른다.

테이텀은 이 조지프라는 남자가 그런 짓을 하는 걸 상상해보려 했다. 그건 옳게 느껴지지 않았다. 조지프가 조이를 덮치고 싶었다면 그냥 문을 두드리는 게 더 합리적이었다. 이미 서로 아는 사이였으니까. 조이는 문을 열어주었을 테고, 놈은 방 안에서 조이를 무력하게 만들 수 있었을 것이다. 어쩌면 다른 사람들에게 그랬듯 약을 먹이거나.

일단 의문이 들기 시작하자 다른 것들도 이상하게 느껴지기 시작했다. 주유소에 침입하려 했을 때 범인은 라텍스 장갑을 끼고 있었다. 하지만 조지프는 전기기사였다. 테이텀은 마찬가지로 전기기사였던 자신의 삼촌이 작업할 때 특수한 고무장갑을 끼던 걸 기억했다. 그건 일반 라텍스 장갑보다 더 두껍고 튼튼했다. 조지프라면 그걸 사용했을 것이다.

조지프는 거한이었다. 비록 첫 영상에서 범인의 덩치를 추측하는 건 쉽지 않았지만, 그렇게까지 컸을 것 같지는 않았다. 또한 범인이 정말 그렇게 눈에 띄게 크다면 자신을 영상에 등장시키는 위험을 피했을 것 같았다.

게다가, 조이라면 **알았을** 것이다.

84

조이는 재갈 물린 입으로 말을 하려고 끙끙대다 하마터면 토할 뻔했다. 잠시 패닉에 사로잡혔지만 지금은 그럴 때가 아니라고 스스로를 다잡았다. 재갈을 벗을 수 있을까? 재갈을 혀로 밀어내려 애쓰던 조이는 그대로 얼어붙었다.

지켜보고 있는 건 경찰만이 아니었다. **범인**도 조이를 지켜보고 있었다. 그리고 만약 재갈을 벗거나 **뭔가** 조금이라도 신호 같은 걸 보내면 놈은 영상을 바로 꺼버릴 게 분명했다. 그리고 조이가 수색을 도울 기회는 사라져버릴 것이다.

뭔가 놈이 알아채지 못할 만한 방법을 써야 했다. 아니면 다른 누군가가 이미 알아챈 후에야 놈이 감을 잡을 만한 것. 손짓은 안 된다. 어떤 단어도, 소리도 안 된다.

눈 깜빡임. 그게 유일하게 안전한 방법이었다.

모스 부호를 알고 있다면 얼마나 좋을까. 요즘에도 모스 부호를 아는 사람이 **있긴 한가?** 그냥 짧고 길게 눈을 몇 번 깜빡이기만 하면 지켜보는 사람들한테 어떤 메시지든 보낼 수 있을 텐데. 하지만 조이는 모스를 몰랐다. 달리 할 수 있는 게 유일하게 있다면 그건 각 알파벳 순서에 해당하는 만큼 눈을 깜빡여 단어를 나타내는 거였다. 한 번은 A, 두 번은 B…… 그리고 Z는 망할 스물여섯 번. 각 글자 사이 간격을 확실히 쉬어줘야 한다. 단어들 사이의 공간은 보는 사람이 알아서 넣어야 할 것이다.

조이는 머릿속에서 짧은 메시지를 구성했다. The killer knew Debra Miller at school(범인은 데브라 밀러와 같은 학교에 다녔다). 분명 더 짧게 줄일 수 있을 텐데. 알파벳 뒤쪽에 있는 글자들은 가능한 한 피해야 해. He knew Debra at school(놈은 데브라와 학교에 다녔다). 훨씬 낫군.

좋아. H는 여덟 번, E는 다섯 번, K는 열한 번……. 눈을 깜빡이기 시작했다.

될 게 아니었다.

눈을 자연스럽게 깜빡여야지, 아니면 범인이 즉시 뭔가 이상하다는 걸 눈치챌 것이다. 이는 눈을 짧게, 가볍게 깜빡여야 한다는 뜻이었다. 숫자를 세는 데도 온 신경을 기울여야 했다. 그리고 자신이 눈을 떴는지 감았는지도 분간이 안 가는 철저한 어둠 속에서 눈깜빡임의 횟수를 센다는 건 정말이지…….

knew의 w까지 갔다. 하지만 도중에 아무래도 h와 n을 헷갈려버린 것 같다는 생각이 들었다.

조이는 좌절감에 흑 하고 흐느꼈다. 제대로 해낼 때까지 몇 번이고 다시 시작하는 수밖에 없었다. 하지만 살인범은 영리했다. 메시지를 더 짧게 줄일 필요가 있었다. 훨씬 짧게. 자신이 전달하려 하는 걸 누군가 알아낼 거라고 믿어야만 했다.

테이텀. 테이텀이라면 반드시 알아낼 거야. 조이는 납치되기 전 테이텀에게 살인범과 데브라의 관계에 관한 자신의 생각을 들려주었다. 모텔 방 안에는 데브라에 관해 적어놓은 것들이 온통 널려 있었다. 테이텀은 자신이 생각하고 있던 게 그것임을 알 것이다.

새로운 메시지는 간단했다. **school.** 열아홉 번, 세 번, 여덟 번, 열다섯 번, 열다섯 번, 열두 번.

여전히 안 될 것 같았다. 그래도 노력해보는 수밖에.

하지만 만약 범인이 원하는 걸 주지 않으면, 놈은 단순히 실망하거나 지루해져서 영상을 끌지도 모른다. 그런 위험을 감수할 수는 없었다.

조이는 다시 몸부림을 치고 비명을 질렀다.

***

남자는 사무실 책상에 앉아 아무도 들어오지 못하게 문을 잠그고 조이를 지켜보았다. 처리해야 할 업무가 있다는 걸 알면서도 도저히 영상에서 눈을 뗄 수 없었다. 처음 한 시간은 최고였다. 조이가 완전히 자제력을 잃고 비명을 지르며 우는 걸 보자 남자는 상상을 넘어서는 전율을 느꼈다. 그렇게 냉정하고 계산적이던 분이 어디 가셨지? 어둠 속에 갇혀서 정말로 **생각할** 시간이 생기면 사람들은 으레 그렇게 되는 법이다.

하지만 조이가 진정을 되찾자 남자는 실망했다. 지금 나한테 장난쳐? 영상은 이제 겨우 73분밖에 지나지 않았다고. 남자는 **더 많은** 게 필요했다.

조이가 오랫동안 가만히 누워 있는 걸 보며 남자는 쿡쿡 찔러 다시 발버둥 치게 만들고 싶었다. 그럴 수만 있다면 얼마나 좋을까. 어쩌면 다음번 실험엔 그렇게 해볼까. 그 생각을 한번 해봐야겠어.

조이는 눈을 뜨더니 잠시 동안 그냥 눈을 깜빡이고만 있었다. 눈에 뭐라도 들어갔나? 불안할 때 나타나는 버릇 같은 건가?

이윽고 조이는 다시 몸부림을 치고 비명을 질렀다. 전보다도 더 거칠어진 그 모습은 남자에게 전율을 안겨주었다. 곧 욕망이 온몸을 휩쓸었고, 남자는 책상 위의 각티슈를 더듬어 쥐고 상기된 얼굴로 숨을 몰아쉬었다.

볼일을 마쳤을 즈음, 조이는 비명을 멈추고 눈을 감은 채 누워 있었다. 남자는 몸서리치며 한숨을 내쉬었다. 지금까지 한 실험 중 이번이 최고였다.

＊＊＊

휴대폰이 울렸다. 해리였다. 테이텀은 재빨리 전화를 받았다.

"여보세요?"

"영상 보고 있어요?" 해리의 목소리에는 긴장감이 서려 있었다.

"아뇨. 왜요?"

"빌어먹을 영상 좀 봐요. 내 생각엔 조이가 뭔가 신호를 보내고 있는 것 같아요."

테이텀은 서둘러 화면을 응시했다. 처음에는 아무 이상한 점도 보이지 않았다. 조이는 그냥 가만히 누워서 눈을 깜빡이고 있었다. 잠깐, 그런데 좀 빠른 것 같은데? 다음 순간 조이는 눈 깜빡임을 멈췄다. 다시 빠르게 깜빡였다. 그리고 멈췄다.

"조이는…… 일정한 패턴으로 눈을 깜빡이고 있어요."

"모스 부호는 아니에요. 그건 내가 확인해봤거든요."

조이는 갑자기 눈을 감았다. 잠시 후 다시 몸부림을 치고 발길질을 하기 시작했다. 테이텀은 차마 볼 수가 없어 몸을 굳히고 눈길을 돌렸다.

"연기인 것 같아요." 해리가 말했다.

테이텀은 화면을 돌아보았다. "어떻게 알아요?"

"난 다년간에 걸쳐 성 추문과 유명인사들에 관한 기사를 써왔어요. 내 말 믿어요. 누가 가짜로 연기를 하는지, 난 딱 보면 알아요." 그 우쭐대는 말투는 테이텀을 살짝 짜증나게 했다. "금방 멈출 거예요. 벌써 두 번이나 똑같이 했어요. 보면 알 거예요."

해리의 말대로 조이는 갑자기 멈췄다. 지친 듯 눈을 감았다.

"이제 다시 깜빡일 겁니다."

갑자기 조이는 눈을 뜨고 깜빡였다. 초침이 똑딱 한 후 테이텀이 반응했다.

"숫자를 세요!" 휴대폰에 대고 부르짖었다. "깜빡이는 횟수를 얼른 세요."

그리고 자신도 셌다. 노트에 끄적였다. 잠시 후 조이는 눈을 감고 가만히 누워 있었다.

"좋아요." 해리가 말했다. "내가 센 건 열여덟 번, 세 번, 여덟 번, 열다섯 번, 스물일곱 번이에요."

"난 열일곱 번, 세 번, 여덟 번, 열다섯, 열다섯, 열한 번이에요." 테이텀이 웅얼거렸다. "두 번째 열다섯 다음에 분명히 잠깐 동안 간격이 있었어요."

"그렇다 쳐도, 스물일곱이 되려면 열다섯, 열둘이어야죠."

"당신이 잘못 센 겁니다. 열다섯, 열하나가 맞아요. 모스가 아니니까 아마 알파벳일 거예요. 알파벳상의 순서예요."

"좋아요. 그럼 한번 봅시다. 열일곱은…… A, B, C……."

"속으로 해요." 테이텀이 쏘아붙였다. "내가 생각을 못 하겠잖아요."

테이텀은 알파벳을 쓰고 그 밑에 번호를 적었다. 그 후 자기가 센 숫자와 비교했다. 노트북 화면에서 조이가 다시 몸부림치기 시작했다.

"좋아요." 해리가 말했다. "내가 적은 건…… rchool예요. 이건 아무 뜻도 없는데……."

"난 qchook예요." 테이텀이 웅얼거렸다.

"내가 맞게 셌는데 중간에 간격만 놓친 거라면 끝은 12이고 그러면…… rchool이 돼요."

"school!" 테이텀이 소리쳤다. "학교예요."

"그렇네요." 해리의 목소리에도 흥분이 묻어났다. "그럼…… 조이가 학교에 묻혔다고 말하는 걸까요?"

"그럴싸하긴 한데……." 테이텀은 머뭇거렸다. "자기가 어디 묻혔는지 어떻게 알죠?"

"어쩌면 묻히기 전에 학교에서 나는 소리 같은 걸 들었을 수도 있죠."

"그럴 수도 있겠네요." 테이텀이 동의했다. "사람들한테 당장 그 방면으로 조사하라고 할게요."

"좋아요. 뭔가 알게 되면 알려줘요."

"알았어요." 전화를 끊고 급히 방을 나서려던 테이텀은 그 자리에 우뚝 멈춰 섰다.

조이는 데브라와 살인범의 연결고리를 찾으려 하고 있었다. 혹시 그것과 관련된 건 아닐까?

테이텀은 다시금 망설였다. 잘못된 결정은 귀중한 시간을 낭비하게 만들어 조이의 목숨을 앗아갈 수도 있었다. 테이텀은 두 실마리를 다 좇기로 했다. 우선 포스터와 라이언스에게 학교에 관해 알려주고, 이곳 학교들에서 조이를 수색하게 한다. 그게 더 그럴싸한 시나리오였다.

그리고 자신은 그보다 더 빈약한 실마리를 좇아 데브라의 학우 관계를 알아볼 작정이었다.

***

크리스틴 맨쿠소 팀장은 쉬지 않고 전화통을 붙들고 있었다. 화면에서는 영상이 재생되고 있었다. 이미 한참 전에 묶음으로 해놓았지만 도저히 끌 엄두가 나지 않았다. 그걸 끄면 어쩐지 조이를 배신하는 것 같았다. 조이를 어둠 속에 영영 버려두는 것 같았다.

방금 샌안토니오 지부를 지휘하는 특수요원과의 긴 전화 통화를 마쳤다. 남자는 가장 뛰어난 부하직원 여섯 명을 샌앤젤로로 보냈고, 분석가들이 잠시도 쉬지 않고 조이를 찾아내려 애쓰고 있다고 했다. 맨쿠소는 그게 그저 상대를 안심시키거나 자신의 자리를 보전하기 위한 말들에 불과하다고 생각했다. 어쩌면 둘 다일지도. 하지만 맨쿠소가 할 수 있는 건 그게 전부였다. 도움이 될 법한 모든 사람과 통화하는 것.

새로운 소식이 있는지 알아보려고 테이텀에게 다시 전화했지만 통화 중이었다.

그때 손에 든 휴대폰이 울렸다.

"여보세요?"

"맨쿠소 요원님이신가요?" 목소리는 친숙했지만 누군지 바로 와 닿지 않았다.

"맨쿠소 팀장입니다."

"아, 팀장님, 맞아요. 저는 글렌모어 파크 경찰서의 미첼 로니입니다. 기억하세요?"

잠시 후에야 누군지 생각났다. 녹색 눈동자의 꽃미남. "그래요, 로니, 기억나요."

"저기, 제가 영상을 보고 있는데⋯⋯."

"나도예요, 로니. 아직은 새로운 소식이 없어요. 유감스럽게도."

"아뇨, 들어보세요. 제가 알아낸 게 있어요. 조이가 우리한테 뭔가를 말하려 하고 있어요. 눈을 깜빡여서 글자를 나타내고⋯⋯."

"학교요." 맨쿠소가 말을 잘랐다. "school이라는 단어를 눈 깜빡임으로 알려줬죠."

긴 침묵 끝에 마침내 미첼이 말했다. "맞아요."

"알아요. 조이의 파트너와 분석가 세 명한테서 이미 그 이야기를 들었어요."

"전 그냥 도와드리고 싶었어요."

맨쿠소는 자신이 한심해 눈을 감았다. "알아요." 보다 부드러워진 어조로 말했다. "고마워요. 우린 할 수 있는 일을 다 하고 있어요."

그리고 그게 진짜 문제였다. 로니, 맨쿠소, 그리고 주변에 있는 그 누구도 할 수 있는 일이 없었다. 조이는 모든 면에서 그들 손이 닿지 않는 곳에 있었고, 지금 할 수 있는 일이라고는 그저 지켜보는 것뿐이었다.

＊＊＊

완벽하고 철저한 어둠 속에서 조이는 계속 각본대로 연기를 했다. 30초 동안 패닉의 몸부림을 친 다음 열까지 세고, 눈을 깜빡여 메시지를 보낸 다음 1분간 쉬었다. 그리고 다시. 패닉, 정지, 눈 깜빡임, 휴식. 패닉, 정지, 눈 깜빡임, 휴식.

누군가 자신을 보고 있을지, 자신이 보낸 메시지가 전해졌을지 전혀 알 수 없었다. 곧 멈춰야 할 거라는 건 알았다. 산소를 너무 많이 소비하고 있었다.

하지만 지금으로서는 연기를 계속해야 했다. 심연 속에서 희망을 붙들고 눈을 깜빡였다.

＊＊＊

조이가 네 번째로 비명 발작을 일으켰을 때, 남자는 의혹을 품기 시작했다. 히스테리가 찾아오는 시점이 너무 규칙적이었다. 왠지 몰라도 계획된 것 같았다. 조이 같은 여자라면 통제력 상실마저 일종의 패턴을 따른다는 게 어쩌면 말이 될지도 모르지만, 그래도 뭔가 석연치 않았다.

남자는 도리질을 치고 몸을 마구 비틀며 몸부림을 치는 조이를 지켜보았다. 눈은 감고 있었지만 뭔가 옳지 않았다. 이런 상황에 처한 여자들을 이미 몇 명 봐왔던 남자에게 조이의 행동은…… 어딘가 이상했다.

조이는 멈췄다. 그리고 다시 불안하게 눈을 깜빡이기 시작했다.

아니, 불안한 게 아니야. 그게 아니야. 계산적인 거지.

화면을 자세히 들여다보는데 속이 철렁 내려앉았다. 그건 일종의 신호였다. 어떻게 이걸 지금까지 모르고 있었지? 남자는 자신의 감정과 욕망에 홀딱 빠져 있었다. 조이의 공포에 넋을 잃고 있었다.

조이는 남자를 가지고 놀았다.

남자는 재빨리 영상을 멈추고 방송을 중단했다. 잠시 후 영상 아래에 달린 댓글을 읽었다.

> 학교야! 눈을 깜빡여서 school이라 말하고 있어!
>
> 이 영상은 완전 가짜라고 써 있어.
>
> 내 생각엔 schoon 같은데.
>
> 무조건 school이야.
>
> 난 세다가 자꾸 헷갈려.
>
> 주작.
>
> school.
>
> school 맞아.

남자보다 먼저 알아챈 사람이 수백 명이나 있었다. 하마터면 패닉을 일으킬 뻔했지만 진정하라고 스스로를 다그쳤다. 학교? 그게 도대체 무슨 뜻인데? 자기가 학교에 묻힌 줄 아나?

남자는 어리둥절해서 고개를 가로저었다. 거기엔 아무것도 없다고. 조이가 신호로 뭔가 다른 말을 하기 전에 알아채서 다행이었다.

85

테이텀에게 문을 열어준 남자는 몰골이 엉망이었다. 눈엔 핏발이 서고 낯빛은 핼쑥했다. 남자의 체취를 맡자 테이텀은 숙모님이 병원에서 돌아가시기 며칠 전 일이 떠올랐다. 간호사들이 아무리 자주 병실을 청소하고 몸을 씻겨도 소용없었다. 임박한 죽음의 냄새를 지우기란 불가능했다.

"밀러 씨?" 테이텀이 물었다.

남자는 고개를 끄덕였다. '빌어먹을, 도대체 나한테 원하는 게 뭐야' 하고 말하는 듯한 지친 동작이었다. 남자의 숨결에서 알코올 냄새가 훅 풍겼다.

"저는 FBI에서 나온 그레이 요원입니다." 배지를 보여주었지만 밀러는 거들떠보지도 않았다. "잠시 시간 좀 내주실 수 있습니까?"

"그럼요." 밀러가 대꾸했다. "데브라 일인가요?"

"네. 제가 알고 싶은 건…… 혹시 따님의 졸업앨범이 있나요?"

테이텀은 뭔가 질문이 되돌아올 거라고 예상했다. 어쩌면 화난 반응까지도. 하지만 밀러는 순순히 고개를 끄덕이고 안으로 들어오라는 몸짓을 했다. 집은 어두웠고 남자의 체취와 동일한 냄새가 구석구석에 짙게 배어 있었다. 테이텀은 저절로 호흡이 얕아지는 걸 느꼈다.

밀러가 테이텀을 데려간 방은 누가 봐도 데브라의 방일 수밖에 없었다. 집의 다른 곳과 달리 이 방만은 빛으로 멱을 감고 있었다. 침대 바로 위에 자리한 커다란 창은 비록 먼지투성이였지만 햇빛을 잔뜩 쏟아냈다. 침대 위에는 누군가가 조금 전까지 앉아 있었던 것처럼 푹 꺼진 자국이 있었다. 테이텀은 밀러가 지난 하루의 대부분을 거기서 오래전에 죽은 딸을 애도하며 보냈을 거라고 짐작했다.

구석에 있는 작은 책장에 책 몇 권, 사진 앨범, 스크랩북, 그리고 졸업앨범이 꽂혀 있었다.

"가져가도 되나요?" 테이텀이 물었다.

"가져가는 건 좀⋯⋯." 밀러가 말했다. "보시는 건 얼마든지 상관없습니다."

테이텀은 더는 우기지 않았다. 마지막 것, 1993년 것을 집어 들었다.

"뭐 마실 것 좀 드릴까요, 그레이 요원님?"

"물 한 잔만 주시면 감사하겠습니다." 테이텀은 이미 책장을 한 장 한 장 넘기고 있었다. 구체적인 계획 같은 건 없었다. 찾아볼 실마리 같은 것도 없었다. 하지만 이상한 아이들을 집어내는 건 어렵지 않을 것 같았다. 옷차림이 다른 아이, 단체 사진에 찍히지 않은 아이, 단독 사진에서 웃고 있지 않은 아이. 우선 거기서부터 시작하면 될 것이다.

한 가지는 명확했다. 데브라는 믿기 어려울 만큼 인기가 있었다.

굉장히 아름다웠을 것이다. 끝도 없이 사진들에 등장했고, 너무나 당연하게도 치어리더팀 소속이었다. 시간이 지나 살인범의 눈에 띈 여자, 학대당한 마약중독자와는 많이 달랐다.

그때 친숙한 얼굴이 테이텀의 눈길을 끌었다. 씩 웃고 있는 10대 아프리카계 미국인 아이의 사진. 새뮤얼 포스터였다.

당연하지. 테이텀은 자신의 등짝을 걷어차고 싶은 기분이었다. 포스터는 학교 때 데브라를 알았다고 했다. 테이텀은 방금 귀중한 시간을 낭비했다. 그냥 처음부터 포스터한테 말했으면 됐는데. 아이들에 관해 직접 물어봤으면 그만이었을 텐데. 연감을 덮어 치우고 밀러에게 고맙다고 인사한 후 서로 돌아가려던 찰나, 테이텀의 눈길이 또 다른 얼굴에 멎었다. 너저분한 고수머리에 안경을 낀 남자아이. 사진 밑에 쓰인 이름은 클라이드 프레스콧이었다.

테이텀은 찌푸린 얼굴로 그 사진을 들여다보았다. 이 클라이드 라는 친구를 몇 번 본 적이 있다는 느낌을 떨칠 수가 없었다. 연감을 뒤적여봤지만 클라이드는 그 어떤 단체사진이나 동아리 사진에도 없었다.

클라이드 프레스콧. 테이텀은 아이를, 그 진지한 얼굴을 한 번 더 보았다. 그리고 지저분한 고수머리를.

컬리.

검시관이었다. 갑자기 그 별명이 완벽하게 이해됐다. **예전에는** 머리가 꼬불꼬불했다. 그리고 포스터와 같은 학교에 다녔다.

이전 현장들과는 달리, 컬리는 데브라의 시신을 파낸 현장에 미리 가 있었다. 가능한 한 서둘러 온 것 같았다. 마치 자기가 다른 사람들보다 먼저 도착해 있어야 한다는 듯. 혹시 뭔가를 제거하기 위해서였을 수도 있을까? 증거라든가?

그리고 피해자가 자신과 같은 학교 학생이었다는 걸 알았을 때 포스터는 충격을 받은 모습이었지만, 테이텀이 기억하기에 컬리는 아무 말도 없었다. 정말 이상한 일이었다. 그런 상황에서는 **누구라도** 무슨 말이든 했을 것이다.

피해자와 연관되는 걸 피하고 싶었던 게 아니라면.

테이텀은 깊은숨을 들이쉰 다음 생각의 초점을 맞추고 더 많은 퍼즐 조각들을 맞춰보려고 했다. 범인은 그들이 줄리엣 비치가 묻힌 곳을 찾으려 하고 있다는 걸 알았다. 마치 누군가 귀띔이라도 해준 것처럼. 컬리라면 그걸 알아내기가 어렵지 않았을 것이다. 경찰서 주변을 어슬렁거리거나 수많은 경찰 지인들 중 누군가한테 전화를 걸어 무슨 일인지 물어보면 그만이니까.

프로파일은 어떤가? 무척 똑똑하고, 40대에, 백인. 철두철미함을 요구하되 속도는 중요하지 않은 직업에 종사한다.

그리고 컬리의 태도 또한 부합했다. 늘 과시하려 하는. 자신이 얼마나 영리한지 증명하려 하는. 마리벨 하위의 사망 시각 측정. 그건 말도 안 되게 구체적이었다. 니콜 메디나의 사망 시각 역시 마찬가지였다. 능력을 과시하는 것.

사망 시각. 갑자기 윗필드 사건의 세부사항이 떠올랐다. 창녀가 사막에 묻힌 채 시체로 발견된 그 사건에서, 재판 도중 추정 사망 시각이 잘못됐음이 밝혀졌다. 용의자가 풀려날 경우 비난은 대부분 컬리를 향했을 것이다. 그런데 그런 위험을 감수하면서까지 하위와 메디나의 사망시각을 왜 그토록 구체적으로 측정하려 했을까? 자신이 맞다는 걸 **안 게** 아니라면 그러지 않았을 것이다. 그리고 피해자들을 죽인 사람이 자신이라면 사망시각을 알아내기가 어렵지 않았을 것이다.

그게 컬리의 인생에서 최근 발생한 스트레스 요인이었다. 그게 놈을 마침내 벼랑 끝으로 몬 거였다. 윗필드 사건은 8개월 전에 시작됐다. 재판은 아마도 그로부터 몇 달 후에 있었을 것이다……. 컬리를 향한 비난의 손가락질이 시작된 건 4월이나 5월경부터였다. 딱 데브라 밀러가 살해당한 시점이었다.

그들은 살인범이 조사에 개입하고 싶어 할 거라고 생각했다. 그게 제보를 받는 핫라인을 설치한 이유였다. 하지만 컬리는 이미 조사에 깊이 발을 들이고 있었다. 테이텀은 주먹을 불끈 쥐었다. 컬리는 상황실에, 현장 지도에, 개략적인 프로파일링에, 그리고 현장 사진들에 쉽게 접근할 수 있었다.

모든 게 무척 모호하고 정황에 불과했다. 하지만 **옳다고** 느껴졌다.

시간을 확인했다. 거의 2시였다. 조이는 여섯 시간 가까이 묻혀 있었다. 옳든 그르든, 수색할 시간은 많지 않았다. 테이텀이 가진 건 감뿐이었다. 그 감이 맞는지 어서 확인해야 했다. 그리고 틀렸다면 포스터와 마주 앉아 학교의 나머지 학생들을 하나하나 살펴봐야 할 것이다. 빌어먹을, 그건 너무 오래 걸릴 터였다.

조이의 목숨은 테이텀에게 달려 있었다. 테이텀은 옳아**야만** 했다.

86

클라이드 프레스콧은 FBI 연구소에 보낼 독물학 표본들을 짜증스럽게 준비했다. 이미 혈액과 유리액 준비는 마쳤고, 지금은 각 장기의 일부를 떼어내어 체계적으로 라벨을 붙였다. 전날 밤 세 시간도 자지 못한 터라 완전히 녹초가 된 기분이었다. 어차피 정상에 올라가면 다시 떨어질 바위를 굴리는 시시포스라도 된 것 같았다.

곧 그레이 요원이 오기로 돼 있었다. 그다지 반가운 손님은 아니었다. 요원은 20분 전에 전화해서는 마리벨 하위의 시신을 살펴봐야 하는데 잠깐 들러도 되겠느냐고 물었다. 하지만 필요한 게 뭔지는 분명히 이야기하지 않았다. 그냥 조이 벤틀리의 매장 지점과 관련 있다고만 했다.

무슨 소리를 하는 건지 이해가 가지 않았다. 나머지 경찰들은 이지역 학교들을 두루두루 수색하는 데 집중하고 있었다.

프레스콧은 다가오는 발걸음 소리를 듣고 고개를 들었다. 새뮤얼 포스터였다.

"안녕, 컬리." 포스터가 지친 미소를 지으며 말했다.

"안녕, 새뮤얼." 프레스콧이 말했다. "진척 좀 있어?"

"아니. 여전히 수색할 K-9가 부족해. 오스틴과 휴스턴에서 추가로 더 보내주기로 했어. 하지만 아직까진 아무것도 없어."

"조이는 어쩌고 있어?"

"영상이 한 시간쯤 전에 멈췄어." 형사가 침울하게 말했다. "부디 무사하길 바라지만, 아무래도 일곱 시간은 그 상자에 있었던 것 같아. 그보다 더 오래됐을 수도 있고. 낙관적이진 않아."

"끔찍한 일이야." 프레스콧이 검은 마커로 표시를 마친 신장 표본이 든 용기를 카운터에 내려놓았다. "내가 뭐 도울 거라도 있어?"

"그레이 요원을 만나러 왔어. 목격자를 데려 온다고 하더라고."

프레스콧은 살짝 긴장했다. "목격자?"

"그래. 자세한 설명은 못 들었어. 마리벨 하위의 시신과 관련된 거라던데……." 포스터가 어깨를 으쓱하고 말을 이었다. "얼마 안 걸린댔어. 많이 힘든 모양이야."

"그럴 만도 하지."

"그 친구 심정이 지금 어떨지 상상도 안 가."

프레스콧은 고개를 끄덕였고, 두 남자는 불편한 침묵에 잠겼다. 포스터가 다시 입을 열려는 순간 그레이 요원이 방에 들어섰다.

"아, 이런." 포스터가 말했다. "왔군요. 무슨 일이에요?"

"목격자한테 마리벨 하위의 시신을 보여주고 싶어서요." 그레이 요원은 그렇게 대답하고 뒤돌아보며 말했다. "들어오시죠."

망설이는 듯한 하이힐 구두 굽 소리가 들리더니, 줄리엣 비치가 방 안으로 들어섰다. 프레스콧과 눈이 마주친 줄리엣은 눈을 휘둥그레 뜬 채 얼어붙었다. 날카롭게 숨을 토해내고 급히 손을 입가로 올렸다.

프레스콧의 심장이 철렁 내려앉았다. 카운터에 몸을 기대고 태연한 척하려 했지만 손가락이 덜덜 떨렸다.

"자, 이제 괜찮다면 한번 봐주⋯⋯." 테이텀은 줄리엣의 얼굴을 보더니 말을 멈췄다. "비치 씨?"

줄리엣은 짧은 헉 소리를 토하고 방을 뛰쳐나갔다.

"그레이 요원." 포스터가 말했다. "무슨⋯⋯."

"둘 다 움직이지 마!" 테이텀이 부르짖었다. "여기 그대로 있어."

테이텀은 여자를 뒤쫓아 뛰어나갔다.

"이게 도대체 어떻게 된 거지?" 포스터가 물었다. "저 여자를 여기 데려오다니, 저 친구가 대체 무슨 짓을 한 거지? 그렇지 않아도 가뜩이나 트라우마 상태인 사람을 망할 놈의 시체 안치소까지 데려오다니."

프레스콧은 헛기침을 하고는 말했다. "내가 가보면 어떨까." 잔뜩 잠긴 목소리였다. "여긴 민간인이 올 곳이 아니야."

"기분 나쁘게 듣진 마, 컬리. 하지만 자넨 딱히 사교적인 사람이 아니잖아. 아무래도 내가 그레이 요원을 쫓아가서 이게 도대체 무슨 상황인지 알아봐야 할 것 같아."

"그러는 게 좋을지도." 컬리가 황급히 말했다. "빠르면 빠를수록⋯⋯."

그레이가 다시 돌아와 문간을 가로막았다. 표정이 아까와는 사뭇 달라져 있었다. 이를 악물고, 눈은 분노로 번뜩이고 있었다.

프레스콧은 미처 자신이 뭘 하고 있는지 깨닫기도 전에 두 걸음 뒤로 물러서서 부검 테이블로 그들 사이를 가로막았다.

"프레스콧." 그레이 요원이 으르렁거렸다. "알아맞혀보시지? 이젠 다 끝났어."

"무슨 소리입니까?" 프레스콧이 불쑥 내뱉었다. "저 여자는 무
슨……."

"널 뭐라고 불러줄까? 컬리 아니면 슈뢰딩거? 어느 쪽이 더 마음
에 들어?"

"뭐라고요?" 포스터가 믿기지 않는다는 듯 말을 더듬었다. "그레
이 요원, 당신 무슨……."

"놈은 내가 무슨 말을 하는지 알아요." 요원은 떨리는 손가락으
로 프레스콧을 가리켰다. "안 그래?"

"몰라!" 프레스콧의 얼굴에서 핏기가 빠져나갔다. 여자는 알아보
았다. 한 번 보자마자 기억이 돌아온 것이다. "무슨 일인지 난 전혀
모른다고요." 프레스콧은 맹렬하게 머리를 굴리고 있었다. 그냥 거
짓말로 여길 빠져나가기만 하면 된다. 차를 몰아 내빼자.

"그레이 요원, 당신 말은 프레스콧 박사가…… 이 친구가 연쇄살
인범이라는 겁니까?"

"가서 줄리엣한테 물어봐요." 요원이 말했다. "아주 재미있는 이
야기를 들려줄 테니까."

잠시 동안 아무도 움직이지 않았다.

"이건 말도 안 돼요." 프레스콧이 말했다. "본인은 날 알아봤다고
착각할지 몰라도…… 그 여자는 많은 일을 겪었어요. 이 사람 저
사람 붙잡고 다 범인이라고 하고 있을지도 몰라요. 바로 전까지만
해도 누가 자길 납치했는지 기억 안 난다고 했잖아요, 안 그래요?"

포스터는 눈을 가늘게 뜨고 친구를 응시했다.

"가서 그 여자를 데려와." 프레스콧이 재촉했다. "여기로 데려오
라고. 우리 같이 이야기해보자."

"당신 말이 맞아요." 요원이 갑자기 말했다. "우린 아무나 붙잡고 혐의를 씌울 시간이 없죠."

"맞아요."

"금방 정리할 수 있어요. 당신 지문을 찍읍시다."

"뭐…… 뭐라고요?"

"그걸 우리가 가진 쪽지문과 비교해보죠. 그리고 주유소 침입 시도에서 나온 지문과도. 기껏해야 15분밖에 안 걸릴 겁니다. 그걸 순식간에 비교해줄 수 있는 지인도 있어요."

포스터는 프레스콧에게 강렬한 눈빛을 보냈다. "어떻게 생각해, 프레스콧 박사? 우리한테 지문을 줘도 괜찮겠어?"

늘 이 순간이 올 줄 알고 있었다. 최소한 위엄 있게 행동할 수는 있었다.

"그럴 필요 없어." 프레스콧이 침착함을 가장하며 대답했다. "난 붙잡혔어."

클라이드는 땅 속 깊숙이에 있는 조이 벤틀리를 생각했다. 자신의 마지막 실험을. 자신에게 명성을 안겨줄 실험을.

조이가 어디 있는지는 **절대** 말해주지 않을 작정이었다.

87

시체 안치소를 떠날 때 테이텀은 기진맥진한 상태였다. 복도를 지나 경찰서 입구를 통해 밖으로 나섰다. 프레스콧은 이미 조이의 위치를 알려주지 않겠다는 뜻을 분명히 밝혔다. 놈을 얼른 깨뜨려야 할 것이다. 그것도 빨리.

줄리엣이 문가에서 기다리고 있었다.

"어떻게…… 그 남자를 체포했어요?" 줄리엣이 물었다. 몸을 떨고 있었다.

"네. 이미 자백했어요." 1미터쯤 떨어진 곳에 토사물 웅덩이가 보였다. 딱하게도.

"그 자식, 감옥에 가게 되는 거 맞죠? 무슨…… 보석으로 내보내주거나 하지 않겠죠?"

"네. 그러기엔 너무 위험해요."

"그리고 난 증언을 안 해도 되는 거죠? 법정에서? 내 말은, 자백했다면서요."

테이텀은 망설였다. "그랬으면 좋겠네요."

줄리엣은 한숨을 푹 쉬었다. 눈물 한 방울이 뺨을 타고 흘러내렸다.

문이 열리고 포스터가 충격이 역력한 얼굴로 걸어 나왔다.

테이텀은 포스터를 돌아보고 물었다. "어디 있어요?"

"신문실에요. 하지만 도무지 입을 열 기미가 없어요."

테이텀이 고개를 끄덕이며 말했다. "난 프레스콧의 집으로 갈 겁니다. 어쩌면 거기에 뭔가 있을지도 모르니까요. 지도나 일기 같은 그런 거요."

"서둘러요. 남은 시간이 많지 않아요." 포스터가 줄리엣을 향해 말했다. "당신이 범인을 알아봐줘서 다행이에요. 조이 벤틀리의 목숨을 당신이 구했을지도 몰라요."

줄리엣은 무슨 소리냐는 듯 입을 쩍 벌리고 포스터를 보았다. 테이텀은 콧소리를 냈다.

"난 아무도 알아보지 못했는데요." 줄리엣이 말했다. "그냥 요원님이 하라는 대로 했을 뿐이에요. 그날 밤 일어난 일은 아무것도 기억 안 나요. 전에 말한 대로요. 심지어 놈의 얼굴도 못 본 것 같아요."

포스터가 눈을 깜빡인 후 테이텀을 돌아보았다. "뻥이었다고요?"

"놈은 자백하고 싶어 죽을 지경이었어요. 그냥 쿡 찔러주기만 하면 됐죠."

"하지만 젠장, 도대체 어떻게……."

"나중에요, 형사님. 난 그 개자식의 집을 둘러봐야 해요. 순찰차는 가 있나요?"

"가보면 도착해 있을 겁니다."

"좋아요. 그리고 사람을 시켜서 올해의 여배우를 집까지 좀 태워 다주세요. 당신은 아주 잘해냈어요, 줄리엣. 오스카상이라도 주고 싶네요, 젠장."

88

신문실은 숨이 막힐 듯이 더웠다. 테이텀은 내키지 않는 마음으로 방문을 닫아 바깥의 시원한 공기와 결별했다. 프레스콧은 건물 안의 다른 곳보다 실내 온도가 훨씬 낮은 시체 안치소에서 일했다. 더위에 불편함을 느끼리라는 게 합리적 추정이었다.

하지만 다시 생각해보면 놈은 땡볕 아래서 땅을 파는 데도 익숙했다.

테이텀이 프레스콧의 아파트를 수색하는 동안 포스터는 이제 확실히 누명을 벗은 조지프 도드슨을 풀어주었다. 그후 프레스콧을 신문하기 시작해, 한 시간 넘게 몰아붙였다. 프레스콧은 변호사를 불러달라고도 하지 않고 기꺼이 자신의 이전 범행들에 관해 술술 불었다. 하지만 조이 이야기로 넘어가자 조개처럼 입을 다물었다.

테이텀은 아무 말도 하지 않고 거기 앉아 남자를 지켜보았다. 프레스콧은 편안하다 못해 거의 따분한 듯 보였다. 하지만 그건 가면일 게 분명했다. 줄리엣을 대면했을 때 놈의 눈빛에는 공포가 드러났고 얼굴에서는 핏기가 빠져나갔다. 잠시 후에는 다시 정신을 차리는 듯했지만, 테이텀은 그 뒤에 숨은 진짜 모습을 얼핏 보았다.

그리고 이제 다시 방금 전의 남자를 찾아내어 껍데기를 깨부숴야 했다.

신문자의 가장 유용한 도구, 즉 시간은 불행히도 테이텀의 편이 아니었다. 앞으로 몇 시간만 지나면 조이는 목숨을 잃고 말 것이다. 테이텀은 단 1초도 감히 낭비할 수 없었다. 하지만 그 사실을 프레스콧에게 들킬 수도 없었다.

테이텀은 침묵이 길어지게 놔두고 머릿속으로 초를 셌다. 보이지 않는 시침이 머릿속에서 무겁고 시끄럽게 똑딱거렸다..

"네 노트북에 암호로 잠겨 있는 앱이 있더군." 테이텀이 마침내 말했다. "조이가 있는 곳에서 영상 송출을 통제하는."

"맞아." 프레스콧이 말했다. 목소리는 냉랭하고 위에서 내려다보는 듯, 우쭐대는 어투였다.

"거래를 제안하지. 암호를 내놔. 그러면 내가 영상을 켜주지."

프레스콧이 눈썹을 치켜올렸다. "그리고 대가는?"

"그걸 보게 해주지."

프레스콧은 가슴 앞에 팔짱을 끼고 아무 말 없이 살짝 웃음을 지었다.

"네가 보고 싶어 한다는 거 알아."

"요원님은 나에 관해 아무것도 모르시는군."

"이게 네 그 귀한 영상을 볼 수 있는 마지막 기회야. 감옥에서는 영화 감상 시간이 없거든."

잠시 망설이는 듯한 프레스콧의 표정을 보며 테이텀은 억지로 무표정을 유지했다. 무엇보다도 조이가 살아 있는지 알아야 했다.

이제는 거의 열 시간째 그 상자 안에 있었을 것이다. 어쩌면 그 이상일지도. 알지 못한다는 사실이 테이텀을 좀먹으면서 머릿속에 패닉의 백색 소음을 계속 방출했다.

프레스콧이 고개를 저었다. "싫은데."

다른 반응을 기대한 건 아니었다. 그건 프레스콧의 가면의 일부였고, 쉽게 벗을 것 같지는 않았다. 그래도 테이텀은 물어보고 싶은 욕구에 저항할 수 없었다. 상대에게 이 작은 승리를 준 걸 이미 후회하고 있었다.

서류가방에서 노트를 꺼내 몇 페이지를 넘겼다. "우리가 삽질 살인마에 관해 작성한 프로파일을 아직 못 봤겠지?"

프레스콧은 헛기침을 했다. "그래, 못 봤어. 무슨 생각을 하는지 말해주면 흥미로울 것 같군."

"30세에서 45세 사이. 백인. 승합차가 있음. 철두철미함을 중요시하는 직업에 종사함. 썩 관심을 사로잡는 건 아니지. 네 배경과 꽤 잘 들어맞는 게 몇 가지 있어. 하지만 정말 흥미로워지는 부분은……."

문이 열리더니 포스터가 들어와 증거 봉투들을 탁자 위에 올려놓았다. 뒤따라 들어온 라이언스는 프레스콧과 눈을 마주치지 않고 증거 봉투 옆에 휴대용 문서세단기를 놓았다. 두 형사는 나가면서 등 뒤로 문을 닫았다.

프레스콧은 증거 봉투들을 살펴보았다. 테이텀은 자리에서 일어나 세단기의 전기 코드를 손에 쥐었다.

"어디까지 했더라? 아 그래. 정말 흥미로워지는 부분은, 우리가 널 자극하는 게 뭔지 추정하기 시작한 때야." 테이텀은 세단기 코드를 벽에 꽂은 후 도로 자리에 앉았다. 증거 봉투 하나를 열고 그 안에 있던 노트북을 꺼냈다. "넌 정말이지 이걸 암호로 완전히 잠 갔어야 했어. 우리가 여기서 찾아낸 것들은 정말 놀랍더군."

"어쩌면 댁들이 그걸 찾아내는 게 내가 원하던 바일지도 모르지."

테이텀은 잠들어 있던 노트북을 켰다. "뭐, 그랬을 수도 있겠지. 하지만 사람들은 컴퓨터에 자신에 관한 정보가 얼마나 많이 들어 있는지 종종 깜빡하거든." 컴퓨터가 부르르 떨며 깨어났다. 테이텀 은 옛날 하드웨어의 느려터진 속도를 무시하려 애쓰며 오른쪽 구 석의 시계에서 시선을 피했다. 시간…… 그게 온 사방에서 테이텀 을 압박해왔다.

"너에 관해 두드러지는 점들 중 하나는 명성에 이끌린다는 거야."

프레스콧은 조롱하듯 콧방귀를 뀌었다. "맞아. 할리우드가 바로 길모퉁이에서 날 기다리고 있지."

테이텀은 한쪽 눈썹을 치켜올렸다. "할리우드는 아니겠지. 하지 만 너는 너만의 독자적인 명예의 전당이 있잖아. 안 그래? 네 브라 우저에서 찾은 검색 목록을 읽어주지." 테이텀은 브라우저의 과거 검색 기록을 열었다. "가장 유명한 연쇄살인범들. 악명 높은 연쇄살 인범들. 유명한 연쇄살인마들……. 살인범과 살인마를 둘 다 검색 하다니, 머리를 잘 썼어. 어디, 또 뭐가 있나 보자……. 아, 이게 마 음에 드네. 주요 연쇄살인범들. 넌 이런 것들을 거의 매일 검색했더 군. 그런 기사와 목록에 네 이름이 올라가는 걸 상상했겠지? 여기 네가 반복적으로 확인한 기사가 있어. '미국에서 가장 악명 높은 연 쇄살인범 20인.' 네가 거기서 몇 위쯤 차지하게 될 것 같아? 13위? 9위? 7위?"

"난 털끝만치도 관심 없는데."

"흠, 그거 다행이네. 왜냐하면 내가 알려줄 게 있거든. 겨우 서너

명밖에 못 죽인 살인범은 정말이지 그런 데 명함도 못 내밀어."

프레스콧은 비웃는 표정을 지으며 좀 더 편안하게 앉으려고 의자를 움직였다.

"하지만 물론, 넌 숫자 같은 데 별 관심이 없겠지, 안 그래?"

"그래, 관심 없어."

"그러면 네가 관심 **있는 건** 뭐야, 프레스콧?"

프레스콧이 가슴 앞으로 팔짱을 꼈다. "인류."

프레스콧의 그 한 마디에는 온갖 감상이 담겨 있었다. 테이텀은 프레스콧의 목을 조르고 싶었다. 하지만 그 대신 조소를 띠었다. "아무렴. 자네는 인도주의자시니까."

"때로는 다수를 구하기 위해 소수를 희생시킬 필요가 있지."

테이텀은 눈썹을 치켜올렸다. "구한다고? 뭐로부터?"

"자신들로부터." 차가운 가면이 떨어져나갔다. 열정이 프레스콧의 눈동자를 가득 채웠다. "아무도 더는 **생각할** 시간을 갖지 않아, 안 그래? 예전에는 우리 모두 생각할 시간을 가졌었지. 버스가 오기를 기다릴 때나, 슈퍼마켓에서 줄을 설 때나, 혹은 거실에 그냥 가만히 앉아 있을 때조차 말이야. 하지만 요즘엔 그럴 때 우린 뭘 하지?"

테이텀은 아무 말도 하지 않고 상대가 설교를 늘어놓도록 놔뒀다.

"서둘러 휴대폰을 꺼내. 트위터나 인스타그램을 확인하거나 캔디 크러쉬 게임을 하지. 왜냐하면 우리가 실제로 5분 동안이라도 **생각하는** 건 죽어 마땅한 죄거든. 빌어먹을. 그러다 보면 장기적으로 우리가 어떻게 될 것 같아? 전 인류가 생각하기를 그만둔다면?"

"그래서 네 피해자들한테 그걸 준다는 거지? 생각할 시간?"

"그 이상이었지. 난 **모두**에게 생각할 시간을 줬어. 내가 영상 송출을 중단할 때마다, 다들 궁금해하기 시작했지. 그 여자가 죽었나? 살아 있나?"

"중첩."

"**맞아.** 중첩이야. 답이 없는 질문. 난 사람들을 억지로 생각하게 만들었어. 그럴 필요가 있었으니까."

테이텀은 한숨을 내쉬고 짐짓 지친 척 옅은 미소를 띠었다. "그래……. 그게 네 사명, 맞지? 난 이미 다 알고 있었어. 조이가 네 프로파일에 뭐라고 썼는지 알아? 네가 자신과 자신의 이른바 사명에 너무 집착해서, 네 거처를 수색하면 아마도 그것에 관해 쓴 세심한 일지를 발견하게 될 거라고 썼어." 테이텀은 또 다른 증거 봉투를 열어 한 무더기의 종이를 꺼냈다. "내가 뭘 찾아냈는지 좀 봐봐. 일지가 아니야. 그것보다 더 좋은 거지. 네 자서전의 초고 일부. 네가 방금 말한 걸 적어놓은 서문이 있어. 인류, 생각할 시간, 휴대폰, 주절주절……. 지루한 내용이지. 하지만 넌 **진심이었어.** 이 종이들은 네가 교정을 보고 편집에 참고하기 위해 적어둔 것들로 가득해. 정말 열심히 했더군. 제대로 하고 싶었나 봐. 얼른 마지막 두세 장을 마무리해서 출판사를 찾고 싶었겠지. 사실, 네 검색 기록에는 에이전트를 찾는 것도 있었어. 아주 체계적인 계획이야."

테이텀은 맨 위 페이지를 집어 들었다. "네가 뭐라고 적어뒀는지 잘 기억하고 있어야 할 텐데." 종이를 지루하다는 표정으로 훑어본 후 세단기를 켜고 거기에 집어넣었다. 세단기는 웅웅대며 깨어나, 종이를 길고 가느다란 띠로 갈았다.

테이텀은 종이 한 장을 더 집어 세단기에 넣은 후 세 번째 페이지를 갈았다. 갈려나가는 종이들을 지켜보았다. 종이 띠들이 바닥에 점차 높이 쌓여갔다.

"당신은 증거를 파괴하고 있어." 프레스콧이 말했다. 목소리는 냉랭했지만 테이텀은 그 밑에 뭔가가 있음을 느낄 수 있었다.

"어차피 증거라면 더럽게 많으니 그 걱정은 안 해도 돼." 테이텀은 네 번째 페이지를 갈았다. "몇 챕터나 더 써야 할 것 같아?" 테이텀은 또 다른 페이지를 갈았다.

"글쎄, 몇 챕터일까. 이 인터뷰는 좋은 장면이 될 거야."

"내가 무슨 생각을 하는지 알아?" 테이텀은 또 다른 페이지를 갈았다. 가는 소리가 매우 만족스러웠다. 제발 젠슨이 갑자기 들이닥쳐 증거를 파괴하다니 무슨 짓이냐고 고함치는 일이 없기만을 빌었다. "내 생각에는…… 세 챕터쯤 남은 것 같아. 하나는 조이. 하나는 네 체포, 그리고 하나는 그 뒤의 법적 절차를 다루는. 어쩌면 사형 선고를 기다리는 네 시간에 대한 에필로그도."

"그게 편집자로서 당신의 전문적 의견인가?"

"독서가로서지." 테이텀은 종이 더미를 내려놓고 마지막 증거 봉투를 집어 들어 거기 든 책을 꺼냈다. 《연쇄살인마 번디》. 네 책장에서 찾은 건데 비슷한 것들이 네 권 더 있더군. 테드 번디에 관한 책들을 즐겨 읽나 봐?"

"흥미로운 점이 있긴 하지."

"여기 네가 반복적으로 밑줄을 치고 귀퉁이를 접어놓은 페이지들이 몇 장 있어. 내가 무슨 생각을 하는지 알아?"

프레스콧은 아무 말도 하지 않았다. 테이텀은 몇 페이지를 더 가는 동안 침묵이 길어지게 놔뒀다. 매 초마다 조이의 죽음은 조금씩 더 가까이 다가왔다. 프레스콧 역시 똑딱똑딱 흐르는 시간의 대가가 있다는 걸 느끼기를 바랐다.

"번디의 탈출을 다룬 부분이야." 테이텀이 말했다. "말해봐, 프레스콧. 네가 정말 감옥을 탈출할 수 있을 것 같아?"

"그 생각은 한 번도 안 해봤는데."

"테드 번디는 1977년에 탈옥했어. 그 이후로 우린 시스템을 개선했지. 그리고 난 네가 가장 감시가 엄중하고 고립된 곳에 갇히도록 주선할 거야. 일주일에 7일, 하루 스물네 시간 내내 감시를 받도록. 내 말 믿어. 네가 어떻게 탈옥했는지에 관한 챕터는 네 자서전에 없을 거야." 이번엔 테이텀이 조소를 지을 차례였다.

"요원님이 날 오해하신 것 같은데. 난 이미 끝났어."

"당연히 그렇지." 테이텀은 한 페이지를 집어 들어 훑었다. "난 네가 여기 적은 게 마음에 들어. '이 부분은 수정이 필요하다. 진부하게 느껴진다.' 나 역시 같은 생각이거든. 게다가 여기 **리듬**의 철자도 잘못 썼어. R 다음에는 H가 와야지. 음……." 테이텀은 그 페이지도 갈았다. 프레스콧은 여전히 가면을 쓰고 있었지만, 테이텀은 이제 확실히 상대가 긴장했다고 느꼈다. 놈에게 다가가고 있었다. 놈을 깨뜨리려면 시간이 얼마나 더 걸릴까? 얼마나 더 오래?

"내가 아는 한 네 자서전의 다른 복사본은 없어. 감식반이 더 찾고 있지만 내 생각엔 이것 하나뿐이야. 네 책상에서 500장짜리 인쇄용지 묶음을 찾아냈는데, 반쯤 비어 있더군. 이 초고는 총 230쪽짜리지. 아니, **230쪽짜리였다고** 해야 맞겠지. 사이사이에 교정을 볼 수 있게 더블 스페이스로 작성했고, 맞지?" 테이텀은 다른 페이지를 갈았다. "그래, 이것 말고 다른 인쇄본은 없어. 노트북 파일을 제외하면." 테이텀은 종이들을 내려놓고 노트북을 돌아보았다. "여기 있군. 파일명은 아마 너도 기억하고 있겠지. '생각할 시간'." 테이텀은 파일을 클릭했다. "내가 이걸 삭제하면…… 다시 쓸 수 있으려나?" 테이텀의 손가락이 삭제 버튼 위를 맴돌았다.

몇 초가 지났다. 프레스콧은 백지 같은 표정으로 꿈쩍도 하지 않았다. 더는 침착하지 않았다. 편안하지 않았다. 간신히 억누르고 있을 뿐이었다.

"삭제해보면 알 수 있겠지." 테이텀이 두 손가락으로 자판을 두드렸다. "시프트, 딜리트. 휴지통에서 도로 복원하면 곤란하니까, 그렇지?"

그거였다. 분노의 첫 불꽃. 처음으로 프레스콧의 입술이 분노로 일그러졌다. 테이텀은 앞으로 몸을 숙여 다시 페이지들을 갈았다. 이제 프레스콧의 눈은 종이를 차례로 가는 테이텀의 손에 못 박혔고, 테이텀은 자기가 옳았음을 알았다. 파일의 다른 복사본은 존재하지 않았다.

"이미 다시 쓸 계획을 세우고 있나?" 테이텀이 물었다. "나중을 위해 가장 마음에 드는 문단을 기억하려고 애쓰는 중이신가? 어쩌면 어느 정도 마음에 들었던 문장이라든가? 어디 최선을 다해봐, 프레스콧. 하지만 머리를 열심히 쥐어짜는 게 좋을 거야. 왜냐하면 네가 글을 쓸 도구를 절대 얻지 못하게 내가 기필코 막을 테니까. 펜도 없고 연필도 없고 망할 놈의 크레용도 없어. 그리고 종이는? 네게는 포스트잇 한 장 주어지지 않을 거야. 화장실에 가도 손가락으로 닦아야 할 거야. 왜냐하면 화장지하고도 이제 영영 빠이빠이니까. 이 자서전은 **절대** 빛을 보지 못할 거야, 내가 원하는 걸 주지 않는 한. 그리고 넌 그게 뭔지 알지."

또 다른 종이가 갈렸다. 또 한 장. 또 한 장.

"조이는. 어디. 있지?"

프레스콧은 자신을 억지로 침묵시키려는 듯 이를 꽉 다물었다.

"네 노트북을 보니 일요일에 온라인 쇼핑으로 무선 신호 증폭기를 샀더군. 왜지? 조이를 어디 묻었기에 신호 증폭기가 필요했지?"

답은 없었다.

거의 다 왔다. 조금만 더. 조금만 기다려요, 조이.

"그거 알아?" 테이텀이 쾌활하게 말했다. "우리 프로파일에서 너에 관한 가장 좋은 부분은 아직 말해주지도 않았어. 조이가 알아낸 건데, 네 집 서재를 보니까 아주 정확했지 뭐야. 의학 서적 몇 권에 연쇄살인범 자서전은 뭉텅이로 있더군. 그리고 《생매장》이라는 책도 있었지. 무슨 내용인지는 펼쳐보지 않아도 충분히 짐작이 가더군."

"그래서 뭐?" 프레스콧이 조소하며 물었다. "연구를 좀 했을 뿐이야."

"맞아! 다만 너한테 뭐가 없었는지 알아? 슈뢰딩거나 물리학이나 양자역학에 관한 책은 한 권도 안 보이더군. 그리고 인류나 사고 과정이나 철학과 관련된 소책자 한 권도 없었어. 마치 그것들은 네 관심사가 전혀 아닌 것처럼 말이야. 좀 이상하지 않아?"

프레스콧은 대답하지 않았다.

"자, 조이의 노트 내용을 좀 읽어주지." 테이텀은 초고의 남은 종이들을 내려놓고 노트를 집어 들어 페이지를 넘겼다. "미확인범은 자신의 사명에, 목표에 집착한다. 놈은 그게 자신을 움직이는, 살인을 저지르게 만드는 동기라고 믿고 싶어 한다. 이게 놈이 웹사이트를 만든 이유이자 놈이 그 영상들을 스트리밍하고, 자신을 슈뢰딩거라고 부르고, 살인을 '실험'이라고 부르는 이유다. 하지만 놈은 자기 자신에게 거짓말하고 있다."

테이텀은 말을 멈추고 잠시 고개를 들어 프레스콧과 눈을 맞춘 후 계속 읽어나갔다. "사실 미확인범이 여자를 살해하는 이유는 단 한 가지뿐이다. 놈은 여자를 생매장하는 행위에서 성적 자극을 얻

503

는다. 놈은 스스로 그걸 인정하는 수치를 피하기 위한 위장용 간판으로 자신의 집착에 매달린다."

테이텀은 노트를 도로 내려놓았다. 남은 자서전의 페이지를 한 장 집어 들었다. 세단기에 갈았다. 또 한 장을 더 갈았다.

"조이는 거창한 단어들을 사용했지. 원래 그런 사람이니까." 테이텀이 말했다. "하지만 그 말뜻은, 놈이 변태적인 취향을 가졌고 여자를 생매장하면서 오르가슴을 느낀다는 거야. 그리고 놈은 자신의 빌어먹을 페티시가 너무 민망했던 나머지 괴짜 루저 같은 기분을 느끼지 않으려고 전체 이야기를 지어냈지."

종이가 한 장 더 갈렸다. 프레스콧은 몸을 떨고 있었다.

"네가 책이라고 부르는 이 똥 덩어리들을 다 갈아버린 후 내가 뭘 할 거냐면……." 테이텀이 말했다. "기자회견을 열 거야. 그리고 우리가 삽질 살인마를 잡았다고 말하는 거지. 그리고 이 가련한 똥 덩어리가 영상을 보면서 딸딸이를 쳤다고, 그게 놈이 이 모든 짓거리를 벌인 이유라고 말이야. 사람들은 널 그런 식으로 기억할 거야."

페이지가 갈렸다.

"네가 나한테 말해주지 않으면 말이야. 조이가. 어디. 있는지."

"어디 계속해봐." 프레스콧이 분노로 떨리는 목소리로 말했다. "하지만 넌 나한테 아무것도 얻어내지 못해. 그리고 네 소중한 벤틀리 박사는 땅 속에서 썩게 될 거야. 그 여자는 네 바로 코밑에 있었는데도 넌 절대 모르지."

테이텀은 문득 흥분으로 가슴이 떨리는 걸 느끼며 초고를 내려놓았다. "내 바로 코밑에 **있었다**?"

"맞아." 프레스콧이 상기된 얼굴로 내뱉었다. "바로 네 씨발 코밑에 있어."

"말조심해, 박사. 넌 조이가 내 바로 코밑에 **있다**고 하지 않았어. 내 바로 코밑에 **있었다**고 했지. 조이를 이동시켰나?" 테이텀은 프레스콧을 빤히 노려보며 열심히 머리를 굴렸다. 놈은 무선 신호 증폭기를 샀다. 왜 그랬을까?

어떤 이유에서인지 프레스콧은 그 상자에서 지표면으로 케이블을 뺄 수 없었다. 전파 신호를 증폭시켜야 했다. 퍼즐 조각이 움직이면서 진실이 윤곽을 잡아갔다. "그래. 조이를 움직인 건 당연히 네가 아니었어. 우리였지. 조이를 움직인 건 우리였어. 조이는 바로 **전에** 우리 코밑에 있었어."

테이텀은 의자에서 벌떡 일어났고, 프레스콧은 한 대 얻어맞기라도 할 줄 알았는지 바짝 긴장했다. 하지만 테이텀은 이미 문을 향해 성큼성큼 걸어가고 있었다. 조이가 어디 있는지 알았다.

89

여기 갇힌 지 얼마나 됐는지 분간이 가지 않았다. 자신의 시간 개념은 믿을 수 없다는 걸 알았다. 자꾸만 덮쳐오는 잠의 손아귀를 피해 깨어 있으려고 애썼다. 말도 안 되는 일이었다. 잠이 들면 공기를 덜 소비할 텐데. 하지만 모든 가능성을 고려할 때, 한번 잠들면 다시는 깨어나지 못할 수도 있었다. 스스로를 포기할 수 없었다. 아직까지는. 자신이 할 수 있는 뭔가 다른 일이 없는지 계속 머리를 쥐어짰다. 뭔가 메시지 같은 걸 전달할 방법이 없을까.

학교라는 첫 메시지를 보낸 후 이번에는 **데브라 학교**로 바꿨다. 제대로 해내기가 끔찍하게 힘들었다. 세 번 시도했지만 매번 망쳐버린 것 같았다. 너무 많이 깜빡이거나, 멈추면 안 될 때 멈추거나, 중간에 글자를 하나 실수하거나. 도무지 집중이 되지 않았다.

마침내 포기하고 꼼짝 않고 누워 있었다. 앞뒤가 안 맞는 생각들이 마치 반딧불이 떼처럼 깜박이며 머릿속을 들락날락했다.

어지럽고 머리가 쿵쿵 울렸다. 피로 때문일까? 갈증? 아니면 그

낭 낮은 산소 농도 때문일까?

이미 백만 번은 했던 생각이 또다시 들었다. 괜히 바깥사람들과 소통하려 해서 도리어 일을 망쳐버린 게 아닐까 하는. 이미 수색 중일 게 분명한 그 사람들에게 조이는 **학교**라는 단 한 단어를 주었다. 그건 학교에 묻혀 있다는 뜻으로 해석하기 십상이었다. 괜히 더 가능성 있는 실마리를 버리고 헛짓거리를 하게 만든 건 아닐까?

조이는 적어도 테이텀이라면 범인이 그렇게 공개되고 목격당할 가능성이 높은 곳에 사람을 생매장할 위험을 감수하지 않으리라는 걸 알리라 생각했다.

의식이 흐려지면서 다시 환각과 환청이 찾아왔다. 안드레아, 부모님, 오랜 동료들과 친구들의 모습과 목소리. 적어도 마침내 연쇄 살인범과 사이코패스에 대한 집착이 사라졌다는 건 마음 놓이는 일이었다. 자신을 아끼는 사람들에게 둘러싸여 있는 느낌이었다.

갑작스러운 통 소리에 조이는 눈을 휘둥그레 떴다. 그렇다고 달라질 건 없었다. 주위는 여전히 어두웠다.

하지만 소리가 들렸다. 진짜 소리였다. 멀리서 들려오는 듯한 사람들의 목소리. 박박 긁고 쿵쿵 때리는 소리. 어둠과 정적 속에 갇혀 있은 지 너무 오래라, 자신에게서 나는 게 아닌 다른 소리는 충격적으로 들렸다. 살려달라고 비명을 지르려 했지만 그럴 수 없었다.

삐걱대는 소리에 이어 갑작스러운 햇빛이 쏟아졌다. 곧장 눈을 감았다. 눈꺼풀을 통과한 햇살에 골이 쪼개질 듯 아팠다.

누군가가 옆에 있었다. 입에 물린 재갈을 풀어주고 있었다. 조이는 혀를 이리저리 움직였다, 갑자기 찾아온 자유가 천국 같았다. 목이 말랐다. 물을 달라고 하고 싶었지만 입이 떨어지지 않았다.

누군가의 목소리가 귓전에 속삭였다. 부드럽고 긴장된, 걱정으로 가득한 목소리였다. 테이텀. 테이텀이 양팔로 조이를 부축해 일으켜서 가까이 끌어당겼다. 그때 조이는 마침내 자신을 놓아버렸다. 테이텀은 발목이 꺾인 조이가 넘어지지 않도록 팔에 힘을 주어 붙잡았다. 누군가가 조이의 손목을 묶은 끈을 풀었다. 주변에서 사람들의 고함 소리가 들려왔다. 구급의료원에게 서둘러 뭐라고 외치고 있었다.

물병이 입에 닿았다. 조이는 물을 아주 조금 머금고 입 안에서 굴렸다. 눈물이 나올 것 같았다.

누군가가 한 팔을 어깨에 둘렀다. 든든한 느낌이었다. 테이텀의 목소리가 들렸다. "당신은 안전해요. 우리가 당신을 찾았어요……."

조이는 그 손길을 피해 날카롭게 몸을 움츠렸다. 아무 데도 닿고 싶지 않았다. 너무 가깝고 너무 좁았다. 그 상자처럼. **아무 데도** 갇히고 싶지 않았다.

이전 범죄현장에서 봤던 친숙한 광경이 보일 거라고 예상하며 억지로 한 눈을 가늘게 떴다. 사막의 토양, 자갈, 바위, 그리고 선인장들이 주위를 에워싸고 있을 거라고 생각했다.

하지만 그런 것들은 보이지 않았다. 어찌 된 일인지 땅은 녹색이고 나무들로 둘러싸여 있었는데, 저 커다랗고 하얀 것은…… 바위인가?

조이는 다른 쪽 눈도 마저 뜨고 한 손으로 이마에 그늘을 만들었다. 옆에 있는 테이텀의 조용한 존재감이 느껴졌다.

……묘지?

"어디예요?" 조이는 걸걸한 목소리로 물었다.

"페어마운트 묘지요." 테이텀이 대답했다. "샌앤젤로에 있는."

묘지. 조이는 묘지에 산 채로 묻혔다. 뇌가 이미 생각들을 마구 뱉어내고 있었지만 그 생각들은 서로 아귀가 맞지 않고 산산조각 나 있었다. 조이는 주위를 둘러보며 자신이 들어 있던 커다란 구덩이와 그 바닥에 놓인 관을 응시했다. 관이었다. 상자가 아니었다.

"이건…… 무덤이에요?"

"니콜 메디나의 무덤이에요." 테이텀이 말해주었다. "놈은 장례식 직전에 니콜의 시신과 당신을 바꿔치기했어요."

조이는 구덩이를 내려다보았다. 거기 놓인 관 안에서 뭔가 금속성 물질이 언뜻 빛을 반사했다. 적외선 카메라였다. 조이는 몸서리치며 한숨을 내쉬었다. **장례식 직전. 누구였을까? 사제? 장례지도사?** 조이는 떨리는 몸을 양팔로 감쌌다. 답은 이미 알고 있었다.

"검시관이었군요. 프로파일에 들어맞아요. 스트레스 요인은?"

"윗필드 사건요." 테이텀이 말했다. "조이……."

"잘못된 사망 시각. 당연하죠. 우린 곧장 깨달았어야 했어요. 알았어야 했어요. 내 메시지 받았어요? 눈을 깜빡여서 전달하려고 했는데, 제대로 하기가 너무 힘들었어요. 중간에 자꾸 셈을 놓쳤지만, 당신한테 말하려고 했어요."

"메시지는 잘 받았어요. 덕분에 놈을 찾아낸 거예요. 데브라와 같은 고등학교에 다녔죠. 저기, 우선 여길 나가서……."

"놈이 나와 시신을 바꿔치기한 게 언제죠? 내가 저기 얼마나 오래 갇혀 있었어요?"

"당신은 좀 쉬어야 해요." 테이텀이 구급의료원을 손짓으로 불렀다.

"말해줘요. 얼마나 됐어요?"

테이텀은 헛기침을 했다. "우리가 아는 바로는, 놈이 시신을 바꿔치기할 수 있었던 때는 어젯밤뿐이었어요. 놈은 장례식이 있기 전에 자기가 시신에 마지막으로 중요한 검사를 해야 한다고 했어요. 관을 저녁때 시체 안치소로 가져갔다가 새벽 다섯 시에 도로 가져 왔죠."

조이는 관을 돌아보며 안쪽 벽에 아무것도 깔려 있지 않다는 걸 깨달았다. 틀림없이 누군가가 영상에서 안감을 보고 어디 있는지 알아채지 못하도록 일부러 제거했을 것이다. "놈은 내가 장례식 도 중에 깨어나지 않도록 제대로 마취됐는지 확인하기 위해 마지막까 지 기다렸을 거예요. 그리고 내가 더 오랫동안 버티게 만들려고. 그 러니 아마도 네 시 반쯤이라 치고, 지금이 몇 시죠?"

구급의료원 한 명이 작은 구급상자를 들고 다가왔다. 조이는 한 발 뒤로 물러섰다. **"몇 시냐고요."**

테이텀은 한 손을 들어 자신을 쳐다보는 구급의료원을 제지했 다. "여섯 시 반이 막 지났어요."

조이가 눈을 깜빡였다. "열네 시간." 어디선가 계속해서 딱딱거리 는 소리가 들려와 신경이 쓰였다. "열네 시간." 조이는 그게 자신의 이에서 나는 소리임을 깨달았다. 윗니 아랫니가 딱딱 맞부딪치고 있었다. "난 저기 열네 시간 동안 갇혀 있었어요. 놈이 날 거기 넣 었어요. 난…… 그건……." 이상할 정도로 너무 추웠다. 샌앤젤로는 항상 너무 더웠는데. 하지만 조이는 추위로 떨고 있었다.

"선생님, 진정하실 수 있게 주사를 놓으려고 하는데……. 괜찮으 시죠?" 구급의료원이 조심스럽게 물었다.

조이는 사시나무처럼 떨면서 한 걸음 더 뒤로 물러섰다. 양 손바 닥이 축축이 젖었고, 이가 맞부딪치는 걸 멈출 수 없었다. 테이텀을 응시했다. 뭐가 필요한지 자신도 몰랐지만 테이텀에게 **뭔가를** 원한 다는 건 알았다. 테이텀의 도움이 필요했다.

"난 바로 여기 있어요."

조이는 구급의료원을 응시했다. 의료원은 작은 주사기를 들고 있었다. "선생님?"

조이가 마지못해 살짝 고개를 끄덕이자 테이텀은 조이의 손을 잡았다. 조이는 테이텀을 때리고 싶은 것을 간신히 참았다. 바늘이 살갗을 찌르자 기억의 파편이 번뜩 떠올랐다. 주차장에 서 있는데 갑자기 목이 따끔하더니 통증과 함께 몸이 굳던 기억. 그게 놈이 조이를 납치한 수법이었다.

"가지 말아요." 조이는 테이텀에게 말했다.

"난 아무 데도 안 가요."

90

2016년 9월 19일 월요일, 버지니아 주 데일 시터

외상 후 스트레스 장애에 관한 조이의 지식은 기초적인 수준이었지만, 그래도 환자들끼리 서로를 보살펴서는 안 된다는 것만은 확실했다. 그럼에도 조이와 안드레아는 바로 그 일을 하고 있었다. 그리고 상황을 감안하면 그건 상당히 효과가 있었다.

그렇다고 문제가 아주 없지는 않았다. 두 사람의 트라우마가 서로와 다툼을 벌이고 있는 것처럼 느껴졌다. 조이는 집 안의 모든 창을 항상 열어두고 싶어 했다. 빛과 공기가 필요했고, 거리의 번잡한 소음이 귓전에 음악처럼 들렸다. 한편, 안드레아는 창을 꼭꼭 닫고 문을 잠그고 싶어 했다. 아파트를 자신의 고치로 삼고, 침입자는 누구도 절대 기어 들어오지 못하도록 단속하고 싶어 했다. 하지만 두 사람은 타협점을 찾으려 노력했다. 거실 창은 열어놓되 비상계단 옆 창은 걸쇠로 잠가둘 것. 문은 물론 항상 잠가놓을 것. 조이는 밖으로 나가 아주 오랫동안 산책을 하면서 얼굴에 와닿는 바람을 맞았다.

둘 다 악몽을 꿨다.

둘은 같은 방, 같은 침대에서 잤지만 그리 오래가지는 못할 터였다. 어젯밤 안드레아는 보이지 않는 누군가와 싸우느라 하마터면 언니의 눈알을 뽑을 뻔했고, 그 결과 조이의 얼굴에는 기다란 상처가 남았다.

그래도 그날 아침은 그만하면 정상에 가깝게 느껴졌다. 주말 휴가를 온 기분이었다. 조이는 프라이팬이 지글거리는 소리에 깨어났다. 안드레아가 부엌에서 팬과 냄비들을 챙챙 부딪치고 있었다. 침대에서 일어나 눈을 껌뻑이며 부엌으로 갔다.

안드레아는 조이가 집에 돌아온 이후 처음 보는 쾌활한 모습으로 콧노래를 흥얼거리고 있었다. 옆에 놓인 접시 위에는 팬케이크가 산더미처럼 쌓여 있었는데 거기 한 장을 더 추가할 모양이었다. 팬케이크를 뒤집은 안드레아는 자신의 솜씨가 마음에 드는 듯 흡족한 웃음을 지었다.

팬케이크에 뻗은 조이의 손을 향해 안드레아의 주걱이 날아왔다.

"아얏!"

"아직은 안 돼." 안드레아가 말했다. "내가 계획을 다 세워놨어. 버터와 메이플 시럽을 발라 먹을 거야. 같이 마실 오렌지주스도 샀다고."

"하지만 배고프단 말이야." 조이가 투덜댔다. "딱 하나만." 팬케이크에 다시 손을 뻗었다.

주걱이 날아왔지만 3센티미터 차이로 손가락을 놓쳤다.

"조심해." 안드레아가 눈썹을 꿈틀거리며 주걱을 위협적으로 흔들었다.

"적어도 커피 한 잔은 마셔도 되겠지?" 조이가 팬케이크를 간절히 바라보며 꿍얼댔다.

"한 잔만."

조이는 컵을 꺼내 검은 생명수가 잔을 가득 채우기를 인내심 있게 기다렸다. 커피를 홀짝이며 향기로운 내음을 들이켰다. 천국이었다.

그후 한 번의 재빠른 동작으로 조이는 맨 위에 놓인 팬케이크를 훔쳐내 서둘러 입에 욱여넣었다. 하마터면 숨이 막힐 뻔했다.

"지금 모습을 봤어야 하는데." 안드레아가 콧방귀를 뀌었다. "볼이 팬케이크로 완전 불룩해. 무슨 햄스터 같아."

조이는 불룩한 볼로 씩 웃어 보이고는 입에 든 것을 우적거리며 거실로 걸어갔다.

"음악 좀 틀까?" 조이가 외쳤다. 그것 역시 조이에게 지속적으로 필요한 또 한 가지였다. 음악.

"좋아. 하지만 비욘세나 테일러는 안 돼. 더는 못 참아."

"케이티 페리는?"

"그래." 안드레아가 끙 소리를 내며 마지못해 허락했다.

조이는 〈틴에이지 드림〉을 틀고 거실 창 앞으로 갔다. 안드레아가 닫아둔 창을 다시 열고 오가는 차들을 내려다보았다.

비록 트라우마 전문가가 아니라 해도, 안드레아와 자신의 트라우마의 결정적인 차이점 하나는 알고도 남았다. 조이의 공격자는 연방 교도소에서 재판을 기다리고 있었다. 반면, 안드레아의 괴물은 바깥을 돌아다니고 있었다. 경찰이 건물의 모든 출입문을 감시하고, 시 전역에 바리케이드를 치고 이 잡듯이 뒤졌는데도, 로드 글로버는 악령이라도 되는 양 홀연히 자취를 감췄다.

"내가 지난 금요일에 그렇게 파티를 했으면 좋았을 텐데." 어느새 등 뒤로 다가와 있던 안드레아가 말했다.

"뭐라고?" 조이가 화들짝 놀라 물었다.

"그 노래 가사 말이야."

"아." 조이는 사실 음악을 듣고 있지 않았다. 그건 마음의 안정을 찾아주는 또 다른 소음일 뿐이었다.

"아침 준비됐습니다, 주인마님. 소음은 이제 그만 끌까요?"

"어…… 딱 몇 곡만 더 들으면 안 될까? 〈파이어워크〉가 막 나오려고 하거든."

안드레아는 한숨을 내쉬고 고개를 젓더니 발을 쿵쿵 구르며 부엌으로 돌아갔다. 조이는 자신이 그처럼 음악을 간절히 필요로 한다는 사실에 민망함을 느끼며 동생을 따라갔다.

더 나아질 거야. 그래야 할 텐데.

각자의 접시에 괴물 같은 팬케이크 더미가 쌓여 있었다. 그리고 그것을 뒤덮은 메이플 시럽의 호수 위에 버터 한 조각이 둥둥 떠 있었다. 다른 접시에는 납작하게 썬 과일이 담겨 있었다. 바나나, 딸기, 사과, 그리고 블루베리 몇 개와 피칸. 인스타그램에 올릴 법한 아침식사였다. 하지만 둘 다 음식 사진을 찍어 올리는 취미는 없었다. 벤틀리 자매는 음식은 먹기 위한 것이지 사진을 찍어 온라인에 올리기 위한 게 아니라고 믿었다.

조이는 메이플 시럽에 촉촉이 젖은 팬케이크 세 조각을 포크로 찍은 후 마지막으로 바나나 조각을 올렸다. 눈을 감고 코로 숨을 들이켜면서 온몸으로 밀려드는 달콤함을 즐겼다. 케이티가 부르는 〈파이어워크〉의 코러스 역시 한몫 거들었다. 바로 이거지. 조이는 이 완벽한 순간, 평화로운 순간이 영원히 지속되길 바랐다.

"어제 언니가 통화하는 거 들었어." 안드레아가 말했다. "누가 신문에 정보를 흘렸는지를 놓고 윗사람이랑 옥신각신하는 거."

"아무것도 아니야. 걱정하지 마. 누군가가 기자한테……."

"내가 그 정보원이야."

조이는 멍한 표정으로 동생을 응시했다.

"그 기자가 나한테 전화해서 언니에 관한 책을 쓰고 있다고 했어. 언니가 일하는 방식을 보다 자세히 알 수 있으면 언니가 정말 빛날 거라는 말을 계속하더라고. 그리고 언니네 팀에 언니가 정식 요원이 아니라면서 짜증나게 구는 개자식들이 많다고……."

"안드레아, 너 이게 얼마나 많은 문제를 일으킬 수 있는지 알기나 해?" 조이는 해리 배리가 지금 여기 없는 게 더없이 원통했다. 포크로 눈알을 바로 찔러줘야 하는데. "난 유명해지려고 이 일을 하는 게 아니야. 그 인간이 무슨 멍청한 책을 쓰든, 남들이 날 어떻게 생각하든 관심 없어."

"그러면 안 되지. 남들 생각은 중요해."

"두 번 다시. 그런 짓. 하지 마. 알아듣겠어? 네가 내 뒤에서 몰래 기자들하고 속살대는 건 못 참아. 특히 우리가 지금처럼 함께 살고 있을 때는 더더욱."

"그건 걱정할 필요 없어."

"다행이네." 조이는 아직 화가 풀리지 않았지만 분노의 주요 대상은 해리였다. 그 개자식의 교활함과 설득력에 대해서는 익히 알고 있었다. 안드레아가 그렇게 홀라당 넘어간 것도 놀라운 일이 아니었다.

"엄마를 좀 보러 가려고." 아무 말 없이 식사하고 있던 안드레아가 이윽고 말했다.

조이는 그날 아침 두 번째로 목이 멜 뻔했다. 사레가 들려 오렌지주스를 한 모금 마셨다. "진심이야?"

"며칠 전부터 끊임없이 엄마한테 들볶였어, 조이. 엄마는 걱정하고 계셔. 적어도 우리 중 하나는 직접 만나서 안심시켜드려야 해."

"화상 채팅을 하면 되잖아."

"조이, 바보같이 굴지 마."

"좋아! 가. 어차피 넌 엄마랑 같이 있으면 3초 만에 돌아버릴걸? 언제 가는데?"

"내일. 이미 표를 사놨어."

"그럼 언제 돌아올 건데? 한밤중만 아니면 내가 데리러 갈게."

"난…… 모르겠어."

조이는 한 입 더 먹었다. 갑자기 긴장됐다. 안드레아는 먹던 걸 멈추고 접시에 눈을 내리깔고 있었다. 표정에 죄의식이 역력했다.

"엄마를 보러 가는 게 아니구나." 조이가 말했다.

"엄마도 보러 가는 거야."

"넌 떠나는 거야."

"나도 아직 내 마음을 모르겠어." 고개를 든 안드레아의 눈은 촉촉이 젖어 있었다. "난 좀 떨어져 있을 시간이 필요해. 이 도시로부터, 그 기억으로부터, 그리고……."

"나로부터?"

안드레아는 아무 대답 없이 잔을 들어 한 모금 마셨다.

"난 네가 떠나지 않았으면 좋겠어." 조이는 물속으로 서서히 빠져드는 듯한 심정이었다.

"그냥 며칠만일 수도 있어, 조이. 그냥 머릿속을 비우고 싶어. 너무 심각하게 받아들이지……."

"머릿속을 비워? **엄마랑** 같이 있으면서?"

"나 자신이랑 같이 있으면서. 이건 그저 글로버 때문만이 아니야. 변화가 필요해서 그래, 됐어? 난 언니를 따라 무작정 여기 왔고, 솔직히 썩 좋지만은 않았어."

조이는 포크를 내려놓고 입술을 깨물었다.

"난 언니를 사랑해." 안드레아가 말했다. "하지만 지금은 떠나야 해. 나를 위해서. 알겠어?"

"알겠어."

"나한테 화났어?"

"아니야, 레이레이. 나 화 안 났어." 조이는 작은 팬케이크 조각을 포크로 찍어 입에 넣고 맥없이 우적거렸다. "팬케이크 먹어."

91

테이텀은 마빈이 입원한 집중치료실을 향해 걸어가면서 걱정으로 심장이 꽉 조이는 걸 느꼈다. 전날 찾아왔을 때 노인은 진정제를 맞아서 말이 어눌했고 낯빛은 창백하다 못해 거의 반투명에 가까웠다. 자세한 설명은 못 들었지만 무슨 감염 같은 게 일어난 모양이었다. 오랜만에 테이텀은 새삼 할아버지가 얼마나 나이가 많은지를 느꼈다.

이번에도 힘든 방문이 될 걸 예상하고 마음의 각오를 다지고 있는데 안에서 여자의 웃음소리가 와락 터져나왔다. 그 뒤에는 장난스러운 비명이 이어졌고, 잠시 후 중년 여성 간호사가 고개를 저으며 병실을 나왔다. 만면에 미소가 가득했다.

테이텀을 본 간호사가 멈춰 섰다. "마빈 그레이 씨, 아드님 맞으시죠?" 간호사가 물었다. "똑 닮으셨네요."

"사실은 손자인데요." 테이텀이 아연실색해서 대답했다.

간호사가 킥킥거렸다. "아하. 아무렴요."

테이텀은 한숨을 쉬고는 물었다. "좀 나아지셨나요?"

"그렇다고 봐야겠죠. 아버님이 우리보다 오래 사실 거예요. 내일이면 집에 돌아가실 수 있을 것 같아요."

"하루나 이틀 더 지켜보지 않아도 괜찮을까요?"

"그러려고 해도 과연 그분을 붙잡아둘 수 있을지 모르겠네요." 간호사는 한쪽 눈을 찡긋하고는 성큼성큼 자리를 떴다.

병실에 들어가 보니 마빈은 침대에 누워 얼굴을 잔뜩 찡그린 채 손에 쥔 종이를 들여다보고 있었다. 실제로 전날보다 조금 나아 보이긴 했지만 코는 여전히 빨갛게 부어 있었다.

"손에 들고 계신 게 뭐예요?" 테이텀이 침대 옆 의자에 앉으며 물었다.

"네가 좀 보고 말해다오, 테이텀. 이게 7이냐 1이냐?" 마빈이 손자에게 종이를 보여주며 물었다.

"7인 것 같은데…… 설마 간호사의 휴대폰 번호인가요?"

"남의 일에 관심 꺼라, 테이텀." 마빈은 종이를 침대 옆 협탁에 내려놓고 휴대폰을 집어 들었다. "아, 그러니까 생각이 나네. 혹시 누가 물어보면 넌 내 아들이라고 해라. 아주 중요하니까."

"기억해둘게요. 내일 퇴원하실 수 있을 것 같다네요."

"염병할, 그럴 때도 됐지. 난 여기서는 아무것도 못 해. 술도 못 마시고 담배도 못 피우고……."

"담배는 7년 전에 끊으셨잖아요."

"그런 줄 알았지? 나도 그랬다. 여기서 담배를 피우면 안 된다는 말을 듣기 전까지는 말이다. 이제는 계속 담배 생각이 간절하구나." 마빈이 휴대폰 화면을 건드렸다. "난 그 녀석에 관해 읽고 있었다."

"어떤 녀석요?"

"그 프레스콧이란 녀석." 마빈은 테이텀이 화면을 볼 수 있도록 휴대폰을 돌려주었다. 당연하게도 『시카고 데일리 가제트』 기사였다.

테이텀은 눈동자를 굴렸다. 해리 배리는 이 이야기를 아주 사골처럼 우려먹고 있었다. "쓰여 있는 걸 전부 믿지는 마세요."

"정말 만만찮은 녀석인 것 같더구나. 그 경찰서의 검시관이었다고? 너랑 **같이** 일했다면서?"

"그래요. 사람은 정말 모른다니까요."

"처음에 딱 보고 알았어야지. 넌 사람들 눈을 똑바로 들여다보질 않아, 테이텀. 내가 항상 그러지 않더냐. 눈은 늘 진실을 말해준다고."

테이텀은 할아버지와 시선을 맞췄다. "지금 진실은 뭔데요?"

"네가 아주 열받은 것처럼 보이는구나." 마빈이 씩 웃어 보였다.

테이텀은 마주 웃지 않을 수 없었다. 마빈은 꽤나 기분이 좋은 모양이었다. 아무래도 진통제 효과를 좀 지나치게 즐기고 있는 게 아닌가 싶었다. "안드레아가 안부 전해달래요."

마빈의 얼굴에 걱정하는 빛이 떠올랐다. "좀 어떠냐?"

"상황을 감안하면 괜찮은 것 같아요. 강인한 아가씨예요."

"네 생각만큼 그렇게 강인하진 않아." 마빈이 꿍얼거렸다. "딱한 것. 그 개자식은 언제 잡을 거냐, 테이텀? 넌 언제쯤 네 일을 제대로 할래?"

"전 지금 짧은 휴가를 즐기는 중이에요. 아파트를 혼자 독차지하려고 며칠 휴가를 냈어요." 그리고 이제 하루밖에 안 남았다는 생각 때문인지, 테이텀은 한숨을 푹 내쉬었다.

"아! 물고기는 괜찮냐?" 마빈이 눈을 휘둥그레 뜨며 물었다. "염병할, 미안하다. 칼에 찔린 이후로 밥을 못 줬어."

"물고기는 괜찮아요. 어항에서 헤엄 잘 치고 있어요."

"아, 다행이구나." 마빈은 한시름 놓은 눈치였다. "고양이는?"

"프레클도 괜찮아요. 그 걱정은 마세요."

"아." 실망의 표정이 얼핏 떠올랐다. "음, 인생에 좋은 일만 있을 순 없지."

"프레클이 할아버지가 보고 싶대요."

"그래, 그래, 정말 웃기는구나. 그 내부 감사는 어떻게 됐냐? 세상을 더 좋은 곳으로 만든 죄를 용서해준다더냐?"

"그런 것 같아요. 목격자라는 남자가 웰스의 어머니와 친구래요. 당시 현장에 있지도 않았던 모양이에요."

"웰스가 누군데?"

"제가 쏜 아동성범죄자요."

"그럼 아동성범죄자라고 해라, 테이텀. 네 총에 맞은 미친놈들 이름을 내가 일일이 기억할 순 없는 노릇이잖느냐."

"한 명밖에……. 됐어요." 테이텀은 잠시 말을 멈췄다가 다시 입을 열었다. "그때 일, 여쭤봐도 돼요……? 그날 밤?"

"안 될 게 뭐냐?"

"경찰은 안드레아의 증언과 현장의 증거를 바탕으로 당시 상황에 관해 기본적인 사실은 확인했어요. 하지만 저는 그 일을 할아버지 시점에서 듣고 싶어요."

"흐음, 그래. 그러니까, 잠결에 누가 문 두드리는 소리가 들리더구나. 잠깐 비몽사몽하다 일어났는데 그때 이미 안드레아는 문간에 있었지. 문을 열어줬고."

"놈이 들어오는 소리를 들으셨어요?"

"뭘 들었는지 어떤지는 기억이 안 난다. 그냥 문이 닫히고, 무슨 소리가 들렸지. 뭔가가 잘못됐다는 느낌이 들더구나. 잘은 모르겠지만 어쩌면 안드레아가 비명을 질렀을 수도 있고. 모르겠다. 하여튼 방문을 아주 살짝 열었는데 이 자식이 안드레아를 침실 쪽으로 밀고 가더구나. 난 방을 나서서……."

"뭘 어쩌실 생각이었어요? 놈을 패주실 생각이었어요?" 테이텀의 목소리는 뜻한 것보다 더 날카롭게 나왔다.

"테이텀, 넌 내 이야기를 듣고 싶은 거냐, 아니면 나한테 훈계를 하고 싶은 거냐? 난 염병할 경찰들보다 훨씬 큰 공을 세웠다."

"알았어요. 그다음엔 뭐죠?"

"놈이 날 때렸지. 그리 세지는 않았다. 말해두는데, 센 척만 하지 막상 힘은 여자만도 못한 녀석이더구나."

"할아버지는 그 자식 때문에 코가 부러지고 칼에 찔리고 뇌진탕을 일으키셨잖아요."

"이야기를 하는 게 누구지, 테이텀? 나냐, 너냐? 네가 거기 있었냐? 네가 평소 신문을 이런 식으로 한다면, 그 녀석이 계속 빠져나가는 것도 놀랍지 않구나."

"알겠어요. 그 자식은 힘이 여자만도 못해요."

"맞아. 그래서 난 방으로 돌아가서 총을 가지고 침실로 놈을 따라갔다. 첫 발에 옆구리를 맞혔지. 놈이 날 돌아보길래 창을 향해 경고탄을 쐈고."

"빗맞혔다는 말씀이죠?"

"넌 정말 신경에 거슬리는 녀석이구나, 테이텀. 그래, 빗맞혔다. 어두웠고, 방 안은 좁았고, 난 코가 아팠고, 안드레아를 맞히고 싶진 않았다. 됐냐?"

"됐어요."

"그후 놈은 도망쳤지."

테이텀은 앞으로 몸을 기울였다. "어떻게요?"

"어떻게는 뭐가 어떻게야. 내 옆으로 빠져나가 문으로 튀었지."

"어떻게 보였어요?"

마빈은 잠시 생각에 잠겼다가 입을 열었다. "프레클이 내 발목을 할퀴어서, 내가 프라이팬을 들고 녀석을 쫓아갔을 때 기억나느냐?"

"네, 그리고 제 텔레비전을 박살내셨죠. 그 멋진 날이 어렴풋이 기억나네요."

"난 녀석을 욕실로 몰아넣었지. 그때 프레클의 얼굴 표정……. 그게 바로 그놈의 얼굴 표정이었다."

"덫에 갇힌 짐승 같았군요." 테이텀이 말했다.

"그래." 마빈은 만족스러운 얼굴을 했다. "그러고 보니 총이 아니라 프라이팬을 들고 놈을 쫓아갈 걸 그랬나 보다."

92

2016년 9월 20일 화요일, 버지니아 주 데일 시티

안드레아가 공항으로 향하는 우버에 타는 순간까지, 조이는 간신히 지지와 애정이 넘치는 언니의 표정을 유지할 수 있었다. 그리고 그후 얼마 동안은 다 놓아버렸다. 공포가 조이를 기다리며 몸을 웅크리고 있었다. 복도나 불 꺼진 방이나 닫힌 문 뒤에서 마치 진짜 그림자처럼 조이를 스토킹했다.

아파트의 모든 창을 열어놓았다. 아주 오랫동안 산책을 했다. 음악을 쩌렁쩌렁 크게 틀어 텅 빈 공간을 소음으로 가득 채웠다.

얼마 동안은 일에 몰두하려 애써보았다. 신문에 실린 클라이드 프레스콧의 신문 녹취록을 읽었다. 자신이 직접 놈과 이야기하지 못한 게 못내 아쉬웠다. 왜 그러지 않았지? 제프리 앨스턴 때는 그렇게 했는데. 전에는 모든 연쇄살인범들과 인터뷰를 했다. 하지만 프레스콧은 도저히 마주할 엄두가 나지 않았다.

놈의 자서전을 일부 읽었다. 테이텀은 노트북에서 파일을 지우는 척 연기했지만, 사실은 미리 한 부 복사해두었다. 하지만 프레스

콧의 의견이 적힌 초고는 실제로 파쇄됐다. 조이는 프레스콧이 직접 의견을 적은 페이지들이 없어진 게 아쉬웠다.

그리고 그 일은 효과가 있었다. 조이는 꽤 오랜 시간, 그러니까 한 번은 15분간, 또 한 번은 20분간 일에 몰두할 수 있었다. 프로파일을 더 확고히 다졌다. 지금 하는 일이 언젠가 또 다른 프로파일러에게 도움이 될지도 모른다. 하지만 정신을 차려보니 어느새 허공을 응시하고 있었다. 몸이 굳고 숨이 막혔다. 주변의 침묵이 자신을 짓누르고 집어삼키려 하는 것만 같았다.

그 순간, 갑작스러운 노크 소리에 하마터면 심장마비를 일으킬 뻔했다. 부엌으로 달려가 가장 큰 칼을 집어 들려는데 문밖에서 테이텀의 목소리가 들렸다. "조이, 안에 있어요? 나예요."

조이는 자물쇠를 풀고 손님을 안으로 들였다. 너무 마음이 놓이는 자신이 미울 정도였다.

"그거 읽고 있었어요?" 테이텀이 탁자 위에 놓인 종이들을 알아차리고 물었다.

"매혹적이에요." 조이가 말했다. "프레스콧이 글을 꽤 명료하게 써서, 그냥 이걸 읽기만 해도 놈에 관해 많은 걸 알 수 있어요."

"난 그 괴물에 관해 가능한 한 모르고 싶은데요."

"놈은 괴물이⋯⋯." 조이는 고개를 젓고 나머지 문장을 삼켰다. "당신이 놈의 초고를 없애버리지 않았다면 좋았을 텐데요. 그것들을 봤으면 정말 좋았을 텐데." 그 말에 담긴 분노와 원망은 조이 자신도 놀라게 만들었다.

"당신 목숨을 구하느라 정신이 없어서 미처 거기엔 신경을 못 썼네요."

"그냥 백지를 갈아버릴 수도 있었잖아요. 진짜 문서를 쓸 필요는 없었다고요. 미리 복사를 해두거나, 아니면······."

"무슨 소리를 하는 겁니까?" 테이텀은 도무지 무슨 소리인지 이해가 안 간다는 듯 눈을 깜빡였다. "난 걱정돼서 병이 날 뻔······. 당신은 내가 어떤 심정이었는지 알기나 해요?"

"아뇨!" 조이는 비명을 질렀다. 왠지는 모르지만 머릿속에서 합선이 일어났다. "하지만 **내** 심정만큼 끔찍하지는 않았겠죠."

조이는 자신의 눈물과 비합리적인 행동이 스스로도 한심했다. 테이텀에게 그런 자신의 모습을 보여주고 싶지 않았다.

테이텀은 조이의 손을 잡고 아주 부드럽게 자신에게로 끌어당겼다. 조이는 저항하지 않고 테이텀의 가슴에 빰을 갖다 댔다. 테이텀은 조이를 껴안았지만 그 포옹은 너무도 부드럽고 깃털처럼 가벼웠다. 마치 조이가 자신을 가두는 건 **무엇이든** 절대 못 참는다는 걸 아는 것 같았다. 조이는 눈을 감고 테이텀의 심장 박동에 귀를 기울였다.

잠시 후 조이는 몸서리치며 숨을 내쉬고 몸을 뗐다. "미안해요."

"하나도 미안해할 것 없어요."

"한잔할래요?"

오후 3시였다. 조이는 테이텀이 사양할 거라고 생각했다.

"그러면 정말 좋겠어요." 테이텀은 뜻밖에도 그렇게 말했다.

조이는 찬장을 열어 탈리스커 스카이 위스키와 유리잔 두 개를 꺼냈다. 호박색 액체를 테이텀의 잔에는 약간, 그리고 자신의 잔에는 그보다 훨씬 넉넉히 따랐다.

"난 겨우 이것만 주는 건가요?" 테이텀이 전등을 향해 잔을 들어 올리며 물었다.

"아직 해가 중천에 떠 있잖아요." 조이가 지적했다.

"당신 잔에는 네 배는 더 들어 있는데요!"

"난 트라우마 상태니까 그래도 돼요."

"음, 병원에 가서 마빈을 만나고 왔어요. 나도 트라우마 상태예요."

조이는 테이텀의 잔에 위스키를 더 따라주었다. 테이텀은 잔을 들어 조이와 맞부딪쳤다.

"트라우마에 건배." 테이텀이 말했다.

조이는 콧방귀를 뀌고 따라 했다. "트라우마에 건배."

두 사람은 잔을 홀짝였다. 조이는 잠시 혀끝에 맴도는 스모크 맛을 감상한 후 꿀꺽 삼켰다. 점차 가슴속으로 온기가 번졌다. 두 사람은 편안한 침묵 속에 술을 마셨고, 조이는 자신의 생각이 뚜렷한 목적지 없이 기분 좋게 방황하도록 놔뒀다. 신선한 기분이었다.

하지만 마침내 조이는 한숨을 내쉬었다. "맨쿠소한테 들었는데 당신이 글로버 사건을 맡았다면서요."

테이텀은 놀란 표정이었다. "그랬어요? 나더러는 당신한테 말하지 말라더니?"

조이는 아무 대답 없이 입꼬리를 끌어올렸다. 잠시 후 테이텀이 나지막이 욕설을 내뱉었다.

"뻥이군요. 아무 말도 못 들은 거죠?"

"못 들었어요." 조이는 술잔을 홀짝이며 뿌듯함을 느꼈다. "하지만 방금 당신한테 들었죠. 그냥, 당신이 그 사건을 맡겠다고 나섰을 것 같았어요."

"맞아요, 내가 그랬어요."

"놈이 어떻게 빠져나갔는지 혹시 짐작 가요?"

"경찰은 놈이 지붕으로 올라갔을지도 모른다고 생각해요. 거기서 배수관을 타고 경찰들 감시가 없는 골목으로 내려가 도망쳤다고."

"무슨 닌자도 아니고. 그다음엔 뭐, 미리 대기시켜놓은 도피 차량을 타고 이 도시 전역에 펼쳐진 수배망을 빠져나갔다고요?"

"대체로 그렇게들 생각하는 것 같아요."

"심하게 피를 흘리면서 말이죠?" 조이가 잔을 비웠다.

"마빈의 말과는 달리, 총상이 그렇게 심하지 않았을 수도 있다고 생각하나 봐요."

"당신 생각은요?"

테이텀의 눈길이 조이와 마주쳤다. "뭔가 좀 이상해요."

"같이 살펴봐요." 조이가 말했다.

두 사람은 조이의 침실로 갔다. 테이텀이 여기 들어온 건 확실히 처음이었다. 조이는 미리 청소도 해놓지 않고 무작정 테이텀을 들여놓은 자신을 걷어차고 싶었다. 속옷을 포함한 옷들이 사방에 널려 있었다. 책상에는 마시다 만 커피잔 세 개가 있고, 침대와 바닥에는 온통 종이들이 나뒹굴었다.

"이것들은……." 조이는 모호하게 손을 휘저으며 말했다. "신경 쓰지 말아요."

"알겠어요." 테이텀이 씩 웃으며 대답했다.

"혈흔과 안드레아의 증언에 따르면, 글로버는 마빈의 총에 맞았을 때 여기 있었어요." 조이는 침대 옆에 가 섰다.

"그리고 마빈은 문간에 있었고요." 테이텀이 문간을 살피며 말을 받았다. "마빈은 뇌진탕을 일으켰고 코가 부러졌어요. 아마도 문틀이나 벽에 기대서 있었겠죠."

"글로버는 옆구리에 한 방을 맞았고요."

"글로버는 지독한 고통에 익숙지 않아요." 테이텀이 말했다. "우리가 아는 한, 놈은 어릴 적 학대를 당한 적이 없어요. 싸움에 말려

든 적도 없죠. 쉽게 이길 수 있는 싸움이 아니라면. 놈은 약한 자를 노렸어요."

"난 시카고에서 놈을 칼로 찔렀었어요." 조이가 그날을 돌이켜 보며 말했다. "슬쩍 베인 정도에도 놈은 오줌을 지릴 만큼 겁을 먹었죠."

"그래서 놈은 고통을 느꼈죠."

"두 번째 총알은 창을 깨뜨렸어요. 마빈은 빗맞힌 거지만, 아마도 글로버는 다르게 생각했겠죠."

"놈은 즉각적인 위협에 직면해 있었어요. 자신에게 총을 겨누고 있는 마빈을. 그리고 아마도 경찰이 총소리를 들었을 거라고 생각했겠죠." 조이는 입술을 깨물었다. "놈은 도망치고 싶어 했어요."

"유리창이 깨져서 사방에 날카로운 유리 조각이 흩어져 있고, 놈은 마빈에게 등을 보이고 싶지 않았어요." 테이텀은 머릿속으로 당시 상황을 보고 있는 것처럼 멍한 눈을 했다. 조이는 그 표정을 알았다. 안드레아에게서 **자신이** 그런 표정을 짓고 있다는 말을 몇 번인가 들은 적이 있었다.

"그래서 놈은 문으로 달려가죠."

"맞아요." 테이텀은 문을 돌아보고 나갈 준비를 했다.

"테이텀." 조이는 불쑥 내뱉었지만 왜 그랬는지 자신도 알 수 없었다.

"왜요?" 테이텀은 어리둥절한 얼굴로 조이를 보았다.

"아니에요. 우리 현관으로 가요."

조이는 테이텀을 뒤따라 침실을 나갔다. 앞문을 열고 복도를 살폈다. 층계로 나가는 문, 엘리베이터, 그리고 이웃집들의 문이 보였다.

"놈이 어느 쪽으로 갔을까요?"

"놈은 겁에 질렸어요." 테이텀이 말했다. "그리고 다쳤고요."

"그리고 경찰들이 밖에 있는 걸 **알고 있었죠.**" 조이가 덧붙였다. "놈이 경찰복을 입은 건 그것 때문이었으니까요."

"놈이 어떻게 경찰복을 입고 건물로 들어왔을까요?" 테이텀이 물었다.

"그보다 먼저 놈이 애초에 어떻게 건물로 들어왔죠? **늦은** 시각이었어요. 경찰들은 건물을 드나드는 모든 사람들을 면밀히 확인했을 거예요."

조이는 혼자 생각하는 데 익숙했다. 심지어 전에 함께 일했을 때도 테이텀을 그저 자신의 이론을 시험할 상대로만 생각했다. 하지만 지금은 마치 뭔가가 동기화되는 것처럼 딱 맞아떨어졌다. 두 사람의 머리는 마치 시계 장치의 태엽처럼 맞물려 돌아가고 있었다. 조이는 클라이드 프레스콧과 마주 앉아 범인의 껍데기를 차근차근 깨뜨린 남자를 보았다.

"우리가 알기로 놈은 몇 주 전부터 데일 시티에 있었죠." 테이텀이 말했다.

"내가 떠난 후에 갑자기 나타났죠."

"안드레아는 경찰에게 놈이 아파트 구조를 아는 것 같았다고 했어요." 테이텀이 말했다. "경찰은 놈이 전에 몰래 침입해서 그곳 구조를 알아냈을지도 모른다고 생각했어요."

"하지만 그럴 필요가 없었죠." 조이는 멀미를 느꼈다. "여기 아파트들은 구조가 동일해요."

"놈은 기다리고 있었어요." 테이텀이 주위를 둘러보았다. "그게 놈의 작업 방식이었죠, 그렇죠? 놈은 먹잇감을 기다렸어요. 좋은 은신처를 선택해서 가만히 기다렸죠."

조이가 고개를 끄덕였다. "놈은 완벽한 지점을 선택했어요. 여자가 혼자 걸어오기를 기다렸죠."

93

조이와 테이텀이 아파트 건물 관리인을 설득하는 데는 7분이나 걸렸다. 나이 지긋하고 무뚝뚝한 관리인은 수색영장이 없는 한 아무것도 말해주지 않겠다는 입장이 확고했다. 하지만 조이와 테이텀은 이전처럼 동기화 모드를 사용했다. 조이는 그 상황이 너무 혼란스러우면서도 우스웠다. 조이는 낯선 이에게 집을 침입당한 피해자 역할을 했고, 테이텀은 윽박지르는 연방 요원 역할을 했다.

7분 후, 관리인은 두 사람이 요구하기만 하면 맏아들이라도 내주었을 것이다. 하지만 두 사람이 요구한 건 그게 아니었다. 그저 새 입주자의 이름과 인상착의면 충분했다.

관리인은 사람을 묘사하는 데 썩 재주가 있는 편은 아니었지만 그건 중요하지 않았다. 어차피 새로운 입주자 중 혼자 사는 중년 남자는 한 명뿐이었으니까. 대니얼 무어.

이유는 알 수 없지만, 관리인은 두 사람에게 열쇠를 넘기지 않고 자기가 함께 가겠다고 고집했다. 어쩌면 조이가 알지 못하고 알고 싶지도 않은 고대 관리인의 예법 같은 거라도 있는 걸까. 어쨌든 관리인은 그들을 위해 문을 열어주었다.

집 안의 파리와 냄새는 적어도 며칠 동안 그 집이 비어 있었음을 보여주었다.

반쯤 먹다 남긴 포장음식 상자 한 무더기가 부엌 싱크대에 버려져 있었다. 모두 길모퉁이에 있는 태국음식점에서 산 거였다. 집 안 전체에 악취가 진동했고, 관리인은 벌레가 어쩌니 청소 요금이 어쩌니 소송이 어쩌니 하며 연신 구시렁거렸다.

조이는 못 들은 척하고 침실로 성큼성큼 걸어갔다. 테이텀도 뒤따랐다.

말라붙은 혈흔이 바닥과 침대보에 흩뿌려져 있었다. 바로 이곳이 글로버가 도망친 장소였다. 모든 상처 입은 짐승들이 그렇듯, 상처를 핥으려고 자신의 은신처로 튄 것이다.

급히 이곳을 떠난 듯, 종이들과 옷가지 몇 벌이 방 안에 흩어져 있었다. 조이는 상황을 이해하려고 애쓰며 얼굴을 찌푸렸다. 그냥 여기 있으면 안전했을 텐데 도망쳤다……. 왜지?

"뭔가에 겁먹은 거겠죠." 테이텀이 뒤에서 말했다.

"놈이 안드레아를 공격한 다음 날 경찰들이 집집마다 탐문을 다녔어요." 조이가 말했다. "주민들에게 혹시 무슨 소리 못 들었느냐고 물어보면서요."

"그들은 아파트 문을 두드렸어요."

"아마도 **경찰**이라고 외쳤겠죠." 조이는 놈이 여기 있는 걸 상상했다. 소리를 내지 않으려고 애쓰며 구석에 웅크리고 있는 모습을. 다치고 겁먹은 놈을 생각하니 작은 만족감이 들었다.

"놈은 그들이 가기를 기다렸어요. 그후 필요한 걸 챙겨서 내뺐죠." 테이텀이 침대 옆 협탁에 놓인 종이 한 장을 살펴보았다. "대니얼 무어의 휴대폰 요금 청구서예요. 신분증을 위조했나 봐요."

"아마 신원을 도용했겠죠." 조이가 말했다. "경찰은 수년 전부터 놈을 수색하고 있었어요. 놈은 간신히 그들을 피해 숨어다녔죠."

"이것 봐요." 테이텀이 다른 걸 건넸다. "병원 청구서예요."

잠시 조이는 글로버가 총상을 치료하러 병원에 갈 만큼 간이 큰 걸까 의심했다. 하지만 아니었다. 이건 3주 전 거였다. MRI 청구서였다.

검사 결과지는 구겨진 채 바닥에 떨어져 있었다. 조이는 눈을 휘둥그레 뜬 채 몇 번이나 읽고 또 읽었다.

"뭐죠?" 테이텀이 물었다.

"악성 뇌종양이 의심된대요." 조이가 대답했다. "놈은 죽음을 앞두고 있을지도 몰라요." 마지막 퍼즐 조각이 딱 하고 제자리에 안착했다. 이게 놈이 그들이 방심할 때까지 기다리지 않은 이유였다. 놈에게는 시간이 없었다.

"어차피 생길 병이면 임자를 제대로 찾았네요." 테이텀이 음침한 만족감을 느끼며 내뱉었다.

조이는 대답하지 않았다. 두려움이 뱃속에 묵직하게 내려앉았다.

상처 입은 짐승이 상처를 핥으러 제 은신처로 도망쳤다.

상처 입은 짐승은 더 잃을 게 없다. 잃을 게 없는 짐승은 무슨 짓을 저지를지 예측할 수 없다. 그건 위험을 뜻했다.

94

조이가 아파트로 돌아가고 싶지 않아 해서, 두 사람은 우드브리지의 한 바에 자리를 잡았다. 테이텀은 블루문 파인트 한 잔으로 계속 버티는 중이었다. 한편 조이의 기네스는 벌써 두 잔째였고, 그것도 이미 절반은 비어 있었다. 이렇게 취한 건 아주 오랜만이었다. 평소에는 약간만 통제력을 잃어도 마음이 불안해졌다. 하지만 지금은 알코올이 현실의 날카로운 모서리를 무디게 만들어주는 게 좋았다.

"뭐가 좋은지 알아요?" 조이가 물었다.

"뭔데요?" 테이텀이 되물었다.

"맥주요."

테이텀이 한쪽 눈썹을 치켜올렸다. "맥주가 좋은 건 알겠지만 너무 취한 것 같은데요."

"당신은 내 엄마도 아니잖아요." 조이가 말꼬리를 길게 늘였다.

"그것참 다행이네요."

"엄마는 정말 참기 힘든 사람이에요. 안드레아가 왜 엄마네 집에 갔는지 도무지 모르겠어요."

테이텀은 한숨을 쉬었다. "어쩌면 그 정도까진 아닌가 보죠."

조이는 거기에 반박하지 않았다. "테이텀, 그날 밤 있잖아요."

"무슨 날 밤요?"

"당신이 그 남자가 죽어도 싸다고 생각해서 일부러 총을 쐈을지도 모른다고 내가 말했던 날 밤요."

"네." 테이텀은 잔을 길게 한 모금 마셨다.

조이는 사과해야 한다는 확신이 들었다. 비록 애초에 뭣 때문에 그 말다툼이 시작됐는지는 생각나지 않았지만. 비록 당시 그 상황에 가장 적절한 말은 아니었을지 몰라도, 자기가 옳았다는 생각은 변함없었다. "내가 멍청했어요." 조이는 마침내 그렇게 말했다. 조이의 입에서 자주 나오는 말은 아니었다. 아니, 사실은 한 번도 나온 적이 없는 말이었다. 하지만 그 말이 가장 안전할 것 같았다.

"음, 그렇게 말해줘서 고마워요." 테이텀은 감사의 미소를 지으며 말했다.

조이는 그 곤란한 문제를 어떻게 헤쳐나가야 할지 전혀 알 수 없었다. 마치 지뢰밭에서 눈을 가린 채, 오로지 운에만 의지해 지뢰를 피해 달리고 있는 것처럼 느껴졌다.

"그리고 안드레아를 구해줘서 고맙다고 말하고 싶었어요."

"난 안드레아를 구하지 않았어요." 테이텀이 놀라서 말했다.

"아니에요, 구했어요. 당신은 할아버지한테 그애를 보살펴달라고 부탁했고, **그분이** 글로버를 쏴서 안드레아를 구했죠. 그러니 난 당신한테 안드레아의 목숨을 빚졌어요. 아니면 안드레아가 당신한테 자기 목숨을 빚진 거든가. 아니, 반반으로 칠까요? 더치페이." 조이

537

는 딸꾹질 같은 작은 웃음소리를 냈다. "우리 둘 다 안드레아의 목숨을 절반씩 빚진 거로 하죠."

"좋아요, 술은 이제 마실 만큼 마신 것 같네요. 이만 집에 바래다줄게요." 테이텀이 바 의자에서 내려섰다.

"잠깐만요." 조이가 테이텀의 손목을 붙들었다. "아직 안 돼요."

테이텀이 한숨을 내쉬고 도로 앉았다. "내일 숙취가 장난 아닐 거예요."

"난 숙취 없어요."

"과연 그럴까요?"

"난 그렇게 쉽게 탈수되지 않아요."

배경음악이 신디 로퍼의 〈걸스 저스트 원트 투 해브 펀〉으로 바뀌었다.

"아, 나 이 노래 너무 좋아." 조이가 말했다.

"그러시겠죠."

"그게 무슨 뜻이에요?"

"아니에요." 테이텀은 짓궂게 웃어 보였다.

두 사람은 잠시 음악에 귀를 기울인 채 침묵 속에 앉아 있었다.

"난 로드 글로버를 찾아내야 해요." 조이가 말했다. 그 말을 하니 술이 약간 깨는 것 같았다. "좀 강박적으로 들린다는 건 나도 알지만……."

"당신이 맞아요."

"뭐라고요?"

"당신이 맞다고요. 당신은 놈을 찾아내야 해요. 그리고 나도 도울게요."

"좋아요, 그럼." 조이는 혈중알코올농도와는 전혀 무관한, 묘하게 몽롱한 기분을 느꼈다. "고마워요."

"천만에요." 테이텀은 아직 반쯤 남은 잔을 조이의 손에서 떼어 놓았다. "파트너."

조이는 진지하게 굴고 싶었다. 지금은 중요한 문제에 관해 이야 기하는 중이니까. 하지만 배 속이 따뜻했고 배경에서는 여자들은 그냥 재미있게 놀고 싶을 뿐이라는 노래가 흘러나왔다. 얼굴에 떠 오른 미소는 사라지려 하지 않았다. 며칠 만에 처음으로, 조이는 안 전함에 가까운 기분을 느끼고 있었다.

〈끝〉

살인자의 동영상

초판 1쇄 인쇄 2020년 11월 30일
초판 1쇄 발행 2020년 12월 7일

지은이 마이크 오머
옮긴이 김지선
펴낸이 신경렬

편집장 김지연
마케팅 장현기 · 정우연 · 정혜민
디자인 이승욱
경영기획 김정숙 · 김태희
제작 유수경

펴낸곳 ㈜더난콘텐츠그룹
출판등록 2011년 6월 2일 제2011-000158호
주소 04043 서울시 마포구 양화로 12길 16, 7층(서교동, 더난빌딩)
전화 (02)325-2525 | **팩스** (02)325-9007
이메일 boheme@thenanbiz.com | **홈페이지** www.thenanbiz.com

ISBN 979-11-5879-151-3 03840